माटी माटी अरकाटी

उपन्यास

माटी माटी अरकाटी

अश्विनी कुमार पंकज

राधाकृष्ण

ISBN : 978-81-8361-677-5

माटी माटी अरकाटी

पहला संस्करण : 2016

मूल्य : ₹ 495

प्रकाशक
राधाकृष्ण प्रकाशन प्राइवेट लिमिटेड
7/31, अंसारी मार्ग, दरियागंज, नई दिल्ली-110 002

शाखाएँ : अशोक राजपथ, साइंस कॉलेज के सामने, पटना-800 006
पहली मंजिल, दरबारी बिल्डिंग, महात्मा गांधी मार्ग, इलाहाबाद-211 001
36 ए, शेक्सपियर सरणी, कोलकाता-700 017

वेबसाइट : www.radhakrishnaprakashan.com
ई-मेल : info@radhakrishnaprakashan.com

मुद्रक
बी.के. ऑफसेट
नवीन शाहदरा, दिल्ली-110 032

MATI MATI ARKATI
Novel by Ashwini Kumar Pankaj

लड़ाका पुरखों
कोंता और कुंती
और
आदिवासी मोरिस की
नई पीढ़ी के शहीद आदिवासी गायक
काया
को

कृतज्ञ हूं

अपने पिता डॉ. एम.एस. 'अवधेश' का
जिन्होंने दाउदनगर की कहानियां बताईं,
अपनी दिवंगत मां कमला (मरछी) का
जिनसे मगही का स्नेहिल दुलार मिला
और अपनी पार्टनर वंदना टेटे का
जिससे आदिवासियत का प्यारा संसार मिला।

आभार

अनुज लुगुन, अरुण नारायण, रंजीत एकलव्य (उरांव),
अरविंद अविनाश, निराला तिवारी, मनुज मखीजा,
गंगा सहाय मीणा, संजय कृष्ण, सैय्यद शहरोज़ कमर,
प्रमोद कुमार शर्मा, पुष्यमित्र, जेब अख्तर, विद्याभूषण को
जो इसके सृजन में सहभागी और पहले सुनवइया रहे।
और उन सबका भी
जिनके स्मृतियों, तथ्यों, दस्तावेजों और लेखन व कहन से
कोंता-कुंती के सच को फिर से कह पाना
संभव हो सका।

बीमार लोग राजा (सत्ता) की तरह दिखते हैं*

इसे लिखने का मन 2008 में बनाया था। लिखने के लिए लेकिन जितनी जानकारियां चाहिए थीं, नहीं थीं। झारखंड पर उपलब्ध लिखित इतिहास जो हमारी पहुंच में था, उसमें इस विषय और प्रसंग की ओर इशारा तक भी अनुपलब्ध था। तब, ले-देकर हमारी सारी आशा गूगल पर टिक गई। पर चार-पांच महीने वहां भी लगातार खाक छानने के बाद कुछ खास नहीं मिला। इंटरनेट कनेक्शन उन दिनों बहुत गतिहीन था और जब गजेटियर व ब्रिटिश दस्तावेजों को पढ़ने के लिए चटका लगाता तो वे इतने भारी-भरकम थे कि ब्रॉडबैंड भी उनके दरवाजों तक पहुंचकर या तो किंकर्तव्यविमूढ़ या फिर ढेर ही हो जाया करता था। थक-हार कर, कहानी बाद में कहूंगा, ऐसा सोचते हुए, लिखने का इरादा स्थगित कर दिया।

किंतु जॉन स्कॉबल का 1840 में प्रकाशित पंफलेट, जो उसने 1839 में गयाना से लौटकर लिखा था और इंटरनेट सर्च के दौरान ब्रिटिश पार्लियामेंट की आर्काइव में अचके मिल गया था, दिन-रात मुझे परेशान किए हुए था। वह पंफलेट आदिवासी भारत और विशेषकर झारखंड के इतिहास के एक ऐसे सच पर रोशनी डाल रहा था जिसे मॉरिशस, फिजी, गयाना, नटाल आदि कैरेबियन देशों में बसे प्रवासी भोजपुरियों ने सात समंदर के गहरे अंधेरे तल में डुबो रखा था।

औपनिवेशिक शासन के दौरान उन्नीसवीं शताब्दी के मध्य में बड़े पैमाने पर आदिवासियों को चाय बागानों में ले जाने पर पिछले दिनों दो-चार अध्ययनों को देखने का मौका इंटरनेट के जरिए पा सका हूं। हालांकि पूर्वोत्तर से लेकर सुदूर दक्षिण के अंडमान द्वीप समूह तक उन्नीसवीं और बीसवीं सदी के बीच आदिवासियों के जबरन औपनिवेशिक पलायन पर विस्तृत अध्ययन का काम शोधार्थियों और इतिहासकारों के लिए अभी भी एक प्राथमिक क्षेत्र बना हुआ है। पर अध्ययनकर्ताओं की भारी-भरकम टोली या तो अपनी सामाजिक और वर्गीय सीमाओं में कैद है या फिर वह इक्कीसवीं सदी के

* एक *मालगासी* कहावत

वर्तमान पलायन और आदिवासी संसाधनों की वैश्विक लूट में ही उलझकर रह गई है।

जॉन स्कॉबल के पंफलेट में 'हिल कुली' शब्द ने हमें जकड़ लिया था। कुली, गिरमिट, गिरमिटिया और जहाजी भाई जैसे शब्दों से हिंदी साहित्य और इतिहास का पाठक होने के नाते पहले से परिचित था। लेकिन 'हिल कुली' शब्द का जिक्र न पहले सुना था और न ही पढ़ा था। अगर अंग्रेजी साहित्य और इतिहास लेखन में वह है भी तो हमारे जैसा अंग्रेजी में फिसड्डी उससे बिलकुल अनजान था।

भारत में ब्रिटिश उपनिवेश द्वारा यहां से बाहर ले जाए गए मजदूरों को तत्कालीन कंपनियां और उनके एजेंट उन्हें दो नामों से पुकारते थे। दक्षिण भारत, बिहार और पश्चिमी उत्तर प्रदेश के गैर-आदिवासियों को वे 'कुली' (कंट्री मैन), जबकि झारखंड के सदान और आदिवासियों को 'हिल कुली', 'धांगर' और 'कोल' संबोधन का इस्तेमाल किया करते थे। 'कुली' मूल रूप से तमिल शब्द का अपभ्रंश है और जिसका अर्थ है 'भार ढोने वाला' या 'मजदूरी'। इंटरनेट पर बहुत खुदाई की तो उन्नीसवीं सदी के कई औपनिवेशिक दस्तावेज मिले जिनमें साफ-साफ बताया गया था—'हिल कुली', 'धांगर' व 'कोल' कोई और नहीं, ग्रेटर झारखंड के उरांव, मुंडा, संताल, खड़िया और यहां की सदान जातियां हैं।

भारत से झारखंड के आदिवासी और सदानों को दूसरी औपनिवेशिक कॉलोनियों में ले जाने की पृष्ठभूमि 25 मार्च, 1807 को ब्रिटिश संसद में पारित 'एबोलिशन ऑफ द स्लेव ट्रेड एक्ट' था। व्यावहारिक रूप में जो अगस्त, 1834 से लागू हो पाया जब दास प्रथा के निर्णायक उन्मूलन के लिए ब्रिटिश सरकार ने 1833 में एक सख्त कानून 'स्लेवरी एबोलिशन एक्ट 1833' पारित किया। इस दौर में लगभग फ्रांस, अमरीका सहित अन्य देश भी दास प्रथा की पूर्णतः समाप्ति के लिए कानून बना चुके थे। दास उन्मूलन कानून पास करने वाला पहला देश फ्रांस था जिसने पहले 1794 में और फिर 1818 में दास प्रथा पर रोक लगाई थी। दास उन्मूलन कानूनों के लागू हो जाने से ब्रिटिश सहित अन्य देशों के उपनिवेशों में मजदूरों का जबरदस्त अकाल हो गया था। गन्ना उद्योग की अर्थव्यवस्था पूरी तरह से चरमरा गई थी। उस समय भारत और चीन ही दो ऐसे देश थे जहां सस्ते मजदूरों की उपलब्धता थी। भारत ब्रिटिश साम्राज्य का उपनिवेश था अतः यहां से मजदूरों को ले जाना ज्यादा आसान था। मॉरिशस की दूरी भी भारत से ज्यादा नहीं थी। कलकत्ता बंदरगाह से मॉरिशस के पोर्ट लुइस की दूरी (3912 समुद्री मील) महज 30 से 40 दिनों की समुद्री यात्रा में पूरी की जा सकती थी। फिर क्या था, चीनी उद्योग से जुड़े मिल मालिकों ने स्वयं

के खर्चे पर भारत से मजदूरों के आयात के लिए मॉरिशस के गवर्नर विलियम निकोले को राजी कर लिया।

चूंकि 1834 में ब्रिटेन दास उन्मूलन कानून बना चुका था इसलिए भारत से ले जाए गए मजदूरों को उसने 'फ्री लेबर' कहा; अर्थात् मजदूरी के इच्छुक स्वतंत्र मजदूर। इसके लिए ब्रिटेन ने बाद में 'ठेका प्रणाली' को मंजूरी दी जिससे कुली 'ठेका मजदूर' कहलाए, जो ठेकेदारों के साथ 3, 5 या 10 साल का अनुबंध (एग्रीमेंट) कर जहाजों में भर-भरकर सात समंदर पार की कॉलोनियों में जाते थे। यही एग्रीमेंट शब्द बिगड़कर 'गिरमिट' बन गया और भारतीय मजदूर 'गिरमिटिया' कहलाए। इमाइग्रेशन संबंधी दस्तावेजों से पता चलता है कि 1830 से 1870 के दशक के बीच जो हजारों गिरमिटिया मजदूर परदेस गए उनमें से कुछ ही वापस लौटे जबकि अधिकांश वहीं बस गए। 1917 तक पलायित मजदूरों की कुल संख्या 5 लाख से भी अधिक थी।

वेस्ट इंडीज के अंग्रेजीभाषी उपनिवेशों में सबसे ज्यादा 29,909 भारतीय मजदूर ब्रिटिश गयाना ले जाए गए। त्रिनिदाद में 143,939, जमैका में 36,412, सेंट लुसिया में 4354, ग्रेनादा में 3,003, सेंट विन्सेंट में 2,472 और सेंट किट्स में 337। गैर-अंग्रेजीभाषी उपनिवेशों में से फ्रेंच कॉलोनी मार्तिनिक्यू में 25,509, ग्वादेल्युप में 45,884 और फ्रेंच गयाना में 19,276 जबकि डच उपनिवेश सूरीनाम में 35,501 भारतीय मजदूरों को ले जाया गया था। मॉरिशस और फिजी पहुंचने वाले मजदूरों की संख्या क्रमशः 453,063 एवं 60,965 थी (स्रोत : एच. टिंकर, ए न्यू सिस्टम ऑफ स्लेवरी : द एक्सपोर्ट ऑफ इंडियन ओवरसीज 1820-1920, ऑक्सफोर्ड यूनिवर्सिटी प्रेस, लंदन, 1974)।

मॉरिशस, गयाना, फिजी, सूरीनाम, त्रिनिदाद एवं टुबैगो सहित अन्य कैरेबियन देशों, द्वीपों, लातिन अमरीकी व दक्षिण अफ्रीकी देशों में लगभग डेढ़ सदी पहले ले जाए गए गिरमिटिया कुलियों की बहुसंख्यक आबादी ने सम्मान, पहचान और स्वतंत्रता के लंबे संघर्ष के बाद आज इन देशों को 'भोजपुरी' देश बना दिया है, जो अब वहां के समाज, अर्थव्यवस्था, व्यापार व राजनीति में ऊंची हैसियत रखते हैं और उन देशों के नीति नियंता बन चुके हैं। उन देशों में 'हिन्दू' धर्म और 'भोजपुरी' व हिंदी भाषा-संस्कृति के रंगों से भाषा, शिक्षा, दर्शन और इतिहास को पुनर्सृजित करने की अनेक सत्ता प्रायोजित परियोजनाएं राष्ट्रीय-अंतरराष्ट्रीय मुक्त बाजार अर्थव्यवस्था और उसके वित्तीय समर्थन से ज़ोर-शोर से जारी हैं।

ऐसी परियोजनाओं के तीन मकसद हैं। पहला मकसद वैश्विक राजनीतिक शक्तियों का है, जो अपने आर्थिक चूल्हे की आंच बनाए

रखने के लिए उन देशों की संप्रभुता और संसाधनों को ईंधन के रूप में इस्तेमाल कॉलोनियल दिनों से करते रहे हैं। दूसरा मकसद आजाद हुई कॉलोनियों की नई सत्ता का है जो पूर्व मालिकों के नक्शेकदम पर चलते हुए ही अपने-अपने देश में पिछले पांच-सात दशकों में उग आए धनलोलुपों के हित को हर हाल में सुरक्षित रखना चाहता है। या यूं कहें कि आकाओं की दलाली करते हुए अपने आंतरिक कलह और तीखे अंतर्विरोधों के बावजूद ज्यादा से ज्यादा कमीशन खुद हड़प लेने के लिए वह सत्ता में बने रहना चाहते हैं।

इन आर्थिक हितों से लेकिन कहीं ज्यादा प्राथमिक मकसद उनका वह नस्लीय सांस्कृतिक वर्चस्व है जो कम-से-कम दो हजार साल पुराना है। संगठित कृषि युग के पहले से ही इस एकतरफा वर्चस्व के प्रमाण ग्रीक और आर्य सभ्यता के सारे पुराने जड़ित-खुदित, वाचिक और लिखित ग्रंथों और क्लासिक्स में हमें स्पष्टतः दिखाई पड़ते हैं। इसलिए अगर धर्म, जाति और नस्ल से उखड़कर कैरेबियन कॉलोनियों में जा बसे और सिर्फ गिरमिटिया पहचान में सिमटकर रह गए कुली आर्थिक संबल जुटते ही मंदिर और मस्जिद बनाने में जी-जान से लग गए हैं, चर्चों के प्रेयर में शामिल होने लगे हैं, तो यह महज शोषण-उत्पीड़न और अंतहीन श्रमिक यातना से कोरी 'आजादी' का मसला कतई नहीं है, जैसा कि कुली रहे सामाजिक वर्गों के बीच से अब इतिहास और साहित्य रचने वाले अधिकांश लेखक अपने लेखन में पाठकों से भावुक हो-होकर कह रहे हैं– 'रामायण की चौपाइयां', 'हनुमान चालीसा और गीता के दोहे', 'कुरआन की आयतें' और जिस सड़ी-गली गैर-इंसानी संस्कृति से भागकर वे गए थे, उस संस्कृति की गहरी जड़ें ही औपनिवेशिक दासता से मुक्ति में उनका हथियार बने।'

क्या वाकई ऐसा है?

नहीं, बिलकुल नहीं, क्योंकि 1830 से 1870 तक के कालखंड में 'काला पानी' की यातनापूर्ण यात्रा करने वाले हजारों झारखंडी आदिवासियों के बारे में कोई सूचना उपलब्ध नहीं है—न तो साहित्यिक रूप में और न ही इतिहास के किसी वाचन-लेखन में, तो आखिर हजारों झारखंडी आदिवासी, जो उन देशों में सबसे पहले पहुंचे थे, कहां चले गए? वे सबके-सब कैसे और किन हालात में गिरमिटिया कुलियों की नवनिर्मित 'भोजपुरी' दुनिया से गायब हो गए? भारतीय आप्रवासन पर बीसवीं सदी में हुए अनेक अध्ययनों और उपनिवेश से मुक्त हुए उन सभी देशों के पुनर्निर्मित इतिहास में झारखंडी आदिवासियों की एकसिरे से अनुपस्थिति एक बड़े सांस्कृतिक जनसंहार की ओर इशारा करती है क्योंकि ब्रिटिश उपनिवेशों एवं ब्रिटिश

संसद में मौजूद आप्रवासन संबंधी सभी शुरुआती दस्तावेजों और ब्रिटेन में गठित दास विरोधी नागरिक समूहों द्वारा जारी अपीलों-पर्चों और बुकलेटों में झारखंडी आदिवासियों के आप्रवासन के लिखित अकाट्य तथ्य मौजूद हैं।

ऐसा क्यों हुआ कि गिरमिटिया कुली रामायण-कुरआन और भोजपुरी-तमिल-उर्दू से जोड़ते हुए खुद तो आजादी पा गए। पर उनकी आजादी हिल कुलियों को बिना डकार लिए चुपचाप गड़प कर गई? एक कुली की आजादी कैसे दूसरे कुली के खात्मे का सबब बनी? और क्या वाकई वे स्वयं भी मुक्त हो पाए? अपने उन्हीं ब्राह्मणवादी और वर्चस्ववादी धार्मिक-नस्लीय, लैंगिक सामंती पूर्वग्रहों और उत्पीड़न से, जिससे डरकर अपनी पहचान छुपाते हुए एक नई खुशहाल जिंदगी का दाव गिरमिटियों ने खेला था? या फिर थोड़ा-बहुत आर्थिक संसाधन जुटाते ही उनमें बहुसंख्यक धार्मिक और नस्लीय वर्चस्व का विषधर उन सबके भीतर फनफना कर उठ खड़ा हुआ, जिससे अनजान धरती पर ब्राह्मण, राजपूत, भूमिहार और वैश्य फिर से दोबारा पैदा हो गए? और ऊपर से इतनी समझदारी भी कि चौथे वर्ण 'शूद्र' को नई सामाजिक संरचना में जनमने ही नहीं दिया!

सूचना विस्फोट की इस 21वीं सदी में भी झारखंडी पहाड़ एक सदी से ज्यादा समय से महासागरों (इतिहास) की अतल गहराइयों में डूबा हुआ है। शोधार्थियों, समाजशास्त्रियों और इतिहासकारों की अन्वेषक दृष्टि 'अंडमान' से आगे नहीं जाती। शायद वे सब गिरमिटियों द्वारा नए-नए 'राज' खड़े कर लेने से आह्लादित हैं। हों भी क्यों नहीं। वे सब आखिरकार उनके ही सगे-संबंधी और कुटुंब जो ठहरे! जब वे भारतीय उपमहाद्वीप में ही आदिवासियों को धरती और हड़प्पा-मोहनजोदड़ो का प्रथम निवासी मानने को तैयार नहीं हैं, फिर झारखंड के आदिवासी और उन सबसे भी पहले पहुंचे अफ्रीकी समुदायों को वे कुली कॉलोनियों से तेज़ी से रूपांतरित हो रहे देशों में भला कैसे बराबर का मान सकते हैं? सांस्कृतिक वर्चस्ववादियों के लिए आदिवासी तो कोल, चुहाड़, राकस ही रहेंगे न!

इस उपन्यास से हमारा कोई दावा नहीं है—न इतिहास पलटने का, न समाज पलटने का। महासागरों के बीच और उसके अगल-बगल वैश्विक धनलोलुपता से सांठगांठ करके उग रहे और उगाए जा रहे भोजपुरी धर्मांध द्वीपों को आदिवासी द्वीप बना देने की मुहिम नहीं है यह उपन्यास! कोंता और कुंती की कहानी कहने का मकसद इतिहास की स्मृतियों को दुरुस्त करना है। यह आर्थिक लूट और वर्चस्व के लिए पूरब और पश्चिम दोनों सभ्यताओं के गैर-आदिवासी समाजों में मौजूद

नस्लीय व ब्राह्मणवादी उस मूल आंतरिक चरित्र तक ले जाना है, जिसे उन्नत उत्पादन संबंधों के हवाले से विकसित उच्चतर सभ्यताओं की बौद्धिक दार्शनिकता और आर्थिक व्याख्याओं के जरिए अनदेखा किया जाता रहा है।

जिस दर्शन को आदिवासियों की सरलता, सहजता, तरलता, निर्मलता और धनलोलुपता से परे सामूहिक सहजीविता 'मूर्खता' लगती है। लेकिन उन्हें नहीं भूलना चाहिए कि धरती पर जहां कहीं भी आदिवासी हैं, वे मॉरिशस के 'डोडो' पक्षी नहीं हैं, जिसे वे सोलहवीं-सत्रहवीं शताब्दी में द्वीप पर पहुंचने वाले पहले आततायियों की तरह मारकर 'एक्सटिंक्ट' बना देंगे।

आखिर कोई न कोई तो कोंता, कुंती और काया का सच कहेगा ही।

और कोई न कोई सुनेगा भी...हर पीढ़ी में...बार-बार...

—अश्विनी कुमार पंकज

बिरसा आबा जन्म दिन, 2014

जल

इसमें ऐसा कुछ भी नहीं है
जो पहले किसी ने कहा-सुना-गाया
या पढ़ा-लिखा नहीं हो।
फर्क सिर्फ इतना है कि
उन सबमें कोंता नहीं था।

इस धरती पर हम सभी एक ही मूल की उपज हैं।
इसलिए धरती की किसी भी मिट्टी पर
सबका एक बराबर हक है।
लेकिन कुछ वर्चस्ववादी और अन्यायी लोगों ने
*सबके इस नैसर्गिक अधिकार पर कब्जा कर रखा है।**

* कोलोनियल टाइम्स, 1830

कहू तो अगिन कहां बरे...

केकर नदिया में झिलमिल पनिया,
केकर नदिया में चेल्हवा मछरिया,
कौन दुल्हा फेंके महाजाल हे।

वह उस औरत को नहीं जानता था, लेकिन अब वह उसकी थी, जो दो सप्ताह पहले उसे दी गई थी और जिसके साथ वह पिछले दस दिनों से रह रहा था–बिना एक-दूसरे को जाने। बिना उसका चेहरा देखे।

और अब, जबकि उसकी आंखें मुंद रही थीं, सिर पर दूर-दूर तक पसरा नीला आसमान तेज़ी से धुंधलाता जा रहा था, उसके कानों तक पहले उस औरत की हल्की चीख आई, फिर उसका बिखरता हुआ गोल-सा चेहरा दिखा जिसकी पतली नाक के नीचे रखा हुआ एक अधखिला पलाश का फूल समुद्री हवाओं से थरथरा रहा था।

इसके बाद घुप्प अंधेरा छा गया।

उसे लगा, उसकी देह बेजान हो गई है और लहराती हुई चारों ओर फैले हुए अथाह पानी में आखिरी ठिकाना ढूंढ़ने के लिए तेज़ी से नीचे गिर रही है। जीवन के इस सबसे भयानक पल में उसे अपने पुरखे याद आए, कुछ ही दिन पहले जिन्हें वह उन जंगलों और पहाड़ों पर छोड़ आया था, जो उससे मीलों दूर थे।

उसने पुरखों को धन्यवाद कहने के लिए अपने ओठों को खोलना चाहा, पर वे महुए की तरह सूखकर बिलकुल छोटे हो गए थे और आपस में इस तरह से चिपक गए थे कि ज़ोर लगाने के बाद भी नहीं खुले। तभी उसे महसूस हुआ, उसकी गिरती हुई देह को पुरखों ने थाम लिया है।

इसके बाद उसे कुछ भी भान नहीं रहा। हवा, पानी और आसमान सब कुछ स्थिर हो गया। हर चीज ठहर गई थी। शायद सांस भी।

वह पूरी तरह से अचेत हो गया था।

डूबते हुए सूरज का लाल रंग तब पानी में फैल रहा था।

उसका नाम कोंता था और वह औरत जो कंपनी के रजिस्टर के अनुसार उसकी औरत थी और अचेत होने तक जिसकी सूरत भी ठीक से नहीं देख सका था, कुंती थी।

तीन दिन बाद, जब चांद और समंदर के पानी का रंग रात के किसी पहर में घुल-मिलकर एक हो रहे थे, कोंता को होश आया।

सबसे पहले झिलमिलाते हुए तारे दिखे। नज़रें फेरीं तो वही औरत, जिसके चेहरे पर उसने अचेत होते-होते अधखिला पलाश का फूल थरथराते देखा था, वह दिखी। परछाईं की तरह हिलती हुई।

उसने उठने की कोशिश की तो उस औरत ने उसकी छाती पर धीरे से हाथ रख दिया। कोंता ने उठने का कमजोर प्रयास छोड़ दिया। उसका शरीर बुखार से तप रहा था। जी मिचला रहा था। सांसें बेतरतीब ढंग से मीलों दौड़कर आए हुए आदमी की तरह रह-रहकर हांफ रही थीं। कोंता को महसूस हुआ, उसके शरीर में पानी की एक बूंद भी नहीं बची है। उसकी तपती हुई देह पानी की तड़प से थरथराई। सूखे ओठों पर नमी तलाशती हुई जीभ मछली की मानिंद इस छोर से उस छोर तक घूम गई।

औरत को लगा, वह पानी पीना चाहता है। उसने कांच की बोतल से अल्युमीनियम के कटोरे में थोड़ा-सा पानी डाला और उसके सिर को सहारा देकर ऊपर उठाया, ताकि वह पानी पी सके। फिर दूसरे हाथ से पानी का कटोरा उसके मुंह से लगा दिया। मुश्किल से कोंता पानी के दो-चार घूंट गले के नीचे उतार सका।

पानी पीते हुए कोंता जीवन में पहली बार किसी औरत की गोद में था। नर्म मुलायम घास की तरह थी उसकी गोद। मां की गोद जैसी। उसने गौर से औरत का चेहरा देखा। लेकिन रात के अंधेरे में बेहोश होने से पहले जैसी ही साफ-साफ नहीं, उसकी अस्पष्ट धुंधली छवि दिखी। गोल चेहरे पर पतली नाक के नीचे रखा हुआ अधखिला पलाश का फूल। उसने आंखें बंदकर गहरी सांस ली। फेफड़े में घुसती हुई नमकीन हवाओं में उस औरत की मीठी गंध घुली हुई थी।

डेक पर सन्नाटा छाया हुआ था। कोई औरत किनारे पर, डेक की रेलिंग के पास खड़ी होकर उल्टियां कर रही थी। बस, उसकी आवाज़ सन्नाटे को कभी-कभी फाड़ देती। एक आदमी, जो शायद उसका मर्द था, उससे सटकर खड़ा हुआ था। सहारे के लिए कि वह कहीं गिर न जाए।

बंगाल की खाड़ी को पीछे छोड़ चुका जहाज हिंद महासागर के पानी को धकेलते हुए आगे बढ़ता चला जा रहा था।

सुबह जब शौच से कुंती इमरती के साथ लौटी तो डेक पर चहल-पहल बढ़ गई थी। मर्दों की भीड़ से बचते-बचाते दोनों धोती के पल्लू से अपने-अपने नाक-मुंह को लपेटे औरतों के समूह की ओर बढ़ रही थीं। जिस रात को मगनी के साथ 'खराब' घटना घटी थी, उसकी अगली सुबह से औरतें अकेले शौच के लिए नहीं जाती थीं। अंधेरा घिर जाने के बाद तो तीन-चार के समूह में ही रहतीं। कुंती अक्सर इमरती का ही साथ लेती थी।

औरतों का समूह डेक के अगले भाग की तरफ था। धूप पड़ने से उल्टियों की असहनीय गंध डेक पर फैली हुई थी। कुछ लोग उल्टियां कर रहे थे। कुछ बैठे थे। कुछ लेटे थे। कुछ आठ-दस के समूह में बैठे बतिया रहे थे।

बड़ी-बड़ी गुच्छे जैसी मूंछों वाला सूबेदार कहीं नहीं दिख रहा था। चौकीदार और बंदूकधारी सिपाही अपनी जगह पर तैनात थे। एक लश्कर, जिसका काम मस्तूलों के ऊपरी सिरे पर बंधे पाल की रस्सियों को खोलना और बांधना था, वह डेक के पिछले भाग में, जहां पालों-मस्तूलों को बांधने वाली मोटी-मोटी रस्सियां उलझकर जाल-सा बना रही थीं, उस पर लेटा हुआ था।

औरतों के समूह में कुंती को मिलाकर कुल 14 औरतें थीं। दस सांवली और काली थी जबकि दो औरतें कुंती की तरह गोरी। इनमें पांच ही पहले से विवाहित थीं, जिनमें से तीन के साथ एक-एक बच्चे थे। एक का बच्चा मात्र पांच माह का था। दूसरे का करीब चार साल का और तीसरी का दो साल का। बच्चों में जो दो और चार साल के थे, वे दोनों लड़कियां थीं और सबसे छोटा यानी पांच महीनेवाला लड़का था। बच्चेवाली तीनों औरतें एक इलाके की थीं। शेष उसकी तरह अलग-अलग जनपदों की रहने वाली थीं।

चार साल की बच्ची रूनु को पिछले सात दिनों से बुखार था। जहाज चढ़ने के चौथे दिन ही उसे बुखार ने पकड़ लिया था।

जब वह समूह में पहुंची तो रूनु को घेरकर सभी औरतें बैठी थीं। उसकी मां, जिसका नाम जमुनी था, वह लगातार रोए जा रही थी।

कुंती ने ममत्व भरा हाथ उसके सिर पर रखा। बुखार तेज था।

'डागदर बाबू फिन देखलथिन कि न मंइवां के?' कुंती ने समूह से सवाल किया। क्योंकि उसके शौच जाने तक डॉक्टर नहीं आया था।

फुलवरिया, जिसकी उम्र उसी के बराबर थी और मगध के किसी हिस्से की रहने वाली थी, उसी ने जवाब दिया, 'अलथिन हल। कहलखिन कि छौंड़ी के हलुक देह हइ। दवा-बिरो देहिया में लगबे ना करइत हइ।'

'आह रे माई! जाने का लिखल बा हमनी के किसमत में। मुंहझौंसा अरकटिया कहले रहलस कि एके रात के बात बा। दोसर दिन दोपहरिया तक ले दहाज मरीच देस पहुंच जाइ।' धनवंती ने धोती की कोर से अपनी आंख में भर आए आंसू को पोंछते हुए आह भरी।

रेबनी ने कहा, 'ओकर मुंह में आग लगो बहिनी। छछन-छछन के मुई भंडुआ। सउंसे देह कीड़ा पड़ी। जाने कउन नरक में हमनी के डाल देले बा।'

'एकर से बढ़िया तो ससुरे-भंसुरा से देह नोचवइती।' लगभग उसी की उम्र की विधवा जोगती ने मन में जमी घृणा निकाली।

'अपन तो अपन दोसर के भी हगल-मूतल साफ करा। जिनगी नसा गइल। जाने मरीच देस में का-का होइ!' धनवंती फिर से बोली।

इतने में मगनी का बच्चा भूख से चिचियाकर रो पड़ा। बहुत देर से वह मां की छाती निचोड़ रहा था। पर सूखी छातियों में दूध की एक भी बूंद नहीं थी। लेकिन बच्चे की भूख और रुलाई से बेपरवाह मगनी एकदम गुमसुम थी। यात्रा की तीसरी ही रात को 'पपिया' डॉक्टर ने ज़बरदस्ती उसकी इज़्ज़त खराब कर दी थी। उसके बाद से ही वह एकदम 'चुप्पा' और 'अनमन' हो गई थी। रोते हुए बच्चे को एक-दो औरतों ने चुप कराने की कोशिश की, पर बच्चा चुप नहीं हुआ।

कंगना ने तब बचाया हुआ एक बिस्कुट निकाला और पानी में घोलकर बच्चे की ओर बढ़ाया। मगनी ने बेध्यानी में न देखा, न लिया। तब फुलवरिया ने कटोरा थामा और बच्चे को अपनी गोद में लेकर कटोरा उसके मुंह से लगा दिया। बच्चा 'चुसुर-चुसुर' बिस्कुट घुला पानी पीने लगा।

कुंती के दिल में हूक उठी। 'गौना' हो गया होता तो...? तो उसकी गोद में भी बच्चा होता। उसकी नज़र मगनी और उसके बच्चे से हटकर जमुनी पर ठहर गई। बेचारी अभी भी पूरी तरह से 'लट-पट' थी। हालत तो वैसे सभी औरतों की खस्ता थी। उल्टी, दस्त और बुखार। ऊपर से दिन की तेज धूप और रात में सनसनाती ठंड। जब-तब चलने वाली समुद्री हवाओं का कहर अलग से। न किसी के चेहरे पर मुलामियत बची थी और न ही एक भी देह में नमी। उन सबकी के देह का खून और पानी जहाज पर चढ़ते ही जाने कब का सूख गया था!

तभी तीन नंबर के समूह से रोने-चिल्लाने की आवाज़ आने लगी। सब औरतों के साथ कुंती का भी ध्यान उधर चला गया। कुछ औरतें उचक-उचककर देखने की कोशिश में लग गईं।

फुलवरिया ने कुंती से पूछा, 'हम जाके देखियइ दीदी; का होलइ हे?'

कुंती ने कुछ नहीं कहा। फुलवरिया ने इमरती को इशारा किया। दोनों तुरंत शोरगुल की दिशा में चल दीं, जहां अब तक कुलियों का जमघट मधुमक्खी के छत्ते की तरह लग चुका था और भुनभुना रहा था।

थोड़ी देर बाद फुलवरिया और इमरती लौटीं। सब औरतों ने कान खड़े कर लिये। फुलवरिया बताने लगी, 'जानइत हे दीदी। एगो अदमिया एकदम तरना के गिर गेलथी हे। अंखिया जइसे मरे बकत न एन्हरा जा हइ, वइसहिं हो गइल हइ। मुंहवा फेना गइल हइ। सरदार डगदरवा के बुलावे गेल हइ। हमरा तो बुझाइत हइ ना बचथिन।'

'नउवां मालूम होलवऽ के हथिन?' मगनी ने धड़कते दिल से सवाल किया। उसका मरद तीसरे नंबर समूह में ही था।

इमरती बोली, 'कउनी तो कहइत हलथिन...हां, सूधन।'

सुनते ही रेबनी धम्म से डेक पर गिर पड़ी। सूधन उसके मर्द का नाम था।

'बाकी ऊ त पहिला लंबर में रहले नऽ?' जोगती गिरती हुई रेबनी को थामते हुए पूछी।

जवाब किसी ने नहीं दिया। सब रेबनी को ढांढ़स बंधाने में लग गई थीं। इतने में सांस रोककर सुन रही मगनी ज़ोर-ज़ोर से रोने लगी। कुछ औरतें उसको भी चुप कराने में जुट गईं।

उधर डॉक्टर का सहायक आकर सूधन की चिकित्सा में लग गया था।

थोड़ी देर बाद पता चला, 'घबराने की कोई बात नहीं है। सूधन के माथा में 'धूप' चढ़ गया था।

जीव के काबू में आते ही रेबनी अपने 'आदमी' के पास चली गई।

उसके जाने के बाद जोगती ने कुंती को निहारा फिर अपनापे के साथ पूछ बैठी, 'तोहार अदमी कइसन बाड़न?'

जवाब इमरती ने दिया, 'भर रतिया तो ओहिजे बइठल हलथिन। का दीदी?' वह कुंती को डिपो से ही दीदी बोलने लगी थी।

कुंती ने हां में सिर हिलाया। सिर हिलाकर जवाब देते-देते उसकी नज़र अपने आप छठे समूह की तरफ चली गई, जिसमें कोंता था। लोग बीच में खड़े थे इसलिए उसे न कोंता दिखा और न ही उसका समूह। इधर-उधर खिसककर, उचककर देखने के बाद भी जब कोंता नहीं दिखा तो वह उठकर खड़ी हो गई। उसके पैर खुद-ब-खुद कोंता के समूह की ओर बढ़ गए। मर्दों के समूह की तरफ जाते हुए कुंती ने सिर का पल्लू और नीचे खींच लिया। अब वह पूरी तरह से घूंघट में थी।

उसके जाते ही कंगना की दुखभरी आह निकली, 'सीता सुकुमारी नियर बाड़ी बेचारी। निक धनमान परिवार के मालूम होवेली। जाने कइसे फंस गइली हऽ।'

फुलवरिया ने भी उसकी हां में हां मिलाई, 'बेलदार के बेटी—न नहिरे सुख, न ससुरे सुख।'

'अरे बहिनी, का धनमान अउर का गरीब! अउरत के भाग एके बराबर होवेला।' अब तक चुपचाप रमिया बोली।

कोंता जागा हुआ था। जब कुंती उसके पास पहुंची तो सुखराम, रुंगता, बुधु, ठेबले और एतो आदि दस-बारह लोग उसे घेरकर बैठे थे। ठेबले और एतो ने सरककर कुंती के लिए जगह बना दी। थोड़ा सकुचाते, खुद को समेटते और घूंघट को थोड़ा ऊपर उठाते हुए वह कोंता के सामने बैठ गई। कोंता अचकचा गया। उसने अब से पहले उसका चेहरा देखा ही नहीं था। जाने कौन औरत है! चरका है। बिलकुल दिकू लोगों की तरह रंग-रूप। उसने सवालिया नज़रों से ठेबले को देखा। ठेबले समझ गया, वह कुंती को नहीं पहचान पा रहा है। चूंकि कुली डिपो में और यहां डेक पर भी औरतें घूंघट में रहती थीं इसलिए ठेबले, उसके साथी और दूसरे पुरुष लोग भी उनका चेहरा नहीं देख पाते थे। कपड़े से उन्हें पहचानना मुश्किल था, क्योंकि जहाज पर चढ़ने से पहले उन सभी को एक ही तरह के कपड़े दिये गए थे। औरतों को बिना रंग वाली धोती और एक-एक कुरती। आदमियों को धोती के साथ कुरता। साथ में ओढ़ने-बिछाने के लिए एक-एक चादर। लेकिन कल शाम जब कोंता बुखार से बेहोश होकर डेक से गिरनेवाला था और बदहवास कुंती दौड़कर उस तक पहुंचकर चीखी थी, उस समय उसका पल्लू पूरी तरह से सरक गया था। तभी ठेबले, रुंगता और डेक पर खड़े कई लोगों ने उसका चेहरा देख लिया था।

इसलिए कुंती के पास आने के बाद जब कोंता ने 'कौन है' के अंदाज में ठेबले की तरफ देखा तो ठेबले और रुंगता—दोनों के ओठों पर शरारती मुस्कान दौड़ गई। ठेबले कोंता से कुछ कहता, इससे पहले रुंगता कुड़ुख (उरांवों की भाषा) में बोल पड़ा, 'ईस एंग्ग नासगो तलिदस' (यह हम सबकी भाभी है)।

कोंता नहीं समझ पाया। उरांव होते हुए भी वह अपनी भाषा कुड़ुख नहीं जानता था। चडरी और चुटिया के आसपास के उरांव लोग मुंडा समुदाय के साथ-साथ रहते अपनी भाषा भूल चुके थे। वे सब मुंडारी ही बोलते थे।

तब ठेबले ही मुंडारी में बोला, 'ई हमिन कर भउजी हय।'

'भउजी ?'

'हां, तोर जनी (तुम्हारी औरत)। लगता है, बीमारी में तुम यह भी भूल गए कि कंपनी साहेब ने डिपो में तुम्हें औरत दी है। ई ओही जनी हय जुन, कुंती।'

'हां...दिकू भउजी।' ठेबले और रुंगता के साथ सुखराम ने भी कोंता की असहजता का मजा लिया।

कुंती को उनकी बातचीत बिलकुल समझ नहीं आई। एक भी शब्द पल्ले नहीं पड़ा। न जाने कैसी बोली-भाषा है! जरा भी समझ में नहीं आनेवाली। पर लगा कि शायद उसके बारे में ही बात हो रही है, इसलिए जब आखिरी बात सुनते ही कोंता थोड़ा लजा गया तो उसकी देह भी गनगना गई।

कुंती ने उसके माथे पर हाथ रखा। बुखार नहीं था।

कोंता अब एकटक उसी को देख रहा था। पतली देह पर गोल चेहरा। चांद की रंगत का, जिस पर पतली नाक, पतले-पतले ओठ और किसी 'टोंगरी' की तरह उभरी हुई भरी-भरी छातियां। वह उसके यहां की औरतों की तरह गठी-कसी नहीं थी। नदी के किनारे की नरम मुलायम मिट्टी जैसी।

शरमाई और छुपी नज़रों से जब कुंती ने लगातार कोंता को अपनी ओर देखते पाया तो छुईमुई के पौधे की तरह वह और सिकुड़ गई। जाने कौन देस का है! बिलकुल करिया तो नहीं लगता, जबकि उसके साथी लोग तो एकदमे कुच-कुच करिया हैं। इसका रंग जरा-सा साफ है। तांबे जैसा। उसके अपने देस के मर्दों की तरह 'लुसुर-पुसुर' नहीं। तगड़ा सुडौल जवान। नाक चौड़ी, ओठ मोटे और छाती छोटी चट्टान की तरह सख्त। बांहों की मछलियां कसी-कसी। बीमार पड़ने के बाद भी इसका देह 'लट-पट' नहीं हुआ है। और उम्र? उम्र तो उसी के बराबर बुझा रहा है। शायद एक-दो साल बड़ा। कौन जाने छोटा ही हो। दहाज के लोग कहते हैं, ई सब जंगली लोग हैं। छोटानागपुर देस का रहनेवाला। कलकत्ता से पूरब दिसा में ऊ देस है। धनखेती नहीं है उधर। खाली जंगले-पहाड़ है का तो। जंगले का आम-कटहर और जनावर खाते हैं ई लोग। कीड़ा-फतिंगा कुछो नहीं छोड़ते हैं। हे बिधना! कोनों जोड़ नहीं है। कैसे रह सकेगी वह इस जंगली आदमी के साथ? उसकी कल्पना में रामजी का चेहरा मुस्कुराने लगा। दूल्हा तो रामजी जइसा। इसके जइसा...छीः! उसका मन रुंआसा हो गया। आंखें पानी-पानी।

विवाह में गाया जानेवाला गीत उसके हृदय और माथे को 'महने' लगा।

सोनमा ऐसन धिया हारलऽ जी बाबा,
कार-कोयिलवा हथुन दमाद हे।
कारहिं कार जनि घोसहुं गे बेटी,
कार अजोधेया सिरी राम हे।
कार के छतिया चननमा सोभइ गे बेटी,
तिलक सोभइ लिलार हे।

कुंती को व्यथित देख कोंता के भीतर उसके लिए प्यार उमड़ने लगा। उसको लगा, कुंती उसकी बीमारी से कितनी दुखी है।

समंदर में यात्रा का यह 11वां दिन था।

सुबह हो चुकी थी। दूर-दूर तक फैले समंदर के पानी में 500 टन वाला लकड़ी का जहाज 'इमेराल्ड आइल' बतख की तरह तैर रहा था। चुपचाप। बस, कभी-कभार बीच-बीच में रह-रहकर उसकी आवाज़ आती रहती...'डड्ड्ऽऽ-टट्ट्ऽऽ ऽऽऽ'। जहाज के डेक के बीच के हिस्से में करीब सवा दो सौ लोग थे जिनमें औरतों की संख्या चौदह ही थी। ये सभी भारतीय थे जो कलकत्ता बंदरगाह पर चावल, रेशमी कपड़ों और अफीम के बोरों व कॉफी के बड़े-बड़े बंडलों के साथ जहाज पर लादे गए थे। ब्रिटिश कंपनी के रजिस्टर में ये सब हिंदुस्तानी कुली थे।

'इमेराल्ड आइल' में दो ही डेक थे। सबसे नीचे वाला डेक मालगोदाम था। बीच के डेक में क्वार्टर डेक के नीचे कैप्टन, मेडिकल सुपरिंटेंडेंट और अफसरों के केबिन थे। जहाज के अगले मस्तूल, जिसके आगे फोकसल डेक होता है, के नीचे कर्मचारियों, चौकीदारों, सिपाहियों और मिस्त्रियों के लिए बैरकनुमा जगह थी। क्वार्टर डेक और फोकसल के बीच की जगह में रसोई, छोटा-सा मेस का हॉल था। मेस से सटकर ही स्टोर रूम था। इसके ठीक ऊपर का हिस्सा मेन डेक था, जहां कुलियों को रखा गया था।

जहाज अब तक लगभग 1200 नॉटिकल मील की यात्रा कर चुका था।

जहाज के पिछले हिस्से में क्वार्टर डेक पर, जहां सिर्फ जहाज का कैप्टन, डॉक्टर और उनके सहायक अधिकारी व कर्मचारी ही जा सकते थे, कैप्टन पीटर स्कॉल्टन और डॉक्टर टीवी ओसबोर्न धूप के साथ कॉफी पी रहे थे। डॉक्टर ओसबोर्न का चेहरा उदास था। कैप्टन उसकी उदासी का कारण जानता था। इसलिए उसने मूड बदलने के लिए बात शुरू की।

'मौसम अच्छा है। अगर और एक सप्ताह तूफान नहीं मिला तो मेरा खयाल है, हम लोग 20 तक मॉरिशस पहुंच जाएंगे।'

'ईश्वर करे, ऐसा ही हो!' डॉक्टर ने कहा।

'पता नहीं ये कुली लोग कितना झेल पाएंगे! अभी तक तो स्थिति ठीक ही है।'

'हां, उल्टियां तो सभी कर रहे हैं, पर पहले से कम।'

'कॉलरा नहीं हो, इसका खयाल रखना होगा।'

'सब के सब जंगली हैं। खयाल रखने से भी कुछ नहीं होगा।' डॉक्टर के चेहरे पर घृणा थी। विद्रूपता से मुस्कुराते हुए बोला। 'समुद्र को भी तो अपना हिस्सा चाहिए।'

कैप्टन को बुरा लगा। उसने कहा, 'एक भी कुली का मरना कंपनी के लिए ठीक नहीं है। एक कुली की मौत मतलब 100 रुपये का सीधा घाटा।'

'आप तो मेरी बात का उल्टा मतलब निकाल बैठे मिस्टर स्कॉल्टन। पर मैं डॉक्टर हूं। जानता हूं, इनमें से कुछ लोग मॉरिशस नहीं पहुंच पाएंगे।'

'हमारी ज़िम्मेदारी है कि सभी सुरक्षित पहुंचें।'

डॉक्टर चिढ़ गया। 'आपको क्या लगता है, मैं लापरवाही कर रहा हूं? पिछले दस रातों से ठीक से सो भी नहीं पाया हूं।'

कैप्टन ने हौले से उसका हाथ थपथपाया, 'जानता हूं। पर अभी भी लगभग डेढ़ सौ लोगों की हालत अच्छी नहीं है।'

'सुबह के राउंड के नोट्स हैं मेरे पास। आठ समूहों में से जो दो समूह हिल कुलियों के हैं, उनमें सिर्फ आठ उल्टियां कर रहे हैं, एक को दस्त भी है। एक को 104 डिग्री बुखार है। बाकी के जो छह समूह मैदानी कुलियों के हैं, उनमें 118 को उल्टियां हो रही हैं, 54 उल्टी-दस्त दोनों से पीड़ित हैं। रुकिए, मैं आपको अपना नोटबुक दिखाता हूं।' इतना कहकर ओसबोर्न ने कॉफी का आखिरी घूंट लिया और कोट की जेब से नोटबुक निकालने लगा। जब उसने नोटबुक निकाला तो उसी के साथ उसका पर्स बाहर निकल आया। फिर जैसे ही वह नोटबुक खोलकर कैप्टन को दिखाने के लिए थोड़ा आगे झुका, पर्स जेब से बाहर गिर गया। डॉक्टर को पर्स गिरने का पता नहीं चला लेकिन कैप्टन ने देख लिया था।

पर्स उठाते हुए कैप्टन को उसमें डॉक्टर के इकलौते बेटे की मुस्कुराती हुई तस्वीर दिखी। उसने कुछ पल तस्वीर को निहारा और पर्स डॉक्टर की तरफ बढ़ाते हुए बोला, 'शानदार नौजवान दिखता है आपका बेटा। ईश्वर ने जल्दी बुला लिया। मैं आपका दुख समझ सकता हूं मिस्टर ओसबोर्न।'

'उसका इक्कीसवां जन्मदिन था 4 अक्टूबर। पूरा परिवार इकट्ठा था। सिवाय मेरे। लेकिन इवनिंग में केक पर नहीं, उसकी कब्र पर मोमबत्तियां जलीं। महज 21 साल का था।' डॉक्टर के चेहरे पर सुबह वाली उदासी फिर से छा गई थी और पहले से कहीं ज्यादा गहरी भी हो गई थी। 'ईश्वर किसी पिता को ऐसा दिन नहीं दिखाए,' कहकर उसने सीने पर क्रॉस बनाया।

टेबल पर उसके नोटबुक के पन्ने हवा से फड़फड़ा रहे थे।

तभी जहाज का एक सहायक कर्मचारी उनके पास आया। कैप्टन ने उसे देखा। कर्मचारी ने अदब से सुबह के नाश्ते का रजिस्टर उसकी ओर बढ़ाया, 'नाश्ते का समय हो गया है। अधिकतर कुली शौच से निबट चुके हैं। आप कहें तो नाश्ते की घंटी बजवा दूं?'

कैप्टन ने रजिस्टर लेकर देखा। नाश्ते के मेनू में प्रति व्यक्ति बिना दूध वाली चाय, चार बिस्कुट, रोटी और करी वाली सब्जी दर्ज थी। उसके नीचे ही दोपहर और रात के भोजन का भी विवरण था। उसने रजिस्टर पर हस्ताक्षर किए और डॉक्टर की तरफ बढ़ाया। डॉक्टर ने भी रजिस्टर पर काउंटरसाइन किया। दोनों के साइन होते ही कर्मचारी रजिस्टर लेकर उल्टे पांव वापस लौट गया। डॉक्टर ने इस बीच नोटबुक को समेटकर अपनी जेब के हवाले कर लिया था।

थोड़ी ही देर में नाश्ते की घंटी बज उठी। दोनों की निगाह कुलियों की तरफ चली गई जो घंटी बजते ही नाश्ता पाने के लिए बेसब्र हो उठे थे। ठेलमठेल एक-दूसरे पर 'लूझ' पड़ रहे थे, सूबेदार और चौकीदार जबकि उन्हें चींटियों की तरह कतार में बैठाने में लगे थे। पर दो अलग-अलग दिशाओं में।

'दे कांट युनाइट। रीयल इंडियन कास्टिस्ट फेलोज'। कैप्टन के स्वर में व्यंग्य और हिकारत दोनों था।

सुबह के 11 बज रहे होंगे। कलकत्ता स्थित पुलिस सुपरिंटेंडेंट ऑफिस के सामने एक बग्घी आकर रुकी। बग्घी के रुकते ही गाड़ीवान ने दरवाजा खोला। बग्घी में से तीन ब्रिटिश कंपनियों के तीन एजेंट उतरे और पुलिस सुपरिंटेंडेंट ऑफिस परिसर में दाखिल हुए।

गेट से ऑफिस परिसर में घुसते ही लॉन था। लॉन के बीच से दफ्तर तक पहुंचने वाले रास्ते के दोनों ओर गुलाब और गेंदा के फूल खिल रहे थे। एक माली लॉन की घास की काट-छांट में लगा हुआ था। समूचा परिसर कई तरह के फलदार वृक्षों से भरा-भरा था। सहायक अधिकारियों और क्लर्कों के कमरों के बगल वाला दाहिना गलियारा सीधा पुलिस सुपरिंटेंडेंट के दफ्तर तक जाता था। तीनों सीधे उधर ही बढ़े।

पुलिस सुपरिंटेंडेंट दफ्तर में ही था।

उन तीनों एजेंटों में से एक जॉन हग्स ने दरवाजे को नॉक किया।

अंदर से पुलिस सुपरिंटेंडेंट की नकियाती आवाज़ आई, 'यस, कम इन।'

तीनों उसके सामने थे। पुलिस सुपरिंटेंडेंट ने गर्मजोशी से हाथ मिलाया और बहुत ही शालीनता से बोला, 'गुड मॉर्निंग ऑल ऑफ यू। वेलकम। प्लीज, हैव अ सीट!'

'गुड मॉर्निंग गुड मॉर्निंग' कहते हुए वे टीक की लकड़ी की बनी हुई कुर्सियों पर बैठ गए। कुर्सियों पर उसे बनाने वाले कारीगर ने बहुत बढ़िया बेल-बूटे उकेरे थे।

'इमेराल्ड आइल के सक्सेसफुल डिपार्चर के लिए आपको धन्यवाद कहने आए हैं। आपका कोऑपरेशन नहीं होता तो हम उसे क्रिसमस से पहले नहीं रवाना कर पाते।' जॉन हग्स ने बैठते ही कहा।

'यह तो हमारी खुशनसीबी है मिस्टर हग्स! हम तो हर मैजेस्टी की ओर से यहां बैठे ही आपकी सेवा के लिए हैं।' छोटे कद के गोलमटोल पुलिस सुपरिंटेंडेंट ने मुस्कुराकर कहा।

पुलिस सुपरिंटेंडेंट करीब 50 के पेटे का आदमी था। लाल-भूरे रंग का। उसके चेहरे पर सफेद-सफेद चकते थे और सिर के बाल लंबे थे। गर्दन तक झूलते हुए। उसकी हथेलियां चौड़ी थीं और दिखने में किसी जानवर के पंजे की तरह मालूम होती थीं। खुरदुरी-खुरदुरी। पुलिस सुपरिंटेंडेंट बनने से पहले वह गवर्नर जनरल के ऑफिस में मालगोदाम का हेड क्लर्क हुआ करता था।

'कैप्टन स्कॉल्टन की इच्छा बिलकुल नहीं थी। और मेडिकल सुपरिंटेंडेंट भी कुछ दिन और लटकाना चाहते थे।' हग्स ही बोला। उसके साथ आए बाकी दोनों चुपचाप बैठे थे।

'हां, हॉर्बर पर उससे ज्यादा पावरफुल कोई नहीं है। वह भी तब, जब कुलियों का मामला हो।'

'आपसे ज्यादा नहीं।'

पुलिस सुपरिंटेंडेंट हंसा, 'सबके अपने-अपने पॉवर हैं। अच्छा हुआ कि आपने उसे जल्दी पटा लिया, वरना मैं भी कुछ नहीं कर पाता। बिना उसके मेडिकल सर्टिफिकेट के एक भी कुली को जहाज में चढ़ा पाना...इम्पॉसिबिल है।'

'फिर भी पचास से ज्यादा कुलियों को बिना मेडिकल जांच और उनका नाम इमाइग्रेशन रजिस्टर में बिना दर्ज किए भेज पाना, आपके कोऑपरेशन के बगैर संभव नहीं था।'

'बट...बार-बार ऐसा नहीं हो सकेगा। हिल कुलियों पर हाउस में बहस उठ जाने के बाद कानून सख्त हो गया है। ये जो अभी-अभी 2 दिसंबर, 1842 का नया एक्ट आया है, उसने हम सबके हाथ बांध दिये हैं।'

हग्स समझ गया। पुलिस सुपरिंटेंडेंट रिश्वत की राशि से संतुष्ट नहीं था और उसे बढ़ाने का इशारा कर रहा था।

हग्स ने कहा, 'समझता हूं सर। हम तो यही यकीन दिला सकते हैं कि कानून के विरुद्ध न खुद कभी कोई काम करेंगे और न ही आपको कहेंगे। वैसे भी, इस एक्ट को लागू होने में पांच-छह महीने तो लग ही जाएंगे। काउंसिल इसे हर मैजेस्टी गवर्नमेंट, लंदन के लॉर्ड स्टेनली को भेज चुकी है। देखिए, आगे क्या होता है!'

'होना क्या है! ज्यादा से ज्यादा पार्लियामेंट कुछ सुझाव देकर पास कर देगी। हमारे डिपार्टमेंट के कमिश्नर मिस्टर बर्क बता रहे थे कि एक्ट के कई प्रावधान बड़े सख्त हैं।'

'सरकार चाहे जैसा एक्ट बना ले, कुली एक्सपोर्टेशन इसेंशियल नीड ऑफ अवर टाइम। वी आर डूइंग फेयर बिजनेस एंड वी शैल नॉट गोइंग टू डू एनी टाइप ऑफ क्राइम। स्पेशली इन कुली बिजनेस।'

घाघ पुलिस सुपरिंटेंडेंट को पता था। इस बिजनेस में कुछ भी फेयर नहीं था। कोई भी फेयर नहीं था। न हाउस, न कंपनी और न ही वे चारों, जो यहां बैठे एक-दूसरे को शीशे में उतारने की कोशिश में लगे थे। कुली इमाइग्रेशन में जो भी हो रहा था, वह सीधे- सीधे क्राइम था। पर वह खुद को छोटा और सरकार व कंपनी को बड़ा अपराधी मानता था। इसीलिए उसने 'घाव' सहलाने के अंदाज में अफसोस जताया, 'यस, बट...गवर्नर जनरल काउंसिल से पारित एक्ट फिफटिन (29 मई, 1839) एक बहुत बड़ा धक्का था प्लांटरों और उद्योगपतियों के लिए।'

'जुलाई, 1838 में अगर मामला हाउस ऑफ कॉमंस में नहीं पहुंचता तो कुलियों के इमाइग्रेशन को रोकनेवाला यह एक्ट नहीं बन पाता। डिबेट के दौरान सर जॉर्ज ग्रे अड़ गए थे, हिल कुलियों का इमाइग्रेशन तत्काल रोक दिया जाए, और उनकी शिकायतों के लिए जांच कमिटी गठित हो।' अब तक चुप दूसरे एजेंट एडुवर्ड ने अपनी ज़बान खोली।

'लेकिन सर, रॉबर्ट पिल प्रतिबंध लगाने के पक्ष में नहीं थे। वे जांच कमिटी भी नहीं चाहते थे। विरोध करते हुए उन्होंने यहां तक कह दिया था कि भारत के गवर्नर जनरल काउंसिल को इस तरह का एक्ट बनाने और पारित करने का कोई अधिकार ही नहीं है।' हग्स ने उसे सपोर्ट किया।

'सभ्य होने की कीमत तो चुकानी ही पड़ती है।' इस बार एजेंट मैक्वान बोला था।

एडुवर्ड को मालूम था, यह नया पुलिस सुपरिंटेंडेंट बिलकुल अनपढ़ था। गवर्नर जनरल की चापलूसी करके इस पद तक पहुंचा था। इसलिए उस पर धौंस जमाने के लिहाज़ से बोला, 'एक पंफलेट ने बात का बतंगड़ बना दिया था, वरना कुछ नहीं होता। बिना कानून बने सब बढ़िया से चल ही रहा था। अब देखिए न, ऐसी खबर मिल रही है कि जल्दी ही यहां कलकत्ता में कुलियों के लिए इमाइग्रेशन ऑफिस खुलने वाला है। डेमारा, मॉरिशस, गुयाना, सभी कैरेबियन कॉलोनीज में अलग से खुलेगा। इतना ताम-झाम, नुकसान ही है न पैसों का। आखिर खर्च तो कंपनियों को ही उठाना पड़ेगा।'

पुलिस सुपरिंटेंडेंट को अच्छा नहीं लगा था यह सुनकर। इमाइग्रेशन ऑफिस खुलने से उसकी पूछ कम हो जाने वाली थी। थोड़ी खिन्नता से बोला, 'क्या खर्चा होता है? आपकी कंपनियां जितनी लाभ में हैं, उसके हिसाब से कुछ भी नहीं। और पुलिस डिपार्टमेंट को इसके लिए क्या मिलता है? कुछ भी नहीं। लॉ ऑर्डर के साथ अब कुलियों की भी गिनती करो। मजे आप लोगों के हैं। हमारी तो यहां जान अटकी रहती है—दिन-रात चौबीसों घंटे। बीवी के साथ सोने का भी वक्त नहीं मिलता। ये रिपोर्ट तो वो रिपोर्ट। रेकड...लॉग बुक। सिर हमेशा तोप की नली में घुसा ही समझिए।'

स्थिति बिगड़ता देख हग्स ने बात संभाली। वह इन तीनों में पुराना खिलाड़ी था इस धंधे में। पूरी विनम्रता से कहा, 'बुरा हो उस मोटू सांसद का। वही संसद में पंफलेट ले जाकर लहराने लगा था, वरना कोई जानता भी नहीं। तब मैं लंदन में ही था।'

'सुना कि पहले वह अखबारों में गया था?' पुलिस सुपरिंटेंडेंट ने मासूमियत से पूछा।

तीनों समझ नहीं पाए, पुलिस सुपरिंटेंडेंट उस पूरे बवंडर से वाकिफ है या नहीं, क्योंकि जिस तरह से उसने सवाल किया था, उससे यही आभास हो रहा था कि वह कुछ ज्यादा नहीं जानता है। और अगर जानता है तो फिर ये हरामी यकीनन एक नंबर का अभिनेता है।

'कौन?' हग्स ने भी अनजान बनते हुए पलटकर पूछ लिया।

'वही, जॉन स्काबल...एंटी स्लेवरी सोसायटी का स्वयंभू सेक्रेटरी। मॉरिशस-फिजी से लौटकर जिसने एक लंबी-चौड़ी रिपोर्ट बनाई थी और अखबार के एडिटरों के पास गया था छपवाने। किसी ने नहीं छापा। तब कुछ सिनेटरों को दिया कि वे उसकी रिपोर्ट के आधार पर इस मामले को हाउस ऑफ कॉमंस में उठाएं। मॉरिशस, फिजी, गयाना आदि कॉलोनियों में हिल कुलियों की हालत बदतर है। अफ्रीकन स्लेवों से भी भयानक अत्याचार हो रहे हैं उन पर। लेकिन सिनेटरों ने भी जिसको घास नहीं डाली थी।' पुलिस सुपरिंटेंडेंट ने अपना ज्ञान पूरा का पूरा उड़ेल दिया।

हग्स बात को संभालता इससे पहले ही नौसिखिया एजेंट एडुवर्ड उसके जाल में फंस गया। बोल पड़ा, 'हां-हां, वही न, जिसने बाद में खुद के खर्चे से रिपोर्ट छाप डाली थी और बांट दिया था चौराहे-चौराहे पंफलेट के जैसा?'

'बेशक! मैं उसी की बात कर रहा हूं।' पुलिस सुपरिंटेंडेंट ने उनके चेहरे तौलते हुए कहा, 'इसके बाद ही मामला पब्लिकली हो गया...नहीं तो बात दब ही गई थी।'

गड़े मुर्दे कब्र से बाहर निकल आए थे। बेवकूफ एडुवर्ड नहीं जानता था, पुलिस सुपरिंटेंडेंट बात को किधर घुमा रहा है। उसने बात को दूसरी ओर मोड़ने का प्रयास किया, 'एंटी स्लेवरी सोसायटी को लगता है, हम लोग हत्यारे हैं। अरे! हम भूखे-नंगों को काम दे रहे हैं। उन्हें सभ्य बना रहे हैं। यह सब नहीं दिखता उन हरामखोरों को?'

'मानवाधिकारों की बात करनेवालों को यही लगता है कि हम भारत से भी नीग्रोज की तरह काले लोगों को दास बनाने के लिए ले जा रहे हैं।' मैक्वान को भी उस पूरे प्रकरण की जानकारी थी। 'मिस्टर एंडरसन ने कॉलोनियल सेक्रेटरी को पत्र लिखकर वस्तुस्थिति से अवगत कराया था। एंडरसन की रिपोर्ट बहुत फेबरेबल थी। फिर भी...कानून बना, रोक लगी, जांच की लंबी प्रक्रिया चली।'

'उबाऊ, थकाऊ, खर्चीला भी...फालतू में दो-तीन साल तक इमाइग्रेशन रुका रहा, जबकि सबको पता था, कुछ नहीं होनेवाला।' हग्स ने फिर से विषयांतर की कोशिश की।

एडुवर्ड रुका नहीं। 'साजिश थी सोसायटी वालों की। और क्या! चाहते थे कि प्लांटेशन बंद हो जाए। आप जानते ही हैं, ऐसा होने से कपड़े और गन्ने का पूरा उद्योग ही चौपट हो जाता।' उसे लग रहा था, उसकी बातों में पुलिस सुपरिंटेंडेंट रुचि ले रहा है और उससे प्रभावित भी हो रहा है।

असल में एडुवर्ड और हग्स की बनती नहीं थी। कुलियों पर मिलने वाले कमीशन का आकर्षण ऐसा था कि एजेंटों में प्रतिस्पर्द्धा तो थी ही, कभी-कभी मारपीट तक की नौबत हो जाती थी। एडुवर्ड पिछले एक-डेढ़ साल से ही इस धंधे में था। उसके लिए ही नहीं बल्कि अन्य कई एजेंटों के लिए भी हग्स ही पुलिस डिपार्टमेंट से डील करता था। इसलिए आज की बातचीत में वह पुलिस सुपरिंटेंडेंट पर अपना सिक्का जमा देने में कोई कसर नहीं रहने देना चाहता था।

'हमें ऐसी अफवाहों से और लोगों को बरगलाने वाले मानवाधिकारवादी व्यक्तियों पर ध्यान नहीं देना चाहिए। अच्छा होगा, हम काम की बातें करें।' हग्स ने पुलिस सुपरिंटेंडेंट का ध्यान खींचा।

मैक्वान को भी यह बातचीत बेकार लग रही थी। 'उन लोगों को समझाना मुश्किल है। उन्हें देश की प्रगति से ज्यादा उन काले लोगों की चिंता है जो अपने देश में भूखों मर रहे हैं।'

एडुवर्ड बोला, 'हद है, जो कहीं से इंसान नहीं दिखते और जंगली भाषा बोलते हैं, उन बंदरों के लिए इतना शोर-शराबा हुआ!'

'सही कह रहे हैं। जो लंदन-फ्रांस में बैठकर डींगे हांक रहे हैं, उन्हें पता भी है, हिल कुली कौन हैं? धांगर किसको कहते हैं? कभी देखा भी है?' पुलिस सुपरिंटेंडेंट उसको हवा दिये जा रहा था।

एडुवर्ड भी उगलने से कहां बाज आ रहा था, 'एग्जेक्टली। दे ऑर डोंट नो एनीथिंग अबाउट दिज कोल ओर धांगर्स। ये लोग अपने इलाके छोटा नागपुर, रामगढ़ में क्या करते हैं? कुछ अपने शांतिप्रिय पड़ोसियों के मर्डर, लूटपाट और विध्वंस में लगे रहते हैं, तो कुछ हमारे राज के विरुद्ध उत्पात और विद्रोह में। उनके पास

कोई काम-धंधा नहीं है। दो वक्त खाने का निश्चित जरिया भी नहीं है इन भुखमरों के पास।'

'लेकिन बड़े मेहनती होते हैं। कोई भी काम करने को तैयार। चाहे कारखाने में लगा दो या प्लांटेशन में।' मैक्वान बोला। उसने कई रिपोर्टों में इस तरह की टिप्पणी पढ़ रखी थी हिल कुलियों के बारे में, जिनमें कहा गया था–इस धरती पर उनसे ईमानदार, सरल और मेहनती कोई दूसरा नहीं था।

'इसमें भला क्या शक! उनसे बढ़िया मजदूर मिलना मुश्किल है। चाइनीज और बंगालियों की तरह नहीं, जो आलसी और बिलकुल निकम्मे होते हैं।' पुलिस सुपरिंटेंडेंट ने उसका समर्थन किया था। वह अपने बंगाली नौकरों से बहुत परेशान रहता था, जो हमेशा काम से जी चुराते थे। पर उसका अगला टारगेट एजेंट हग्स था। इसलिए अचानक उसने टू द प्वाइंट सवाल किया, 'जहां तक मुझे याद है, आपने भी तो जांच कमीशन को फेस किया था?'

बात सीधे उस पर आ गई थी। हग्स जांच आयोग की बात करने से हमेशा कतराता था। यहां कोई चारा नहीं था। बोलना पड़ा, 'हां, मेरी भी पेशी हुई थी कैप्टन जेम्स रिपन, कैप्टन एफ. डब्ल्यू. बर्क, मिस्टर जे.जे., मैकन और कफप्टन अलेक्जेंडर के बाद। अपनी पेशी में मैंने जांच कमीशन को साफ-साफ कहा था, ये सब अफ्रीकन नीग्रो की तरह दास या बंधुआ नहीं हैं। कांट्रेक्ट लेबर हैं। एब्सलूटली फ्री। जो अपनी मर्जी से पांच साल के लिए दूसरी कॉलोनियों में जाते हैं और फिर लौट भी आते हैं। बकायदा एग्रीमेंट होता है उनके साथ।'

'मुझे तो वह समाजसेवी...जॉन स्काबल...बास्टर्ड! मिल जाए तो गोली मार दूं।' एडुवर्ड ने गुस्से से कहा।

हग्स ने अब उसे शांत रहने का इशारा किया।

मैक्वान समझ रहा था, हग्स परेशानी में है। उसने पुलिस सुपरिंटेंडेंट से कहा, 'अब इतना हल्ला हो गया था तो यह सब करना ही था। देखा जाए तो अच्छा ही हुआ। इससे विरोधियों के मुंह तो बंद हुए ही, कुलियों को ले जाने का रास्ता भी वैध हो गया।'

इतनी आसानी से पुलिस सुपरिंटेंडेंट नहीं मानने वाला था। उसने हग्स को फिर छेड़ा, 'सुना, बहुत लंबी सुनवाई चली थी...?'

'हां, मुझसे कमीशन ने कम-से-कम 40 सवाल पूछे होंगे। पर सवाल बड़े बेतुके और कई तो मूर्खतापूर्ण थे।'

बेवकूफ कहीं का! खुद को सयाना बता रहा है। पुलिस सुपरिंटेंडेंट ने मन-ही-मन उसे गाली दी। प्रत्यक्षतः मुस्कुराते हुए बोला, 'अच्छा-अच्छा! जांच कमीशन में तो टी डिकेन्स, मेजर आरची, रासोमय दत्ता और विलियम डावसन जैसे नामी-गिरामी लोग थे?'

'आप सही फरमा रहे हैं। डिकेन्स साहब इंक्वायरी कमीशन के चेयरमैन थे। सबसे पहला सवाल उन्होंने ही किया था कि आप कब से मजदूरों को कॉलोनियों में भेजने का काम कर रहे हैं। बताइए, ये भी कोई सवाल हुआ?

'कोई बेवकूफ ही ऐसा पूछेगा।' मैक्वान हग्स के सपोर्ट में था।

लेकिन एडुवर्ड तो निरा बेवकूफ निकला। बिना सोचे-समझे तुरंत पूछ बैठा, 'फिर...फिर आपने क्या जवाब दिया था?' देखा जाए तो यह सवाल पुलिस सुपरिंटेंडेंट का ही था।

'मैंने...?' हग्स उसको घूरता पुलिस सुपरिंटेंडेंट से ही संबोधित रहा, 'बोला कि चार-पांच साल से ये काम कर रहा हूं।'

'फंस गए होंगे आप। दावे से कह सकता हूं। जरूर फंस गए होंगे...और कह रहे हैं, मूर्खतापूर्ण सवाल था।' खुलकर हंस पड़ा पुलिस सुपरिंटेंडेंट।

'कैसे? भला इस जवाब में फंसने जैसा क्या है...?'

'भई, आपने कहा, चार-पांच साल। मतलब कि आप प्रतिबंध के दौरान भी कुलियों की सप्लाई में लगे थे। फंसे कि नहीं?'

एजेंट हग्स ने उसके नहले पर दहला मारा, 'आप भूल रहे हैं सर! विद फुल रेसपेक्ट कह रहा हूं, प्रतिबंध एक साल बाद लगा था। 1839 में। और मैं जांच कमीशन को जवाब दे रहा था सितंबर 1838 में।'

पुलिस सुपरिंटेंडेंट झेंप गया। 'और...और क्या-क्या सवाल किए थे?' कहीं और फंसा लेने के खयाल से उसने फिर पूछा।

एजेंट हग्स भी मन-ही-मन मुस्कुराया। पट्ठे को बिलकुल याद नहीं था कि 1837 में एक्ट फाइव लागू हो गया था। कैप्टन बर्क तब कुलियों के इमाइग्रेशन का सुपरिंटेंडेंट बना था। पर कंपनी नए एक्ट को ताक पर रख कुलियों को कॉलोनियों में भेजती रही थी।

'कहा न सर...बहुत मामूली-मामूली सवाल कर रहे थे। जैसे, आपने कुलियों को ले जाने के लिए स्टाफ रखे होंगे। मैंने कहा, हां, रखे थे। दफादार और अरकाटी। अगला सवाल किया, इसके अलावा लश्कर भी तो होते हैं? मैंने कहा, हां, होते हैं। पर हम लश्करों को एपोइंट नहीं करते। उन्हें जहाज की कंपनी या फिर उसका कैप्टन काम पर रखता है। उन्होंने यह भी पूछा था कि क्या मैं दफादारों और अरकाटियों को मंथली सैलेरी पे करता हूं या उन्हें कमीशन देता हूं। ये कोई सवाल हुआ!'

'हां-हां...आप लोग तो खुद ही कमीशन पर काम करते हैं।'

'कमीशन भी कितना? बहुत मामूली। मुश्किल से काम चल पाता है। सारा लेने-देने में ही खर्च हो जाता है।'

हग्स की इस बात को पुलिस सुपरिंटेंडेंट ने अपने ऊपर 'अटैक' की तरह लिया। तिलमिलाकर बोला, 'पर मैंने तो सुना है...कुली बिजनेस में आपने खूब माल दबाया है?'

आखिर बात वहां आ ही गई जहां पुलिस सुपरिंटेंडेंट लाना चाहता था। हग्स इस धंधे में छोटे-बड़े अधिकारियों को डील करते हुए अच्छी तरह से जानता था कि कंपनी सरकार के बड़े आला अधिकारी अपने हिस्से की राशि बढ़वाने के लिए एजेंटों की कमजोर नब्ज पर हाथ रखते हैं। नया पुलिस सुपरिंटेंडेंट भी वही नुस्खा काम में ले रहा था।

'आप भी कमीशन वालों की तरह सोच रहे हैं सर! सब अफवाह है। कमीशन ने भी पूछा था। आपने 45000 रुपए कमाए हैं, आप ही सोचिए सर। कंपनियां

कितना देती हैं। मिस्टर डावसन और लॉलसन मैथ्साव कंपनी उस समय एक कुली के लिए सिर्फ एक रुपया देते थे। टिरोन एंड पेंडले कंपनी दो रुपया और मिस्टर फ्रांसिस अपने कमीशन का एक-तिहाई हिस्सा। डेमारा के लिए गिलन्डर्स और अर्थुबनोट कंपनियों से मिलनेवाला कमीशन थोड़ा ज्यादा था। दस रुपया तक।'

'नहीं-नहीं। मैं कमीशन की बात नहीं कर रहा। सच है, कमीशन से 45 हजार नहीं बचाए जा सकते। आरोप था कि आपने ये पैसे कुलियों को मिलने वाले एडवांस से हड़पा था।' पुलिस सुपरिंटेंडेंट ने अंतिम चोट की।

एडुवर्ड और मैक्वान चुप थे। उन्हें यह सब पता नहीं था।

'आपसे कुछ छुपा नहीं है सर! छह महीने का एडवांस कुलियों को देने के लिए मिलता था। हम उन्हें सिर्फ चार महीने का देते हैं। बचे हुए दस रुपए तो आप लोगों की सेवा में जाते हैं। बताइए, कैसे संभव है इतनी बड़ी राशि बचा लेना? हां, कुलियों को डिपो तक लाने में और यहां जो खर्च करना होता है, वह नहीं देना पड़ता तो शायद बचा भी लेता।'

'छोड़िए...अब इन बातों में क्या रखा है! कहिए, नेक्स्ट शिप कब छोड़ने का इरादा है?' पुलिस सुपरिंटेंडेंट ने ही बात बदल दी। उसने हग्स को बता दिया था कि वह उसे नया खिलाड़ी नहीं समझे।

हग्स ने इत्मीनान की सांस ली, 'उसी की तो बात करने आए हैं।'

'तो कीजिए न मिस्टर हग्स। पुलिस डिपार्टमेंट तो अब आप लोगों की सेवा के लिए ही रह गया है।'

'हम लोगों का खयाल है, फरवरी तक कम-से-कम बीस कुली जहाज यहां से रवाना होंगे।'

'सिर्फ दो-तीन महीने में?' पुलिस सुपरिंटेंडेंट की बाछें खिल गईं। 'गुड! गुड न्यूज! मतलब अच्छी तैयारी है।'

'और अब से हर जहाज पर कम-से-कम 300 कुली लादे जाएंगे।'

'ये तो बहुत ज्यादा है। 150 तक ठीक रहेगा। आपने बुहत ज़ोर दिया इसलिए इमेराल्ड आइल के लिए न नहीं किया। ढाई सौ लोगों को खुले डेक पर ले जाना बहुत डेंजरस है।'

'चिंता नहीं कीजिए सर! अब आगे से कुलियों को खुले डेक पर नहीं भेजेंगे। यह मालवाहक जहाज था इसलिए ऐसा करना पड़ा। और ऐसा कभी-कभार ही होता है। वैसे, हमारी कंपनी अफ्रीकन स्लेव के लिए बनी जहाजों को मरम्मत करवा रही है।' हग्स ने एडुवर्ड की तरफ इशारा करते हुए बात जारी रखी, 'इनकी कंपनी तो बर्मा के शिप मैनुफेक्चरर को दो नए जहाज बनाने का ऑर्डर भी कर चुकी है जिसमें माल ले जाने के साथ-साथ कुलियों के लिए भी व्यवस्था रहेगी।'

'रिस्क बढ़ जाएगा। थोड़ा-थोड़ा ले जाना ठीक रहेगा।'

'आप और हम मिलकर सब संभाल लेंगे। वैसे भी, एक्सपोर्टेशन में कुछ सामान का नुकसान तो होता ही है।'

पुलिस सुपरिंटेंडेंट उठकर खड़ा हो गया। 'ओके। मेरे कोऑपरेशन के बारे में निश्चिंत रहिए। लेकिन आप लोगों को यहां से जो लोग पार्लियामेंट में नोमिनेटेड हैं, उनसे भी मिल लेना चाहिए। दे आर वेरी पॉवरफुल।'

'उन लोगों से कंपनी पहले ही डील फाइनल कर चुकी है।' एजेंट हग्स ने हाथ मिलाते हुए कहा।

'तब क्या सोचना है!' पुलिस सुपरिंटेंडेंट की आंखों में डॉलर के एक नहीं, कई-कई जहाज डोल रहे थे।

तीनों एजेंट उसके दफ्तर से बाहर निकल पड़े।

रामनारायण चौथे समूह का सरदार बनाया गया था। उसने डेक पर पहले ही दिन जब रात का खाना बांटा जा रहा था, साथ में बैठकर खाने से इनकार कर दिया था। गुस्से से बोला था, 'हम ऊंच जात के बानी। बराहमन देवता। नीच जात अउर जंगली लोग के साथ बइठ के नाहीं खायम।'

इस पर खाना बंटवा रहे अंग्रेज साहब ने उसे दो डंडे मारे। सूबेदार ने पटककर उसके मुंह में डंडा घुसेड़ दिया।

अंग्रेज साहब चीखा, 'खाना तो टुमारा बाप भी खाएगा। इधर सब एक कास्ट है। नो ब्राहमिन नो लोअर कास्ट।'

रामनारायन के साथ ही खाने की 'पांत' से उठ गए 7-8 लोगों की भी सूबेदार और चौकीदारों ने पिटाई की। सिपाहियों की बंदूकें उन सबकी तरफ तनी हुई थीं, इसलिए किसी को और विरोध करने की हिम्मत नहीं हुई।

दूसरे दिन दोपहर के समय खाना बंटने से पहले ही रामनारायन करीब 30-35 लोगों के साथ एक ओर हो गया। सूबेदार ने लाठी चलाई तो उसके साथ के लोगों ने सूबेदार को घेर लिया। चार-पांच उसे काबू में करने में लग गए। सूबेदार पहलवान आदमी था। उस दोपहर के समय में डेक पर तीन चौकीदार और एक सिपाही ही थे। बाकी नीचे मेस में खाने के लिए गए हुए थे। वे चारों दौड़कर सूबेदार को बचाने के लिए फौरन वहां पहुंचे। तब तक आठ-दस कुली उस पर चढ़कर बैठ गए थे। रामनारायन और एक दूसरा कुली, जिसका नाम बेचन था, दोनों ने उसकी गर्दन को उसी की लाठी से दबा रखा था। सूबेदार ज़िबह होते सूअर की तरह ज़ोर-ज़ोर से 'गों-गों' की आवाज़ कर रहा था।

चौकीदार और सिपाहियों के आते ही रामनारायन दहाड़ा, 'हेने ना अइहऽ जा। नाहिं तऽ गरदनिया चीपे में तनिको देर ना लागी। कप्तान साहब के बोलावऽ। उनकरे से बात करब।'

मामला बिगड़ गया था और उनके हाथ से निकल भी गया था। सिपाही अकेला था। चौकीदार निहत्थे। उनके पास रामनारायन की बात मानने के अलावा कोई चारा नहीं था। सिपाही ने एक चौकीदार को इशारा किया। चौकीदार तेज़ी से डेक की सीढ़ियों की तरफ भागा।

कुंती और उसके साथ अन्य तीन औरतें भी रामनारायन के पक्ष में उनकी ओर जाकर खड़ी हो गई थीं।

कैप्टन बिना एक पल की देरी किए सिपाहियों के साथ वहां हाज़िर हुआ। पूरा नज़ारा देखकर उसने समझदारी से काम लिया। थोड़ी-सी भी चूक सूबेदार की जान ले सकती थी और उसके बाद जो उपद्रव होता, उसमें कई लोगों के मारे जाने की पूरी आशंका थी।

रामनारायन की बात सुनने के बाद कैप्टन ने उन सबको आश्वासन दिया था, 'टीक हय। टुम लोग अलग से बेठ के खाएगा और टुम लोग चाहेगा टो टुम सबका खाना भी रात से अलग पकेगा। बट...इसके बाड कोइ बी हंगामा नइ होना चाहिए। हंगामा हुआ टो मैं कोइ दयानतदारी नइ करेगा। उसको सजा देगा। चाहे अमको ये पूरा शिप ही क्यों न इडर समुदरा में डुबोना पड़े।'

उस दिन से ही ऊंची जाति और बाकी लोगों के लिए अलग-अलग खाना बनने लगा था। रामनारायन और उसके साथी अलग पांत बनाकर बैठा करते।

अभी भी जब नाश्ता बंट रहा था, डेक पर लोग दो वर्गों में विभाजित थे। यह विभाजन बांटने में भी था। सबसे पहले रामनारायन और उसकी पांत के लोगों को नाश्ता-खाना मिलता, उसके बाद ही जंगली और नीच जाति कहे जानेवाले पांत के लोगों को। औरतें इस विभाजन से अलग थीं। शुरुआती एक-दो दिन उनके बीच भी भेद रहा परंतु जल्दी ही वह गायब हो गया। वे सब एक साथ ही बैठतीं-उठतीं और खातीं-पीतीं।

रजिस्टर के अनुसार नाश्ते में उन्हें रोटी और तरकारी मिलनी थी, पर मिला सिर्फ चार-चार बिस्कुट और एक-एक मग चाय।

दूसरे नंबर के समूह का सरदार चोका बना था। पहले वह कलकत्ता में ही किसी अंग्रेज साहब के यहां मजदूरी करता था, अगल-बगल के लोगों को सुनाते हुए बोला, 'जानऽ हऽ भइवा, ई कुकुर के खाए ओला बिकुट बा। ब्रांडन साहेब एहि बिकुटवा अपन कुकरन के खियावत रहन। कहियो ना सोंचले रही कि ओहे बिकुटवा एक दिन हमरो के खाए के पड़ी।'

दूसरे कुली ने हामी भरी, 'ओकर बहिनिया के हाथी चढ़उ, सार अरकटिया कहले रहे कि दहजवा पे चढ़ते खाए लेल भर पोरसा भात अउर कमाई में सोना-चानी मिली। कुकुर बन के रह गइल बानी।'

कोई कुछ नहीं बोला। बस, केवल सुड़-सुड़ और चपर-चपर की आवाज़ आती रही।

जहाज पर जो कुछ हो चुका था और आगे जो होनेवाला था, इसकी कल्पना किसी कुली को नहीं थी। अलग-अलग खाना खाने और बनाने के सवाल के अलावा 'टोपस' को लेकर जहाज पर दूसरे दिन भी हंगामा हो चुका था। विरोध और हंगामे के बावजूद कैप्टन ने उनकी एक नहीं सुनी थी। एक तो सब विशाल समंदर के डर

से सहमे हुए थे; दूसरे, विरोध करनेवालों में से किसी को नहीं बख्शा गया था। अपने अपमान का बदला लेने में सूबेदार ने बिलकुल कंजूसी नहीं की थी।

दरअसल, पहले दिन जहाज पर चढ़ते ही उन सबको यात्रा के नियम-कायदे सख्ती से समझा दिये गए थे। सबको बता दिया गया था कि उन्हें लगभग एक महीने की यात्रा खुले डेक पर करनी है। जहाज चूंकि सिर्फ माल ढोने के लिए बनाया गया है इसलिए इसमें लोगों के रहने की कोई व्यवस्था नहीं है। हां, धूप पड़ने पर वे लोग गोदाम में कुछ समय जरूर गुजार सकते हैं। उन्हें पूरा समय डेक पर ही बिताना होगा। जहाज पर चढ़ने के पहले पानी के लिए टिन का लोटा, कांच की एक बोतल, खाना खाने के लिए टिन की थाली और सामान रखने के लिए जो एक-एक थैला मिला है, उसको संभालकर रखना है। कोई कुली किसी दूसरे के सामान का इस्तेमाल नहीं करेगा और यदि किसी का कुछ भी सामान गुम होता है तो उसे दूसरा नहीं दिया जाएगा। डेक पर रहने-सोने के लिए हर कुली के वास्ते डेढ़ फुट चौड़ी और छह फुट लंबी जगह निर्धारित है।

इसके बाद सबको चार-चार बिस्कुट, आधी-आधी छटांक चीनी और सबके कांच की बोतलों में पानी दिये गए। इस हिदायत के साथ कि बोतल का पानी सिर्फ पीने के लिए है। कपड़े धोने और नहाने का पानी महीने भर की यात्रा में सिर्फ दो बार मिलेगा। शौच और दूसरी जरूरतों के लिए समुद्र का पानी हमेशा उपलब्ध रहेगा।

करीब एक-दो पहर के बाद जहाज ने लंगर उठा लिया और बंगाल की खाड़ी के गहरे पानी को चीरता हुआ बढ़ चला। उस पहले दिन की रात, खाने के समय पहला हंगामा रामनारायन ने किया था। लेकिन दूसरे दिन का हंगामा सभी समूहों के कुलियों ने मिलकर किया था।

हुआ यह था कि सुबह उठते ही शौच करने के बाद, जहाज के एक अंग्रेज अधिकारी ने उन लोगों को इकट्ठा किया। उनमें से कुछ लोगों को उसने रसोई बनाने और कुछ को पहरा देने के लिए चुना। सभी लोगों को आठ समूह में बांटते हुए समूह में से ही एक-एक आदमी को सरदार बनाकर अपने-अपने समूह की जिम्मेवारी दी। हर समूह करीब 25 से 30 लोगों का था। एक से पांच नंबर का समूह गैर-हिल कुलियों का था। छह और सात हिल कुलियों का। आठवां समूह औरतों का बना था।

समूह बन जाने पर अधिकारी ने कहा कि 'टोपस' का काम, जो लोग करना चाहते हैं वे अपना हाथ उठाएं।

लोगों को लगा, 'टोपस' कोई खास ज़िम्मेदारी वाला काम है। इसीलिए रसोइया और सरदार चुनने के बाद टोपस बनने के लिए पूछा जा रहा है। इसी लालच में रामनारायन, जो एक समूह का सरदार चुन लिया गया था, ने भी फौरन अपना हाथ कई कुलियों के साथ उठा दिया। जिन-जिन लोगों ने हाथ उठाए थे, उन सब का नाम अधिकारी ने रजिस्टर में दर्ज कर लिया।

जब लिखा-पढ़ी की कार्रवाई पूरी हो गई तो अधिकारी ने टोपस की ज़िम्मेदारी लेने वालों से कहा कि वे लोग अपना काम शुरू करें। लोगों को समझ में नहीं आया, काम क्या है?

रामनारायन ने पूछा, 'हजूर, का करे के बा, इ तऽ ना बतइनीं?'

अधिकारी ने जवाब दिया, 'टट्टी साफ करना है।'

फिर क्या था! सारे टोपस लोगों ने ना कर दिया। कुलियों के इनकार करते ही चौकीदार और सुरक्षा में तैनात सिपाही उन पर पिल पड़े। इस बार सूबेदार और सारे चौकीदार व सिपाही पहले से सतर्क थे। उन्होंने ऐसी व्यूह-रचना की थी कि अभिमन्यु भी नहीं तोड़ पाता।

बरसने लगीं लाठियां।

सूबेदार का शिकार रामनारायन था। उसने उसका चूतड़ ऐसा बजाया कि कई दिनों तक वह पालथी मारकर बैठ भी नहीं सका था।

लाठियां दनादन हवा में सांय-सांय करती हुई उनके शरीर पर गिर रही थीं और बंदूक के कुंदे छातियां तोड़ रहे थे। उनकी चीख-पुकार और 'गोड़लगी' का कोई असर अधिकारी पर नहीं हुआ।

आखिरकार उन्हें जबरन सबकी टट्टी साफ करने की ड्यूटी स्वीकारनी पड़ी थी।

•

कुंती की नज़र समुद्र के हिचकोले पर थी। जैसे-जैसे हिचकोले उठते-गिरते, उसकी धड़कन भी कम-ज्यादा होती। वह 'कोंता' के सच को स्वीकार नहीं कर पा रही थी।

यही हाल दूसरी औरतों का भी था। जमुनी, तिलिया, मगनी, धनवंती और रेबनी शादीशुदा थीं और अपने मर्दों के साथ सफर कर रही थीं। फुलवरिया, मुनिया, इमरती, रमिया, सुकमी, रामदुलारी और कंगना अविवाहित थीं। कुंती और जोगती, दोनों विधवा थीं। कंगना, रामदुलारी, धनवंती और कुंती सवर्ण जातियों से थीं। बाकी सब लोअर कास्ट से।

कलकत्ता कुली डिपो के रजिस्टर के अनुसार जहाज पर चढ़ने वाली सभी औरतें शादीशुदा थीं और अपने-अपने 'हसबैंड' के साथ स्वेच्छा से पांच साल के कांट्रेक्ट पर मजदूरी करने मॉरिशस जा रही थीं। लेकिन सच्चाई यही थी कि पांच विवाहितों को छोड़कर बाकियों से बिना उनकी इच्छा जाने, उनसे पूछे, और जाति-धर्म को ताक पर रखकर उन्हें अनजान पुरुषों के हवाले कर दिया गया था।

कलकत्ता डिपो में मजिस्ट्रेट के सामने हाजिर करने से दो दिन पहले जब आठों को आठ मर्दों के सामने खड़ा किया गया था, कुंती भी अन्य अविवाहित औरतों की तरह कुछ नहीं समझ पाई थी कि क्या हो रहा है और क्या होनेवाला है। बंदूकधारी 'बरकंदाज' के साथ दफादार जब भी आता, औरतें डर जाती थीं। पता नहीं किसलिए आए हैं और उनके साथ क्या करेंगे! घूंघट में रहने के कारण बहुधा वे बस अंधों की तरह अपनी परिस्थिति और परिवेश से अनजान होतीं। जो कहा जाता, उसे चुपचाप मानने के लिए मजबूर।

कुछ पल खड़ा रहते हो गए तो फुलवरिया ने ही दफादार से घिघियाते हुए पूछा था, 'ए भइया, हमनी के काहे ल ई अदमियन के सामने ठाड़ा करले हऽ?'

वह दफादार छपरा भोजपुर का था। औरतों के डिपो की ज़िम्मेदारी उसी पर थी। कुछ भी कहना-सुनना उसी से होता था। बोला, 'अभी बियाह होगा तोहिन के।'

सुनते ही औरतें भक्क हो गईं। वे सब घूंघट में थीं और अपने सामने खड़े पुरुषों को ठीक तरह से देख भी नहीं पा रही थीं कि कौन कैसा है। जवान है कि बूढ़ा है। लगीं सब रोने-धोने। सामने खड़े पुरुष भी दफादार की बात सुनकर 'घबड़ा' गए थे। वे भी आपस में खुसर-फुसर करने लगे।

कुंती को तो जैसे काठ मार गया। बियाह क्यों? कौन होते हैं ये लोग उसका बियाह कराने वाले। और कोई कैसे बिना गांव-जवार, जाति-धरम जाने...उसे अपनी स्थिति किसी बेस्वा की तरह लगने लगी, जिसे वेश्यावृत्ति के लिए ज़बरदस्ती कोठे में ला खड़ा किया गया हो!

औरतों का रोना-धोना जब बढ़ने लगा तो दफादार खूंखार ढंग से चीखा, 'चोप्प! बंद करो नकियाना। नाहीं तो सबके गंगाजी में डुबा के मार देंगे।'

22 साल की मुनिया दफादार के सामने आकर खड़ी हो गई। 'केकरा जीयेला हइ। हमनी अदमी ना हियइ का। कइसे कर लेम कोनों आन अदमी से बियाह? हम डूबे ल तेयार ही। हिमत हवऽ त ले चलऽ।'

उसकी इस दिलेरी पर दफादार मुस्कुराया। मूंछों को ऐंठते हुए कड़का, 'ले जाइब। एतना जल्दी का बा। पहिले बढ़िया से तोहरा के चार अदमी घोटिहें-पिसीहें। फिन नु डुबाबब हो।'

दफादार की धमकी असरदार थी। गुस्से से उबलती गरियाती हुई मुनिया अपनी जगह पर जाकर खड़ी हो गई।

पुरुष लोग चुपचाप थे। वे भी इस तरह की शादी के लिए तैयार नहीं थे। पर बेबस थे। कैद में थे और यहां उनकी ना का कोई मतलब नहीं था।

कुंती का दिल बुरी तरह से घबराया हुआ था। बहुत हल्की कांपती आवाज़ में उसने अपनी बगलवाली से पूछा, 'सचे, हमनीं के बियाह कर देथिन का बहिन?'

बगलवाली औरत ने फुसफुसाते हुए जवाब दिया, 'का जाने...हमहूं तो तोहरे नियर अनजान बानी। बाकी कउनो पंडित-उंडित तो ना लउकत बा। बिना पंडित के भला कइसे बियाह होवी?'

कुंती बेआवाज़ हो गई। आंख से ढर-ढर लोर ढरकने लगा।

कोई और ना-नुकुर नहीं करे इसलिए तभी बलुही ज़मीन पर दफादार ने लाठी पटकते हुए सबको चेताया, 'अउर केकरो डूबे के मन करताऽ त कह दऽ। संझौती बेरा कूट-पीस के गंगाजी में डुबावे के इतंजाम करल जाव।'

थोड़ी देर में वहां दो अंग्रेज अफसर आए। एक के हाथ में रजिस्टर था। वह रजिस्टर में दर्ज नामों से वहां मौजूद पुरुष-औरतों का मिलान करने लगा। दूसरा अफसर एक-एक पुरुष-औरत के पास जा-जाकर उनका निरीक्षण कर रहा था। वह किसी एक औरत का घूंघट उठाता, उसे देखता फिर मर्दों पर नज़र डालता और दूसरी औरत की तरफ बढ़ जाता था।

जब सबकी तस्दीक हो गई तो निरीक्षण करने वाले अफसर ने मर्दों और औरतों की कतारों के बीच चहलकदमी करते हुए बोला, 'फर्स्ट नंबर मेल विद सेवेंथ नंबर फिमेल। सेकेंड नंबर मेल विद थर्ड नंबर फिमेल। थर्ड नंबर मेल विद...' इस तरह उसने आठों औरतों को सामने खड़े आठ मर्दों के साथ नत्थी कर दिया। वह नंबर बोलता जाता और दूसरा अफसर रजिस्टर में लिखता जाता। इस पूरी प्रक्रिया में मुश्किल से बीस मिनट भी नहीं लगे थे।

दोनों अफसर चले गए। उनके जाते ही दफादार ने इत्मीनान की सांस ली। एक बहुत बड़ा 'यज्ञ' निर्विघ्न संपन्न हो गया था। औरतों या मर्दों में से किसी ने अफसरों के सामने बखेड़ा कर दिया होता तो उसकी सज़ा उसे भुगतनी पड़ती। मूंछों को 'सोहराते' हुए किसी बड़े बुजुर्ग की तरह वह बोला, 'तुम लोग आज से मरद-मेहरारू हय। जो साहब बीचवा में घूर-घूर के सेकेंड-थर्ड लंबर बोल रहे थे, ओही कंपनी डिपो का पंडीजी हयं। ऊ तुम लोग का बियाह कर दिये। सरकारी रजिस्टर में नांवों चढ़ गया। पंडित का करावल बियाह टूट सकता है, पर कंपनी का बियाह एकदम पक्का। सीमीट लेखा पक्का। बुझे कि नाहीं?'

न औरतों को समझ में आया और न पुरुषों को कि बियाह कैसे हो गया। मंतर भी नहीं पढ़ा गया, न ही गांठ बांध के फेरा-उरा हुआ। 'फस्ट विद फोरथ'...ई कैसा सादी हुआ? यह भी नहीं मालूम चला, कौन किसका जनाना और कौन किसका मरदाना है।

दफादार को उन सबकी हालत देख मजा आ रहा था। वह जानता था, उनके मन में कैसे-कैसे सवाल उमड़-घुमड़ रहे हैं। आंख नचा-नचा के और सिर घुमा-घुमा के मर्दों की तरफ देखते हुए कहने लगा, 'यही न सोच रहे हो कि सब तो घूंघट में हैं। कौन किसका मेहरारू कैसे चिन्हबऽ? मरीच देस में घुंघटवा उघार के हाथ पकड़ा देंगे साहब लोग। बाकी दहाज पर तुम लोग का मरजी। साहब का भासा तो बूझे नहीं। इसलिए हमहीं बता दे रहे हैं। याद कर लो बढ़िया से।'

उसने नाम गिनाना शुरू किया, 'फुलवरिया का मरद चैता, मुनिया का दीना, इमरती का ऊ जे लाइन में तीसरका लंबर पर खड़ा हय मतलु। बेचन का मेहरारू हुई सुकमी। रामदुलारी का बियाह अलगु से अउर कंगना रहेगी गजाधर के संग। जोगती का अदमी हय नानू अउर कुंती घर बसाएगी कोंता के संग। बाकी बच गइली रमिया। तऽ ऊ हमार संगे एहिजे रही।' फिर ज़ोर से ठहाका मारकर बोला, 'ना...हम त मजाक कइनी हऽ। रमिया के बियाह भइल बा लोटुआ के संग।'

औरतों की पहचान करने के लिए दफादार जिसका नाम लेता, उसकी ओर लाठी से इशारा कर देता। जब उसने कुंती का नाम लिया तो कोंता ने गौर से कुंती को देखा। सिर से पांव तक ढकी कुंती के पैर में बिछिया थी। उसने उसी बिछिया को अपनी आंखों में सहेज लिया।

कुंती का दिलोदिमाग तो सुन्न था। कोंता सुनने पर भी उसके मन में कोई हलचल नहीं हुई न कोई उत्सुकता कि कोंता कौन है।

इसे विवाह कैसे कहा जा सकता है? यह तो वही बात हुई कि 'अइली न गेली, फलनमा बहू कहयली।'

पिछले 12 दिनों में औरतों के बीच जब-तब डिपो विवाह की वैधता और स्वीकार्यता को लेकर बात होती रही थी। लगभग सभी औरतों ने ऊपरी तौर पर शादी को मान तो लिया था, लेकिन मानसिक तौर उन सबमें हिचक थी। कोंता की बीमारी के दौरान कुंती ने देखभाल की थी, इसलिए यह मान लिया गया था कि उसने कंपनी सरकार द्वारा जोड़े गए रिश्ते को स्वीकार कर लिया है। पर कुंती जानती थी, यह सच नहीं है। उसके संस्कार कोंता के बिलकुल खिलाफ थे। बीमारी में कोंता की सेवा उसका मानवीय धर्म था। पति मानकर उसने उसकी सेवा नहीं की थी।

इसी उधेड़बुन में वह डेक तक चली आई थी और स्वयं को हिचकोले खाते जहाज की तरह महसूस कर रही थी। नीच से भी अधम जंगली आदमी को पति के रूप में ही सोचकर उसका दिल बैठता चला जाता।

डांवांडोल हो रही कुंती के पास कब फुलवरिया और मुनिया दोनों आकर खड़ी हो गई थीं, इसका पता उसे तब चला जब मुनिया ने टोका, 'का सोचइतहऽ दीदी? मिज़ाज त ठीक हवऽ नऽ?'

फुलवरिया और इमरती की तरह मुनिया भी उसके मगध के इलाके की ही रहने वाली थी।

'कुछो न मुनिया...अब सोचे-बिचारे ला बचले का हइ।'

दोनों को लगा, कुंती को घर-गांव की याद सता रही है।

'ठीके बतिया। अब मिज़ाजो खराब करके का होतइ।'

कुंती ने दोनों को कुछ पल देखा और जो मन में चल रहा था, उसे कह बैठी, 'तोहनी के का बिचार हउ?'

'कउची के बारे में दीदी?' मुनिया कुंती के मन में उठ रहे बवंडर से अनजान थी।

'ओही...डिपू बियाह के बारे में? हम तो बड़ी 'असपस' में ही।'

फुलवरिया के मन में 'डिपो बियाह' की बात को लेकर कोई उलझन नहीं थी। चट से बोली, 'ए दिदिया, हम त ना मनबइ। मजूरी करे अइले ही। जात-भात लुटवे नञ्।'

'आउ तू?' कुंती ने मुनिया से पूछा, 'तू का करबे गे?'

मुनिया ने दूर बैठे अपने 'डिपो अदमी' दीना को देखा। लाज के साथ मुस्कुरायी। 'हम तो मान लेलियइ हे। अकेल्ला अउरत के जीयल बड़ी मोसकिल होवऽ हइ। दहजवे प सब नोचइत हथिन त उतर के का करथिन।'

'धान सुक्खे हे तो कउवा टरटरयबे करऽ हे। हम तो ना रहबइ ओकर साथ।' फुलवरिया ने चैता को देखकर दृढ़ता से कहा।

'अगे, एहिजे सोंच ले, न त जानबे करइत हे–पहिली बहुरिया, दूसरी पतुरिया, तीसरी कुकुरिया–हमरा कुकुरिया ना बने के हे।' मुनिया बोली तो फुलवरिया को थी, पर इसमें छुपा संदेश कुंती के लिए भी था।

कुंती ने गहरी सांस ली। कोई समुद्री पक्षी शांत पानी पर डुबाडूबी खेल रहा था। अंतहीन नीला सागर सामने था जिसका कोई छोर नहीं था। ऊपर आसमान और नीचे पानी। बीच में जहाज।

उसके मन में संशय बरकरार था। इसीलिए न चाहते हुए भी बोल पड़ी, 'कुल अउर कपड़ा जोगवले भल।'

यह वाकया चौदहवें दिन के सफर में नाश्ते के ठीक बाद का है।

समूह नंबर तीन का कुली ज़ोरन अचानक 'भात खायम भात खायम। भात ना मिली तो हम समुंदर में कूद के अपन जान दे देम' कहता दौड़कर डेक के रेलिंग पर रस्सी पकड़कर ऊपर चढ़ने लगा।

डेक पर खड़े दो लश्कर, चार चौकीदार और दो-तीन बंदूकधारी सिपाही कुलियों के साथ उस ओर तेज़ी से लपके।

चढ़ते हुए कुछ लोगों ने ज़ोरन को पकड़ने की कोशिश की, लेकिन वह किसी के काबू में नहीं आया। सरपट ऊपर चढ़ता चला गया। एक लश्कर बंदर की तरह उछला। पर वह उसके पैर की पिंडलियों से नीचे रह गया। तीनों सिपाहियों ने बंदूक तान दी।

तब तक सूबेदार, कैप्टन और डॉक्टर के साथ दस-बारह मिस्त्री लोग भी पहुंच गए थे। दो-तीन मालगासी नाविक भी।

आते ही सूबेदार ने धमकी दी। यह अहसास होने पर कि यह समय धमकी देने का नहीं है तो वह उसे पुचकारने लगा, जैसे ज़ोरन उसका पालतू कुत्ता हो और पुचकार सुनते ही नीचे चला आएगा!

ज़ोरन के समूह के सरदार ने भी मिन्नतें कीं, लेकिन वह टस से मस नहीं हुआ। नीचे नहीं उतरा।

'टीक हय, टीक हय। टुम जेसा चाहेगा ओइ मिलेगा। कम डाउन।' कैप्टन ने बच्चे की तरह ज़ोरन को फुसलाया।

'ना, तोहरा सब झूठा बानीं। एकदम झूठ्ठा। हम ना उतरेम।'

'कप्तान साहेब कह देलन नू। उतर आवऽ भाई।' सूबेदार ने भरसक कोशिश की कि उसके मुंह से गाली नहीं निकले।

ज़ोरन नहीं माना।

एक मालगासी नाविक दूसरी ओर से मोटी रस्सियों के सहारे उसकी ओर धीरे-धीरे बढ़ रहा था।

डेक पर सबकी सांसें रुकी हुई थीं। औरतों ने अपने मुंह में कपड़ा ठूंस लिया था। दोनों बच्चियों को यह सब नटों के खेल जैसा लग रहा था, जिसे उन्होंने शायद अपने गांव या किसी मेले में देखा होगा।

अपनी कैप उतारकर कैप्टन ने उसे अफसोस के साथ देखा। उसे साफ-साफ लग रहा था कि उस कुली ने अपने लिए मौत चुन ली है। वह किसी की नहीं मानेगा और समुद्र में डूबकर अपनी जान दे ही देगा।

रस्सियों के सहारे रेंगता मालगासी ज़ोरन तक पहुंचने वाला ही था कि 'जनावर जैसन गुलाम के जिनगी से निमन बा मर जाना। हमके नइखे कमायक सोना-चानी' कहता हुआ वह समुंदर में कूद गया।

छपाक् की आवाज़ आई और समूचा वातावरण कुली मर्द-औरतों की चीख से दहल उठा।

दो-चार लोग उसे बचाने या कि खुद को भी खत्म कर लेने के इरादे से डेक की दीवार पर चढ़ने की कोशिश करने लगे।

सिपाहियों ने डंडे भांजना शुरू कर दिया।

स्थिति जब बिलकुल ही नियंत्रण से बाहर होने लगी तो कैप्टन गरजा, 'फायर!' कैप्टन का आदेश मिलते ही तुरंत सिपाहियों ने हवाई फायर किया। रेलिंग पर चढ़े कुली डेक पर कूद पड़े। सब 'हदस' गए थे।

आखिरकार सिपाही और चौकीदार उन सभी को घेरकर डेक के मध्य में लाने में सफल हुए।

उस दिन न दोपहर में और न ही रात में ठीक से किसी के गले में कौर उतरा। पर ज़िंदा रहने के लिए खाना ज़रूरी था। इसलिए खाना किसी ने नहीं छोड़ा। सिवाय बीमार लोगों के। जो भी मिला, उसे 'कंटाहा-भोज' की तरह अपने-अपने पेट में डालकर सब सो गए।

पंद्रहवां दिन कल से भी भारी निकला। दो लोग रात में ही मर गए थे जबकि तीसरे ने सुबह-सुबह दम तोड़ दिया था। मरे हुए लोगों को समंदर में डाल दिया गया था।

तीनों लाशों को जब बिना किसी अंतिम संस्कार के समंदर में फेंकने की तैयारी हो रही थी, 20-25 साल की सुकमी जो चतरा के पास के किसी गांव से अपहरण कर लाई गई थी, एक साथ तीन लाशों को देखकर बुरी तरह से 'हदस' गई और हदसते ही उसके प्राण निकल गए।

जहाज पर हाहाकार मच गया।

हर कुली को लग रहा था, अगली बारी उसी की है।

मौके की नज़ाकत भांपकर सरदार अपनी टीम के साथ उन सभी पर पूरी तरह से गिद्ध नज़र रखे हुए था।

इसी बीच औरतों के समूह से आवाज़ आई—रमिया सुबह से गायब है। उसके डिपो मरद लोटुआ और दूसरे लोगों ने डेक के हर एक हिस्से में रमिया को ढूंढ़ा लेकिन वह कहीं नहीं मिली। थक-हार के सब बैठ गए। तरह-तरह की बातें होने लगीं।

लोटुआ 'हकड़-हकड़' कर रो रहा था।

इमरती का डिपो मरद मतलु बोला, 'अपन डिपो अउरतिया का सूरतियो नइ देखले था। रो अइसे रही हय कि बियाह के लाया था।'

छगन ने कहा, 'ई बेरा मजाक करे का ना न हइ। भले ना देखले हलइ, अउरत तो ओकरे हलइ न हो।'

सभी औरतें सुकमी के जाने के सदमे से उबरी भी नहीं थीं कि अब रमिया भी...! अपनी दो साल की बेटी को छाती से चिपकाए रेबनी लरज़ती हुई आवाज़ में बोली, 'भिनसारे देखले रहीं ओकरा के। हम सोंचली, दिसा-मैदान ले जात बाड़ी। फिन हमार अंखिया लाग गइल रहे।'

'टांठ अउरत रही। बाकी कउनों ना कहल जा सकेला...हमरा त लागत बा, डूब के आपन धरम बचा लेहली हऽ।' रामदुलारी ने जैसे सभी औरतों के मन की बात कही।

उधर पुरुषों में भी रमिया के गायब होने पर चर्चा चल ही रही थी। रुकी नहीं थी। सब सहमत थे कि उसके साथ 'बुरा' काम करके उसको समंदर में फेंक दिया गया होगा।

'धिरिक जिनगी बा। हमिन के आंखी के समनवा सब कुछ होवऽता अउर हमनी कुछो न कर सकऽतानी।' मतलु बोला।

'साला डगदरवे के काम होइ। ऊ बड़का लुच्चा बा।' चैता ने कहा।

हुकुमचंद ने सूबेदार की तरफ उंगली उठाकर कहा, 'ई सुबेदरवा कम बा काऽ?

'सभे एके नियर बाड़ें...सियार। नोंच-नोंच के खाए ओला।' रामनारायन ने दुखी मन से बोला।

'हमार त खून खउलत बा। मन करता कि साला मरीं कि जीहीं, जाके नरेटिए दबा दिहीं एक-एक के।' फोगला बहुत गुस्से से बोला।

बेचन ने सिपाहियों को देखा फिर धीमे से कहा, 'मिल के कूच दिहल जाओ। हमनी दू सौ से जादा बानी। अउर सब मिला के ओहनी पचास-साठ से जादा नइखन।'

'निहत्था कइसे लड़बऽ हो। बीस गो अंगरेजन के पास बंदूक बा। सभे लोगिन मरा जाइब।' रामनारायन ने समझाया।

'ठीक से जोजना बनवला से...बंदूकों से निपटल जा सकेला। बाकी पहिले सब के मन तो एक होखे।' फोगला की बांहें फड़क रही थीं।

'मान लऽ कि हमनीं आपन जोजना में कामयाब रहलीं...लेकिन दहजवा के चलाइ? केकरो दहाज चलावे आवेला का भाई?'

मतलु की बात सुनते ही चुप्पी छा गई।

सही था। अगर वे अंग्रेजों पर काबू पा जाते फिर जहाज कौन चलाता? उनमें से किसी ने टमटम भी नहीं चलाया था। यह तो एक छोटा-मोटा गांव-बाजार जैसा जहाज था।

लोगों का उत्साह फुस्स हो गया था। जहाज चलाना नहीं जानने से ज्यादा भय बंदूकों का था। एक-एक करके कई लोग अभी तक मर चुके थे और सभी को यही लगता कि बस, 'कालदेव' उनसे मात्र एक कदम की दूरी पर खड़े हैं, फिर भी जीने का असीम लालच हर किसी के भीतर था।

शाम को रमिया की लाश मिली।
ऐसा सबने सुना, देखा किसी ने नहीं। उसका डिपो मरद लोटुआ भी उसकी लाश नहीं देख सका था।

जिन दो कुलियों ने उसकी मृत देह को समंदर के हवाले किया था, उनके अनुसार वह किसी बीमारी से नहीं मरी थी। उसकी देह और कपड़ा बुरी तरह से नोचाया हुआ था। लाश जहाज के भीतरी हिस्से के गोदाम में कपास के बंडलों के बीच दबी हुई मिली थी।

लोटुआ अभी भी शोक में था।

कैप्टन ने सोलहवें दिन अपनी डायरी में लिखा :

– छोटी बच्ची का बुखार उतर गया है।
– आज एक और कुली की कॉलरा से मौत हो गई।
– कॉलरा पर काबू पा लिया गया है लेकिन अभी भी दो दर्जन कुली कॉलरा की चपेट में हैं।
– अब तक सात कुलियों की मौत हो चुकी है जिनमें दो की कॉलरा से, एक की डायरिया से जबकि दो लोगों के समुद्र में कूद जाने से मौत हो गई। मरनेवाली दो औरतों में से एक की बीमारी का पता नहीं चला। उसकी लाश कपास के बंडलों में दबी हुई मिली। दूसरी औरत एक ही दिन होने वाली दो मौतों को देखकर सदमे से मर गई।
– अन्य कुलियों के मुकाबले हिल कुलियों में से बहुत कम लोग बीमारी की चपेट में आए। कुल 56 में से सिर्फ 23 लोगों के ही बीमार होने की रिपोर्ट मिली है।
– दाल का स्टॉक कम पड़ गया है जिससे आज से सिर्फ रात के समय ही दाल देने का फैसला करना पड़ा है।

उन्नीसवीं रात को कैप्टन ने दर्ज किया :

– कुलियों ने एक ही समय, और कम दाल मिलने पर शिकायत जताई है। उनका कहना है, चूंकि एक ही बार उन्हें दाल दी जा रही है इसलिए दोपहर के खाने में चावल की मात्रा दो औंस और बढ़ाई जानी चाहिए। अभी कुलियों को दोनों समय 12 औंस चावल दिया जा रहा है।
– एक 26 वर्षीय औरत ने आज फिर डॉक्टर के खिलाफ शिकायत की है। उसने एक दिन पहले भी शिकायत की थी कि डॉक्टर उसे ज़बरदस्ती अपने केबिन में खींचने की कोशिश कर रहा था। डॉक्टर ऐसी हरकत यात्रा के पहले सप्ताह में भी कर चुका है। हालांकि उस औरत मगनी ने उसके विरुद्ध कोई आपत्ति दर्ज नहीं कराई। पर सरदारों ने बताया कि मगनी का बच्चा भूखा था। वह कुक से कुछ चावल-बिस्कुट मांगने गई थी। तभी डॉक्टर उसे बिस्कुट देनें के बहाने अपने केबिन में ले गया और उसके साथ ज़बरदस्ती की थी।

– एक कुली दूसरे का पानी चुराता हुआ पकड़ गया। प्रति व्यक्ति को एक बोतल पीने का पानी दिया जाता है। यह एक बोतल पानी उसे दो दिन तक चलाना होता है। अक्सर कुली लोग एक-डेढ़ दिन में ही अपने हिस्से का पानी इस्तेमाल कर लेते हैं और प्यास लगने पर दूसरे का पानी चुराते हैं। आज जो कुली पानी चोरी करते पकड़ा गया, वह रामनारायन सरदार के समूह का था। इस पर लोअर कास्ट कुली फोगला और रामनारायन के बीच झगड़ा हुआ।

– आज इंजन के एक भाग में मामूली खराबी आ गई थी जिसे दोपहर तक इंजीनियरों ने ठीक कर दिया। उम्मीद है, हमारी आगे की बची हुई यात्रा सुरक्षित पूरी होगी।

बीसवीं रात...।

रात का खाना हो चुका था। पूरी तरह से स्वस्थ हो गया कोंता अपने समूह में बैठा एकटक चांद को देख रहा था। थोड़ा उदास भी मालूम होता था। एतो, सुखराम, जगया, जीतन, बुधु, सागू, भादु, जोंको और रुंगता उसके अगल-बगल लेटे थे।

एतो ने रुंगता की तरफ करवट बदलते हुए कुड़ुख में उससे कहा, 'लगता है, इसको औरत की याद आ रही है।'

'हां, जब से ठीक हुआ है, उसके बाद वह एक बार भी नहीं मिलने आई है।' रुंगता सहमत होते बोला।

एतो थोड़ी देर चुप रहा, फिर बोला, 'ऐसा ही होता है रुंगता, जब दिल किसी को पसंद करने लगता है।'

'हमको तो नहीं लगता है कि ऊ इसके साथ रहने सकेगी।'

'रहना ही होगा। साहेब लोग शादी दिया है।'

'और लोग को भी तो दिया है। लेकिन...कोई औरत तो अब तक रजिस्टर वाला मरद लोग के साथ देखादेखी भी नहीं की है। कुड़ी दिन हो गया है आज। तुम का बोलते हो?' रुंगता ने फिर संदेह व्यक्त किया।

एतो ने समझाया, 'संबंध जोड़ाने में समय लगता है बुचु। और ऊ तो इसका बेमारी में दिन-रात इधर ही पड़ी रही थी। देखभाल के लिए।'

'बात तो जुन तुम ठीक बोलते हो, मगर साइंत बेमरिया हो जाने से उसने ऐसा किया हो!'

'नहीं, हमको वह दूसरा दिकू औरत जैसा नहीं लगती। उसका मन हम लोग जैसा है।'

'सब दिकू एक ही जैसा होता है।' रुंगता ने निर्णय सुनाया। 'याद करो। पहले हम आदिवासी लोग कितना मजा से रहते थे, लेकिन जब से हिंदू और मुसलमान दिकू लोग दिसुम में आए, जीना मोसकिल हो गया।'

एतो बोला, 'ठीक कहले। लगिन सब लोग एक जैसा नहीं होते न। कोइ-कोइ अच्छा भी होते हैं। याद करोगे बुरुहातु का नउवा को। उसी ने तो बाबा के पक्ष में गोवाही देकर जुरमाना से बचाया था।'

'रजपूत अउर बराहमन लोग लेकिन बहुते खराप होता है। चउकीदार- सिपाही सब ओही लोग है। इनका काम है बस झूठा-मूठा केस में फंसाकर उरांव-मुंडा अउर खड़िया लोगों को लूटना। अउर कोट-कचेरी में मुसलमान लोग का राज है। सब रजपूत अउर मुसलमान लोग अंगरेज कंपनी से मेसामेसी (मिला हुआ) है।' इतना कहकर रुंगता चुप हो गया।

एतो सोचने लगा। बात तो सही है। दिसुम में हिंदू और मुसलमान जातियों के आ जाने से बहुत कुछ बदल गया था। दिसुम में भी और मुंडा समाज के भीतर भी। कई उरांव-मुंडा लोग लालच में आकर अपने ही लोगों के खिलाफ झूठी गवाही देने, ज़मीन बंधक करवा देने और लड़कियों को उनके साथ भेज देने के गलत काम में उनका साथ दे रहे थे।

एतो को चुप देखकर रुंगता ने उसे टोका, 'इतना सोचने क्यों लग गए? हम तुमको बताते हैं। तब हम दस साल जैसा रहे होंगे। छोटा थे फिर भी याद है। ईचागुटु परगना का सिंगराय मानकी, बिंदराय और बड़गांव का सुरगा मुंडा का ज़मीन दिकू लोग लूट लिया था। सिंगराय की दो बहन और सुरगा की जनी को भी। तब पूरा इलाका का मुंडा लोग बहुत लड़ाई किया था। उरांव-खड़िया सब लोग अपना-अपना तरफ महाजन, जिमिदार अउर अंगरेज साहब से भिड़ा। हमारा बाबा भी उस लड़ाई में गया। एही कातिक का महीना था। इसलिए बोलता हूं। वह दिकू अउरत हम जंगली लोग के साथ नहीं रहने सकेगी। दिकू आदमी अउर जनी, दोनों का दिल अच्छा नहीं होता है।'

'जो कहो, हमको तो लगता है कि वह जरूर हम लोग का कुटुंब बनेगी। दिकू है तो का हुआ, आदमी का बेवहार भी देखना चाहिए।'

रुंगता का दिमाग उसकी बात मानने को तैयार नहीं था। फिर भी मज़ा करने के हिसाब से बोला, 'अच्छा, तुम्हारा सोचना ही सही। कम-से-कम एक कोल का तो जोड़ी हुआ।' फिर उसकी आवाज़ थोड़ा कंपकंपाई, 'पता नइ, हम लोग का का होगा! अउरत तो दूर का गछ हय, जिनगी भी बचेगा कि नहीं। जाने कैसा दिसुम हय मरीच!'

उन दोनों की बातें सुन रहे कोंता का ध्यान 'दिकू' शब्द सुनकर उनकी तरफ चला गया था। उरांव होते हुए भी कुडुख नहीं समझता था, पर दिकू सुनकर लगा, शायद वे लोग उसके और कुंती के विषय में ही बात कर रहे हैं। अभी वह इस बारे में उन दोनों से कुछ पूछता कि बीरन 'कांदने' लगा।

'हम लोग ठका गए। अपना गांव-जंगल छोड़कर नहीं आना चाहिए था।'

'वहां भी तो मर ही रहे थे।'

बीरन रोते-रोते बोला, 'हां, पर...वहां इस तरह जानवर जैसा तो नहीं बंद थे। भात-साग खाए हुए कितना दिन हो गया। पहाड़-जंगल देखने को मन करता है। झरना का पानी में कितना सोवाद। सब हेरा गया।'

'ई कंदराहा जब-तब रोने लगता है। आने से पहले सोचना चाहिए था। अब भला रोने से का होगा!'

माहौल को हल्का करने के लिए सुखराम हंसते हुए थोड़ा ज़ोर से ही बोला, 'का कोंता, पतरी-भात कहिया खिलाबे?'

कोंता का उदास चेहरा खिल उठा। पर नासमझ बनते हुए उसे झिड़क दिया, 'का बात ले पतरी-भात? जरा बोलो तो।'

जगया ने चुटकी ली, 'का बात का? काड़ा जैसा सीधा बन रहे हो। बिहा का पतरी-भात। और का...?'

'बिहा-सादी अइसे होता है भला? घरदेखी होता है, लोटा-पानी होता है, तब जाकर बिहा होता है। यहां तो कुछ भी नहीं हुआ।'

रुंगता कुडुख में बोला, 'निङ आली अजम शुभई (तुम्हारी औरत बहुत शोभती है)। चाहे जो हो, पतरी-भात तो खिलाना ही होगा।'

उधर गैर-आदिवासियों के किसी समूह में किसी ने अपने देस का गाना छेड़ दिया था :

जाहु हम जनितीं कि हरि मोरा अइहें, डगर बिचवा
जेवना हम बनइतीं, डगर बिचवा।
अपने जे जेइतीं हो हरि के जेवइतीं, देवर जी के ना
जियरा तरसइतीं, देवर जी के ना।
का तुहूं भउजी हमें हों तरसइबू, सुंदर धनिया
घरवा जोहत होइहें बटिया, सुंदर धनिया।
जोहत होइहें बटिया, फटत होइहें छतिया, भिजत होइहें ना
सुआपंखी रंग अंचरवा भिजत होइहें ना

कोंता का समूह भी उठकर नाचने लगा। एतो ने नाचते-नाचते गीत शुरू कर दिया :

देखली बंगला में, देखली बंगला में,
देखली बंगला में।
लाम्बी लाम्बी केंस लोरे डंडा में,
देखली बंगला में।
का सुंदर डंडा पातर, का सुंदर छाती चाकर,
देखली बंगला में।
लउका जहाज चले गंगा में
देखली बंगला में।

कुंती ने देखा, कोंता का समूह अलग ढंग से नाच रहा था, इधर के लोग जबकि अलग-अलग नाच रहे थे। लेकिन वे लोग आपस में हाथों को जोड़कर, एक-दूसरे

की कमर पकड़े साथ-साथ नाच रहे थे। गीत भी सामूहिक गा रहे थे। यहां एक जन गाता, फिर दूसरे उसे दोहराते थे। बैठे-बैठे ही।

यात्रा का आज तेईसवां दिन था। दोपहर का खाना खाए एक पहर बीत चुका था। जहाज पर स्थिति सामान्य थी और मौसम भी खुशगवार था। हल्की-हल्की हवा चल रही थी। डेक पर अधिकांश कुली आराम कर रहे थे। बाईस दिनों की यात्रा में अब वे समुद्री वातावरण के अनुकूल हो गए थे। कॉलरा, डायरिया जैसी बीमारी पर दवा-बिरो के सहयोग से उन्होंने काबू पा लिया था। लोगों के स्वास्थ्य में सुधार था और करीब दस-बारह लोग ही बुखार-जुकाम से ग्रस्त रह गए थे।

समुद्र की अथाह जलराशि कुलियों को अब भी डराती रहती थी। पर इस डर में समुद्र के सौंदर्य का आनंद मद्धिम-मद्धिम घुलने लगा था। यात्रा में उन सबने इतनी तरह की मछलियां, जीव-जंतु और परिंदे देखे, जिसके बारे में उन्होंने पहले सुना भी नहीं था।

जहाज पर भी एक ही पानी के अनेक रंगों की तरह लोग थे। सफेद, लाल, पीले, भूरे, तांबई, सांवले, जामुनी और एकदम काले।

नाविकों में ज्यादातर मालगासी या अफ्रीकन मूल के नीग्रो थे। जामुन जैसे बिलकुल काले-काले जामुनी रंग के। 'भुटकुइयां' की तरह छोटे-छोटे घुंघराले बालों वाले। गठे हुए बदन के। उनके नाक-नक्शे और चेहरे की बनावट हिल कुलियों से बहुत ज्यादा अलग नहीं थी। हालांकि कोई भी थोड़ी देर के बाद उनमें फर्क कर सकता था।

चौकीदार, सिपाही और मिस्त्रियों में ज्यादातर भारतीय थे, पर अलग-अलग प्रदेशों के। मराठी, मुसलमान, पंजाब के सिक्ख, तमिल और भोजपुर के लोगों की खिचड़ी। मुसलमानों को वे लश्कर बोलते थे।

मेस में खाना बनाने वाले रसोइयों, सर्व करने वाले छोकरों, और दूसरे काम करने वालों में काले रंग के तमिल, गोरे रंग के बंगाली और पीले रंग के चाइनीजों की भरमार थी। इनमें दो-चार भूरे रंग के अंग्रेज टाइप भी थे, पर निसंदेह वे ब्रिटिश नहीं थे। शायद यूरोप-फ्रांस के किसी और हिस्सों के निवासी थे वे सब।

कुलियों से थोड़ी-बहुत सहानुभूति मालगासियों और चाइनीजों में ही थी। सबसे ज्यादा अक्खड़ रुख उनके अपने प्रदेश के लोगों का था। ज़रा-सी गलती पर भी वे कोई रहम नहीं करते थे। लात-लाठी तुरंत चला देते थे।

मालगासी बहुत कम डेक पर आते थे। जब भी आते, पांच-सात के समूह में होते। डेक की रेलिंग पर चढ़कर आपस में बतियाते। कोई-कोई तो समुद्र से भी बतियाता। मानो वे समुद्र की भाषा जानते हों और एक-दूसरे के रिश्तेदार हों। कभी-कभी नाचते भी—कोंता के लोगों की तरह। मालगासियों को सुनते हुए कुंती को अक्सर यही भ्रम होता था कि कोंता और उसके साथी ही नाच-गा रहे हैं।

उनमें से एक-दो ने कोंता के समूह के लोगों से बात करने की कोशिश की थी लेकिन वे एक-दूसरे की भाषा बिलकुल नहीं समझ पाए थे। फिर भी वे सब उनसे मिलते-जुलते रहते थे।

दो-चार लश्करों का स्वभाव भी मालगासियों की तरह था। मगध और भोजपुर के लोगों से उनकी खूब घुटती थी।

एक लश्कर, जिसने अपना नाम सुल्तान बताया था, और जिसका काम मस्तूलों के ऊपरी हिस्से पर पाल की रस्सियों को खोलना-बांधना था, और जो अक्सर ऊपरी डेक पर ही पड़ा रहता था; जिसकी आंखें भूरी, बदन का रंग लाल-पीले मिश्रण था, वह अक्सर किसी न किसी कुली से गपियाता रहता था। बाद में वह कुली उसके हैरतअंगेज़ किस्से बाकी लोगों को जस का तस नहीं, अपनी ओर से उसमें और मसाला लगा-लगाकर सुनाता था :

सुल्तान के अनुसार उसकी मां बंगाली और बाप अरब देश का कोई शेख था। पचास-साठ साल पहले उसकी मां और कई बंगाली औरतों को खिदिरपुर के टाली नाला के पास की बस्ती से मरीच टापू ले जाया गया था, जहां वे सब अंग्रेजों, फ्रांसीसियों, तमिल मुंशियों और चाइनीजों के घर में दाई का काम करतीं और उनके बच्चे पैदा करतीं।

उसकी मां खुशकिस्मत निकली। जाने के कुछ ही दिनों बाद एक शेख का जहाज टापू पर आया। तब उसकी मां बंदरगाह के पास ही एक चाइनीज के होटल में खाना बनाने का काम करती थी। वहीं शेख ने उसकी मां को देखा और उस पर फिदा हो गया। उसने उसकी मां को चाइनीज से खरीद लिया। उसकी मां उसके साथ जहाज पर रहने लगी।

वह शेख, जिसकी शक्ल सुल्तान ने कभी नहीं देखी, असल में एक समुद्री बेड़े का मालिक था, जिसका काम पुर्तगालियों और अंग्रेज व्यापारियों के जहाजों को लूटना और नष्ट कर देना था। यह काम उसका शेख बाप फ्रांसीसी सेना के लिए करता था। एक तरह से वह फ्रांसीसियों की अवैध निजी सैनिक टुकड़ी का सेनापति था। सागर पर अपना अधिकार बनाए रखने के लिए फ्रांसीसियों ने ऐसे कई समुद्री नाविकों को अप्रत्यक्ष रूप से प्रश्रय दे रखा था। ब्रिटिश, डच और पुर्तगीज लोगों के लिए उसका शेख बाप और उसके जैसे लोग समुद्री लुटेरे और बर्बर डाकू थे।

जब ब्रिटिश व्यापारिक जहाज लगातार लूटे जाने लगे और उनका दखल चीन व भारत पर बढ़ने लगा तब उन सबने मिलकर फ्रांसीसियों की तरह ही सैनिक अभियान चलाया—वैध और अवैध दोनों रूपों में। इस तरह से समुद्री रास्ते पर फ्रांसीसियों का अधिकार तो सिमटा ही, मरीच जैसे कई टापू भी उनके पूर्ण अधिकार में आ गया। एक ऐसी ही कार्रवाई में उसका बाप भी मारा गया था।

शेख की संतान होने पर सुल्तान को बहुत गर्व था। वह खुद को बंगाली कहलाना पसंद नहीं करता था। उसका मानना था कि बंगाली लोग किसी काम के नहीं होते। बहुत डरपोक, दब्बू, ढपोरशंखी और बहुत जल्दी ही किसी के भी तलवे चाटने वाले होते हैं। हालांकि उसे अपनी मां की बहुत याद आती थी और सुनाते-सुनाते वह बच्चों की तरह रोने भी लगता था।

उसकी मानें तो वह पैदा ही जहाज पर हुआ था। अपने बाप की तरह खूबसूरत, मजबूत, भयंकर से भयंकर तूफानों से होड़ लेने वाला। जब वह पैदा हुआ था तो उसके बाप ने उसका नाम सुल्तान रखते हुए घोषणा की थी, 'यह एक दिन समूचे

समुद्र पर राज करेगा। यह मेरा सुल्तान है।' पर उसे नहीं मालूम था, कुछ ही दिनों बाद ब्रिटिश हत्यारे उसे ही समुद्र की उन लहरों में, जिस पर वह बेखौफ राज किया करता था, डुबो कर मार डालेंगे।

और उसका सुल्तान, जिसको समुद्र का बेताज बादशाह बनना था, एक मामूली लश्कर बनकर पाल पर जिंदगी डोलता फिरेगा।

उसके पास बहुत सारे किस्से थे। समुद्र के, समुद्री यात्राओं के, उन टापुओं और देशों के, जिनके बीच उसकी जिंदगी बीत चुकी थी, और अभी भी बीत रही थी। उसे मिट्‌टी से कोई मोह नहीं था, वह समंदर में ही पैदा हुआ था और समंदर में ही मरने की उत्कट चाह रखता था।

पहली बार समुद्र देखने और यात्रा करनेवाले कुलियों को, जिनको आगे चलकर 'गिरमिटिया' पहचान में बंध जाना था, उन सबका मन माटी देखने और छूने की असीम लालसा से छटपटाता रहता। उनका मन अपनी-अपनी माटी के इर्द-गिर्द मंडराता था : किस्सों में, गीतों में, उबासियां, अकबकाहट, सुबकियों-सिसकियों और चीखों में।

इस समय रामनारायन अपने समूह में बैठा बदरी का किस्सा सुन रहा था। बदरी बनारस की तरफ का रहने वाला था।

'हमको नौटंकी का बहुत सउक था। काका को ई सब तनिको नहीं सुहाता था। हमको जब-तब सोटिया देते। हमहूं का करते। मन तो दिन-रात सुंदरिया का कोठा पे पड़ल रहता। अहा-हा...! का गावत रही सुंदरिया :

देहिया सारी हो बलम की जिमीदारी भइ।
काहे कै बकुलवा उजला पंख है
काहे कोइलिया कारी भई।
देहिया सारी हो बलम की जिमीदारी भइ...'

गाते-गाते उठकर बदरी ठुमके लगाने लगा।

सुनने वाले मज़ा लेने में भला कैसे पीछे रहते! ताली बजाते हुए सब-के-सब झूमने लगे।

गाने-नाचने के बाद बदरी थिर होकर बैठ गया। उखड़ी सांस लय पकड़ने लगी तो आपबीती आगे बढ़ाई, 'अजगुते रूप रहल ओकर। काका के मार खाइ के एक दिन रोसिया के निकल गइनीं। गांठ के रुपया-पइसा खतम हो गया था। बजार में घूम रहे थे। हुंवे भेंटा गया एगो अदमी। कहिस, काम करोगे का? हमको जउरत तो हइए था। 'हां' में मुड़ी डोला दिये। तब ऊ हमको ले जाके कचौरी-जलेबी खिलाइस अउर कहिस–'बहुते बढ़िया नोकरी हय। हर महीना पांच से दस रुपिया। पांच साल में राजा हो जाओगे।' सुनके अच्छा लगा। लेकिन मन तो सुंदरिए में था। पइसा भी हमको उसका नाच देखने अउर उसका संगत पाने के लिए चाहिए था। सो हम कहे–नोकरी तो चाही हमका। लेकिन दू-चार महीना का। जादा दिन हमरा से काम-उम ना होखी।

'ऊ अदमी कहिस—ठीक बा, जब ले मन करी नोकरी करिहऽ अउर मन ना करी तो छोड़ दिहऽ। केउ बांध के ना नू रखी—हम पतिया गए। सोंचे, पांच-छह महीना काम करके पइसा कमा लेंगे अउर फिर दिन-रात नौटंकी। सो उसके संग चल दिये। ऊ हमको एगो ठिकाना में ले गवा। बप्पा रे बप्पा! हुंआ का देंखलीं कि हमार जइसन अउर अदमी रहन। मुड़ी गिने। कुल जमा 14 लोग। केउ पहचान का नइ था। खैर, सबसे मेल-मुलकात हुआ। ऊ लोग भी नोकरी ले आय रहन। गप-सप में मालुम हुआ, कलकाता ले जाइ।

'दोसरका दिन चले खातिर सब लोग तेयार होइनीं। चले से पहिले ही ऊ हम लोगन के समझाइस—दुख का घड़ी खतम होवे वाला हय। हुंआ भरपेट भात अउर दाल-तरकारी भी मिलेगा। अउर मजूरी दस रुपिया। जादा खटने पर अउर मजूरी। कउनो बात के तकलीफ ना होवी। केतारी चाभिहऽ अउर दबा के केरा चापिहऽ। लेकिन सर रासता कउनो से बातचीत करना एकदम मना हय। केउ पूछपाछ करी तऽ बस मुड़ी डोल दिहऽ। ओकर बाद त सोझा हुगली के डिपो में। अउर डिपो के बात तऽ तोहनी सब जानते बाड़ऽ।'

उसके चुप होते ही एक ने कहा, 'तऽ ए भाइ। अब सुंदरिया के कइसे देखबऽ? बुझात तऽ नइखे कि हमनीं के आपन देस लउटे सकब।'

'एकरा के सुनरी ले अइलस अउर कोल्ह-नीचवन के छुछुनरी।'

उसकी इस बात पर सब खुल के हंस पड़े।

डेक पर कुछ अवर्ण जातियों के लोगों ने इसे सुना, पर कोई कुछ नहीं बोला। वैसे भी इस तरह की अपमानजनक बातें वे जन्म के बाद से ही सुनते आ रहे थे। फोगला चमार से नहीं रहा गया। वह उठकर एक ओर जाने लगा। उसी की जाति के कलुआ, बसावन सहित दो-चार लोग और भी उसके पीछे-पीछे उठ गए। रामनारायन और उसके लोगों को कोई फर्क नहीं पड़ा।

फोगला गुस्से से फोफियाया, 'बन गइल बाड़न कुली अउर अइंठ अभियो बाम्हन-रजपूत के!'

सबने हां में मुड़ी हिलाई।

बसावन बोला, 'अरे, कउची का बाम्हन-रजपूत! 'टोपस' बन के मइला उठावऽ ताड़न। मरीच में चूतड़ के चमड़ा ना ओधड़ाइ नू तऽ कहिहऽ।'

'ए बसावन भाइ! चमड़ा तऽ हमनियों के उधड़ी।'

फोगला ने घृणा से थूकते हुए कहा, 'हमनी के लिलार में तऽ एहे लिखल बा। बाकी ओहनी तऽ गांव-जवार में चमड़ी उधेड़त रहन नऽ। अब बुझाइ बेटिचोदवन के।'

'हां, हो, जल में कूदे माछरी, गंदला पानी होय।'

महिलाओं ने भी घर-गांव का किस्सा छेड़ रखा था। उस समय जोगती का किस्सा अपने चरम पर था :

'जेठ के दोपहरिया रहे। तीन दिन से जीउ नीमन ना रहल हऽ। तइयो सास अउर बड़की गोतनी काम देवे से पाछे ना रहत रहिन। देहवा टूटत रहे। अराम करे ले खटियवा पे अभी ठीक से लेटबो ना कइले रहीं कि बरबिघा ओली गोतनी एगो काम अढ़ा देली। एकबारगी तऽ हम मना कर देलीं। जब ऊ सास के अवाज देवे लागलीं तऽ उठहीं पड़ल। गोहार में बैलन के पानी देवे के काम रहे। दोपहरिया बेरा सब लोग आपन-आपन कोठरी में समायल रहेलन। घरवा के पाछे जहवां गोहार रहे नू, हुंवा जाय से पहिले एगो लम्हर ओसारा नियर बा। से ओसरवा सुनसान रहे। ओही ओसरवा में गोहार दने से भंसुरा आवत रहन। हम मुंहवा घुमा के एक ओर ठाढ़ा हो गइनीं। आहो माई। नजीके आके अचके छतिया पकड़ लिहलें। भूसा घर गोहार के बगलवे रहे। चांपलें-चांपलें होनहीं तीरे लागलन। का कहीं बहिनी! हमार तो कंठे बंद। घिघियाएं लगनीं। तनिको ना सुनलस पपिया। देह नासिए के छोड़लक। ओकरा बाद तऽ मोका देखिते उनकर मन जब होखे तब...' कहते-कहते जोगती का कंठ डबडबा गया।

'अइसहीं एक दिन ससुरो धर लिहलन। का कहतीं! केकरा से कहतीं! केहु पतियइतन ना नू! तइयो एक बेर सास भिरू कहलीं। सास हमरे के गरियावे लगलन—बाप लेखा ससुर पे कीचड़ उचटऽताड़ू? जोबनवा में एतने आग लहकल बा तऽ हमार बड़का अउर छोटका बेटवा मूं गइल बाड़ें का?

'हमहूं चुप ना रहलीं। चट से कहिए देनीं—भंसुरो ना छोड़लन हऽ। तब मत कहिहऽ जब दूनो के बचवा एके साथ बियाइब।

'तब तक ले बड़की गोतनी भी सास के गारी सुन के आ गइल रहिन। फिन तऽ दूनो मिल के जइसे ढेकी में चाउर कुटाला नू, कूट दिहलें हमरा के। चार दिन तक खटिया से उठे ना पारनीं। ससुर अउर भंसुर दूनो घरे में रहलन। केहु ना बचावे अइलन। कसइया भंसुरा कूटलो-पिटलो देह के ना छोड़त रहे। का करतीं!

'मेला गइल रहीं जा। हुंवे एगो साधु पीछे लाग गइल रहे। मोका देख के ओकरे संग भाग गइनीं। सधुआ कहले रहे कि कासीजी में ऊ हमार कउनों इंतजाम कर दिही। हुंवा रांड़-मोसमात ले बेस बेवस्था बा। रहिया में ओकर देल बताशा खइलें रहीं। फिन तऽ होसे ना रहल। होस आइल पऽ डिपू में। एहे कहानी तऽ बा हमार।'

रामदुलारी बोली, 'का भसुर आ का ससुर, रांड़ अउर बेसवा के जिनगी एक जइसन। का छोट, का बड़, कि का आन गांव-गोतिया के अदमी—सब के एहे बुझाला कि रांड़ के जे चाहे सेइ भोगी।'

सुकमी ने कहा, 'मेहरारू के जिनगिए बिधाता अइसन बनवलें बाड़न। बुढ़ारी तक दुखेदुख। नदियो के पानी ओरिया जाला लेकिन मेहरारू के आंख के पानी हर-हमेसा हचहचाएल रहेला।'

'तू कइसे अइलू हऽ?' जोगती ने जमुनी से पूछा।

जमुनी कहने लगी, 'हमर सवांग करजा से परेसान हलथिन। पांच-सात बिगहा ज़मीन हलइ। महाजन हथिया लेलक। ऊपर से रोजे-रोज सूद के तगादा। सूद नञ् देवे पर कारिंदा सब मार-पिटाई करइ। होने जे बइठल हथिन, उहे कहलथिन के एगो

अदमी नोकरी करे ले कलकाता ले जाइत हथ। तुहूं चल। तऽ हमरो लेके आ गेलथिन। हमनी के का हवऽ बहिन। घर में खुदियो रहइत तऽ थोड़े ना अइती हल। अब तऽ चाहे समुदर में मर-बिला जइयइ आ कि मरीच देस में। जे कपार में लिखल होतइ से भोगबइ। का बहिनी!'

इमरती ने उसकी कहानी सुनकर कहा, 'बाभन बेवपारी जान लेबइया, सेर भर खेसारी के तीन रुपइया।'

सब औरतों ने एक साथ हां भरी। यह हां बहुत गहरी और सर्द थी। उस समुद्र से भी जिस पर उनका जहाज प्रति दिवस 10-12 नॉटिकल मील की रफ्तार से तैरता चला जा रहा था—उस अकल्पनीय और अदेखे भविष्य की तरफ लिए हुए, जिससे उनके मालिक भी अनजान थे।

तब बहुत महीन स्वर फुलवरिया के शुष्क गले से निकलकर समुद्री हवाओं के साथ-साथ बहने लगा। बाद में जिसमें कुंती की आवाज़ भी शामिल हो गई। फिर तो सभी औरतों ने लय पकड़ ली। गीत पूरे जहाज पर छा गया :

कहवां में रोपबई हरी केबड़ा अहो रामाऽ
कहवां में रोपबई बेइलिया अहो रामा।
नइहरा में रोपबई हरी केबड़ा अहो रामा
ससुरा में रोपबई बेइलिया अहो रामा।
पनिए पटयबई हरी केबड़ा अहो रामा
दूधवे पटयबई बेइलिया अहो रामा।
कांचे सुते गुथबई हरी केबड़ा अहो रामा
रेसम सुते गुथबई बेइलिया अहो रामा।
के मोरा पेन्हतन हरी केबड़ा अहो रामा
के मोरा पेन्हतन बेइलिया अहो रामा।
भइया मोरा पेन्हतन हरी केबड़ा अहो रामा
सइयां मोरा पेन्हतन बेइलिया अहो रामा।

रात को एक हादसा हो गया। जहाज के एक अंग्रेज कर्मचारी ने कंगना के साथ बदतमीजी कर दी। कंगना ज़ोरगर औरत थी। कर्मचारी से भिड़ गई। शोर-शराबा हुआ तो कुली और जहाज के सिपाही-पहरेदार, कर्मचारी और सूबेदार सभी उधर पहुंचे। कंगना ने रोते-रोते बदसलूकी की बात बताई। कर्मचारी ने कहा, वह झूठ बोल रही है। अपनी भाषा में गालियां देते हुए उसने कंगना को दो-चार हाथ जड़ दिये। इससे कुलियों में उबाल आ गया।

यह खाने के बाद सोने का समय था। चौकीदार और अधिकांश सिपाही खाने के लिए मेस गए हुए थे। वहां उस समय तीन ही बंदूकधारी सिपाही थे। लाठीधारी सूबेदार शराब पीकर निचले डेक में कब का सो गया था। तीन ही बंदूकें उनके सामने थीं पर उनका भय डेक पर समुद्र से भी भारी था। इसलिए दांत पीसते और

आंख गुड़राते सब देखते ही रहे। कंगना का 'डिपो मरद' भी बुदबुदाते रहने के अलावा कुछ नहीं कर सका।

औरत की इज़्ज़त का मामला था। जहाज पर किसी औरत को पहली बार पीटा गया था।

रामनारायन, फोगला और कोंता से बरदाश्त नहीं हुआ। सबसे पहले कोंता ही सामने आया। उसने बदसलूकी करनेवाले अंग्रेज कर्मचारी का हाथ पकड़कर मरोड़ दिया। फिर पटककर उसके सीने पर चढ़ गया। फोगला ने एक सिपाही की बंदूक तुरंत पकड़ ली। रामनारायन ने तीसरे सिपाही को दबोच लिया।

तभी एक सिपाही, जो खाना खाकर ऊपर आ रहा था, उसने यह सब देख लिया। देखते ही उसने तुरंत सीटी बजा दी।

अगले कुछ ही पलों में वे सब बंदूकों से घिरे हुए थे।

गुस्से से लाल-पीले कैप्टन ने सबको जाकर सोने की हिदायत दी। रामनारायन, फोगला और कोंता—तीनों की भरपूर पिटाई हुई। हाथों में सिकड़ी डालकर उन्हें डेक पर पटक दिया गया।

कैप्टन ने सज़ा सुनाई, 'तीनों का राशन-पानी दो दिनों के लिए बंद।'

कुंती ने अपनी आंख से स्वयं यह सब देखा-सुना और आह भरकर रह गई। उसे रात भर नींद नहीं आई। आंखें कोंता पर ही गड़ी रहीं। तीनों के शरीर डेक पर निश्चेत पड़े थे, मानो उनमें बस सांस लेने भर ही जान बची हो!

इस घटना के तीन तात्कालिक परिणाम हुए। दो परिणाम तो सबको दिखे परंतु तीसरा सिर्फ एक ही व्यक्ति तक सीमित रहा।

पहला, इसके प्रतिरोध के बाद मॉरिशस पहुंचने तक फिर किसी औरत के साथ कोई बदतमीजी नहीं हुई। दूसरा, रामनारायन, फोगला और कोंता तीनों जहाज पर सवार सवा दो सौ जमात के चहेते बन गए। और तीसरा यह कि कुंती के मन में कोंता के लिए अब इज़्ज़त पैदा हो गई थी।

दूसरे दिन शाम को उन कैप्टन ने अपनी उपस्थिति में उन तीनों का हाथ खुलवाया। डॉक्टर के परीक्षण के बाद उन्हें थोड़ा-सा नीबू मिला पानी दिया गया और रात में हल्का भोजन।

रामनारायन ने उस दिन पहली बार नीच जंगली कहे जाने वाले फोगला और कोंता के साथ बिना किसी हील-हुज्जत के एक साथ खाना खाया।

छब्बीसवें दिन की दोपहर जब खाना बंट रहा था, 'पांत' का विभाजन नहीं था। सवर्ण, अवर्ण और जंगली—सभी एक ही पांत में खाना खा रहे थे। पांत में औरतें भी शामिल थीं।

खाते-खाते फोगला, जो रामनारायन के सामने बैठा था, बोला, 'का रामनरायन भाई, आज सुरुज पूरब के बजाय पछिम में कइसे?'

'पछिम में कहवां हो, पुरुबे बा। तोहार नज़र के फेर बा।'

'नज़र के फेर बा? रउवे न कानी गइया के अलगे बथान कइले रहनीं।'

'का अलगे बथान। हियवां सब चाउर एके पसेरी बा। हमार अलगावल से का होखी हो भाई!'

किसी ने बात आगे बढ़ाई, 'ठीके कहऽ ताड़न पंडीजी। हमनीं के नसल-जात भले अलगा-अलगा होखे, ई हरमिया ललमुंहवन बंदरवन खातिर सभे एके बानीं जा—कुलिया-कुकुरवा।'

फोगला बोला, 'एहे बात त बूझे के बा।'

'बेस बात।' सुखराम पहली बार उनकी बातचीत में शामिल हुआ। 'हमिन के मिलजुल के रहेक होवी।'

फोगला ने फिर ज़ोर दिया, 'सुरूवे से हमनीं धेयान देतीं तऽ...तऽ कुछ लोगिन के परान जरूरे बांच जाइत।'

'तोंय ठीके कहत हिस। मुदा एखनों जदि हमिन एक होयके रहब होले ऊमन बगरा अतेयाचार नइ करे पारबयं।' ठेबले ने उन सबका साथ दिया।

रामनारायन समझ रहा था कि लोग उसी को दोष दे रहे हैं। इसलिए नरमी से बोला, 'अब जे भे गइल से भे गइल। हमनीं के आगे के बारे में सोंचे चाही। एकता में ज़ोर त होखबे करेला।'

सुखराम को साफ दिख रहा था, रामनारायन के लिए लोगों के मन में अभी भी गुस्सा बचा हुआ था। उसने फोगला से कहा, 'ए भाइ। अब तो संगेसंग जीयेक हय अउर संगेसंग मोरना। देस-जंगल सभे छूट गया। ई जहाज अउर समुंदरे सच हय। हियां का देस का अपना कुनबा। अब हमीं लोग एक-दूसरे का परिवार हयं।'

सबके सिर सहमति में हिले। फोगला ने अब बात को और तूल देना ठीक नहीं समझा। चुप हो गया।

औरतों में सबसे 'उमिरगर' तिलिया थी। उसने ही कहा, 'बेटा अउरी लोटा बाहरे चमकेला।'

इसके बाद किसी ने कुछ नहीं कहा।

कुंती ने कनखियों से देखा, कोंता उसी की तरफ देख रहा था।

लश्कर सुल्तान का किस्सा सब दम साधे सुन रहे थे।

यह उन लोगों के लिए बहुत हैरत की बात थी कि सुल्तान जहाज पर सबसे उनकी भाषा में बिना हिचकिचाए बात करता था। फर्राटे से।

'ई जो मालगासी लोग है न, जो सब सबसे नीचे जहाज चलाने का काम करता है, मरीच टापू का पास एक अउर टापू है मडगास्कर, उधरे का है। कुछ लोग इसमें अफ़्रीका तरफ का भी है। पर दुनवों में फरक बड़ा मोसकिल।

'मेडागास्कर हमेशा से समुद्री जहाज के जांबाज़ नाविकों का मनपसंद जगह रहा है–आराम करने के लिए, जहाज का मरमतइ अउर तूफान में आसरा लेने के लिए। बहुत लोग मेडागास्कर में आए-गए, थोड़ा-जादा समय के लिए रहे, लेकिन कंट्रोल? कोइए नइ करने को सका। काहे? ऊ लोगिन बहुत लड़ाका होता है। तोप-बंदूक कुछो से नइ डेराता है। मजा का बात सुनिए। पूरा टापू पर गिनती करिएगा न...तो बहुत जादा नाहीं मिलेगा मालगासी लोग। बहुत कम है। लेकिन बहुत बहादुर। बुझाल कि नाहीं? अउर बंगाली लोग? बहुत डरपोक। हम तो अपना आंखि से देखे हैं, उधर, बंदरगाह से दूर का इलाका सब में। अंगरेज जइसा बनने के लिए साला बंगाली लोग कुछ भी कोरेगा। जादा गिनती में रहते हुए भी अपना गांड़ दे दिया लंगर डालने का–हुजूर, इदर ही डालो!

'जाइ हो, मैं भी किदर बहक गया। मालगासी लोग अपना टापू पर कभी किसी को कब्जा नाहीं करने को दिया। जो भी कोसिस किया, मार के भगा दिहलें। लेकिन साला प्रेम का बिमारी बहुत खराप। उसका सबसे बड़ा मुखिया, जिसका कोई लड़िका नइ था, उसका लड़की एगो अंगरेज का फेरा में लटपट हो गया।

'वइसे ऊ मालगासी मुखिया लड़की, जिसको बाद में सब रानी बोलने लगा, उसका भी हिमत बहुत था। तुम लोग मरीच में देखना, अभी भी उसका बड़ा-सा घर है। अंगरेज लोग जब फ्रांसीसी सबसे मरीच टापू छीना न, तब भी उसी का उधर राज था।

'हम एक बार उसका घर में गया था। उसको देखा भी था। बाप रे बाप! कइसा रूप था उसका! हम सच बोलत बानीं। अपना बाप का सच्चा पेसाब हैं। आज भी उदर के लोग उसको बहुत याद करता है।

'मैं साला सुल्तान, सिरिफ नाम का सुल्तान है। न तो बाप का जइसा बनने सका अउर न उस मालगासी रानी जइसा। का करें, अल्लाह का मर्जी! उहे तो सबका सुल्तान है। तभी तो हमको ई साला कुत्ता अंगरेज लोग का मातहत काम करना पड़ रहा है। तुम लोक होसियारे से रहना। ई लोग मरा हुआ अदमी का चमड़ी भी बेच के पइसा कमाने से बाज नइ आता है।'

देर रात तक उस दिन लोग सुल्तान के किस्से में डूबे रहे, जिसमें अपनी माटी-आजादी के लिए लड़ने का साहस भी था और खून को जमा देनेवाला अंग्रेजों की क्रूरता का भय भी।

लश्कर की इस कहानी में सच भी था। झूठ भी था। साथ ही थीं एक साथ कई पीढ़ियां। वैसे, किसी मालगासी रानी को उसने नहीं देखा था। बेटिया नाम की मालगासी रानी, जिसका अर्थ बहुत आकर्षक होता है, मेडागास्कर के बेटसीमिसारका राज्य के राजा रात्सीमिलाहो की बेटी थी, जो खुद एक समुद्री डाकू थॉमस टेव और मालगासी रानी अंतावाराता राहेना की संतान था। बेटिया 1735 में पैदा हुई थी जिसने एक फ्रेंच सिपाही 'ला बिगोरने' के प्यार में फंसकर अपना राज्य जुलाई, 1750 में सेंटे मेरी फ्रांस को उपहार में दे दिया था। इसके बाद वह मॉरिशस में रहने लगी थी।

बेटिया के पिता मालगासी राजा रात्सीमिलाहो को उसका अंग्रेज बाप अपने साथ लंदन ले गया था। मां के मरने के बाद रात्सीमिलाहो मेडागास्कर लौट आया और अपने 'जना माल्टा' समुदाय का राजा बना। उसने लंदन में अंग्रेज सामंतों और राजाओं के शासन को देखा था। वैसा ही राजा बनने के लिए उसने मेडागास्कर के दूसरे आदिवासी समुदायों पर हमला कर अपने राज्य का विस्तार किया। साकालावा समुदाय शक्तिशाली था। उसने बोइना के साकालावा राजा की बेटी एंदरिआमहातिन द्रिआरिवो से शादी कर ली। इस वैवाहिक संबंध से रात्सीमिलाहो अजेय हो गया और मेडागास्कर द्वीप पर उसके बेटसीमिसारका राज्य की सीमा दूर-दूर तक पसर गई।

रात्सीमिलाहो की मृत्यु के बाद बेटसीमिसारका का शासन उसकी बेटी बेटिया के हाथों में आ गया। बेटिया बला की सुंदर थी। संयोग से एक फ्रेंच सिपाही जीनओन्सिमे फिलेट, जो फ्रांसीसी सेना की ओर से भारत के पांडिचेरी इलाके के युद्ध में शामिल था और जिसे दुश्मनों से लोहा लेने के कारण उसके सिपाही दोस्त 'ला बिगोरने' (लोहे जैसा) कहते थे, घायल होने के बाद आराम के लिए 'रियुनियन' द्वीप पर रह रहा था। बिगोरने जितना साहसी था, उतना ही वह मृदुभाषी, मिलनसार और आकर्षक था। उसके संपर्क में आने वाले पुरुष और स्त्रियां दोनों ही बहुत जल्दी उसके प्रभाव में आ जाते थे।

एक दिन ला बिगोरने जब अपने कमांडिंग अफसर की बीवी के साथ संभोगरत था, उसके कमांडिंग अफसर ने उन दोनों को रंगे हाथ पकड़ लिया। गुस्से से पागल कमांडिंग अफसर ला बिगोरने को मारने दौड़ा। बिगोरने किसी तरह से उसकी पकड़ से छूटकर भागने में कामयाब हो गया। एक छोटी-सी डोंगी के सहारे बिगोरने रियुनियन द्वीप से भाग निकला।

लगभग सवा चार सौ मील की समुद्री यात्रा के बाद उसकी डोंगी मेडागास्कर के सेंटे मेरी तट से टकराई जहां बेटिया का शासन था। वहां आश्रय मिलते ही बिगोरने ने बहुत कम समय में उसे अपने प्रभाव में ले लिया। बेटिया उसे अपना दिल दे बैठी।

भगोड़ा ला बिगोरने अपने देश फ्रांस में अपनी बिगड़ी हुई भगोड़े की छवि सुधारना चाहता था। उसने प्रेम में फंसी बेटिया को इस बात के लिए राज़ी कर लिया कि वह सेंटे मेरी फ्रांस को उसे उपहार में दे दे। बेटिया ने ऐसा ही किया।

30 जुलाई, 1750 को मॉरिशस के फ्रेंच गवर्नर बार्थेलेमे डेविस के दो प्रतिनिधियों—एडम दे विलियर्स व गुइलामे गोस्से—और अपने समुदाय के साठ प्रमुख मुखियाओं की उपस्थिति में बेटिया ने बिना किसी शर्त या मुआवज़े के सेंटे मेरी का राज्य एक तरह से फ्रांस को उपहार में दे दिया। इसके बाद खुद वहां से निर्वासित होकर मॉरिशस में आकर बस गई।

मॉरिशस में बेटिया का नया पुरुष दोस्त बना फ्रांकोइस दे ग्रेनविले। वह मॉरिशस गैरिसॉन का प्रमुख था। लोग जिसे फोरवेल के नाम से भी पुकारते थे। बेटिया ने अपना शेष जीवन उसी के साथ मॉरिशस में बिताया और वहां रहते हुए उसने खूब सारी ज़मीन अपने नाम करवाई। पोर्ट लुइस और वेकोस में उसका बनवाया शानदार मकान अभी भी है।

फ्रांस को सेंटे मेरी सौंपने पर बेटिया के समुदाय के कई कबीलों ने जबरदस्त विरोध किया था। सिबा और त्सिफांडा, जो दो अलग-अलग कबीलों की राजकुमारियां थीं, उन्होंने विद्रोह का नेतृत्व किया। 19 सितंबर, 1750 को उन दोनों ने हमला कर कई फ्रेंच अधिकारियों और सिपाहियों का कत्लेआम किया। गुइलामे गोस्से जो कि फ्रांस भारत कंपनी का प्रमुख अधिकारी था और सेंटे मेरी सौंपने के वक्त मॉरिशस के गवर्नर के प्रतिनिधि के रूप में शामिल था, वह भी विद्रोही मालगासियों का शिकार बनकर मारा गया।

लश्कर सुल्तान ने अपनी कहानी में जिस मालगासी रानी को देखने और मिलने का दावा किया था, वह बेटिया नहीं थी। क्योंकि उसकी मौत तो 1805 में ही हो चुकी थी। तब तक सुल्तान की मां भी मॉरिशस नहीं पहुंची थी।

हो सकता है, उसने मेडागास्कर द्वीप पर एक दूसरी मालगासी रानी रामाओ को देखा हो, जिसका शासनकाल अगस्त, 1828 से अगस्त, 1861 का था। रामाओ मेडागास्कर के एक अन्य बड़े कबीले की राजकुमारी थी। वह 1778 में पैदा हुई थी। उसकी शादी इमेराना राज्य के मालगासी राजा राडमा प्रथम से हुई थी।

इमेराना राज्य मेडागास्कर के सबसे पुराने कबीलों में से था। इमेराना कबीले के पूर्वज इंडोनेशिया मूल के थे जो सदियों पहले आकर मेडागास्कर में बस गए थे। सोलहवीं शताब्दी की शुरुआत में उन्होंने मेडागास्कर में इमेराना राज्य की स्थापना की थी।

राडमा प्रथम की कई बीवियों में रामाओ भी एक थी। उसे राडमा बहुत पसंद नहीं करता था और कभी-कभार ही उसकी सुध लेता था। 1828 की 27 जुलाई को राडमा कई बीवियों के रहते निःसंतान मर गया। तब उसकी बड़ी बहन के बेटे ने खुद को इमेराना का राजा घोषित कर दिया।

पहले से ही उपेक्षित और दुखी रामाओ इससे और व्यथित हो उठी। उसने अपने कुछ विश्वस्त लड़ाकों को साथ लेकर उसके खिलाफ मोर्चा खोल दिया। अपने रूप-जाल के प्रभाव में रामाओ ने जल्दी ही और कबीलों से सहायता जुटा ली। ताकत जुटते ही 11 अगस्त, 1828 को उसने शासन की बागडोर अपने हाथ में ले ली। एक साल बाद ब्रिटेन ने उसके शासन पर अपनी मुहर लगा दी।

रामाओ मेडागास्कर के आधुनिक राजवंश में पहली महिला शासक थी। हालांकि इमेराना कबीले की कमान परंपरागत रूप से पहले महिलाओं के पास ही रही थी। वजिम्बा, जो इमेराना की पहली मुखिया थी, उसके बारे में आज भी मेडागास्कर में कई किंवदंतियां सुनी जाती हैं। वजिम्बा के बाद दूसरी महिला प्रमुख रंगीता और तीसरी राफोही थी। लेकिन सत्रहवीं-अठारहवीं सदी तक जैसे-जैसे मेडागास्कर समुद्री लुटेरों, दास व्यापारियों और नौसैनिकों की आवाज़ाही के दौरान उनका ऐशगाह बनता चला गया, मालगासी आदिवासी परंपराओं में टूट-फूट होने लगी, उनका सामाजिक ताना-बाना बिखरता गया।

संभव हो, सुल्तान ने इसी रामाओ को देखा हो!

डॉक्टर ओसबोर्न अपने केबिन में शराब पी रहा था। रात का समय था। उसका सहायक मेडिकल रिपोर्ट बनाने में लगा हुआ था। लिखना खत्म करके सहायक ने भी बना हुआ पैग उठा लिया।

सिप लेते हुए उसने ओसबोर्न से कहा, 'सर, टोटल आठ मौतें हुईं। 38 को कॉलरा, 67 को डायरिया और 172 को वोमेटिंग। टोटल 139 लोगों को डिसेंट्री हुआ। बुखार की चपेट में 74 कुली रहे। रिपोर्ट कम्पलीटेड सर!'

'थैंक्स! नाइस जॉब!' डॉक्टर ने उसे शाबासी दी। 'मेकिंग रिपोर्ट...ऑलवेज अ टफ एंड बोरिंग जॉब। मुझे तो बहुत कोफ्त होती है।'

'यात्रा के अभी और तीन दिन बचे हैं। यदि इस बीच कुछ और हुआ तो...?' सहायक ने थोड़ा संकोच से कहा।

'डोंट वरी। आई विल हैंडल।'

सहायक की नई-नई नौकरी थी, इसलिए उसने आगे कुछ और नहीं कहा।

'सात लोग पूरी तरह से क्योर नहीं हैं। उन्हें बाकी लोगों से अलग रखना होगा। एंड रिमेम्बर, डोंट टेल एनी बडी अबाउट दिज सिक फेलो इन पोर्ट लुइस हार्बर। नहीं तो इन ब्लडी कुलियों के साथ हमें भी तीन-चार दिन और बंदरगाह पर उतरने नहीं दिया जाएगा।' डॉक्टर ने सहायक को हिदायत दी।

'ट्रस्ट मी सर! मैं आपका मातहत हूं। बट, कैन आई नो, व्हाई...?'

'बिकाउज मॉरिशस गवर्नर डोंट परमिट टू सिक कुलीज एराइवल इन हार्बर। वे डरते हैं, कुलियों की बीमारी उनके यहां फैल जाएगी। वैसे, वे हमारी रिपोर्ट आंख मूंदकर नहीं मान लेंगे। हार्बर का मेडिकल सुपरिंटेंडेंट खुद एक-एक कुली की जांच करेगा।'

डॉक्टर की इस बात को सुनकर सहायक थोड़ा चिंतित हो गया। डॉक्टर हंस पड़ा। 'डोंट अफ्रेड माइ डियर। हार्बर मेडिकल सुपरिंटेंडेंट इज माइ ओल्ड फ्रेंड। वी आर क्लासमेट इन मेडिकल कॉलेज। सेम ईयर, सेम बैच।'

'ओह, थैंक्स गॉड! मैं तो डर ही गया था।'

'हा-हा-हा।' डॉक्टर ज़ोर से हंसा। फिर चेहरे पर बनावटी गंभीरता लाकर बोला, 'बाइ द वे, हैव यू सेक्स्ड?'

सहायक सकपका गया। उसे इस तरह के सवाल की अपेक्षा नहीं थी अपने सीनियर से। धीमे स्वर में बोला, 'यस, ओनली वन टाइम, व्हेन आई वाज ओनली सेवेंटिन। दैट टाइम आई मेट अ गर्ल। शी वाज़ माइ थर्टी एट ईयर ओल्ड कजिन।'

'इंटरेस्टिंग! यू आर सेवेंटिन एंड शी वाज थर्टी एट?'

'सर, एक्चुअली आई एम नॉट सेक्स्ड विद हर, शी सेक्स्ड विद मी।'

'सो यू आर नाउ टिल वर्जिन। नो, नो। नॉट रीयल वर्जिन। बट लाइक अ वर्जिन सोल–हा-हा-हा-हा! कहो तो आज तुम्हारे लिए कोई औरत...?'

'नो-नो। मुझसे ज़बरदस्ती नहीं होगा सर।' सहायक समझ गया था। डॉक्टर उसके लिए नहीं बल्कि खुद के लिए सोच रहा था।

'लेट्स टेल मी। यू नो, इंडियन औरतें बड़ी सेक्सी होती हैं।' सहायक को ठंडा देखकर उसको उकसाने के लिए डॉक्टर खास ढंग से फुसफुसाया। 'मैंने यात्राओं में

बहुत एंजोय किया है। यूरोपियन, फ्रेंच एंड निग्रोज वूमेन अलसो। बट...हिंदुस्तानी औरतों की बात ही कुछ और है। बेंगालिज वूमेन आर माई फर्स्ट च्वाइस।'

सहायक ने जल्दी से पैग खत्म किया और जाने के लिए उठा। डॉक्टर ने कंधे पर हाथ रखकर वापस कुर्सी पर बिठा दिया। उसके और अपने लिए एक पैग और बनाया।

'जानते हो, क्यों? क्यों हिंदुस्तानी औरतें मुझे बेहद पसंद हैं? बिकाउज दे आर मौस्ट सेक्सी वूमेन ऑन अर्थ। हा-हा-हा...! तुम नहीं समझोगे। बताता हूं।' इतना कहकर उसने एक हिंदुस्तानी औरत की न्यूड पेंटिंग निकाली। उसकी नाभि को इंगित करते हुए बोला, 'इसे देख रहे हो? ऐसा वेस्टर्न औरतों का नहीं होता। हर बेली बटन आर फ्लैट। और हिंदुस्तानी औरतों का...यू कांट बिलीव। मैं तो उनका बेली बटन देखकर टोटली मैड हो जाता हूं।'

तभी किसी ने केबिन का दरवाजा खटखटाया। सहायक ने दरवाजा खोला तो सामने एक सरदार खड़ा था।

'हुजूर, दो अदमीन को फिर से उल्टी होने लगा है।'

सहायक ने केबिन में एक ओर रखा मेडिकल बैग उठाया और सरदार के साथ केबिन के बाहर निकल गया।

डॉक्टर देर रात तक पीता रहा–उस न्यूड पेंटिंग को देखते हुए।

समंदर कितना गहरा था, इसका अनुमान किसी को नहीं था। कोंता और उसके साथियों के लिए तो यह एक विशाल नदी थी। अपने होश में कोंता ने इतनी बड़ी नदी कभी नहीं देखी थी। नदी से उसकी पहली मुलाकात कलकत्ता आते हुए रास्ते में हुई थी–एक नहीं, चार-पांच नदियों से।

खूब सारा पानी उसने तब देखा था जब ओलन्किसन साहेब ने किसुनपुर के पास की पहाड़ी के नीचे बड़ा-सा तालाब बनवाया था। पर वह तालाब तो इस समंदर के आगे कुछ नहीं था। धरती पर इतना पानी है, यह सोच-सोचकर ही वह हैरान रह जाता। जहाज पर दूसरे देस के लोग गंगा, सोन आदि नदियों की बात करते हुए कहते, उन्होंने भी इतना पानी कभी नहीं देखा था।

अभी भी वह समंदर को देख-देखकर ताज्जुब कर रहा था। समंदर में रहते हुए आज 30वां दिन था। बीते हुए 30 दिनों में उसने पानी के न जाने कितने रंग देखे थे। समंदर उसे बच्चे की तरह गुदगुदाता भी और डराता भी।

तभी उसने कुंती को देखा। वह घूंघट में थी लेकिन उसके पैर की बिछिया धूप पड़ने से किसी चमकीले पत्थर की तरह चमक रही थी। उस बिछिया को वह भला कैसे भूल सकता था जो डिपो से ही उसकी आंख में बस गई थी? उसका मन उसकी सूरत देखने को करने लगा। कई दिन हो गए थे, कुंती उसकी ओर न आती और न वह उसे देख पाता था।

समंदर इस समय बिलकुल शांत था। लेकिन कोंता के मन में कुंती को देखते ही उथल-पुथल होने लगी थी। मन कहता, वह उसकी ओर देखेगी। फिर मन कहता, वह नहीं देखेगी।

कुछ पल ऐसे ही बीत गए। कुंती ने एक बार भी उसकी ओर नहीं देखा। ऐसा नहीं था कि कुंती ने उसे नहीं देखा था। जब वह किनारे की तरफ बढ़ रही थी तभी उसने कोंता को समुद्र में खोए हुए देख लिया था, पर कोई आसक्ति नहीं थी उसके प्रति। इसलिए बाद में उसने एक बार भी उसकी तरफ नहीं देखा था।

कोंता और कुंती दोनों के समाज बिलकुल अलग थे। धर्म, भाषा संस्कृति, रहन-सहन, खान-पान–सब कुछ में। पर परिस्थितियों ने दोनों को एक साथ ला खड़ा किया था। यह एक ऐसा सच था जिसकी कल्पना कोंता और कुंती ने कभी नहीं की थी। कुंती के सामाजिक संस्कार कोंता से ज्यादा जड़ थे। वह जिस घर-संस्कृति में पली-बढ़ी थी, वहां कोंता जैसे आदमियों को इंसान नहीं समझा जाता था। कुल के मान-मर्यादा की बेड़ियों में वह जकड़ी हुई थी। उन बेड़ियों से निकल पाना जहां आसान न हो, भला वह उसे अपना मरद कैसे मान लेती?

कोंता से नहीं रहा गया। वह धीरे-धीरे कुंती की ओर बढ़ा। कुंती ने उसे आते हुए नहीं देखा, पर लगा, कोई ठंडी लहर उसकी ओर बढ़ रही है।

पास पहुंचकर कोंता चुपचाप खड़ा हो गया। कुंती को उसकी जानी-पहचानी सांस सुनाई दी। इन सांसों के बहुत करीब वह तीन रात और चार दिन तक रही थी। कोंता की बीमारी के समय। इन सांसों को तो वह दो सौ से ज्यादा आदमियों के भीड़ में भी पहचानने लगी थी। लेकिन उसका मन उसके नजदीक रहने को तैयार नहीं था। उसकी देह पलटी और अपने समूह की ओर बढ़ गई।

कोंता को खुद पर ग्लानि हुई। जब वह नहीं चाहती तो क्यों उसके बारे में सोचता है? उसे उसकी इच्छा का सम्मान करना ही चाहिए। कागज में लिखा सब कुछ सही नहीं होता। कागजी चीजें हमेशा झूठी होती हैं और तकलीफ ही देती हैं। उसका परिवार और गांव-देस कागज के राज से ही तो बरबाद हुआ। पुरखा समय में न कोई कागज था, न पट्टा। जब से ओलन्किसन साहब किसुनपुर में आकर रहने लगा था, कागज ने उनके जैसे आदिवासियों की सारी खुशी छीन ली थी।

उस रात कोंता और उसके साथियों का गाया गीत देर रात तक कुंती के हृदय में रसरसाता रहा। गीत का अर्थ वह अच्छी तरह से नहीं समझ पा रही थी, पर गीत के भाव और उसके हरएक बोल में जो दर्द और कशिश थी, उसको समझने के लिए कोई भाषा-ज्ञान जरूरी नहीं था। इसलिए गीत से वह जितना भागती, उसके बोल और लय उसे उतना ही अपनी ओर खींचते। समंदर से भी गहरा और पानीदार था गीत का भाव। उस भाव और उसमें जमे हुए दर्द को संभाल पाना कुंती के बस में नहीं था।

घर से जे निकलली, चलली बंजारिन संगे,
जंगले जंगले दिया बरे गोइ,
कहू तो अगिन कहां बरे?
रांची से उठल डेरा, भरनो में भेलक बेरा,
बुंडू तमाड़ दिया बरे गोइ,

कहू तो अगिन कहां बरे?
झरिया कर उठल डेरा,
डोरंडा में भेलक बेरा
बुंडू तमाड़ दिया बरे गोइ,
कहू तो अगिन कहां बरे?

समय जहाज था और वे दोनों, पीछे छूटता हुआ समंदर। लेकिन दोनों जानते थे, समंदर जितना पीछे छूटता जा रहा था, उतना ही या उससे कहीं ज्यादा आगे भी बचा हुआ था, जिसकी विशालता और भयावहता से वे दोनों बिलकुल अनभिज्ञ थे। नहीं जानते थे, उसके गर्भ में क्या-क्या छुपा हुआ है।

दोपहर को निचले डेक में पार्टी थी। यह पार्टी जहाज के कैप्टन की ओर से थी। बिना किसी दुर्घटना और नुकसान के जहाज मॉरिशस के करीब था। कैप्टन ने इसी खुशी में जहाज के सभी कर्मचारियों को पार्टी दी थी।

कैप्टन के चीयर्स कहते ही महंगी अंगूरी शराब से भरे जाम सबके ओठों से जा लगे। पहली घूंट हलक से नीचे उतरते ही नशा उनके चेहरों पर छलछला आया। लेकिन यह नशा शराब का नहीं, गंतव्य पर सकुशल पहुंचने का था। वे सब जो जहाज पर एक महीने से थे और अक्सर ऐसी समुद्री यात्राओं में अपनी-अपनी जिंदगियां खर्च करते रहे थे, जानते थे कि हर यात्रा के बाद लक्षित जगह पर पहुंचने का अर्थ होता है–एक नया जन्म। और व्यापारियों, कारखाने के मालिकों, जमींदारों व शासकों के लिए उनकी समृद्धि में निश्चित वृद्धि। और-और कमाई। अधिक से अधिक मुनाफा।

चौकीदारों, सिपाहियों को पार्टी में नहीं शामिल किया गया था। सूबेदार जरूर आमंत्रित था। कैप्टन हिंदुस्तानियों को इस दावत के लिए योग्य नहीं मानता था। लेकिन छोटा-छोटा सा कर्मचारी भी, जो हिंदुस्तानी नहीं था, वह इस खास पार्टी में मौजूद था।

घूंट भरते हुए कैप्टन ने सबको संबोधित किया, 'थैंक्स टू ऑल ऑफ यू फॉर कंटीन्यूअस डे-नाइट हार्ड लेबर, वैल्येबुल कोऑपरेशन एंड इंसपायरिंग टीम स्प्रिट। वी आर मेक ऑल अफर्ट टुआड्र्स सेफ वोयेज। फ्रॉम ऑवर ऑस्ट्रेलियन एसोसिएशन ऑफ बेंगाल शिपिंग कंपनी आई सैल्युट टू ऑल ऑफ यू एंड प्लीज एक्सेप्ट माई हर्टियस थैंक्स।

दिसंबर की 22 तारीख को हम लोग कलकत्ता से चले थे। मेरी इच्छा थी कि हम लोग क्रिसमस के बाद यात्रा पर निकलें। हमारे अधिकारियों को यह मंजूर नहीं हुआ था। हमें निकलना पड़ा। यात्रा की शुरुआत के पांच-सात दिन हम सबके लिए बहुत मुश्किल भरे और अप्रत्याशित थे। हम पहली बार माल के साथ-साथ कुलियों को अपने साथ ले जा रहे थे। वह भी बिना किसी अनुभव और यात्रा के लिए जरूरी बेहतर संसाधनों के। एक इंसान के रूप में मैं इसको कतई मानवीय नहीं मानता। पर हम सब मज़बूर हैं। अपने अफसरों के आदेश और अपने राष्ट्र की आकांक्षाओं के हम गुलाम हैं। इन कुलियों से हमारी हालत बस इस मायने में ही अलग है कि

हमारे पास इनसे कुछ बेहतर खाना, कपड़ा, पैसा और थोड़ी-सी व्यक्तिगत आजादी है। मैं जानता हूं, इस यात्रा ने हम सबको क्रिसमस के गैदरिंग की इजाज़त नहीं दी और हम सब एक साथ उस परम शक्तिशाली ईश्वर को धन्यवाद नहीं कह सके, जिसके हाथों में ही वास्तव में हम सबकी जिंदगियां और हमारे जहाज की कमान हैं। असली कैप्टन तो वही ईश्वर है। आइए, आज हम उसे एक साथ याद करें और दिल की गहराइयों से उसको धन्यवाद दें।'

बोलते-बोलते भावुक हो गया था कैप्टन।

सभी ने अपने सीने पर क्रॉस बनाया। चालक दल के एक अधिकारी ने सभी कर्मचारियों की ओर से कैप्टन के प्रति आभार व्यक्त करते हुए उसके कुशल नेतृत्व की सराहना की। डॉक्टर, जो जहाज का मेडिकल सुपरिंटेंडेंट था, उसने भी इस अवसर पर दो शब्द कहे।

भावुक माहौल कुछ ही देर में बदल गया। हंसी-कहकहे छाने लगे। तरह-तरह की शराब थी। कई किस्म के मटन। लज़ीज़ व्यंजनों की खुशबू हवा में तैर रही थी। अब नशा वाकई चढ़ रहा था। कैप्टन की सख्त हिदायत थी। कोई भी दो पैग से ज्यादा नहीं लेगा। पोर्ट लुइस हॉर्बर पर जहाज बोर्ड होने के बाद खुली छूट होगी।

रूनु और सुरती, दोनों लड़कियां खेलते हुए गा रही थीं :

खोड़ा खोंड़इचा...नवा बगइचा,
खोड़वा ताके...नौ बेल पाके।

असल में खेल तो बड़ी वाली रूनु ही रही थी, छोटी 'सुरती' तो बस उसके आगे-पीछे हो रही थी, जो डोलते-डोलते अक्सर गिर भी जा रही थी।

शाम हो रही थी। कैप्टन ने दूरबीन से देखा—दूर, बहुत दूर हल्के धब्बे जैसा कुछ दिख रहा था। उसके चेहरे पर संतोष और प्रसन्नता दोनों ही भाव उभरे। उसने दूरबीन को आंखों से हटाते हुए सहायक से कुछ कहा। सहायक फौरन चालक कक्ष की ओर दौड़ पड़ा। डेक पर खड़े सभी कुली उधर ही देखने लगे जिधर कैप्टन की नज़र गड़ी हुई थी, पर शाम के उस धुंधलके में उन्हें कुछ नहीं दिख रहा था। कुलियों में फुसफुसाहट होने लगी। तभी जहाज का सायरन बजा। जहाज के कर्मचारी लोग पाल को समेटने लगे।

सूरज कब का समंदर में समा गया था। तारे उगने लगे थे। लहरों का शोर धीरे-धीरे बढ़ रहा था। जहाज की दिशा बदल रही थी। थोड़ी ही देर में चांद भी दिखने लगा। सूबेदार और पहरेदारों ने बताया, मरीच देस आ गया है। सुनते ही कुलियों के बीच हलचल बढ़ गई। सभी जहाज के सामने की दिशा में आंख फाड़-फाड़कर देखने लगे। सिवाय अंधकार के उन्हें कुछ नहीं दिख रहा था।

ज़मीन पर पांव रखने की आस में उन सभी के चेहरे खिल उठे थे। 32 दिनों के दुख-तकलीफ और हर तरह के अत्याचारों को झटककर उनकी देह एक नई और सुखभरी जिंदगी की चाह से 'ललक' उठी थी।

तभी उन सबने आसमान को भेदती हुई प्रकाश की पतली रेखा देखी। पहले लगा, कोई उल्का पिंड है। लश्कर सुल्तान उनकी नासमझी पर ठहाका मारकर हंसा। फिर उसी ने बताया था, यह जहाज के बंदरगाह में आने का संदेश था। तब उन सभी को भान हुआ, उल्का पिंड नीचे से नहीं, ऊपर से नीचे गिरता है। वे सब भी सुल्तान के साथ अपनी मूर्खता पर खुलकर हंसे।

सूबेदार और चौकीदारों ने सबको हिदायत दी—अपना-अपना सामान समेट लो। कुछ भी नहीं छूटे। जो है, उसी से टापू पर अगले छह महीनों तक काम चलाना होगा। तैयार हो जाओ।

सामान था ही क्या समेटने के लिए! लोग तब भी, जो था, उसे सहेजने में लग गए। सब धरती पर पैर रखने के लिए उतावले थे और अपने शरीर व कपड़ों से आ रही बदबू को, जितनी जल्दी हो, जहाज पर ही छोड़ देना चाहते थे।

रात का तीसरा पहर बीतते-बीतते जहाज मॉरिशस के पोर्ट लुइस बंदरगाह के 'त्राउ फन्फारोन' खाड़ी में डेरा डाल चुका था।

1843 की 23 जनवरी का सूरज उगने को ही था और सुबह होने में ज्यादा देर नहीं रह गई थी।

'त्राउ फन्फारोन' नाम फ्रांसिसियों का दिया हुआ था। यह कुछ बेमतलब-सा नाम था जिसका वास्तविक अर्थ कोई नहीं जानता। लेकिन कुछ लोगों के अनुसार इसका अर्थ था—'शेखी बघारने वाली खोखली जगह', जहां बड़ी से बड़ी चीज को आसानी से छुपाया जा सकता था। 'त्राउ फन्फारोन' 300 मीटर लंबा और 60 मीटर चौड़ा तिकोने आकार की छोटी-सी खाड़ी है। इसके तल से लगभग 8 से 10 मीटर ऊंची ज़मीन से सटा पोर्ट लुइस बंदरगाह, जो मॉरिशस के उत्तर-पश्चिम में स्थित है, सबसे सुरक्षित समुद्री 'गेटवे' है यह। वहां न जाने कितनी नावें, बेड़े और बड़े-बड़े जहाज डेरा डालते रहे हैं। आसपास के मछुआरों, साहसी समुद्री नाविकों, युद्धपोतों, व्यापारिक जहाजों और पानी के साथ खेलनेवाले लड़ाकों के छुपने-बचने का सदियों से आश्रय-स्थल रहा है यह बंदरगाह।

इस बंदरगाह से द्वीप पर प्रवेश की परंपरा मध्ययुग में हुई थी, जब अरब नाविकों ने इसकी खोज की थी। उन्होंने तब पहली बार मॉरिशस को 'दिनो-अरबी' नाम से पुकारा था। वह 1502 की कोई तारीख थी। हालांकि इससे पहले भी नाविक यहां आते रहे थे।

बंदरगाह की बाईं ओर स्माल टावर या लुक-अप हाउस था जो जहाज चालकों के इस्तेमाल में आता था। पास के दो पहाड़ों से जहाजों को हार्बर तक आने का संकेत भेजने का काम होता था। रात में यह संकेत रॉकेट और आतिशबाज़ी के द्वारा दिया जाता था।

ज्वालामुखी के फटने से बना मॉरिशस हिंद महासागर और अफ्रीकन महासागर से घिरा द्वीप है। यहां का समुद्र साफ-सुथरा है और रंग एकदम नीला। ऊंची-ऊंची उठती लहरें बार-बार तटों तक पहुंचने वाले तूफानी ज्वार-भाटे टापू को लील लेने के

लिए लगातार लपकती रहती हैं। फिर भी मॉरिशस को नहीं डुबो पातीं। मॉरिशस अचल रहता है, उसकी तेज हवाओं, चक्रवातों और बौछारों से भीगता हुआ। दरअसल मॉरिशस की प्राकृतिक बनावट ही ऐसी है कि समुद्री तूफानों के बावजूद पानी सतह से ऊपर उठकर द्वीप पर चढ़ नहीं पाता। समुद्री तूफान और लहरों से कोरल की चट्टानें और पहाड़ियां उसे बचाए रखती हैं।

समुद्र और आकाश इस टापू पर मिलकर एक हो जाते हैं। दोनों के मिलन से मॉरिशस में एक ऐसे नैसर्गिक और अद्‌भुत एकांत की रचना होती है जिसे पाने के लिए इंसान सदियों से तरसता रहा है। यहां सृष्टि के सुकून का अखंड निस्तब्ध राज है, सिवाय उस निनाद के जिसे हिंद महासागर की उत्ताल तरंगें सफेद रेत से टकराकर पैदा करती रहती हैं। लहरों और तटों के इस निरंतर सहवास से समूचे द्वीप पर एक आदिम संगीत दिन-रात बजता रहता है।

मॉरिशस के आसपास का समुद्र कई रंगों का है। हर कदम पर यहां पानी अपना रंग बदलकर आपको ताज्जुब में डाल देता है। सफेद रेत वाला किनारा जहां समंदर में उतरता है, वहां पानी रंगहीन नज़र आता है। थोड़ा आगे जाने पर हरा। फिर नीला और बीच समंदर में बिलकुल गहरा नीला। समंदर की गहराई बढ़ने के साथ ही उसका रंग बदलता रहता है। नंगी आंखों से दस मीटर की गहराई तक समुद्र के भीतर की अद्‌भुत दुनिया यहां बिना किसी प्रयास के दिखती है : समुद्री जीवन का आश्चर्यजनक संसार, कोरल बगीचे की शक्ल में अद्‌भुत जीव-जंतु, दुर्लभ पौधे, हैरान करने वाले बैक्टीरिया!

बहुत-बहुत पहले, जब आदमी को किसी नदी से प्यार हुआ होगा, जब सभ्यताओं की पैदाइश नदियों के दलदली और उपजाऊ किनारों पर हुई होगी, उसने नदियों के साथ खेलना और जीना सीखा होगा। फिर कोई एक या बहुत सारी नदियों को थाहने के लिए, वे कहां से आती हैं और कहां जाती हैं, उसका पीछा किया होगा। वे सब नदी के साथ बहते हुए कभी खुद को उसकी लहरों और तेज धार के साथ छोड़ देते होंगे, तो कभी अपनी दोनों बांहों और छोटी-सी छाती से पूरी की पूरी नदी को ही धकेल देते होंगे। पर वे सब इंसान थे और नदियों के साथ बहते-भागते हुए थक भी जाते रहे होंगे। तब उन्होंने पेड़ के तनों पर, फिर उसे डोंगी बनाकर, उसके सहारे बिना थके पहुंच ही गए होंगे सागर में, जहां नदियां जाती थीं।

समुद्र से शायद उनका परिचय इसी तरह से हुआ होगा।

नदियों की संगत ने कुछ इंसानों को इतना ढीठ तो बना ही दिया होगा कि वे सागर की गहराई मापने निकल पड़ें। नदियों का सिरा और अंत ढूंढ़ लेनेवाला इंसान भला सागरों को कैसे छोड़ देता! फिर तो शुरू हुआ होगा समुद्री यात्राओं का अंतहीन सिलसिला। जो समुद्र के विशाल उदर से बचकर लौट आते होंगे, समाज उनकी हिम्मत पर न्यौछावर होता होगा। उनमें से ही किसी ने सागर के बीच तैर रहे मॉरिशस जैसे द्वीपों को अपनी यात्राओं के दौरान सुस्ताने और आगे के सफर के लिए ऊर्जा जुटाने के लिए खोज की होगी। समुद्र के बियाबान रेगिस्तान में ये द्वीप उनके लिए नख़लिस्तान से कम नहीं रहे होंगे; जहां मीठा पानी था, फल-फूल थे, तूफानों से बचने का आश्रय

था और थी समुद्र के साए में पली मन को आनंद से अभिभूत कर देनेवाली एक ऐसी दुनिया, जिसे उन्होंने परियों की कहानियों में सुना होगा।

अरब, पुर्तगीज, भारतीय उपमहाद्वीप के सागर तटों पर बसे तमिल, मलयाली, मराठे, गुजराती और श्रीलंका के सिंहली नाविक अपनी यात्राओं के दौरान सदियों से मॉरिशस में आते-जाते रुकते रहे हैं। लेकिन डच नाविक पहले थे जिन्होंने 1640 के आसपास यहां पहली बार बसेरा बनाया था। उन्होंने ही अपने राजा के नाम पर इसे मोरिस कहा था। सत्तर साल बाद डचों ने अपना बसेरा यहां से उठा लिया, जिसके कुछ ही साल बाद शायद 1715 में फ्रांसीसी नौसैनिक बेड़ों ने इसे अपना स्थायी पड़ाव बना लिया। फ्रांसीसियों ने 'मोरिस' को नया नाम दिया 'इसले द फ्रांस'। जल्दी ही मॉरिशस यूरोप और पूर्वी देशों के बीच के समुद्री मार्ग का एक प्रमुख ठिकाना बन गया। स्वेज नहर तब नहीं बनी थी और यूरोप के व्यापारिक व नौसेनिक जहाजों को इसी समुद्री रास्ते से अफ्रीका होकर आना-जाना होता था। फ्रांस और ब्रिटेन में बहुत कड़ी प्रतिस्पर्द्धा थी और दोनों आपस में लड़ रहे थे। इस लड़ाई में मॉरिशस टापू एक अहम जगह थी। खासकर समुद्री अभियानों के बेरोकटोक संचालन में।

ग्रांड पोर्ट में ब्रिटेन और फ्रांस दोनों भिड़े और इस भिड़ंत में फ्रांसीसियों की जीत हुई। पर इस जीत के बावजूद फ्रांसीसी नौसैनिक बेड़े ब्रिटिशों को मॉरिशस में आने से नहीं रोक सके। 3 दिसंबर, 1810 को ब्रिटेन ने मॉरिशस को अपने कब्जे में ले ही लिया। उनका कब्जा इस शर्त पर स्थापित हुआ कि मॉरिशस में पहले की तरह फ्रांसीसी नियम-कानून चलेगा, भाषा भी उनकी रहेगी और जो लोग यहां रह रहे हैं, उनका मॉरिशस की ज़मीन और अन्य संसाधनों पर अधिकार पूर्ववत बना रहेगा। कब्जे में आने के बाद सर रॉबर्ट फर्कुहर मॉरिशस का पहला गवर्नर बना था।

मेडागास्कर की तुलना में मॉरिशस अठारहवीं शताब्दी तक इंसान के छल-कपट, प्रेम-घृणा और लूटपाट से अछूता था, क्योंकि डचों के कुछ दिनों तक रहने और फ्रांसीसियों की स्थायी बसावट के पहले यह एक निर्जन द्वीप था। सिवाय उन डोडो पक्षियों के, जो न जाने सृष्टि के किस काल से इस द्वीप पर रह रहे थे। डोडो ज़मीन पर रहनेवाले पक्षी थे जो दिखने में बतख जैसे थे और वे समूची धरती पर और कहीं नहीं रहते या पाए जाते थे। डोडो सिर्फ और सिर्फ इसी द्वीप पर थे।

बतख की तरह दिखने वाले लगभग सवा तीन फीट और दस से अठारह किलो की वजन वाले इस अनोखे पक्षी को 'डोडो' नाम पुर्तगालियों ने दिया था। पुर्तगाली में जिसका शाब्दिक अर्थ होता है—'मूर्ख'। पुर्तग़ालियों के अनुसार डोडो मूर्ख था जो इंसानों से डरता नहीं था और उन्हें देखकर भाग नहीं जाता था।

कहते हैं, जब डच और पुर्तगाली यहां आए, उन्होंने बड़े पैमाने पर डोडो का शिकार किया। मारा और मारकर तब तक खाते रहे जब तक कि डोडो खत्म हो नहीं गए, जबकि डोडो का मांस न डचों को भाता था और न ही पुर्तगालियों को। फिर भी वे द्वीप के सारे डोडो खा गए। क्योंकि फ्रांसीसियों के द्वीप पर आने और ब्रिटिश कॉलोनी बनने तक मॉरिशस में एक भी डोडो नहीं बचा था।

डच, पुर्तगीज, फ्रांसीसी और ब्रिटिश लोगों के आने के पहले, फ्रांस की कॉलोनी रहने के दौरान, भारतीय मालाबार तटों और चीन देश से कारीगरों, व्यापारियों और कुलियों की ठीकठाक संख्या मॉरिशस में बस चुकी थी। मालगासी तो उनसे पहले से थे ही। फ्रेंच आर्टिस्ट मिल्बर्ट, जो मॉरिशस में तीन साल (1801-1804) रहा था, उसने अपने संस्मरण में पोर्ट लुइस में रह रहे चीनी दुकानदारों और व्यापारियों के बारे में लिखा है, जो बंदरगाह पर जहाजों के नहीं आने से अपना खाली समय खेलते हुए और पाइप पीते हुए कैफे में बिताया करते थे। सत्रहवीं शताब्दी के एक यात्री ने तो यहां तक लिखा है कि पोर्ट लुइस पीली देहों वाला चीन का ही कोई शहर जान पड़ता है।

पुर्तगाली और डच जहाजी लोग चीन से अच्छी-खासी संख्या में चीनियों को लेकर यहां आए थे। वे चीनी लोगों को पसंद करते थे। उनके अनुसार चीनी मॉरिशस में न तो पारंपरिक अर्थव्यवस्था का हिस्सा थे और न ही वे पश्चिमी व्यवस्था के प्रभाव में थे। इसलिए वे उनकी पसंद थे जो दो व्यवस्थाओं के बीच सबसे कारगर 'माध्यम' बनने के लिए तैयार थे।

अपने काल में ब्रिटिश जिन चीनी कुलियों को लेकर आए थे, वे प्रमुखतया हक्का समुदाय से थे।

अंग्रेजों के प्रभुत्व से पहले पोर्ट लुइस में दो रिहाइशी छोर तमिलों और मालाबारियों के थे–पूरब में 'कैम्प दे मालाबाइर्स' मालाबारियों का और पश्चिम में 'कैम्प देस निरोस लिब्रेस' तमिलों का। इनमें हिंदू-मुसलमान, दोनों (लश्कर) थे। बंगाल के हुगली के पास के चंदननगर, जहां ईस्ट इंडिया कंपनी से पहले फ्रांसीसियों का अड्डा हुआ करता था, उधर की कई बंगाली औरतें इन दोनों छोरों पर बसे भारतीयों के घरों में दाई का काम करती थीं। इनमें से कई बंगाली औरतें तमिलों, मालबारियों, फ्रांसीसियों से विवाह कर घर बसा चुकी थीं। पोर्ट लुइस के ये भारतीय तमिल और मालाबारी मुंशी, बढ़ई, लोहार, राजमिस्त्री और माली आदि कारीगर अपने श्रम और हुनर से अपनी आर्थिक स्थिति बहुत हद तक सुधार चुके थे। कई तो काफी धनी, संपन्न थे और बगीचों के मालिक थे। क्लर्क रहे बंगाली समुदाय के लोग भी बेहतर हालत में थे। 1794 में फ्रांस ने दास उन्मूलन कानून पारित कर दिया था जिससे मालगासियों सहित सभी भारतीय दासता से मुक्त नागरिक थे मॉरिशस के।

भारतीय कुलियों से पहले पहुंचे कई भारतीय बागान मालिकों के यहां सरदार थे, जिनसे कोंता और कुंती का पाला पड़ने वाला था।

सूरज निकलने के लगभग दो घंटे बाद मॉरिशस के पोर्ट लुइस बंदरगाह का कार्यवाहक इमाइग्रेंट अफसर एंडरसन और मेडिकल सुपरिंटेंडेंट अपने सहायकों के साथ जहाज पर था।

कैप्टन पीटर स्कॉल्टन ने एंडरसन को सरकारी भाषा में 233 'सोल' (220 पुरुष, 11 महिला कुली) और 3 बच्चों की सूची सौंपी। डॉक्टर ओसबोर्न मेडिकल रिपोर्ट

इसके पहले ही उसे थमा चुका था। इमाइग्रेंट अफसर ने मेडिकल रिपोर्ट पोर्ट के मेडिकल सुपरिंटेंडेंट को बढ़ा दी और खुद कुलियों की सूची का निरीक्षण करने लगा।

सूची पर आंख गड़ाए-गड़ाए ही एंडरसन ने कैप्टन से सवाल किया, 'टोटल 241 सोल थे?'

'यस सर!' कैप्टन ने जवाब दिया।

'विदिन टू फोर्टी वन एट आर डाइड ड्यूरिंग वोयेज।' डॉक्टर ओसबोर्न ने मृतकों की जानकारी जोड़ी।

'हिल कुलियों की संख्या बहुत कम है। मात्र 56। क्यों? दिसंबर का महीना ठंड का होता है। गरीब लोगों को 'टर्नअप' करने के लिए बहुत माकूल महीना। फिर भी...?' एंडरसन ने दूसरा सवाल किया।

'टर्नअप' यानी गरीब लोगों को बहला-फुसलाकर मॉरिशस जैसी दूसरी कॉलोनियों में ले जाना। सर्दी का मौसम इस लिहाज़ से बहुत लाभकारी होता था तेज़ी से गांव-गांव फैल रहे कंपनी के एजेंटों और अरकाटियों के लिए। हड्डियों को कंपकंपा देने वाली ठंड के दिनों में वे महज़ एक 'कंबल' के सामने घुटने टेक देते थे।

कैप्टन स्कॉल्टन को हिल कुलियों के बारे में बहुत जानकारी नहीं थी। इसलिए उसने एंडरसन से पूछा, 'आई डोंट नो सर, रिगार्डिंग देअर पूअर प्रेजेंस, बट कैन आई नो व्हाट डिफरेंस बिटविन फ्रॉम हिल्स एंड अदर कुलीज?'

एंडरसन मुस्कुराया, 'दुनिया में उनसे ईमानदार और हार्ड लेबरर कोई नहीं होता मिस्टर स्कॉल्टन! मॉरिशस जैसे प्लांटेशन कॉलोनियों में उनकी बहुत मांग है। कलकत्ता से दक्षिण-पश्चिम में छोटानागपुर कोई जगह है। जंगलों और पहाड़ों से घिरी हुई। ये लोग उधर के ही रहने वाले हैं। धांगर, संताल और मुंडा समुदाय के। इनमें जाति नहीं होती। बहुत ही साधारण होते हैं ये लोग। जितने मजबूत, उतने ही मेहनती। चार-पांच साल पहले हाउस ऑफ कॉमंस के डिबेट और पेपर्स, लगता है, आपने नहीं पढ़े हैं। 39-40 में हिल कुलियों का मामला संसद में उठा था।'

'नहीं, बिलकुल जानकारी नहीं है। यहां से लंदन पहुंचने पर पढ़ने की कोशिश करूंगा।'

'गुड साउंड!' उठकर खड़ा हो गया एंडरसन। बंदरगाह के मेडिकल सुपरिंटेंडेंट की ओर मुड़कर बोला, 'मेरा खयाल है। आपको चेकअप शुरू कर देना चाहिए। मैं ऑफिस में आपकी रिपोर्ट का इंतजार करूंगा।'

'श्योर।' पोर्ट लुइस के मेडिकल सुपरिंटेंडेंट ने उसे आश्वस्त किया।

'ऑल आर फिट।' ओसबोर्न बोला।

'विश्वास है आप पर। लेकिन हमें अपनी ड्यूटी तो पूरी करनी ही है।' जाते-जाते एंडरसन ने डॉ. ओसबोर्न का सम्मान करते हुए कहा।

कुलियों का मेडिकल इंस्पेक्शन करते हुए आधा दिन बीत गया। इसके बाद इमाइग्रेशन ऑफिस से बंदरगाह के डॉक पर उतरने की स्वीकृति आते-आते

शाम हो गई। धरती पर पैर रखने की तीव्र चाहत और भूख से बेहाल थे सब-के-सब। आखिरकार सूरज डूबने से पहले, जब उजाला भरपूर था, वे सब 35 मीटर लंबे और 15 मीटर चौड़े 'पोर्ट स्लीप' डॉक पर उतरे। इसे फ्रेंच डॉक या ड्राई डॉक भी कहा जाता था। इसे एम दे ट्रॉमलीन ने 1783 में बनवाया था।

डॉक पर सिपाहियों का पहरा था और वे सब भारतीय चौकीदारों और सरदारों के घेरे में थे। वे सब ऐसी क्रियोली मिश्रित हिंदी बोल रहे थे जिसका आशय समझ पाना मुश्किल नहीं था।

बाएं मुड़कर वे सब सामने चले। यह पतला-सा रास्ता था जो सीधे इमाइग्रेशन डिपो जाता था। जैसे ही वे अपर डॉक पर पहुंचे, रुकने का आदेश हुआ। सभी ठिठककर रुक गए।

इमाइग्रेशन डिपो का मुख्य सरदार, जो उनके देस की भाषा औरों से बढ़िया से बोलते हुए उनकी अगुवाई कर रहा था, उसने मर्दों और औरतों को अलग-अलग कर दिया। अलग हुई औरतों को एक अन्य सरदार दूसरी ओर ले गया।

'सब लोगन आपन-आपन कुरता-धोती उतार दऽ।' सरदार ने ऊंची आवाज़ में निर्देश दिया। 'पहिले एहिजे सबके नहाय पड़ी। फिन डिपो में जाए के मंजूरी मिली। एहे नियम बा।'

'एहिजे!...का जी, हमनीं के कउनों इजत-उजत ना बा का?'

सरदार ने बिना कोई देरी किए उसके मुंह पर थप्पड़ रसीद कर दिया। हाथ बहुत भारी था। वह बिलबिलाकर रह गया।

सबकी जीभें तालू से सट गईं। एकदम से सन्नाटा। अनजान देस। गोड़ धरते ही थप्पड़!

सरदार ने घूरकर सबको देखा। उसकी आंखों में दूर-दूर तक कोई अपनापा या सहानुभूति नहीं थी। वह गरजा, 'तू लोगन खुदे उतारेगा कि हम लोग उतारें—चमड़िया भी अउर कपड़वा भी?'

लोगों को पहली बार उसके हाथ में करैत सांप की तरह लपलपाता हंटर दिखा। उन्हीं की तरफ फुफकार मारता हुआ।

डर तो फोगला भी गया था, लेकिन हिम्मत बटोरते उसने बोल ही दिया, 'थोड़ा अलोत रहले ठीक न रहतक। नहाय के मन तो सभे के बा।'

'कुछो अलोत-फलोत ना। नयका कपड़ा बिना नहवले ना मिली। देर जिन मति करा। अंधार होला पर अउर तपलीक होइ।'

बहस की तनिक भी गुंजाइश नहीं थी। सब एक-दूसरे से आंखें चुराते अपने-अपने कपड़े उतारने लगे।

'कहवां बा पानी?' नंग-धड़ंग रामनारायन ने आवाज़ लगाई।

सरदार ने एक ओर इशारा किया।

औरतों के साथ भी यही हुआ।

नहाने-धोने के बाद सभी को नए कपड़े दिये गए। फिर उन्हें डिपो में ले जाया गया। औरतों को अलग, पुरुषों को अलग। सबको कहा गया, खा-पीकर आराम करें। सुबह उन सबका नाम यहां के सरकारी रजिस्टर में चढ़ेगा और नंबरवाला 'आईडेंटिटी कार्ड' मिलेगा, जिसको संभालकर रखना होगा। इसके खो जाने पर उनको कुली नहीं, चोर-बदमाश माना जाएगा। बिना नंबरवाले कार्ड को सीधे जेहल।

उस अनजान मरीच देस में यह उन सबकी पहली सुबह थी। लोग तड़के ही दिसा-मैदान से निवृत्त होकर बाहर खुली हवा में सांस लेने को बेचैन थे। नाश्ते में शक्कर मिला पानी और भरपेट पुड़ी-दाल कई सप्ताह के बाद मिला था। सबने जमकर खाया। 'जम कर' मतलब जहाज की तुलना में दोगुना मिला था। इसके बाद इमाइग्रेंट अफसर एंडरसन जो नए कानून के अनुसार अब उनका 'रक्षक' (प्रोटेक्टर) था, उसके सामने उनकी पेशी हुई।

एंडरसन एक-एक की गिनती करता। उनका नाम पूछता। रजिस्टर से उसका मिलान करता, फिर पूछता, 'ज़बरदस्ती तो नहीं लाए गए? अपनी मर्ज़ी से आए हो? जहाज पर कोई तकलीफ तो नहीं हुई? डरो मत। बोलो, किसी ने कोई बदसलूकी तो नहीं की?'

वे सिवाय अपनी मुंडी हिलाने के क्या कर सकते थे! रात में ही सरदार ने आकर चाबुक फटकार दिया था। किसी ने ना की तो जेहल में सड़ा देंगे। और शिकायत करने पर जेहल में नहीं, नरेटा टीप के समुंदर में फेंक देंगे।

पेशी खत्म हुई। 'रक्षक' साहब संतुष्ट होकर चले गए।

उसके जाते ही डिपो क्लर्क अपने सहायकों के साथ आया और नाम पूछ-पूछकर उन्हें उनका आईडेंटिटी कार्ड पकड़ाने लगा। डिपो के चपरासियों और सरदारों ने बता दिया था कि कार्ड मिलते ही उन सबको काम पर ले जाने के लिए मालिक लोग आएंगे। सब लोग मन-मिज़ाज से 'टांठ' रहें वरना कोई काम देने के लिए पूछेगा भी नहीं।

सबको कार्ड मिल गया। सिर्फ उन आठ औरतों और पुरुषों को नहीं मिला जिनकी शादी कलकत्ता डिपो में हुई थी।

तीनों शादीशुदा औरतें अपने आईडेंटिटी कार्ड को उलट-पुलटकर देख रही थीं। शेष सभी एक-दूसरे से सवाल कर रही थीं कि उन्हें क्यों नहीं मिला। जवाब किसी के पास था भी नहीं।

'हमनीं के काहे न देलथिन कगचवा?'

'कम पड़ गेल होतइ। हमरा बुझाइ थइ, लावे गेल हथिन।'

'ना हो बहिनी। लागऽ तऽ का खाली बियहुते के ले जइहन स।'

'अउर ओहिजा कलकतवा डिपुवा में जे बियाह कइले रहन से...?'

'एकर मतलब एहे होलइ न दिदिया कि डिपउवा में होवल बियाह के कोनों माने-मतलब ना रहलइ।' खुश होकर फुलवरिया चीखी।

'नाचऽ मत। एहनी के आल-जाल के कउनो ओर ना बा। जरूर कुछ खेला करिहन हमनीं के संग।' कंगना ने आशंकित होते कहा।

कुंती धीरे से बोली, 'ठग मारे अनजान, बनिया मारे जान। अभी त आगे देखेला ल अभी बाकिए हउ।'

'चाहे जे खेला करतथिन। डिपुवा बियाह से त जान भले छुटलक।'

लगभग आधे घंटे बाद चपरासी आया और उन आठों का नाम ले-लेकर पुकारने लगा। आठों औरतें पंक्ति बनाकर खड़ी हो गईं। कलकत्ता से ही उन्हें यह सीख मिल चुकी थी कि जैसे ही उनका नाम लिया जाए, वे लाइन में लग जाएं। जब वे एक कतार में खड़ी हो गईं तो चपरासी ने कहा, 'अभी एक-एक कर सबको हेड क्लर्क के पास चलना है।'

औरतें सहम गईं। एक-एक करके क्यों? साथ में क्यों नहीं?

इमरती बोल उठी, 'ए भइया, हमीन एक-एक करके न जायम। सब एके संग जायम।'

चपरासी ने डपट दिया। 'अकेले ही चलना होगा। यही नियम-कानून है यहां।'

एक के बाद एक, रामदुलारी, धनवंती, कंगना, फुलवरिया और जोगती, पांचों औरतें चली गईं। लौटा कोई नहीं। छठवां नंबर कुंती का था। जैसे ही चपरासी ने उसका नाम लिया, वह चुपचाप उसके साथ चल पड़ी।

डिपो के दाहिनी ओर इमाइग्रेशन दफ्तर था। उसी के एक कमरे में चपरासी उसे ले गया। कमरे में चार-पांच लोग अलग-अलग टेबलों पर लिखा-पढ़ी करते हुए बैठे थे। चपरासी एक बड़ी-सी टेबल के पीछे बैठे क्लर्क के पास जाकर रुक गया।

कमरे में घुसते ही उसने देखा, पहले से पहुंची पांचों एक तरफ और उनके डिपो मर्द एक तरफ चुपचाप खड़े थे। उन सबके घूंघट हटे हुए थे। उसे भी घूंघट हटाकर खड़ा होने का आदेश मिला। कुंती ने देखा, कोंता मर्दों की कतार में शामिल था।

क्लर्क ने उसका नाम पूछा। पता पूछा। तब तक बाकी बची दोनों औरतों के डिपो मर्द एक-एक के बाद एक वहां आ गए। उनसे भी उनका नाम-पता पूछकर कतार में खड़ा कर दिया गया। इसके कुछ ही पल बाद मुनिया और इमरती भी कमरे में मौजूद थीं।

क्लर्क ने उन सभी को संबोधित करते हुए बोला, 'तुम सबकी शादी कलकत्ता डिपो में हुई थी, लेकिन मॉरिशस सरकार उसको नहीं मानती। अगर तुम लोग उस शादी को स्वीकार करते हो, तब ठीक है, नहीं तो वहां की शादी नकार सकते हो। इसीलिए तुम लोग का आईडेंटिटी कार्ड नहीं बना। क्योंकि अगर तुम लोग उस शादी को मानोगे तो दोनों के कार्ड में एक-दूसरे का नाम पति-पत्नी के रूप में लिखा जाना जरूरी है। मर्द हो या औरत, जिसको-जिसको शादी कबूल नहीं है, वह कतार से बाहर आ जाए। जिसको कबूल है, वह जोड़े से हो जाए।'

कुंती की धकधक बढ़ गई। 'हे दैब! अब का उपाय करबइ?'

दूसरी औरतें भी पेसोपेश में थीं। रामदुलारी, जिसकी उम्र सबसे ज्यादा थी, उसका आदमी उससे कम-से-कम पांच-छह साल छोटा था। वहीं, बीस साल की इमरती के डिपो मरद की उम्र दोगुनी दिख रही थी। जहाज में उन सबने 'डिपो मरद' पर ध्यान दिया नहीं था। कलकत्ता में मर्जी पूछी नहीं गई। यहां मर्जी पूछ रहे हैं। क्या जवाब दें? सबके पांव धरती में जम गए थे।

तभी फुलवरिया सबसे अलग खड़ी हो गई। क्लर्क ने देखा और मुस्कुराया। इस औरत में अपने 'फ्रीडम' की चाह है। तभी उसने मर्द का साथ लेने से नकार दिया। उसने बाकी औरतों पर नज़र डाली।

कुंती के दिमाग में कलकत्ता डिपो से मॉरिशस पहुंचने तक की स्मृतियां डोल रही थीं। कहीं भी तो किसी ने उसे इंसान नहीं समझा था। हर कोई देहिया बकोट लेना चाहता था। बचाने वाला कोई नहीं था। द्रौपदी की लाज भरी सभा में कृष्ण ने बचाई थी। उसका कृष्ण कौन है? कोई नहीं। दुनिया में सब दुर्योधन हैं। डेगे-डेग नरपिशाच। एक अपना मरद ही होता है जिसकी छांह में औरत सुख पाती है। लेकिन उसके भाग में मरद कहां! मरद होता तो आज बेस्वा की तरह अपने गांव-ससुरार से हजारों कोस दूर यहां इस अनजान धरती पर 'मरद' चुन रही होती?

क्या करे वह? सोचने का समय था नहीं। उसने मन को मजबूत किया। जब देहे नोचवाना है तो जंगली कोंता में क्या बुराई है? नोचेगा तो जोगा के भी रखेगा। दूसरा सब तो उधेड़ के, छोड़ देगा। अउर कोंता हिमतगर है और जनाना लोग का इज़्ज़त भी करता है। कैसे लड़ गया था दहाज पर!

कुंती ने मन में सोचा, 'पुरुख अउ पहार दूर से लउके हे' और जाकर कोंता के बगल में खड़ी हो गई।

शायद दूसरी औरतों को उसी की 'हां' का इंतजार था। वे सब भी अपने-अपने डिपो मरद के साथ जोड़े से हो गईं।

दोपहर से थोड़ा पहले उन सबको एक खुले मैदान में लाया गया। वहां मौजूद गन्ना बागान और शक्कर मिल मालिकों के चेहरे उनको देखते ही खिल उठे। मालिकों के पालतू सरदार कुत्ते की तरह लपके। सरदार लोग ज़ोर-ज़ोर से उनकी देसी भाषा में गला फाड़ रहे थे :

'इधर आओ! खाना मिलेगा। कपड़ा-लत्ता मिलेगा। महीना पांच रुपिया नगद। सप्ताह में एक दिन छुट्टी।'

'हमारे साथ चलो। हमारे मालिक खाना भी देंगे और पगार के अलावा समय-समय पर इनाम भी।'

'झूठे लालच में मत फंसना। हमारे फलाना साहब बहुत दयालु हैं। इधर आओ।'

'सांच को आंच नहीं। मालिक हो तो फलाना जैसा। खाना-पीना सब फ्री। रहने को मकान भी। आ जाओ, सब इधर आओ।'

जितने सरदार उतनी तरह की आवाज़ें।

एक सरदार ने फोगला को पकड़ लिया।

'अपना मुंह खोलो।'

फोगला ने मुंह खोल दिया। खोलते ही सरदार ने लकड़ी का टुकड़ा फट से उसकी दांतों के बीच फंसा दिया। कसी हुई बत्तीसी चमचमाने लगी।

मालिक ने दांतें गिनीं।

'सभी साबुत हैं हुजूर। आंख मूंदकर खरीद लीजिए।' सरदार ने फोगला के दांत को अंगुलियों से ठोकते हुए मालिक से कहा।

एक दूसरा सरदार हुकुमचंद की छातियों को ठोक-बजा रहा था।

'मजबूत है। उम्र सिर्फ 22 साल। हम कहते हैं, 50 साल तक बिना थके खटेगा। अच्छा सौदा है।'

रामनारायन और बेचन मुंह बाए भीड़ में खड़े थे। उन दोनों का भी वही हाल था, जो दूसरे कुलियों का था। सब हैरत में थे। मानो वे सब जानवर हों और उनके दांत-जबड़े, छाती, चूतड़ वगैरह से उनकी कीमत लगाई जा रही है—सोनपुर के जानवर मेले की तरह!

औरतें 'भक्क' थीं।

'मरदवन जइसे हमलोगिन के भी देखेगा का—उघार-उघार के?'

उघड़ जाने के डर से वे सहमी-सहमी झुंड बनाकर खड़ी थीं। कुंती ने मारे शर्म के खुद को बच्चे वाली औरतों के पीछे छुपा लिया था।

दो-तीन सरदार लपकते हुए औरतों के पास पहुंचे। पीछे-पीछे उनके मालिक लोग भी थे।

जो सरदार पहले पहुंचा था, उसने दूसरे सरदारों के आने से पहले ही ज़ोर-ज़ोर से चिल्लाना शुरू कर दिया था :

'इधर आइए, इधर आइए! इनसे बढ़िया कुली फिर नहीं मिलेगा। एक ही मजदूरी में डबल काम का गारंटी। दिन में खेत में, रात में बेड में। इनसे पैदा होने वाला बैल पूरापूरी फ्री।'

दूसरे सरदार ने चिल्लाते हुए तिलिया का हाथ पकड़कर खींचा और सामने ला खड़ा किया, 'जनाना कुली ले जाइए। एकदम कड़क। जिस बागान में भी जाएगी एको कुली नहीं भागेगा। आइए...देखिए तो जरा!' कहते हुए सचमुच उसने तिलिया का आंचल खींच दिया।

डिपो में स्नान के बाद सिर्फ साड़ी ही दी गई थी औरतों को।

तिलिया कमर से ऊपर नंगी हो गई। उसके वक्ष नंगे होते ही थरथरा उठे। औरतें शर्म से डूब उठीं।

सामने खड़े बागान के मालिक ने अपनी बेंत से उसके वक्षों को गोदना शुरू किया। वक्ष कड़े थे। वह मुस्कुराया।

'एकदम्मे 'खिच्चा' माल है मालिक। शर्त लगा लीजिए। हाथ से टोकर देखिए!'

बागान मालिक तिलिया को हाथ लगाने ही वाला था कि चीखती हुई एक आवाज़ से वह ठिठक गया।

'कउन है भाई? हटो...हटो। जनाना लोग का तनिको इजत नहीं है का?' कहते हुए 40-45 साल का एक सरदार, जिसके माथे पर सफेद रंग की पगड़ी थी, बदन पर गहरे नीले रंग का कुरता था, कमर में चमड़े की पेटी पर पीतल का बकलस था, औरतों के पास पहुंच गया।

आते ही उसने दोनों सरदारों को एक ओर धकेल दिया। 'बोले न, हटो, हटो-हटो। अरे मुंह का ताकता है? इ सब्ब हमरे देस का अउर हमरे इलाका का जनाना है। एडवांस साटा।'

'करबऽ बकचोदी। हमनिए मिलल हिवऽ बुड़बक बनावे ल का? हम लोग पहले से आए हैं। तू हटऽ।' वही, जिसने तिलिया का आंचल खींचा था, उस पर गुर्राया।

दूसरा सरदार भी अभी-अभी आए सरदार को धकियाते बोला, 'हट मरदे। हमन कर रहे हैं न सौदा।'

अभी आया सरदार उन दोनों को अनसुना करते हुए झुका और साड़ी का गिरा हुआ हिस्सा उसने तिलिया की देह पर लपेट दिया।

बेसुध तिलिया को औरतों ने तुरंत संभाल लिया।

सरदार तैश से बोला, 'यहां टंटा करने का कोनो मतलब नहीं है। सराफत से चल जाओ। बोले न...हमारा गांव-जवार का जनाना लोग है। तुमको बिसवास नहीं होता है त रुको।' इतना कहकर उसने औरतों के झुंड पर नज़र डाली और जाने-पहचाने आदमी की तरह उनकी तरफ देखकर पुकारने लगा, 'बीरो...सुरगी...का त नाम है। साला इनका झपटेलवा में नमवो ना याद आ रहा है...जमुनी...फूलो...'

वह तो नाटक कर रहा था। लेकिन पीछे से फुलवरिया हाथ लहराते हुए चिल्लाई, 'हां भइया, हम आएल ही...फुलवरिया।'

वह सरदार खुशी से उछल पड़ा, 'हां, फुलवरिया। हम चिन्ह गइलीं।' फिर साड़ी खींचने वाले सरदार को देखकर दांत पीसा, 'का रे! लछुमन सरदार को झूठा समझता है? हटो नहीं तो सोझिया देंगे। बोले न एडवांस साटा है।'

दोनों सरदार मुंह लटकाकर चले गए।

औरतों के लिए तो लछुमन सरदार जैसे 'छछात' कृष्ण भगवान बनकर आया था!

दोपहर ढलते-ढलते सभी कुली बिक गए। कुल 76 कुलियों और उनके 3 बच्चों को, सभी औरतों सहित 'बेल ओम्बरे सुगर इस्टेट' के मालिक डी. मोजेज ने खरीदा। 32 कुलियों को बेले रोजे सुगर इस्टेट, फ्लैक के जे. एम. लगासे ने; 14 कुलियों को मोन रेपोज सुगर इस्टेट, ब्लैक रिवर के मिस्टर कोनविस ने; 17 कुलियों को लो हंगार सुगर इस्टेट, ग्रांड पोर्ट के डूपोंट एंड बैरी कंपनी ने; 19 कुलियों को मेसन बलाकों सुगर इस्टेट, साउथ पोम्पुलेस के वे डिवेरो ने; 32 कुलियों को बेले वुइ सुगर इस्टेट, नोर्थ पोम्पुलेस के वी. रोबिलार्ड ने; 15 कुलियों को ले रोचर सुगर इस्टेट, रिवेरे डू रेम्पार्ट के राफरी एंड कंपनी ने; 16 कुलियों को पालमर सुगर इस्टेट, फ्लैक के ई. डेसमारैस ने और 12 कुलियों को मोंट पिटोन सुगर इस्टेट, रिवेरे डू रेम्पार्ट के बारबे एंड लोर्टन कंपनी ने खरीदा।

खरीद-बिक्री के बाजार के बाद कुलियों को मजिस्ट्रेट के यहां ले जाया गया, जहां पहले से ही उनका 'रक्षक' इमाइग्रेंट अफसर और उनके मालिक मौजूद थे। कुलियों को मजिस्ट्रेट के सामने पेश किया गया। उसकी टेबल पर एग्रीमेंट का ढेर पड़ा था।

मजिस्ट्रेट ने एक एग्रीमेंट उठाया। 'प्लीज, रीड द फुल एग्रीमेंट।'

'यस माई लॉर्ड!'

एक अफसर ने एग्रीमेंट पढ़कर सुनाना शुरू किया :

1. पांच साल तक यहां काम करना होगा
2. मर्द को 5 और औरत को 4 रु. मासिक मिलेगा
3. प्रति व्यक्ति प्रतिदिन के हिसाब से निम्नलिखित राशन मिलेगा–
   (क) मर्द को एक सेर चावल
   (ख) औरत को 3 पाव चावल
   (ग) पाव भर दाल
   (घ) आधी छटांक नमक
   (ङ) आधी छटांक तेल
   (च) आधी छटांक सरसो
4. साल में एक बार निम्नलिखित चीजें मिलेंगी–
   दो धोती/एक कमीज/दो कंबल/एक फितुई/दो टोपी
5. काम का समय सूरज निकलने से सूरज के डूबने तक होगा। बीच में दो घंटा समय आराम और खाने के लिए। बुआई और कटाई के समय काम का समय बढ़ भी सकता है, यदि जरूरत हो।
6. बिना लिखित आज्ञा के कोई छुट्टी नहीं मानी जाएगी और मालिक के नियम-कानून को मानना होगा।
7. काम से एक दिन गैर-हाजिर रहने पर डबल कट यानी उस दिन और अगले दिन, दो दिनों की मजदूरी काट ली जाएगी।
8. बीमार होने पर चिकित्सा की जिम्मेवारी मालिक की होगी। परंतु बीमारी के दिनों का पैसा नहीं भुगतान किया जाएगा।
9. काम छोड़कर भागने वाले को जुर्माना के साथ-साथ जेल की सज़ा भुगतनी होगी।
10. बागान में रहने के लिए घर मिलेगा।
11. पांच साल के बाद घर वापस लौटने के लिए जहाज का किराया मालिक देगा।

जब वह एग्रीमेंट पढ़ चुका तो मजिस्ट्रेट ने कुलियों की ओर बिना देखे पूछा, 'आर यू एग्री विद द कॉन्ट्रैक्ट?'

कलकत्ता के अंग्रेज साहबों जैसी ही थी उसकी भाषा। समझ से बाहर। सब गिरगिट जैसा सिर हिला-डुलाकर एक-दूसरे को देखने लगे।

लछुमन सरदार ने उन्हें समझाया, मजिस्ट्रेट साहब क्या पूछ रहे हैं।

सबने 'हां' में सिर हिला दिया।

नियमतः एग्रीमेंट पर मजिस्ट्रेट के सामने मालिकों और मजदूरों को और फिर इमाइग्रेंट अफसर को हस्ताक्षर करना था, लेकिन मजिस्ट्रेट की टेबल पर पड़े एग्रीमेंट पर पहले से ही उन दोनों के हस्ताक्षर मौजूद थे। केवल कुलियों के हस्ताक्षर नहीं थे।

सरदारों के साथ मिलकर अफसर और कर्मचारी एग्रीमेंट पर कुलियों का अंगूठा लेने में लगे थे।

मजिस्ट्रेट डिप्टी कमिश्नर ऑफ पुलिस, मालिकों और प्रोटेक्टर के साथ गप-शप में लग गया।

'अभी भी मामला गर्म ही है। बेहतर होगा, बात और बढ़े, इससे पहले हम जहाजों को ज़रा कम आराम करने दें।' बेल ओम्बरे सुगर इस्टेट के मालिक डी. मोजेज ने कहा।

'गवर्नर सर गोम्म खुद दिलचस्पी ले रहे हैं।' एंडरसन बोला।

'सिर्फ दिलचस्पी से क्या होता है मिस्टर एंडरसन, आप जानते ही होंगे, माहौल बिगाड़ने की पूरी कोशिश हो रही है। ऐसे में संसद दबाव में आ सकती है और शायद...' मोन रेपोज सुगर इस्टेट, ब्लैक रिवर के मिस्टर कोनविस ने अपनी चिंता जताई।

'दबाव में आने पर भी माइग्रेशन पर प्रतिबंध लगा पाना संसद के लिए अब संभव नहीं है। ज्यादा से ज्यादा वे कोई नया एक्ट ले आएंगे।' नोर्थ पोम्पुलेस के बेले वुइ सुगर इस्टेट का बागान मालिक वी. रोबिलार्ड इस बात से पूरी तरह से आश्वस्त था कि कुलियों का ट्रांसपोर्टेशन रोकना किसी के बस में नहीं।

'वही तो...वही तो मैं भी कह रहा हूं।' डी. मोजेज तपाक से बोला।

'हर नए एक्ट से परेशानियां बढ़ती ही हैं।' साउथ पोम्पुलेस का वे डिवेरो भी अन्य बागान मालिकों की तरह कुलियों की कमी से परेशान था।

'संसद ने इस मामले से अपना पल्ला झाड़ लिया है। पिछले साल ही।'

एंडरसन की बात सुनकर रोबिलार्ड बोला, 'वह तो हमें भी पता है, लेकिन अभी भी कुछ सांसद चाहते हैं कि कुलियों के ट्रांसपोर्टेशन पर संसद में बात हो। मेरी जानकारी के अनुसार हर मैजेस्टी गवर्नमेंट के कॉलोनियल ऑफिस ने इस मामले पर बोर्ड ऑफ कंट्रोल और कोर्ट ऑफ डायरेक्टर्स से पत्राचार कर उन्हें कुछ निर्देश भी दिया था।'

'हां, उसी के बाद तो भारत के जनरल काउंसिल ने एक नया एक्ट ड्राफ्ट कर कॉलोनियल सेक्रेटरी लॉर्ड स्टेनली को भेजा था।' पालमर सुगर इस्टेट, फ्लैक के ई. डेसमारैस ने रोबिलार्ड की बात में अपनी जानकारी जोड़ी।

'उसकी कॉपी गवर्नर सर गोम्म को भी मिली थी। क्यों, सही है न?' रोबिलार्ड ने एंडरसन की ओर देखकर पूछा।

'आप बिलकुल दुरुस्त हैं। पिछले साल अगस्त में आई थी। सर गोम्म के आदेश पर मैंने ही उस ड्राफ्ट को देखा था। अच्छा ड्राफ्ट था। उसमें मिस्टर डावसन, मिस्टर जे. पी. ग्रांट और तीन साल पहले 1840 में जो सुझाव मैंने पेश किया था कुलियों के ट्रांसपोर्टेशन के बारे में, उसे पूरी तरह से शामिल कर लिया गया था। कोई ऑब्जेक्शनेबुल बात थी नहीं। इसलिए सर गोम्म ने एक्ट के ड्राफ्ट पर मॉरिशस की सहमति देने में ज़रा-सा भी विलंब नहीं किया था।'

अपने दिमाग पर ज़ोर डालते रोबिलार्ड बोला, 'याद आया। आपने पहले चर्चा की थी, पर मुझे मालूम हुआ था कि मिस्टर डावसन ने जांच कमिटी की रिपोर्ट पर हस्ताक्षर करने से मना कर दिया था।'

'...और सर, जे. पी. ग्रांट ने भी।' ई. डेसमारैस भी जांच कमिटी की रिपोर्ट से गुजर चुका था।

'सही। इन दोनों ने रिपोर्ट पर साइन नहीं किए थे और अलग से अपना आब्जर्वेशन और राय रखी थी। 14 अक्टूबर, 1840 को भारत के जनरल काउंसिल को सौंपी गई जांच रिपोर्ट पर टी. डिकेन्स, रेवरेंड जे. चार्ल्स और बाबू रासोमय दत्ता के ही हस्ताक्षर थे।'

बेले रोजे सुगर इस्टेट, फ्लैक के जे. एम. लगासे उन दिनों लंदन में था, जब कुली ट्रांसपोर्टेशन को लेकर बहसें तेज थीं। जून, 1838 में लॉर्ड ब्राउघम के सवाल उठा देने से तब लंदन से लेकर कलकत्ता तक हंगामा मच गया था। उस बहस को याद करते हुए लगासे ने चटकारे लेते हुए कहा, 'लंदन में भी तो मतभेद था। मिस्टर बर्ड कुली ट्रांसपोर्टेशन के बिलकुल पक्ष में नहीं थे और मिस्टर ऑकलैंड चाहते थे कि ट्रांसपोर्टेशन से प्रतिबंध हटा लिया जाए।'

एंडसरन जानता था, बागान के मालिक कुलियों के संदर्भ में कम-से-कम ज़िम्मेदारी लेना चाहते थे, इसलिए उसने गंभीरता से कहा, 'एंटी स्लेवरी सोसायटी और लिबरल सांसदों की बात भी तो अनुसनी नहीं की जा सकती। ब्रिटिश जनता की भावनाएं उनके साथ हैं।'

'देश सिर्फ भावनाओं से नहीं चलता। हम यहां अपनी पूरी जिंदगी दाव पर लगाए हुए हैं।' मोजेज लगभग खीजकर बोला था।

'लोगों को क्या पता, वे जो चीनी खाते हैं, उसकी मिठास बनाए रखने के लिए हमें यहां किन-किन मुसीबतों का सामना करना पड़ रहा है।' मिस्टर कोनविस के स्वर में भी खिन्नता थी।

'अपने परिवार तक खयाल नहीं रख पाते। इन साले कुलियों की आदतों की वजह से,' कहकर मोजेज अपने चुरूट की पाइप में तमाकू भरने लगा।

बागान मालिकों की चिंता को दूर करने के लिहाज़ से एंडरसन बहुत आत्मीयता से बोला, 'सर गोम्म वाकिफ हैं इन सबसे। उन्होंने लंदन और कलकत्ता दोनों जगह चिट्ठी लिखकर कुलियों का ट्रांसपोर्टेशन बढ़ाने की बात की है।'

मोजेज का चुरूट सुलग गया था। कश लेते हुए उसने एंडरसन को गौर से देखा। उसे पता था, एंडरसन बहुत ज़िम्मेदार है और वह जो भी कह रहा है, उस पर विश्वास करना ही चाहिए। फिर भी उसने कहा, 'बात साफ है। इस साल कम-से-कम 30000 कुलियों की जरूरत है यहां। इससे कम से काम नहीं चलेगा।'

'कुली कितना भी कड़वा हो, उसका उपजाया गन्ना मीठा ही होता है। आप लोग निश्चिंत रहें। मार्च तक हमारा 3000 कुलियों को लाने का टारगेट है। और दिसंबर तक उस लक्ष्य को भी पूरा कर सकेंगे, जिसकी बात आप कर रहे हैं मिस्टर मोजेज।'

लगासे बोला, 'नया एक्ट आने से पहले जितना ट्रांसपोर्टेशन हो जाए, हम सभी के लिए अच्छा रहेगा।'

'नया एक्ट तो आ गया है। वह ड्राफ्ट, जिसे हमारी मॉरिशस की सरकार ने मंजूरी दे दी थी, भारत के जनरल काउंसिल ने उसे पारित कर नया एक्ट बना दिया है।'

'कब?' एंडरसन की इस जानकारी पर अन्य लोगों के साथ मोजेज भी चौंका।

'पिछले दो दिसंबर को...तभी तो ये कुली आ पाए।'

'ओह!'

बहुत देर से चुप पुलिस कमिशनर बोला, 'लेकिन अभी उस एक्ट को कॉलोनियल ऑफिस और संसद से मंजूरी मिलनी बाकी है।'

'ये तो अच्छी खबर दी आपने।' मोजेज ने अपनी बुझती हुई पाइप को फिर से सुलगा लिया था।

'आपको लगता है, कॉलोनियल ऑफिस और संसद से इस नए एक्ट को मंजूरी मिल जाएगी?' लगासे ने एंडरसन से पूछा।

'बिलकुल। देखिए, सिद्धांततः तो लोग राजी हैं ही कुली ट्रांसपोर्टेशन के लिए। और एक्ट में इस बात का पूरा खयाल रखा गया है कि कुलियों को पूरी सुरक्षा मिले। उनके मानवाधिकारों का हनन न हो।'

लगासे बोला, 'हां...हम कोई क्रूर आततायी शासक नहीं हैं। हर मैजेस्टी की ब्रिटिश सरकार और हम ईसाई मालिकों को इतना दयालु तो होना ही चाहिए।'

'सही फरमाया आपने। बिलकुल यही भावना मिस्टर फेल्देर ने भी ईस्ट इंडिया हाउस में हिल कुलियों पर हुई बहस के दौरान व्यक्त की थी। एग्जैक्टली यही वर्ड उनके भी थे—वी शुड एक्ट टुआड्र्स देम, नॉट एज टाइरेन्ट, बट एज क्रिश्चियन रूलर्स!'

'अच्छा! कब हुई थी ये बहस?' मोजेज ने इस बहस के बारे में सुना तो था, पर कोई विस्तृत जानकारी नहीं थी उसके पास।

'17 जून, 1840 को। कैलकटा में।' जवाब एंडरसन ने नहीं, नोर्थ पोम्पुलेस के बेले वुइ सुगर इस्टेट के बागान मालिक वी. रोबिलार्ड ने दिया।

'अरे! आपको कैसे मालूम?' एंडरसन ने उत्साहित होकर रोबिलार्ड को देखा।

रोबिलार्ड ने अपनी हैट उतारकर एक ओर रख दी। फिर चश्मे को रूमाल से साफ करते हुए कहा, 'मिस्टर फेल्देर इज माई फ्रेंड। उन्होंने ही बताया था। बहुत गरमागरम बहस हुई थी। उस बहस में मिस्टर वेडिंग एकदम खिलाफ थे हिल कुलियों के ट्रांसपोर्टेशन के लिए। उनका साफ कहना था कि यह एक तरह से दास प्रथा ही है जिससे ब्रिटेन अभी-अभी मुक्त हुआ है।'

एंडरसन ने बाकी लोगों पर निगाह डाली, जो अब ऊबने लगे थे और जल्दी से जल्दी यहां से रुखसत होना चाहते थे। उसे कोफ्त हुई। इन बागान और गन्ना मिल मालिकों के लिए उसने और उसकी टीम ने दिन-रात जी-तोड़ मेहनत की थी—कुलियों के इमाइग्रेशन पर लगे प्रतिबंध को हटाने के लिए, लॉबिंग करने में और नया एक्ट बनाने में। मॉरिशस, कलकत्ता और लंदन के बीच वह चक्करघिन्नी बना हुआ था। फिर भी ये लोग सिर्फ अपने ही फायदे तक सिमटे हैं। उसने सोचा,

चलते-चलते इन सबको वह कविता सुना ही देनी चाहिए जो हिल कुलियों के संदर्भ में ईस्ट इंडिया हाउस की बहस में पोइंडर ने पढ़ी थी। आखिरकार नए एक्ट के अनुसार वह कुलियों का पहला रक्षक बनने वाला था। इसलिए थोड़ा मज़ाकिया अंदाज़ में उसने उन सबसे कहा :

'मिस्टर जे. पोइंडर और कुछ अन्य सदस्य भी ट्रांसपोर्टेशन नहीं चाहते थे। बहस के दौरान अपने अभिभाषण में उन्होंने तो एक बड़ी मार्मिक कविता भी सुनाई थी–

यकीनन मैं भी आप सब की तरह ही हूं
दास नहीं, एक आज़ाद इंसान
उस नैसर्गिक स्वतंत्रता के साथ जो सृष्टि ने हमें दी है
मैं भी सोचता हूं और आपकी तरह ही मेरी देह भी तरंगित होती है
जैसा कि आपका
आपकी तरह ही मेरा हृदय भी प्रेम के लिए तड़पता है
आपकी तरह ही
हमारी देह को भी चाहिए भोजन और आराम की नींद
आपकी तरह ही हमें भी आनंद और दर्द होता है
एक ही सूरज की गरमी और एक ही आसमान
हम सबके ऊपर है
एक ही धरती हम सबकी ज़रूरतों को पूरा करती है
और एक समान ही उस धरती में हम सब
आखिरी सांस और पनाह लेते हैं।'

'कविता और सच्चाई में बहुत फर्क होता है मिस्टर एंडरसन! शासन करने के लिए पोएट्री नहीं, अर्थशास्त्र को समझना होता है,' कहते हुए मोजेज ने पाइप की राख पूरी की पूरी मजिस्ट्रेट की टेबल पर झाड़ दी।

पुलिस कमिश्नर ने देखा कि अंगूठा लगाने का काम खत्म होने वाला था। मात्र दो-तीन लोग ही और बचे थे। उसने दीवार घड़ी पर नज़र डाली। दिन बहुत कम बच गया था। उबासी लेते हुए वह बोला, 'शाम होने वाली है। कुली सुबह रवाना हों तो अच्छा रहेगा। आप लोगों की क्या राय है?'

मालिक लोग थक गए थे। वे सब पोर्ट लुइस की शाम की रंगीनियों में कुछ आराम चाहते थे। मजिस्ट्रेट भी दोपहर से ऑफिस में आया हुआ था। चार-पांच घंटे बैठे-बैठे उसकी देह अकड़ गई थी। जितनी जल्दी हो, वह भी यहां से फारिग होकर घर लौट जाना चाहता था। गुनगुने गर्म पानी से नहाने के बाद होने वाली मसाज के लिए उसकी नसें खिंच रही थीं।

इमाइग्रेशन एजेंट एंडरसन समझ गया था–चाहे जैसा भी कानून हो, इन मालिकों को कोई फर्क नहीं पड़ने वाला। ये सब अपना रवैया नहीं बदलने वाले। फिर भी वह खुश था। सब सलीके से निपट गया। एक भी कुली अड़ जाता तो मुसीबत हो जाती।

सब लोग एक-दूसरे को धन्यवाद कहते और हाथ मिलाते जाने के लिए उठ खड़े हुए।

कुली हांकते हुए डिपो में लाकर बंद कर दिए गए। सुबह-सुबह सब लोग जाने के लिए तैयार रहें—इस निर्देश के साथ।

रात को डिपो में खामोशी पसरी हुई थी। औरतें खुश थीं। वे सब एक ही जगह साथ जाएंगी। पुरुषों के बीच बिछुड़ने का गम था। लगभग 40-45 दिनों से वे सभी एक-दूसरे के हर दुख में बराबर के साझीदार थे—कलकत्ता डिपो के भयावह काल कोठरी से समंदर के खौफनाक सफर तक। खून का रिश्ता नहीं था उनके बीच, लेकिन तकलीफों के समंदर में बना रिश्ता इतना अटूट हो गया था कि सुबह बिछुड़ने के खयाल से ही उनकी आंखें भर आ रही थीं।

बहुत लोग इस बात से भी बेचैन हो रहे थे कि तीनों नायक—रामनारायन, फोगला और कोंता—उनके साथ नहीं होंगे। उन तीनों को एक ही मालिक ने खरीद लिया था। बाकी के लोग उनके बिना खुद को बहुत असुरक्षित महसूस कर रहे थे।

खाना हो चुका था। नींद किसी की आंख में नहीं थी। सब लेटे-लेटे बार-बार करवट बदल रहे थे। गांव-देस से बिछुड़ना, संगी-साथी से बिछुड़ना, और अब जहाजी भाई-बहनों से बिछुड़ना। वे सब यहां तक पहुंचते-पहुंचते एक परिवार बन गए थे। इस नए परिवार से भी बिछुड़ना होगा, किसी ने सोचा नहीं था। भला नींद कैसे आती!

जमुनी का पति चैता उठकर बैठ गया। अंधेरे में कुछ नज़र नहीं आ रहा था, पर वह एक-एक को देख रहा था रोते हुए। उसने अपने बगल में सोए सदानन की देह पर हाथ रखा। कोई हरकत नहीं हुई। वह अपना हाथ हटाने वाला ही था कि सदानन ने उसकी हथेली को अपनी मुट्ठियों में भींच लिया। चैता रो पड़ा। सदानन उठकर उसके गले लग गया। उसकी भी रुकी हुई रुलाई गले से बाहर आ गई। दोनों रोने लगे, जैसे सगे भाई हों! एक ही मां के गर्भ से पैदा हुए!

कुछ ही पल में तीसरा, चौथा, पांचवां—सब एक-दूसरे से लिपट गए।

बेटी के विदा होने से पहले की रात औरतों का कुनबा जिस तरह से हिचकियां ले-लेकर रोता है, वैसे ही हर आदमी उस डिपो में रो रहा था।

कोंता और उसके साथ छोटानागपुर के लोग उन्हें रोता देखकर हैरान थे। बिछुड़ने की उदासी उनके चेहरों पर भी थी, पर रो कोई नहीं रहा था। उन सबके लिए सद और दिकू को इस तरह से रोते देखना नया अनुभव था।

बाहर खड़े चौकीदार को उन सबके रोने से कोई हैरत नहीं हुई थी। वह ऐसे दृश्य देखने का आदी था।

औरतें भी जगी हुई थीं। जैसे ही उन्हें मर्दों के रोने की आवाज़ सुनाई पड़ी, वे सब भी रो पड़ीं।

बंदरगाह में इमेराल्ड आइल पहाड़ों के साए में समुद्र की तलछट में खड़ा था। पोर्ट लुइस के त्राउ फन्फारोन में वह जहाज ऐसे सिर झुकाए खड़ा था मानो वही उन सबकी नई परिस्थितियों और आने वाले दिनों के लिए जिम्मेवार था, जिसके बारे में वे नहीं जानते थे। पर उनकी रुलाइयों में उनके दुख-तकलीफों की आहटें थीं, जो डिपो से उसकी डेक तक सीधे पहुंच रही थीं। समंदर की लहरों में भीग-भीगकर और भारी होती चली जा रही थी।

रात की गोद में उमस और गर्मी से परेशान डेक पर गुमसुम बैठा लश्कर सुल्तान, निर्जीव जहाज के साथ उन रुलाइयों को सुनने वाला अकेला जीवित शख्स था जिसके पास गर्म लहू में एक धड़कता हुआ दिल था और वह इतना कमजोर था कि अपने जैसे किसी भी इंसान के गम से बेसाख्ता तड़प-तड़प उठता था। अभी इस वक्त भी उसका हाल बहुत बुरा था और डिपो से आती हुई रुलाइयों के बीच उसकी रूह किसी परिंदे की मानिंद जाने किस शून्य में भटक रही थी। अगर उसके ओठों की फांक से मुंह में आ गए पसीने से उसे खारेपन का स्वाद नहीं महसूस हुआ होता, तो वह इस बात से अनजान ही रहता कि उसकी आंखों से पानी की पतली गर्म धार बह निकली है, कि वह रो रहा है। क्योंकि उसके माथे से चूता हुआ पसीना तब तक खारा नहीं हुआ था जब तक कि उसमें उसकी आंख के समंदर का पानी भी नहीं घुलमिल गया था।

तब रोते हुए सुल्तान ने अंग्रेजों को वह सारी गालियां बकनी शुरू कर दीं जिन्हें वह जानता था और जिन्हें वह अपने अंतस की गहराइयों से और पूरी शिद्दत से कई दिनों तक बेखौफ और बेलौस धाराप्रवाह बक सकता था।

तट की उस तरफ, जिधर बंदरगाह का आधिकारिक हिस्सा खत्म हो जाता था, मालगासी नाविकों का समूह रेत पर लेटा हुआ था। खाना बनाने के लिए जलाई गई आग की लपटों में ज़मीन पर सोने का सुख, जो नहीं लेटे हुए थे, उनके चेहरों पर भी चमक रहा था। यह वह चमक थी जिसको पाने के लिए बादशाह युद्धों में लगातार खेत होते रहते थे और मारे जाने से बच जाने पर अपने हरमों में नई-नई कमसिन लौंडियों के हाथों अपनी हारी, थकी, चोटिल, रक्तविहीन तड़पती देह में दैहिक ऊर्जा और मानसिक आनंद तलाशने की असफल कोशिश में ताज़िंदगी मशगूल रहते थे।

मालगासी बादशाह नहीं थे। मेहनत के बाद बचने वाला समय उनका था और वे अपने समय का इस्तेमाल हवा की तरह करते थे। हवा जो समंदर और धरती के साथ लहर-लहर और माटी-माटी हर वक्त नाचती रहती थी।

लहरों और हवाओं के संगीत पर मालगासी इस समय भी धीमे-धीमे पर पूरे उल्लास से नाच और गा रहे थे :

ओह हमारी प्यारी धरती
ओह हमारे प्यारे वतन
तुम्हारे लिए हमारा प्यार कम नहीं होता

हम तुम्हें, हां, तुम्हें, कभी नहीं भूल पाते
हम जब तक रहेंगे, तुम्हारे प्यार का गीत गाते रहेंगे

ओ हमारी प्यारी धरती
हमें अपने साए में ले लो
ओ सृष्टिकर्ता
यह द्वीप तुमने रचा
जिस पर हमारे पुरखे
शांति और आनंद से जिए
हम सचमुच तुम्हारे साए में हैं

ओ हमारी प्रिय धरती
हम सचमुच तुम्हारे लिए ही जिएंगे
हम तुम्हारी सेवा में रहेंगे
अपने शरीर, दिल और आत्मा के साथ
तुम अनमोल हो
और सचमुच इस लायक हो

ओ हमारी प्यारी धरती
ओ हमारे पुरखे
तुम सब हमें अपनी अमान में रखना
ताकि यह सृष्टि
तुम्हारी इच्छानुसार हमेशा-हमेशा बनी रहे।

जंगल

इसमें सच उतना ही है
जितना दाल में नमक होता है।
बाकी सब काल्पनिक है।

डोंगी नहीं जानती कौन राजा है।
*जब वह पलटती है तो सभी डूबते हैं।**

---

* एक *मालगासी* कहावत

हम सड़क पर बिछी हुई घास हैं
चलते हुए तुम गिर जाओ
हम ऐसा हरगिज़ नहीं चाहते
पर हां, हम तुम्हें कभी-कभी रोकते हैं
सिर्फ इसलिए
*कि हमसे भी कभी-कभार बतिया लिया करो।**

उन्हें कम-से-कम 40 मील चलना था–

उस रास्ते पर, जिस पर उनमें से कोई भी पहले नहीं गुजरा था। उनके पांव रास्ते में पड़नेवाली मिट्टी, बालू, कंकड़-पत्थर, कीड़े-मकोड़े, घास, पौधे और दूसरी वनस्पतियों से अनजान थे। रास्ता बलुहा है, सूखा है, घासवाला है, दलदली है, पथरीला है, मिलाजुला है, उनकी कल्पनाओं में घूम रहा था। समतल होगा तो चलना आसान हो जाएगा। जंगली रास्ते पर चलने में भी दिक्कत नहीं होगी। अगर पहाड़ी हुआ और नदियां मिलीं तो शायद दो-तीन दिन लग जाएं।

पौ फटते ही घोड़े की लगाम खिंची और बग्घी चल पड़ी। उसके पीछे-पीछे सामान लदे आठ गदहों को हांकते दो पुराने कुली, दो बंदूकधारी घुड़सवार सिपाही और 76 कुलियों के चार दलों को अपनी निगरानी में लिए चार सरदार। दोनों सिपाही सबसे पीछे थे। सबसे आगे मोजेज साहब थे–बग्घी में बैठे हुए। 5000 एकड़ में फैले हुए बेल ओम्बरे बागान के मालिक। वही अब उन सबके भाग्यविधाता थे।

औरतों का दल बीच में था।

डिपो परिसर पीछे छूट रहा था। उन सबको ताकता हुआ। जैसे कह रहा हो, पांच साल बाद लौटोगे तो यहीं मिलूंगा। तुम सबका इंतजार करता हुआ। उसके सामने दाईं ओर समुद्र था। बंदरगाह की ओर आकर बिलकुल सिकुड़ा हुआ। उसमें खड़ा इमेराल्ड आइल वह जहाज भी उन्हें दिख रहा था, जिसमें सवार होकर वे सब मरीच देस पहुंचे थे। उनके दाईं ओर के समुद्र को छोड़कर तीनों तरफ पहाड़ ही पहाड़ थे। इन्हीं पहाड़ों की गोद में बाईं ओर बसा हुआ पोर्ट लुइस शहर सुबह-सुबह की रोशनी में नहाया हुआ था।

डिपो से बाहर जैसे ही वे सड़क पर आए थे, ठीक दाईं ओर लकड़ी से बने हुए अजीब से घर दिखाई दिये। घरों के आसपास के आदमियों के रंग-रूप और बनावट भी उनसे अलग थे। पीली-पीली रंगत के लोग। कुछ घरों के सामने बैठे थे तो कुछ

* एक *मालगासी* लोकगीत

खड़े और टहल रहे थे। उनकी अलसायी छोटी-छोटी आंखें मिचमिचा रही थीं। कुछ के मुंह उबासियों से खुल-बंद हो रहे थे और उनकी बकरा दाढ़ी हवाओं से हौले-हौले डोल रही थी।

गधे मोजेज साहब की बग्घी के पीछे थे। लाल-पीले रंग की मिलवाट वाला घोड़ा बहुत बलिष्ठ और आकर्षक था। कोचवान ने पुरानी पर साफ-सुथरी कोट-पैंट पहन रखी थी। माथे पर हैट था। घोड़े के सिर पर पंछियों के पंख की रंगबिरंगी कलगी थी और वह दुलकी चाल से चल रहा था। उसके पीछे चल रहे आठों गधों ने अपने पीछे आ रहे सभी लोगों को पंक्तिबद्ध और अनुशासित ढंग से चलने के लिए बाध्य कर रखा था।

गधों के पीछे पहला समूह हिल कुलियों का था। उन्नीस लोगों का। उनके पीछे औरतें थीं। उसके बाद के समूह में रामनारायन था। अंतिम समूह में बाकी के बचे हुए लोग थे।

औरतों वाले समूह के साथ लछुमन सरदार आगे-आगे था। पीछे के समूह में, जिसमें रामनारायन था, पतली-दुबली काया, लेकिन मजबूत हड्डियों वाला सरदार रंगासामी था। वह भी लछुमन की ही उम्र का था। उसका रंग बिलकुल काला था। आखिरी समूह के साथ चल रहे सरदार का नाम कमाल था। उसकी उम्र 60 से कम नहीं थी। पर कद-काठी में सबसे तगड़ा और रंग भी साफ। और सबसे आगे, यानी हिल कुलियों के साथ इन तीनों से कम उम्र का मालगासी सरदार था। मालगासी सरदार ओंजा का रंग कोंता के लोगों जैसा था। लछुमन की देह जबकि गेहूं का रंग लिये हुए थी।

कमाल पीले लोगों की तरफ इशारा करते ज़ोर से बोला, 'ई सब चीना का लोग है। चीन देस का। ई बस्ती को चीना टाउन कहते हैं।...अउर ई जो बाग-बगइचा वाला महल के सामने से हम लोग चल रहे हैं, जिसमें रंग-बिरंग का फूल खिला हय, दुनिया भर का पेड़ लगा हय, ऊ मरीच देस का लाट साट साहेब का महल हय। इसके ठीक सोझा में जो बड़का मैदान देखाई दे रहा है न...ऊ घुड़दौड़ का मैदान है। उसको केम्प (कैम्प) कहते हैं।'

कुछ लोग रुककर उधर देखने लगे।

नानू कुछ पल उधर एकटक देखता रहा। उसे पूरा मैदान खाली-खाली दिखा तो बोल पड़ा, 'एको गो घोड़ा तो नहीं लउक रहा है। कहता है, घुड़दौड़ का मैदान है। हम लोग को बुड़बके समझ लिया है।'

कमाल ने उसको प्यार से एक चपत लगाई। 'ठाड़ा मत रहो। चलते रहो। अरे! बुड़बक...घुड़दौड़ का मैदान है तो का दिन-रात हुवां घोड़ा ठाड़ रहेगा? चलो-चलो।'

'ए कमाल भइया, ई हइए हय बुड़बक। अभिए फिर पूछ बइठहें, मैदनवा के पीछे छोट पहड़िया पे जे बड़का घरवा लउकऽता, उमें राजा-रानी रहत होइहें।' कहता दीना गला खोलकर हंस पड़ा।

'राजा-रानी नहीं रहेलन। बाकी रानिए का याद में बनावल महल है। एडिलेड का किला। दू साल पहिलेहें बना है।'

कमाल के यह कहते ही खुद को नानू से समझदार साबित करने की दीना की कोशिश बेकार हो गई।

आगे, सड़क के किनारे एक बड़ा किले जैसा भवन बना हुआ था। उसके सामने पहरेदार बंदूक लिये खड़े थे। अगल-बगल में कतार से एक-दूसरे की दीवार पर खड़े कई छोटे-छोटे घर बने थे। सामने के मैदान में बहुत सारे फौजी कदमताल कर रहे थे। लोग समझ गए, फौजी छावनी है।

फौजी छावनी से कुछ बांस की दूरी पर उनसे दक्षिण की तरफ एक पहाड़ी श्रृंखला थी। उस श्रृंखला के सामने के पहाड़ की चोटी पर मीनार (लाइट हाउस) जैसा कुछ बना हुआ था।

रामनारायन और फोगला साथ-साथ चल रहे थे। फोगला ने मीनार को देखकर रामनारायन से पूछा, 'आयं रामनरायन भाई, ऊ का बाऽ?'

'हम का जानीं हो! जाने का बाऽ?'

उनके पीछे-पीछे कलुआ था। उसकी नज़र दाहिनी तरफ समुद्र की ओर लगी हुई थी, जहां मैदान में ढेर सारे पत्थर (सेंट जॉर्ज सेमेट्री, प्रथम विश्वयुद्ध) गड़े हुए थे। एक सीध में। किसी क्यारी की तरह। उसके मन में आया, वह फोगला या रामनारायन से पूछे। लेकिन यह सोचकर चुप ही रहा, वे भी तो उसी की तरह नए हैं, भला उन्हें भी कैसे पता होगा, क्या है?

लोहे के पुल पर पैर रखते ही माड़ू को लगा, धरती हिल रही है। उसने आगे देखा, गधे आराम से चले जा रहे थे। उनके बोझ से पश्चिम की दिशा से आ रही हहराती हुई नदी पर बना लोहे का पुल उसके दिल की तरह कांप रहा था। जगया ने उसे धकेला।

कोंता नीचे बह रही नदी को देखकर बोला, 'सोबरनरेखा नदी जइसा ढेरे गहरा बुझाउला।'

पुरुलिया डिपो से साथ हुए बुधु ने कहा, 'हाम तो नी देइख हों सोबरनरेखा। हामके तो कसाइ तइर दिसत हउ। लगिन कसाइ नदी एतइ गहरा नइ रहे।'

पुल से गुजरते हुए सबको लग रहा था कि वे फिर से घूम-फिरकर समुद्र के किनारे चले आए हैं। समुद्र उनके बहुत करीब था। पुल के दाईं ओर या तो समुद्र सिकुड़ गया था या फिर नदी का सिरा सांप के फन की तरह फैला हुआ था।

नदी के पूरब में, समुद्र की तरफ ही, जहां तक नज़र जा रही थी, मकई के खेत लहलहा रहे थे। हवा चलने से उसके पौधे लचक-लचक जाते। इससे यह जानना मुश्किल नहीं था कि पौधों में दाने आ चुके हैं और दो सप्ताह के भीतर काटने लायक हो जाएंगे। मकई के खेतों में काम करते हुए मजदूर भी उन्हें दिखाई दे रहे थे।

पुल के पार करते ही बाईं ओर पत्थरों के बने दो और भवन दिखे। बड़े-बड़े और बनावट में चौड़े कम, लंबे ज्यादा। फिर भी फौजियों के मकानों की तरह इनकी बनावट नहीं थी, जिसे वे पहले देख चुके थे।

कमाल ने एक भवन को इंगित करते हुए दीना से कहा, 'एकरा देख लऽ। हो सकेला, तुमको हियां आके रहना पड़े।'

दीना सोच में पड़ गया। उसे ही यहां क्यों रहना पड़ेगा? ऐसा ये सरदार क्यों बोल रहा है?

दीना को सोच में देख अलगु ने कमाल की ओर ताका, 'काहे? दीना के ही हियां काहे आवे पड़ी? हम ना आ सकलीं का?'

'ना हो। तोहार माफिक गोबरगनेस लोग को इमें रहे का बंदोबस्त नइ हय ना। हियां तो एकरे नियर लोग के रहे के इंतजाम बा।' कमाल मुस्कुराया।

अपनी तारीफ सुनकर दीना खुश हो गया। थोड़ी देर पहले लुलुआए जाने के बाद से उसका चेहरा उतरा हुआ था।

उसे खुश होते ही कमाल ठठाकर हंस पड़ा। 'ई पगलखाना बा।'

आसपास के सारे लोग कमाल की बात सुनकर उसकी ठठ्ठा में शामिल हो गए। दीना को गुस्सा आ गया। इच्छा हुई, लगाएं साले को दो लात। लेकिन वह ऐसा नहीं कर सकता था। मन-ही-मन उसे गाली दी और 'तिरना' कर आगे भागा।

वे सब खरीदकर ले जाए जा रहे थे। लेकिन अब उनके ऊपर उन्मुक्त आसमान था और पैरों से आत्मीय होती एक धरती थी। ताज़ा हवाओं की छुअन से उनकी देहों में 'फुरफुरी' हो रही थी। आंखें नाच-नाचकर हर एक दृश्य की ओर भागी जा रही थीं—अगल-बगल, दाएं-बाएं, कभी-कभी पीछे भी, चारों ओर।

बेल ओम्बरे बागान पोर्ट लुइस से करीब चालीस मील दक्षिण-पश्चिम में था। मॉरिशस के आखिरी छोर पर। समुद्र के किनारे। घने जंगलों और पहाड़ों से घिरा हुआ। 1816 में इसे आयरिश डॉक्टर टेलफेयर ने खरीदकर संवारा था। पिछले पंद्रह वर्षों से अब यह मोजेज साहब की संपत्ति थी।

रामनारायन को यह जानकारी चलते-चलते सरदार रंगासामी दे रहा था। रंगासामी पुद्दुचेरी से बीस साल पहले बेल ओम्बरे आया था।

छह मील चलने पर ज़मीन समतल नहीं रही। पहाड़ी इलाका शुरू हो गया था। उन सबके पैर काली चिकनी मिट्टी की जगह पेटिटे रिवेरे इलाके के लाल रंग की बलुही मिट्टी में थे। छोटे-छोटे कंकड़-पत्थरों से भरा हुआ, जिससे पैरों में पत्थर चुभ रहे थे। केले, आम, और नारियल के पेड़ दिखने बंद हो गए थे और इमली के पेड़ों के झुरमुट बढ़ते जा रहे थे।

अब वे सब गन्ने के खेतों के बीच थे। उनका काफिला दस मील चलकर बम्बोस गांव पहुंच चुका था। पहाड़ की तलहटी में बसा बम्बोस एक बड़े प्राकृतिक झील के किनारे था।

चलते-चलते भूख लग आई थी। लेकिन बग्घी और सरदारों की कदमताल से नहीं लग रहा था कि वे सब रुकने वाले हैं। दोनों बाप, जो बच्चियों को लिये हुए चल रहे थे, उनके कंधों का बुरा हाल था। फोगला उनके पीछे-पीछे था। उसने बड़ी वाली बच्ची रूनु को अपने कंधे पर ले लिया।

परती ज़मीन, कांटेदार बबूलों की झाड़ियां, जैस्मिन के फूलों से गुजरते हुए अब वे लोग पोर्ट लुइस के एकदम दक्षिण-पश्चिम में आ गए थे। जंगल घने हो गए थे और वे पहाड़ों के साए में चल रहे थे। पहाड़ के खत्म होते ही रैम्पर्ट नदी का किनारा था। थके हुए पैरों को नदी के ठंडे पानी से आराम मिला। नदी में चलते-चलते ही सबने मुंह-हाथ भी धो लिये थे।

नदी को पार करते ही समतल मैदान था। गन्ने का। उनके जैसे ही दिख रहे 40-50 मजदूर खेतों में काम पर लगे हुए थे। चार-पांच घोड़ों पर सवार अंग्रेज हंटर और बंदूक लिए उनके अगल-बगल 'मंडरा' रहे थे।

इस पठारी मैदान को पार करते-करते सूरज डूब गया। रात का अंधेरा घिरने लगा था। अंधेरे में उन सबकी चाल धीमी हो गई थी। कुछ दूर आगे चलने पर दाहिनी तरफ प्रकाशपुंज टिमटिमाते हुए दिख रहे थे। थोड़ी ही देर में वे सब एक बड़े बागीचे में थे। उन सबको रुकने का आदेश हुआ। बग्घी आगे जाकर उनकी नज़रों से ओझल हो गई।

बेल ओम्बरे पहुंच गए हैं। ऐसा सोचकर सबने इत्मीनान की सांस ली और बिना सांप-बिच्छू की परवाह किए घास पर लुढ़क गए।

लछुमन सरदार ने कहा, 'आज रात एहिजे पड़ाव रहेगा।'

इमरती जो बैठकर अपने तलवों को दबा रही थी, सरदार की बात सुनते ही चिहुंक पड़ी, 'मइया गे...पड़ाव रहतइ! मने अभी हमनीं...?'

'हां, बुझात तो अइसने बा कि रास्ता नइखे ओरियाइल।'

इमरती पसर गई। 'अब हमरा से अउर ना चलल होतइ।'

कुंती बोली, 'सथा ले इमरती। जाने अउर केतना चले पड़तउ अभी।'

पस्त-पस्त कलुआ ने निराश होकर लछुमन सरदार से पूछा, 'ए लछुमन भाई, ई बेल ओबरा नइखे का?'

'ना हो। अभी आधा रस्ता अउर बाकी बा।'

लछुमन के इस जवाब से सबके चेहरे लटक गए। आधा ही पहुंचे हैं, सोचकर थकान दोगुनी हो गई।

'अइसे लेटमलेट होखबऽ त कइसे काम चली। दस-पंद्रह जवान लोग हमरा साथा आवऽ। खाना खाए के बिचार बा कि नाऽ?'

न चाहते हुए भी उसकी हंकारी सुनकर कुछ लोग उठे। लछुमन उन लोगों को साथ लेकर अंधेरे में खो गया।

थोड़ी देर में वे लोग लौटे। बरतन और चावल-सब्जी लिये हुए।

'लकड़ी...?' बेचन ज़ोर से बोला, 'लकड़ी तो हइए नइखे।'

कमाल सरदार व्यंग्य करते हुए हंसा, 'मोजेज साहब लेकर आ रहे हैं लकड़ी। आराम से बैठो तोहनी सब।'

'एतना जंगल है, जाकर जल्दी ले आओ लकड़ी। और कुछ लोग चूल्हा बनाने में लग जाओ।' लछुमन बोला।

'ई रतिया में जंगल से लकड़ी! न टांगी, न कुल्हाड़ी। आयं लछुमन भाई, कइसे जोगाड़ होइ?' हुकुमचंद बेबसी से बोला।

'अरे भुच्चड़! जंगल में गइल बाड़ऽ कहियो?' लछुमन खीजकर बोला।

कोंता और उसके साथी तब तक वहां से गायब हो चुके थे। लौटे तो ढेर सारी सूखी लकड़ियां लेकर।

कमाल ने कहा, 'ई देखऽ। ई सब है जंगल का अदमी। ले आया न लकड़ी। अउर ई सरवा सबको टांगा-कुल्हाड़ी चाहिए।'

इधर औरतें चूल्हा बना चुकी थीं। लकड़ी के आते ही चार बड़ी देग में चावल और तीन देगों में आलू की सब्जी चढ़ा दी गई।

खाना खाने के बाद किसी को तनिक भी खयाल नहीं रहा—चींटी, कीड़ा और सांप-बिच्छू का। जो जिधर था, उधर ही बेसुध पड़ गया।

भिनसार बेरा में सूरज की लालिमा इमली और ताड़ के पेड़ों पर पूरी पसरी भी नहीं थी कि सरदारों ने आवाज़ लगाना शुरू कर दिया था, 'उठो-उठो।'

अनिच्छा से अलसाते हुए लोग उठने लगे। आंखों में नींद अब भी थी और थकान पहले से ज्यादा भारी लग रही थी। सबके बदन टूट रहे थे।

'सुते का बेरा नहीं हय भाई। चलो, सब तेयार हो जाओ।' इतना कहकर लछुमन सरदार ने सबको अपने पीछे आने का इशारा किया।

लोगों के पास उसकी बात टालने की हिम्मत नहीं थी। सब चल पड़े।

सौ-डेढ़ सौ कदम चले होंगे तो उन्हें नदी की कलकल सुनाई देने लगी।

लछुमन हिदायत देने लगा, 'सब लोगिन दिसा-मैदान करके फारिग हो जाएं। मरद लोग एक तरफ अउर अउरत लोग एक तरफ। कोइ भी जंगल में इधर-उधर नहीं जाने का कोसिस करे। बाघ-हुंड़ार रहता हय।'

उन सबके शौच आदि से फारिग होते-होते धूप चमक उठी थी। बग्घी और घुड़सवार 'टामरिन' नदी के पार खड़े उनकी राह देख रहे थे।

नदी से सवा दो मील चले तो उनके दोनों ओर पहाड़ थे। पहाड़ों के बीच में खेत थे। शायद सब्जियों के। उनके बीच से गुजरते हुए जब दाहिने मुड़े तो ढलान थी। दो मील लंबी ढलान के बगल-बगल 'नोइरे' नदी भी उनके साथ ही नीचे जा रही थी। ढलान से उतरते ही उन सभी के सामने विशाल समुद्र का विहंगम दृश्य था। यहां से वे सब बाएं मुड़कर सीधे चले। समुद्र के किनारे-किनारे। वे अभी भी पहाड़ पर थे और समुद्र वहां से एक-दो मील से कम दूर नहीं था।

केस नोयले गांव से बायां रास्ता पहाड़ की ओर जा रहा था। यह चढ़ाई सवा मील की थी। ऊपर पहाड़ पर चढ़ते ही विस्तृत पठार था। कोई तीन मील पठार पर चलते हुए जंगलों के बीच स्थित गांव चामरेल पहुंचे।

चामरेल आते-आते यात्रा बहुत कठिन हो गई थी—खासकर उनके लिए, जो मगध और भोजपुर इलाके के थे। कोंता और उसके 'कोल' साथियों के लिए तो रास्ता जाना-पहचाना हो चला था। लग रहा था, वे छोटानागपुर के अपने जंगलों-पहाड़ों में आ गए हैं।

रास्ता सांप की तरह बल खा रहा था। टेढ़ा-मेढ़ा और लगातार दुर्गम होता हुआ। कहीं चढ़ाई तो कहीं ढलान। तरह-तरह के पेड़ों से जंगल की सघनता गहराती जा रही थी। आम-जामुन जैसे पेड़ जाने-पहचाने थे पर कई पेड़-पौधे और फूल ऐसे थे जिसे वे पहली बार देख रहे थे।

चलते हुए दोपहर हो चुकी थी और घने जंगलों के बीच ऐसा लग रहा था, मानो शाम हो गई है!

बीच जंगल में जोगती फुलवरिया से बोली, 'दोपहरिया ढलल जात बा। लेकिन लागऽ ता कि अभिहों ढेरे रास्ता बांचल बा।'

'अउर केतना जाए ल हइ दीदी, ई तो नञ् मालूम। पर बेरा डूबे में अभी देर हइ साइंत।'

'चला-चला के मुआ दिहलक मुंहझौंसा अंगरेजवन। बुझा ताऽ अब ना चलल जाइ हो।'

'पीठवा सोट देतथुन। रूकिहें ना दीदी, चलते रहिहें...' फुलवरिया हंटर के मार की कल्पना से डरते हुए बोली।

सिहर गई जोगती। फुलवरिया ठीक ही बोल रही थी। अब तक कई लोगों की पीठ पर हंटर बरस चुके थे। जो रुकता और तुरंत नहीं चल पड़ता, उसकी पीठ पर सट से चाबुक पड़ जाता था। रुका हुआ आदमी बिलबिलाकर फिर से चलने लगता। बाकी के थके हुए पैर चाबुक की आवाज़ सुनते ही डर से तेज़ हो जाते थे।

देवर्स नदी पार करने के लगभग पांच-छह मील की दूरी तय कर समुद्र की ओर दाएं मुड़े, तो ढलान थी। पहले से ज्यादा लंबी ढलान। कम-से-कम चार मील लंबी। आधी ढलान उतरने पर नदी दिखाई दी। मालगासी सरदार ने किसी को बताया कि यह देवर्स नदी ही है जिसे वे पहले पार कर चुके हैं। लेकिन यहां लोग इसको केप नदी बोलते हैं।

नीचे उतरने पर उन्हें 'बे द केप' गांव मिला।

लछुमन सरदार ने सबको सुनाते हुए ज़ोर से कहा, 'बस नजिके बा। पहुंच गइनीं हऽ।'

'अब पहुंचने ही वाले हैं' सुनकर सबके चेहरे खिल गए।

समुद्र कहीं पास ही था। उसकी आवाज़ सबको साफ-साफ सुनाई पड़ रही थी।

केप गांव से बेल ओम्बरे ज्यादा दूर नहीं था। लगभग ढाई मील। अभी भी वे सब ऊंचाई पर ही चल रहे थे। सूरज डूब चुका था और बग्घी पर जलाए गए लालटेन की रोशनी रास्ता दिखा पाने में उन सबकी कोई मदद नहीं कर रही थी। अनजाने रास्ते पर, जो शायद रास्ता भी नहीं था, हर हाल में उन्हें आगे बढ़ते ही जाना था।

आखिरकार 40 मील की लंबी, थकाकर मार डालनेवाली यात्रा पूरी हुई। उनका काफिला अदेखे, अजाने बेल ओम्बरे पहुंच गया था, जहां उन्हें रहना था। बंधुआ मजदूर बनकर। जाने कब तक!

रात का एक पहर तब तक बीत चुका था। घुच-घुच अंधकार में उन्हें अपने आसपास खड़े पेड़ों के अलावा कुछ और नहीं दिख रहा था। जब तीन-चार लालटेनें लाकर इधर-उधर टांगी गईं तो कुछ उजाला हुआ। लोग ठीकठाक जगह देखकर बैठ गए। कुछ लोग इधर-उधर घूम-घूमकर समझने की कोशिश में लगे, कैसी जगह है। रहने-उहने का हाल-इंतजाम किधर है, कि खाली बागे-बगइचा और जंगल है!

पैरों को आराम मिलते ही पेट दुखने लगा। भूख के मारे सबके पेट खाली बरतन की तरह ढनढना रहे थे।

अच्छा हुआ कि खाना तैयार था। बनाना नहीं पड़ा।

खाना खाने के दौरान ही लछुमन सरदार ने कहा, 'होने पोआर बा। खइला के बाद ओकरे बिछा के सुत जइहऽ स। सूरज उगला से पहिले तीन बेरा सीटी बाजी। पहिल सीटी उठवे खातिर बाजी, दोसर सिटी तेयार होवे ले अउर तीसर सीटी में काम पर पहुंच जाए के होइ। बाकी कल-परसों छुटी रही। झोंपड़ी बनावे खातिर।'

मतलब अपने नए 'घर' की पहली रात उन्हें खुले में ही गुज़ारनी थी।

खाना खत्म हुआ तो सबकी आंखें एक पल भी खुली रहने के लिए तैयार नहीं थीं। सब-के-सब सो गए।

सुबह, पहली सीटी बजने के पहले ही बारिश शुरू हो गई। हड़बड़ाकर लोग उठ बैठे। पेड़ों के नीचे जाकर बचने की कोशिश की। झर-झर बारिश बढ़ती चली गई। जो छतनार पेड़ उन्हें बारिश से बचा रहे थे, उन्हीं के पत्तों पर जमा पानी अब मोटी-मोटी बूंदों की शक्ल में टप-टप चू कर सबको भिगो रहा था। थोड़ी देर में सब भीग गए।

पानी रुका तो लछुमन सरदार कुछ लोगों के साथ आया। उन सबके हाथ कुदाली, टांगी, रस्सियां वगैरह थीं। बंदूकधारी अंग्रेज सिपाही कहीं नहीं दिख रहे थे। वे जहां रुके हुए थे, उससे थोड़ी दूरी पर पेड़ के झुरमुटों के बीच एक बड़ी-सा कोठीनुमा घर दिख रहा था।

लछुमन उन सबको उस कोठी से दाहिने लेकर चला। एक-डेढ़ मील चलने के बाद वह रुक गया। वह एक उजाड़-सी जगह थी। दूर-दूर तक ऊबड़-खाबड़ धरती। पश्चिम की ओर बिना किसी अनुशासन के खड़े पेड़। उनके पीछे घना होता हुआ जंगल।

'एहिजे तोहिनी झोंपड़ी बनावऽ स। जमा 25 झोंपड़ी बनी। गारह ठो परिवार ओला खातिर अउर चउदह ठो बाकी मरदन लोगिन खातिर। हमनी नापी कर दे तानीं। ओहे नापी के हिसाब से झोंपड़ी बनावे के बा। एको अंगुरी हेने-होने ना।'

कोंता और उसके संगी-साथी कुल्हाड़ियां लेकर जंगल की ओर चले गए। दूसरे लोग नापी में तो कुछ लोग ज़मीन समतल करने में लग गए। औरतें आसपास बिखरे छोटे-बड़े पत्थरों को एक जगह इकट्ठा करने में जुट गईं।

नियत समय से एक दिन ज्यादा लगे झोंपड़ियां बनाने में। बांस-लकड़ी, टाट से बनाए और पुआल से छाए हुए। बिलकुल एक सीध में बनी झोंपड़ियों के दरवाजे कोठी, यानी पूरब की ओर थे। एक-एक कमरे वाले 11 छोटे और 14 थोड़े बड़े झोंपड़े। दिन-रात की मेहनत से खड़े और अपने हाथों से बनाए हुए इन्हीं 25 झोंपड़ों में उन सबको रहना था—65 मर्द, 11 औरतों और तीन बच्चों को। 11 जो छोटी झोंपड़ियां थीं, वे कुंती और कोंता सहित दस शादीशुदा परिवारों को और एक झोंपड़ी फुलवरिया को मिली। बड़े झोंपड़े चार-चार, पांच-पांच की संख्या में बाकी लोगों का ठिकाना बने।

झोंपड़ियां बनने के दौरान न तो मोजेज साहब आए और न ही उनका कोई सिपाही। एक अंग्रेज, जिसे वे सब पहली बार देख रहे थे, वह जरूर दो-तीन चक्कर मार गया था।

तीसरे दिन की शाम से पहले, जब सभी झोंपड़ियों का काम खत्म कर सुस्ता रहे थे, हाथ-गोड़ धोकर खुद को 'हलुक' महसूस कर रहे थे, मोजेज साहब आए– चार बंदूकधारियों, बीच में चक्कर मारने वाले अंग्रेज, सरदारों और कुछ आदमियों के साथ, जो अधिकतर उन्हीं की तरह, उन्हीं के देस के मालूम हो रहे थे। उन आदमियों में से कुछ के हाथों में दस-बारह कुत्तों की सिकड़ियां थीं जो खुद भी कुत्तों की तरह हांफ रहे थे। और कुत्ते, कुत्ते कम भेड़िए ज्यादा दिख रहे थे।

सब लोग उठकर खड़े हो गए।

कुत्ते सिकड़ी छुड़ाकर उन सबकी ओर लपकते हुए लगातार भौंक रहे थे। एक घुड़सवार ने कुत्तों को डपटा। सारे कुत्ते 'कू-कू' करते शांत हो गए। रूनु और सुरती, दोनों बच्चियां कुत्तों को देखकर डर गई थीं और रोने लगी थीं। उनकी मांओं ने उन्हें तुरंत चुप कराया। हालांकि वह भी बाकी लोगों की तरह कुत्तों को अपनी तरफ लपकते और बेतहाशा भौंकते देख डरी हुई थीं।

मोजेज साहब ने घोड़े पर बैठे-बैठे ही कहना शुरू किया, 'वेल डन। बहोत अच्चा। हमारा एक दिन का नुकसान हुआ। कोई बात नहीं। लेकिन आगे खयाल रखने का। हर काम, जो कहा जाए, उसे उतने ही समय में फिनिश करने का। नइ तो पनिशमेंट मिलेगा।' फिर उसने बीच में चक्कर मारने वाले अंग्रेज की तरफ इशारा किया। 'ये मिस्टर वाल्टेर सेरामी है। हमारा सेक्रेटरी और मैनेजर। हमारे बाद तुम लोग का मालिक।...और, उधर जो ब्लू कलर में है, वो हमारा ओवरसियर मिस्टर पाबलेटो है। बाकी लोग का बारे में तुम लोग जल्दी जान जाएगा। लछुमन, कमाल...ये सब हमारा पुराना सरदार है। वेरी ओल्ड। ये लोग टुम सबको हमारा नियम-कानून समझा देगा। इधर उसी का मुताबिक डिसिपिलिन फालो करने का। जो नियम तोड़ेगा, हमारा किसी भी आदमी का बात को जो भी डिसएग्री करेगा, उसको कड़ा सजा, बहुत हार्ड पनिशमेंट भुगतना पड़ेगा। हमारा बागान में माफी का कोई चांस नइ।'

कोंता और लगभग सभी लोगों को उसकी बात पूरापूरी पल्ले नहीं पड़ी। लेकिन सभी के साथ वह भी आज्ञाकारी बच्चे की तरह बीच-बीच में हां-हां करते सिर हिलाता रहा।

घोड़ों पर बैठे ही बैठे मोजेज साहब ने मैनेजर वाल्टेर सेरामी और ओवरसियर पाबलेटो के साथ कुछ बातें कीं। अंत में उन सबने झोंपड़ियों का मुआयना किया और भौंकते हुए कुत्तों के साथ कोठी की ओर वापस लौट पड़े।

उनके जाते ही कमाल बोला, 'चलो-चलो। सब लोग गोदाम चलऽ अउर आपन-आपन हिसा के रासन, खाना बनावे के डेकची-बरतन, चटाई-पटाई सब ले आवऽ। आज से तुम लोग का गिरहसती सुरू।'

आदमी-औरत सब चलने को तैयार हुए तो लछुमन ने औरतों को मना किया, 'ना-ना। जनाना लोगिन के जाय के काम नइखे। मरदन ले अइहें।'

फुलवरिया चट से सामने आई, 'ए भइया, हमर तो मरद न हथिन।'

'तोहर भेजवा देब। आराम करऽ बाची।'

पुरुष लोग लछुमन, कमाल और बाकी सरदारों के साथ चले गए। पीछे रह गया समुद्र का उठता शोर और जंगल से आती चिड़ियों की आवाज़ें। हवाओं से सरसराते पत्तों का संगीत।

दोपहर बाद, जब सूरज डूब गया था, मर्द सब लौटे। अपनी पीठ और माथे पर सामान लादे। तीनों विवाहित औरतें और फुलवरिया तेज़ी से उनकी ओर लपकीं। सामान उतारने के लिए। डिपो विवाहित औरतों के पांव नहीं बढ़े। वे सब अपने डिपो मर्द के साथ पहली रात की उलझन में खड़ी थीं। पिछले एक सप्ताह की यात्रा और झोंपड़ी बनाने की परेशानियों और थकान में वे भूल चुकी थीं कि उनके भी 'मरद' हैं। झोंपड़ी बन जाने के बाद अब उन्हीं के साथ रहना होगा, यह सोच-सोचकर ही उनके 'परान' निकले जा रहे थे।

अपनी-अपनी डिपो औरतों को ठिठका देख और लोगों की तरह कोंता भी सामान लादे चुपचाप अपनी झोंपड़ी में घुस गया। कुंती ने दक्षिण में समुद्र की दिशा में बनी सबसे आखिरी झोंपड़ी खुद के लिए चुनी थी।

कोई उपाय नहीं है, जानकर सातों औरतों ने एक-दूसरे को आंखों ही आंखों में सांत्वना दी और धीरे-धीरे अपनी-अपनी झोंपड़ियों की ओर बढ़ चलीं। एक कुंती ही थी जो अब भी अपनी जगह पर सिमटी-ठिठकी थी।

कुंती के दिमाग में बवंडर मचा हुआ था। छाती ज़ोर-ज़ोर से धड़क रही थी। अब क्या करेगी वह? बंदरगाह के डिपो में उसने कोंता को स्वीकार कर लिया था। डर से कि पता नहीं अकेली औरतों के साथ अंग्रेज लोग क्या सलूक करेंगे। पर अब...? अब वह क्या करे?

उसके कान मीलों दूर...समंदर पार गांव में पड़ोस की भौजी की बात से झनझा रहे थे। लग रहा था, वह उसके सामने है और उसे ज़ोर-ज़ोर से चिढ़ा रही है, 'अउर पलंग-खटिया खाली हचर-पचर, हचर-पचर...पहुना सुते न देथुन भर रतिया...पलंगवा हचर-पचर...हचर-पचर...'

उसका मन वितृष्णा से भर उठा। वह और इस कोल्ह के साथ। नहीं-नहीं, इससे अच्छा तो वह कुछ खाकर मर जाएगी। 'रसरी' बांध के झूल जाएगी। पर इस करियट्ठा कोंता के संग...नहीं! कभी नहीं!

'का हो, एहिजे कब तक ले बइठल रहबु?' चोका की सरसराती आवाज़ ने उसकी 'मगनता' तोड़ी।

कुंती ने चोका की तरफ नज़रें उठाईं। अंधेरे में उसकी पुतलियां कुत्ते की तरह चमकती हुई लगीं, जो ढीठता और बे-लाज होकर चोका उसके 'गाय' चेहरे को भूखे 'सांड' की तरह देखते हुए मुस्कुरा रहा था।

कुंती चुप रही तो चोका का मन बढ़ा। उसकी छातियों को निहारते गुनगुनाने लगा :

'तोरे पास भंटवा गोलहटा ए भउजी,
मोरे पास मुरई नेवार,

दूनों जने क सउदा एक्के में बिचइहैं
चला चलीं तेजी क बजार।'

कुंती की देह में भय की झुरझुरी हुई। बिना जवाब दिये उसके पैर खुद-ब-खुद अपनी झोंपड़ी की ओर उठ गए।

झोंपड़ी में घुसते ही फिर उसके दिमाग में पहले चल रहा बवंडर उठने लगा। कोंता सामान रखकर एक ओर बैठा हुआ था। अपनी चटाई बिछाकर। उसके भीतर होते ही वह उठा और दूसरी तरफ उसने कुंती के लिए चटाई बिछा दी।

रात। अंधेरा। झोंपड़ी में दो जवान देह। असहज और अपने-आपमें घबराए सिमटे हुए। कोंता ने वातावरण से असहज अंधेरे को दूर करने के खयाल से मालिक द्वारा दी गई 'ढिबरी' जला दी। झोंपड़ी प्रकाश से भर उठी। नए-नए कच्ची लकड़ियों से बना और ताज़ा मिट्टी की ज़मीन वाला घर उनकी सोंधी महक से सराबोर था।

कुंती चटाई पर बैठ गई।

बहुत समय बीत गया। बेहरकत दोनों मूर्तियों की तरह बस बैठे रहे। न कुंती बोली, न कोंता। आखिरकार कोंता उठकर बाहर चला गया।

लौटा तो उसके हाथ में तीन-चार बड़े-बड़े पत्थर और लकड़ियां थीं। पत्थरों को उसने चूल्हे की तरह जमाया। बोरे को खोलकर सामान निकालने लगा। दाल, बरतन, तेल का पीपा...

कुंती की नज़रें फिर भी उसकी तरफ नहीं उठीं। घुटनों में सिर दिये बैठी रही। सामान, बरतन आदि निकालने की टन्न-झन्न आवाज़ों से उसे यह तो अंदाज़ा लग रहा था कि कोंता क्या कर रहा है, फिर भी वह सब कुछ अनसुना कर अपने मन के बवंडर में डूबी हुई थी। इस कदर कि कब कोंता पानी लाया, कब उसने चूल्हा जलाया और कब भात का अधन चढ़ा दिया, नहीं जान पाई।

पानी जब खौलने लगा तो कोंता चावल निकालते-निकालते ठहर गया। उसने आज तक कभी भात नहीं पकाया था। अंदाज ही नहीं था, कितना चावल डलेगा। उसने मदद के लिए कुंती की ओर देखा। वह अभी तक जब से आई थी, उसी अवस्था में थी।

उसका ध्यान खींचने के लिए उसने कटोरे को अधन चढ़े देगची से टकराया। बरतन के टकराने की आवाज़ गूंजी।

घुटनों में पड़ा कुंती का सिर आवाज़ की तरफ उठा। कोंता थाली में चावल लिए उसकी तरफ देख रहा था। बच्चे-सा अबोध चेहरे पर मासूमियत भरा सवाल ढिबरी की लौ में कंपकंपा रहा था।

उसे कोंता की रोनी सूरत देखकर हंसी आ गई। हंसी के साथ ही दिमाग में चल रहा बवंडर सावन के बदरी की तरह साफ हो गया।

मुस्कुराते हुए वह उसकी तरफ बढ़ी और उसके हाथ से थाली ले ली। बाप रे! दो आदमियों के लिए इतना चावल? उसने बाकी का चावल बोरे में डाला और भात का चावल धोकर अधन में डाल दिया।

उसके चूल्हे के पास आते ही कोंता उधर से हट गया था।

कुंती दाल, नमक, मसाला–सब सामान निकालकर देखने और चूल्हे के एक ओर सजाने लगी। भात-दाल और टमाटर की चटनी बनते-बनते तक झोंपड़ी के एक हिस्से में, चूल्हे से थोड़ा हटकर दाईं ओर, उसने रसोई घर जमा ली थी।

खाना बनकर ठंडा हो रहा था और दोनों पुरानी अवस्था में कटे-कटे गुमसुम बैठे थे। कोंता को ज़ोरों की भूख लगी हुई थी। फिर भी वह इस आस में था कि कुंती अभी दोनों के लिए खाना निकालेगी। पर वह तो जड़ थी।

कोंता लेट गया। लेटे-लेटे ही रह-रहकर कुंती को देख लेता। वह उसके बारे में सोचने लगा।

कितनी अच्छी औरत है! उसके ही बराबर की होगी। काम सब में एकदम पक्का। उसकी मां की जैसी। भारी काम नहीं कर पाती। झोंपड़ी बनाते समय भारी लकड़ी उठाते और रस्सियों को ज़ोर से खींचने के वक्त उसकी आंखें उबल पड़ती थीं। दम फूल जाता था और चेहरा एकदम लाल। बाकी वह सभी दस औरतों में सबसे अलग ही दिखती है। सबसे सुंदर।

लेकिन कुंती के बारे में उसे ज्यादा नहीं सोचना चाहिए। वह कुंती के लायक नहीं है। तभी तो वह उससे हिलमिल नहीं पा रही है। उसके पास आकर भी संकोच में है। पसंद करती तो ऐसे दूर-दूर छिटकी क्यों रहती?

किसी के मन को नहीं दुखाना चाहिए। अच्छा रहेगा कि वह कुंती को अकेला छोड़ दे। उसको ऐसा ही करना चाहिए। जनी-मरद का रिश्ता किसी के कह देने भर से नहीं न हो जाता है। ठीक है। कल से वह अलग चला जाएगा। उन पुरुषों के पास, जो अकेले रह रहे हैं।

इतने में थाली सरकाने की आवाज़ हुई। देखा तो सामने थाली परसी हुई थी। सिर्फ उसी के लिए। उसकी आंखें सवाल बनकर कुंती के चेहरे की ओर उठीं। यह पूछते हुए, 'तुम नहीं खाओगी क्या?'

कोई जवाब नहीं मिला।

भूखा कोंता खाने लगा।

उसके खाने के बाद कुंती ने भी खाना खाया।

बरतन धोकर लौटी तो कोंता अपनी चटाई पर लेट चुका था। वह भी लेट गई। उससे हटकर बिछी हुई अपनी चटाई पर।

कोंता ने तुरंत ढिबरी बुझा दी।

तीन सप्ताह बाद की बात है।

काम से लौटने के बाद इमरती और फुलवरिया, दोनों अभी-अभी उसकी झोंपड़ी से गई थीं। चूल्हे पर चढ़े पानी से भाप उठ रहा था। कुंती ने उंगली डालकर महसूसा। पानी गुनगुना गर्म हो गया था। उसने देगची नीचे उतारकर चूल्हे की लकड़ी की आग बुझा दी। फिर दोनों हथेलियां पानी में डाल दीं। दिन भर छोटे-बड़े पत्थरों को चुनते और उन्हें उठाते हुए हाथों में छाले पड़ गए थे। टिस-टिस दुख भी रहे थे।

उसने हौले से दोनों हथेलियों को गर्म पानी में डुबोया। पहले जी एकदम से 'तिनतिना' उठा। उसने दर्द से आंखें भींच लीं। कुछ ही पलों में तिनतिनाहट गायब हो गई और आराम लगने लगा।

यह कुंती की रोज की आदत थी। पहले वह अपनी हथेलियों को सेंकती फिर पांवों को। इसके बाद खाना बनाने जुट जाती। कोंता खाना बनने के बाद झोंपड़े में लौटता। आराम से, बिना एक भी शब्द बोले, खाना खाता और सो जाता।

सुबह उठकर जब वह खाना बनाने की तैयारी करती, कोंता अपने दोस्तों सागू, रुंगता, बुधु, जगया, जीतन, माड़ू, खापू और बीरन के साथ मिट्टी का गिलावा बनाता, तीसरी सीटी बजने तक दीवार जोड़ता और उसके पहले ही खेतों की ओर चल देता।

कोंता की देखादेखी बाकी लोग भी अपनी झोंपड़ी की दीवार मिट्टी का उठाने लगे थे। उनकी बस्ती थी तो समुद्र से ऊंचाई पर, लेकिन जब रोज़-रोज़ समुद्र में तूफानी लहरें उठतीं और उसके बाद बारिश होती थी तो पुआल-लकड़ी की दीवार झोंपड़ी को भिगो डालती थी। बारिश तेज होती तो पानी अंदर घुस आता। कोंता ने सोचा, मिट्टी की दीवार रहने से तूफान और बारिश दोनों से बचा जा सकता है। ऐसा ही सोचकर उसने एक दिन दीवार बनाने का काम शुरू कर दिया था।

कुंती उसका और अपना खाना लेकर बाकी लोगों के साथ पीछे से काम पर पहुंचती।

रोज का यही नियम था।

आपस में कोई इशारा नहीं। कोई बातचीत नहीं। एक घर, दो अलग-अलग जिस्म। एक-दूसरे से अनजान और अनछुए।

खाना बन गया था। कोंता के आने का समय भी हो चला था।

अचानक बस्ती में हल्ला होने लगा। कुंती हड़बड़ाकर बाहर निकली। दो आदमी कंगना को घसीटते ले जा रहे थे। उसका डिपो मरद गजाधर सिर झुकाए झोंपड़ी के बाहर ज़मीन पर बिखरा पड़ा था। बेचन, चैता, नानू, दीना, कलुआ, अलगु, चोका...और बाकी के सब मर्द लोग भी निःशब्द थे। केवल औरतें चीख-रो रही थीं।

इमरती सुबकते हुए उससे लिपट गई, 'दिदिया गे...'

उसका मन हुआ, वह बोका बने मर्दों का मुंह नोच ले। उसने इधर-उधर अंधेरे में नज़र डाली। कोंता और उसके लोग भीड़ में कहीं नहीं दिखे। रामनारायन भी नज़र नहीं आया।

वह गुस्से से फनफनाती हुई गजाधर की तरफ बढ़ी। ऐसे पसरा हुआ क्यों है? जाकर उनको रोकता क्यों नहीं?

पास पहुंची तो मुंह से चीख निकल गई। गजाधर का पूरा शरीर हंटरों की मार से लहूलुहान था। उसने आंचल मुंह में ठूंस लिया।

इस घटना के बीत जाने के कुछ देर बाद कोंता अपने साथियों के साथ लौटा। रामनारायन भी उन लोगों के बाद ही बस्ती पहुंचा।

लोग कंगना के साथ बीत रही बात को सोचते हुए बाहर बैठे थे। औरतों का झुंड एक तरफ और आदमियों का एक तरफ।

गजाधर ने पूरी घटना सुनाई। सुनते ही कोंता भड़क गया। उसे भड़कता देख कुछ और लोगों में जोश आया। तय हुआ, रामनारायन, कोंता, फोगला, बेचन, कलुआ, हुकुमचंद और कुछ लोग उनके साथ मोजेज साहब के पास जाकर फरियाद करेंगे। बाकी लोग यहीं बस्ती में रहेंगे।

कोठी से तीन-चार बांस ही दूर रहे होंगे कोंता और साथ गए लोग कि अंधेरे में भेड़िए जैसे कुत्तों की आंखें चमकती दिखाई दीं। सब ठिठक गए।

कोंता ने आगे बढ़ते रहने का इशारा किया। हिचकते हुए लोग आगे बढ़े। तीन-चार कदम ही चल पाए थे कि तभी किसी ने बंदूक दागी। सन्नाटे में गोली की आवाज़ ज़ोर से गूंजी। सब-के-सब भीतर तक हिल गए।

कलुआ डर से घिघियाया, 'रमनरायन भाई। लउट चलल जाओ। ओहनी के पास बंदूक बा।'

हुकुमचंद भी फुसफुसाया, 'ई दहाज नइखे। हमनी कछुओ ना करे पारब। ओकर जे गत बनी से बनबे करी, हमनियों सबके लहास एहिजे गिर जाइ।'

रामनारायन थोड़ा गुस्से से बोला, 'मरद बाड़ऽ कि...सार के आगे बढ़ऽ। जे होखी...देखल जाइ।'

तब तक कोंता आगे बढ़ चला था। रामनारायन पीछे-पीछे। मजबूरन बाकी सबको भी कदम उठाना पड़ा।

सांस रोके वे सब दो-चार कदम और आगे बढ़े। दूसरा फायर हुआ और इस फायर के साथ ही कुत्ते भौंकते हुए उनकी तरफ दौड़े।

अब आगे बढ़ने का मतलब था—कुत्तों से भिड़ना, गोली खाना।

सब लोग पीछे मुड़कर सरपट बस्ती की तरफ जी-जान से भागे। ठोकर खाकर कलुआ गिर गया। वह उठता, इसके पहले ही एक कुत्ते ने भर मुंह उसकी दाईं जांघ दबोच लिया। किसी तरह से जांघ छुड़ाकर कलुआ गिरते-पड़ते फिर भी भाग पाने में सफल रहा। बाकी लोग तब तक परती मैदान के बीचोबीच पहुंच चुके थे। लंगड़ाता भागता कलुआ उनके पास आकर गिर गया। कुत्ते मैदान की तरफ नहीं बढ़े। कोठी वाले छोर की तरफ ही खड़े-खड़े भौंक रहे थे।

चार लोगों ने तुरंत कलुआ को टांगा और सब तेज़ी से बस्ती लौट पड़े।

रात में कुंती और कोंता दोनों में से किसी ने खाना नहीं खाया। आकर सीधे सो गए। जो हुआ, वह अच्छा नहीं था। बाकी लोगों की तरह उन दोनों को भी आगे का जीवन दुख और मुसीबतों में घिरा दिख रहा था।

तीसरे पहर, रात में कुंती की नींद अचकचाकर खुल गई। अंधेरे में अपने अगल-बगल टटोला तो कोंता उसके बगल में था। अपनी एक टांग उसकी देह पर चढ़ाए। उसने गुस्से से ज़ोर से उसको उसकी चटाई की तरफ धकेला।

पता नहीं, वह जानबूझकर उससे सटा था या नींद में इधर आ गया था, क्योंकि धकेलने पर माटी के लोंदे की तरह लुढ़क गया। कुनमुनाया तक नहीं। पर कुंती का दिल धाड़-धाड़ बज रहा था।

वह बुरी तरह से डर गई थी।

छिः! कोंता भी। सब मरद एके जैसा होता है।

बहुत देर बाद जब कुंती लेटी तो उसके सिरहाने हंसिया तो था लेकिन आंखों में नींद नहीं थी।

रात में जाने किस पहर भेड़िए कंगना को नोच-नाचकर बस्ती में फेंक गए थे।

वह कम-से-कम दो हजार एकड़ परती ज़मीन थी—ऊबड़-खाबड़, पत्थरों, छोटी-मोटी चट्टानों और कंटीली झाड़ियों से घिरी हुई। इस पूरी ज़मीन को उन्हें अगले चार महीनों में साफ-सूफ करके, कोड़-जोतकर समतल और उपजाऊ बना देना था जिससे जून तक गन्ने की खेती के लिए ज़मीन तैयार हो जाए।

मर्द लोग आते ही कुदाल, फावड़ा और गैंता लेकर ज़मीन की सख्ती से भिड़ जाते। औरतें छोटे-बड़े पत्थरों को चुन-चुन कर हटातीं, मिट्टी के बड़े-बड़े ढेलों को फोड़तीं।

जब एक पहर दिन बीतता तो पानी पीने और कुछ फांकने भर का समय मिलता। दोपहर के खाने की छुट्टी दो पहर बीत जाने के बाद मिलती।

फिर सूरज डूबने तक वही हाड़तोड़ मेहनत। बिना कमर सीधी किए।

अगर कोई थककर, बेदम-बेहाल होकर सांस लेते हुए कुदाल-गैंता छोड़कर सीधा होता नहीं कि घुड़सवार हंटर नचाते उसकी ओर दौड़ पड़ता। हवा में सांय से हंटर की खौफनाक आवाज़ गूंजती और पीठ पर सट से उसकी मार पड़ती।

उनके चारों तरफ ओवरसियर और मोजेज साहब के सिपाही हर समय गिद्ध की तरह मंडराते रहते थे।

औरतों की परेशानी दोहरी थी। उन्हें हंटर के साथ-साथ उनकी कामुक नज़रों और अश्लील इशारों व बातों की मार भी झेलनी पड़ती थी। काम के दौरान अक्सर उनके कपड़े सरक-सरक जाते। बिना कुरती के उनके वक्ष साफ-साफ दिखने लग जाते।

मर्द देखने-सुनने के बाद भी दांत पीसकर रह जाते और औरतें चुपचाप फिर से अपने-आपको धोती के भीतर समेट लेतीं।

रविवार को मोजेज साहब की कोठी के बाहर के मैदान में दरबार लगता। वहीं उन सबको मिलाकर बागान के सभी नए-पुराने कुलियों की पेशी होती। ओवरसियर और सिपाही कम काम करने, बात को अनसुना करने और गैरहाजिर रहने वालों का नाम

पुकारते। मैनेजर वाल्टेर सेरामी, जिसे पुराने कुली लोग उसकी पीठ पीछे 'हरामी साहब' बोलते थे, सजा सुनाता।

कम काम करने वाले और काम से जी चुराने वालों को दस कोड़े, बात अनसुनी करने वालों को बीस कोड़े और गैरहाजिर रहने वाले कुलियों को बीस कोड़े व उनकी दो दिन की मजदूरी काटने की सजा सुनाई जाती थी। सजा देने का यह पैमाना था, जो ओवरसियर की मर्जी से किसी को भी भुगतने के लिए तैयार रहना पड़ता था। क्यों? बारह-चौदह घंटे बिना थके काम करने वाला कोई कुली यह नहीं जानता था।

सबके सामने सजा पाए लोगों को नंगा कर पेड़ से बांध दिया जाता। फिर सटासट हंटर चलाए जाते। हंटर चलाते हुए सिपाही अक्सर गिनती भूल जाया करते थे।

कई लोगों की उधड़ी हुई चमड़ी पर मार के तुरंत बाद नमक और मिर्च डाल दिया जाता था, तो कई लोगों को उसी अवस्था में दो-तीन दिन तक पेड़ में लटकाकर धूप में छोड़ दिया जाता था।

कोंता और कुंती की बस्ती के लोग नए थे। उनकी देह और हाथों में अभी बल खत्म नहीं हुआ था। इसलिए अब तक उनमें से किसी को भी ऐसी सजा नहीं मिली थी, सिवाय काम के दौरान पड़ने वाली मार के।

दो महीने तो बीत ही गए होंगे।

खेत की घेराबंदी हो चुकी थी। गन्ने की रोपनी, कटाई और लदाई आदि के समय गाड़ियां आसानी से खेत में पहुंच सकें, इसके लिए खेत के बीच जगह छोड़ दी गई थी। खेत से घास-पत्थर और छोटी-मोटी झाड़ियों को पूरी तरह से साफ कर दिया गया था। मैदान से चुन-चुनकर और उखाड़कर बड़े-बड़े पत्थरों का ढेर अब साफ मैदान में दूर से ही दिखाई देता था–किसी छोटे टीले की तरह। अभी भी लेकिन मैदान में कहीं-कहीं बड़े पत्थर, जो शायद चट्टान होंगे, धंसे हुए थे, उनको निकाला जाना बाकी था। एक तरफ कंटीली झांड़ियां भी बच रही थीं। इन सबके साफ होने पर पूरी ज़मीन को कोड़ना बाकी था। तब गन्ना रोपने के लिए दो-दो फीट छोड़कर कतार-कतार में गड्ढा खोदना था।

फिर भी उन सबकी मेहनत से टांड़ और परती ज़मीन आधा अब खेत लगने लगा था। ज़मीन समतल हो गई थी और दूर से देखने में काली मिट्टी की बिछी हुई चादर-सी लगती थी, जबकि अभी भी ज़मीन का आधा से ज्यादा हिस्सा कोंता और उसके साथ आए लोगों की हड्डियों को गलाने के लिए अजगर की तरह पसरा हुआ था।

फागुन बीत गया था और शायद चैत का पहला सप्ताह बीत रहा था। चैत आते-आते बेल ओम्बरे का मौसम सुहावना हो गया था। रोज-रोज पड़ने वाली बारिश बंद हो गई थी। हवा का बहाव इन दिनों दक्षिण से पूरब की ओर था।

काम पर आए एक पहर बीत चुका था। गैंता चलाते-चलाते कोंता ने देखा, मालगासी सरदार ओंजा के दाहिने पैर के जख्म से खून रिस रहा था। लेकिन वह जख्म की परवाह किए बिना कुदाल चलाए जा रहा था।

'कोई दवा-बिरो का ले नी कइर लेविस ला।' कोंता ने गैंता चलाते-चलाते ही उससे कहा।

ओंजा को उसकी भाषा समझ में नहीं आई। वह धीरे से मुस्कुराया।

'खून बहत हउ...' कोंता ने उसके जख्म की तरफ इशारा करते हुए फिर से कहा।

'हूं-हूं...खाने का समय...लगाएंगे दवा। अभी छुट्टी नहीं।' कहकर उसने ताजी मिट्टी अपने जख्म पर लगा ली। मिट्टी लगते ही खून का रिसना बंद हो गया।

ओंजा उसकी तरह ही हिंदी या भोजपुरी नहीं बोल पाता था। वह अटक-अटक कर फ्रेंच-अंग्रेजी मिली हुई अपनी भाषा बोलता था। कई बार कोंता को लगता, ओंजा की भाषा मुंडा लोगों जैसी है।

'तोयं हियां कब से काम करिसला?'

भाषा की अबूझता के चलते ओंजा ने जवाब नहीं दिया।

'तुम कब से इधर काम पर...' कोंता ने इस बार हिंदी में बोलने की कोशिश की।

ओंजा ने देह से चू रहे पसीने को मिट्टी लगे हाथ से पोंछा। 'हम...पांच साल से ज्यादा समय से...'

'तुम्हारा हातु...मतलब बस्ती कहां?'

उसने समुद्र की ओर इशारा कर दिया, 'उधर...समुद्र में। मोरिस से बहुत बड़ा देस।'

'घर में कौन-कौन?...मां-बाबा...?'

'अभी बात नहीं...गार्ड हंटर...'

कोंता चुप हो गया।

'शाम को मिलना ... बात करेंगे।'

कोंता ने हां में सिर हिलाया।

ज़मीन की पूरब दिशा में फोगला की कुदाल जैसे ही ज़मीन पर पड़ी, 'टन्न' की आवाज़ हुई और डंडे से कुदाल अलग हो गया। वह कुदाल की मूठ को डंडे में लगाने लगा। लगाने के बाद कुदाल ज़मीन पर ठोककर आश्वस्त हुआ, अभी भी ढीला तो नहीं है!

उसके पास में रामनारायन 'हंऽऽ हंऽऽ' करते बाकी लोगों की तरह ही ज़मीन के बंजरपने की अकड़ को तोड़ने में लगा था।

कोड़ते-कोड़ते उसने रामनारायन से कहा, 'का हो रमनारायन भाइ। ई ससुरा ज़मीनवा से अउर कहिया तक लड़े-भिड़े परी?'

'जब तक ले जान बा। बस, लगल रहऽ।'

'सांझ होते-होते हाड़ पेरा जाला भाइ।'

'हम्म्म! तऽ का करीं? मेहारू कहवां से लाके दिहीं देह मिसे खातिर।'

'हमनीं के कहवां अइसन भाग हो भाई। जिनकरा पास मेहारू बा, उनके नू माजा बा।'

'हं...दिन में हियवां कोड़ाइ अउर रतिया में झोंपड़िया में।'

'सार के...कहियो-कहियो त मिज़ाजे सनक जाला...'

'काहे खातिर हो...?'

'दिन भर खटला के बाद...खनवा बनावे के तनिको मन ना करेला।'

'एगो बाचल बिया...ओकरे काहे न...'

'के? फुलवरिया...?'

'हां...ओहे त एगो बिन बियाहल बिया...चांप लऽ कहियो मोका देख के...अउर का।'

तभी सांय से आवाज़ हुई और दोनों कुछ समझते, इसके पहले ही हंटर उनकी पीठ पर बज चुका था। दोनों बात के मज़े में भूल गए थे कि काम करते वक्त बात करना मना है।

उन सबका लौटना सूरज के साथ होता था। सूरज अपने घर क्षितिज के पार जाता और कोंता-कुंती–सभी बस्ती लौटते।

हाथ-गोड़ धोने और देह पोंछने के बाद, क्योंकि रोज-रोज नहाना संभव नहीं हो पाता था, औरतों और मर्दों की अलग-अलग बैठकी जमती। औरतों की बैठकी पहले खत्म होती जबकि पुरुष लोग देर तक जमे रहते।

बस्ती के बीच में एक पेड़ था। आम का। पुरुष वहीं बैठते। औरतों के बैठने की कोई एक जगह नहीं थी। आज वे इस घर के सामने बैठी हैं तो कल उस घर के सामने।

कोंता बैठकी से उठकर जाने वाला था कि लश्कर सरदार कमाल उनके बीच आकर बैठ गया।

बीरन ने कोंता का हाथ पकड़कर बैठ जाने के लिए खींचा।

रामनारायन बोल पड़ा, 'जाय द हो बीरन। घर में मेहारू रस्ता जोहत होइ। हमनीं जैसन बंडा ना नू बाड़े कोंता।'

कोंता बैठ गया।

कमाल ने चुटकी ली, 'सही बात। बहुत 'चांड़' है इसका भाग। सबका भाग ऐसा नहीं होता है।'

'ए कमाल भाई। तोहर कहानी का बा?' रामनारायन ने मन में बहुत दिनों से दबी बात पूछी। 'तू कइसे हियवां पहुंच गइलऽ?'

'कुछ अउर बात करऽ...हमर कहानी भी तु लोग जइसन ही बा।'

'तइयो...कुछ त बतावऽ आपन बारे में?'

'हम तो यहां जेहल खटने आए रहे...बना दिया कुली।'

'जेहल? हियां कहां कोनो जेहल हय?' फोगला ने हैरत से सवाल किया।

'हय...कोठिया के पूरब तरफ। एगो असपताल भी है। हम लोग 75 लोग आए थे यहां 1817 में। बैसाख का महीना रहा। बलानकारड साहब तब मालिक थे। उनका ही दोस्त होते थे टेलफर साहब। जो उ बेरा गवरनर का सेकेरेटरी थे, उन्हीं का सिफारिश पर हम 75 कैदी लोग को बेल ओम्बरे में भेजा गया था।'

'एह मरदे, आप कहां से कउनो कैदी बुझाते हैं।' रामनारायन हंसा।

'किस्मत एकरे कहते हैं भइवा। ई देखो, हमरा लिलार पे लिखा है। हमरा नाम। कैदी लंबर, साल, महीना–सबकुछ।' कमाल झुककर माथा दिखाने लगा।

सब लोग उसके माथे को देखने लगे। कुछ लोगों ने तो छू-छूकर भी देखा। वहां सचमुच गोदना था। लेकिन क्या था, किसी को नहीं समझ में आया था। पढ़ा-लिखा तो उनमें से कोई था नहीं।

सबके माथा देखने के बाद कमाल बोला, 'इधर जिसका माथा पर भी अइसन गोदना देखना, समझ लेना, ऊ कैदी है। हमरा जइसा।'

'लेकिन आपको जेहल?' कोंता को कमाल कहीं से भी कैदी नहीं लगता था। उसकी हालत तो उन लोगों से अच्छी ही थी।

'खजाना लूटे थे। अंगरेज लोगिन का। मुलुक का आजादी के लिए। हम, बसारत, कुन्ने, करम खान, कसल, गोल सिंह अउर मेसला। धरा गए तो जेहल हुआ। अलीपुर जेहल में हम लोग जइसा बहुत लोग था। ठग, चोर, डाकू भी। हियां भेजने से एक साल पहले हम सब लोग जेहल में टंटा कर दिये। दू गो सिपाही मार गिराए। जेलरों का गरदनिया रेत दिये। लेकिन किसमत। फिर धरा गए। तो माथा पे गोदना गोद के हम लोग को एक दिन दहाज पर चघा दिया। अइसे पहुंचे इधर।'

'बाप रे! गजबे कहानी है आपका तो।' चोका बिलकुल उसके सामने चुकु-मुकु होकर बैठ गया।

'अच्छा, कमाल भाइ। हियवां से भागे का मन नइ करता हय का?' यह सवाल फोगला ने किया था।

'मन...! मन का करता है, का बताएं। कोसिस तो किए थे हम लोग। साला विलियम होम्मस तब मैनेजर था बेल ओम्बरे का। बड़ा जुलुमी। लंगटे करके चूतड़ उधेड़ता था। पीटते-पीटते मारिए डालता था। सरवा के एक दिन सोचे सब मिलजुल के कि मराएं त मराएं, लेकिन होम्ससवा को छोड़ना नहीं है। बोले न, किसमते खराब है हमरा। का हुआ कि मेसला फूट गया। जाके पुरा जोजना विलियमवा को बता दिया। बोला कि हम लोग रात में गारड का बंदूकवा लूट के उसको मारने वाले हैं। ई काम में हम लोग का साथ मलगसिया लोग दे रहा है। बस... सबको बेड़ी में जकड़ दिया। नया मोकदमा भी ठोंका। बहुते दिन तलक जिसमें पेसी होत रहा।'

'त अभी कतना लोग हयं आपका साथ का पुरनका कैदी में से...?'

'20-25 लोग त मर-हेरा गए। लेकिन अभियो 30 से कम नहीं होंगे।'

'अऽ टेलफर साहब कउन थे?'

'बहुत रात हो गइल बा हो...टेलफर साहब के कहानी फेरू कहियो सुनाइब। खाना बनावऽ स। भोरे नींद ना टूटी तऽ...'

कमाल अपने बैरक की तरफ लौट पड़ा। कोंता, हुकुमचंद, फोगला, बेचन, रामनारायन, चैता, नानू, दीना, कलुआ, अलगु, चोका...और वहां मौजूद सभी लोग उसकी कहानी में डूबे हुए थे, यह सोचते कि :

किसमत भी कैसा-कैसा रूप धरती है!

बदन टूटना-ऐंठना, खरोंच-फरोंच, कटना-फटना, चोटिल हो जाना, पीठ पर हंटर—यह सब उनकी रोज़मर्रा की जिंदगी का हिस्सा हो गया था। खेत से लौटने के वक्त होनेवाली चुहल, हंसी-मजाक और देर रात तक चलनेवाले गप्प के सिवा उनके पास कुछ भी नहीं था, जिससे वे अपना रोज़ का अपमान, गाली-मार और दुख-दर्द भुला पाते।

बस्ती में सब साथ ही रह रहे थे। साथ ही साथ खेत पर जाते। साथ-साथ लौटते भी। फिर भी छोटानागपुर के कोल-धांगर आदिवासियों और सोन व गंगा पार के कुलियों में फर्क दिखता ही दिखता था। उनके खाना बनाने के तरीके, बोलचाल, काम की फुर्ती आदि में। रंग-रूप से तो वे एक-दूसरे से बिलकुल जुदा थे ही।

कोंता इधर कई दिनों से महसूस कर रहा था कि रामनारायन, फोगला और कुछ लोग किसी न किसी बहाने औरतों के आसपास मंडरा रहे थे। विशेषकर रामनारायन कुंती के आगे-पीछे तो फोगला फुलवरिया के इर्द-गिर्द। रामनारायन को कुंती के साथ देखना उसे अच्छा नहीं लगता था। लेकिन वह चुपचाप बस देखता रहता। जब कुंती ही कुछ नहीं बोलती तो वह कौन होता है बीच में टांग घुसेड़ने वाला?

कुंती और कोंता में कोई बातचीत नहीं थी। सबकी नज़रों में वे दोनों एक ही झोंपड़ी में मरद-अउरत की तरह रहते थे, फिर भी मन और देह का जो रिश्ता होता है मियां-बीवी में, उन दोनों में नहीं था। तीसरा महीना बीतने के बाद भी।

कोंता और उसके साथियों की शाम अक्सर समुद्र के किनारे बीतती थी। खेत से बस्ती लौटने की बजाय वे सभी समुद्र की ओर चल देते थे। बैठकर घंटों चांद के उजाले और अमावस की रात में भी लहरों को बस एकटक देखते रहते।

एक दिन जगया ने मजाक करते हुए ही उससे कहा था, 'का कोंता, भउजी से डेराइसला का, जे हमिन संग हियां आयके बइसल रहिसला?'

कुंती का जिक्र आया तो उसे अच्छा लगा।

रुंगता बोला, 'तीन महीना बीते जात हे। एखन तक पतरियो भात नइ भेंटाय हे। जाने भउजी कर हाथ कर रंधना कोन दिना खायक ले मिली।'

जीतन ने उसे झकझोरा, 'इसन ना कइर भाइ। कोनवेन दिन तो कलेवा करे ले बोलाव।'

माड़ू को शायद अंदाजा था कि मामला कुछ गड़बड़ है। उसने कोंता का बचाव किया, 'बोलावी नी भाइ। एतइ का ले हड़बड़ात हा। का कोंता?'

बीरन, जीतन और खापू चुपचाप उनकी बातें सुन रहे थे।

बीरन ने कोंता को जलाने के लिए किसी प्रेमी की तरह अभिनय किया, 'हाय रे! कुंती, हम तोर ले जान दे सकियउला। एक बेइर हमर दने देख तो भला।'

'भउजी ले इसन कहिसला...' कहते हुए खापू उस पर लद गया।

चांद धीरे-धीरे ऊपर चढ़ रहा था। समुद्र की लहरें शांत थीं। ताड़ के पेड़ों के पत्ते भी दिन भर हिलते-हिलते थक गए थे।

मैदान में कुदाल, गैंता और फावड़ों से निकलते 'हप-हप, धप-धप' का शोर ठहर गया था। साठ छातियों से रह-रहकर आने वाली 'हंहऽ-हंफ्फ, हंहऽ-हंफ्फ, की आवाज़ भी बंद हो गई थी।

कोंता अपने बदन की धूल-मिट्‌टी झाड़ रहा था।

मालगासी ओंजा उसके पास आकर धीमे से बोला, 'हमारे पीछे-पीछे। गार्ड लोग का जाने के बाद। उधर पूरब का तरफ आना।'

उसने कोंता के जवाब की भी प्रतीक्षा नहीं की। बोलकर तेज़ी से जिधर आने को कह रहा था, उधर ही निकल गया।

बुधु के पास पहुंचकर उसने अपना गैंता उसके हाथ में थमाते हुए कहा, 'हमर झोंपड़ी में राइख देबे।'

'तोयं? एखने समंदर जाबे का...?'

'बाद में बतामूं। इके धर तो।'

बुधु ने उसका गैंता पकड़ लिया।

सब लोग खेत से बाहर निकल चुके थे। बुधु तेज़ी से बस्ती की तरफ बढ़ते हुए अपने साथियों की तरफ दौड़ा।

उनके थोड़ा आगे निकलने पर वह भी खेत से बाहर हुआ। उसने समुद्र की ओर चलना शुरू किया।

समुंद्र से पहले, जहां लिली और ताड़ के पेड़ों का झुरमुट जैसा था, रामनारायन और फोगला बैठे हुए थे। उन्हें देखते ही उसका मन खराब हो गया। अभी चार दिन पहले ही इन लोगों ने फुलवरिया के साथ...उसने रास्ता बदल लिया।

'ए कोंता, कहवां जात हऽ हो?' पीछे से रामनारायन ने आवाज़ दे ही दी।

रुकना पड़ा। पलटकर कोंता उनके पास आया।

'इसनेहें...'

'अइसहीं कहां? हिएं बइठऽ। समुंदर हिंयों से बढ़िया लउकेला। का फोगला भाइ?'

फोगला ने सिर हिलाकर हामी भरी।

उसका मन नहीं था दोनों के साथ बैठने का, फिर भी वह बैठ गया।

दोनों बेकार की गप्प हांक रहे थे, जिसमें उसकी दिलचस्पी नहीं थी। वह तो मालगासी ओंजा से मिलने निकला था। जल्दी छूटने के खयाल से उसने मासूम बनते हुए रामनारायन से अटपटा-सा सवाल किया, 'हम लोग का देस समुंदर से केतना दूर?'

दोनों हंस पड़े। ठठा-ठठाकर।

'जादा दूर नहीं। पार करबऽ त पहुंच जइबऽ।' कोंता को बुद्धू जान रामनारायन ने बहलाया।

'सच्च...?' उसने भी मूर्ख बनते हुए फिर पूछा, 'यहां से कितना दूर?'

'कुछो दूर नहीं। इसको पार करते...तोहर देस। अउर का!'

'हमर मन देस जायक करेला। ई गुलाम कर जिनगी बेस नखे।'

'तऽ सोंचे के का बा हो। मारऽ छलांग अउर कूद जा समुंदरवा में। हमनीं के देस त दूर बा। नइ त हमनियों तोहरा संगे चल चलतीं स।'

'हां-हा। रामनारायन भाइ ठीके कहऽ ताड़न।' फोगला ने फिर हामी भरी ताकि उसे विश्वास हो जाए।

कोंता समझ रहा था। वे दोनों उसको मूर्ख बना रहे हैं। पर वह तो जानबूझकर खुद को मूर्ख दिखा रहा था।

'बेस...तो मोंय जात हों आपन देस।'

रामनारायन और फोगला कुछ कहते, इससे पहले ही वह तेज़ी से समुद्र की ओर दौड़ पड़ा।

उसके दौड़ते ही दोनों एक-दूसरे को देखकर मुस्कुराए।

'ई कोल्ह लोग का ससुरा सचे में बुधि नइ होता हय।'

कोंता सचमुच समुद्र में कूद गया था।

ओंजा उसका इंतजार कर रहा था। अकेले नहीं। एक चीनी और मालबारी के साथ। उसको गीला देख वह चकराया।

'कहां पानी में गिरा...?' ओंजा पूछा।

जवाब में उसने समुद्र में कूदने का वाक़या सुना दिया। तीनों उसकी पूरी बात सुनकर खूब हंसे।

हंसते-हंसते ही ओंजा ने दोनों से उसका परिचय कराया, 'ये चीना देस का... ताकोशी। ये पुदुचेरी...मालाबार का पालन। दोनों अच्छा दोस्त।'

पालन पता नहीं कौन-सी मछली लेकर आया था। कोंता को वह पोठिया जैसी लग रही थी। ताकोसी ने इस बीच अपने चोगे से एक बोतल निकालकर सामने रख दिया।

कोंता यह सब इंतजाम देखकर खुश हो गया। जब से गांव से चला था, दारू-निसा के लिए तरस गया था। उसने बोतल हाथ में उठा ली।

'बहुत अच्छा क्वालिटी। खास तुम्हारा लिए।' ओंजा बोला, 'ताकोसी हम सबसे धनी। पास का गांव में उसका शॉप है।'

चारों ने मिलकर सूखी लकड़ियां बटोरीं। मछली को आग में भूना। पत्ते के दोने में शराब डाली और पीते-खाते हुए बातचीत करने लगे।

पहला घूंट भरते ही ताकोशी की ज़बान चलने लगी, 'मेरा दादा इधर आया था। बहुत साल पहले। तब ब्रिटिश लोग मोरिस में नहीं रहता था। मेरा जनम उधर ही हुआ था। पोर्ट लुई, जो बंदरगाह है न...उधर ही। ब्रिटिश आने के बाद बहुत बदल गया। वो लोग अपना आदमी को फेवर किया। बहुत-सा मेरा जैसा चीनी लड़का लोग काम-धंधा के लिए मोरिस का अंदर इलाका में चला आया। मैं भी इधर दस साल पहले पहुंचा। तब बेल ओम्बरे बागान टेलफेर का था। वो बहुत हरामी था।'

'हां, मेरा बाप उसका बागान में काम करता था।' पालन ने कहा।

'टेलफेर उतना बदमाश नहीं था। उसका मैनेजर था न...मैं उसका नाम नहीं याद करने पाता...वही पक्का बदमाश था। अभी जो तुम्हारा मैनेजर है न, उसी का माफिक। बहुत क्रुएल और औरतखोर।'

कोंता का दोना खाली हो गया था। ताकोशी ने उसे फिर से भर दिया।

'टेलफेर साहब थोड़ा ठीक थोड़ा बदमाश।' ओंजा ने टिप्पणी की।

'थोड़ा नहीं ओंजा, पूरा...इसीलिए तो एंटी-स्लेवरी का मुकदमा टेलफेर पर चला था। उसका बहुत पेशी भी हुआ था।'

'वो अपना बचाव में रोज लेटर लिखता था। मोरिस का गवर्नर को। लंदन का पार्लियामेंट को। जाने किस-किसको।' यह सब ओंजा को कमाल ने बताया था।

'सुना तो मैं भी, लेकिन उसका कुछ नहीं बिगड़ा।' मछली को चबाते-चबाते ताकोशी के स्वर में उसके लिए घृणा भर आई थी।

ओंजा भी नफरत से बोला, 'गवर्नर का सेक्रेटरी को क्या होता। ये सब उजला चमड़ी का लोग एक होता है। फरकुहार का प्राइवेट सेक्रेटरी बनने से पहले वो बरबन टापू का सरकार में भी सेक्रेटरी था।'

'टेलफेर बहुत पहचान वाला आदमी था। उसने अपना वाइफ के साथ मिलकर इधर बागान में बहुत सारा नया-नया फल-फूल लगाया। उसका बहुत नाम था।' पालन टेलफेर के पक्ष में ही बोल रहा था।

'पहले उसका इंटरेस्ट इस सब में नहीं था। जब वो बागान खरीदा था तो साग-सब्जी उगा रहा था। गन्ना का खेती भी। आज से बीस-बाईस साल पहले उसी ने शक्कर बनाने का पहला होरीजेंटल मिल लगाया था। शादी करने के बाद उसका मन फल-फूल और जीव-जानवर में लगने लगा था। क्योंकि उसका वाइफ पौधा सब का बारे में पढ़ाई की थी। वह बहुत अच्छा चित्र भी बनाती थी। फूल-पौधा सबका। उसी का साथ रहने से उसका माइंड बदला होगा।' ओंजा ने पूरी बात बिना सांस लिये कह डाली।

'जो भी बोलो, टेलफेर अच्छा आदमी था।'

'एक नंबर हरामी था साला। तुम उसको अच्छा आदमी मत बोलो।' ताकोशी बिफरने लगा।

'कैसे नहीं था। उसका काम के चलते ही बहुत सारा साग-सब्जी आज पूरा मोरिस खाता है।' पालन भी अड़ा रहा।

'साला...हम उससे ज्यादा क्रुएल बागान मालिक नहीं देखा। छिपकिली सबके लिए उसको बहुत दर्द होता था...और हमारा जैसा मजदूर के लिए...कुछ भी नहीं। बहुत आदमी को मारा उसने।'

'मारा...ठीक बोला तुम। लेकिन स्कूल खोला। अस्पताल खोला। पूरा मोरिस में सिर्फ उसी का अस्पताल में औरत लोग का इलाज का सुविधा था। तुम क्यों नहीं इसको याद करते हो।'

'सब मालिक लोग एक जैसा ही होता है। कोई थोड़ा खयाल रखके मारता है, कोई हरामी बिना खयाल किए मारता है।'

ओंजा ने दोनों के बीच बहस गर्म होते देख हस्तक्षेप किया, 'छोड़ो भी...हम लोग क्या फालतू में मछली और दारू का मजा को बिगाड़ रहे हैं। अरे! आज नया दोस्त आया है कोंता। मजा का बात करो।'

ताकोशी को लगा, ओंजा भी शायद टेलफेर का बुराई नहीं सुनना चाहता है। तभी वह उसको रोक रहा है। लेकिन माहौल बिगड़े नहीं इसलिए अपनी आवाज़ को थोड़ा धीमा करते हुए बोला, 'इसको इधर का बात बताना भी तो हम लोग का ही काम है। इसको अब इधर ही रहना है, तो जानना चाहिए कि नहीं?'

'हां...बेचारा क्या जानेगा, कौन कैसा है!' पालन ने गौर से कोंता को निहारा।

ओंजा फुसफुसाया, 'तुम रामनारायन जैसा लोग से सावधान रहना। वो एकदम अच्छा आदमी नहीं है।'

'रामनारायन ही क्यों? ये जो लोग भोजपुरी बोलता है न...वो सब लोग अच्छा लोग नहीं है।' ताकोशी की आवाज़ फिर से गर्म हो गई थी।

'वो लोग भी तो हमारा जैसा कुली है।' कोंता ने कहा।

'अभी तुम नया है कोंता। हम लोग उनको बराबर वॉच कर रहा है। बहुत गंदा लोग होता है भोजपुरिया लोग। मेरे से उधार लेता है। उधर का दो-तीन बस्ती का लोग। लेते समय बहुत मीठा-मीठा...मांगने जाओ तो भाग जाएगा। सामने होने से गाली देने लगेगा। कोई-कोई तो लड़ने लगता है।'

ताकोशी ने हाल ही में सूद पर पैसे देना शुरू किया था। उसे उन सभी से ज्यादा अनुभव था भोजपुरी बोलने वाले कुलियों के बारे में।

'पीछे से मार करता है। सामने कुछ...पीछे एकदम दूसरा किस्म का आदमी।'

'अभी इस रामनारायन को ही देखो। वो तुम्हारे साथ कैसा बिहेव करता है। तुम्हारा औरत पर बुरी नज़र रखता है।' ओंजा ने मानो कोंता के दिल की बात कह दी थी।

'ई सब भोजपुरिया एकदम खराब। सुना, तुम्हारा बस्ती में चार दिन पहले एक औरत को...सच है का?' पालन ने उसके दोने में शराब डालते हुए उससे जानना चाहा।

'तुम उस पर बिलकुल विश्वास मत करना। वो कुंती के साथ भी...'

थोड़ी चढ़ गई थी कोंता को। लेकिन बार-बार कुंती सुनने पर उसका मन वहां से भटकने लगा था। उसे उसकी याद आने लगी थी। मन घर लौटने को करने लग गया था।

उसने चौथा दोना एक ही सांस में खत्म किया और जाने के लिए डोलते हुए उठ खड़ा हुआ।

'अच्छा...तुम लोग दारू पियो। हम घर जाइसला।'

'बैठो-बैठो। खतम करके जाओ।'

'नइ...नइ, हम जात ही।'

तीनों उसे रोकते रहे। लेकिन वह और नहीं बैठा। चल पड़ा। उसके कदम थोड़ा लड़खड़ा रहे थे। दिमाग में कुंती घूम रही थी।

कुंती की आंख। कुंती की छातियां। बांस की फुनगी-सी उसकी पतली नाक। आधा खिले हुए कुंती के ओठ। उसकी सुडौल कमर...जांघें।

वह जितना सोचता, उतना ही कुंती की देह के जाल में फंसता जाता। उसको पाने की इच्छा बढ़ती ही जाती।

कुंती उसकी औरत है। सरकार कागज में लिख दिया है, वह उसका आदमी है और वो उसकी औरत। कैसे नहीं वो उसको साथ में सुतने देगी? मानना ही होगा कुंती को। बस्ती का सब मरद लोग तीन महीना से अपना अउरत के साथ मजा कर रहा है। एक उसको ही अउरत रहते भी अउरत नहीं। आज दोनों चटाई को खींचकर वह एक कर देगा। ज़बरदस्ती ही सही। दिकु औरत है। कोंता उसको बताएगा, आदिवासी मरद कैसा होता है।

तभी उसका पांव मिट्टी के बड़े टुकड़े से टकराया और वह औंधे मुंह गिर पड़ा। घास ज्यादा थी सो चोट नहीं आई। पर जहां गिरा था, वह जगह ढलवां थी। लुढ़कता चला गया। ढलान का अंत एक छोटे-से तालाब में था। उसकी देह जाकर गिरी, सीधे तालाब में।

चांदनी रात में ऐसा लग रहा था, जैसे कोई जानवर उछलता हुआ तालाब में कूद पड़ा है।

कोंता बड़बड़ाते हुए तालाब से बाहर आया। जमा हुआ ठंडा पानी आंख, नाक, कान सबमें भर गया था। तालाब से बाहर आते-आते होश ठिकाने हुआ तो देखा, दूसरा रास्ता पकड़ लिया था।

पीछे घूमकर उसने बस्ती वाला रास्ता पकड़ा।

सौ-दो सौ कदम जाते-जाते ठंडेपन से नशा हवा हो चुका था।

उसे अपने-आप पर गुस्सा आने लगा। कैसा-कैसा सोच रहा था कुंती के बारे में! ऐसा कोई मरद सोचेगा क्या?

कौन मासे फुलइ जोबनमा हो रामा, कौनहिं मासे।
बेला जे फुलइ चमेली फुलइ, माघहिं मासे।
गेंदवा जे फुलइ, कचनरवा जे फुलइ, फगुनमा रे मासे।
जोबनमा फुलइ मोर अंगिया हो रामा, चैतहिं मासे।
कलवा न पड़इ सइयां बिनु रामा, चैतहिं मासे।

उस दिन चांदनी रात थी। कोंता झोंपड़ी में नहीं था। अंधेरा घिरने के ठीक पहले ही वह झोंपड़ी से बाहर निकल गया था। बिना बताए। कुंती तब चूल्हे पर भात चढ़ा रही थी।

भात पक गया। दाल पक गई। फिर साग भी पक गया। इसी के साथ रात का पहला पहर बीत गया। कोंता नहीं लौटा। कुंती की आंख बार-बार दरवाजे के बाहर अंधेरे में उसकी राह देखती। लेकिन न वह दिखाई देता और न ही उसे उसके

पैरों की आवाज़ सुनाई देती। उसका जी अकबकाने लगा। वह उठी, देह को धोती से कसकर लपेटा और दरवाजे के पास आकर खड़ी हो गई। बाहर अंधेरा गहरा था पर चांद के उजियारे में सब कुछ साफ-साफ दिख रहा था। उसने चारों तरफ नज़र दौड़ाई। आदमी तो क्या, किसी जानवर के होने तक का आभास नहीं हुआ। बहुत देर तक खड़े रहने पर जब उसके पैर दुखने लगे तो वह वापस झोंपड़ी के अंदर आकर चूल्हे के पास बैठ गई जिसकी आग पूरी तरह से बुझ चुकी थी।

ऐसा तो पहले कभी नहीं हुआ, कुंती सोचने लगी। कहां गया होगा? हमेशा तो दाल या साग पकने-पकने तक लौट आता था। आज क्या हुआ? कहां रह गया? कहीं किसी जानवर ने तो...? उसका दिल बैठने लगा। अकबकाहट धीरे-धीरे डर में बदल रही थी। कुंती को लगा, झिंगर बाहर नहीं, उसकी छातियों में शोर कर रहे हैं।

तभी उसे अपनी झोंपड़ी की ओर आते हुए कदमों की आवाज़ सुनाई दी। लेकिन यह आवाज़ कोंता की नहीं थी। डर से उसका सीना समंदर की लहरों की तरह उछलने लगा। थोड़ी देर में आवाज़ उसके दरवाजे पर आकर खत्म हो गई। फिर हौले से बांस की खपच्चियों वाला दरवाजा हटा। कुंती ने पहचान लिया। रामनारायन था। उसके हाथ अंधेरे में हंसिए को तलाशने लगे।

रामनारायन आराम से और इत्मीनान से उसके सामने उकड़ू होकर बैठ गया।

'डेराव नाहीं। अकेले ही आइल बानीं।'

कुंती के हाथ अब भी हंसिया टटोल रहे थे।

'अरे! हमहूं मरद हैं। ऊ साला जंगलिया तोहरा लायक नइखे नू। कोल-चुहाड़ सब नीच जात नू होता हय। हमरा झोंपड़ी में चलो। रानी बना के रखम।'

हंसिए की मूठ से उंगलियां टकराते ही मानो कुंती की निस्तेज होती देह में जान-सी आ गई। उसने कसकर हंसिए को पकड़ लिया। भीतर ही भीतर साहस बटोरते बोली, 'तनिको लाज न हवऽ का, जे बियहुता अउरत से अइसे बात करइतहऽ?

'बियहुता!' ठठाकर हंस पड़ा रामनारायन। 'कंहवा बियाह भवा हय? कहो तो...डिपो में? रजिस्टर में नांव चघ जाने से बियाह हो जाता हय ससुरी—आयं?'

कुंती के पास इसका कोई जवाब नहीं था। सच ही कह रहा है रामनारायन। खाली रजिस्टर में नाम चढ़ा देने को भला बियाह कहेंगे! न पंडित, न सतफेरा, न लावा छिटाई! न गारी-गीत, न गवनई!

'का सोचतारू हो? हमरा बतिया पतियाओ। चलो हमरा झोंपड़िया में। वइसे भी कोल-जंगली लोग सुने कि अदमी खाता है। कोंतवा के संग नहीं नू रहने सकोगी।' कुंती को असमंजस में जान रामनारायन ने प्यार जताते हुए कहा।

'जंगली तो तू बुझाइत हऽ। गते से चल जा, बूझल की नऽ? हमर मरद अइते होथुन। धर के एहिजे कुच देथुन।'

रामनारायन पर कुंती की इस बात का कोई असर नहीं पड़ा। बेशर्मी के साथ मुस्कुराते हुए बोला, 'हमरा के का बुझऽतारू, भकचोन्हर! बस्ती का सब लोग को मालूम हय। तोहनी दुइयो खाली नांवे का मरद-मेहरारू हय...। का? कहो कि हम झूठा

बानीं? तोहरा पे दिल आ गईल बा। एहे से...नाहीं तो अकेले नहीं नू आते।' बोलते-बोलते आखिरी में रामनारायन की आवाज़ भेड़िए की गुर्राहट में बदल गई थी।

कुंती की देह में इससे झुरझुरी दौड़ गई। उसे डेढ़ सप्ताह पहले हुई घटना की याद हो आई। अमावस की तीसरे पहर की घुच-घुच अंधरिया रात थी, जब किसी औरत की चीख से उसकी नींद खुल गई थी। कोंता भी जाग गया था। कोई औरत लगातार चीख रही थी। कोंता उठकर बाहर जाने को हुआ। पर जाने किस आशंका में कुंती ने तुरंत उसका हाथ पकड़ लिया था। दूसरे दिन बस्ती की फुसफुसाती आवाज़ों से पता चला कि रात में फुलवरिया के साथ 3 लोगों ने ज़बरदस्ती की थी। उनमें रामनारायन भी एक था।

उसे कोंता पर खूब गुस्सा आया। जाने कहां मर गया है! उसके रहते उसकी झोंपड़ी में कोई इस तरह से घुस आता क्या? मन-ही-मन उसने डीह माई को याद किया कि वह आ जाए और इस भेड़िए से उसकी जान बचे।

'का सोच में पड़ गइलु? कोल्हवा भाग गया है रे। अउर सुनो, भागे का रास्ता हमहीं बताए हयं।' हहह...हहह करके फिर से हंस पड़ा रामनारायन। 'एकदम बुरबके हय साला। समुंदर का किनारा पे ले जाके बोले कि इसको पार करते ही तुमरा गांव आ जाएगा। साला...एकदम से पतिया गया। बोलो हय कि नाहीं बुरबक?'

इतना सुनते ही कुंती पस्त हो गई। अविश्वास से उसने रामनारायन के चेहरे को थाहा फिर पानी भरे गले से कहा, 'झूठ कहइत हऽ। हम न पतियबवऽ। चलऽ भागऽ ईंहा से...'

रामनारायन उसके चेहरे पर लगभग झुक आया। 'कहऽतानी नू। नाहीं आई। घुसने दो भीतरे। केतना दिन तक देह को छछनाओगी। जो मरद महीना भर साथ रहे के बाद भी अउरत का देह को सूखले रखे, उससे तो बेमरद रहना आच्छा हय।'

कुंती ने फुर्ती से उसके चेहरे को धक्का दिया। रामनारायन ज़मीन पर 'लथड़' गया। हंसिया दिखाते हुए वह चीखी, 'हम फुलवरिया चमइन नञ्, बामहन के बेटी ही। गरदनिया रेतते एको देर ना लगतवऽ।'

अब तक रामनारायन उठकर खड़ा हो गया था। वह चाहता तो आसानी से उसे काबू में कर सकता था, पर उसने खुद को शांत किया। आहिस्ते से लेकिन भेड़िए की तरह ही गुर्राया, 'बहुत देखले बानी तोर जइसन। जाने केतना हंसुवा का चमक बिला दिये हयं खेत-खरिहान में। बाकी तोहरा संग ओइसा कुछो नहीं करेंगे। सच कहऽतानी हो। दिल बझ गईल बा तोरे में। मान जा रानी। अब कोल्हवा नाहीं लवटी। मर-बिला जाइ समुंदर में साला...बोका!'

'ओकर लहास के संग हमहूं जर-मर जायब, लेकिन तोर जइसन कुकुर के संग... छिः!' और सचमुच कुंती ने उसके मुंह पर थूक दिया।

रामनारायन ने धोती से मुंह का थूक पोछा और पहले-सी ही बेशर्मी से मुस्कुराता रहा। फिर एक झटके से झोंपड़ी से बाहर चला गया। जाते-जाते पीछे अपनी गुर्राहट छोड़ गया, 'ठीक बा। इंतजार करा कोल्ह के। देखब, पचास में से कउन झोंपड़ी का मरद साला सरन देला तोहरा कें।'

रामनारायन के जाते ही भूख, डर और गुस्से से घिरी कुंती धम्म से ज़मीन पर गिर पड़ी। उसका गला रुंध गया। भीतर फंसी हूक सिसकी बनकर फूट पड़ी। हिचकी पर हिचकी। रुलाई रुक ही नहीं रही थी। 'मइया गे...' की भोंकार में झोंपड़ी भी धीरे-धीरे पूरी तरह से डूब गई। और, इसी डूब में जब कुंती के चेहरे पर भीतर के सोन नदी का समूचा पानी ठहरकर सूखने लगा था, नींद ने हौले से उसकी बेहाल देह को अपनी गोदी में समेट लिया।

बारिश की पहली बूंद पड़ते ही जैसे गर्म धरती छनछना-झनझना जाती है, किसी मर्द की छुअन पड़ते ही कुंती की देह भी छनछना उठी। आंखें खुलीं तो देखा, कोंता उसके करीब बैठा था। सिर से पांव तक भीगा हुआ। चिहुंकते हुए वह उठ बैठी। उसकी छाती में फंसी आखिरी चीख बाहर निकली और वह कोंता से चिपट गई। कोंता को इस व्यवहार की उम्मीद बिलकुल नहीं थी। उसका संतुलन बिगड़ गया और दोनों ज़मीन पर लुढ़क गए। कुंती की हिचकियां बढ़ती और बांहें लगातार कसती जा रही थीं। कोंता को पहली बार महसूस हुआ, औरत की कसावट में कितनी गरमी है।

इसके बाद बची हुई पूरी रात थी। एक पूरा चांद था। देह पर उग आए अनगिनत तारे थे। समंदर होती जा रही देहों के तल में सीप थे। मोतियां थीं। समुद्री फूल थे। और थी एक अनजानी सपनीली दुनिया। कुंती और कोंता दोनों एक-दूसरे को भर बांह, भर छाती थामे बस डूबते चले गए।

सूरज निकलने के पहले जब कुली ओवरसियर रामकिस्टो ने घंटी बजाई तब भी वे दोनों भर देह एक-दूसरे में डूबे हुए ही थे।

नैहर डिहरा में लइकाइ में सुना लोकगीत गूंज रहा था :

आज सुहाग के रात, चन्दा तुहूं उगिहऽ।
चन्दा तुहूं उगिहऽ, सुरुज मति उगिहऽ।
करिहऽ बड़ी तुहूं, मुरुग मति उगिहऽ।
आज सुहाग के रात, पिया मतू जइहऽ।

सूरज समंदर में जहाज की तरह माथे पर डोल रहा था।

ज्वालामुखी की राख से बनी परती, बंजर ज़मीन पर रोज़ की तरह सभी कोड़ने और साफ करने में लगे हुए थे, पर आज इस बंजर धरती पर कोंता और कुंती के देह फूलों की तरह खिले हुए थे। दोनों दूरी पर थे। लेकिन दूरी के बावजूद दोनों एक-दूसरे को दिख रहे थे और उनकी निगाहें बार-बार टकरातीं और दोनों मुस्कुरा उठते। कोंता आनंद की अनुभूति से तो कुंती लाज और आनंद दोनों से।

रामनारायन ज़मीन के बीच में धंसी एक बड़ी चट्टान को बेचन, कलुआ व और दो लोगों के साथ मिलकर कबाड़ने में लगा हुआ था। बेचन और दो लोग बल्ली

लगाकर चट्टान को धीरे-धीरे उठा रहे थे। रामनारायन के साथ कलुआ नीचे से माटी काट रहा था। माटी काटते-काटते अचानक उसका गैंता बेचन की बल्ली से टकराया और चट्टान 'फद' से नीचे जा गिरी। रामनारायन ने फुर्ती के साथ अपना पैर खींचा, नहीं तो दब ही जाता।

उसका मिज़ाज रात से खराब था। उसने आव देखा न ताव, धड़ से एक झापड़ कलुआ के गाल पर जड़ दिया। कलुआ गम खा गया। हल्ला-गुल्ला करने का मतलब था सिपाहियों से मार खाना।

दोपहर को खाना खाने के बाद कलुआ रामनारायन से उलझ गया। बाताबाती करते दोनों गुत्थमगुत्था हो गए। रामनारायन शरीर से उस पर भारी था। फिर भी कलुआ उसके मार-लात को झेलते भिड़ा हुआ था।

लोगों ने बड़ी मुश्किल से दोनों को छुड़ाया।

पूरी बात सुनने के बाद सभी कलुआ के पक्ष में हो गए। फैसला हुआ, रामनारायन उससे माफी मांगे। रामनारायन संभावित दुर्घटना की आशंका जताते अड़ा रहा। वह माफी नहीं मांगेगा। उसकी किचकिच सुनते कोंता गुस्सा गया। उसने रामनारायन को धक्का दे दिया। रामनारायन ज़मीन पर गिर पड़ा। वह उठकर उसकी ओर बढ़ता कि तभी ओवरसियर और सिपाही खेत की ओर आते दिखे।

कुंती दूसरी औरतों के साथ पेड़ों के पीछे गई थी। इसलिए उसे भी कलुआ और रामनारायन की झड़प तो नहीं दिखी, पर रामनारायन को धक्का देते हुए कोंता को उसने दूर से ही देख लिया था। उसे लगा, वह रात की बात पर रामनारायन से उलझ रहा है। लेकिन सिपाहियों के इधर आने से मामला ठंडा पड़ गया था।

आधे रास्ते से कुंती वापस लौट गई। उसे बरतन धोना था। बाकी सब औरतें पहले ही धो चुकी थीं। सिर्फ कुंती, जमुनी और रामदुलारी ने अपने बरतन नहीं धोए थे।

बरतन धोते-धोते कुंती की धोती का पल्लू आधा से कुछ ज्यादा सरक गया था, जिस पर उसका ध्यान नहीं था। जमुनी, जिसकी चार साल की बेटी रूनु थी, उसकी छातियों पर गहरे रंग के निशानों को देखकर मुस्कुरा उठी। जमुनी को इस तरह से मुस्कुराते देख पहले तो कुंती उसकी मुस्कुराहट का अर्थ समझ नहीं पाई। सोचा, पल्लू का होश नहीं रहने से मुस्कुरा रही है। लेकिन जब पल्लू को ठीक करते हुए कुंती का ध्यान छाती पर रात में पड़े कोंता के दांतों की मौजूदगी पर गया तो उसका चेहरा लाज से फक्क हो गया। पलकें भारी होकर झुक गईं। उसने ठीक से बरतन भी साफ नहीं किया और जमुनी की नज़रों से बचने के लिए ऐसे भागी, जैसे पीछे कोई जानवर पड़ा हुआ हो!

रामदुलारी को कुछ नहीं समझ में आया कि कुंती क्यों इस तरह से भागी।

उस दिन डूबते सूरज और कुंती के चेहरे का रंग बिलकुल एकसमान हो गया था। औरतों में फुसुसाहट थी और एक खास किस्म की चुहल भी।

फुलवरिया शोख़ तो थी ही, कुंती के पास आकर गांव की भौजी की तरह एकदम बेशर्मी से उसके कान में फुसुसाई, 'सचे दीदी, तनी हमरो देखाव न, कइसन हइ पहुना के दगिया।'

कुंती ने बनावटी गुस्से से दांत किटकिटाते घूरा।

फुलवरिया ज़ोर से हंस पड़ी। 'देखइत हऽ दिदिया के...'

जमुनी उसको छेड़ते हुए बोली, 'अब का देखबे फुलवरिया, मैनवा के चोंचवा से अमरूदिया में दगिया तो होइए जाला।'

औरतों की खिलखिलाहट आसमान में पसर गई, जिसे घोंसलों में लौटते हुए पंछियों के झुंड अपने पंखों पर ले उड़े।

जोगती के ओठों से हंसते-हंसते ही गीत फूट पड़ा। उस गीत को कुंती को छोड़कर सभी औरतों ने तुरंत पकड़ लिया। फिर तो सबके कंठ एक ही हो गए। एक सुर के साथ :

हेरा गइले बदरी में चनवां रे गुइयां, चैत महीनवां।
पागल पवनवां सुमनवा बटोरे,
नरमी चमेलियन के बंहियां मरोड़े
पांख झारि नाचेला मोरवा रे गुइयां, चैत महीनवां।

कोइली के बोली मोरा जियरा जरावे,
घर-आंगन मोहे तनिको ना भावे
देवरा पापी निरखे जोबनवां रे गुइयां, चैत महीनवां।

लाज के मारे कुंती के ओठ सिल चुके थे। चेहरा भक-भक लाल हो रहा था। सूरज की लालिमा से भी ज्यादा टह-टह! उसमें दही की तरह शीतलता और मिठास दोनों थे।

बस्ती में पहली बार उस रात पंचायती हुई। शुरू में तो पहले गप-शप ही हुई थी, परंतु कलुआ जब दिन की घटना को लेकर बार-बार चिल्लाने लगा तो भीड़ खुद-ब-खुद पंचायत में बदल गई। कलुआ और रामनारायन दोनों के गाली-गलौच का मजा ले रहे लोगों में से कुछ लोग पंच की भूमिका में आ गए, तो कुछ लोग गवाह की तरह व्यवहार करने लगे।

आपस में मारपीट की यह पहली घटना थी। कुछ दिन पहले फुलवरिया के साथ खराब काम हो चुका था। फुलवरिया ने इसके लिए सरेआम किसी की तरफ अभी तक उंगली नहीं उठाई थी, पर लोगों को मालूम था, कौन दोषी था।

गजाधर ही सबसे पहले रुंधे गले से बोला, 'इहवां केउ ना बा हमिन के आपन परिवार। हमनिए सब बानीं। हमनीं मालिक के कुछ ना कर सकेनी। लेकिन आपन बीच में होवेवाला झगरा-झांटी के तो निपटाइए सकीना न। आपुस में झगड़ला ठीक नइखे।'

बात तो ठीक थी। मालिक से तो लात खा ही रहे हैं। अगर आपस में भी इस तरह से एक-दूसरे से उलझेंगे, औरतों का इजत खराप करेंगे तो रहा-सहा चैन भी मोसकिल हो जाएगा।

रामनारायन की तरफ इशारा करते हुए कलुआ नफरत से चीखा, 'इनकरा से पूछल जाओ, काहे हाथ छोड़लन। हम का गलती कइनी रहें।'

'ज़बान जिन लड़ावऽ। एहिजे थूर देम।' रामनारायन कैसे चुप रहता!

कोंता ने दोनों को चुप रहने को कहा। कलुआ से बोला, 'तोहरे बतावऽ का होय रहे...जेकर चलते लड़इ होलक?'

कलुआ ने दम लिए बिना पूरी बात उगल दी।

लोगों ने सोचा, कलुआ का गुस्सा होना वाजिब है। अगर काम करते समय कोई गलती हो गई तो वह जानबूझकर तो नहीं की न उसने।

'रामनारायन को अपनी गलती ले माफी मांगेक चाही कलुआ से।' कोंता ने लोगों के मन का अंदाजा लगाते कहा।

'हम बराहमन बानीं। ई मुसहर से माफी ना मांगेम। बेद-सासतर में बराहमन का खून भी माफ हय।'

'हियां केउ न छोट हय न केउ बड़। सब एक बराबर। कोल कुकुर कुली...सभे एके बराबर।'

'तुम कोल्ह को का बुझाएगा। हिंदू लोग का धरम रीत-नेग नेम का हय। ई लोग से तनी पूछऽ। का ई सब हमार से गोड़ धरवावे खातिर तेयार बाड़न स?' रामनारायन ने धार्मिक भावना को उभारने की कोशिश की। 'काहे ले ई सब लोगिन के पाप में डाले का कुचक्कर करत बाड़ऽ?'

बैठक की ज़बान बंद हो गई। रामनारायन ठीक कह रहा है। भला वे सब ब्राह्मण से कैसे माफी मंगवाएंगे? नरक में जाना पड़ेगा। आत्मा भूत-पिसाच बनके डोलती रहेगी धरती पर।

कुंती ने ही तब रामनारायन को पटकनी दी, 'ए रामनाराइन बाबू। हमहुं बराहमिन के बेटी ही। नेयाव-अनेयाव के बात में धरम के बीच में नञ् घुसावऽ। हियां धरम के नञ्? कलुआ संग जे तू गलती कइले ह ओकरा पे बोलऽ।'

ज्यादातर कुली मजदूर नीच कहे जाने वाली जातियों से थे। कुंती की बात सुनकर उनका माथा न्याय-अन्याय पर वापस लौटा। यहां धर्म का क्या मतलब? वैसे भी धर्म ने आज तक उन सबको दिया ही क्या था? अच्छा मौका है। सात समंदर पार कौन कैसा धर्म? कौन-सा ब्राह्मन लोग का सासतर-पुरान?

बेचन उठा, 'रामनारायन भाइ। मरीच देस में का धरम? हियां देस समाज के नेम-कानून के कउनो माने मतलब नइखे। कुंती ठीके कहली हऽ। तोहरा के माफी मांगेक चाही।'

'हमिन कर समाज में अदमी-अदमी कर बीचे कोनों भेद-हिसगा नइ होवेला। तोहरे सउब के भी इसनेहें सोंचेक चाही। हियां सउब एक हयं। एक नइ रहले जीना मोसकिल होय जाइ। एक रहले दुख-तकलीप के कम करे पारब।' कोंता इतना कहकर बैठ गया।

खुसुर-पुसुर होने लगी। खाना बनाने का समय बीत रहा था। थके हुए लोग बात कर-करके और थक गए थे।

अंत में सबको एक होता देख रामनारायन ने सिर झुकाकर धीरे से कहा, 'गलती हो गइल भाइ। माफी दे दऽ।'

कोंता अब हमेशा की तरह खेत से समुद्र नहीं जाता, कुंती के साथ हंसते-बोलते सीधे बस्ती लौटता है। धीरे-धीरे, सबसे पीछे।

एक दिन लेकिन वह उसके साथ नहीं लौटा।

रात हो जाने के बाद झोंपड़ी पहुंचा तो उसके हाथ में एक जंगली कांदा था। वैसा कांदा कुंती ने कभी नहीं देखा था। हाथ में लेकर उलटते-पुलटते बोली, 'कउची हइ? आंऽ?'

'इके हमिन कांदा कहीला। खाएक में बहुत बेस।'

'मकिन हमरा तो बनावे ना आवऽ हइ।'

'तोयं भात के रांध। आइज इकर तीयन मोयं बनामूं।'

उसके हाथ से कांदा लेकर कोंता उसे साफ करने लगा।

बढ़िया से साफ करने के बाद उसने उसे टुकड़े-टुकड़े किया। चूल्हा खाली था। उसने बिना तेल-मसाला के उसको पकाना शुरू किया।

क्या जाने किस तरह की सब्जी है! ओल (जिमीकंद) जैसा तो नहीं लग रहा है। पता नहीं, खाने में कैसा- स्वाद लगेगा! जो हो, अच्छा लगे या नहीं, पहली बार कोंता उसके लिए कुछ लाया है और खुद अपने हाथों से उसके लिए बना रहा है। वैसी चीज के स्वाद का क्या सोचना!

उसका मन नाच उठा।

कांदा सिझा रहे कोंता की पीठ पर उसने खुद की देह टिका दी।

मुंह में पहला कौर जैसे ही गया, कुंती का मन एक नए स्वाद से भर उठा। ऐसा स्वादवाला कांदा तो उसने खाया ही नहीं था। कुछ-कुछ पेचकी की तरह। आलू से बढ़िया।

'एतना नीमन लगतइ, हम तो सोंचबो न करलियइ हइ। कहां मिललवऽ एतना सवाद वाला कांदा?'

'हुने...समुंदर के पहिले जे झुंड़ सउब हय न...उधरेहें।'

'घर में बनावऽ हलऽ भात-तरकारी?'

कोंता ने ना में सिर हिलाया। 'आयो बनात रहे। उके ही देइख रहों।'

जब वह खाना समाप्त कर चुकी तो कोंता प्यार से बोला, 'जंगली संग रहबे होले...इसनेहें रकम-रकम कर साग-तरकारी खायक भेंटातउ।'

'जे लनबऽ से खबइ। जंगली के मेहरारू तो जंगलिए न होतइ।'

'काइल मछली लानमूं।'

'मछली? मइया गे मइया! हमरा से ना खियतइ।'

'जंगलीमन तो सभे कुछ खायना—मछली, मुर्गी, सूअर, कीड़ा...'

'करबऽ हमरा से मजाक।' वह उसकी छाती से चिपटती बनावटी गुस्से से बोली।

कोंता ने और चिढ़ाना ठीक नहीं समझा। उसे बांहों में भर लिया।

'बेस। तोर मन के जे अच्छा लागी, सेकेहें लानमूं।' उसने कुंती की आंखों में झांका। उसकी पलकें बंद थीं। उसने पलकों पर अपने ओठ रखकर पूछा, 'आपन बारे में बताव नी? कहां घर-दूरा...तोर मां-बाबा के बारे में?...तोर देस कर बारे में?'

गउनमा के दिनमा धरायल, गउना नगिचायल हे।
सब सखी करथिन चतुरइया,
बाबू के फटलइ करेजवा, रे जैसे भादों कांकर,
मइया के ढरे नयना लोर, रे जैसे भादों ओरी चुए।

कुंती सोन के किनारे बसा एक गांव 'डिहरा' की रहने वाली थी। उसके पिता लालमोहन पाठक जाति से ब्राह्मण थे। सात भाई-बहनों में सबसे बड़ी कुंती का विवाह छुटपन में ही हो गया था। तब उसकी उम्र 8-9 वर्ष की रही होगी। ससुराल सकलडीहा उसके गांव से दो कोस दक्षिण में था। खूब संपन्न। मां बताती थी, ससुर रघुनाथ मिसिर बड़े मातबर आदमी थे और उनका भी अपने इलाके में उसके बाबूजी की तरह ही बड़ा मान-सम्मान था। लेकिन कुंती को न तो अपने पति भुवनमोहन और न ही ससुराल के किसी और रिश्तेदार का चेहरा याद था।

ओबरा बाजार से करीब दो-ढाई कोस पश्चिम में बसा डिहरा दो सौ-ढाई सौ घरों की सघन बस्ती है। ब्राह्मण बहुल परिवारों की बस्ती। कुछ घर अहीरों, कोइरियों, मल्लाहों और लोहार-बढ़ई जैसी दूसरी जातियों के भी थे। सोन नदी के किनारे बसे होने से धरती बहुत उपजाऊ थी और सालों भर वहां के खेत धान और साग-सब्जी से पटे रहते थे। बरसात में तो समूचा गांव पुरइन के पत्तों से गंधा जाता था। मांगुर मछली खेतों में चढ़ आती थी और पोठी मछलियां धूप पड़ते ही कज्जल साफ पानी में चांदी-सी चमकने लगती थीं।

शादी के लगभग 8 साल बाद, जब समूचा घर-गांव खलिहान में दवनी और ओसा कर लाए हुए धान से भर गया था, उसका गौना होने वाला था। उससे छोटी मालती और सुमित्रा का भी गौना साथ ही निश्चित हुआ था। कुंती की तरह ही दोनों बहनें अपने-अपने पतियों और ससुराल के बारे में कुछ नहीं जानती थीं। नैहर छोड़ने की कसक और ससुराल जाने की ललक के बीच तीनों बहनों का मन डोलता रहता।

गौने की खबर गांव में धान के भूसे की तरह हर ओर उड़-उड़कर फैल चुकी थी। उम्र चाहे कुछ भी हो, गांव की गलियों में आते-जाते जो भी मिलता, उन्हें देखते ही दांत निपोर देता। तीनों बहनें मारे लाज के वहीं छुईमुई हो जातीं। और सहेलियों

को तो मानो दिल बहलाने का ऐसा अवसर मिल गया था कि गौना होने तक उसका हर कोई भरपूर मजा ले लेना चाहती थीं। गांव की बड़ी-बूढ़ी औरतें भी कितनी गंदी लेकिन रसदार बातें करती हैं, कुंती को इस बात का पता उन्हीं दिनों चला था।

एक दिन जब वह बनिहार लोग का कलेवा भेजकर दरवाजे पर खड़ी थी, तीन-चार साल की नतिनी के साथ सामने से गुजरती हुई रतिया काकी रुक गई। कुंती को देखकर हंसी और खी-खी करते बोली, 'दिनवा में तो भतरा ठीक से ना लउकतथुन, अउर रतिया में ढिबरिया नञ् बारे देथुन। आंय मइयवां, कइसे देखबहीं उनकर सुरतिया?'

पड़ोस की भौजी, जो दो साल पहले गौना होकर आई थी, एक दिन दुपहरिया के वक्त मां-दादी के सामने छेड़ बैठी, 'सुनइतहऽ आजी, का तो सकलडीहा के मिसिरचक में दिने-राते मरद लोग घरे में घुसल रहऽ हथिन।' फिर आहिस्ता से सिर्फ कुंती को सुनाते हुए फुसफुसाई, 'अउर पलंग-खटिया खाली हचर-पचर, हचर-पचर...'

सहेलियां भी तीनों को जब-तब छेड़ती रहतीं। खासकर वैसी सहेलियां जिनका गौना उनसे एकाध साल पहले हो चुका था। इनमें सबसे ज्यादा 'खेलाड़' सुखनंदनवा अहीर की बेटी गुनिया थी, जो खलिहान में मौका मिलते ही कुंती को पकड़ लेती और लगती मरद के साथ हुई पहली मुलाकात का किस्सा सुनाने। कैसे रात में वह मातल सांड़ की तरह आया, कुरती-साया नोच के सब्ब उघार दिया, और रात भर गुड़ के ढेले की तरह उसकी देह को चभुर-चभुर चुभलाता रहा। बिना किसी लाज-सरम के गुनिया किस्सा सुनाती। सुनते हुए कुंती लजाती भी और उसे रोकने के लिए बार-बार टोकती भी। लेकिन दूसरे ही पल धक-धक दिल के साथ पूछ बैठती, 'फिन...?'

कुंती की मां लछमिन गरीब घर की थी। पर बहुत ही सौम्य और कायदे वाली औरत थी। कुंती ने कभी अपनी मां को बाबूजी के साथ ऊंची आवाज़ में बातें करते नहीं देखा था। गौना का दिन तय होने के बाद से ही उसकी आंखें हमेशा सूजी रहने लगी थीं। वह जब-तब उसे और मालती व सुमित्रा को देखकर सिसकने लगती।

पिता लालमोहन पाठक किसी छोटे-मोटे जमींदार की तरह ही थे। सैकड़ों बीघा धनहर खेत के मालिक। अच्छे ज्ञानी-गुनी भी। शास्त्रों के ज्ञाता। लोग कहते हैं, आसपास के बीस कोस तक के इलाके में उनका जैसा संस्कृत में श्लोक गानेवाला और कोई दूसरा पंडित नहीं था। जितने बड़े वे विद्वान थे, उतना ही बड़ा उनका दिल भी था। चाशनी-सी मीठी थी उनकी बोली। बनिहारों से उनका व्यवहार इतना बढ़िया था कि बनिहार और बनिहारनें उनके घर-खेतों में काम करने के लिए हमेशा आकर दुआर पर बैठे रहते थे। गांव-इलाके में शादी-बियाह हो, जीनी-मरनी हो या कि कैसा भी धार्मिक-सांस्कृतिक आयोजन, लालमोहन पाठक पहुंचे कि नहीं पहुंचे, उनकी मदद सबसे पहले पहुंच जाती थी।

मां बताती थी, जिस दिन वह पैदा हुई थी, उसी दिन रात को भंडार-घर में आग लग गई थी। सब अनाज के जल जाने से खूब नुकसान हुआ। गांव-समाज में फुसफुसाहट फैली, 'लड़की अपशगुनी बुझा हइ। पैदा होते ही भंडार भकोस गेलइ।' लेकिन बाबूजी के रौबदाब के चलते किसी ने मुंह पर कहने की हिम्मत नहीं की। खुद बाबूजी ने कभी उसे अपने लिए अपशगुन नहीं माना। हमेशा कहते, 'लछमी

हइ। देखिहें, जेकर घरे जतइ ओकर सात पुस्त धन-धान से अघाल रहतइ।' लेकिन एक के बाद एक, पीठापीठी जब और पांच लड़कियां—मालती, सुमित्रा, रूपमती और लाजवंती—पैदा हुईं तब वे जैसे टूट-से गए थे। बिलकुल चुप्पा-सा हो गए थे। गुमसुम-गुमसुम। वे शायद इस उदासी से कभी नहीं उबरते, यदि सातवें संतान के रूप में उन्हें लड़का नहीं होता। बाबूजी ने भइया का नाम रखा सूर्यमोहन, जिसे सभी प्यार से सरजू कहते। मां कहती है, सरजू का जनम उसकी शादी के चौथे महीने चैत में हुआ था। रामनवमी के दो दिन पहले। इसलिए बाबूजी उसे और सबसे छुटकी दोनों को बहुत भाग्यशाली मानते थे। तभी तो छुटकी का नाम उन्होंने सरजू के साथ ही रखा था—भागवंती।

उसके गांव के पश्चिम में करीब एक कोस पर हसन बिगहा गांव राजपूतों का था। आबादी में डिहरा से एकदम दोगुना यानी करीब साढ़े चार सौ घरों वाला। नाम हसनबिगहा होने के बावजूद वहां मुसलमानों के दस-बारह ही घर थे। ज्यादा आबादी कोइरी, कुरमी, अहीर और दुसाधों की थी। दो-चार घर लोहार भी थे। समूचे गांव में राजपूतों के घर पचास-साठ ही थे पर गांव की बहुतायत ज़मीन पर उनका ही कब्जा था। इलाके में उनकी तूती बोलती थी और ज़मीन हड़प लेने, जानवर-मवेशी खोलवा लेने में एक नंबर के रंगबाज़ थे। एकदम निर्दयी और क्रूर। उनके जुल्मों की कहानियां सुनकर ही लोगबाग भय से बिलबिला जाते थे। वहां के राजपूत इतने मनबढ़ल थे कि हसनबिगहा और डिहरा के बीच में दक्षिण की तरफ बसे मुसहर टोली के आदमी-औरतों को 'अदमी' नहीं समझते थे। दिन में मर्दों को और दिन या रात में कभी भी किसी समय मुसहर औरतों को गप-गप लील जाना उनके लिए आम बात थी। गांव के कोइरियों, कुरमियों और कुम्हारों तक को वे नहीं छोड़ते थे। और तो और, बगलगीर गांव लछमनपुर के ब्राह्मण परिवार भी आए दिन उनसे त्रस्त रहते थे। यह तो उसके बाबूजी का रौब-रुआब था कि उनकी हिम्मत डिहरा की ओर नहीं उठ पाती थी।

एक बार गांव के दक्खिनाहे टोले में पूरब की तरफ, जहां बीस-पच्चीस घर मल्लाहों के थे, हसनबिगहा के राजपूत प्रतापदेव सिंह का मंझिलका छोंड़वा, जिसकी मूंछें भी ठीक तरह से नहीं उगी थीं, भूरनवा मल्लाह की बेटी सोनमतिया को भरल दोपहरिया में आम बगइचवा में दबोच लिया था। संयोग से बाबूजी उस दिन दाउदनगर कचहरी से लौट रहे थे। साथ में चंदरमा, जगदयाल और घूरन चा भी थे। चारों बतियाते आ रहे थे कि घूरन चा बाबूजी से बोले, 'लगइत हइ कि सामने का झूंड़ में कोनों जनावर हइ।'

जगदयाल चा ने हंसते हुए कहा, 'ए घूरन भाइ, दोपहरिया में हेने कोइ जनावर नञ् आव हइ। तोरा भरम भेल हवऽ।'

पर घूरन चा लाठी सम्हार के झाड़ी की ओर बढ़ गए। बाबूजी और बाकी दो लोग ठहरकर उधर ही देखने लगे। फिर तो घूरन चा को जब 'के हय रे हरामी!' कहकर लाठी भांजते देखा तो वे तीनों भी तेज़ी से उस ओर लपके। पास जाकर देखा तो रजपूतवा का बेटा सोनमतिया को काबू करने में लगा था। बस, बाबूजी का

मिज़ाज लहक गया। एतना जूता मारे कि उसका बाप भी बाबूजी से कभी बर-बाजार में भेंटा जाता तो मुड़िया गाड़ के दूसरी राह धर लेता।

चंदरमा चा उस दिन लौटकर पूरा किस्सा सुनाने के बाद मां से हहाकर हंसते हुए बोले थे, 'जानइतहऽ भउजी, एतना मारलथिन हऽ न भइया कि बदमसवा के देहिया पर थोपे लेल पूरा गंउवां के हरदिया कम पड़ गेल होतइ।'

कुंती को ऐसे ढेर सारे किस्से-कहानी पता थे, जिन्हें सुन-सुनकर अक्सर वह डर भी जाती और इंसानों के इस तरह के व्यवहार के प्रति घृणा व गुस्सा भी उपजता। हसनबिगहा के राजपूतों द्वारा सताए-मारे लोग अक्सर उसके बाबूजी के पास त्राण पाने की उम्मीद में आया करते थे। छोटे-बड़े सभी जाति के लोग। उसके दुआर और दालान पर सुबह-दुपहरिया कोई न कोई आकर बैठा ही रहता।

पिछले से पिछले फागुन की बात है। होलिका जलने से दो दिन पहले, भिनसार के समय रोता-कलपता दीनदयाल कोइरी उसके दुआर पर खड़ा था। बाबूजी दिसा-फरागत के लिए तालाब की तरफ गए थे। वहां से लौटकर स्नान-धेयान और पूजा-पाठ के बाद दालान में आसन जमाए। दीनदयाल ने पूरी कहानी सुनाई, जिसका सार यह था कि 'हसनबिगहा के बाबू दिलीपदेव रात में जनावर खोल लेले हथन। जनावर तो किसान के जीउ होवऽ हथिन देउता। ओकर बिना हम खेती कइसे करब। केतना गोड़ धइली, मूंड़ पटकली, पर तनिको दया-माया न उपजलइ मालिक। बाबू साहेब कहलन कि 1500 रुपइया लेके आओ तब जनावर घुरतउ। मइया गे मइया! हम एतना पइसा कहां से लाबइ? अपने के सरन में आयल ही। अपने ही असरा ही मालिक। मदत करियइ मालिक। हम त बरबाद हो गेली।' कहते-कहते बाबूजी के पैर पर पसर गया था दीनदयाल।

बाबूजी ने पूरी बात सुनने के बाद उसे ढांढ़स बंधाया, 'हम बात करब दिलीप से। तू चिंता मत करऽ। साम तक जनावर तोर घरे पहुंच जतवऽ।'

और सचमुच उसी दिन शाम तक दीनदयाल के घर उसके जानवर लौट आए थे। यह अलग बात है कि जानवर वापस हो जाने की एवज में दीनदयाल की फसल का एक निश्चित भाग पंडीजी के भंडार में दो साल से नियमित रूप से पहुंचने लग गया था।

मां का नैहर 'किसुनपुर' उसके बाबूजी के गांव से पूरब छह कोस की दूरी पर था। कुंती और उसकी बहनें जब भी ननिहाल जातीं, उन्हें इतना लाड़-दुलार मिलता कि वहां से लौटने पर कई महीने तक बस नानी-मौसी-मामी की रट लगी रहती। नाना का परिवार भरसक कोशिश किया करता था कि जब वे वहां से लौटें तो नए कपड़े और फलों-मिठाइयों से लदे हुए हों। पर कई बार वे ऐसा नहीं कर पाते थे। नाना के पास बहुत कम ज़मीन थी जिसे छोटका मामा शिवदहिन देखते थे। वहीं, बड़का मामा रामदहिन घर की जरूरतों को पूरा करने के लिए दिन-रात जजमानी किया करते थे। आज इस गांव तो कल उस गांव।

नाना-मामा को अपनी गरीबी पर नहीं शरमाना पड़े, इस खातिर बाबूजी बहुत कम ही ससुराल जाते थे। मां भी जितना लेकर नहीं लौटती, उससे कहीं ज्यादा देकर

आती थी। शायद इसीलिए मां और हम लोगों का ननिहाल में जितना मान होता था उतना दूसरी मौसियों और उनके बच्चों का नहीं। कई बार जब दोनों मौसियां अपने लड़के-लड़कियों के संग नानी के यहां एक साथ ही जुट जातीं, उनकी पूरी कोशिश होती थी कि भेदभाव न दिखे। फिर भी मौसियां ताड़ जातीं। चूंकि उनके घरों की हालत भी हमारे जैसी नहीं थी। इसलिए वे कुछ नहीं कहती थीं।

उसके गांव से ओबरा और दाउदनगर दोनों लगभग समान दूरी पर ही थे। ओबरा का बाजार नजदीक था। लेकिन दाउदनगर की तुलना में छोटा था। दाउदनगर में उन दिनों अंग्रेज साहब लोगों की कचहरी लगती थी। पुराने गया जिला का यह एक बहुत ही महत्त्वपूर्ण व्यापारिक केन्द्र था। कलकत्ता, पटना और बनारस के मुख्य सड़क से जुड़ा हुआ। सोन नदी के पूर्वी बहाव पर स्थित। धानी खेतों के बीच किसानों और पीतल के बरतनों, कपड़ों व बहुत ही कलात्मक कालीन-दरीचों के कारीगरों का इलाका, जिसकी ख्याति बहुत-बहुत दूर तक थी। औरंगजेब के बिहार सूबेदार दाऊद खान और अंग्रेजों के आने से बहुत-बहुत पहले के ज़माने में भी।

पुराने पाटलिपुत्र और आज के पटना से कुछ कोस की दूरी पर बसा दाऊदनगर का यह इलाका बाणभट, पतंजलि जैसे विद्वानों का गृहनगर था। दाऊदनगर से सटे हसपुरा के पास का पीरो गांव ही वह 'पितृकुटा' है, जिसका जिक्र बाणभट ने अपनी विश्वविख्यात रचना 'कादंबरी' में अपने जन्मस्थान के रूप में किया है, जबकि लोकश्रुतियों के अनुसार पतंजलि पीरो से तीन मील पूरब और उत्तर दिशा के कोण पर बसे गांव देंकुड़ (देवकुण्ड) के रहनियार थे।

हर्षवर्धन का राज्यकाल 606-647 ई. तक का है। बाणभट इन्हीं के समय में हुए थे। पीरो दाऊदनगर से साढ़े पांच कोस उत्तर-पूरब में है। ब्राह्मणों और पठानों का गांव। इलाके के लोग बताते हैं कि यहां पठान वे भूमिहार हैं जिन्होंने दाऊद खान के राज में मुस्लिम धर्म स्वीकार कर लिया था। यहीं के माघ ब्राह्मण के घर पैदा हुए बाणभट के पिता का नाम चित्रभानु और माता राजदेवी थीं, जिनकी मृत्यु के बाद वे यायावर हो गए थे। संस्कृत में एक कहावत है, जिसका अर्थ है कि लोग जब 'कादम्बरी' पढ़ते हैं, तो वह खाना-पीना भूल जाते हैं। 'कादंबरी' में उनके द्वारा किए गए प्रयोग भारतीय वांग्मय की एक ऐसी लाजवाब कृति है जिसके उपमा एवं रूपक अलंकार चमत्कार उत्पन्न करते हैं।

औरंगजेब द्वारा बिहार का सूबेदार नियुक्त किए जाने के बाद दाऊद खान ने सबसे पहले इस क्षेत्र पर कब्जा किया और यहां अपना किला और मस्जिद बनाई। क्षेत्र के व्यापारिक महत्त्व और जरूरतों को ध्यान में रखते हुए उसने एक बड़ा-सी सराय भी यहां बनवाई थी।

दाऊद खान का किला और पास में ही जिनोरिया गांव से आगे उसके ही परिवार के द्वारा बसाए गए शमशेरनगर को कुंती ने नहीं देखा था। कुंती अमझर भी कभी नहीं जा पाई थी, जहां की मस्जिद में 'भूतों का बड़ा मेला' लगता था। हां, उसे अफीम की खेती की खूब याद है, जो अंग्रेजों ने उसके इलाके में शुरू करवाई थी। खुद उसके बाबूजी की कई बीघा ज़मीन पर अफीम के पौधे लहलहाते थे। हालांकि

बाबूजी और इलाके के किसान अफीम की खेती के लिए पहले तैयार नहीं हुए थे, लेकिन अंग्रेज साहबों का हुक्म भला कौन टाल सकता था! टेकारी राजा सहित उधर के सारे जमींदार पहले ही आत्मसमर्पण कर चुके थे।

खैर, कुंती का परिवार गौना की तैयारियों में लगा था। ननिहाल से दोनों मामियां और तीनों मौसियां आ चुकी थीं। बड़की फुआ भी फुफा जी के साथ दस दिन पहले ही आ गई थीं। रिश्तेदारों से पूरा परिवार भरा हुआ था। तीन-तीन लड़कियों का गौना था।

वह भिनसार का बेरा था। आधी रात से ज्यादा समय तो मौसी और मामी के साथ बतियाते बीत गया था। इसके बाद बहुत देर तक उसे नींद नहीं आई थी। नींद कब लगी, यह भी ध्यान नहीं। अंग-अंग नींद से थक रहा था जब रोने-चिल्लाने की आवाज़ से उसकी आंख खुली थी। खिड़की से सूरजदेव किरणों पर सवार कमरे में घुसे हुए थे। उसने जल्दी से साड़ी ठीक की, बालों का जूड़ा बांधा और मुंह पोंछते आंगन में आई। आंगन में घर-परिवार की ही नहीं, गांव की दूसरी औरतें भी जमा थीं। मां बड़की मौसी की गोद में उतान पड़ी बस रोए जा रही थी। न कपड़े का होश, न खुद का होश। जैसे ही कमरे से निकलते औरतों ने कुंती को देखा, वे सब भी ज़ोरों से रोने लगीं। छोटकी फुआ दौड़कर आई और उससे लिपटकर चीखी, 'रांड़ हो गेले गे मइवां....' कुंती को फुआ की तेज रुलाई और घरघरा गई आवाज़ में 'रांड़' सुनाई नहीं पड़ा। वह भौंचक्क होकर मां की ओर बढ़ी। तभी छोटकी मामी ने उसे अपने अंकवार में भर लिया और उसके दोनों हाथों को पकड़कर दीवार पर दे मारा। रात में ही पहनाई गई नई लाल चूड़ियां ज़मीन पर बिखर गईं। छोटकी फुआ ने आंचल से माथे पर लगा सिंदूर पोंछ डाला। अब समझने के लिए कुछ नहीं बचा था। कुंती मामी और फुआ के अंकवार में बेहोश हो गई।

पूरा दिन होश-बेहोश में डूबते-उतरते कुंती इस सच्चाई पर विश्वास नहीं कर पा रही थी कि उसका 'आदमी', जो आज बारात लेकर उसे ले जाने के लिए आने वाला था, रात में ही सांप काटने से मर गया था। मरद और सुहाग का स्वाद जाने बिना वह मोसमात हो गई है। लोग उसे बदसगुनी कह रहे हैं जो अपने भतार को तो खा ही गई, मालती और सुमित्रा के जीवन को भी नरक में धकेल दिया। दोनों बहनों की बारात गांव के सीमान पर आकर लौट गई है।

दोनों समधियों ने बाबूजी को खबर भिजवाई थी, 'हम लोग बारात घुरा रहे हैं। ऐसे दुख के समय में गौना कराना ठीक नहीं है।' लेकिन कुछ रिश्तेदारों ने कुछ और 'गुड्डी' उड़ा दी थी, जिसके अनुसार समधियों ने कहा था, 'हम बदसगुनी-कुलछनी लड़कियों को अपनी बहू नहीं बना सकते, जो हमारे बेटों को खा जाए और कुल का दीया बुता दे। गौना नहीं होगा।'

यह एक ऐसा कलंक था बेटी के बाप के लिए जिसे ढोकर वह नहीं जी सकता था। सामने वाले की आंखों को अपनी ताब से झुका देने वाली बाबूजी की नज़रें झुक गई थीं। सहमे-सहमे बाज़ार जाते। कचहरी जाना छोड़ दिया। नेवता-हकारी होने

पर भी नहीं जाते। बस, एक ही डर से तिल-तिल कर मरे जाते, कोई उनकी बेटियों के अपशगुनी, कुलच्छनी होने की बात न छेड़ दे।

कुंती जानती है, बाबूजी ने कभी उसे अपशगुनी नहीं माना था। शुरू-शुरू के दिनों में जरा-सी बात कोई निकालता और वे उस पर पिल पड़ते थे। सदा धीर-गंभीर और शांत रहने वाले लालमोहन पाठक 'मिरगी' के बेमरिया जैसा हो गए थे। बात-बात पर तुनक जाते।

और मां तो बस जिंदा लाश हो गई थी। उसकी आंखें सूज गई थीं लगातार रोते-रोते। बाबूजी के दालान में जाते ही हम तीनों को अंकवार में भरकर सुबकती रहती।

बाबूजी, मां और बहनों की हालत देख-देख कुंती का करेजा फट-फट जाता। न नींद आती, न जागते चैन मिलता। रोने पर अब तो आंसू भी नहीं निकलते थे। चेहरा दाऊद खान के किला के खंडहर जैसा हो गया था। आंखें किसी गहरे भूतिया कुएं की तरह, जिसमें दिन-रात बुरे-बुरे खयालों के चमगादड़ बसेरा डाले रहते।

उसे सबसे बुरा तब लगता जब लोग उसकी परछाईं से भी बचते। लोगों के उलाहने से ज्यादा घृणित और मार डालनेवाला होता उनके चेहरे का भाव। जो लोग कल तक उसे देखने-मिलने और बात करने के लिए तरसते थे, गांव की जो औरतें और लड़कियां उसका संग पाने के लिए तरह-तरह के अवसर खोजती रहती थीं, उन लोगों की मानसिकता बदल गई थी।

आखिरकार विष-भरे ताने-उलाहनों और बाबूजी की पथराई झुकी हुई मुर्दा आंखों को देखकर एक रात वह सोन की तरफ चल पड़ी। भादों की बरसाती अंधरिया रात थी। घर से निकलते ही बरसात के थपेड़ों की जबरदस्त मार पड़ी। कुमुदनी के फूल जैसी देह, जिसे प्यार से भी आज तक 'मार' के किसी अहसास ने नहीं छुआ था, सिहर उठा। लेकिन दांत कसती हुई वह आगे बढ़ती रही। न भूत-पिशाच और चुड़ैल-किचिन का डर, न ही सांप-सियार जैसे जीव का भय। खेत की काली मिट्टी के कादो में पैर धंस-धंसकर मन भर के हो रहे थे। मानो पैर पकड़ते उसे रोक रहे हों—मत जाओ मत जाओ, पर कुंती ने कुछ भी सोचना-विचारना छोड़ दिया था। कोई मोह-माया नहीं इस समाज से, इस दुनिया से। उसकी जैसी विधवा, जिसने न ससुराल देखा और न ही पति, जिसके कारण उसका घर तबाह हो गया। दो-दो बहनों का घर नहीं बस रहा है। बाबूजी जिंदा 'ल्हास' बन गए हैं। जीकर उन सबको और दुख नहीं देगी।

सोन नदी उमड़ी हुई थी। घनघोर। सोन का जो शोर उसे और उसके पूरे इलाके को डराया करता था, उसके सामने कुंती निडर खड़ी थी। लाश को किसका डर! वह मुर्दा हो चुकी है।

उसने आंख मूंदकर उफनती सोन में छलांग लगा दी।

होश आया तो कुछ भी जाना-पहचाना नहीं लगा। उसे लगा, वह मरने के बाद नरक में है। हां, उस जैसी अभागिन विधवा को नरक ही नसीब होगा। स्वर्ग तो सधवाओं के हिस्से है। पर क्या नरक में मुसहरों जैसे फूस के घर होते हैं? ऊपर की छत तो

फूस की ही थी। उसने अविश्वास से पहले खुद की देह, फिर ज़मीन पर हाथ फिराया। देह गर्म है और नीचे शायद खजूर की चटाई। वह अचकचाकर उठ बैठी। नहीं-नहीं, वह तो जिंदा है! अगल-बगल चटाइयों पर कुछ सांवली, कुछ तांबई और कुछ उसी की तरह गोरी औरतें बैठी और लेटी हैं। चार-पांच औरतों की गोद में तीन-चार महीने से लेकर सात-आठ साल तक के बच्चे हैं। वह उठकर खड़ी हो गई। कुछ समझ में नहीं आ रहा था कि उफनती सोन में डूब जाने पर भी वह कैसे बच गई और यहां इस अनजान जगह पर कैसे पहुंच गई? वह दरवाजे की तरफ दौड़ी जो जानवरों के गोहाल की तरह लकड़ी का था। हटाने के लिए ज़ोर लगाया तो देखा कि दरवाजा लोहे की सिकड़ियों से ताला बंद था। दरवाजे की फांक से बाहर झांका। एक सिपाही बंदूक लिये पहरे पर था। वह फफककर रो पड़ी।

रोती हुई कुंती के आंसुओं पर कोंता ने अपने गर्म ओठ रख दिये।

अब कुछ और कहने को शेष नहीं रह गया था।

इस सप्ताह तीन लोग गैरहाजिर रहे थे काम से। हुकुमचंद और मुनिया, ये दोनों बीमार होने के कारण दो दिन काम पर नहीं जा सके थे, वहीं मगनी तीन दिन इसलिए काम पर नहीं थी क्योंकि उसके बेटे की तबीयत ठीक नहीं थी।

यह तीसरे महीने बैशाख के अंतिम सप्ताह की बात है। और आज रविवार था। मजदूरों की पेशी का दिन।

हवा उत्तर से पश्चिम की ओर बह रही थी। हल्की ठंडक थी और दिन गर्मी के बाद शुष्क-शुष्क था। कोंता और कुंती के साथ बस्ती के सभी लोग सहमते हुए धीमे-धीमे कोठी की तरफ बढ़ रहे थे।

बागान के सभी मजदूर पहुंच चुके थे। वे लोग भी एक ओर खड़े हो गए। कोठी के बरामदे में मोजेज साहब प्रकट हुए। यहां आने के चौथे महीने में कोंता मोजेज साहब को देख रहा था। बीच के चार महीने के दौरान उसका और बस्तीवालों का एक बार भी मोजेज साहब से पाला नहीं पड़ा था। लछुमन सरदार से कोंता को पता चला था कि मोजेज साहब यहां कभी-कभार ही आते हैं। उनका ज्यादातर समय पोर्ट लुइस में बीतता है।

ओवरसियर ने एक-एक कर उन लोगों का नाम लेना शुरू किया जो उनके हिसाब से किसी न किसी गलती के अपराधी थे और इस सप्ताह काम से गैरहाजिर रहे थे।

मगनी का नाम भी ओवरसियर ने लिया। भय से वह फफक पड़ी। कुंती ने उसकी गोद से बच्चा ले लिया। कांपती हुई मगनी सजा पानेवालों की पंक्ति में जाकर खड़ी हो गई। उसकी बस्ती के हुकुमचंद और मुनिया का नाम पहले ही पुकारा जा चुका था।

नियमानुसार तीनों को दस-दस हंटर सजा मिली और डबल कट के हिसाब से हुकुमचंद व मुनिया के चार-चार दिनों की और मगनी के छह दिनों की मजदूरी काट ली गई थी।

हंटर पड़ते रहे और बड़ी-सी झूले जैसी कुर्सी पर बैठकर मोजेज साहब इत्मीनान से सिगार पीते रहे।

जिन दो लोगों को बीस-बीस हंटर और दिन भर धूप में खड़े रहने की सजा मिली थी, उन्हें उन छोटे पेड़ों से बांधा जा रहा था जिनके नीचे छाया नहीं होती थी।

मैनेजर वाल्टर सेरामी ने पेशी खत्म करते कहा, 'आज कोई अपनी बस्ती से इधर-उधर नहीं जाएगा। सभी अपनी-अपनी झोंपड़ी में ही रहेंगे। आज भगेड़ू शिकार का दिन है।

पेशी के बाद मगनी अपने पैरों पर नहीं लौट पाई।

कोंता और जीतन बस्ती पहुंचते ही गायब हो गए। कुंती बस्ती का चक्कर लगाकर दरवाजे पर बैठ गई। कोंता कहीं नहीं दिख रहा था। साहब मना किया है आज बस्ती से निकलने को और कोंता जाने कहां चला गया है! उसका दिल घबराने लगा था।

कोंता जल्दी ही वापस आ गया। उसके और जीतन दोनों के हाथों में कोई साग भरा हुआ था। कोंता ने साग उसके सामने रख दिया। जीतन ने भी।

कुंती ने उठाकर देखा, साग नहीं था। साग जैसा ही था। क्या यह भी खानेवाला कोई साग है? उसने पूछ ही लिया, 'खाए ओला हइ का?'

उसने ना में सिर हिलाया। 'खायक वाला नखे। इके साफ कइर ले बेस तइर...अउर चटनी जेसन पीस के मगनी अउर मुनिया, दुइयो कर घाव पे लगाय दे। बेस दवइ हिके।'

कुंती ने झटपट उन छोटी-छोटी पत्तियों वाले पौधों को समेटा और अंदर चली गई।

'हाम जीतन कर घरे जातही। बइन जाइ होले हंकाबे। तनिकुन हुकुमचंद के भी जाय के लगाय देबब।'

जीतन के साथ कोंता उसकी झोंपड़ी में पहुंचा, तो वहां रुंगता, बुधु और जगया सहित और कई लोग बैठे थे। सब हुकुमचंद, मगनी और मुनिया के बारे में ही बात कर रहे थे। बेल ओम्बरे आने के बाद उनकी बस्ती के लोगों को आज पहली बार सजा मिली थी। सभी डरे हुए थे तीनों की हालत देखकर।

शाम को सूरज ढल जाने के बाद ओंजा से मुलाकात हुई तो कोंता ने पूछा, 'ये भगेड़ू सिकार का के कहयंना भाइ?'

'बागान से जो कुली लोग भाग जाता, उसको खोजने के लिए बागान का मालिक लोग जिस दिन निकलता, उसको मालिक लोग भगेड़ू शिकार बोलता। महीना दो महीना में कोई एक दिन इसके लिए मालिक लोग अपनी सुविधा से तय करता।'

'मिलने पर मार देवयंना का?'

'कोई-कोई तो मारा जाता। सब नहीं।'

'ई तो सेंदरा लखे बुझायला।'

'सेंदरा? इसका क्या मतलब?'

'सेंदरा हमिन शिकार के कहीला। पूरा गांव जब मिलजुल कर शिकार करेक ले जायंना, उसको ही हमिन सेंदरा बोलते हयं।'

'भगेड़ू शिकार भी सेंदरा। क्या है न कि इधर बेल ओम्बरे का तरफ बहुत जंगल। जंगल में बहुत सारा खोह-कंदरा और गुफा। मोरिस का कुली लोग मालिक का अत्याचार से बचने के भागकर इधर का जंगल में आ के छुप जाता, तो कोई-कोई दिन मालिक लोग सेंदरा करने आता।'

आदमी का सेंदरा! सोचकर ही दहल गया कोंता।

'मैं तुमसे एक बात बोलने आया।' कुछ पल की खामोशी के बाद ओंजा उससे बोला।

'हां...कहो।'

'मैं एक औरत देखा अपने लिए।' शरमाकर ओंजा ने कहा।

'किधर? किधर देखा?'

'उधर केप में। तुम और तुम्हारा औरत चलेगा उससे बात करने—मेरे लिए? इधर तो हमारा कोई परिवार नहीं।'

'जरूर। अगला एतवार दिना। पेसी कर बाद।'

ओंजा ने खुशी से कोंता के दोनों हाथों को थाम लिया। ओंजा की हथेलियों में जैसे उसकी नम्रता और आभार दोनों सिमट आए थे।

कोंता की लाई हुई पत्तियों के लेप ने चमत्कारी असर किया था। रात होते-होते दर्द तो गायब हो ही गया था, जहां-जहां से चमड़ी उधड़ गई थी, खून रिस रहा था, वह भी सूखकर भरने लगा था।

सोते समय कुंती ने उससे पूछा, 'तू कइसे जानलऽ कि एकरा से घउवा अउर दरदिया नीमन हो जा हइ?'

'गांव-टोला में देइख रही। इके पीस के लगाय से घाव बेस हो जात रहे। आइज घूरत बेरा मोके इयाइद आलक। एक दिना जब हाम ओंजा संग समुंदर दने जाय रही, हुवें इके देइख रही।'

'घरे हमनीं हरदी लगावऽ हली। लेकिन एहिजा तो हरदी एतना कम मिलऽ हइ कि दाल-सब्जी ले भी पूरा नञ् होवऽ हइ। लगवे लऽ कहां से पुरतइ हल?'

कोंता को ओंजा की बात याद आई। वह तो लगभग भूल ही गया था कि उसने रविवार के दिन कुंती को साथ लेकर आने का वादा किया है।

'अइगला एतवार दिना...पेसी कर बाद केप चलेक हय।'

'केप? ई कने हइ?'

'जादा दूर नखे। हियां से चार-पांच मील।'

'काहे जायला हइ—आं?'

'ओंजा कर बिहा ले...ऊ हुंवा एगो अउरत पसिंद कइर हे।'

कुंती ने उसे देखा। एकदम बड़े-बुजुर्गों की तरह गंभीर था कोंता। उसने अपने मोतियों जैसे दांतों के बीच कोंता की छाती भर ली।

कोंता ने उसको और मजबूती से जकड़ लिया, जिससे कुंती के दांत की पकड़ ढीली हो जाए।

इठलाते हुए कुंती बोली, 'पंचइ, बैदइ के बाद अब अगुवो बने लऽ सउक चढ़ल हवऽ। एजी, तोर केतना रूप हवऽ?'

'कतइ रूप धरल बादो तोर जेसन रूप कहां से पामूं!'

'फुसलावऽ मत। एजी, बतवऽ न केतना रूप हवऽ तोर? हमरा से तो सब पूछ लेलऽ, अउर अपन कहनियां बतइते न हऽ?'

कोंता ने उसके ओठों पर अपनी उंगली रख दी।

'सुन...मोर कहनी का हय।'

कुंती वह कहानी सुनने लगी जिसे सुनाने वाले को लोग जंगली, कोल और धांगर कहते थे, जो छोटानागपुर के जंगल-पहाड़ों में रहते थे और उसके जैसे लोग से मिलना-जुलना बहुत पसंद नहीं करते थे।

मुड़र धी राजी रहचा,
खरा कोड़े राजी रहचा हीरा,
अक्कुगा भइया कत्था कानून मंज्जा,
राजी नम्है मुलुखया।

(हे प्रिय! मुंडाओं का राज था,
बहुत सुंदर राज था,
हे भाई! अब तो बात भी कानून बन गई है,
राज हमारा डूब गया।)

शायद अगहन-पूस का महीना था। कड़ाके की ठंड थी। रिची पहाड़ी की तलहटी में बसा चडरी गांव, जो पहाड़ी से लगभग चार मील दक्षिण में था, हाड़ को गला देनेवाली सर्दी के बावजूद गहरी नींद में था। रात का चौथा पहर था और ठंड से बचने के लिए घर-घर में जलाई गई लकड़ियां कब की बुझ चुकी थीं। फिर भी राख सुकरा और बिरसी के परिवार के सुबह तक की नींद के लिए अपने भीतर पर्याप्त गर्मी बचाए हुए थी। आग के एक ओर बिरसी पांच साल के छोटे बेटे दुगा को छाती से चिपकाए सो रही थी। उन दोनों से ही सटकर सोई सात साल की बुधनी अपने बाप सुकरा की तरह नाक बजा रही थी। बिरसी का बड़ा लड़का कोंता, जो करीब बारह साल का है, अपने पिता के साथ आग के दूसरी ओर सोया हुआ था। खजूर की 'पटिया' (चटाई) उनका बिस्तर है और वही उन सबका 'ओढ़ना' भी।

कोंता को अच्छी तरह याद है, उस रात उसी ने सबसे पहले नगाड़े की आवाज़ सुनी थी। पहले सोचा, उसका भ्रम है। लेकिन नगाड़ा लगातार बज रहा था। वह उठकर बैठ गया। देखा, सभी लोग नगाड़े की आवाज़ से बेखबर गहरी नींद में हैं। उसने बाबा को हिलाया। उसके हिलाने से सुकरा कुनमुनाया। कुनमुनाकर फिर सो

गया। उठा नहीं। कोंता ने फिर हिलाया। तब जाकर उसकी आंख खुली। वह अभी बेटे से उठाने का सबब पूछने ही वाला था कि उसके कानों में नगाड़े की आवाज़ गूंजने लगी। सुकरा ने उसे सोने का इशारा किया और कड़कड़ाती ठंड में बिना कोई कपड़ा डाले झोंपड़ी से बाहर निकल गया। कोंता रोने लगा।

उसकी रुलाई सुनकर बिरसी की नींद उचट गई। लेटे ही लेटे वह बेटे से बोली, 'का ले कांदत हिस। निंदाय जा बेटा। बिहान होवेक में देरी हय।' अंधेरे में उसे बिलकुल नहीं दिखा कि सुकरा बिस्तर पर नहीं है।

'बाबा...बाबा...' रोते-रोते कोंता बोला।

बाबा सुनते ही बिरसी का ध्यान बिस्तर पर गया। सुकरा की जगह खाली थी। वह हड़बड़ाकर उठ बैठी। बिस्तर क्या, उस एक कमरे वाले छोटे-से घर के किसी हिस्से में सुकरा की परछाईं भी नहीं थी। तब तक नगाड़े की आवाज़ उसने भी सुन ली थी। उसने कोंता का हाथ पकड़ा और 'मोर संग चल' कह, उसे साथ लेकर वह भी घर से बाहर निकल आई।

जब दोनों मां-बेटे अंधेरे में आवाज़ का अनुमान कर बजते हुए नगाड़े की दिशा में बढ़े जा रहे थे, उनके साथ समूची बस्ती उधर ही जा रही थी।

नगाड़ा अखड़ा के पास सबसे बूढ़े साल 'गछ' के नीचे बज रहा था, जहां पूरा गांव अधनिंदी अवस्था में आंखें मलते, ठंड से दांत किटकिटाते और सिहरते हुए बदन के साथ जमा हो रहा था। बिरसी औरतों के झुंड में समा कर खड़ी हो गई। सभी एक-दूसरे से नगाड़ा बजने का कारण पूछ रहे थे।

'चडरी गांव के सभी कुड़ुखर लोगों को सिलागाईं के बुधु भगत की ओर से जोहार है।' जब गांव के अधिकांश लोग जमा हो गए तो नगाड़ा वाले ने बजाना रोककर बात शुरू की। 'इतनी ठंड में नींद से उठाना नहीं चाहते थे, लेकिन आफत बड़ी है। जुलमी जुमिदार सब अंगरेज साहब लोग के साथ मिलकर गोटा कुड़ुखर देस में आग लगाते घूम रहे हैं। खेत, बारी, गांव सब जल रहा है। कुड़खर आदमी औरतों को जिंदा आग में झोंक दे रहे हैं। दूध पीता छउवा तक को नहीं छोड़ रहे हैं। हम बुधु भगत का संदेस लेकर आए हैं। बुधु को धर्मेस ने हम सबको बचाने का जिम्मा सौंपा है। बुधु का संदेस है, चडरी के सभी लोग कुड़ुखर देस को बचाने के लिए उसका साथ दें। नौजवान लोग बिना देर किए हरवे-हथियार के साथ नगड़ी चलें।'

सुबह जब सूरज निकलने वाला ही था, चडरी के अधिकांश पुरुष नगड़ी की ओर कूच कर गए थे। गांव में सिर्फ बूढ़े और औरतें ही रह गए। जानेवालों में कोंता का बाप सुकरा भी था।

चडरी बहुत छोटा-सा गांव है। 30-40 घरों वाला। उरांव आदिवासियों का बसाया हुआ। चडरी से 2 मील पूरब में चुटिया, 9 मील उत्तर में सुतियाम्बे (पिठोरिया) और 6 मील दक्षिण-पश्चिम में जगन्नाथपुर मंदिर है।

चुटिया स्वर्णरेखा नदी के किनारे पर है। इस गांव को चुटिया और नागू नाम के दो मुंडा भाइयों ने आबाद किया था। गुप्तकाल में नागवंश का पांचवां राजा प्रताप राय सुतियाम्बे, जहां उसके पूर्वज फणिमुकुट राय ने चौथी अथवा दसवीं शताब्दी में नागवंशी शासन की नींव डाली थी, से चुटिया चला आया। उसने उड़ीसा और मगध से अनेक हिंदू जातियों को लाकर यहां बसाया और चुटिया को राजधानी के रूप में विकसित किया। उसके बाद से ही चुटिया-नागू 'पुर' में बदल गया। बाहर से आए लोगों ने चुटिया-नागू के गांव को चुटियानागपुर बना दिया। और अब, इसी चुटियानागपुर को कुछ सौ सालों के बाद सही उच्चारण नहीं कर पाने के कारण अंग्रेज अधिकारी 'छोटा नागपुर' कहने-लिखने लगे थे।

चडरी में कोंता ने छुटपन में अक्सर अपने बाबा और दूसरे लोगों को अंग्रेज साहबों के 'छोटा नागपुर' बोलने के ढंग पर हंस-हंसकर लोटपोट होते देखा था। वे सब चडरी को भी 'चाढरी' और जगन्नाथपुर मंदिर के रास्ते में बहने वाली 'हरमू' नदी, जिसे मुंडा लोग 'दुरङ दह' (गानेवाली नदी) बोलते थे, 'डोरांडाह' कहते थे। उसने सुना था, डोरांडाह में अंग्रेज सिपाही रहते थे। उनके पास बहुत घोड़े थे।

चुटिया से पहले नागवंशियों की राजधानी सुतियाम्बे गांव में थी। कोंता के पैदा होने से बहुत पहले ही चुटिया उजड़ गई थी। जब नागवंशी राजा भीमकर्ण ने अपना नया ठिकाना खुकरा में बना लिया था। फिर उसके वंशज खुकरा छोड़कर डोइसा बसे। फिर वहां से भी भागकर चडरी से दक्षिण-पश्चिम पालकोट चले गए। पालकोट को राजधानी बनाने वाले राजा का नाम यदुनाथ शाह था। उसकी पीढ़ी का जगन्नाथ शाह अभी इस समय पालकोट में राज कर रहा था।

यहां से वहां राजधानी बदलते रहना नागवंशियों की मजबूरी थी। मुख्यतः सामरिक मजबूरी। असल में, उरांवों के इधर बसने से बहुत-बहुत पहले, जब उरांव लोग रूइदासगढ़ (रोहतासगढ़) में रह रहे थे, नागवंशियों और अन्य हिंदू जातियों का साल के जंगलों, पहाड़ियों के बीच और नदियों के अगल-बगल बसे उमेडंडा, चोरेया, नगड़ी और सुतियाम्बे में कोई बसावट नहीं थी, केवल मुंडा लोग रहते थे। उन्होंने ही यहां आकर बीहड़ जंगलों को साफ किया, जंगली जानवरों से होड़ ली और बस्तियां बसाईं, खेत बनाए। नागवंशियों का राज होने से पहले सुतियाम्बे मुंडाओं का प्रमुख गांव था। इसी सुतियाम्बे में सभी मुंडा गोत्रों का सरदार मदरा मुंडा रहा करता था, जिसे सोची-समझी चाल के तहत एक क्षत्रिय ने ब्राह्मण के सहयोग से निस्तेज कर नाग राजवंश की नींव डाली थी।

नाग राजवंश के पहले राजा फणिमुकुट के जन्म के संबंध में छोटानागपुर के मुंडा आदिवासियों में एक कहानी प्रचलित है। इस कहानी के अनुसार एक नागवंशी क्षत्रिय अपने ब्राह्मण के साथ भगवान जगन्नाथ जी के दर्शन करने पुरी जा रहा था। यात्रा के दौरान दोनों सुतियाम्बे पहुंचे और 'तीरथ जा रहे हैं' कहकर मदरा मुंडा से कुछ दिनों के लिए आसरा मांगा।

किंवदंती यह भी है कि उस क्षत्रिय का संबंध पुंडरिक नाग के परिवार से था, जिसके सारे संबंधियों को जनमेजय ने मार डाला था और बचे हुए लोग जान बचाने

के लिए छोटानागपुर जैसे निर्जन बीहड़ों में जा छुपे थे। सुतियाम्बे में आसरा लेने वाला क्षत्रिय उसी परिवार का था।

मुंडा पुरखों की कहानी के अनुसार सुतियाम्बे में रहते हुए उस क्षत्रिय ने अपने प्रेमजाल में मदरा मुंडा की बेटी अथवा बहन को फांस लिया, जिसके परिणामस्वरूप उसे गर्भ ठहर गया और जो बच्चा पैदा हुआ, वह फणिमुकुट था। अपने कहानियों-गीतों में मुंडा लोग फणिमुकुट को मदरा मुंडा का पाला हुआ बेटा के रूप में याद करते हैं। पोष्य-पुत्र फणिमुकुट ने ही मदरा मुंडा के बेटे और उस समय की गणतांत्रिक परंपरा के अनुसार 21 गोत्रों के अन्य योग्य मुंडा युवकों के स्वाभाविक दावेदारी को छल से अपदस्थ करते हुए 'सरदारी' हासिल की और खुद को नागवंशी राजा घोषित किया।

जनश्रुतियों के अनुसार, जब फणिमुकुट ने ब्राह्मण के सहयोग से मदरा मुंडा के बाद 'सरदार' पद हथिया लिया था, कई गोत्रों के मुंडा सरदारों ने उसे अपना सरदार मानने से इनकार दिया था। तब उसने एक दिन सभी को रात के खाने पर बुलाया और धोखे से उन्हें मार डाला।

नाग राजघराने के लोग ऐसी कहानियों को कपोल-कल्पना मानते हैं। वे कहते हैं कि उनका वंश शुद्ध रक्त वाला क्षत्रिय है। मुंडा आदिवासियों के साथ उनका कोई रक्त संबंध नहीं है। जिस क्षत्रिय ने पुरी यात्रा के दौरान सुतियाम्बे में पड़ाव डाला था, वह अकेले नहीं बल्कि अपनी पत्नी के साथ था, और वह क्षत्राणी थी। वे मुंडाओं के साथ किसी टकराव की बात भी नहीं स्वीकारते। नागवंशी लोग कहते हैं, मुंडा लोग उनके बड़े भाई के समान हैं। यह सही भी है। क्योंकि नागवंशी औरतें मुंडाओं को भैंसुर मानकर परदा करती हैं, और राजदरबार में जब कोई मुंडा सरदार पहुंच जाता है तो राजा उसके सम्मान में उठकर खड़ा हो जाता है।

नागवंश आदिवासियों के साथ रक्तमिश्रण से भले इनकार करता है, लेकिन ऐसी भी अफवाहें छोटानागपुर के जंगलों में हमेशा तैरती रही हैं, जिसके अनुसार फणिमुकुट को आसपास के तत्कालीन राजघरानों ने अपनी लड़की देने से मना कर दिया था। दूसरे राजा लोग फणिमुकुट को शुद्ध रक्त नहीं मानते थे। तब फणिमुकुट ने पंचेत के गोवंशी राजा पर आक्रमण कर उसकी लड़की लूट ली और उससे विवाह किया। इसके साथ ही उसने खुद को राजा मनवाने के लिए क्योंझर आदि राज्यों पर भी लगातार हमले किए थे।

फणिमुकुट दूरदर्शी था और यह अच्छी तरह से जानता था कि आदिवासियों से बैर रखकर वह छोटानागपुर में राज नहीं कर सकता। इसीलिए शुरुआत में ही विरोधी मुंडा सरदारों को ठिकाने लगाने के बाद, उसकी कोशिश हमेशा यही रही कि आदिवासियों के साथ उसका टकराव न हो। उसने अपनी स्थिति मज़बूत करने के लिए मगध और गंगा पार के राज्यों से गैर-आदिवासी हिंदू पंडितों, व्यापारियों, लठैतों, कारीगर जातियों को सुतियाम्बे में ला-लाकर बसाना शुरू किया। फिर भी इलाके में स्वाभाविक रूप से मुंडा, उरांव और खड़िया आदिवासियों की आबादी बाहर वालों पर भारी पड़ती थी।

संभवतः इसी डर से उसके पांचवें नागवंशी राजा प्रताप राय ने मुंडा-बहुल इलाका सुतियाम्बे गुप्त काल के दौर में छोड़ दिया था और चुटिया में आकर रहने लगा था। चुटिया भी मुंडा आदिवासी गांव था पर सुतियाम्बे के मुकाबले इधर उनकी आबादी कम थी। फिर चुटिया स्वर्णरेखा नदी के किनारे थी और यह बंग-कलिंग के दूसरे राजघरानों से संपर्क की दृष्टि से ज्यादा सुगम था। आर्थिक-व्यापारिक गतिविधियों के लिहाज़ से भी नदी के किनारे का चुटिया इलाका बहुत उपयुक्त था।

लेकिन चुटिया में भी नागवंशी बहुत चैन से नहीं रह पाए। गुप्तवंश से मैत्री और अभयदान के बावजूद उन्हें जब-तब मुंडा सरदारों से जूझते रहना पड़ता था। राजघराने के भारी-भरकम खर्चों, सैनिकों के रखरखाव, व्यापारिक जरूरतों आदि के लिए वे पूरी तरह से जंगल और आदिवासियों पर निर्भर थे। राजघराने की आय का और कोई दूसरा स्रोत था नहीं। लिहाज़ा वे जंगल में घुसते और उन्हें आदिवासियों का सामना करना पड़ता। आदिवासी उसे अपना सरदार मानते ही नहीं थे। गुस्साए आदिवासी उसके कर्मचारियों, लठैतों को बंधक बना लेते। जंगलों से मारपीट कर भगा देते, और कभी-कभी तो वे राजघराने की हरकतों से नाखुश होकर राजधानी पर भी चढ़ आते।

पंद्रहवीं-सोलहवीं शताब्दी में नागवंशी लोग राजधानी खुकरा ले गए। खुकरा कोंता के चडरी गांव से 72 किमी दक्षिण-पश्चिम में परास नदी की तरफ था। इस क्षेत्र में खड़िया और उरांव आदिवासियों की बसावट थी। स्वभाव में ये दोनों आदिवासी समुदाय मुंडाओं की तरह नहीं थे। उनकी अपेक्षा थोड़ा शांत और अपने में ही मगन रहने वाले थे। खुकरा, जो घने जंगलों के बीच था, चुटिया की बनिस्बत आसान पहुंच से बहुत दूर था। मगध, बंग, रामगढ़ और पलामू आदि राजघरानों की पहुंच से सुदूर दुर्गम इलाके में राजधानी बसाने का कोई औचित्य पहली नज़र में नहीं दिखता। लेकिन जब हम मुगलकाल और ब्रिटिशकाल में नागवंशी राजाओं का इतिहास देखते हैं, तब खुकरा में राजधानी बनाने का कारण कोई पहेली नहीं रह जाती।

अबुल फ़ज़ल ने 'अकबरनामा' में फिर भी इस दुर्गम जंगली क्षेत्र की चर्चा 'झारखंड' के नाम से की है, पर इस उल्लेख के बावजूद देश-दुनिया में चल रहे तमाम उथल-पुथल, लूटपाट और राजनीतिक घमासानों से छोटानागपुर अछूता था। बंगाल और उड़ीसा से सटे इलाके से अफगान-तुर्क लुटेरे और दिल्ली के मुगलिया सल्तनत की फौजें कभी-कभार गुजरती तो थीं, पर वे जंगलों और आदिवासियों को चीरकर खुकरा तक पहुंचने की हिम्मत नहीं जुटा पाती थीं। खानदेश के आदिलशाह द्वितीय की सेना पहली बार झारखंड तक चली आई थी। अपने इस दुःसाहस के कारण ही वह 'झारखंडी सुल्तान' कहलाया। वैसे, शेर खां झारखंड में पहुंचने वाला पहला शासक था, जो चेरो राजा महारथ चेरो की बढ़ती ताकत को समेटने के लिए पलामू पर चढ़ बैठा था। पलामू पर शेर खां की चढ़ाई का एक और कारण था, जिसका वर्णन 'तारीख-ए-शाही' में अहमद यादगर ने किया है।

यादगर के अनुसार, महारथ चेरो के पास एक सफेद हाथी था। इस हाथी का नाम श्यामसुंदर था और वह सामान्य हाथियों से बिलकुल भिन्न था। झारखंड के जंगलों में काले हाथियों का नैसर्गिक वास रहा है। मगध और बंग के लोग इधर से

हाथियों को ले जाकर अपनी सैन्य-शक्ति हमेशा बढ़ाते रहे हैं, पर सफेद हाथी का होना बहुत अविश्वसनीय बात थी। परंतु महारथ के पास सफेद हाथी था, इसके पुख्ता प्रमाण शेर खां तक पहुंच चुके थे। यादगर ने श्यामसुंदर नामक इस सफेद हाथी की चर्चा करते हुए लिखा है कि वह अपने सिर पर अन्य हाथियों की तरह कभी भी धूल नहीं डालता था। मस्ती में रहने पर वह अपने महावत तक की बात नहीं सुनता था। श्यामसुंदर पूरी तरह से अपनी मर्जी का मालिक था और खास-खास अवसरों पर ही अपनी सवारी करने देता था।

शेर खां इस सफेद हाथी और महारथ चेरो, दोनों को अपने अधीन करना चाहता था। उसने अपने सेनापति खवास खां और सिपहसालार दरिया खां को चार हजार घुड़सवारों के साथ पलामू भेजा। सोन नदी और बीहड़ जंगलों, घाटियों व दर्रों को पार करते हुए खवास और दरिया खां ने पलामू में महारथ चेरो को घेर लिया। विशाल घुड़सवार सेना के सामने महारथ और उसके लोग टिक नहीं सके। उन्होंने आत्मसमर्पण कर दिया। खवास खां जब सफेद हाथी और लूट के सामान के साथ शेर खां के सामने उपस्थित हुआ, तो कहते हैं, शेर खां ने ज़मीन चूमकर अल्लाह को धन्यवाद दिया, और कहा, 'यह सफेद हाथी इस देश पर हमारी फतह का शगुन है। हम एक दिन इस समूचे भू-भाग पर निर्बाध राज करेंगे और हमारी पीढ़ियां देश के भूगोल को बदलने में बिला शक कामयाब होंगी।'

शेर खां के बाद पहला शासक अकबर था जिसकी सेना ने 1585 में खुकरा को रौंदा। उसने शाहबाज़ खां को खुकरा भेजकर नागवंशी मधुकर्ण को मुगलिया सल्तनत की 'सलामी' के लिए बाध्य किया था। इस तरह वह 'दुर्गमता', जो अभी तक खुकरा का अभेद रक्षा कवच बनी हुई थी, आखिरकार टूट गई।

सफेद हाथी के लालच में पलामू पहुंचने वाला पहला बाहरी शासक शेर खां था। लेकिन जब उसका वंशज जहांगीर गद्दी पर आसीन हुआ तब छोटानागपुर में कोई सफेद हाथी नहीं था, जिसकी चाह में वह अपनी सेना छोटानागपुर के दुर्गम जंगलों में भेजता। फिर भी शहंशाह जहांगीर ने बिहार के सूबेदार इब्राहीम खां को आदेश दिया कि वह खुकरा जाए और नागवंशी राज को अपने हाथ में ले ले।

नागवंशियों से महज़ छह हजार सालाना कर वसूलने में जहांगीर की बहुत अधिक दिलचस्पी नहीं थी। उसकी दिलचस्पी छोटानागपुर के उन हीरों पर थी जिसका उल्लेख कौटिल्य, टालमी और चेपुजियो जैसे प्राचीन ग्रंथकार अपने ग्रंथों में करते रहे हैं। स्वयं जहांगीर ने अपनी आत्मकथा 'तुज़ुक' में शंख नदी में मिलनेवाले हीरों के बारे में लिखा है, 'उस मौसम में जब कम पानी रहता है, कई जगह गड्ढों में पानी भर जाता है और जो लोग उस काम में लगे हुए हैं, वे अनुभव से जान जाते हैं कि जिन गड्ढों में हीरे होते हैं, उन पर कीड़ों के झुंड उड़ते रहते हैं, जिन्हें हिंद की भाषा में झींगा कहा जाता है। नदी के पाट में जहां तक नज़र जाती है, ये गड्ढों के चारों ओर पत्थरों की ढेर लगा देते हैं। इसके बाद गड्ढों को डेढ़ गज की गहराई तक खोद डालते हैं, जिनमें इन्हें बालू और पत्थरों से छोटे-बड़े हीरे मिल जाते हैं। कभी-कभी तो एक लाख रुपये की कीमत तक का हीरा इनके हाथ लग जाता है।'

सफेद हाथी तो शायद किस्सा रहा हो, पर हीरे छोटानागपुर में हैं, जहांगीर के लिए यह कोई किस्सा नहीं था।

इसलिए बादशाह का हुक्म पाते ही इब्राहीम खां और उसके घुड़सवार सिपाहियों ने घोड़ों की जीन कसी और खुकरा की ओर कूच कर गए। राजा दुर्जन साल को जैसे ही इब्राहीम के आने की सूचना मिली, उसने अपने आदमियों को उसके पास भेज दिया। दुर्जन साल ने उनकी मार्फत खबर भिजवाई थी कि वह खुकरा न आए, वह खुद जल्दी ही हीरों और हाथियों को उनकी सेवा में हाजिर करेगा। इब्राहीम उसके आश्वासन और राजनयिक चाल में नहीं फंसा। उसने उसके खबरचियों को बंदी बनाते हुए, बेखबर दुर्जन साल को खुकरा के नौ मंज़िले नवरत्न महल में चूहे की तरह दबोच लिया। दुर्जन की मां, एक भाई और महल में मौजूद सभी मर्द-औरतों को बंदी बना लिया गया। हीरों से भरे उसके खजाने को ज़ब्त कर लिया गया और 23 हाथियों को भी मुगल सैनिक ले गए।

दुर्जन साल बारह वर्षों तक ग्वालियर में कैद रहा।

उसके कैद से छूटने का किस्सा भी हीरे से जुड़ा हुआ है। जिन हीरों की वजह से उसने बारह साल की कैद भुगती, वही हीरा उसकी रिहाई का सबब बना। किस्सा यह है कि दुर्जन साल हीरों के पारखी के रूप में प्रसिद्ध था, पर जहांगीर को उस पर संदेह था। अपने संदेह को दूर करने के लिए एक दिन जहांगीर ने उसे दरबार में बुलवाया और एक असली व एक नकली हीरे देकर असली हीरे की पहचान करने के लिए बोला। दुर्जन साल ने दोनों हीरों को दो भेंड़ों के सिर पर बांधकर उन्हें आपस में लड़वाया। लड़ाई में नकली हीरा टूट गया पर असली जस का तस रहा। एक खरोंच तक नहीं आई। जहांगीर ने छह हजार सालाना कर चुकाने की शर्त के साथ उसे रिहा कर दिया।

लेकिन 1627 में दुर्जन जब खुकरा वापस लौटा तो उसका राज छिन्न-भिन्न हो चुका था। उसके एक संबंधी ने कैद के दौरान खुद को राजा घोषित कर दिया था और उसके परिवार के करीबी दूसरे लोग खुकरा छोड़कर इधर-उधर अपना-अपना नया ठिकाना बना चुके थे। बहुत मुश्किल से बाहरी मदद के जरिए वह फिर से अपना राज वापस पा सका।

राज पाने के बाद खुकरा से थोड़ा और बीहड़, दक्षिण कोयल नदी की ओर, प्राकृतिक तौर पर तीन ओर से पहाड़ी चट्टानों से घिरी जगह 'डोइसा' में उसने अपनी नई राजधानी बसाई। ग्वालियर कैद के दौरान देखे गए शाही महल और अन्य भवनों के स्थापत्य उसके दिलोदिमाग पर चढ़े हुए थे। डोइसा के नए 'नगर' में दुर्जन ने मुगलों की तरह ही नौ मंज़िला महल, बाग-बगीचे, जलाशय, दरबार, कचहरी, कोषागार, अस्तबल और बंदीगृह बनवाए।

आगे के वर्षों में औरंगजेब ने खुकरा के साथ कोई छेड़छाड़ नहीं की। लेकिन मुगलकाल तक आते-आते पलामू और रामगढ़ के राजघराने नागवंशियों की अपेक्षा ज्यादा शक्तिशाली हो गए थे; बल्कि चौदहवीं शती में ही, नागवंशी राजा शिवदास कर्ण के समय, राजा का एक मातहत बाघदेव, जो बुन्देला राजपूत था, और जिसे

शिवदास ने रामगढ़ (कर्णपुरा-हजारीबाग) के बागी जमींदारों के दमन के लिए बुलाया था, वह खुद उन बागियों से मिल गया और उनके सहयोग से रामगढ़ को स्वतंत्र घोषित करते हुए राजा बन बैठा था। उसके वंशज उन्नीसवीं शताब्दी तक छोटानागपुर महाराजा को जब-तब आंख भी दिखाते रहते थे।

पलामू का चेरो राजा मेदिनी राय रामगढ़ वालों से भी दो कदम आगे निकला। उसने रघुनाथ शाह के समय डोइसा पर हमला कर सारा माल-असबाब तो लूट ही लिया, नागवंशियों के महल के दरवाजे तक उखाड़कर ले गया।

आखिरकार, 1720 के आसपास यदुनाथ शाह ने राजा बनते ही डर के मारे डोइसा छोड़ दिया। मुगलों और बाद में मराठों के डर से उसने और घने जंगल के बीच, उड़ीसा-मध्य प्रदेश की सीमा पर पालकोट में अपने लिए नई सुरक्षित जगह ढूंढ़ी। उड़ीसा का गांगपुर स्टेट, क्यौंझर और सम्बलपुर राजघराने से उसकी रिश्तेदारियां थीं, जहां से वह और उसकी बाद की पीढ़ियां मुश्किल समय में सहायता और शरण आसानी से पा सकते थे।

और पचास-साठ साल बाद ऐसा हुआ भी।

1772 में दर्पनाथ शाह तब नागवंशी राजा था। इस समय तक अंग्रेज झारखंड में घुस चुके थे और बंगाल, छोटानागपुर और बिहार पर उनकी पकड़ मजबूत हो गई थी। पलामू और रामगढ़ जैसे कुछ राजाओं के अतिरिक्त लगभग सभी राजा-जमींदार हथियार डाल चुके थे। दर्पनाथ ने भी कैप्टन कैमेक से संधि करते हुए ब्रितानी सरकार की अधीनता लिखित रूप में स्वीकार कर ली थी। पर वह हमेशा कर चुकाने से भागता रहा। ब्रिटिश राज को उससे कर वसूलने में बहुत पापड़ बेलने पड़े। समय-समय पर कई दूसरे अफसरों को वसूली के लिए लगाया गया। लेकिन वह हमेशा बचने में कामयाब रहा।

रामगढ़ बटालियन का कमांडिंग अफसर जेम्स क्राफर्ड ने दर्पनाथ की दिलचस्प तस्वीर खिंची है। क्राफर्ड के अनुसार, दर्पनाथ स्त्रैण और भीरु स्वभाव का था। निष्ठुरता और धोखाधड़ी उसका चरित्र था। खतरे का आभास होते ही वह अपने पड़ोसी राजघरानों में जाकर छुप जाता है। पिछले कई वर्षों से वह ऐसे जंगलों में रह रहा है जो किसी खुले गोहाल से अधिक कुछ भी नहीं है। उसे अपनी प्रजा तक की चिंता नहीं है।

तो, राजधानियां बदलते रहने के पीछे की यही मूल कथा है। शायद सौ-दो सौ साल बाद बीसवीं-इक्कीसवीं सदी में उसके चारण 'कर' नहीं देने को ही राजधानी परिवर्तन के मुख्य कारण के रूप में पेश करें, ताकि आदिवासियों और दूसरे शासकों के भय के वास्तविक कारण को छुपाया जा सके, जिससे कि डरकर वे अपनी राजधानियां बदलते रहें, और नागवंश की वीरता और कीर्ति की रक्षा हो सके।

और 1842 के जनवरी महीने के आखिरी दिनों की इस रात जब कोंता का बाबा बुधु भगत के बुलावे पर गांव से चला गया है, हम जानते हैं कि वर्तमान नागवंशी राजा जगन्नाथ शाहदेव अंग्रेजों का पिट्ठू है। आदिवासियों को उनके पुरखा और नैसर्गिक अधिकारों से बेदखल करने के लिए वह अंग्रेजी हुकूमत को फौज, रसद, ठिकाना—सभी कुछ उपलब्ध करा रहा है। परगनैत जगतपाल सिंह उसके निर्देश पर

कैप्टन विलिन्कसन को अपने ठिकाने पिठोरिया में डेरा दिये हुए है, जहां वह अपने थोड़े पैदल बरकंदाजों और बीस घुड़सवार सिपाहियों के साथ रुककर दानापुर और बनारस से आने वाली टुकड़ियों का इंतजार कर रहा है।

अबोध कोंता इस बारे में कुछ नहीं जानता। वह जानता भी कैसे? उसके पुरखों को कुछ भी जमा करने की आदत जो नहीं है। न वे जंगल के फल-फूल और कंद-मूल को घरों में जमा करते हैं, न ही अतीत की बातों को। संग्रहण उनकी आर्थिक संरचना में ही नहीं है। गीत-कथाओं में वे जरूर कुछ अच्छी-खराब घटनाओं को पिरो लेते हैं पर जिस तरह से गैर-आदिवासियों की आदत वैदिक जमाने से इतिहास गाने-लिखने की रही है, उस तरह से तो बिलकुल नहीं।

दस-बारह साल का कोंता सचमुच अनजान है इन सबसे। और सिर्फ वही नहीं, झारखंड में रहने वाला हर आदिवासी समुदाय भी, जिसे लोग 'इतिहास' कहते हैं।

कोई 15-20 दिन बाद सुकरा और गांव के दूसरे लोग लौटे। वे सब घोंसलों में पंछियों की तरह नहीं, हिंसक जानवरों की तरह अपनी मांद में लौटे थे। सबके चेहरे पर सामूहिक शिकार से मिलने वाली खुशी थी।

बिरसी घर में घुसते ही सुकरा से लिपट गई। कोंता के नथुनों में 'गोंदली' की खुशबू का अहसास हुआ। बाबा के लौटने पर उस रात आयो (मां) ने गोंदली का भात पकाया था।

'गोंदली?' कुंती के दांत दूध भरे मकई के दाने-से चमके।

'ई कइसन होवऽ हइ?'

कोंता सोच में पड़ गया। कैसे बताए, गोंदली कैसा होता है। उसने ज़मीन पर नज़र डाली। सरसों के बराबर का एक कंकर उठाया और कुंती को दिखाते हुए बोला, 'बस, एतनेहें बड़ा होता है। गोल-गोल और तुम्हारे रंग जैसा।' कहकर उसने उसकी छाती पर उंगली गड़ा दी।

कुंती शरमाकर पीछे हट गई। दोनों अपनी झोंपड़ी के बाहर बैठे बात कर रहे थे। उसने सोचा, किसी ने देख तो नहीं लिया? लेकिन कोई भी उस समय झोंपड़ी के बाहर नहीं था। हल्का-हल्का अंधेरा हो गया था और लोग शायद खाना बनाने की तैयारी में जुटे हुए थे।

'ओकर पौधा कइसन होवऽ हइ? धान जइसन कि सरसों जइसन?'

'धाने तइर...गोंदली कर भात बेसे मीठा होवेल। 'मड़ुवा' अउर 'गोड़ा' धान कर चाउर तइर नइ। उकर से भी बगरा मीठा। तोरे लखे मीठा।' कहते हुए कोंता एक बार फिर उसकी ओर झुका।

कुंती भागकर झोंपड़ी में घुस गई।

पीछे-पीछे कोंता भी चला आया।

बनावटी गुस्से से बोली, 'बेस रेंगा नियर कहानी सुनावे ल हवऽ त सुनावऽ। नञ् तो हम चलली चूल्हा सलगाए।' जबकि उसका मन कोंता की कहानी में अटका हुआ था और खाना बनाने में फिलहाल उसकी कोई रुचि नहीं थी।

कोंता ने एक पल उसे देखा और उसे अपनी बांहों में समेट लिया। कुंती भी निकलने की बजाय उसके और भीतर सिमट आई। उसे बांहों में कसते हुए ही वह उसके कान में हौले से फुसुसाया, 'हामके भी सुनाय कर कोनों हड़बड़ी नखे। मोर मन तो एखन कुछ अउर करत हे...' कहता हुआ वह कुंती को लिये-लिये चटाई पर लेट गया। बांह तो उसे कसे हुए ही थी, दाहिने पैर से भी उसकी देह को पकड़ लिया।

कुंती समझ गई थी, उसे क्या चाहिए। उसने अपनी देह को उससे अलग किया और उठकर दरवाजा बंद कर दिया। घर में 'संझौती' जलाने की आदत थी। सोचा, ढिबरी जला ले। लेकिन कुलियों को इतना कम केरोसिन मिलता था कि उसमें पूरा महीना निकालना बहुत मुश्किल होता था।

वह आकर कोंता के पास बैठ गई। कोंता ने उसकी गोद में अपना सिर रख दिया। कुंती के हाथ बकरी के नवजात छौने की तरह उसकी छाती के मैदान पर रेंगने लगे।

'कहनिया पूरा करऽ।'

कोंता ने उसकी गर्दन में हाथ डालकर उसके चेहरे को अपनी ओर खींचा। 'पहिले मोर मन कर बात...तब कहनी।'

'तोर मन ल त अभी पूरा रात बाकी हवऽ।' कोंता की नाक पर अपनी नाक रगड़ते हुए कुंती ने कहा। 'पहिले कहानी...फिन तोर मन के बात।'

कोंता ने तब उसे पूरा का पूरा ही खींच लिया।

'पहिले मोर मन कर...'

'नञ्। पहिले कहानी...'

इसके बाद चुप्पी छा गई। कुछ ही देर में दोनों की सांसें एक-दूसरे को पकड़ने के लिए दौड़ रही थीं। पहले आगे-पीछे, फिर तेज़ी से साथ-साथ।

राजा हो राजा, जगन्नाथ राजा,
निंग्हैय राजी नू लड़ेका मांजा
निंग्हैय राजी बुंड-तमाड़
निंग्हैय राजी नू लड़ेका मांजा

उस पूरी रात बाबा ने जो कहानी कोंता के आयो को सुनाई थी, वही कहानी अब उससे कुंती भी सुन रही थी।

उस ठंड की सुबह में हम सभी लोग लगभग दौड़ते हुए, रिची पहाड़ से बहुत आगे के गांव, नगड़ी में जमा हुए। जब हम पहुंचे तो आसपास के कई गांवों के हजारों लोग

वहां जमा थे। कुछ लोग हमारी तरह पहुंच ही रहे थे। जमा हुए सभी लोग तीर, टांगी और तलवार से लैस थे। नगड़ी गांव का करिया, जो उधर के पड़हा का सरदार था, वह खुद एक चमचमाती हुई तलवार लिये भीड़ में घूमता फिर रहा था।

सभी लोगों के जमा होते हुए ही करिया ने हवा में तलवार लहराई और ज़ोर से चिल्लाया, 'जय धर्मेश!'

हम सबने भी उसी जोश से उसका साथ दिया, 'जय धर्मेश!'

'तुम लोग जानते हो, गोटा मुंडा दिसुम में, कुड़ुख खोंड़हा में जमीदार-अंगरेजों ने हम आदिवासियों का जीना 'धिरिक' कर दिया है। अंगरेज लोग आज से छह साल पहले छोटानागपुर राजा का राज भी छीन लिया है। टोला-टोला और गांव-गांव में 'सद' (सदान, नागवंशियों के राज में बाहर से लाए और आए हिंदू लोग) और 'दिकू' (अंग्रेज) हम आदिवासियों को भेड़िया जैसा नोच रहे हैं। सोनपुर परगना का मानकी सिंदराइ का बारह गांव सिखों को दे दिया गया है। उसकी दो बहिनों के साथ सिखों ने और बंदगांव के बिंदराइ मानकी की जनी के साथ सिपाहियों ने जानवर जैसा बेवहार किया है।'

'जब्बार अली ने बिंदराइ को भी मोरा दिया।'

'बंदगांव का सुरगा मुंडा की जनी को मुसलमान लोग उठाकर ले गए।' भीड़ में से किसी ने कहा।

'सिल्ली परगना में सद महाजनों ने पुलिस-थाना के साथ मिलकर खेत अउर जनावर लूट लिया है।'

'गोविंदपुर थाना का दारोगा उधर का गांव-टोला में सबको मारते-काटते घूम रहा है।'

'कोचांग अउर तमाड़ में भी...'

'चुटिया गांव में चार परिवारों को आग में जिंदा झोंक दिया है।'

'हमारे गांव में चार दिन आगे पिठोरिया का परगनइत सिपाही अउर सद राजपूत लोग को लेकर आया था। वह हमारे जानवरों को ले गया और गांव का सारा अनाज भी लूट लिया।' बोड़ेया गांव का एक आदिवासी बोला।

'हां-हां। ऐसा ही सब तरफ हो रहा है।' भीड़ गुस्से से चिल्लाई।

'इसीलिए...इसीलिए...' करिया ने दो हजार से अधिक उत्तेजित भीड़ को संबोधित करते हुए बोला, 'गांव-गांव, टोला-टोला, हातु-हातु पड़हा मानकी लोग तीर भेजा है। डुगडुगी बजाकर जमा होने को कहा जा रहा है। सिलागाई का बुधु भगत का संदेश है–जैसे मुड़ा लोग लंका में जमा होकर जुलमी सद अउर दिकू लोग को दिसुम से बाहर निकालने का बात किया है, हम लोग को भी कुड़ुख खोड़हा से एक-एक गंदगी को साफ कर देना है। जब जानवर लोग 'पोस' नइ मानता है अउर आदमी मारने लगता है, उसको मोराना ही पड़ता है।'

'बुधु भगत ठीक बोलता है। हम सब उसके साथ हैं।'

'तो धर्मेश को याद करो। चाला पच्चो आयो को याद कर लो। हमको नहीं पता, हममें से कोन जिंदा रहेगा, कोन मर जाएगा। पुरखा लोगों का कहना है, ई

खोंड़हा अउर दिसमु हम लोग का है। हम लोग का राज है। हम किसी को नहीं मानते। आज ई सब जुलमी लोग को काटेंगे।'

'सब तेयार हयं। देरी मत करो। नगड़ी गांव से ही शुरू करते हैं।'

'हां-हां, अब जरा भी बात नहीं। चलो-चलो...'

'सुनो-सुनो...रिची बुरू पर नगड़ा बजने लगा।'

'हां-हां, नगड़ा बज रहा है...'

'मतलब गाड़ी में, बोड़ेया में...लड़ाई सुरू हो गया...'

'अब हम भी चलें...हमारा टांगी हमारे बस में नहीं है।'

'तो बेस, सब मधुमक्खी जैसा फैल जाओ। जब तक हम लोग अपना 'सहद' को नहीं बचा लेंगे, हममें से कोई भी अपने हातु नइ घुरेगा।'

करिया के इस बात के बाद हम सब जो वहां जमा थे, गोटा नगड़ी गांव में फैल गए। हमारा दल में करीब दू कोरी (40) जन थे। हम लोग सबसे पहले थाना को घेरे। दारोगा अउर बीस सिपाही थे वहां। लेकिन पांच लोग के पास ही आग उगलने वाला हथियार था। बाकी लोग के पास खाली लाठी था। हमने थाना को आग लगा दिया अउर सबको काट डाला। उसके बाद हम लोग महाजन का घर तरफ गए। रमेसर महाजन घर में धान रखने वाला मिट्टी का कोठी में छुपा था। उसका बाल पकड़कर हमने ही कोठी से खींचा। उसका घेंचा को, तिरिल बस्ती का डेले, जो हमारे दल में था, टांगी से बेल जइसा फोड़ दिया। जनी अउर बच्चा लोग को हम लोग छोड़ दिये। चोकीदार तो हम लोग का जमा होते ही भाग गया था। उसका घर में कोई नइ मिला। आग लगा दिये। दोपहर होते-होते पूरा नगड़ी गांव से सद अउर दिकू लोग को सफा कर दिये थे हम लोग। कहीं कोइ सामने नइ आया।

उसके बाद हम लोग शाम होने से पहले ही गाड़ी गांव में घुसे। वहां के लोग भी हमारा इंतजार कर रहे थे। सूरज डूबने-डूबने तक वहां का खर-पतवार अउर कीड़ा सबको सफा कर दिये।

तसे, सब लोग सिलांगाई चले गए। रात में हुंवायं डेरा रहा। बाबा रे! हम तो खाली बुधु बूढ़ा का नाम भर सुने थे। देखे तो अलबत। उसका बेटा-भतीजा अउर घर का जनी लोग भी। हथियार से लैस थे। तरवाइर, तीर-धनुष, टांगा, हंसिया अउर ढेलफांस भी। हम लोग जाते समय बनसूअर मारे थे। चाउर के साथ उसी को 'रांध' (पका) कर खाए।

खाना खाने के बाद बुधु बूढ़ा का बात सुने। एकदम झरना जइसा आवाज़। जइसे हुंडरू का झरना गुरगुराता है न, बस उसी के जैसा। कोंता मांय हम लोग तो उसका बात को सुन-सुनकर कांदते भी थे अउर रोसियाते भी थे। बूढ़ा का हड्डी हम जवान लोग से भी बगरा मजबूत था। एकदम पुरना साल गछ जइसा।

करीब तीन हपता जइसा हम लोग, आसपास का दस-दस कोस का गांव-टोला में घूमते रहे। बुधू बूढ़ा ही बताता था, किसको किधर जाना है, कोन-कोन किसके साथ जाएगा, कोन इस दल का कि उस दल का अगुवाई करेगा। उसका साफ बोलना

था। टोला-हातु अउर जंगल से सब बेमारी को सफा करो। ई लोग आदमी खानेवाला जनावर है। अइसा लोग पर कोइ नरमी मत करना। हां, जनी अउर छउवा लोग को कुछ नइ करना।

मारते बेरा बहुत तकलीप होता था बिरसी। लगिन का करते। बुधू बूढ़ा का कहनाम ठीक था। सद-दिकू लोग दया-माया का लाइक नइ है। बुढ़मू गांव में एगो सद का बूढ़ा बाप था। हमको उस पर दया आ गया। छोड़ दिये। मुदा का देखते हैं कि ऊ सद बूढ़ा तरवाइर ले के कूद रहा है। तो उसको मोराना ही पड़ा।

तुमको नइ बता सकते, कइसा-कइसा का-का हुआ तीन हपता। जइसे आग अउर रगत का नदी था अउर हम सब लोग उस नदी में तैर रहे थे। डूब रहे थे। न भात-तियन का सुध था, न नहाने-धोने का।

तुम्हारा बहुते याद आता था। छउवा लोग को देखने के लिए मन तड़पता था। कभी-कभी लगता, छोड़कर घुर जाऊं। पर ई तो बेस नइ रहता न बिरसी। लोग तुम्हारा मरद को भगोड़ा बोलते। तुमको बेस लगता। बोलो तो?

इसके बाद जो हुआ था, उसे कोंता नहीं जानता था। जितना उस रात सुना था, बस, उतना ही। बाबा के लौटने के लगभग दो सप्ताह बाद, बुधु बूढ़े के साथ जो कुछ हुआ, कोंता वह कहानी 1834 में अलकिसुन (विलकिन्सन) साहब के चडरी के बगल में बस जाने के पांच वर्षों तक नहीं जान पाया था, जिसका वर्णन एक अंग्रेज वनस्पतिविज्ञानी डॉक्टर हेनरी हॉर्पर स्प्रे ने 26 मार्च, 1837 को लिखी अपनी रिपोर्ट में किया था और जिसे यह कहानी एक घुड़सवार सिपाही ने बनारस में सुनाई थी, जिसका मुख्य नायक सिलांगाई का बुधू बूढ़ा और उसके लोग थे :

'23 जनवरी, 1832 को हथियारों से लैस तीसरी घुड़सवार सेना और 54वीं पैदल सेना के दो बटालियन बनारस से शेरघाटी के लिए रवाना हुए। शेरघाटी में हमारी घुड़सवार टुकड़ी को 50वीं पैदल सेना की बटालियन के साथ टिको होते हुए पिठोरिया जाना था। टिको में डेरा डाले कैप्टन इम्पे के साथ। लेकिन हमारे पहुंचने के एक दिन पहले ही पैदल बटालियन चतरा के रास्ते टिको के लिए कूच कर चुकी थी। आदेश हुआ कि हम तेज़ी से आगे बढ़ें और उनके साथ हो लें। 54वीं पैदल सेना की दोनों टुकड़ियों को हजारीबाग के रास्ते पिठोरिया के लिए रवाना किया गया, जहां कैप्टन विलन्सिन कोल आदिवासियों के विद्रोह को दबाने के लिए कैम्प किए हुए थे। दो घाटों को पार करते हुए हम शेरघाटी से आठ फरवरी को टिको पहुंच गए।

नाश्ता करने के बाद जब हम तैयार हो रहे थे, हमें अचानक घोड़ों के लिए घास काटने वाले घसियारों की ज़ोर-ज़ोर चिल्लाने की आवाज़ सुनाई दी, 'कोल आ गए, कोल आ गए।' मैंने सोचा, 'मुझे और कई सिपाहियों को यह भ्रम हो गया कि कोल विद्रोहियों ने हम पर धावा बोल दिया है। मुझे तो ऐसा लगा कि बस, अगले ही पल कोई कोल अपने हाथ में नंगी तलवार लिये मेरे टेंट में घुसेगा और...पर यह वाकई भ्रम था। असल में हमारे कैम्प से कोई कोस भर की दूरी पर घसियारों ने विद्रोहियों

के एक दल को जाते देखा था। फिर क्या था! हममें से जो जिस हालत में था, मतलब बिना टोपी के, बिना जैकेट के, पूरी तेज़ी से उधर लपका। लगभग चार मील सरपट दौड़ने के बाद हमें लगभग 200 कोल तेज़ी से जंगल की ओर जाते दिखे। वे सब जितनी तेज़ी के साथ चल सकते थे, चले जा रहे थे। ज़मीन भी दलदली थी जिसमें घोड़ों का तेज़ी से बढ़ पाना नहीं हो रहा था। फिर भी हम 18-20 कोल आदिवासियों को मार पाने में सफल हुए। लौटते हुए रास्ते में पड़ने वाले दो गांवों को हमने जला दिया और 60 और लोगों को भी मार डाला। इसके बाद हमारी टुकड़ी कैम्प लौट आई।

अगले दिन, यानी 9 फरवरी को हमारी टुकड़ी तीन दलों में बंटकर विद्रोहियों को सबक सिखाने के लिए गांव जलाने और लूटने निकली। कैप्टन विलकिन्सन का आदेश बहुत साफ था : मारो, जलाओ और लूट लो। गांवों को जलाना हमारे लिए एक मजेदार खेल था। गुड फन। जाते समय हमारी मुठभेड़ कहीं नहीं हुई। एक भी कोल हमें रास्ते में नहीं दिखा। शाम के समय, जब सूरज बस डूबने ही वाला था, अचानक कोई दो हजार कोलों का जत्था नज़र आया। लगा, वे लोग हमारी टुकड़ी देखकर डर से ठिठक गए हैं। बाकी दोनों दलों को भी इधर आने का संदेश भेज दिया गया। वे सब रुके हुए ही थे। जैसे ही हम उनकी ओर बढ़े, वे हमसे भी दोगुनी चाल से जंगल के अंदर समा गए। रात के वक्त जंगल-पहाड़ में घोड़ों को दौड़ा पाना हमारे लिए खतरनाक था। हम कुछ नहीं कर सके।

10 फरवरी की दोपहर को हमारा सामना फिर उनसे हुआ। दूसरे सिपाहियों के अनुसार उनकी संख्या करीब चार हजार की थी, पर मेरे हिसाब से वे लोग इससे बहुत कम थे। कैप्टन इम्पे ने हमें पहले ही हिदायत दे दी थी कि इस बार हम लोग पहले नहीं बढ़ेंगे। उन्हें अपनी ओर आने देंगे और जब वे बिलकुल पास आ जाएंगे तब हमला बोलेंगे। हम लोग अपने-अपने हथियार सम्हाले लगभग चार घंटे तक दम साधे खड़े रहे। कोल हमारे चारों ओर नाचते हुए धीरे-धीरे करीब आते जा रहे थे। वे हमें कायर समझ रहे थे और हमारी हंसी उड़ा रहे थे।

जब उनके और हमारे बीच महज सौ मीटर का फासला रह गया था, हममें से कई सिपाहियों के कान 'फायर' शब्द सुनने को तड़प उठे, पर किसी ने फायर की आवाज़ नहीं सुनी। इस बीच वे सब हमारे और करीब आ चुके थे। और तब हमें आश्चर्य हुआ कि वे सब हमसे लड़ने नहीं आए थे बल्कि अपनी भाषा में कुछ कह रहे थे, जिसका हमारे लिए एक ही अर्थ था—सरेंडर।

अगली सुबह चार सिपाहियों और सरेंडर कर चुके कुछ लोगों को एक स्थानीय व्यक्ति के साथ हमने कैप्टन विलकिन्सन के पास पिठोरिया भेजा। लेकिन इन लोगों को दस मील की दूरी पर लगभग एक हजार लोगों की भीड़ ने आगे जाने से रोक दिया। यह खबर जब तक हमारे पास पहुंची, हम पिठोरिया के रास्ते में चोरेया गांव पहुंचकर डेरा डाल चुके थे, जहां हम 7 मार्च तक थे।

चोरेया में रहते हुए 7 मार्च के पहले हमने दो दौड़ लगाई थी। एक दौड़ सिलागाई गांव की थी, जहां हमने 13 फरवरी को कोल विद्रोही बुधु भगत की हत्या की, जिसके

सिर काटने पर 1000 रुपए का इनाम घोषित था। इस एक हजार रुपए को नन-कमिशंड अफसरों और मदद करने वाले स्थानीय लोगों के बीच बांट दिया गया। सिलागाई में मारे गए लोगों की संख्या इस देश के किसी भी हिस्से में अब तक मारे गए लोगों से बहुत अधिक थी। दो सौ से भी ज्यादा। हालांकि उन लोगों ने तलवारों, कुल्हाड़ियों, तीरों के बल पर हमारा मुकाबला डटकर और बड़ी बहादुरी से किया था। उन्होंने हमारे दो घोड़े मार डाले, कई सिपाही घायल हुए और एक को अपना हाथ गंवाना पड़ा था। लेकिन इस कार्रवाई ने 20 मील तक के विद्रोहियों को सरेंडर करने और हथियार डाल देने पर मजबूर कर दिया था।'

इस घटना का लोमहर्षक दृश्य 14 फरवरी को लोगों ने पिठोरिया में देखा, जब बुधु भगत, उसके छोटे भाई और भतीजे का कटा हुआ सिर मेजर टी विलकिन्सन, जो छोटानागपुर का कमिश्नर था और विद्रोहों के दमन अभियान का सैन्य-प्रमुख, के सामने रखा गया।

बंगाल से प्रकाशित 'हरकारा' समाचार-पत्र का संवाददाता जॉन वुल, जो उन दिनों पिठोरिया में ही था, उसकी भेजी हुई रिपोर्ट 2 मार्च, 1832 को छपी। रिपोर्ट के अनुसार, 'सिलागाई गांव शाम होते-होते शवों से पट गया था और जलती हुई झोंपड़ियों की आग में बिखरी हुई लाशें हृदयविदारक दृश्य उपस्थित कर रही थीं। किंतु इससे भी अधिक दिल दहला देने वाला दृश्य वह था, जो लाशों के बीच नन्हे-नन्हे हाथ-पांवों वाले नग्न बच्चे अपनी मां, अपने पिता को रोते हुए खोज रहे थे। चीत्कार करती औरतें जले-कटे शवों के बीच अपने पतियों को ढूंढ़ रही थीं।'

इसी संवाददाता ने अपनी एक अन्य रिपोर्ट में इस कहानी का अंत इस तरह से व्यक्त किया था, 'ईश्वर का लाख शुक्र है कि अंततः हम रामगढ़वालों तथा बुधु भगत के मसाला लगे सिर से मुख मोड़ सके हैं। मैं इस काम से सचमुच ऊब चुका हूं।'

कोंता का समुदाय अब भी अपनी भाषा में बुधु बूढ़ा की अगुवाई में हुई लड़ाई के गीत गाता है :

हरदेल गिरदेल दोनों रे भाइ
लारेका परिया जिया हूं केरा।
टिको का डाड़े लड़ायो भेला
लारेका परिया जिया हूं केरा।
रुनिया झुनिया दोनों रे बहिन
लारेका परिया जिया हूं केरा।

बुधु बूढ़े के अंत की यह कहानी कोंता को बाबा की कहानी सुनाने के छह साल बाद पता चली थी, जब वह सत्रह-अठारह साल का हो गया था। बीते हुए इन छह सालों के दौरान अलकिसुन साहब उसके गांव के बिलकुल करीब आकर बस गया था। अपने रहने के लिए उसने पत्थरों और लाल ईंटों से एक बहुत बड़ा घर बनवाया था, जहां वह अपनी कचहरी लगाता था। जमींदारों और अंग्रेजी साहबों की बात नहीं

मानने वालों, कर नहीं चुकाने वालों और चोरी-झगड़ा करने वालों को अपने घर से थोड़ी दूर पर बनाए गए 'जेल' में बंद करके रखता था। अलकिसुन के बसने के साथ ही और भी कई तरह के लोग, जिनमें पुरुलिया के बंगाली बाबू, सूदखोर हिंदू महाजन, राजपूत, मुसलमान, व्यापारी, घर बनाने वाले कारीगर, बढ़ई, लोहार आदि थे, वे भी धीरे-धीरे आकर रहने लगे। बाहरी लोगों ने इस नई बसावट को किसुनपुर नाम दिया।

13 फरवरी, 1838 को किसुनपुर जेल से जिस दिन बहुत सारे 'लड़ाका कोल' (हो) विद्रोही भागने की कोशिश करते हुए मारे गए, ये सभी विद्रोही दिसंबर, 1837 में अंग्रेजों से लड़ने वाले सिङ दिसुम (सिंहभूम) के पोटो सरदार के साथी थे। पूरे इलाके में आदिवासियों के बीच हल्ला था कि उन्हें जेल के भीतर ही मार डाला गया था और अंग्रेजी सरकार उनकी हत्या को छुपाने के लिए उनके भागने की झूठी बात प्रचारित कर रही थी।

इस भयानक घटना के दिन फिर से एक बार बाबा ने उस पुरानी लड़ाई की बात छेड़ी थी, जिसमें उस रात गांव के लोगों के साथ शामिल होने के लिए वह भी गए थे। तभी कोंता को उसके बाबा के गांव लौटने के दो सप्ताह बाद ही मार दिये गए बुधु भगत की कहानी का पता चला था।

सुनकर उसका खून सर्द भी हुआ था और गर्म भी।

लेकिन कोंता को अभी इससे भी बहुत बुरी परिस्थितियों का सामना करना था, जिससे वह बिलकुल बेखबर था।

अलकिसुन साहब इसके एक साल बाद चले गए थे। 1939 के चैत महीने में। उसकी जगह लोहरदगा में रह रहा उसका सहायक जे. आर. आउसले नया साहब (कमिश्नर) बनकर किसुनपुर आ गया था। आने के छठवें महीने आसिन में उसकी मेम साहब को बेटी छउवा हुआ था। उसकी मेम साहब का नाम एलिजाबेथ सोफिया था, जिसे आउसले 'एम्मा' बोलता था। एम्मा मेम के बारे में सद लोग बोलते थे कि उसका घर कलकत्ता में है। वह अंगरेज नइ है। हिंदू है। साइत हिंदू बराहमन जाति की। लेकिन उसका बाबा किरिसतान बन गया था। लूला महाजन, जो कोंता के घर आता था, सूद वसूली करने, वहीं उस लाल बड़े घर की कहानी सुनाता था। उसी ने यह भी बताया था कि कलकत्ता का एक महफिल में आउसले को एम्मा पसिंद आ गई थी। बस, उसने उससे बिहा कर लिया। तब आउसले लोहरदगा में साहब था।

आउसले एकदम चरका अउर कड़क साहब था। उसको रोपा-झोंपा का बहुते सउक था। गांव-गांव घोड़ा में चढ़कर घूमता। दो सिपाही हमेशा उसके साथ रहते। चार-पांच कमिया लोग भी। इन कमियों में राजपूत अउर मुसलमान दोनों लोग होते थे, जो उसका खाता-बही अउर जउरत का दूसरा सामान-बतुस लेकर चलते थे। वह गांव-गांव जाता अउर आदिवासियों से पूछता, 'बड़ा, इसको का बोलटा? ए बड़ी, टुम जो पेर में पहना हाय, उसका का नाम?'

अंगरेज लोग आदिवासी मरद को 'बड़ा' अउर जनी लोग को 'बड़ी' कहकर संबोधित करते थे। पहले अइसा नइ बोलते थे। हम सबको कोल कहते थे। लेकिन बुधू बूढ़ा का अगुवइ में हुआ लडइ के बाद, जब अलकिसुन साहब चडरी के पास में रहने लगा था, उसी ने अइसा बोलना सुरू किया था। हाट-बजार में सद लोग अलकिसुन साहब का बारे में बहुत बात करते थे। ओही लोग से हम सुने थे कि अलकिसुन साहब जंगल-ज़मीन हम आदिवासी सबका है, अइसा कागज-पट्टा (नियम-कानून) भी ऊ बनाया था।

हमको अइसा लगता है कि मार-काट के बाद अलकिसुन साहब समझ गया था कि आदिवासी लोग से 'मेसामेसी' (मेलमिलाप) किए बिना राज करना मोसकिल हय। साइत तभी ऊ अइसा कागज-पट्टा बनाया होगा। ई भी हो सकता है कि आदिवासी लोग को फुसलाने के लिए अइसा किया हो! जाइ हो, अलकिसुन साहब एगो इसकुल भी खोला था। बोलता था, हुवां ऊ हम सबको पढ़ाएगा। हमको इसकुल लेगने के लिए चोकीदार को भेजा था। हम नइ गए। कोइ आदिवासी छउवा नइ गया। दू साल बाद इसकुल बंद हो गया। कोन साल का बात हय?...हां, साइत 1834 का। सुने हयं कि आउसले साहब फिर से इसकुल खोलनेवाला था।

हम लोग का टोला का कुछ दूर आगे में आउसले साहब एगो बड़का घर बनवाना सुरू किया। उसका करमचारी सब बोलता था, 'चलो-चलो, काम मिलेगा। रुपिया मिलेगा।' लगिन हम लोग अंगरेज का घर बनाने नइ गए। बाहर से आकर बसा सद लोग ही दिन-रात काम करता था। उसके बाद एक ठो अउर घर का काम खुला। फिर अउर एक घर। एके साल का भीतरे ऊ काय ठो घर बनवाना सुरू कर दिया था। बड़ा-बड़ा घर। घर का भीतर घर।

एक साल बीतते-बीतते बहुत सारा सद लोग चडरी में आकर बस गया। अउर आते ही जा रहे थे। अलकिसुन साहब के बेरा में हपता-हपता हाट लगता था। जेहल के पास जो पोखरा कैदी लोग से अलकिसुन साहब बनवाया था न, उसका सामने का खाली टांड़ में, पर अब हुवां हर दिन हाट लगा रहता है। दोकान-दउरी बन गया है। महाजन, साहू, बनिया, तेली जात का लोग झोंपड़ी बनाकर हुवायं रहने लगा है। सुनते हयं, रात में हुवां कभी-कभी मरद लोग जनी जइसा लूगा पींध के नचनी करते हैं।

इसी बीच इसकुल फिर से खुल गया था। इस बार इसकुल में लड़कों की कमी नइ हुई। सद लोग के पांच-छह कोड़ी (सौ-सवा सौ) बच्चे इसकुल जाने लगे। लेकिन आदिवासी टोला से कोइ नइ गया। बाद में मालूम हुआ, इंदपीढ़ी की तरफ के तीन आदिवासी बच्चे इसकुल जाने लगे थे।

आउसले साहब बिहाने-बिहान उठकर घूमता था। घूमते-घूमते अक्सर हमारे टोले की तरफ चला आता। हमारा टोला चडरी में उसके घर के बहुते नजीक था। हर-हमेसा तो एकला ही आता पर कभी-कभी उसका मेम साहब भी साथ रहती थी। छोटा-छोटा छउवा लोग को ऊ जामुन जितना बड़ा लाल-लाल 'लेमनचूस' मिठाई देती थी।

बाहरी सद लोग का गांव-इलाका में आने, कचहरी बनने अउर दोकान-दउरी बन जाने से चडरी से लेकर चुटिया के आसपास तक आदिवासी लोग का मोसकिल, दुख-तकलीप फिर से बढ़ गया था। ऊ लोग हमारा ज़मीन हड़प रहे थे। मना करने पर सिपाही लेकर आते अउर धमकाते, ज़मीन बड़कागढ़ का जमींदार का है। उससे पट्टा लिए हैं। तुम लोग के पास ज़मीन का कागच-पट्टा है तो दिखाओ। हम लोग के पास तो कुछ नइ था। चुप रह जाते। एक-दो बेरा चडरी अउर आसपास के टोला-गांव के लोग जमा होकर आउसले साहब से गोहाइर किए। साहब बोला, 'टीक हाय, हम ज़मीन का बारे में बड़कागढ़ का लाल राजा साहेब से बाट करेगा।' लगिन कुछ नइ हुआ।

चडरी से करीब कोस भर में सिरम टोली बस्ती है। हुवां के आदिवासी लोग अड़ गए—हमारा ज़मीन है, नइ छोड़ेंगे। दरोगा खुद ठाड़ा होकर बंदूक चलवाया। बहुत जन मारे गए। बहुतों को जेहल मिला।

धीरे-धीरे हम आदिवासी लोग अपना ही गांव-टोला में सोमट कर रह गए। जगा-ज़मीन कम हो गया था। धान-चाउर अब साल भर भी नइ पुरता था। जंगल में आम, कटहर, जामुन अउर केंद का फल जइसेहें लगता, अंगरेज लोग जमा कर लेते अउर बेवपारियों को बेच देते थे। छउवा बेरा नइ बुझाया था कि बुधु बूढ़ा काहे लड़इ किया। मुदा हम जवान लोग अब समझ पा रहे थे। हम लोग का कुड़ुख खोंड़हा फिर से लूटा रहा था। आदिवासी लोग रिन-पइंचा का जाल में बुदु मछरी जइसा फंसते जा रहे थे।'

कहकर चुप हो गया कोंता।

'तोहर बहिन के नांव बुधनी हलवऽ नऽ?' उसके चुप होते ही कुंती उठी और कुरती पहनकर जूड़ा बनाते हुए उससे पूछ बैठी।

'हां। आउसले साहब के आने के दो साल बाद। सावन में उसका लोटा-पानी हो गया था।'

'लोटा-पानी माने बियाह?'

'नइ-नइ। बिहा नइ। देखो, हम आदिवासी लोग का सादी-बिहा गांव-टोला का अगुआ लोग तय करते हैं। सबसे पहिले लड़का का परिवार अउर उसका संबंधी लोग सगुन बिचार कर लड़की का घर में आते हैं। बातचीत चलाते हैं। जदि लड़की वाले मान जाते हैं तो 'घरदेखी' होता है। घरदेखी मतलब लड़का अउर लड़की दोनों का परिवार एक-दूसरे का घर जाते हैं। तसे बड़ा गोतिया अउर छोटका गोतिया होता है। यह भी एक तरह से एक-दूसरे के घर में आना-जाना होता है। तब लोटा-पानी होता है अउर इसके बाद बिहा।'

'माने कि लड़की ओला नञ् लड़कवे ओला जा हथुन रिस्ता मांगे।' कुंती को आश्चर्य हुआ। यह तो एकदम उल्टा रिवाज है। उसके समाज में तो लड़का ढूंढ़ते-ढूंढ़ते बेटी के बाप का दम निकल जाता है। कई दरवाजों पर नाक रगड़नी पड़ती है, तब जाकर रिश्ता हो पाता है।

'हा जुन। हम लोग में ऐहे रिवाज हय। लड़का का घरवाला ही बिहा का बात लेके लड़की का घर जाता है, अउर बिहा करने के लिए लड़की का बाबा को 'गोनोङ' देना पड़ता है।'

'गोनोङ?'

'गोनोङ मतलब—काड़ा-बैल। जनावर देना पड़ता है लड़की का बाबा को। एक जोड़ा, दो जोड़ा...ई सब अगुआ लोग तय करते हैं।'

'मइया गे...अलबते रिवाज हवऽ तोहनी के तो! हमनीं के तऽ उल्टा हइ। लइकी ओला के ही देवे पड़ऽ हइ। दहेज। माने कि खूब रुपिया-पइसा, जेवर-गहना, धोती-लुगा, बरतन अउर अलंग-पलंग सभे। लइकी के बियाह एगो जग नियर खूब खरचा ओला...दहेज देवे में कय बार तो घर-खेत सब बिका जा हइ।'

'नइ-नइ। हमिन कर समाज में इसन नइ होवेला। कइ बेर तो खाली नांव कर गोनोङ...मतलब सिरिफ रसम के लिए।'

'तऽ फिन...बहिनिया के बियाह हो गेल हलवऽ कि...?' बात आगे बढ़ाने के लिए कुंती ने नया सिरा फिर से पकड़ा।

'होय जाय रहे। सरहुल परब से पहिले।'

'कहां ससुसारी हइन?'

'गांव से चार कोस दक्षिण सोपारम बस्ती में। नगड़ी से दो कोस उत्तर।'

दामाद और सुसराल के लोग क्या करते हैं, पूछने का कोई अर्थ नहीं था। आह! वह कभी नहीं देख पाएगी ननद को। कुंती का दिल टिसटिसा उठा।

'बहिनी तोरे नियर होथुन?'

'नइ, आयो लखे। मुदा तोरे तइर लांबा-लांबा केंस अउर गोल चेहरा।'

'लेकिन तोर केंस तो घुंघुर-घुंघुर हवऽ। फिन बहिनी के केंस कइसे...?'

कोंता हंस पड़ा। उसके गालों को छूते हुए बोला, 'अइसा केंस तो लड़की सबका भी होता है। हमारी तरह छोटा-छोटा नइ। तुम्हारी तरह। खूब लंबे। मोर आयो कर बाल भी ढेइरे लंबा हय।'

'तो कलकत्ता डिपो में कइसे फांस गेलऽ?'

'अंगरेजमन खेत कर लगान खउब बढ़ाय दे रहयं। बाबा नी चुकाय पारलक। खेत कब्जा करे पुलिस आय जाय रहे। लूला महाजन से रिन लेके बाबा लगान चुकालक। खेत तो बांचलक, मुदा लूला महाजन कर डेढ़ रुपिया हमिन कर छाती पर इसन भारी होलक कि का कहमूं...रिन लेवल कचिया जिनगी के कच-कच कइर के राइख देलक। एक रुपिया पर हर अमावस के एक आना सूद। ओहे रिन-सूद कर चक्कर में कलकत्ता पोंहइच गेली।'

बुधनी की शादी के छह मास बीत रहे थे। सुकरा ने सोचा था, इस बार बारिश अच्छी हुई तो ज्यादा धान रोपेगा, ताकि अपना कर्ज चुका सके। लेकिन बारिश ने धोखा दिया। खाने भर का धान भी नहीं उपज सका था।

धान अभी खलिहान में ही पड़ा हुआ था कि एक दिन लूला उसके घर आ धमका था।

लूला चालीस-पचास साल का धूर्त महाजन था। वह सूद पर आदिवासियों को पैसे देता था। उसका बायां हाथ थोड़ा टेढ़ा था, जिसकी वजह से उसका नाम लूला पड़ गया था। तमाकू से उसका मुंह हमेशा भरा रहता था और उसके खिचड़ी बाल ऐसे दिखते थे मानो बरसों से न तो उन्हें धोया गया है और न ही उन्हें तेल का सुख नसीब हुआ है। वह बंडी और धोती पहनता। उसकी बंडी में कई जेबें थीं। नीचे दो और ऊपर दो। फिर भीतर की तरफ की दो जेबें थीं। सामने वाली नीचे की जेब में वह छोटी बही रखता था जबकि भीतर वाली जेब में पैसे।

सुबह-सुबह का समय था। आयो मड़ुवा के आटा को मिट्टी के बरतन में गोल-गोल पीठा की तरह उबाल रही थी। छोटा भाई दुगा, जो अब 12 साल का हो चुका था, खाना बनाने में आयो की मदद कर रहा था। बाबा चटाई पर लेटे हुए थे और मैं नया गुलेल बनाने में लगा था।

'सुकरा, ए सुकरा। घरे आहिस कि नइ...' हमने लूला की आवाज़ सुनी।

बाबा बाहर जाकर लूला के सामने खड़ा हो गया।

'खलिहान से धान के घरे नइ लानबे। हमर अदमीमन हुवायं से ले लेबयं। बीतल छव महीना में तोयं एको अमावस के सूद नइ चुका हिस।' लूला ने एक ही सांस में हमारी उपज की ज़ब्ती का फरमान सुना दिया।

बाबा गूंगा हो गया। का बोलता। करजदार था।

आयो तब बाहर निकल के उसका हथजोड़ी की। 'इसन ना कइर महाजन! सभे धान लेगाबे होले छउवामन का खाबयं। हमिन भूखे मोइर जाब।'

'ए बड़ी, ई बात के जुन तो करजा लेक बेरा नी सोचेक रहे। ले हिस तो चुकाबे कि नइ। धान कर अलावा का हय तोर ठिन। कह तो? का तइर चुकाबे हमर करजा।'

'ना-ना। मोर छउवा के देख।' कहते आयो उसके पैरों के सामने ज़मीन पर लोट गई।

लूला पर मां की हथजोड़ी का कोई असर नहीं हुआ। तमाकू से सड़े हुए उसके पीले दांत सियार की तरह बाहर आए, 'बड़ी, अइसा मत करो। तोहें कह, जदि हम अपना कचिया के छोइड़ देबब होले मोर छउवामन कर का होइ? एहे तो मोर धंधा हय। धान तो लेगेक हें पड़ी।'

मुझसे नहीं रहा गया। मैंने बाहर आकर मां को उठाया। फिर थोड़ा रोस से बोला, 'ए लूला! धान के हाथों नइ लगाबे। मोयं तोर करजा के चुकाय देमूं। मोके चाइर अमावस कर मोका दे।'

'बारह अमावस तो बीत गेलक रे बुचु, चाइर में कहां से लानबे? अउर रोसिया के का ले बोलत हिस। मारबे का हमके?' उसकी आवाज़ में हिकारत थी। आयो-बाबा दोनों को घूरते हुए चमककर बोला, 'बाबा रे! का जमाना आय गेलक। कचियो देवा अउर कोल्ह लोग कर गारी-बात के भी सुना। ए सुकरा, जवान छोंड़ा से हमके नइ डेराव। आइज दोपहर तक मोर आदमी खलिहान पोहंइच जाबयां। नाप-तोल कर हिसाप बराबर रहे, से ले खलिहाने में रहबे।' कहकर लूला चला गया।

लूला जैसे महाजन अकाल-सूखाड़ और अतिवृष्टि के बाद आनेवाले बवंडर थे। जिनका गांव-गांव दिखना उतना ही निश्चित होता था जितना कि अनिश्चित प्राकृतिक कोप का आना।

और यह केवल हमारे बाबा की बात नहीं थी। चडरी के आदिवासी टोले में और कई घर लूला के कर्ज तले दबे थे।

उसके जाने के बाद बाबा ने सुनसान आंखों से मेरी ओर देखा, जिसमें रात ही रात थी। सूरज का दूर-दूर तक कोई निशान नहीं था। उन्होंने धीरे से कहा, 'महाजन सउब से इसन नी गोठियाक चाही। ऊमन कर संगे थाना-कचहरी हय। बेस आदमी ना लागे महाजन।'

'लगिन ई तो जुलुम हय नी बाबा! सउब धान के लेगबयं होले हमिन का करब?' मैं धान नहीं देने के पक्ष में था।

इस बार आयो बोली, 'तोयं चाइर अमावस कर मोहलत मांगत रहिस। एतइ कम दिन में का उपाय हय तोर ठिन?'

'मोयं आउसले साहब कर तालाब में मजूरी करे जामूं। सुखराम अउर ठेबले भी जायक ले तेयार हयं। एक दिन कर मजूरी दूइ पइसा। मोर तो कहना हय, तोहिन दुइयो भी चल। तीन जन कमाब होले महीना कर एक रुपिया भेंटाइ। हमिन अगला असाढ़ तक ले उकर रिन के घुराय पारब।'

बाबा ने आयो की तरफ देखा। बेटा समझदार है। ठीक ही कह रहा है। वैसे भी जब महाजन पूरा धान उठा ही लेगा, कहां से पेट भरेंगे?

दोपहर में जब महाजन अपने कारिंदों के साथ धान ले जाने आया, तब सुकरा ने कहा कि उसका परिवार कल से मजूरी पर जाएगा। मजूरी के नकद पैसे से वह उसका सूद और कर्ज दोनों चुका देगा। धान नहीं ले जाए। धान चला गया तो वह खाएगा क्या? खाएगा नहीं तो जिएगा कैसे? और जब जिंदा ही नहीं रहेगा तो उसका सूद-कर्ज कौन चुकाएगा?

महाजन उससे ज्यादा समझदार था। बिना धान उठाए चला गया।

सुकरा और उसका परिवार मजूर कमिया बन गया। खेत रहते हुए भी अब वह किसान नहीं रह गया था। साहबों की भाषा में 'पूअर कंट्री फेलो' हो गया था। मेहनत उसकी, फसल उसकी पर उपज पर उसका नहीं, महाजन का अधिकार था।

तीनों मां-बेटे सुबह-सुबह उठकर आउसले साहब के कॉफी बागान में काम करने चल देते। छोटा भाई गांव में ही दिन भर खेलता रहता। कभी-कभी उनके साथ भी हो लेता था। परंतु उसकी गिनती मजूर में नहीं होती थी।

इसी साल आउसले साहब ने फागुन के महीने में रिची बुरु के नीचे तालाब बनवाना शुरू किया था। उसमें सैकड़ों आदिवासी जो चुटिया, चडरी, इंदपीढ़ी आदि गांवों के रहने वाले थे, दिन-रात काम कर रहे थे। आउसले साहब चाहता था कि

सावन के शुरू होते-होते तालाब का काम पूरा हो जाए, जिससे भादों की बारिश का पानी रिची पहाड़ से उतरकर तालाब को पूरी तरह से भर दे।

इसी निर्माणाधीन तालाब के अगल-बगल कपास के खेत थे। कपास की खेती आउसले ने तालाब के बहुत पहले से ही शुरू कर दी थी, जिसके लिए उसे पानी और मिट्टी में नमी की जरूरत थी। खासकर गर्मी के मौसम में।

आउसले अपने पहले के अफसरों की तरह अफीम की खेती के पक्ष में नहीं था। इसीलिए किसुनपुर आते ही उसने कपास की खेती पर अपना ध्यान दिया। इस इलाके में जो धान, मड़ुवा, गोंदली आदि स्थानीय फसलें थीं, उनका बाजार नहीं था। यूरोप के देशों में कपड़ा उद्योग 1812 में ही आधुनिक हो चुका था और कपास की मांग में उछाल आ गया था। कॉफी, चाय, अच्छे किस्म की चावल, औषधीय पौधे और मसाले वगैरह की मांग तो थी ही। लेकिन ईस्ट इंडिया कंपनी का तत्कालीन बंगाल, बिहार और झारखंड के इलाकों में ज्यादा ज़ोर नील और अफीम की खेती पर था।

जैसा कि कोंता पहले ही बता चुका है, आउसले साहब को रोपा-झोंपा में दिलचस्पी थी। इसलिए उसके दिमाग में छोटानागपुर की मिट्टी, मौसम और जलवायु के हिसाब से कपास, कॉफी और चाय जैसे नई चीजों के उत्पादन का विचार चल रहा था। आउसले को पूरा यकीन था कि छोटानागपुर की लाल मिट्टी कपास की खेती के लिए हर तरह से उपयुक्त थी।

उसके इस खयाल से हजारीबाग़ का एक बंगाली बाबू राजकिशन मुखर्जी भी सहमत था। वह भी कपास की खेती के लिए तैयार था। इस संबंध में वह दो-तीन बार आउसले से मिल भी चुका था। दोनों की राय थी कि अमेरिकन कपास, जिसकी नस्ल बहुत अच्छी है, अगर उसकी खेती यहां बड़े पैमाने पर की जाए तो काफी लाभ हो सकता है।

लोहरदगा से रांची आने के बाद उसने तीन कामों को प्राथमिकता दी थी : शासन-प्रशासन के लिए नए भवनों वगैरह का निर्माण, कपास व कॉफी की खेती की शुरुआत और पानी की आवश्यकता की पूर्ति के लिए एक बड़ा-सा तालाब खुदवाना।

अमेरिकन कपास की खेती तो उसने अपनी पहली बेटी एमिली के पैदा होने के तुरंत बाद कर दी थी, जबकि कॉफी, अखरोट, मीठा गुलाब, रसबेरी, सेब, नासपाती वगैरह के पौधे सिर्फ अपने निजी बागीचे में लगाए थे। प्रायोगिक तौर पर। किसुनपुर में कमिश्नर का चार्ज लेने के दूसरे महीने ही, जिसकी देख-रेख वह खुद करता था।

यह पूस महीने की बात है जब आउसले की दूसरी बेटी ने जन्म लिया था। सरकारी गजट में उसकी नवजात बेटी, जिसका नाम आउसले ने लुइसा रखा था, का जन्मदिन 16 जनवरी, 1841 दर्ज हुआ था। तब कपास के सफेद फूलों से खेत खिल रहे थे।

और जाहिर है कि यह कोंता और उसके मां-बाप के मजदूर बनने से एक साल पहले की बात है।

जिस दिन कोंता अपने मां-बाप के साथ तालाब पर मजदूरी करने गया था, वह ब्रिटिश और भारतीय इतिहास में कोई उल्लेखनीय तारीख नहीं थी, जिसका जिक्र कमिश्नर आउसले कलकत्ता स्थित गवर्नर जनरल को, या गवर्नर जनरल अपने लंदन के शासक से करता। इसलिए वह तारीख और दिन दोनों गुमनाम हैं।

लेकिन जिस दिन कोंता और उसके परिवार को पहली मजूरी मिली थी, दोनों बाप-बेटे को दस-दस आना और मां को पांच आना, उस दिन कमिश्नर आउसले के पास आने वाली डाक में एक ऐसी चिट्ठी आई थी जिसका इंतजार उसे बहुत बेसब्री से था।

यूं तो मजूरी देने का रिवाज अंग्रेजी राज के दिनों सप्ताह के अंत में था, लेकिन कोंता के बाबा ने मेट को कह रखा था, वे लोग अपनी मजूरी महीना बीतने पर ही लेंगे। यह मेट के लिए अनोखी बात थी, क्योंकि दूसरे मजदूर तो सप्ताह का भी इंतजार नहीं करना चाहते थे।

मेट ने उसकी बात सुनने के बाद पूछा भी था, 'क्यों? हपता में काहे नइ? महीना बीतल बाद क्यों?'

बिरसी और कोंता को भी नहीं समझ में आया, सुकरा क्यों नहीं मजूरी लेना चाहता है?

सुकरा का जवाब था, 'हम लोग कहां सम्हालने सकेंगे पइसा? घर में कचिया-ढिबा रखने वास्ते कुछ हय भी तो नइ।'

'लगिन दूसरे लोग तो लेते हैं। पैसा रखने के लिए कोई बड़ा जगह सामान को जउरत तो हय नहीं। कहीं भी रख लो।'

'से बात तो ठीक मेठ बाबु। मुदा जब से गांव-घर में रुपिया-पइसा आने लगा है, लोग का मन-मिज़ाज बदलने लगा है। ई बहुत खराप चीज हय। अइसा चीज घर से दूरे रहने अच्छा हय।'

बिरसी ने कोंता को देखा। कोंता ने सिर हिलाकर हामी भरते हुए मां को आश्वस्त किया। बाबा ठीक ही बोल रहा था। पइसा के लिए उसने बाजार में लोगों को झगड़ते देखा था।

'पैसा के लिए ही मजूरी कर रहे हो और उसी से इतना नफरत?' कुछ पल चुप रहने के बाद मेट ने फिर पूछा।

'नइ-नइ। नपरत का बात नइ बोल रहे हयं। रिन-करजा में फंस गए। इसलिए कमिया-मजूरा का काम करना पड़ रहा है। दूसरे का कोड़ा करना बेस बात थोड़े न हय मेट बाबु।'

मेट उधर पटना तरफ का था। किसान था। लेकिन जमींदार ने उसकी सारी खेती जबरन जब्त कर ली थी। गुस्से में उसने जमींदार के एक कारिंदे को पीट दिया था। उसके बाद मार खाने के डर से अपने परिवार के साथ इधर चला आया था। इसलिए वह जानता था, सुकरा की पीड़ा क्या है।

उसने सुकरा की बात मान ली थी।

मजूरी मिलने के दूसरे ही दिन लूला महाजन सुबह-सुबह सुकरा के दरवाजे पर तमाकू फांक रहा था।

'ए सुकरा, बाहरे आ रे। ठाड़ा-ठाड़ा मोर गोड़ बाथे लाइग हे।'

'होऽ' कहते हुए सुकरा बाहर आया। उसने सात महीने का सूद, प्रति अमावस डेढ़ आना के हिसाब से कुल 21 आना उसकी हथेली पर रख दिये।

लूला ने बार-बार गिना। महज एक कोड़ी (20) तक की गिनती जानने वाला कोल आदिवासी सुकरा का हिसाब एकदम पक्का था—न एक पैसा कम था और न ज्यादा। पैसों को बंडी की भीतरी जेब में डालते हुए उसके पीले दांत बाहर आ गए, 'बेस। इसनेहें चुकाते रहबे।'

महाजन चला गया।

सुकरा घर में ढुका। बिरसी माथे पर हाथ धरकर बैठी थी। कोंता भी छपरी पर निगाहें गड़ाए पैसों के चले जाने के अफसोस में था।

'का ले माथा पर हाथ धर के बइस ही! भात नइ बनले, भूखले काम पर जायक होवी? भादो आवे में बगरा दिन नखे। हामके बुझायला जादा से जादा दुई हपता ले अउर काम चली पोखरा कर। एको दिन कर नागा करल से नुकसाने होवी।'

कोंता ने हिसाब लगाया। महाजन को देने के बाद उनके पास सिर्फ चार आने बचे थे। और अगर दो सप्ताह और काम मिला तो उन सबको मिलाकर बारह आना मिलेगा। बारह आना और बचा हुए चार आना। कुल हो जाएगा सोलह आना। उधर महाजन का सूद और मूल मिलाकर हो जाएगा साढ़े पच्चीस आना। यानी पूरा पैसा देने पर साढ़े नौ आना उधार फिर भी बाकी रह जाएगा।

'का सोचत हिस?' सुकरा ने उसे टोका।

'कोनो नइ...'

मां हंसी, 'आइजकाइल ई सोचे में डूबल रहेला। हामर बिचार से इकर बिहा कइर देले बेस रहतलक। बोहोरिया आवल मे मोके भी तनि आराम भेंटातलक।'

'खायक ले खुदी नखे अउर बोहोरियाय के ढुकाबे।' कोंता चिढ़कर बोला। 'कौन देवी हामके आपन छोंड़ी।'

'तोर बाप एगो अगुआ से गोठियाय हय जुन। खिजुर टोला कर छोंड़ी हय। डोहा कर बेटी।' मां की आंखों में पैसे चले जाने से ज्यादा अब बहू के आने की खुशी थी।

'पोखरा कर काम खतम होवी हले सगुन देइख के कोनों दिन अगुआ संग जाब।' बाबा ने तो जैसे उसकी शादी पर मुहर लगा दी।

'हामके एखन बिहा नी करेक हय। पहिले करजा के चुकामू तसे बोहोरिया के लानबों।' कहकर घर से बाहर निकल गया कोंता।

'झटे धुरबे। संगीमन संगे गोठियाय ना लागबे। भात थोड़के देर में बइन जाइ।' मां ने पीछे से कहा।

छोटे चुका में रखे बचे हुए पैसों को सुकरा ने अपनी मुट्ठी में भर लिया। मुट्ठी खोली तो चौबीस पैसे उसकी हथेलियों पर चांदी की तरह चमक रहे थे। उसने बिरसी

की ओर देखा। उसका लुगा बहुत पुराना हो गया था। कई जगह से फटा हुआ भी था। उसकी आंखों में बाजार की फूल छाप वाली साड़ियां झूलने लगीं, जिन्हें वह और उसके जैसे दूसरे आदिवासी सिर्फ कल्पनाओं में ही देख और छूकर खुश हो सकते थे। उसने पीड़ा से गहरी सांस लेते हुए पैसों को फिर से मुट्ठी में भींच लिया। खाली चुक्का सामने पड़ा था और मानो उसी को देख रहा था। उसे लूला के पीले दांत याद आए। मुट्ठी खुल गई और पैसे खनखनाते हुए चुक्का में समा गए।

सुकरा की झोंपड़ी के दूसरे सिरे पर, लगभग आधा कोस दूर, पत्थरों और लाल ईंटों से बने बड़े लाल बंगले में कॉफी के पौधों को निहारते हुए आउसले कल आई हुई डाक में से एक खास पत्र को प्रफुल्लता के साथ पढ़ रहा था। यह डाक ब्रिटिश सरकार के हार्टिकल्चर सोसायटी ऑफ इंडिया विभाग की ओर से आई थी, जिसमें उसकी कॉफी की गुणवत्ता को श्रीलंका में खेती की जाने वाली उम्दा क़िस्म के मुकाबले की बताया गया था।

'मिस्टर आउसले, आपने जो कॉफी के नमूने हमें भेजे हैं, वह मोका और श्रीलंका में होनेवाली कॉफी जैसी है। हम इन्हें देखकर आश्चर्य में हैं कि इतनी अच्छी कॉफी की पैदावार आपने छोटानागपुर में कर डाली है, जिनमें शुष्क स्थानों में उपजनेवाली कॉफी के सारे गुण मौजूद हैं। हमें बड़े पैमाने पर इसकी खेती के बारे में विचार करना चाहिए। इसके लिए जो भी आवश्यक तैयारी किए जाने की जरूरत है, उस पर तत्काल सरकारी स्तर पर निर्णय ले लिया जाना चाहिए। इस संबंध में हम गवर्नर जनरल को एक पत्र जल्दी ही भेजने वाले हैं।

सोसायटी ने आपके कॉफी के नमूनों को लंदन भेज दिया है—कॉफी के अनुभवी डीलरों और व्यापारियों को, ताकि वे आपकी कॉफी की क्वालिटी पर अपनी राय दें। बड़े पैमाने पर भारत में कॉफी के उत्पादन के लिए उनकी अनुशंसा जरूरी है। हमें विश्वास है कि लंदन के व्यापारियों को आपकी कॉफी पसंद आएगी।'

पत्र पढ़कर आउसले खुशी से झूम उठा। एम्मा तब तक उसके पास आकर बैठ गई थी। उसने उसका हाथ चूमकर कहा, 'मेरी कॉफी को हार्टिकल्चर सोसायटी ने एप्रूव कर दिया है।'

एम्मा की गोद में पौने दो साल की लुइसा उसे देखकर अपने नन्हे हाथ-पांव फेंक रही थी। शायद उसकी गोद में आने के लिए। आउसले ने हौले से उसका गाल छुआ और बोला, 'शी इज वेरी लकी फॉर मी। जानती हो, जब सोसायटी को कॉफी की खेती के बारे में मैंने पहली चिट्ठी लिखी थी तो उन्होंने कोई खास नोटिस नहीं लिया था। किसी को यकीन नहीं था कि पूरे भारत में, वह भी इस पठारी क्षेत्र में, बेहद उम्दा किस्म की कॉफी मैंने अपने बागीचे में लगाई है, जो जल्दी ही फल देनेवाली थी। अब उन्होंने लिखा है...सी, तुम खुद देख लो।' उसने चिट्ठी एम्मा की ओर बढ़ा दी।

पढ़ने के बाद एम्मा ने उसे चिट्ठी लौटाते हुए कहा, 'यू आर सो इंटलीजेंट। कांग्रेचुलेशन डियर!'

आउसले जवाबी चिट्ठी लिखने लगा।

'माइ डियर मिस्टर ह्यूम, मेरी कॉफी पर आपने जो विचार व्यक्त किया है, उसके लिए मैं हृदय से आपके प्रति आभार प्रकट करता हूं। अगर आप मिस्टर कॉवेल को मोका के कॉफी के नमूने भेजने का आग्रह मेरी ओर से कर सकेंगे, तो बहुत कृपा होगी। यहां लार्ज स्केल पर कॉफी उगाने में मेरा खयाल है, थोड़ा ज्यादा खर्च होगा, क्योंकि हम यहां समुद्रतल से 2 से 3 हजार फीट के ऊंचे समतल पठार पर हैं। मेरा अनुमान है कि यहां के कॉफी उत्पादन की लागत प्रति पाउंड आठ से दस रुपए तक आ सकती है। मैंने अपने नमूने वेंसीटार्ट और लिंडसे को मेरठ और दिल्ली भी भेजे हैं। साथ ही मैंने जशपुर, सरगुजा, संबलपुर और छोटानागपुर के अन्य कई जमींदारों से भी कॉफी की खेती के बारे में चर्चा की है।'

आउसले का अनुमान सही था। पहली बारिश में ही तालाब लबालब भर गया था। लगभग 50 एकड़ में खोदे गए तालाब के पानी की विशाल भयावहता और सुंदरता कोसों दूर तक चर्चा का विषय बन गई।

आउसले घोड़े पर सवार, छतरी लगाए, अपने अमले के साथ तालाब पर आया। बरसात का मटमैला पानी छलछला रहा था। उसने दूरबीन से रिची पहाड़ी की तलहटी तक का मुआयना किया। पानी लगातार ढल रहा था।

उसके ओठ बुदबुदाए, 'वंडरफुल! रंची हिल एंड रंची टैंक। ग्रेट एंड ब्यूटीफुल नेचुरल कम्पोजिशन।'

उसके साथ खड़े एक-दूसरे अफसर ने कहा, 'यू आर सो विज़नरी। आई ऑलवेज़ इम्प्रेस्ड विद योर ग्रेट ड्रीम्स।'

'विदाउट ड्रीम्स एंड देअर प्रॉपर एक्सीक्यूशन...नथिंग टू एचीव एनीथिंग। छोटानागपुर इज ग्रेट रिसोर्स फॉर अस।'

'कर्नल विलकिन्सन ने सही सोचा था। लोहरदगा से एडमिनिसट्रेटिव ऑफिस लाने का उनका डिसीजन बहुत सही था।'

'यस। ही इज वेरी प्रेक्टिकल।'

'कलकत्ता इमाइग्रेशन ऑफिस से प्रोटेक्टर ने हिल कुलियों के लिए फिर लिखा है। आप तो जानते ही हैं, पिछले तीन सालों से प्लांटर्स कंपनियों के एजेंट हमारी कमिश्नरी का चक्कर काट रहे हैं। मिस्टर मेगमेंट तो खुद विलकिन्सन साहब जब चार्ज में थे, उनसे कोऑपरेशन मांगने आया था।'

'आई रिमेम्बर दैट फैलो...उस समय कर्नल नहीं थे। मैं ही उनका असिस्टेंट था तब। बहुत लंबी मुलाकात रही थी उससे।'

'अब तो बैन भी हटा लिया गया है सर!'

आउसले ज़ोर से हंसा। 'ये हमारा लंदन नहीं है। छोटानागपुर के जंगलों तक आते-आते कानून को अभी बहुत वक्त लगेगा। ऑफिशियली जो लिखना हो, लिख दो। बट...नान ऑफिशियली क्या करना है, यू नो वेल बेटर। यू कैन डू एनीथिंग फॉर बेटरमेंट एंड रिचनेस ऑफ ब्रिटिश एम्पायर।'

आउसले सच कह रहा था। पानी तो रंची तालाब में भर रहा था, लेकिन इस पानी को कई-कई रूपों में सात समंदर पार ही पहुंचना था।

कोंता के परिवार का दुख और आउसले की खुशी में शायद बहुत गहरा संबंध था। समय से पहले ही हो गई बारिश ने जहां उनकी मजदूरी छीन ली थी, वहीं बारिश होने से आउसले की खुशी बढ़ गई थी।

उस दिन, दोपहर के बाद का समय था, जब बारिश की पहली बूंद कोंता के सिर पर गिरी थी। पहले एक बूंद, फिर दो-तीन बूंदें, और तब अचानक तड़ातड़। मोटी-मोटी बूंदों की बौछार। कोई पेड़ या छुपने की दूसरी जगह नहीं थी। सारे मजदूर तालाब की खोदी हुई ताजा मिट्टी में बारिश से लथपथ।

मेट ने सीटी बजाकर 'काम बंद। बारिश रुक जाए तो कल-परसों आकर हिसाब कर लेना' ज़ोर से चिल्लाया।

कोंता ज़मीन पर गिर पड़ा। चित। कर्ज चुकाने और खिजुर टोला की जनी को घर में भितराने का सपना बूंद-बूंद छितरा रहा था।

रात को बाप-बेटे और मां, सबने मिलकर दम भर महुआ पिया। उन चारों के गले से निकलता गीत बारिश के साथ रात भर होड़ लेता रहा :

हाय रे हाय दइया रउद खनक रोपा
बनल गाछी कादो पानी बेसे लखे थोपा
भाइ रउद खनक रोपा॥
गोमकाइन तो दिसइ दइया गोंगरा कर चोपा
तेलो न मिलइ एको ठोपा भाइ
रउद खन रोपा॥
बनिहार तो दिसइ दइया, जामक झोंथा
चिरल-पाटी बांधल खोंसा भाइ
रउद खनक रोपा॥

रात के जाने किस पहर में उनकी आवाज़ रुंध-रुंध कर पानी में विलीन हो गई। बारिश तब भी हरहर-झरझर बरस रही थी।

ओहे बरसात कर दिना में मोके एगो रजपूत बजार में भेंटालक। कहलक, 'काम करबे?'

मोयं कुछो नइ कहलों। तसे ऊ हामके हंड़िया पियालक। से घरी आदिवासीमन हंड़िया नी बेचत रहयं। साहू-सूंढ़ीमन हंड़िया अउर चुलइया (महुए की शराब) बनाय के बजार में लानत रहयं।

पीते-पीते समुझाय-फुसलाय लागलक। 'हियां से दिन-राइत कर चलना हय। मानभूम बजार। हुवां खउबे काम हय। मजूरी भी पांच रुपिया महीना। साल भर कमाओगे होले जमीदार बन जाओगे।'

'मानभूम बजार...ई कोन दन हय?' मोयं कहियो इसन जगह कर नांव नी सुइन रहों।

'हियां से जादा दूर नइखे। एक दिन अउर एक रात चलला पे आवेला मानभूम। किसुनपुर से पुराना जिला बा। लाट साहब पहिले ओहिजे नू रहत रहन।'

पीयल कर झोंक में हाम 'हां' कइह देली। तसे घर आवल बाद दोसर दिन भूलाय गेली।

मंगर बजार दिन हामके ऊ फिर भेंटाय गेलक। उकर से बाइंच के निकलेक कोसि कइर रही, मुदा ऊ ढेइरे चल्हाक रहे। हामके कचहरी कर आगे अलकिसुन साहब कर कैदीमन कर बनावल पोखरा ठिन धइर लेलक।

'हां, भागत हिस। चल नी हंड़िया पियामूं।'

हामके हंडिया कर ललाची लाइग गेलक। उकर संगे घुइर के बजार पोहंचली। गोटेक हंड़िया किन के हामर आगु धइर देलक। से दिन भी पुरना संगी तइर बेसे फुसलालक।

हाम फिर 'हां' कइह देली।

लगिन ई बेरा उकर बात हमर दिमाक में जम जाय रहे। एहे जे ठेबले हय नी, एक दिन उकर से गोठियाली। ठेबले कर बाबा भी रिन में डूबल रहयं।

अगला बजार दिन मोयं अउर ठेबलो उकर से भेंटायक ले बजार गेलों। ऊ गोटेक बजार में नइ दिसलक। बजार कर उठे कर बेरा भी होय गेलक। तसे हाम दुइयो गांव घुरे लागली। सेहे खन ऊ अचके भेंटालक। हाथ में जिलबी कर दोना लेइ रहे। हमिन तरफ जिलबी के अगुवाते कहलक, 'तसे का सोंचले कोंता! कोन दिना मानभूम चलबे?'

'मोहों जामुं। कोंता इकला नी जाइ।' ठेबले झटे कइह उठलक।

'हां-हां, ई त अउर अच्छा बात हय नू।' जिलबी खाते-खाते उकर आइंख चमके लाइग रहे। 'अउर दोस्त-इयार हय तो ओकरो के कहो। सबके लिए काम हय। मानभूम में काम का कउनो कमी थोड़े न हय।'

'तोर नांव तो बताव?' उकर नांव जानेक ले पूछलों।

'हमरा नांव? अरे! हमरा नांव सब जानता हय। बेवपारी-हाकिम सब। पठान सिंह नांव हय हमरा। बूझे नू।'

'हम्म्म्म्म...' कुंती ने लंबी सांस ली। 'तोर मइया-बाबूजी नञ् रोकलथुन?'

'आयो से जखन मानभूम कोड़ा (मजदूरी) जाय ले कइह रहों। ऊ तो कांदे लाइग रहे। बाबा भी खिसाय के बेसे गरियालक।'

'फिन...?'

'हाम तो पूरा मन बनाय ले रही। पांच रुपिया कम नी रहे कुंती। एके महीना कर मजूरी में लूला महाजन कर गोटेक सूद अउर रिन उतराय देतलों। फिन बिहा कइर के मजा से रहतलों आयो-बाबा कर संगे।'

'शादी करके मजा से रहता' सुनकर कुंती ने आंखें गुंड़ेरी। 'हां-हां, हमर से तऽ खूब सुंदरिए रहल होथीन?'

कोंता नासमझ बनते हुए बोला, 'कोन? कोन तोर से जादा सुंदर रहे?'

'ओही...खिजुरिया टोला ओली। अउर कोन?' कुंती को उसके भावी ससुराल का नाम तक याद था।

उसने मन-ही-मन उसके 'डाह' का मजा लिया। 'हां, थी तो...'

वह उसकी छाती से चिपक गई। लरजती हुई। जैसे छाल पेड़ों के तने से उसी का अंग बनकर चिपके रहते हैं।

'हमरा चिढ़ावे ल कहइथऽ। कहऽ...हां कि न...? तू तो ओकरा देखले भी नञ् हलऽ।'

'देइख रही एक बेइर...' कोंता को मजा आ रहा था, सो झूठ बोला।

'सच्चे!'

'हां' में मुंड़ी हिलाते हुए उसने अपना मुंह उसके गन्ने-सी रसरसायी छातियों के बीच घुसा दिया।

कुंती का दमकता हुआ चेहरा फीका पड़ गया। पलाश के अधखिले फूल जैसे ओठों को उसने अपने दांतों में दबा लिये थे।

वह ज़ोर से हंसता हुआ अलग हुआ। 'ए एऽ ऽ...हिसगाही नइ तो। मोयं तो एखन तक नी जानोंना, उकर गतर-काया केसन रहे।'

कुंती पहले झेंपी। फिर खिलखिला दी।

'हम तो जानबे करियइत हली...हमरा लिलुवाइत हलऽ।'

पठान सिंग कर संगे हाम तीनों, सुखराम, ठेबले अउर मोयं, एतवार दिना बिहाने-बिहान चइल देलों। जे पींध रही उके छाइड़ के हम तीनों ठिन कुछ नइ रहे। पठान सिंग एगो 'लाठी' धइर रहे।

एक पहर बीतने से पहले हम लोग 'सोबरनरेखा' नदी के किनारे पहुंच गए थे। नदी पार करने में सबके कपड़े भीग गए। थोड़ा सूखने तक रुके। इस बीच मैंने और सुखराम ने नदी के किनारे से झींगे और केकड़े पकड़े। उसे भूनकर खाया और आगे चल पड़े।

बाड़म और चतरा गांव से होते हुए जिदु बस्ती से पहले राढ़ू नदी मिली। नदी तक पहुंचते-पहुंचते अंधेरा हो गया था। सुबह से बस चल रहे थे। सभी थके हुए थे।

ठेबले बोला, 'रात इधर ही रुक लेते हैं। सुबह नदी पार करेंगे।'

सुखराम एक बड़ी-सी चट्टान पर लेट गया।

हम सोच रहे थे, रात भर का ही तो बात है। ठेबले ठीक कह रहा है। अभी नदी में उतरना ठीक नहीं है। तेज धारा को रात में पार करने में मुश्किल होगी। बोले, 'होऽ। यहीं रुक लेते हैं।'

पठान सिंग जंगल में नदी किनारे रुकने के पक्ष में नहीं था। 'अरे! ई जंगल में डेरा डालना ठीक नइ नू हय। जानवर-फानवर आ गया तो...नदी पार करते ही जिदु बस्ती हय। हुंवे डेरा गिरावल जाइ।'

छोट-मोट जनावर से तो हम लोग नहीं डरते थे। बड़ा जनावर आने से जरूर नोकसान हो सकता था। पठान सिंग का बात ठीक था।

हम लोगों ने नदी पार की और जिदु पहुंच गए। वहां के चौकीदार ने रात में हम लोगों को सोने के लिए पुआल दी और भात-साग खिलाया।

दूसरे दिन सूरज जागा भी नहीं था और हम लोग चल पड़े। हम तीनों चल नहीं रहे थे, दौड़ रहे थे। पठान सिंग ने कहा था—बस, एक दिन और एक रात यानी आज हम शाम-शाम तक मानभूम पहुंच जाएंगे।

पहर भर बीता होगा। हम लोग बंता हजाम पहुंच गए। बंता हजाम बड़ा गांव है। बस्ती पार करते ही सोबरनरेखा सामने थी। यहां उसका पाट बहुत चौड़ा था और पानी भी गहरा। हम लोग थोड़ी दूर नदी के किनारे-किनारे चले। एक जगह पानी थोड़ा कम था। वहीं से हमने नदी पार की।

हम लोग जैसे-जैसे मानभूम की तरफ घुसते जा रहे थे, खाली मुड़ा लोग भेंटा रहे थे। बीच-बीच में कुछ-कुछ गांव कुड़मी, अहीर और दूसरा जात लोग का भी मिलता था। मुड़ा लोग का बस्ती-टोला हम लोग का चडरी की तरह ही जादा से जादा एक-दो कोड़ी (30-40) घरोंवाला था, लेकिन कुड़मी, अहीर लोग का गांव पांच-दस से जादा कोड़ी का ही देखने में आ रहा था।

शाम होने से पहले हम लोग एक बड़ा-सा गांव में पहुंच गए। वहां कुछ दोकान-दउरी था और जगह कोई बड़ा हटिया जैसा मालूम होता था। हम लोग सोचे, यही मानभूम है।

पठान सिंग बोला, 'रात होवेवाला बा। दिन भर तोहनी खूब दउड़वलऽ आज तो। गोड़-गांड़ में अब तनिको दम नइखे। अब तऽ राति के डेरा हिएं झलदे में...'

'झलदा!' हम तीनों पस्त हो गए। मतलब, यह मानभूम नहीं है।

'तोयं तो कइह रहे कि एके दिन अउर राइत कर चलना हय?' सुखराम भड़क गया।

हमको भी लगा कि उसने हम लोग को ठग लिया है। रोस में ज़ोर से चीखा, 'बोलो, काहे हमसे झूठा बोला? हम लोग को कहां लेगा रहे हो?'

ठेबले बस उसको घूरे जा रहा था।

पठान सिंग को हम लोग का बात से कोई फरक नहीं पड़ा। ज़हां हम लोग चारों खड़े थे, वह हटिया का कोई हिस्सा था। दोकानदार लोग बैठने के लिए चिकना-चिकना बड़ा पत्थर बिछा रखे थे। वह एक पत्थर पर बैठ गया। हम तीनों को भी बैठने का इशारा करते हुए कहा, 'झूठ नहीं नू कहे हयं। मानभूम बजार ही ले जा रहे हैं। बिसबास करो हमरा पे।'

हम तीनों दूसरी ओर जाकर आपस में बात-बिचार करने लगे। वह वहीं बैठकर हम लोगों को देखता रहा।

'ई बेस अदमी नइ बुझात हउ। हमिन के ठक के कोनो अउर जगा लेगत हउ।' ठेबले बोला।

'हामके भी इसनेहें बुझायला।' सुखराम की आवाज़ में ठगे जाने की पीड़ा साफ-साफ झलक रही थी।

हम क्या बोलते! हमारे ही कहने पर तो वे दोनों साथ आए थे।

सुखराम समझ गया, हम गलती मान रहे हैं। हमको गलती से उबारने के लिए कहा, 'लगिन अब का करल जाओ। सिंग कर बात पतियाय के आगु जायक हय इया राइत रुक के बिहाने-बिहान गांव घुरले बेस रही।'

कहने को कह गया सुखराम, पर गांव वापस लौटने के लिए तो हम लोग नहीं चले थे। अंत में बिचार हुआ—जो होगा, भुगतेंगे। आगे ही जाया जाए। लेकिन उसको सच-सच बोलना होगा कि और कितना दूर है मानभूम।

उसके पास पहुंचकर हमही पूछे, 'बेस बात। मुदा सच-सच बोलो। अउार कितना दिन चलने से हम लोग मानभूम पहुंचने सकेंगे?'

वह शायद जानता था, हम लोग ऐसा ही कुछ पूछेंगे। झट से जवाब दिया, 'चार दिन। राम किरिया। बस, अउर चार दिन चलने से मानभूम।'

वह उठकर खड़ा हुआ। हम लोग चुपचाप उसके साथ हो लिए।

झालदा में एक महतो से उसकी जान-पहचान थी। वह हम तीनों को उसी के घर ले गया। महतो का घर मिट्टी और खपड़ा का था। हम आदिवासी लोग का घर से बड़ा। घर में पांच-सात कोठरी था और बीच में बड़का आंगन। हर कोठरी के आगे छप्पर गिरा हुआ था। उसी के नीचे हम लोगों को पटिया मिला।

पठान सिंग इस बार झूठा नहीं निकला। हम लोग चौथे दिन का दोपहर तक मानभूम पहुंच गए थे। बाघबिंदा, निश्चितपुर, बेगुनकोदर, बरतालिया, उलुगारिया, मानकियारी, तुम्बा, रांगामाटी, गोड़डांग, तेंतलो और सनईजुड़ी के रास्ते।

बाघबिंदा तक कोई खास परेशानी नहीं हुई। निश्चितपुर के आगे एक बड़ा पहाड़ को ही पार करने में पूरा दिन बीत गया था। कसाई नदी को दो बार पार करना पड़ा। एक बार बेगुनकोदर से पहले और दूसरी बार गोड़डांग के बाद। सच पूछो तो असली परेशानी बेगुनकोदर के बाद ही हुई थी। थोड़ा चलते और कोई न कोई नदी-नाला मिल जाता था। तुम्बा से पहले हम लोग चितीडीह की तरफ चले गए थे। उधर जाकर मालूम हुआ, तीन ठो नदी पार करना होगा। हम लोग तब मानकियारी से घूमकर पहले टोड़ंग गए, फिर तुम्बा पहुंचने सके थे। इधर ज्यादा संताल लोगों का ही गांव-टोला मिला, जो मुड़ा लोग जैसा बोली-भाषा बोल रहे थे।

मानभूम बहुत बड़ा था। हम लोग का किसुनपुर-चडरी और चुटिया से भी बड़ा। जिधर देखो, घर ही घर। दोकान ही दोकान। अलकिसुन साहब के आने के बाद जो सद सब आया था न, बिलकुल उसी के जैसा आदमी-अउरत का लोग का भीड़। चरका-चरका आदमी-अउरत सब पूरा बदन को कपड़ा से ढांक रखा था। हम आदिवासी

लोग तो खाली कमर के नीचे ही 'तोलोंग' पहनते हैं और जनी लोग बस लुगा। लेकिन ऊ लोग कमर के ऊपर भी पहने हुए था।

बजार में एक दोकान पर, जहां खाने-पीने का सामान सब बिक रहा था, हमको ले गया। साल गछ का चीरा हुआ पटरा सब पर आदमी लोग बैठकर कुछ-कुछ खा-पी रहे थे।

पठान सिंग को देखते ही दोकानवाला ज़ोर से बोला, 'आसुन असुन सिंग बाबु। बोड़ दिन पोड़े दर्सन होलो!'

मुड़ी हिलाते हुए पठान सिंग पठरे पर बैठ गया।

दोकानवाले ने काम करने वाले एक लड़के को आवाज़ दी, 'एइ छेले, सिंग बाबु के जोल दाओ।' फिर हम लोगों पर एक नज़र डालकर सिंग को पूछा, 'बोलुन की खाबेन...माछ-भात, चूरा-मूढ़ी...? तीन-तीन कोल मानुस! भालो! खूब भालो सिंग बाबु!'

हम लोग भी पटरा पर बैठने लगे तो दोकानदार ने बैठने से मना कर दिया, 'ना-ना, ओइ दिगे ना।' ज़मीन पर बैठने का इशारा किया।

पानी पीने के बाद पठान सिंग ने दोकानदार से कहा, 'सबके मूढ़ी खियावऽ।'

चावल जैसा पर बहुत हल्का-हल्का, जिसको पठान सिंग 'मूढ़ी' बोला था, 'दोने' में लाकर लड़के ने सामने रख दिया।

जल्दी-जल्दी अपना मूढ़ी खतम करके पठान सिंग धीरे से कहा, 'तुम लोग एहिजे बइठो, हम अभिए साहब लोग से मजूरी का पक्का बात करके आवत हइं। अउर कोनों कुछ पूछ-पाछ करे तो ना बतियइहऽ। हेने बहुते ठग-बदमास लोग घूमते रहता हय।' जाते-जाते दोकानदार से कह गया, 'धेयान रखिहऽ। आवत हइं त मछरी-भात खाएम।'

मूढ़ी तो न हमसे खाया जा रहा था और न ही सुखराम और ठेबले से। मुंह में डालते धूरा-धूरा हो जाता। मछरी-भात का आसा में जैसे-तैसे खतम करके बजार में आते-जाते लोग को देखने लगे।

उसको गए हुए बहुत देर हो गया। भूख के मारे हम तीनों का पेट डबर-डबर कर रहा था। निंदाने भी लगते थे। इस बीच में चार-पांच लोग कुछ-कुछ देर के बाद में आ-आकर चक्कर काटते। एक आदमी जैसे ही ठेबले को पूछा, 'किधर से आया?' तो दोकानदार ने उसको तुरंत 'हड़क' दिया, 'काथा नी बोलुन। सिंग बाबुर मानुस।' फिर कोई नहीं सटा।

रात हो गई तब पठान सिंग लौटा। खाना-पीना के बारे में कुछ नहीं बोला। 'चलऽ उठऽ' कहकर पीछे-पीछे आने का इशारा कर जिधर से आया था उधर ही वापस चल दिया। हम तीनों मरल-मरल उठे। पानी-भात के बिना सूखा-सूखा मुंह-पेट गतर लेकर उसके साथ हो लिए। माछ-भात का दोकान पीछे छूटता चला गया।

आधा कोस से भी कम चलने पर आउसले साहब के घर के जैसा एक बड़ा घेरा दिखा। उसके दरवाजे पर चौकीदार लाठी लेकर तैनात था। हम सबको देखते ही चौकीदार खड़ा हो गया।

'किधर जाता...?'

'टोमटो साब से मिलना...'

चौकीदार ने दरवाजा खोल दिया। घेरे के भीतर ढुकते ही वह हम लोगों को लेकर बाईं ओर बने एक घर की तरफ ले गया। उसके दरवाजे पर हमें खड़ा रहने का इशारा कर खुद भीतर घुस गया।

थोड़ी देर बाद पठान सिंग एक अंगरेज साहब और चौकीदार जैसा आदमी के साथ बाहर आया। चौकीदार के हाथ में 'लमटेन' था। उसी के उजाले में अंगरेज ने हम तीनों को ऊपर-नीचे, इधर-उधर, सब तरफ से घूम-घूमकर और चला-फिराकर भी देखा। इत्मीनान होने के बाद पठान सिंग को लेकर फिर से घर में चला गया।

कुछ भी नहीं समझ में आ रहा था। रात बहुत होते जा रही थी।

और थोड़ी देर के बाद इस बार वह खाली लमटेन वाला चौकीदार के साथ बाहर आया।

खुश-खुश मिज़ाज से बोला, 'अब तऽ मजे-मजा। साहब तुम लोग को काम पे रख लेले बाड़न। इनकरे संग चल जा। कल काम बतइहें साहब। हमहुं बिहाने भेंटाइब।'

उसके जाने की बात सुनकर तीनों भक्क। एक अनजाना डर तुरंत कोई बड़का सांप जैसा बदन को कसकर ऐंठने लगा। ऐसा डर तो हम लोग को रात-बिरात जंगल में भी कभी नहीं लगा था।

'नइ...हमिन के छोइड़ के मत जा। बिहाने जाबे।' हम कांदने-कांदने हो गए थे।

'नाहिं नू रह सकते हयं हियां। साहब लोग का कानून तऽ तू लोग जानबे करता हय। हियां खाली कुलिए-मजूरा का रहने का नेम हय। जा-जा...खा पी के सुतऽ। काल से काम पे लगे के बाऽ। काल्हे आवत बानी नूं। अरे! दू-चार दिन काम पर लागल देखला बादे जाइब। घबड़ाए के कउनो बात नइखे।'

पठान सिंग बिलकुल नहीं रुका। सरपट चलता बना। लमटेनवाला चौकीदार हम लोग को घूर रहा था। चुपचाप हम लोग उसके पीछे-पीछे हो लिये।

वह एक बहुत बड़ा घर था। उसी बाड़े के अंदर। दाईं तरफ सीधे जाने पर। किसुनपुर में जो नया कचहरी बना था, उसी के जैसा। पत्थर और ईंट से बना। लोहा (टीन) का छपरी वाला। उस घर के बाहर एक सिपाही बंदूक लिए खड़ा था। ये तो 'जेहल' जैसा लग रहा था। सिपाही ने ताला खोला और हम तीनों को भीतर धकेल दिया। अंदर पूरा अंधेरा था।

जब अंधेरे में आंख देखने लायक हुआ तो...तो कम-से-कम हमारे जैसे ही दो दर्जन और आदिवासी भीतर थे। बिना पटिया के ज़मीन पर बैठे, लेटे, ओंघड़ाए हुए। ठेबले रोने लगा। सुखराम और हमारी आंख से भी लोर ढरक रहा था। हरहर...यह तो जेहल ही था।

एक हपता से ज्यादा दिन मानभूम का ऊ जेहल में रहे। दो बेरा खाना मिलता था। बिना साग-तियन का। पानीवाला 'ढाल' (दाल) के साथ। घर का भीतर में ही दिन-रात बंद रखते थे। मूतने का जगह उसी घर का एक कोना था जिसका गंध से दो-तीन दिन के भीतर ही हम लोग का मन खराप हो गया था। हगने के लिए चार-चार,

पांच-पांच लोग को एक साथ रस्सी में बांधकर जंगल तरफ ले जाते थे। तभी बाहर का हवा मिलता था।

वहां लाए गए सभी हमारी तरह ही थे—कुछ कुड़ुख, कुछ मुड़ा और कुछ संताल लोग। कोई हमारे जैसा रिन-पइंचा में तबाह होकर आया था, कोई झगड़ा-टांटी करके, तो कोइ-कोइ को निसा-दारू में बेहोश करके लाए थे अरकाटी लोग। अरकाटी मतलब दलाल। खराप आदमी। सबका बात सुनने-जानने के बाद हम लोग को समझ में आया पठान सिंग असल में अरकाटी था जो ठक के यहां लाया था और अंगरेज साहब को एक-एक रुपिया में बेच दिया था। और अंगरेज साहब हम लोग को यहां से कलकत्ता ले जाकर बेचेगा।

कलकत्ता कौन देस-दिसुम में था, किधर था, कितना पहाड़-नदी पार करने के बाद था, वहां जाने में कितना रात और दिन लगता था, किसी को जानकारी नहीं था।

हमको बुधु बूढ़ा का लड़ाई बहुत याद आता था। आदमी का खरीद-बिक्री करने वाला सद, साहब और सरकार लोग को नहीं जीने देना चाहिए।

सपता दिन के बाद हम सभी का हाथ और कमर में रस्सा बांधकर ऊ जेहल से निकाला गया। दो चौकीदार और एक बंदूकवाला सिपाही पीछे और दो चौकीदार हम लोग के आगे था। बीच में एक अंगरेज साहब पालकी में। उसका पालकी उठाने के लिए हममें से ही चार लोग को लगाया था। कौन दिन था, नहीं जानते। हम सब मानभूम से कलकत्ता के लिए चले।

'तऽ कय दिन लगलवऽ कलकाता पहुंचे में?' कुंती ने चूल्हे से साग उतारते हुए सवाल किया।

'दो सपता से बगरा।'

साग उतारने के बाद कुंती चूल्हे की आग बुझाने लगी। कोंता अभी भी कलकत्ता पहुंचने तक की यात्रा में डूबा था। उसकी आंखों में पानी था—उन सारी नदियों का, जिसे वह पार कर कलकत्ता पहुंचा था।

'भतवा सेरा जतवऽ। ठंडा जयला पर 'भुसिया' तनिको न खाए के मन कर हइ।'

ठीक कह रही थी कुंती। बागान मालिक कुलियों को जो चावल देता था, वह बहुत ही खराब होता था—सड़ा हुआ, कीड़े लगा और भूसा मिला। उसको न तो उसके देस में और न ही कुंती के देस में आदमी के खाने लायक समझा जाता था।

कोंता उठा और हाथ-मुंह धोकर बैठ गया।

कुंती ने खाना परसा और उसके सामने बैठ गई।

'तोहों निकला...संगेसंग खाब।' हमेशा की तरह उसने कुंती से कहा।

'नञ्...तू खा लऽ। हम बाद में...' और हमेशा की तरह ही कुंती ने वही पुराना जवाब दिया।

कोंता जानता था, वह उसको खिलाकर ही खाएगी। वह भी उसकी जूठी थाली में। बहुत जिद करने पर दो-चार बार साथ-साथ खाई थी, पर हमेशा ना ही कर देती और बाद में खाती।

खाना कोंता खा रहा था। खाने की तृप्ति कुंती के चेहरे पर दिख रही थी। मरद को खिलाना और उसको खाते हुए देखने का सुख कुंती ही जानती थी। घर में बाबूजी को खाना चाहे कोई परसे, मां नियम से उनके सामने बैठी रहती थी। बीच-बीच में उनसे पूछे बिना मुझे, मालती या सुमित्रा को अवाज लगाती रहती, 'तरकारी ले आव, भतवा लइबहीं, कचरियो लेले अइहें मंइवां...अउर दहिया एतना कम काहे हइ...भर डूभा लइहें तो...' और फिर उन्हीं की जूठी थाली में बाद में खाती। कुंती अब जान पाई है, मां क्यों ऐसा करती थी। 'अहिवात' औरत का सुख 'मरद' ही होता है। काश, यह सुख अपने देस में पा सकती! सकलडीहा के... नहीं-नहीं, कोंता के साथ।

'हाय रे दैबवा! हमरे कपार मिलले हलवऽ। ई सब्ब लिखेला।'

तिरिया जलम जब देलऽ हो नरायन,
कोखिया बढ़न्तु मोरा दीहऽ हे।
सासुरा में दीहऽ रामजी अनधन लछमी,
नइहर सहोदर भाई हे।
कोखिया के जुड़े जुड़ रखिहऽ नरायन,
जुग-जुग दीहऽ अहिवात हे।

खाना खाए हुए कुछ समय बीत गया था। दोनों एक-दूसरे को समेटे लेटे थे। कुंती की बिछिया में चांद का एक टुकड़ा छत की फांक से आकर जाने कब का चुपके से समा गया था, जो कोंता के दाएं ठेहुने के ऊपर चमक रहा था। कोंता के कलकत्ता पहुंचने की बची हुई कहानी सुनने के लिए कुंती का मन उत्सुक था।

कोंता ने उसके कान के पास झूल रहे बालों के सबसे पतली लट, जो बस अभी-अभी उगी हुई किसी लतर की एकदम कच्ची फुनगी की तरह थी, को अपनी उंगलियों में लपेटते हुए सुनाना शुरू किया।

हम गिने थे। दो कोड़ी में छह कम, चौदह दिन लग गए थे हुगली नदी के किनारे तक पहुंचने में। बीच में दो दिन बांकुड़ा के जेहल में, जिसको चौकीदार लोग 'कुली डिपू' बोल रहे थे, वहां रुकना पड़ा था। उस जेहल में दो कोड़ी से ज्यादा लोग पहले से थे। अधिकतर हमारी तरह। कुछ-कुछ महतो, मुसलमान, अहीर, स्वांसी, घासी लोग भी थे। हम सभी साहब के लिए कोल थे। बाद में जाना, वे हमको धांगर भी कहते थे।

बांकुड़ा से चलने पर हमारे हाथ खोल दिये गए थे। कमर में लेकिन रस्सा बंधा ही था। और, हाथ की रस्सी हमारी दुख-तकलीफ देखकर नहीं खोला था उन जनावरों ने। उनका ढेर सारा सामान ढोने के लिए खोला था। बड़ा-बड़ा बोरा में पता नहीं क्या-क्या जमा किया था!

तो बांकुड़ा से आगे का रास्ता बहुत दुख देनेवाला था। ऊबड़-खाबड़, जंगल-पहाड़, टोंगरा-टोंगरी, नदी, टाका-टुकुर पार करते, सिर पर बोझा लादे चलना...उफ्फ!

हमारा दिल तो आजो कांपता है। तीन जन रास्ता में मर गया। एगो, जो जेहले से बेमार था ऊ, दूसरा पहाड़ से उतरते घाटी में गिर के, और तीसरा नदी पार करने बेरा डूब के मरा। बस एहे समझो कि हर डेग पर मउवत दिखता था। हममें से कोई नहीं जानता था कि वह अगला डेग ज़मीन पर धरने के लिए जिंदा रहेगा कि नहीं।

हुगली नदी के किनारे पहुंचे और जब मालूम हुआ कि इसको पार करते ही कलकत्ता है, तो जीउ में सांति बुझाया।

किनारे पर ही बहुत देर तक रुके रहे। बड़ा-बड़ा डोंगी आया। उसी से सब उस पार उतरे। हुगली सबसे बड़ा नदी था। रास्ता में मिला सब नदी से चौड़ा और खूब तेज धार वाला।

वहां से चलकर कलकत्ता का डिपु पहुंचे।

एकर आगे के खिसवा उहे हइ, जे तोर हवऽ।'

जामुन के पके हुए फल की तरह अंधेरा था और कोंता के चुप होते ही रात मानो समूची सृष्टि सहित बेआवाज़ हो गई थी। कोंता और कुंती दोनों की आंखें डबडबा आई थीं जिनमें यातनाओं का कोलाहल था। अनसुनी चीखें थीं। मौत के बाद आसमान को चीर कर रख देनेवाला हाहाकार था।

कलकत्ता कुली डिपो पहुंचने और जहाज पर चढ़ने तक की उनकी स्मृतियां एक ही थीं। पुरुषों और औरतों के लिए बने अलग-अलग कुली डिपो में रहने के बावजूद कोंता और कुंती बाद के सारे घटनाक्रमों के एकसमान भुक्तभोगी थे। लेकिन बहुत-सी ऐसी बातें भी थीं जिन्हें वे ही क्या, जहाज में चढ़नेवाला कोई अन्य कुली भी नहीं जानता था।

जहाज चढ़ने के तीन सप्ताह पहले कुंती ने खुद को कलकत्ता डिपो में पाया था। डिपो तक वह कैसे पहुंची, सोन की उफनती धारा से निकालकर कौन उसे यहां ले आया, उसे इन सबका कोई होश नहीं था। अपुष्ट बैलों के चलने और बैलगाड़ी की 'खड़र-खड़र' कान में कभी-कभार बजती थी। ऐसा लगता था, वह किसी मचान पर है जो हवा चलने से हिलता-डुलता रहता था। डिपो में उसने बहुत ज़ोर डाला। बहुत याद करने की कोशिश की। लेकिन इससे ज्यादा कुछ याद नहीं आया था।

पचास-साठ औरतें थीं उस डिपो में, जिसमें कुंती को रखा गया था। भवानीपुर का यह डिपो 50-60 फीट स्क्वायर में फैला था जिसकी 6 फीट की दीवार थी। रोड से 4 फीट ऊंची जगह पर बने हुए इस डिपो में जाने के लिए 6 बाइ 3 फीट

का छोटा सा दरवाजा था जिसके आगे एक बंदूकधारी बरकंदाज खड़ा रहता था। भीतर घुसते ही 30 वर्गफीट का प्रांगण था। प्रांगण के पश्चिम से अंदर जाने का रास्ता था जिसके प्रवेश पर दो सिपाहियों का दिन-रात पहरा रहता। प्रांगण से सटकर एक ओर कई बड़े-बड़े कमरे थे। इससे थोड़ा अलग हटकर डिपो की पूर्वी दीवार की तरफ खाना बनाने की जगह थी। डिपो में शादीशुदा के रहने की व्यवस्था अलग थी। अकेली औरतों और मर्दों का अलग। पीछे की तरफ उत्तर और दक्षिण की तरफ दो शौचालय थे। एक औरतों के लिए, दूसरा पुरुषों के लिए।

डिपो से बाईं ओर जाने के बाद ठीक नाले के किनारे अस्पताल था जहां मेडिकल सुपरिंटेंडेंट कुलियों के स्वास्थ्य की जांच करता था और गंभीर रूप से बीमार पड़नेवालों को भरती किया जाता था। डिपो के बगल में ही इमाइग्रेशन अफसर का बड़ा-सा बंगला था।

कुंती जब पूरी तरह से होश में आई तो दूसरी औरतों से जल्दी ही परिचय हो गया। खासकर उन सबसे जो उसकी तरफ की ही भाषा बोलती थीं। उन औरतों में से कुछ ने ही उसे बताया कि उसे और दस-बारह और औरतों को अफीम पिला-पिलाकर यहां तक लाया गया है। बैलगाड़ी में। कुल मिलाकर बारह बैलगाड़ियां थीं। छह बैलगाड़ियों में सात-आठ औरतें और बाकी में अफीम, कपड़े, बरतन वगैरह। खाने-पीने के लिए सुनसान जगह पर रोका जाता। सफर में किसी को भी बाहर ताक-झांक करने की छूट नहीं थी। बैलगाड़ियों के आगे-पीछे बंदूकधारी सिपाही।

डिपो के जिस कमरे में वे सब थीं, वह मितली, पसीने और पाखाना-पेशाब की गंध से भरा हुआ था। सांस लेना भी बहुत मुश्किल था। नाक से कपड़ा हटाया नहीं कि बदबू सीधे माथे में चढ़ जाती थी।

जितनी औरतें थीं, उससे ज्यादा कहानियां थीं। उनकी खुद की, उनके छूटे हुए घर-परिवार की, गांव-समाज की और यात्रा की। हर किसी का दिल वहीं से अपने-अपने लिए कुछ न कुछ जुटाता रहता था, जिसे वे आपस में बांट-बांटकर एक-एक पल काट रही थीं।

इमरती करपी गांव की थी। फुलवरिया कुर्था तरफ की। ये दोनों ही डिपो में कुंती से सबसे पहले हिलने-मिलने वाली थीं। इमरती लोहार और फलवरिया चमार परिवार से थी। उन दोनों ने ही उसे खुद को सहेजने में मदद की थी। नहीं तो वह शायद ही उस घुटन और सड़ांध भरे माहौल में जी पाती।

दोनों बहुत चंचल, बातूनी और बतकही करने वाली थीं।

कलकत्ता का वह डिपो, अब तक नहीं देखे गए नरक की एक अकल्पनीय और बेहद डरावनी हकीकत थी, जो समाज की चादर की उस बुनावट को चिथड़े-चिथड़े कर चुकी थी, जिसे बुनने में सामंती समाज के श्रेष्ठ जनों, ब्राह्मणों और सामंतों ने सदियों तक अपनी मेधा लगाई थी। वे सब औरतें जहां से आई थीं, उन सबके 'खोंइचा' डिपो तक आते-आते गिर-हेरा गया था। जो थोड़ा-बहुत बचा भी था, उसे नए हालात ने क्रूरता के साथ मसल-कुचल दिया था। हालत यह थी कि इस नई

परिस्थिति में जात-कुजात, छोटा-बड़ा, गोरा-काला का भेद रखकर उस जगह पर जूतों, मूंछों व बंदूकों से अस्मत और जान बचा पाना मइया दुर्गा और काली से भी संभव नहीं था।

यह और बात है कि वे सब हर क्षण देवी-देवताओं को 'गोहराना' नहीं भूलती थीं। उस अदृश्य शक्ति को वे सब अभी भी धन्यवाद दे रही थीं, अपने हिस्से बच रहे उस हर गुजरते पल के लिए, जिसमें अब तक उनकी सांसें बंद नहीं हुई थीं। जीने की धूमिल होती आस के बीच ही जीने की उजास भी रह-रहकर बिजलियों की मानिंद कौंधती रहती।

रविवार के दिन पेशी के बाद कोंता और कुंती दोनों साथ-साथ पगडंडी पर ताड़ के पेड़ों के किनारे-किनारे चले जा रहे थे। नीले रंग के फूलों का लतर पेड़ों पर पसरा हुआ था। गौरैया की तरह दिखनेवाले नारंगी रंग के 'फोदी' पंछियों की भरमार थी।

एक जगह खूब सारे गुलइची के फूल थे। उजले और पीले रंगों के। कोंता ने पीले रंग के गुलइची के फूलों का एक गुच्छा तोड़ा और कुंती के जूड़े में लगा दिया। फूल लगते ही कुंती की आभा और खिल उठी।

कुंती ने कभी फूलों को इस तरह से बालों में नहीं लगाया था। उसके गांव में लड़कियां साज-सिंगार सोने-चांदी के गहनों से करती थीं। फूल तो सिर्फ पूजा में देवताओं को चढ़ता था। उसका जी अपना फूल लगा चेहरा देखने को मचल उठा।

'एजी...! हमर मन अपन चेहरा देखे ला करइत हइ।'

'कोनों तलाब भेंटाइ होले देइख लेबे।' हंसकर बढ़ता रहा था कोंता।

'तोहरे काहे लइकी देखे ला ओंजा कहलथुन—आयं हो? का उनकर घरे अउर केउ ना हथिन?'

'नइ। उकर मां-बाबा केउ नखयं। सेहे ले हामके, ताकोशी अउर पालन के संगे चले ले बोलाय हे।'

'अउर हमनीं न रहतली हल तो...?'

'तो अउर केकहों लेगातक, अउर का!' कहकर कोंता ने उसकी कमर में हाथ डाल दिया।

कुंती शरमाकर आगे भाग गई।

केप गांव से थोड़ा पहले ही ओंजा उनको रास्ते में मिल गया। उनके साथ पालन और ताकोशी भी थे। कोंता ने सबसे कुंती का परिचय कराया। फिर सब साथ-साथ केप की ओर बढ़ चले।

केप गांव से थोड़ा पहले मजदूरों के 40-50 घरों की बस्ती थी। उनकी अपनी

बस्ती की तरह। घर की दीवारों और छप्परों से साफ पता चल रहा था कि बस्ती काफी पुरानी थी। उन लोगों को बस्ती में आता देख कुछ लोग घरों से बाहर निकल आए थे। खेलते हुए बच्चे उनके आगे-पीछे होने लगे।

कोंता और कुंती को वहां सिर्फ मालगासी लोग ही दिख रहे थे।

ताकोशी बोला, 'ये बस्ती सिर्फ मालगासियों का। दूसरा और कोई नहीं। बहुत पुराना बस्ती।'

सभी एक घर के पास जाकर रुक गए। घर से चालीस-पचास साल का मर्द और औरत बाहर आए।

कोंता ने अनुमान लगाया, ये दोनों लड़की के मां-बाप लगते हैं। उसने आगे बढ़कर विनम्रता से कहा, 'मनाउ अहुवाना तुम्पूकू।'

पुरुष ने उत्तर दिया, 'त्सी मिसी फिसाउराना।'

इसके बाद कोंता और ओंजा दोनों पहले पुरुष से गले लगे और एक-दूसरे को तीन बार चूमा। फिर उसकी औरत के साथ भी वे ऐसे ही मिले।

कोंता और ओंजा के बाद पालन और ताकोशी भी उसी तरह से उन दोनों से मिले।

कुंती सकुचाई-सकुचाई खड़ी थी। उसे तो पैर छूने के अलावा बड़ों से मिलने का कोई दूसरा तरीका आता नहीं था।

कोंता के इशारा करने पर वह भी आगे बढ़ी। पहले लड़की के बाप से फिर उसकी मां से उन सबकी तरह ही मिली। बहुत ही आत्मीयता लगी। दोनों के गले लगते हुए अहसास हुआ मानो अपने मां-बाप से मिल रही हो! उसकी आंखें खुशी और मइया-बाबूजी की याद से डबडबा आई थीं। उसे कोंता ही नहीं मिला था, एक पूरा परिवार मिल गया था।

कुंती मां के साथ झोंपड़ी के अंदर चली गई। पुरुष लोग बाहर ही रहे।

अंदर दो लड़कियां थीं। एक तो कुंती से एक-दो साल छोटी थी और दूसरी उससे तीन-चार साल बड़ी। कुंती ने अंदाजा लगाया, यही 'पूपी' होगी। अंदर जाने के बाद कुंती से वे दोनों उसी तरह से मिलीं, जैसे सब लोग बाहर मिले थे। कुंती वहीं चटाई पर बैठ गई।

पूपी और उसकी बहन, जिसका नाम मोइरा था, दोनों एक जैसी दिखती थीं। अपनी मां की तरह। पूपी के चेहरे का आकार उसके अपने पिता जैसा था। वे सब एक रंग के ही थे, पर औरतों की त्वचा मर्दों की अपेक्षा थोड़ी साफ और कुछ चमकीली थी–चमकते हुए तांबे के बरतनों जैसी।

बाहर कोंता लड़की के पिता से बात कर रहा था :

'हम लोग ओंजा ले लड़की मांगने आए हैं।'

उसके पिता ने सिर हिलाया, 'हां...हमको खबर दिया था ओंजा।'

'तो आपका क्या बिचार?'

'जोड़ा से रहना अच्छा ही है।'

'बिहा कब करने से ठीक होगा?'

'अब ईख रोपने का काम शुरू होनेवाला है। इसके खतम होने के बाद होने से सहूलियत रहेगी।'

'मतलब...कातिक-अगहन का समय?'

'हां...तभी। बारिश भी खतम हो जाएगी तब तक।'

केप से लौटते हुए जब दोनों गुलइची के पेड़ों के पास से गुजर रहे थे, कोंता ने कुंती को अपनी बांहों में उठा लिया। कुंती किसी छोटे बच्चे की तरह उसकी बांहों में और सिमट गई।

'चल, तोके समुंदर दिखात ही।' कहता हुआ पगडंडी छोड़ कोंता उसको बांहों में लिए-लिए ही समुंदर की तरफ चल पड़ा।

समुद्र का शोर जब कुंती के कानों में पड़ा तो उसने आनंद से मुंदी आंखें खोलीं। सामने फेनिल लहरें थीं और विशाल समंदर, जिसके क्षितिज पर शाम का सूरज डूबने से पहले गेंदा फूल की तरह हिल-डुल रहा था। वह कोंता की गोद से उतरकर उसकी बाईं बांह को दोनों हाथों से थामे सटी-सटी चलने लगी। तट के बालू पर दोनों के पैरों के निशान एक के बाद एक उभरते जा रहे थे।

पोर्ट लुइस से बेल ओम्बरे आने के महीनों बाद कुंती समंदर के पास खड़ी थी। उन्मुक्त और 'अहिवात'।

दोनों रेत पर बैठ गए। गेंदियाया सूरज का फूल समंदर में आधा डूब गया था। वहां का पानी पीला-पीला हो गया था।

'केतना सुंदर लगइत हइ न!'

'हां...लेकिन तोर से जादा नइ।'

कुंती अपने गले में पड़ी सीप और रंग-बिरंगे मोतियों जैसे पत्थरों की खूबसूरत माला उसे दिखाती हुई खुशी से 'दप-दप' बोली, 'देखऽ न जी, ई मलवा कइसन लगइत हइ हमरा में!'

कोंता की निगाह माला पर अब तक पड़ी नहीं थी। वह चौंका। माला को उंगलियों से निरखते पूछा, 'बहुत सुंदर हय जुन। कहां से पाले?'

'पूपी के मइया देले हथिन।'

कोंता ने माला के बीच शोभ रही उसकी बतख जैसी गर्दन और माला—दोनों को एक ही साथ हौले से चूम लिया।

कुंती की देह 'अगिन' जैसी दहक उठी।

उस शाम सिर्फ गुलइची, लिली, ताड़ के वृक्षों और पंछियों ने देखा-सुना—चांदनी में भीगी हुई रेत पर एक जोड़े को पोर-पोर लहर-लहर प्रेम बांटते हुए, जिनके उन्मत्त सहवास की सांसों के बीच शरमाता हुआ समंदर और नीला होता जाता था। शोख़

लहरें तट पर आने से पहले ही वापस लौट जाती थीं। अनंत सृष्टि के उस एकांत में 'वारब्लर' पंछी के आलाप से उभरता हुआ संगीत प्रेम के आदिम राग की तरह सुनाई पड़ रहा था।

अफसोस! सूरज बहुत पहले डूबकर इस प्रेममय जोड़े के प्रणय का साक्षी बनने से चूक गया था।

पता नहीं, इस सप्ताह के राशन में मिले चावल, दाल या कि तेल खराब था या फिर कोई अनजान बीमारी थी! कोंता सहित बस्ती के दो दर्जन से ज्यादा लोग एक साथ बीमार पड़ गए थे। दिन-रात पतला पाखाना। एक दिन में दस-दस, बीस-बीस बार।

सूचना मिलने पर ओवरसियर घुड़सवार सिपाहियों के साथ आया। उसके साथ डॉक्टर भी था। डॉक्टर ने सब मरीजों को देखा। पानी उबालकर पीने की हिदायत दी। आटा से भी ज्यादा चिकना सफेद रंग का पाउडर दिया। बोला, 'इसे घोलकर पिलाते रहना।'

एक दिन, दो दिन, तीन दिन बीत गए। कुंती डर गई।

कोंता की पूरी देह सूखकर 'चोंइटा' हो गई थी। एक बूंद भी पानी नहीं। अब तो उससे उठा भी नहीं जाता था। ओठ पपड़िया गए थे और शरीर में बोलने की भी ताकत नहीं बची थी। चौथे दिन तो चटाई पर ही पाखाना हो जाने लगा। पाखाना साफ करते-करते कुंती को एक-दो बार मितली भी हो गई। उसे लगा, अगर एक-दो दिन और यही हालत रही तो वह भी बिस्तर धर लेगी।

इमरती जो बीमारी के दिन से उसका साथ दे रही थी, उससे लिपटकर कुंती रोने लगी। इमरती बोली, 'न रो दिदिया...पहुना ठीक हो जथुन।'

कुंती को चुप कराते-कराते इमरती धीमे-धीमे स्वर में गाने लगी, जैसे उससे लिपटी कुंती अबोध स्त्री हो, और वह उसकी पीठ थपक-थपककर बच्चों की तरह लोरी सुना रही है :

अरजी बरजी करइ छोटकी ननदिया,
आइ रे गेलइ इहमा, मास रे फगुनमा।
जो तोहें जइह भउजी अप्पन कोहबरवा,
भइया से कहि मोरा, रखिहऽ नेअरवा।
नहिं मांगूं थारी लोटा, नहिं मांगूं धनमा।
एक हम मांगूं भउजी, सिर के सेनुरवा,
एक हम मांगूं भउजी, तोहरो सोहगवा।

पांचवें दिन सुबह होते-होते कोंता का पाखाना रुक गया।

फुलवरिया और इमरती काम से लौटकर मिलने आईं तो उन्हीं से मालूम चला कि बाकी बिमरिया लोगों का हालत भी सुधर रहा है। लेकिन असरफी का हालत और बिगड़ गया है।

छठे दिन असरफी को ओवरसियर ने अस्पताल में भरती करवा दिया। लछुमन और रंगासामी सरदार आए थे उसे ले जाने के लिए। फोगला, बेचन, हुकुमचंद और कलुआ उसे टांगकर अस्पताल पहुंचा आए थे।

आठवें-नवें दिन कोंता उठकर खड़ा हो गया तब कुंती की जान में जान आई। 'सुसुम' पानी कर उसने बच्चे की तरह कोंता को नहलाया। बिस्तर और सारे कपड़े धोए। घर को अच्छी तरह से लीपा और दसवें दिन अकेले खेत पर काम करने गई। जाने के लिए कोंता भी तैयार था, पर उसने उसे डपटकर रोक दिया था।

घर में अकेले पड़े-पड़े कोंता का मन अकबकाने लगा तो वह उठकर बाहर निकल आया। बाहर की धूप गुनगुनी थी। अच्छा लग रहा था। वह घर के बाहर ही बैठ गया।

अकेलापन काटने लगा तो वह इधर-उधर टहलने लगा। टहलते-टहलते सोचा, चलो, बीमारों से ही मिल लिया जाए, समय कट जाएगा।

लोगों से मिलना हो जाने के बाद वह फिर अकेला हो गया। चलो, असरफी को भी अस्पताल में देख आता हूं।

वह धीरे-धीरे चलकर अस्पताल पहुंचा। अस्पताल शक्कर मिल के थोड़ा आगे था। अस्पताल में एक ही बड़ा कमरा था जिसमें बीमार लोग फर्श पर लेटे थे। बड़े कमरे से सटे हुए दो छोटे-छोटे कमरे थे। एक कमरा डॉक्टर के लिए था। दूसरे कमरे में दवाइयां और अन्य सामान भरा हुआ था।

उसको देखते ही असरफी रोने लगा, 'हम ना रहबइ हियां। ए कोंता भाई, हमरा ले चलऽ...कोइ दवा-बिरो न दे हथिन। दिन-रात खाली गरम पनिया पीया के हमरा मोरा देथिन। हम नञ् बचबवऽ। ले चलऽ हमरा...'

असरफी कुंती की बोली ही बोलता था।

कोंता से उसकी हालत नहीं देखी गई। पूरा अस्पताल उस जैसे लोगों से ही भरा था और उन सबकी कराहों व रह-रहकर आने वाली चीखों से वहां का माहौल बहुत डरावना लग रहा था। कमजोर दिलवाले तो हदस कर जान भी गंवा बैठते, ऐसा वातावरण था। उसने स्नेह से असरफी का हाथ दबाया और बिना कुछ सुने अस्पताल से बाहर निकल आया।

कातर, बिलखता, हड्डियों का ढांचा रह गया असरफी, जो जीवित इंसान कहीं से नहीं दिख रहा था, जिसे देखते ही उसके शरीर में भय की चींटियां रेंगने लगी थीं, उसकी पुकार दूर तक उसका पीछा करती रही।

बस्ती लौटा तो कुंती के वापस आने का समय हो गया था। उसे बाहर देखेगी तो गुस्सा करेगी, ऐसा सोचकर वह घर के भीतर चटाई पर लेट गया।

रात में, दसवें दिन कोंता ने स्वाद भर थोड़ा-सा भात-साग खाया।

बीमारी के सोलहवें दिन समूची बस्ती के साथ कोंता भी यह खबर सुनकर सन्न रह गया कि असरफी अस्पताल में मर गया।

लछुमन सरदार ने इसी के साथ धीरे से यह भी बताया, 'उसकी मौत बेमारी से नइ, फंसरी लगाने से हुई है।'

देखते ही देखते साल भर बीत गया।

एक दिन रात के समय लछुमन सरदार भरी बैठकी में रामनारायन को समझा रहा था :

'देखऽ रामनारायन! ई मत सोचिहऽ कि मालिक लोगिन बस्ती में होखेवाला कारोबार से अनजान बाड़न। ऊ सब दाई जइसन घाघ बाड़न स। जेकरा से केकरो पेट ना छुपेला। इसारा में कहत बानीं। समझ लेवे में ही भलाई बा। गांव-जवार दने के ह सब तोहनी। एहे से कह देनी। बाद में पछतावे के भी मोका ना मिली।'

कोंता जानता था, लछुमन सरदार ठीक कह रहा है। इधर कई दिनों से रामनारायन और फोगला बागान के आसपास की कई बस्तियों में लगातार घूम रहे थे। कई रात तो उन बस्तियों में ही रुक जाया करते थे।

ताकोशी, जिसका गांव-गांव घूमना होता रहता था दुकान और उधार-पैंचा के सिलसिले में, उससे भी उसे जानकारी मिली थी। रामनारायन बस्तियों में जा-जाकर लोगों को भड़का रहा है। धर्म और जात के सहारे लोगों को एक करने की कोशिश कर रहा है। उनसे कहता था, 'हमनीं सब गिनती में ढेरें बानीं। जदि पूरा हिंदू जात एक हो जाइ त बागान के मालिक लोगिन के मनमानी रोकल जा सकेला।'

गांव की बैठकों में भी वह ऐसी बात लगातार बोलता रहता था। एक दिन उसने रामनारायन को ज़ोर से ही डांट दिया था, 'का हिंदू जात, हिंदू जात का बात करिसला? हियां सभे कमियां मजूदर हंय। अउर कुछो नइ। मालिक लोग का मनमानी रोकने के लिए हिंदू, कोल, मालगासी, चिनिया अउर मालाबारी सउभे को एक होना पड़ेगा। तभी लड़ सकेंगे। नइ तो मोजेज अउर उसका मेनेजर हरामी सबको माउर डाली।'

लोग बागान में होनेवाले जुल्म से छुटकारा चाहते थे। जब-तब योजना भी बनाते। लेकिन अपनी ताकत के बिखराव को जान हिम्मत नहीं कर पाते थे।

लछुमन को सुनने के बाद रामनारायन बोला, 'हम धरम के बात बताते हंय लोगिन के। इसमें मालिक लोगिन के का आफत बुझाता?'

'आफत-बिपत जलदिए बुझा जाइ जब कूट के सुखा देवल जइबऽ। फेन कहतानीं, अभी बात बिगड़ल नइखे। सम्हर जा ना तऽ लम्हर कर दिही हरमिया।'

'लेकिन रामनारायन भाई...'

'ना-ना। अउर मत कहऽ। हम तोहरा से पहिलें से एहिजा बानीं। हमके चूतिया मत बुझिहऽ। असल अहीर बाप के मूत बानीं। जुलुम-अतेयाचार हमरो के खूब बुझाला।'

'लछुमन सरदार कर कहना ठीक हय।' कोंता ने लछुमन की हां में हां मिलाई। 'एकता हमिन भी चाहीला। मुदा हिंदू कोल लश्कर कर भेदाभेदी से एकता नी बनी।'

रामनारायन लोगों को अपने खिलाफ जाता देख उठ गया।

रात में कुंती से कोंता ने कहा, 'ई बस्ती हमिन कर चडरी गांव जेसन रहले बेस। मुदा रामनराइन तो इके 'किसुनपुर' बनाय में लागल हय।'

कुंती ने कोंता से जितना उसके गांव-समाज के बारे में जाना था, उस आधार पर उसे लगा, कोंता सही बोल रहा है।

ज़मीन

धरती सृष्टिकर्ता की औरत है
जो जीव जगत को प्राणवान बनाए रखती है
और मृतकों की देखभाल करती है।

प्रेम को धुंधली बारिश की तरह
मीठा-मीठा (धीरे-धीरे) आने दो,
*ताकि हृदय की नदी उसकी बूंदों से उफन उठे।**

---

* एक *मालगासी* कहावत

पारहिं ऊपर कसैलिया एक बोयली,
हे गोरी के लाल, फुलवा फूले हे कचनार!
फूल लोढ़े गेलन छौंरो अलबेलिया,
हे गोरी के लाल, फुलबे गरभ रहि जाय।

तीसरे साल का फागुन महीना था।

कुंती आठ महीने के पेट से थी और उसका रंग-रूप पहले से बहुत बदल गया था। कोंता उसको देख-देखकर हैरान होता : यह वही कुंती है? पेट ठहरने के तीसरे-चौथे महीने से उसकी देह के साथ-साथ उसके रंग में भी साफ-साफ बदलाव दिखने लगा था।

पहले उसका रंग धान के दूध भरे दाने और उसकी कच्ची बालियों की तरह था। छठे महीने में गेंदा फूल जैसी हो गई। अब पके हुए अनार के भीतर के दाने की तरह लगने लगी थी। रसरसायी गुलाबी-गुलाबी।

देह भी पहले से भारी हो गई थी और पेट पूरा बाहर निकल आया था। लगता था मानो उसने अपने भीतर एक बड़ी 'हांड़ी' छुपा रखी हो!

उसका खेत पर जाना बंद नहीं हुआ था। आठवें महीने भी वह बिला नागा काम पर जा रही थी। चुस्ती-फुर्ती पहले जैसे नहीं रह गई थी और उठने-बैठने-चलने में उसे तकलीफ होती थी, फिर भी काम पर तो जाना ही जाना था।

ऐसा केवल कुंती के साथ ही नहीं था। पिछले तीन सालों में कोंता उन सभी औरतों को खेत पर काम करते देखता रहा था, जो औरतें पेट से होती थीं। बच्चा होने से कम-से-कम एक-दो महीने पहले औरतों को छुट्टी मिलनी ही चाहिए, बागान मालिकों के राज में ऐसा सोचना भी मूर्खता थी।

साल भर पहले खेत में काम करते-करते ही तिलिया का पहला बच्चा खराब हो गया था। रेबनी ने अपना दूसरा बच्चा, जो लड़का था, गन्ने के खेत में ही जनमा था।

कोंता और कुंती इन दिनों भूलकर भी ऐसी घटनाओं को याद नहीं करते थे। कोंता जानता था, उन घटनाओं को याद कर कुंती भीतर-ही-भीतर बुरी तरह से डरी रहती थी।

यह उनका पहला बच्चा था, जो महीना भीतर ही उनके बीच आने वाला था। कुंती अक्सर अपने फूले पेट पर उसका हाथ रखकर बोलती, 'देखऽ त, तोरे जइसन बदमास बुझाइत हवऽ! घूम-घूम के हथिया-गोड़वा पटकते रहऽ हइ।' हाथ पेट पर कभी इधर ले जाती, तो कभी उधर, 'देखऽ हेने....अभी हियां गोड़ पटकलवऽ...'

अपने कान कोंता उसके पेट पर रख देता। भीतर पानी में तैरते हुए बच्चे की आवाज़ सुनाई पड़ती। वह उसके पेट को चूमते हुए कहता, 'ए छउवा, हाम तोर बाप लगियउ। मोर जनी के जादा तंग ना करबे।'

कुंती धान से भरे हुए खेत की तरह लहरा उठती। पुलकते हुए बोलती, 'अभी तोरा से बात न करतवऽ। बाहर अयला पे बतियतवऽ। अभी त खाली हमनिए दुनोंमइये-रेंगा बतियाएब।'

जैसे-जैसे उसका दिन नजदीक आता जा रहा था, कोंता काम पर उसके साथ जाते हुए बिलकुल साए सा साथ रहता। एक पल भी दूर नहीं होता। वह नहीं चाहता था, कुछ अनहोनी उनके साथ हो जाए।

रविवार के दिन ओंजा अपनी पत्नी पूपी के साथ मिलने आया। उस समय फुलवरिया, इमरती, मुनिया, जमुनी और धनवंती भी उसके घर में ही थीं। कोंता बाहर बीरन और जगया के साथ बैठा था।

दोनों को आया देख कोंता का मन खुशी से भर उठा। उसने उनके रिवाज के अनुसार ही गले मिल और तीन बार चूमकर उनका स्वागत किया। ओंजा उनके साथ बाहर ही बैठ गया। पूपी भीतर चली गई।

इधर-उधर और उसके घर का हाल-चाल जानने के बाद ओंजा से कोंता बोला, 'मोर दिल घबड़ात हे। तोयं मोजेज साहेब से बात कइर न। कुंती के छुट्टी देक ले।'

कोंता और दूसरे सभी मजदूर जानते थे कि साहब लोग सरदारों की बात सुनते हैं। मजदूरों से तो वे नहीं, उनके लात-जूते और हंटर ही बातें करते थे।

'मोजेज साहब लेकिन अभी नहीं है। जब आएगा तो बात करूंगा।' ओंजा ने निराश करने वाला जवाब दिया।

'मेनेजर बाबू से...उकरे से बात कइर नी।'

'हां-हां...बात कइर नी ओंजा भाई।' जगया ने भी कोंता की बात दोहराई।

ओंजा सोच में पड़ गया।

बीरन बोला, 'ऊ बदमास मेनेजर थोड़े सुनेगा। भोजपुरिया लोग उसका नाम ठीके हरामी रखा है।'

'मेनेजर नहीं सुनेगा। उससे बात करना बेकार। एकदम फालतू।' ओंजा ने उसके कंधे पर सांत्वना भरा हाथ रखा।

'छुट्टी मिल जाले बेस रहतलक...फिर भी तोयं हामर बात के इयाइद करबे। तुमको उसका आना-जाना पता रहता है। हम लोग तो जानते भी नहीं, ऊ कब आता है और कब चला जाता है।'

'हम लोग का मालिक तो ओभरसियर ही है। मेनेजर भी इधर कहां आता है। मोका-बेमोका ही आवेला।' जगया नफरत से बोला था।

कुछ देर बाद पूपी और ओंजा चले गए।

जाते-जाते ओंजा ने कहा, 'कुछ भी जरूरत हो तो खबर करना। दिन हो चाहे रात। किसी को भी भेज देना। भूलना मत।'

रात का खाना बनाने के बाद फुलवरिया चली गई थी।

इमरती और फुलवरिया दोनों का बहुत सहारा था। जरूरत के समय वे दोनों उसके घर का सारा काम बिना कहे सम्हाल लेती थीं। बस्ती की दूसरी औरतें भी मदद में रहतीं लेकिन फुलवरिया और इमरती तो जैसे कुंती की सगी बहने थीं।

गांव के पुरुष सदस्य भी कोंता की बहुत 'इजत' करते थे। मुसीबत और तकलीफ के समय समूची बस्ती एक परिवार हो जाता। रामनारायन और फोगला की दाल लोग चूल्हे पर चढ़ने ही नहीं दे रहे थे।

सोने के पहले कुंती ने उसे एक खुशखबरी सुनाई। पूपी के पेट में भी 'रेंगा' है। ओंजा बाप बनने वाला है।

रविवार नहीं था। बुधवार का दिन था। सारे कुली मजदूर मोजेज साहब की कोठी के सामने सुबह-सुबह ही जमा थे। साफ कपड़े में। नहा-धोकर। लोगों को समझ में नहीं आ रहा था, उन्हें क्यों बुलाया गया है। सभी सरदार पगड़ी-साफा बांधे, बेल्ट-बकलस लगाए कतार में सिपाहियों के आगे खड़े थे। मैनेजर वाल्टर सेरामी और ओवरसियर पाबलेटो कोठी के नौकरों से टेबल-कुर्सी पर पानी का जग-ग्लास, फल वगैरह करीने से रखवाने में व्यस्त थे। रविवार की पेशी के दिन आम तौर पर दो ही टेबल लगा करती थी। एक मैनेजर के लिए और दूसरी ओवरसियर के लिए। मोजेज साहब के होने से एक और बड़ी टेबल लगा करती थी। लेकिन आज कई टेबलें एक-दूसरे से सटाकर लगाई गई थीं जिससे वह एक ही पर लंबी टेबल दिखाई दे रही थी।

कोंता था भीड़ में खड़ा, पर उसका दिल कुंती में ही अटका हुआ था। उसकी जचगी का समय बिलकुल नजदीक था। इसलिए वह नहीं आई थी। मैनेजर का हुक्म था सबको हाजिर होना है। सो रूनु, जो उसके और बस्तीवालों के काम पर चले जाने के बाद दिन में कुंती के साथ रहती थी, वह भी यहां आ गई थी।

धूप कड़ी नहीं हुई थी। मोजेज साहब के बागीचे के छतनार पेड़ भी हवा नहीं चलने से खामोश थे। कभी-कभार पंछियों की चीं-चीं या जंजीर में जकड़े कुत्तों की गुरगुराहट जरूर सुनाई दे देती थी।

माड़ू अपने दाहिने पैर में कुदाल की चोट से बने घाव को हौले-हौले चीप रहा था। घाव देखने में सूख गया लगता था लेकिन माड़ू के चीपने से उसमें से मवाद निकल आया था।

कोंता ने उसे घाव चीपने से रोका, 'मत चीप। एखन नइ सूख हउ।'

'चीपले आराम बुझायला...'

सुबह का पहर बीतते-बीतते चार बंदूकधारी सिपाहियों के साथ दो बग्घियां कोठी के सामने आकर खड़ी हुईं। मैनेजर लपककर बग्घी के सामने अदब से खड़ा हो गया। कोचवान ने उतरकर बग्घी का दरवाजा खोला। दोनों बग्घियों से तीन अंग्रेज साहब लोग उतरे। तब तक कोठी के अंदर से निकलकर मोजेज साहब भी आ गए। मोजेज साहब ने उन तीनों का स्वागत किया।

सभी बैठ गए तो ओवरसियर पाबलेटो ने मजदूरों को संबोधित किया, 'श्रीमान फेल्ट, श्रीमान वागचुघ और इमाइग्रेशन कमीशन मॉरिशस के चेयरमैन रॉसोन का हम अपने बेल ओम्बरे सुगर बागान में अपने मालिक मिस्टर मोजेज, बागान के सेक्रेटरी व मैनेजर मिस्टर वाल्टेर सेरामी और सभी गार्डों, सरदारों और मजदूरों की ओर से तहे दिल से वेलकम करते हैं।

कमीशन चेयरमैन रॉसोन हिज हाइनेस गवर्नर ऑफ मॉरिशस सर विलियम गोम्म की ओर से बागान में काम कर रहे मजदूरों के बारे में हम लोगों से और आप मजदूरों से बात करने आए हैं। हिज हाइनेस मॉरिशस में काम कर रहे सभी भारतीय मजदूरों की भलाई के लिए सदा चिंतित रहते हैं। वे चाहते हैं कि मॉरिशस आनेवाला हर मजदूर को उसकी पूरी मजदूरी मिले, उसके साथ किसी भी किस्म का अन्याय नहीं हो, जिससे मजदूर और मॉरिशस दोनों की तरक्की हो। बेल ओम्बरे की खुशकिस्मती है कि मार्च, 1845 के इस सुहाने मौसम में हमें रॉसोन साहब और उनकी टीम की मेज़बानी करने और साथ पाने का यह सुअवसर मिला है।'

रामनारायन कोंता से एक-दो लोगों के आगे खड़ा था। वह अपने बगल में खड़े दीनू के कान में फुसुसाया, 'बढ़िया मोका बा। बड़का साहब लोग आइल बाड़न। डेरइहऽ जिन। सब बात कह दिहऽ। का-का जुलुम अउर अतेयाचार करेलन हियवां।'

कहा तो रामनारायन ने सिर्फ दीनू से ही था, मगर आसपास के लोगों सहित कोंता के कान तक भी उसकी फुसफुसाहट पहुंच गई थी। वैसे, कोंता समझ गया था कि रामनारायन ने फुसफुसाने का सिर्फ नाटक किया था, मकसद तो सबको अपनी बात सुनाना ही था।

लेकिन किसी को कुछ भी कह पाने का अवसर ही नहीं मिला। बहुत देर तक तो वे सभी आपस में ही बात करते रहे। फिर दोपहर का खाना खाने कोठी में चले गए। लौटकर आए तो एकाध मजदूर, जो सामने खड़े थे, रॉसोन साहब ने उनसे बस उनका नाम पूछा था।

बीच में मौका देख फुलवरिया और इमरती दोनों उसके पास सरककर आ गई थीं।

इमरती मुंह ढांपकर धीरे से बोली, 'ए पहुना! कब छोड़तथिन सब? दिदिया घरे अकेले हथी। हमरा तो उनकरे चिंता लगल हइ।'

'हमरो गोड़वा ठाड़ा-ठाड़ा दुखा गेल हइ गे इमरती। मुंहझौंसा सब जाइतो तो न हथिन।'

अकुलाहट के साथ कोंता बिलबिलाया, 'मोर मन भी हुंवाय लागल हय। मुदा का करबे? छुटी नइ मिलले कइसे जाबे?'

तीनों साहब चलने को तैयार हुए। सभी लोग उठकर खड़े हो गए।

मोजेज साहब ने इमाइग्रेशन कमीशन का हाथ थामते हुए कहा, 'बहुत अच्छा लगा जो आपने हमें अपनी मेहमाननवाज़ी के लायक समझा, वरना लोग तो यही प्रचार करने में लगे हैं कि हम बागान मालिक बहुत बर्बर हैं और बाइबल के शैतानों की तरह दिन-रात मजदूरों का खून पीने में लगे हैं।'

'विरोधियों को कहने दीजिए। वे सब ब्रिटिश राज की प्रगति से जलते हैं। चाहते हैं, हम शुगर प्रोडक्शंस बंद कर दें।' वागचुघ जो कि स्वयं कई बागानों का मालिक था, नाखुश स्वर में बोला।

'वेल सेड मिस्टर वागचुघ। उनको क्या पता, हम कितना कष्ट उठाकर और मामूली से मुनाफे पर यह काम कर रहे हैं।' मोजेज साहब बोले।

'असल में फिजी, गयाना और नटाल जैसी कॉलोनियों में ले जानेवाली यात्राओं के दौरान जहाज पर, जो मॉरिशस की तुलना में तीन से चार गुना दिनों की होती है, होनेवाली मौतों का बहाना लेकर कुलियों के ट्रांसपोर्टेशन को रोकने की कोशिश है।' चेयरमैन ने अपना हाथ छुड़ा लिया था।

कोचवान ने तुरंत बग्घी का दरवाजा खोल दिया।

'इससे बहुत नुकसान होगा मिस्टर चेयरमैन। कम-से-कम हमें अभी और चार-पांच सालों तक दस-दस हजार मजदूरों की आवश्यकता है। नहीं तो हिज हाइनेस ने शुगर प्रोडक्शन का जो लक्ष्य रखा है 963000 क्विंटल का, उसे पूरा कर पाना असंभव होगा।' मोजेज साहब ने हाथ मलते हुए कहा।

कोंता को ऐसा लगा मानो चेयरमैन से हाथ मिलाते समय उसके हाथ में गंदगी लग गई थी।

'डॉ. आइसेरी के पंफलेट को हिज हाइनेस ने सीरियसली ले लिया।'

'लेना ही था। बागान में डॉक्टर था। उसकी बात को नज़रअंदाज नहीं किया जा सकता था।' मोजेज ने हामी भरी।

'ईश्वर रेमी ओलियर की आत्मा को शांति दे! अच्छा हुआ, साल के पहले महीने में ही चल बसा। बहुत बड़ा सरदर्द था। उसने तो दो साल के भीतर ही हिज हाइनेस को पानी पिलाकर रख दिया था।' अब तक चुप मैनेजर वाल्टेर सेरामी बोला था।

फेल्ट ने अपने हैट को ठीक करते हुए कहा, 'अखबार उसकी ताकत थी। जिसे सिर्फ पोर्ट लुइस के काले नीग्रो और नीच लोग पढ़ते थे। मिस्टर ब्रुइल्स ने अखबार निकालकर उसे खूब जवाब दिया था।'

'ओलियर उनसे बहुत इंटलीजेंट था। मैंने दोनों के एडिटोरियल पढ़े हैं। मिस्टर ब्रुइल्स तो उसके ग्रामेटिकल मिस्टेक्स में ही उलझकर रह गए। ओलियर दमदार था। बहुत शार्प और अनबिटेबल भी।' मोजेज साहब अभी तक हाथ मल रहे थे।

'उसके सवाल लॉजिकल और पॉलिटकली मैच्योर्ड थे। अभी-अभी ब्रिटिश संसद में मॉरिशस के रंगभेद के मसले पर जो एक्ट पास हुआ है, वह उसकी इंटलीजेंट लेखनी और लॉजिक का ही नतीजा है। तरीके से चोट करता था। भाषा चुभनेवाली होती थी, पर शालीनता उसने कभी नहीं छोड़ी।' अफसोस करते चेयरमैन रॉसोन बोला।

'मिस्टर लियोनट को उससे सीखना चाहिए। पोर्ट लुइस के कुली डिपो में उन्होंने एंडरसन के साथ जो बर्ताव किया है, वह बहुत अशोभनीय है।' फेल्ट ने बातचीत में बागान मालिक लियोनट को खींच लिया था, जिसने कुछ ही दिन पहले मॉरिशस कुली डिपो से मजदूरों को ज़बरदस्ती ले जाने के लिए ज़ोरदार हंगामा खड़ा कर दिया था।

'हां-हां...उस घटना की चर्चा मैंने और बागान मालिकों से सुनी थी। यह तो अच्छा नहीं किया था उन्होंने।' मोजेज ने उत्सुक होकर कहा।

'यही तो मुश्किल है। बागान फैलते जा रहे हैं। शुगर की डिमांड बढ़ती जा रही है। और लेबर है नहीं। ऐसे में हर बागान मालिक चाहता है कि मॉरिशस आनेवाले सारे मजदूर सिर्फ उसे ही दे दिये जाएं।' वागचुघ, जो हमेशा ज्यादा से ज्यादा मजदूर पाने के लिए गवर्नर की चापलूसी में लगा रहता था, लियोनट को बिलकुल पसंद नहीं करता था।

'वे ज़बरदस्ती मजदूरों को हांकने लगे थे। डिपो गार्ड ने विरोध किया, तो उसे डांट-डपट दिया। सूचना मिलते ही मिस्टर एंडरसन पहुंचे। उन्होंने रिक्वेस्ट की। पर लियोनट तो उनके साथ ही हाथापाई कर बैठे।' फेल्ट ने वागचुघ का साथ देते कहा।

'बहुत बुरा हुआ। लोग बता रहे थे, बहुत भद्दी-भद्दी गालियां दीं। कुलीन होकर उन्होंने ऐसा किया। इसका हमें दुख है।' मोजेज ने अफसोस जताया।

'ओके, आपकी मेहमाननवाज़ी के लिए बहुत-बहुत शुक्रिया! मैं अपनी रिपोर्ट मई तक गवर्नर को सौंप दूंगा।' चेयरमैन बग्घी में बैठते हुए बोला।

'बहुत अच्छा। उम्मीद करता हूं, आप हम बागान मालिकों की मुसीबतों का ध्यान रखेंगे।'

'श्योर! लेकिन आप लोगों को भी कुलियों के बेटरमेंट पर थोड़ा और खर्च करने के लिए तैयार रहना होगा।'

मोजेज हंसा, 'इसके लिए हम लोग तैयार हैं। गरीबों का कल्याण आखिरकार हम लोग और सरकार की ही ज़िम्मेदारी है।'

बग्घी चली गई। इमाइग्रेशन कमीशन के चेयरमैन और सदस्यों को लेकर।

मोजेज साहब दांत पीसते हुए पलटे।

'हराम का खा-खाकर पोर्ट लुइस में मोटा रहे हैं। बागान में रहकर देखें, इन कुली कुत्तों को आदमी बनाने में कितना पसीना बहाना पड़ता है।'

ओवरसियर ने मजदूरों को जाने का इशारा किया। धूप में चार-पांच घंटों से जमी भीड़ बर्फ की तरह पिघलकर बिखर गई।

कोंता रास्ता भर इस दिखावे को याद कर ठहाका लगाता रहा।

घर पहुंचकर पूरा किस्सा कुंती को सुनाया। सुनाते हुए बच्चे की तरह चटाई पर लोटपोट होता रहा।

आखिरी में बोला, 'कोंहड़ा तइर मुंह होय जाय रहे मोजेज साहब कर।'

जकोटेट नदी उनकी बस्ती से पीछे कुछ ही दूरी पर थी। पश्चिम दिशा में। पूरी बस्ती का 'दिसा-मैदान' और नहाना-धोना उधर ही होता था। नदी का वह इलाका जंगली था और जैसे-जैसे समुद्र की ओर बढ़ती थी जंगल घना होता जाता था।

इसी जंगल में रामनारायन ने एक गुफा खोज निकाली थी। गुफा न आसानी से दिखती थी और न ही उसमें बहुत आराम के साथ घुसा जा सकता था। गुफा का मुंह बहुत संकरा था। इतना संकरा कि बड़ा आदमी नहीं घुस सकता था। रामनारायन और फोगला दोनों ने मिलकर उस संकरे मुंह को इतना चौड़ा कर दिया था कि अब एक आदमी उसमें आसानी से जा सकता था। देह को सिकोड़कर और चार पैरों वाला जानवर बनकर।

गुफा भीतर जाकर चौड़ी हो जाती थी, जिसमें पांच-सात लोग आराम से बैठ-लेट सकते थे। सिर उठाकर उसमें चलना मुमकिन नहीं था पर झुका देने के बाद कोई दिक्कत नहीं होती थी।

वह गुफा बाहर से देखने में एक बड़ी ठोस चट्टान की तरह दिखती थी जिसका निचला सिरा बिलकुल पास से देखने पर भी ज़मीन में धंसा मालूम होता था। अगल-बगल कंटीली बबूल की झाड़ियां थीं जिससे चट्टान के ऊपर भी चढ़ पाने की जगह बचती नहीं थी। लेकिन उसके पीछे, जहां एक बड़ा-सा कोई पेड़ था, जिसमें फल नहीं आते थे, वहां से चट्टान पर चढ़ा जा सकता था। ऊपर चढ़ने पर उत्तर की तरफ खड़े होने से नदी का वह सिरा दिखता था जिधर औरतों का घाट था। उस हिस्से पर पत्तों से लदे पेड़ की डालियां झूलती थीं जिससे जब तक बहुत पास से कोई नहीं देखे, तो वहां पर बैठे आदमी को देख पाना संभव नहीं था।

रविवार के दिनों में रामनारायन और फोगला इसी चट्टान पर चले आते और बैठकर देर तक औरतों को नंगे नहाते देखते रहते थे। औरतें इतनी दूर से बहुत साफ नहीं दिखती थीं पर उनकी नंगी आकृतियों को देखकर ही उनकी आंखें वासना से भर उठतीं और जांघ के बीच कुछ 'लसलसाने' लगता था।

उस रविवार को औरतों को देखते हुए रामनारायन ने कामुकता से आह भरी और फोगला से बोला, 'तीन साल से ऊपरे भ गइल हो फोगला! नस-नस खींचाला अब त अउरत बिना।'

'का करल जाओ पांड़े जी! फुलवरिषा के माजा लेल बाद से ही देह छूछा बा। आइल रहनीं जा त अनचिन्हल रहहलन। से फुलवरिया बेरा केहु झोंपड़िया से झाकबो ना कइलस। अब त कोल्हवा के कहला मान के सब एक हो गइल बाड़न स।'

'फुटिहें हो...सब फुटिहें।'

'जब ले फुटिहें देह सुखा जाइ अउरत के चाम चभले बिना।'

'ई खोहवा कहिया काम आइ। बियाये द कुंतिया के।'

'का माने ..?'

'हमार दिमाग में एगो जोजना बा। कुंतिया के बियाये के समइया नजीके बा। से से लोगिन सुतलो में जागेलन। बियवला बाद बस्ती निहचिंत हो जाइ। फिन देखिहऽ हमार कमाल।'

'जिनगी नसा गइल मरीच आके। बिना अउरत के कउनो जिनगी होखेला पांड़े बाबा?'

'सब भागी के खेला बा हो...भाग जे न करम करावे।'

'भाग त ऊ कोल्हे के नू बा। बहिनचोदवा पंडीत के लइकी के माजा लूटऽ ता। आ ओकरो लछ्छन देखऽ...'

'केकर? कोल्हवा के?

'नाहीं हो। कुलछनिया कुंतिया के। तू ना लउकलऽ ओकरा के। कोल्हवे जंगलिया से पेटवा फुलवाय के रहे? सब जात-कुल नास देहलिस कुतिया।'

'खाली उहे ना...तिलिया, रामदुलारी, कंगना...सभे त कुजाते संग नू रहतिया। मुनिया, जोगती अउर धनवंतिया पहिले बियइली, अब कुंतियो।'

'आजकाल कंगनवा अउर दुलुआ में लटपट चलऽता। गौर कइले बाड़ऽ की ना?'

'सांचों...?'

'हम अपना आंखी से देखलें बानीं हो। पिछलका से पिछलका एतवरवा के। दुनों तलबवा भिरू झुंड़वा दने लटपटाइल रहन स।'

'लेकिन ओकर त डिपो मरदवा बा नू। बुझा त गजाधर खाली नमवे के गजाधर बा। बाकी नीचे से फुसफास।'

'अब ई त तोहरा के कंगनवे बताइ। हंम कइसे कह सकींना।'

'बाप रे! ई दुलुआ त हमनियों से हरामी निकललस।'

'मेहारू के चाम के घाम अइसने होवेला।'

'बुझा त हमनीं बंडे रह जाइब। निरबंस।'

'एतना जल्दी ना निरास होवेके। मजो लूटब अउर बंसो चली...तू त बस देखते रहऽ।' कहकर चट्टान पर लेट गया रामनारायन।

फोगला की नज़र नदी की तरफ चली गई। कोई नहीं दिख रही थी। शायद औरतों का घाट खाली हो गया था।

लोग खेत की तरफ निकल चुके थे। सूरज उग आया था और काम पर पहुंचने की तीसरी सीटी बज चुकी थी।

कोंता ने प्यार से उसके पेट पर हाथ रखा और बाहर निकलने को हुआ कि कुंती ने उसका हाथ पकड़ लिया।

'आज मत जा।'

'मोजेज साहब बहुत मोसकिल से तोर छुट्टी मंजूर कइर हे। मोर काम पे नइ जाय से...तोयं जानबे करिसला...' बात अधूरी छोड़ उठने को हुआ।

कुंती ने अपनी पकड़ और मजबूत कर दी।

'रूनु हय नी तोर ठिन...' उसने जमुनी की बेटी की ओर इशारा किया। 'कोनों होले ई हमिन के खबर देइ देवी।'

उसने महसूस किया, कुंती ने अपनी पकड़ छोड़ दी है। वह उठा और टोपी पहनकर खेत की तरफ चल दिया।

कोंता कुछ ही कदम चला होगा। अचानक उसके मन में जाने क्या खयाल आया और वह रुक गया। खड़े-खड़े कुछ पल सोचता रहा। उसने अपनी दाईं कलाई को गाल से छुआ। अभी तक उसमें कुंती की पकड़ की गर्मी थी।

वह वापस घर पे लौट आया।

उसको आया देख कुंती का दर्द से भींचा चेहरा मुस्कुरा उठा। दांत भींचते हुए कोंता से बोली, 'एजी...दरदिया बढ़इत हइ। बुझाइत हइ कि...रामदुलारी दीदी के बोला लावऽ न।'

सुनते ही कोंता उठ गया जाने के लिए। तो कुंती ने फिर उसका हाथ थाम लिया, 'न, तू न जा....एहिजे बइठऽ।' रूनु से बोली, 'ऐ मंइवां, जो न रामदुलारी दीदी के बोला लइहें।'

रूनु हिरनी की तरह झोंपड़ी से छलांग मारती निकल पड़ी। खेत पर, जहां लोग अभी-अभी पहुंचे ही थे, उन सबको देखकर ज़ोर-ज़ोर से चिल्लाने लगी, 'ए माइ, कुंती मौसीऽऽऽ....कुंती मौसी बोलावइत हइ काकी के...'

रामदुलारी उसे आते देख पहले ही उस तरफ दौड़ पड़ी थी।

लछुमन और ओंजा दोनों ओवरसियर के पास जाकर कुछ कहने लगे। रूनु की मां जमुनी भी उसके पीछे हो ली। उन दोनों को जाता देखकर फुलवरिया और इमरती भी ओवरसियर के पास जाकर हाथ जोड़कर खड़ी हो गईं।

उन दोनों के आते ओंजा वहां से चल पड़ा।

ओवरसियर ओंजा को जाते और उन दोनों को देखकर गुस्से से चीखा, 'टुम लोग को छुट्टी नइ मिलेगा। जाओ, जाकर काम करो।'

लछुमन ने पैरवी की, 'जाने दो साहब। पहला बच्चा है। दो जनाना से नहीं होगा। इन दोनों को भी छुट्टी दे दो।'

'नइ-नइ। हम चार-चार लेबर को एक बच्चा पैदा कराने का वास्ते छुट्टी नइ दे सकता।'

'रहम करो साहेब। पहला बच्चा होता तो मैं नहीं बोलता।'

फुलवरिया और इमरती दोनों ने ओवरसियर पाबलेटो के पांव पकड़ लिए।

'जाए दऽ मालिक...भले चार दिन के मजूरी काट लिहऽ।'

पाबलेटो ने झटककर अपने पैर से दोनों को अलग किया और लात चला दी। जूता फुलवरिया की छाती पर लगा। फुलवरिया ने तब भी मार की परवाह नहीं की। दोबारा उसके पैर थाम लिए।

'मालिक...जाए दऽ।'

लछुमन को गुस्सा आ गया। उसने फुलवरिया को उठाया और तेज आवाज़ में बोला, 'साहेब कह रहा हूं। जाने दो इनको।'

कमाल सरदार दूर खड़ा यह सब देख रहा था। उसने वहीं से कहा, 'तुम लोग जाओ। साहेब छुट्टी दे दिया है।'

पाबलेटो ने कमाल के कहने पर कोई प्रतिक्रिया नहीं व्यक्त की।

दोनों औरतें असमंजस में थीं।

लछुमन ने उन्हें जाने का इशारा किया। दोनों सरपट बस्ती की तरफ भागीं। पीछे से उन्हें हंटर की फुंफकार और ओवरसियर की गरजती हुई आवाज़ भी सुनाई दी–'यू सन ऑफ विच! तुम लोग साला किसलिए खड़ा है? बच्चा देने के लिए? चलो, काम शुरू करो।'

शाम को खेत से मजदूरों का जत्था और दिनों की तुलना में पलक झपकते हवा होकर कोंता-कुंती के घर के आगे जमा हो गया था।

उन सबके जमा होते ही इमरती टिन की थाली पीटते बाहर आई।

'लिपे ओली आइल बिआ कि जुआठ धरे ओला!' भीड़ में से कंगना के मर्द गजाधर की आवाज़ सुनाई पड़ी।

रामदुलारी ने जवाब की बजाय सवाल कर दिया था, 'तोहनिए बतावऽ...के आइल बा? परिवार के बढ़ावे ओला बा...जे भी आइल बा।'

'परिवार त दूनों से बाढ़ेला...अरे! बच्चा बा कि बुझौव्वल?

'बुझौव्वल ना बा। लइकी बिआ। रोआइओ से न चिन्हेलन स?' रामदुलारी ओंजा की पत्नी पूपी के कंधे पर हाथ रखते हुए हंसी। जो उसके बगल में आ खड़ी हुई थी।

सुनते ही मिट्टी और धूल से सने लोग नाच पड़े। नाचते-नाचते कोंता को छेड़ने लगे। कोंता लजा-लजा जाता।

'पहुना त अइसे लजाइत हथिन कि बुझाइत हइ, दिदिया के ना, इनखे नार कटाइल हइ!' इमरती की इस बात पर सब हहा कर हंस पड़े।

खापू भी मजा लेते हुए बोला, 'बिना पतरी-भात खियाले छउवा कर बाप बइन गेले...तोके तो भउजी, पक्का दिकु बनाय देलउ रे...'

औरतों के झुंड से सोहर शुरू हो गया :

दुअरा त नाचेला नचनिआं, त अंगना ननदिया नाचे हो।
भउजी के भइले होरिलवा; त भेसरिआ हमके चाही हो।
सझवा बइठल तुहूं बाबा, त सरबे गुनवा आगर हउव हो।
बाबा भउजी के भइले होरिलवा, त भेसरिआ हमके चाही हो।

बस्ती में जमुनी, जिसे बागान में आने पर सबसे पहले बच्चा हुआ था, के बाद अब तक मगनी, रेबनी, मुनिया, धनवंती और जोगती के भी बच्चे हो चुके थे। कुंती का बच्चा बस्ती के परिवार का आठवां नया सदस्य था।

बच्ची पैदा होने के दूसरे दिन लछुमन सरदार कुंती और बच्ची के लिए नया कपड़ा और शक्कर लेकर आया।

'लऽ...मोजेज साहब देले बाड़न। कुंती अउर तोर बेटी खातिर।'

कोंता ने कपड़ा और शक्कर लछुमन सरदार से लेते हुए कहा, 'एहे तो एगो मोका होवेला लछुमन भाइ, जब मालिक बट ले कपड़ा भेंटायला। अउर शक्कर भी।'

'एहे से कि बागान में काम करे खातिर उनकरा के एगो अउर मजदूर फ्री में मिल जाला।' कहकर हंसा लछुमन।

कोंता के चेहरे पर भी मुस्कुराहट फैल गई। वह पहले ही देख चुका था, जब जमुनी और चैता के घर बच्चा हुआ था तो मालिक ने कपड़ा और शक्कर भिजवाया था। तब दूसरे लोगों की तरह वह भी चौंका था। यह दयालुपन किसलिए? तब उस समय ही लछुमन ने बताया था कि बच्चा पैदा होने पर मालिक लोग नया कपड़ा देते हैं।

लछुमन और फुलवरिया की उम्र में लगभग बीस वर्ष का अंतर था। इधर कई दिनों से कोंता देख रहा था कि दोनों में कुछ ज्यादा ही हेलमेल हो गया है। लछुमन सरदार चूंकि उन लोगों से हमदर्दी रखता था, सो सभी लोग उससे हिलेमिले थे। फुलवरिया और उसका हेलमेल लेकिन कुछ दूसरी ही रंगत लिये हुए था।

एक रात जब फुलवरिया उसके छह महीने की बेटी 'सिनगी' से खेल रही थी और कुंती खाना बनाने में लगी थी, कोंता ने मजाक ही मजाक में उससे पूछ लिया, 'का फूलो, हामके मौसा कहिया बनाबे?'

'तुहूं न पहुना, मजाक करे ला हमहीं भेटइली तोरा?'

'मजाक कउची करइतथुन गे...जे पुछलथुन सेकर जबाब देहीं।'

'तोर भाग तेज हलउ दिदिया! से अइसन पहुना मिललथुन। हमर भला तोर अइसन भाग कहां!'

'कह त अपन देवरन से बात करियउ? अइसे भला कब तक रांड़ नियर रहबे?'

फुलवरिया को भी मजा आ रहा था। रस लेते हुए बोली, 'अच्छा, दिदिया...तोर हिसाब से केकर संग हमर जोड़ी बनतइ?'

'खापू कर संगे।' तपाक से बोल पड़ा कोंता।

'ना जी...जगया संग एक जोड़ी खूब बेस जमतइ।'

'खापू...'

'जगया...हमर बहिन हइ। हम चुनबइ ओकर दूल्हा।'

'अच्छा! तोयं चुनबे? मोर भाई हेकयं। पहिले मोर अधिकार हय।'

'दूनों फैसला करके हमार बता दिहऽ, तब हमहुं सोंचबइ।' कहकर उन दोनों को प्रेम में उलझते देख फुलवरिया तुरंत निकल गई। जैसे भागने का बहाना खोज रही थी!

कोंता ने बच्ची को गोद में ले लिया। उसके गाल को अपनी नाक से रगड़ते हुए बोला, 'मोर जेसन दिसेला...हय नी?'

'भल कहलऽ कि...जनमइली हम अउर का त इनकर नियर लउकइत हइ। हमर पे गेल हइ।'

'नइ...मोर जेसन होवी। देखबे तोयं।'

'ए पहुना, तनी मुंहवा धो लिहुं। हमर बेटिया जइसन रंग हवऽ का तोर? दिदिया जइसन हइ हमर बेटी।' दरवाजे से झांक कर कोंता को चिढ़ाते हुए फुलवरिया बोली।

कोंता और कुंती दोनों लजा गए। फुलवरिया गई नहीं थी, दरवाजे की ओट में खड़ी होकर सुन रही थी शायद उनकी बातें।

कोंता उठने लगा तो फुलवरिया मुंह चिढ़ाते सरपट अपनी झोंपड़ी की ओर भाग चली।

'अगे छौंड़ी! लुका के मरद-मेहारू के बात सुनऽ हें, लाज न हउ का गे? झेंपकर कुंती बोली। लेकिन फुलवरिया तो उसके बोलने से पहले ही चिरई की तरह फुर्र हो गई थी।

प्रचंड गर्मी थी और धरती तपी हुई थी। लग रहा था, मॉरिशस के नीचे सुसुप्त ज्वालामुखी फिर से भड़क गई है। बड़े तो बड़े, बच्चे भी बेहाल थे भयानक गर्मी से। लेकिन छुट्टी होने से पहले बूंदाबांदी शुरू गई थी।

बारिश हल्की ही थी। पानी की बूंदें राहतों की नेमत जैसी थीं। बच्चों को बारिश में भीगते हुए मज़ा आ रहा था। भीगने के डर से कोंता ने आठ महीने की बेटी को अपनी फितुई में छुपा रखा था।

कोंता ने भीगती हुई कुंती को देखा। वह तिलिया और इमरती के साथ बतिया रही थी। बारिश में भीग जाने से उसकी देह गीली हो रही थी। धान का बीहन रोपने वाले खेत की तरह।

उसकी नज़र उनके पीछे आ रही कंगना पर चली गई। गजाधर और दुलु उसके आगे-पीछे हो रहे थे। उसने महसूस किया, लौटती हुई भीड़ में उन तीनों का मन-मिज़ाज बारिश के बावजूद तपा हुआ दिख रहा था। तीनों के चेहरे पर तनाव था, जिसे बारिश का पानी भी धो नहीं पा रही थी। कोंता की इच्छा हुई कि वह गजाधर से पूछे। लेकिन बारिश तेज हो रही थी। बस्ती पहुंचने पर उससे बात करेगा, ऐसा सोचकर वह जल्दी-जल्दी बढ़ने लगा।

औरतों का गीत बारिश के साथ ही साथ शुरू हो गया था :

नाहीं लागे जियरा हमार बिनु सइयां रे।
एक तउ सवनवां के राति अंधेरी,
दुसरे झिंगुरवा झनकार, बिनु सइयां रे।
नाहीं लागे जियरा हमार बिनु सइयां रे...

बहुत दिनों बाद उनके पीछे-पीछे मर्दों ने भी बारिश में छपर-छपर पानी से मिट्टी को कादो-कादो करते गाया :

जान मारे तोरी आंखी के पुतरिया ना,

हो पुतरिया ना, हो पुतरिया ना,
जान मारे तोरी आंखी के पुतरिया ना...

बरसात तेज हुई तो फिर रुकी ही नहीं। रात भर पानी। कोंता की झोंपड़ी कई जगह से चू रही थी। दोनों बेटी को समेटे इधर पानी गिरता तो उधर चले जाते। वहां भी चूने लगता तो कोई और कोना तलाशने लगते।

घर में सब तरफ पानी भर गया था। फूस-पुआल की दीवारें और छत भारी बरसात के आगे कोठी में हंटरों के मार खाए मजदूर के घावों की तरह जहां-तहां से रिस रहे थे।

लकड़ियां गीली हो गई थीं। न खाना बन पाया और न ही वे दोनों बस्ती के बाकी लोगों की तरह सो पाए।

लकड़ी के एक गीले पटरे पर एक-दूसरे से पीठ टिकाकर दोनों ने पूरी रात गुजारी। सुबह होने से थोड़ा पहले बारिश रुकी तो कुंती चूल्हा जलाने की कोशिश करने लगी।

बेटी को लिए-लिए कोंता बाहर आ गया। नानू, दीना, कलुआ, चोका, लोटुआ, मतलु और रामायण बतियाते दिखे। वह उधर ही बढ़ गया।

जैसे ही कोंता उनके पास पहुंचा, मतलु फुसफुसाकर बोला, 'रात में बड़ खेला हुआ कोंता भाई।'

'का होलक? रात के तो खउब तेज बरसात होवत रहे।' उसने सोचा, मतलु भारी बरसात की बात कर रहा है।

मतलु ने कहा, 'ओही बरसतवा में अधरतिया के दुलुवा के साथ मिलके कंगना अपन मरदवा गजाधर के झोंपड़ी से बाहर निकाल देली। भर रात बेचारा पेड़वा के नीचे ठाड़ा रहल ह। हम अपन आंख से देखलीं ह ओकरा के।...उहे जगहिया ठाड़ा रहे।' कहकर उसने आम के पेड़ की ओर इशारा किया।

मर्द-औरत के बीच का मामला था। कोंता क्या बोलता!

मामूली घटना नहीं थी। चौथा साल आते-आते इस तरह की 'अनहोनी' हो जाएगी, कोंता और उसकी बस्ती इससे अनजान थी।

इस घटना से माहौल बदल गया था। हर आदमी, जिसके पास औरत थी, वह दूसरे आदमी को संदेह से देखने लगा था।

कुछ दिन बाद दुलु की लाश बस्ती के पीछे जकोटेट नदी में मिली।

मैनेजर सेरामी की उपस्थिति में पुलिस आई और गजाधर को पकड़कर ले गई। उसी ने मारा है, इसका कोई सबूत नहीं मिलने और जेहल में खूब हुई मारकुटाई के बाद भी जब गजाधर ने हत्या करना नहीं कबूला, तो सातवें दिन उसे छोड़ दिया गया।

लौटने के बाद गजाधर बहुत देर तक कंगना की झोंपड़ी का दरवाजा ठकठकाता रहा था। कंगना ने दरवाजा नहीं खोला।

भगेड़ शिकार के दूसरे दिन रविवार था।

पेशी से लौटकर कोंता और कुंती दोनों ओंजा के घर जाने की तैयारी में थे। कुंती पीठ उघारे चटाई पर तिरछे लेटी हुई थी। सिनगी उसके एक स्तन से खेलती

हुई दूसरे स्तन से दूध पी रही थी। कोंता तब उसकी दवा लगी नंगी पीठ को गर्म पानी में भिगोए कपड़े से आहिस्ता-आहिस्ता पोंछ रहा था।

पिछले रविवार को कुंती ने पीठ पर दस हंटर झेले थे। यह सजा उसे ओवरसियर की बात नहीं मानने पर मिली थी। हुआ यह था कि खेत के किनारे पड़ी सिनगी काफी देर से भूख से रो रही थी। खेत में काम करते वक्त किसी औरत को बच्चे को दूध पिलाने की छुट्टी नहीं मिलती थी। उसे कैसे मिलती? दोपहर के खाने के अवकाश में अभी बहुत देर थी।

कुंती से नहीं रहा गया। गर्मी का महीना था। बच्चे की रुलाई उसका करेजा चीर रही थी। छातियों से दूध चूने लगा था। उसने सजा की परवाह किए बिना जाकर बेटी को अपनी छाती से लगा लिया। सिपाही हंटर फटकार-फटकारकर उसे मना करता रहा। उसने मुड़कर भी नहीं देखा।

कोंता खेत के दूसरी ओर था। उसे इस बारे में रविवार को पता चला, जब कुंती पर हंटर बरसे।

घाव सूख गए थे। साफ करने के बाद कोंता ने उसके घाव पर अपने ओठ रख दिये। बहुत धीरे से।

पहले दोनों ने सोचा था, पेशी से ही उधर चले जाएंगे। लेकिन बच्चे के कारण सुबह में और दूसरे कामों के लिए अब वे पहले की तरह समय नहीं बचा पाते थे।

बहुत देर से वे दोनों उनकी राह देख रहे थे।

घर के बाहर पेड़ की छांव में ओंजा अपने सास-ससुर के साथ बैठा था। कोंता सीधे उधर ही चला गया। कुंती घर के भीतर घुसी।

पूपी खाना बनाने में भिड़ी हुई थी।

दोनों गले मिलीं। एक-दूसरे को चूमा। रास्ते में ही सो गई बेटी को कुंती ने बिस्तर पर सुला दिया और पूपी के बेटे को गोद में लेकर उसके पास बैठ गई।

'एके महीना में ढेर बढ़ गेलइ ई तो!' कुंती ने उसे दुलराते हुए कहा। वह पूपी के बेटे को पैदा होने के बाद दूसरी बार देख रही थी।

पूपी मुस्कुरा दी।

'तोरे प जतवऽ। बपई पे ना।'

कद्दू जैसी सब्जी देगची में सीझ रही थी। उसे चलाने के बाद पूपी उसकी बेटी के सिर के बाल में ममतायी आंखों से निहारती हुई अपनी उंगलियां फेरने लगी।

'ई भी तो बहुत बड़ी...इसका बाल कोंता जैसा।'

'का नाम रखलऽ...कि अभी नांव न रखऽलइ हे?'

पूपी का बेटा टुकुर-टुकुर कुंती को अपलक देख रहा था।

'भगेडू शिकार में तीन लोग मरा। सात लोग पकड़ाया। मालिक लोग बोलता, एक अभी भी गायब है।' ओंजा दुखी मन से बोला।

'सब तरफ समुंदर हके। भागले का फाइदा?'

'सब मजदूर बरदास्त नहीं करने पाता कोंता। भागते तो इसीलिए ना कि बच जाएंगे। पर मालिक लोग और उनका कुत्ता से बचना मुश्किल।'

'नइ सोचे थे।...लेकिन किसी तरह से पांच साल गुजारना ही है। हम तो अपना दिसुम लौट जाएंगे।'

'अच्छा रहेगा।'

'हम भी तुम्हारी तरह सोचे थे। नहीं जा पाए। अब तो यहीं दफन होना है, सोचकर और कुछ नहीं सोचता।' ओंजा के ससुर की आवाज़ में कई सालों की आह थी।

'बस्ती का माहौल भी बिगड़ते जात हे। अउरत लोग का लूटालूटी सुरू हो गया हय। जाने आगे का दो साल में अउर का-का देखने को मिलेगा!'

पूपी ने तभी घर से बाहर निकलकर खाने के लिए उनको पुकारा। उसकी गोद में कुंती की बेटी थी जो मज़े से उसका दूध पी रही थी।

'थोड़ा रुको। पालन आने वाला है।'

'...और ताकोशी?'

'वो नहीं है। दुकान का सामान लाने पोर्ट लुइस गया है।'

पूपी पलटकर घर में चली गई।

कुंती ने बेटी को उसका दूध पीते देखकर कहा, 'देखऽ त लइकिया के...कइसे तोर दूधवा चुभुर-चुभुर पीयइत हवऽ!'

दूध पिलाने के आनंद से भरी पूपी ने बच्ची को और भींच लिया।

फोगला आगे-आगे था और रामनारायन उसके पीछे। दोनों गुफा के पास पहुंचकर सथाने लगे। फोगला को भान हुआ, गुफा के भीतर कोई है।

'ए पांडे बाबा...बुझाला कि भितरवा कोनों जनावर घुस गइल बा!'

'ना हो, जहवां अदमी पहुंच जाला, जनावर होने के राहता ना धरेला। तोहरा भरम भइल बा।'

'हो सकेला...झांक के देखीं का?'

'झांके के मन बा त झांक लऽ। झांकझूंक करे त तोहर आदत हो गइल बा।'

अंदर देखने का इरादा फोगला ने बदल दिया। 'तऽ चलल जाव झरोखवा पे। अभिए भीड़ लागल होइ।'

'चलऽ...हम मूत के आवऽतानीं।'

चट्टान से थोड़ा हटकर रामनारायन मूतने लगा। मूतने के बाद जाने उसके मन में क्या हुआ कि वह चट्टान पर चढ़ते-चढ़ते रुक गया। घूमकर गुफा के मुंह की तरफ आया।

अंदर अंधेरा था। सचमुच फोगला को भ्रम हुआ था। सोचकर उठने लगा कि अचानक गुफा में उसे कोई आकृति हिलती-डुलती दिखी।

उसने हड़बड़ाकर फोगला को आवाज़ लगाई, 'ए फोगला, नीते उतरऽ मरदे। गुफवा में केहु बा हो!'

फोगला धड़ाधड़ उतरकर तेज होती सांस के साथ अंधेरे में देखने लगा।

'कुछो तो नइखे लउकत बा...कोनो जनावर बा का?'

'जनावर ना होइ, काहे कि जनावर रहित त गुरगुराए लागत। बुझाता, भगेड़ू शिकार से बचे खातिर कोई हियां लुकाइल बा।'

'ठीके कहनीं ह। काल्हे नू भगेड़ू सिकार होइल रहे। रुकऽ...हम ढुकऽतानीं।' सरककर फोगला गुफा में घुस गया।

रामनारायन सांस रोके खड़ा था।

कुछ पल बीत गए। अंदर न कोई हरकत हुई और न ही फोगला ने भीतर से आवाज़ दी थी।

अंदर कहीं सचमुच में तो जानवर नहीं था? घात लगाकर बैठे हुए? नहीं, जानवर होता और हमला करता तो फोगला चिल्लाता नहीं?

तभी फोगला की हैरत और खुशी से डूबी आवाज़ बाहर आई :

'ए बाबा...भितरे आ जा हो! देखऽ तऽ...देव कइसे दया कइले बाड़न हमनीं पे!'

भीतर जाने के कुछ पल बाद जब रामनारायन की आंखें अंधेरे की अभ्यस्त हुईं। सामने पच्चीस-तीस साल की एक मालगासी औरत थी–उन्हें देखकर बुरी तरह से कंपकंपाती हुई। उसके बाल धूल-मिट्टी से सने थे। देह पर लगा काली मिट्टी का कीचड़ सूखकर चोंइटे की तरह जहां-तहां से उखड़ रहा था। पूरी देह नंगी थी और कमर से नीचे मैला कपड़ा चिपका हुआ था।

भूखे भेड़िए की तरह घूरते हुए दोनों उसके सामने बैठ गए। आराम से।

रामनारायन को इत्मीनान था। औरत चिल्लाने और भागने से रही।

उसने गहरी मुस्कान लेकर फोगला से कहा, 'जा हो, कउनों खाय के जोगाड़ करऽ। लागऽता, दू-तीन हपता से भूखाल बिआ।'

फोगला के मन में भी ऐसी ही सोच आ रही थी। उसने भर आंख औरत की देह को देखा और मदमस्त हाथी की तरह गुनगुनाते हुए धीरे से गुफा से बाहर आ गया। उसकी गुनगुनाहट देर तक रामनारायन की देह पर चींटियों की तरह सुरसुराती रही :

कंटवा गड़ेला जिया साले हो रामा
ना जइबो बगिया॥
केइ निकाले मोरा अंगुरी से कंटवा
केइ हरि लीहें मोर दरदिया हो रामा
ना जइबो बगिया॥
देवरा निकाले मोरा अंगुरी से कंटवा
संइया हरि लीहें मोर दरदिया हो रामा
ना जइबो बगिया॥

अमरूद जैसा फल था। उसे ही वह मालगासी औरत खा रही थी।

फोगला और रामनारायन दोनों ऊपर चट्टान पर बैठे थे। इस वक्त भी फोगला वही गीत गुनगुना रहा था : 'कंटवा गड़ेला जिया साले हो रामा...ना जइबो बगिया'। गाते-गाते ही फोगला ने रामनारायन से कहा, 'आयं बाबा...अब तो माजे माजा बा!'

'एकरे कहल जाला भाग।'

'देखे में निमने बिआ।'

'का निमन अउर बेनिमन। फ्री के चनन बिआ। घिसते रहऽ।'

'पहिले हम...'

'करबऽ बकचोदी? पहिले बराहमन के भोग लागेला।'

'अ चिचिआए लागी तऽ?'

'फुसोफास ना करी हो। भाग के लुकाइल बिआ। न चिचिआ सकेली अउर न भाग सकेली।'

'ठीक बा...खा लिहले होइ। हमरा से अब बरदास्त नइखे होवत। तू निपट के आ जा जल्दी से।'

'हड़बड़ी का बा? देहिआ में माटी लागल बा। बुझाता कि कय दिन से नहइले नइखी। बेरवा डूबे दऽ। नदिया में ले चल के नहवला के बाद...तब चांपे में मजगर रही।'

'हियां मिज़ाज टनटनाइल बा अउर तोहरा के माटी लउकता? हम जा तानीं। कहकर फोगला चट्टान से उतरने लगा।

रामनारायन ने उसका हाथ पकड़कर रोक दिया। फोगला को अच्छा नहीं लगा। मन मसोसकर बैठ गया।

सूरज डूबने में अभी वक्त था।

देर रात गए रामनारायन बस्ती लौटा। लोग सो चुके थे। बेचन गहरी नींद में था लेकिन चोका जाग रहा था। वह रामनारायन की सूरत देख घबरा गया। उसकी बाईं आंख सूजी हुई थी। ओठ चोटिल और फूले हुए थे जिस पर खून सूखकर काला हो गया था। तीन-चार जगह से कपड़े भी फट गए थे। ऐसा लग रहा था, रामनारायन कहीं से झगड़-टंटा करके आया था।

'का होइल बाबा?...ई...ई चोट कइसे लागल।' चोका ने पूछा।

रामनारायन बिना जवाब दिये बिस्तर पर पड़ गया।

'बतावऽ न बाबा...कहवां झगरा भइल हो? केकरा से?...अउर फोगला?...ऊ कहवां रह गइल?'

'गिर गइल रहीं...'

'गिरला से...?' चोका को साफ लग रहा था कि रामनारायन झूठ बोल रहा है। गिरने से इस तरह की चोट हो ही नहीं सकती थी।

'खाना खइलऽ कि निकालीं?'

'ना...मन ना बा।'

चोका ने और कुछ पूछना उचित नहीं समझा।

कुछ ही पल में रामनारायन के खर्राटे गूंजने लगे। पर चोका की नींद तो उड़ गई थी। उसके दिल में तरह-तरह के खयाल आ रहे थे। फोगला और वह, दोनों

साथ गए थे। रामनारायन अकेले लौटा है। फोगला कहां है? कहीं फोगला झगड़े में मारा तो नहीं गया? नहीं...कुछ और बात हुई होगी। फोगला बहुत दमगर है। दो-चार को देख लेना तो उसके लिए हंसी-ठट्ठा है।

यही सब सोचते-सोचते चोका को भी नींद आ गई।

सुबह-सुबह, सूरज निकलने से बहुत-बहुत पहले, फोगला उस मालगासी औरत को लिए कोंता के साथ ओंजा सरदार के दरवाजे पर खड़ा था।

कोंता ने दरवाजा खटखटाते धीमे से आवाज़ दी।

दो-तीन बार दरवाजा खटखटाने के बाद ओंजा ने दरवाजा खोला। वह कोंता और फोगला, दोनों को रात के आखिरी पहर में आया देख चौंक पड़ा। फोगला के साथ कोंता का आना वह समझ नहीं पा रहा था। उसे मालूम था कि फोगला की रामनारायन के साथ घुटती है और वह कोंता के साथ यारी नहीं रखता था।

घबराकर उसने पूछा, 'सब ठीक-ठाक तो...रात में इस समय?'

उसे अब तक फोगला के पीछे खड़ी औरत का अहसास नहीं हुआ था।

'नहीं-नहीं, घबराने का बात नखे। फोगला को मदद चाहिए।'

'क्या किया इसने?'

कोंता ने फोगला को एक ओर कर दिया। मालगासी औरत अब ओंजा के सामने थी।

पूपी भी बाहर आ चुकी थी। वह भी उन दोनों के साथ उस औरत को देखकर चौंकी थी। उसने आगे बढ़कर औरत का हाथ पकड़ा और घर के भीतर लेकर चली गई।

ओंजा कुछ पल दोनों को देखकर सोचता रहा। फिर दोनों को आने का इशारा करता हुआ घर में समा गया।

'अब बताओ, क्या मदद चाहिए? लेकिन सबसे पहले बताओ कि...' उसने साथ आई औरत को देखते हुए पूछा, 'ये कौन है?'

'नहीं जानत बानीं।' फोगला ने कहा।

'हाम बतात ही।' ओंजा को असमंजस में देख कोंता बोला।

उसने फिर फोगला से सुनी पूरी कहानी ज्यों का त्यों ओंजा को बिना रुके सुना डाली।

'तो अब...? और हमसे क्या मदद?'

'इकर मालिक इके ढूंढ़त होवी।'

'हां...'

'फोगला इकर से बिहा करे ले तैयार हय।'

'शादी?' वह फोगला को अच्छी तरह से जानता था। एक नंबर का दुष्ट।

'हां...तोयं मदद करबे होले बिहा भी हो जाएगा अउर ई अउरत मालिक लोग से भी बच जाएगी।'

'कैसे?'

'सुन...पूपी कर बाबा हामके बताय रहे। तुम लोग का पहचान वाला कारड नइ बनेला।'

'बनता है।'

'बनेला...मुदा जादातर अदमी के नइ बनेला। का ले कि तुम लोग ढेरे दिना से...फ्रांसी लोग का जबाना से ई टापू में रह रहे हो।'

'हूंऽऽ...'

'जदि तोयं इके आपन बस्ती में जगह देइ देबे तो ई पकड़ में नइ आवे पारी। फिन हियां से जलदिए फोगला इसको बिहा करके ले जाएगा।'

कोंता बात तो ठीक बोल रहा था। वह औरत उसकी बस्ती में आसानी से छुप सकती थी। अंग्रेज साहब और सिपाही लोग मालगासी बस्तियों में जल्दी नहीं आते थे। पर उसे फोगला की नीयत पर शक था।

'ये काम तो ठीक। हम इसका इंतजाम कर देंगे। फोगला से यह शादी करेगी...क्या ये औरत तैयार है?'

कोंता जवाब देता, इससे पहले ही उस औरत ने उनकी भाषा में शायद हां बोल दिया था।

'फिर भी...हमको दो-तीन दिन सोचने का समय दो।'

'हां-हां, सोच लऽ ओंजा भाई।' फोगला ने उसका पैर पकड़ लिया। 'तूहे आसरा बाड़ऽ। रामनाराइन अच्छा आदमी नइखे। ओकर संगे रइह के हमरो आदतिया खराब भ गइल। लेकिन सांच बोलऽतानी, एक मोका दऽ हमरा के। एकर संगे घर बसा के नीमन आदमी नियर रहब।' बोलते-बोलते रो पड़ा था फोगला।

ओंजा ने उसका हाथ पकड़कर उसे उठाया।

कोंता ने उठते हुए फोगला की पीठ थपथपाई, 'चल, उठ जा फोगला! सब बेस होवी। बेरा उगे में जादा समय नखे।'

आंसू पोंछते हुए फोगला उठ खड़ा हुआ।

उनके लौट जाने के बाद ओंजा ने कई बार उस औरत, जिसका नाम मारिना था, से बार-बार पूछा, 'शादी के लिए राजी है?' और हर बार वह हां में ही जवाब देती। ओंजा के यह समझाने के बाद कि भोजपुरिया लोग दिल का अच्छा नहीं होते हैं, वह अपने फैसले पर अड़ी रही।

मजबूती से कहती, 'फोगला अच्छा आदमी। उसने हमको अपना साथी से बचाया। हमारे लिए उससे लड़ाई की। फोगला अच्छा।'

पूपी ने भी ओंजा को समझाया, 'ठीक बोलती है। जो मर्द औरत को सहारा दे, उसका खयाल करे, उसके लिए लड़ जाए, उसको साथी बनाना ही चाहिए। इसकी जगह हम भी होते तो यही करते।'

'वो दोनों हमारे साथ कुछ भी कर सकते थे। हम रोक भी नहीं पाते। जो भी करते, सहना पड़ता। लेकिन ये आदमी...फोगला, उसका मन जाने कैसे पलट गया! बस, दोनों में लड़ाई हो गई।'

'इसको समझा देना। दिन में घर से बाहर नहीं निकले। रात में बाबा के पास पहुंचा देंगे। फिर सोचेंगे, आगे क्या करना।'

ओंजा फिर से जम्हाई लेते हुए बिस्तर पर लेट गया।

थोड़ी-सी रात अभी भी बची हुई थी।

चलते-चलते फोगला अभी भी उस औरत के मिलने की कहानी सुनाए जा रहा था :

'पहिले हमरो मन खाली माजा करने का था। जब ऊ नदिया से नहा के निकली न तऽ हम एकटक उसको ताकते रह गए। बुझाया न कि अरे बाप! हिरनी जइसन ओकर घायल आंख हमार हिरदा में गड़ गइल। दिल गन्ना मिलवा का रोलिंग मशीन जइसा घड़-घड़, घड़-घड़ करने लगा। उसको लेकर गुफा तक पहुंचने-पहुंचने में तो हम पसीना से चुहचुहा गए थे। सरन में आवल बेकती, ऊ भी कउनों अउरत के साथ अइसा नइ करना चाहिए।

रामनाराइन जब गुफवा में घुसने लगा तो हमार से ना रहल गइल। उसका हथवा तुरते धर लिए। ऊ सोचा, हम पहिले जाना चाहते हंय। समझाइश करने लगा। बाबा जी लोग का जूठा गिरने के बाद ही दूसरा कोई को खाने का रेवाज हय। हाथ छोड़ाने का बहुत कोसिस किया। हम छोड़बे नइ किए। तब रामनाराइना खिसा गया। ओकर हाथ तो खुलले बा। हाथ चला दिहिस।

फिन का था कोंता भाई। महमंड साला लहक गया।

हम लोग का हला-गुला सुनके ऊ बाहरे निकल आई थी। दोनों भिड़ गए। हमरा से कहां पार पाता बबवा। पटक के छतिया मिस दिए। चिचियाए लगा रामनाराइन। गारी देते-देते बक रहा था—अउरत देख के हमरा ईमान बगड़ गया है। एगो मलेछिन अउरत के लिए बराहमन देवता से लड़ रहा है।

उसका थूथन फूट गया था। एगो अंखियों लाल हो गया। मारे त उसका गाल पे थे, साला मुकवा आंख में लग गया था। एकबारगी तो डेरा गए थे। अंखिया कहीं फूट नइ गया हो।

दम भर लतिया के छोड़ दिये।

गिरलो-परल में तइयो ऊ हमरा के फुसलावे से बाज नइ आया। बराहमन जाते अइसा होता है हो।

फिन उठकर झगरने लगा। मन हुआ, नदिया में ले जाके गाड़ दें। जेतना चुप रहने कहते, ओतना ही बकबकाता। साला फिन से धर लिया हमरा गरदन। कहने लगा—तोहार यिहुता का रे...जो ई रांडी खातिर हमको मारा-पीटा। तीन साल का दोस्ती-यारी सभे भूला गया।

बेर-बेर एहे बतवा कहने लगा तो हमहूं डपट दिये साला को—'हां, हमार बियहुता बाड़ी। हाथ लगवलऽ त मुड़िए काट देम।

जब इहो बोलने के बाद झगरते रहा त गरदिना देके नदी का पार कर दिये। ऊ समझ गया था, हम नाहीं मानेंगे। से घुर के नाही लउटा।

लउटे त मालगिसिनया काठ बनल बइठल थी। हमार माथा खराब हो गइल रहे। उसको चांपे का मिज़ाज बदल गया था। बहुत सोचे, बहुत सोचे। आखिरी में लगा, एकरा सरन में लेले ठीक रही। ओकरा पूंछलीं–हमार से सादी करोगी?–दू-तीन बार पूछे ए कोंता भाई। बाद में डेराने लगे।'

'क्यों?'

'बोलने का कोसिस करते अउर गलवे सूखा जाता था। अवजवा निकलबे ना करता। सांच बतिया बताएं तोहरा के...?'

'कइह नी भाई।'

'दिल लगला बाद बोली ना निकलेला।'

हंसी आ गई कोंता को। पर फोगला सच कह रहा था। उसे खुद की बात याद आ गई। वह कितनी कोशिश करता शुरू-शुरू में कुंती से दिल की बात कहने की। उसके सामने जाते ही लेकिन उसकी भी बोली बंद हो जाती थी।

'हम मुड़ी झुका के बइठ गए। ऊ एको ठोप ना बोली। तब हम आसते से उसका हाथ को छुए। हथवा नाहीं हटाई। त फिन हिमत हुआ। बोले, हमार संग रहोगी?

बहुत देर तक ले ऊ हमको देख-देख जाने का सोचती रही। तब हम पेसाब करने के लिए उठे। ऊ सोंची हम जा रहे हंय, झट से हमको भर अंकवार धर लिहिस। हमार मथवा का चूमा लेके रोवे लगी। हमरो अंखियां...सांच कहऽतानीं, लोरिया गया था। हम सोंच लिहनीं, हमरा के अदमी बनावे खातिर भगवानजी ओकरा भेजलें बाड़न। रामनाराइना हरामी तो हमको जनावरे बना दिहिस था।'

कोंता ने अपना हाथ उसके कंधे पर रख दिया, 'बेसे कहले तोयं।'

अगले रविवार को फोगला शादी करके मारिना को बस्ती ले आया। कंगना अकेली रह रही थी। उसने अपना घर इस नए जोड़े को दे दिया था और वह फुलवरिया की झोंपड़ी में चली गई थी।

शादी क्या थी, कोंता और उसकी बस्ती के सारे मर्द-औरत फोगला के साथ बाराती की तरह गए–जिसमें बिना 'मउरी' औ जूता के दूल्हा था, न कोई पालकी थी, न ही बाजा। ओंजा के बाप का घर ससुराल था, जहां बनसूअर और भात का भोज खाने के बाद मारिना को लेकर बस्ती आ गए थे। फोगला के मालगासी ससुराल में लेकिन खूब नाच-गान हुआ था। मालगासी औरतों का गाया यह गीत बहुत दिनों तक कोंता के कानों में गूंजता रहा था :

मेरा चेहरा संकोच से घिरा है
मेरे ओठ शर्म से बंधे हैं
मुझे उस तक ले चलो
वह जो भी था और जिसने मुझसे कुछ पूछा था
उसको मैं कहना चाहती हूं

कि मैं पानी के लिए तरसती वह शुष्क पेड़ हूं
उसके छूते ही गिर जाऊंगी

रामनारायन बारात में शामिल नहीं हुआ। वह उस रात बस्ती में भी नहीं लौटा था।

उस वक्त नदी सुनसान हो गई थी। इमरती सुबह के शौच के समय बाकी लोगों से पछुआ गई थी। अकेले ही तेज-तेज कदमों से बस्ती की ओर लौट रही थी। जंगल पीछे छूट रहा था। तभी जामुन पेड़ के पीछे छुपा बसावन निकलकर उसके सामने आ गया।

इमरती ठिठक गई। पल भर उसके हटने का इंतजार किया। नहीं हटा तो उसकी बगल से निकलने लगी। बसावन ने हाथ पकड़ लिया।

उसने ज़ोर से हाथ झटका। बसावन की पकड़ ढीली नहीं हुई।

'छोड़इतहऽ कि न...'

बसावन के ओठ नहीं खुले। मूंछ मुस्कुराती रही।

'जाय दऽ। ई तू नीमन न करइतहऽ।'

'बहुत दिनवा से मन करइत हल। तोरा से बतियाय ला।'

'ई बतियावे के तरीका हइ?'

'न छोड़बउ। पहिले कह...हमर बात सुनबे?'

'पहिले हथवां छोड़ऽ।'

'किरिया खो...कि सुनबे?'

'ठीक...मइया किरिया। अब तो छोड़ऽ।'

बसावन ने हाथ छोड़ दिया।

'बोलऽ, कउची बतियावबे ल हवऽ?'

'हमरा संग रहबे?' मन में दबी हुई बात कह दी बसावन ने।

'हमर अदमी हथिन न...तू न जानइतहऽ का?'

'हमर बतिया तो सुन...'

'अलबल न बोलऽ। चाल चले सादा कि निबहे बाप-दादा। अदमी के रहते दूसर करके रंडी न कहाय ल हे हमरा।...जाय दऽ अब। सुन लेलिवऽ न तोर कहल।'

'ऊ सनकाह मतलु से बेसे रखबउ गे। मान ले हमर दिल के बात।'

'सनकाह हथिन कि बउड़ाह...तोर गंड़ियां काहे ल फटइत हवऽ? अबरा के माउग ने बुझिहऽ हमरा।' मुंहफट होकर इमरती ने मुंह बनाते जवाब दिया।

'खोजवा हथुन...जे अब तक तोर गोदिया खाली हउ। तोर मन ना करऽ हउ गे लरकोरी बनेला?'

'तू देखले हहुन का उनकर अंड़िया...कि गंड़ियां मारले हथुन, जे तोरा मालूम हवऽ...कि हमरा मरद खोजवा हथिन?'

बसावन के तन-बदन में आग लग गई। उसने इमरती की जांघ के बीच कस के लात मारी। दर्द से तड़पकर इमरती की देह टूटी हुई डाल की तरह लचक गई।

उसने उसका झंखुरा पकड़कर खींचा, 'बोलबे ढेर...? जिभिए खींच लेबउ। रंडी-बेस्वा कहीं के! पटक के चढ़ जबउ न तो सब निसवा तुरते उतर जतउ।'

'तो रुकल काहे हे रे...देव न पित्तर, पहिले चमड़े मित्तर! हिमत हउ त चढ़... चढ़ न...अंड़ियां न फोड़ देलीयउ न त हमरो नांव इमरती ना!'

'बांझ! कोंखबुड़नी! तोरे में खोट हउ...इहे से न बियाइत हें रांड़ी।'

'हम ही बांझ। त काहे ल हमर सामने नाचइत हे रे कुलबोरना? बड़ा बनल हथन–सुआ न सुतारी, ठेंगा के बेपारी!'

'मति मरा गेल हलइ सेही से...' कहते हुए उसने तीन-चार लात और मारीं। फिर अपमान और गुस्से से गलता हुआ सीधे खेत की तरफ चला गया।

इमरती दांत भींचते उठी। धोती झाड़ी। बालों को ठीक किया और उसको गालियां बकते हुए बस्ती की ओर चल दी।

खाने के समय, दोपहर को कुंती को एक ओर ले जाकर डबडबाई आंखों से इमरती ने पूरी घटना सुनाई।

सुनने के बाद कुंती बोली, 'ठीक कइलहीं। अइसन अदमी सब लाते के देउता हथुन। तू डरिहें ना। हियां सब 'ऊंच बड़ेरी खोखरे बांस' हथुन।'

'दिदिया...ई बात अउर केकरो से ना कहिहें।'

'ना कहबउ। सिनगी के बपई समझा देथुन ओकरा।'

'पहुना के कह दिहें दीदी, हमर अदमियो से ई बतिया ना कहतथुन।'

'तू निफिकिर रह इमरती। कहे से जी हलुक हो जा हइ। अच्छा कइले कि हमरा बता देले। जो, कलेवा कर ले।'

आंसू पोंछते हुए इमरती जाकर खाना खाने लगी।

मतलु ने उसकी गीली आंखों को देखकर प्यार से बोला, जिसमें चिंता भी थी, 'कुंती कुछ उल्टा-सीधा कह देली का...जे अंखिया...?'

'कुंती दीदी हमरा केतना मानऽ हथिन, तू का जनबऽ! धूरी पड़ गेला से न अंखिया पानी-पानी होल हइ।'

'धूरा पड़ला से मुंहवों लटक जाला का...?'

इमरती ने उसे घूरकर देखा और बोली, 'हमर न लटकल हइ, तोर न न? हियां खंस्सी के जान जाइत हइ अउ खबइया के सबादे न!'

सिनगी नींद में हंस रही थी। कुंती और कोंता के बीच में।

'बसावन इसन करलक?...हमके तो ऊ बेसे सीधा बुझायला।'

'सब मरद सनकल हथिन जा, खाली बसावने ना।'

वह कुंती की कमर पर हाथ फिराते बोला, 'ई सब तोहिन जनीमन कर चलतेहें होवत हे...'

उसने कोंता का हाथ हटा दिया कमर से, 'अच्छा! त हमनिए गलत हियइ, इहे न कहइत हऽ?'

'नइ-नइ, हामर कहे कर मतलब हय कि जनीमन बिना अदमीमन कर ई हालइत होय जाय हे।'

'ऊ त होबे करतइ। लेकिन ई सब ठीक न होवइत हइ।'

कोंता उठकर उसकी बगल में आ गया। उसने अपनी धोती खोल ली थी।

कुंती ने उसकी छाती में चिकोटी काटी।

'तनिको लाज न हवऽ। एगो बेटी के बाप बन गेलऽ, तइयो मोका मिललवऽ न कि...' कहते उसने कोंता को अपने ऊपर खींच लिया।

बेटी तभी कुनमुनाने लगी। दोनों सांस रोककर पड़े रहे।

चार दिन बाद जंगल में नदी के पास इमरती की लाश मिली। सुबह-सुबह। जब सुबह तीसरी घंटी के बाद सब लोग घरों से निकलने लगे तो घबराया हुआ पासी कोंता के घर आया। कहने लगा, 'इमरती के सब दने खोजलीं। ना लउकली।'

इमरती के साथ हुई पिछली घटना को याद कर कोंता और कुंती दोनों के माथे पर चिंता की लकीर उभर आई।

'नदी दने खोजले उके?'

'ना...खाली ओनहीं ना खोजलीं हऽ।'

कोंता तुरंत मतलु के साथ नदी की तरफ दौड़ा था। पीछे-पीछे और सब। जो काम के लिए खेत की तरफ नहीं निकले थे, उधर तेज़ी से लपके।

औरतों के घाट से काफी आगे, जिधर बड़ी-बड़ी चट्टानें थीं, झाड़ियां घनी थीं, उन्हीं के बीच इमरती की लाश मिली। बाल बिखरे। कपड़े एक तरफ। पूरी नंगी। देखने से साफ लग रहा था, हत्यारे ने मारने से पहले जी भरकर उसे नोचा था। कोंता ने तुरंत बिखरे कपड़ों को समेटकर उसकी नंगी देह को ढक दिया। उसका मर्द मतलु भरभराकर गिर पड़ा।

'ए हो...अंखिया खोलऽ न! खते जाय के बेरा भ गइल। उठऽ न रानी! आही रे बाप! केकरा भरोसे छोड़ गइलु...बोलऽ न रानी!'

लाश बस्ती पहुंची तो कुंती गश खाकर गिर पड़ी थी।

बसावन बस्ती, खेत में...कहीं नहीं था।

इसके अगले दिन लछुमन सरदार फुलवरिया को लेकर अपनी बस्ती में चला गया था।

बच्चों का ध्यान बड़ों की बात पर बिलकुल नहीं था। रामनारायन क्या बोल रहा है, अपने मां-बाप से उसे वे सुन भी नहीं रहे थे, जबकि मां-बाप और बस्ती के लोगों को सुनना ही था।

'हम कहऽ तानीं...धरम बिना लोग पगला जाइ। लेकिन तोहिन लोग सुनबऽ त नऽ। जात-पात, ऊंच-नीच, बड़-छोट...सब समाज के चलावे खातिर नू बनावल गइल

बा। ठीक बा कि इहवां जात-पात के कउनों माने-मतलब नइखे। हमनीं सभे केहु हिंदुस्तानी बानीं। लेकिन सोचऽ जा। जे होवत बा, ई सब ठीक बा का? काहे अइसन होखऽता? इहे से कि अधरम बढ़ऽता। मोजेज साहब त गांड़ में बांस करले बाड़न दिन-राती। खाए के खुदी-भूसा अउर दिन भर ईख जैसन पेराई।'

'त का उपाय बा? सात समुंदर पार ई अनजान देस में हमनीं भिरू का तरकीब बा ई सब से बांचे के?' फोगला ने रामनारायन से पूछा।

'हमनीं के कुछ न कुछ तो सोंचही के पड़ी।'

'का सोचबऽ? कलकत्ता में एगो कहावत बा–घोड़ागाड़ी, खरच-पानी अउर रांड़ के धक्का। ई तीनों बचल रहे तो कलकत्ता।' चोका ने बात औरतों की तरफ घुमा दी।

'मरदाना लोगिन ठीक से रहिहें त सब पहिले नियर बेस हो जाइ।' औरतों पर हमला होते देख जोगती कूदी।

'मरद लोगिन के दोस देवऽ ताड़ू। आपन चलनिया ना लउकेला। बिना कुरती के डोला-डोला के हमनीं के सनकइले रहेलु।' चोका कुंठित होकर बोला।

'त का करी जां हो। काट के फेंक दिहीं?'

जमुनी की इस बात पर सन्नाटा छा गया।

'सुनऽ इनकर बोली। इहे लूर बा...' रामनारायन चोका के पक्ष में बोला।

'छिनारी के ठेकान होवेला भाइ, लेकिन लोलारी के नाहीं।' चोका का हौसला बढ़ गया था रामनारायन के पक्ष लेने से।

'हां-हां। हमनीं त लोलरी बानीं। सुनऽ तनी मरदन के भाखा। का तो चलनिया दूसे सूपवा के!' रेबनी ने हाथ नचाया।

जमुनी कहां मैदान छोड़ने वाली थी। बोली, 'मन काबू में ना रही तोहिन के, अउर दोस लगइबऽ मेहरारू लोगिन के। इहो कउनो बात भइल।'

'अधरम बढ़ले इहे सब नू होइ। कलिजुग बा भइवा।' रामनारायन ने ऐसे कहा मानो बस्ती में जो भी हो रहा था, उसकी जड़ औरतें ही थीं।

'एही से हमनीं के गांव में कहऽ हथिन–कर, केतारी, निंबुआ, बिन चंपले रस नहीं दे।'

कहकर हुकुमचंद खी-खी करके हंसने लगा। उसकी औरत धनवंती ने जब उसे घूरा तो वह चुप हो गया।

धनवंती उसी को सुनाकर बोली, 'त इहो जनिहऽ–जादा नींबू मल्ले से तित्ता हो जाहे।'

कोंता ने बात दूसरी ओर जाते देख कहा, 'मरद-जनी कर झगरा ना बनाउ भाइ-बहिन सब। हामके इसन खराब काम में धरम-जात कर भी बात नी बुझायला। अच्छा-खराब सोंच हमिन कर भितरे होवेला। सउब एकदोसर कर बात मानबयं, इजत करबयं, होले इसन घटना नइ घटी।'

'ओकर बात-बिचार मानले प ई तो हाल हो गइल बा। अरे! ओकर समाज तो भूत-प्रेत खेलावे वाला बा। भला ऊ कइसे जानी हिंदु धरम के महातम? अउर सुनऽ

जा तोहनीं, ई खाली हमनींए के बस्ती के बात ना बा। हम आसपास के सारा इलाका घूमल बानीं। सब दने अइसने हाल बा। एके मेहरूवा के चार-चार लोगिन राखत बाड़न स। मेहरारू खातिर ई ओकरा के मारऽता त ऊ ओकरा के। कुकुर-बिलाई लेखा सब हो गइल बाड़ें। केकर बाप कउन बा, एकर कउनों हिसाबे-किताब नइखे। कुल-जात सब बुड़ा गइल बा।'

'देखु रामनाराइन भाई, तोर चिंता बेस यह कि इसन घटना, मारामारी गलत हके। मुदा जात-पात कर कोनो मतलब हामके तो नी बुझायला।'

'कोंता भाई ठीक कहऽ ताड़न। हुआं मुलुक में त धरम-करम सब रहे, जातो-पात बा, लेकिन तूही कहऽ, का अउरतन के संग जबरजस्ती अउर मारकाट ना होवत रहे? भाइए-भाई में, हिते-गोतिया में खूब लाठी देखनीं हं जा। जात-पात, धरम-फरम से हिंयवां छुटकारा मिल गइल बा। ई बड़ बात बा। अब हमनीं आपन मन के खराब होवे से कइसे बचाइं जा, इहे पर बिचार करला ठीक रही।'

बात ठीक थी।

'एतना असान रहतल नू गेयान-धरम के मरम के बूझे के त सब बराहमन ना हो जइतें? अधरम, पाप, खराब बिचार मन में कइसे आवेला...ई तोहनीं के ना बुझाइ।'

'पांड़े बाबा ठीक कहऽ ताड़न, धरम ना रहले बुधि नास होइबे करी।'

'त रामनारायने भाई उपाय बतावस।'

'सब के बिचार बा त रामाइन के पाठ एतवार-एतवार के सुरू करल जाव। हमरा के पूरा रामाइन कंठस्थ बा।'

'मालिक करे दिहें का?'

'तोहनीं स हां करऽ न। हम बात करब उनकरा से।'

उसकी आंखों में नींद नहीं थी। बेटी उसकी छाती पर खेल रही थी। कुंती भी गुमसुम दोनों को चुपचाप देख रही थी। बच्चे के पेशाब की गर्म धार जब छाती पर गिरी तो वह हड़बड़ाकर उठ बैठा। बेटी को कुंती के हाथों में देते बोला, 'देइख तो बदमास के, मूत देलक!'

मां-बेटी दोनों उसकी खीज पर हंस रहे थे।

'ठीके मूतलहीं बेटी। पूरा बागान के फिकिर इनखे माथा पर हइ।'

'हांसी कर बात नखे कुंती। मोके बेस नी बुझात हय इ सब।'

'धरमे के बात कहइत हलइ न रमयना। कर लेवे देहु। मने में खोट रहतइ त भगवान अउर रामाइन पाठ से का होतइ!'

'तोयं जानीसला कि नइ, मुदा मोयं देइख हों चडरी में। अंगरेज, मुसलमान अउर हिंदू-महाजन कोन-कोन चाल नी चलयंना अदमीमन के खराप करे ले, आपन फाइदा ले। हाम बेस जानीला इसन ठगरामन के।'

'रट के खाय बैलवा, बैठ के खाय तुरंगवा। अब सबके ई बात बुझऽतइ त नऽ।'

'समझे ले तो सभे समझयंना। लगिन कमजोर बेरा में अदमीमन कर माथा बेस काम नी करेला। दोसर के कहल में फाइंस जायंना।'

'तऽ का मोजेज साहब ओकरा रामाइन पाठ करे खातिर हां कर देतथिन?'

'साईंत हां, साईंत ना। कोनों नी कहल जाय सकेला।'

'एक बेर देख लऽ, हां कहऽ हथिन कि मना कर दे हथिन। अभी अपन माथा खराब ना करऽ। सुत जा। रात बेसे हो गेल हइ। ओइसे, ठीके कहल गेल हे, बाघ चिन्हे हे कहूं बराहमन के लड़का!'

सेरामी ने उचटती हुई निगाह रामनारायन और उसके साथ आए बेचन, चोका, बसावन और बदरी पर डाली। फिर कसीरा से बोला, 'तुम बहुत ओल्ड सरदार। इसलिए इन सब कुत्ता लोग का बात सुना। तुम जानता है, बागान में ऐसा कोई काम करने का मंजूर नहीं, जिसमें काम के बाद लोग जमा होकर हल्ला-गुल्ला करे। मिटिंग-सिटिंग करे। हम रामान पाट का इजाजत नहीं दे सकता। नेवर।'

'ई लोग रात को करेगा साहेब। दिन में काम का कोई नोकसान नहीं होगा। हम आपको ग्रांटर देता है।'

'नो-नो...नाइट को तो और बी नहीं। रात को जागेगा तो दिन को काम कैसे करेगा? फारगेट इट। भूल जाओ।'

'साहब...हम लोग तो धरम का काम के लिए मदद मांग रहे हैं।'

मैनेजर वाल्टर सेरामी ने पास पड़ा रूल उठाकर रामनारायन पर जड़ दिया।

'हरामी का बच्चा! जंगली! तुमको बीच में बोलने का हिम्मत कैसे हुआ? कसीरा से बात कर रहा है न।'

'गलती हो गइल साहब!'

'फिर बोलता है? शट योर माउथ!' कसीरा की तरफ मुड़कर सेरामी बोला, 'इन जंगली लोग के ले जाओ मेरा सामने से। ज्यादा देर इधर खड़ा रहेगा तो मेरे को इनफेक्शन हो जाएगा। गंदा लोग!'

'सरकार तो पूरा मॉरिशस में चर्च खोलने के लिए मदद कर रही है। रामनारायन भी तो धरम का ही काम में मदद को बोल रहा है।'

'तुम भी कसीरा? टोटली मैड एंड फुल! कहां क्राइस्ट और ईसाई धर्म, और कहां सांप-बंदर को गॉड मानने वाला ये जंगली सब! तुम फालतू में मेरा टाइम वेस्ट कर रहा है।...जाओ। कहा न, मैं इजाजत नहीं दे सकता।'

कसीरा ने रामनारायन और उसके साथ आए लोगों को जाने का इशारा किया। वे लोग कोठी के अहाते से बाहर निकल गए।

थोड़ी दूर एक बड़े बेल के पेड़ के नीचे रुककर कसीरा के आने का इंतजार करने लगे।

बसावन बोला, 'बाबा...ई तो बंदरवा हां ना कही।'

'हमनीं के आपन कोसिस में कमी ना रखे के चाही हो।'

थोड़ी देर में कसीरा उनके पास आया।

रामनारायन ने ही पूछा, 'मानलस कि ना?'

'ना।'

'कउनों बात नइखे कसीरा भाई! रउर मदद मिलल से हमार हिमत बढ़ गइल बा। आज न तो काल मालिक लोगिन के हमार बात सुनहीं के पड़ी।'

'हमको अच्छी तरह से मालूम है। कुलियों के धरम-करम और परब-तेवहार मनाने पर रोक लगाने का कोई नियम-कानून नहीं है। लेकिन मालिक लोग नहीं करने देता है। रोक होता तो पोर्ट लुई में यामसे परब हम लोग कैसे मनाते?'

'यामसे? ई कइसन परब होवेला?'

'बताएंगे...बहुत बड़ा परब है।'

'हमरो के लिया चलिहऽ न कभियो पोर्ट लुई। जब से अइनीं ह, एको बेर बागान से बहरा जाय के मोका ना मिलल हऽ।'

'ज्यादा तो मालिक लोग के साथ ही जाता हूं। हां, कभी-कभी डाक लेकर अकेले जाना होता है। ऐसा मौका मिला तो ले चलूंगा।'

'बड़ी मेहरबानी रही...'

'चलता हूं। तुम लोग निरास मत होना। मोजेज साहब के आने से हम उनसे भी बात करूंगा।'

आसमान थरथरा रहा था। धरती दहल रही थी। जमुनी की दहाड़ें समंदर से उठने वाली तूफानी हवाओं सी सबका कलेजा थलथला रही थी।

वह बुत बनी हर एक को झिंझोड़ रही थी :

'ए फलाना भइया, रोकऽ न सिपहियन के!'

'ए भइया...काहे चुपचाप ठाड़ा हऽ...'

'मुआ दिहें...अरे! केहु त रोकऽ नसपिटवन के!'

कोई नहीं हिला। कौन हिलता? बंदूक सिर्फ अपने मालिक की सुनती है।

कोई नहीं आगे बढ़ा तो वह एक सिपाही के पैर पकड़कर छछन-छछन कर गोहराने लगी, 'मालिक, ए मालिक, छोड़ दऽ! दया करऽ! न ले जा...'

सिपाही अपना पांव छुड़ाने लगा। जमुनी और कस के पकड़ती जाती। सिपाही बंदूक के कुंदे से उसे मारने लगा। उसके माथे से खून निकल आया था। वह बेहाल उठी और दौड़कर अपने मर्द चैता का गला पकड़ लिया।

'मुंहवा कोची ताकइत हऽ? सब ज़ोर हमरे पऽ? रोकहुं न सिपहिया के। आह रे माई! बाप ह कि कसाई?'

मर्द को छोड़ वह कोंता की ओर झपटी।

'ए कोंता भइया...तुही रोक सकबऽ सिपहियन के। रोकऽ न! रोकहुं न भइया...' कहते हुए जमुनी अचेत होने लगी।

कोंता ने उसकी देह को खुद से चिपटा लिया।

सिपाही जमुनी और चैता की ग्यारह-बारह साल की बेटी रूनु को पूरी बस्ती के सामने से लिए जा रहे थे। और वे सब बंदूक के भय से बेबस थे।

सिपाही बस्ती से दूर हो गए तो औरतों ने आकर जमुनी को संभाल लिया। उसका छोटा बच्चा फेफन-फेफन कर रो रहा था।

हर कोई दहशत से ज्यादा गुस्से में था।

कोंता ने आखिर भय के सन्नाटे को अपनी उबलती हुई आवाज़ से तोड़ा, 'सभे केउ तइयार होइ जावा। आइज इया तो जीएक हय इया मोर जाएक। छोट बेटी छउवा के लेगलयं। हमिन कर जीना बेकार हय।'

फोगला और रामनारायन भी उसके साथ आ डटे।

रामनारायन दहाड़ा, 'ई हरमियन लात के बिना नाहीं मानेगा। अरे! जब हम लोग का बेटी-अउरत का इजते नहीं रहेगा तो ई कुकुर जइसा कमाई का का फायदा?'

फोगला का माथा पगला गया, 'हम लोग को मुर्गी-चेंगना बूझ लिया है। आज सबके गांड़ में बत्ती बार दिहल जाओ।'

डरा हुआ माहौल बदल गया।

कोंता और उसके साथियों ने रस्सियों से ढेलफांस बनाई। औरतों ने उसके लिए पत्थर चुने। जंगल से काटकर लाठियां-डंडे बनाए गए। कुछ लाठियों के सिरे पर हंसुआ, चाकू और गन्ना काटने का औजार बांधकर भाला-बरछा जैसा बना लिया।

एक पहर के बीतते-बीतते बस्ती के लड़ाके तैयार थे।

हुंकार भरते कोंता बोला, 'सब साथ चलबयं। गोली चले इया कि तोप, पीछे केउ नी घुरी। कोठी से पहिले हम लोग तीन दल में बंट जाएंगे। एक दल हमारे साथ, दूसरा रामनाराइन और तीसरा फोगला के साथ। हमारा दल सबसे पहले आगे से कोठी पर हमला करेगा। अउर जब ऊ सब हमीन से उलझल रहबयं, रामनाराइन का दल दाहिने तरफ से पीछे होके उनके घेइर लेबयं। त से सिपाहीमन जब घेराल रहबयं, मोका देख के फोगला कर दल घर में घुइस के रूनु मइयां के निकलाय लेवी। जदि हालइत हमिन कर मोताबिक नी रही होले, फोगला कर दल भी पीछे से दाबी करी।'

रणनीति ठीक थी। रामनारायन, फोगला—सबने अपने-अपने हथियार लहराकर योजना पर सहमति दी।

'जनी लोग हिएं रहकर एक-दूसरे को संभालेगी।'

कुंती उठी। सबको घूरा फिर आंचल को कमर में कसकर बांधते हुए बोली, 'हमनियो चलबइ। हियां बइठ के रोवे-धोवे से कुछो ना होतइ। जहां मरद, ओहिजे साथ-साथ अउरत।'

'ठीके कहलऽ बहिनी! सोहागिन भइल रहीं साथे जुड़ा के न, त रांड़ों होवब जा संगेसंग। हमनियों सब चलब जा।' रेबनी थोड़ा तेज होकर बोली।

कोंता ने उन सबको समझाया, 'इसलिए नइ कहत हों कि तोहिन मरदमन से कोनों कमजोर हका। छोट-छोट छउवामन हकयं घर में। से ले तोहरे कर हियांय रहना जादा जरूरी हय।'

लछुमन तब तक उनके बीच दौड़ते-हांफते पहुंच गया था। उसके साथ फुलवरिया और कमाल सरदार भी थे।

फुलवरिया ने कोंता की आखिरी बात सुन ली थी। बोली, 'ए पहुना, हमरा लिया चलऽ। हम जान हियइ, कोठिया में रूनुवा के कहां ले गेले होथिन। नञ् त भूत बंगला अउर घूमघुइया हइ कोठिया। एकदम जलेबी जइसन।'

किसी ने फुलवरिया से यह नहीं पूछा कि वह कोठी को कैसे जानती है। पूछने वाली बात थी भी नहीं। बागान की बहुत सारी औरतें न चाहते हुए भी कोठी से परिचित थीं। खासकर, उस हिस्से से, जहां उन्हें उनकी इच्छा के खिलाफ ले जाया जाता था।

कोंता ने हां कर दी।

'ओंजा कोठी पहुंच गया होगा। ऊ बोलिस हय कि जदि हरामी बात मान गया तो फलाना पंछी का अउर बात ना बनी त फलाना पंछी नियर आवाज़ करी।' लछुमन ने चलने से पहले रणनीति से संबंधित आखिरी सूचना दी।

'तोहरा भी संगे जाय के रहे लछुमन भाई।'

'लछुमन सरदार का हमिन कर संगे रहना अच्छा हय। वइसे भी अंगरेज साहब लोग हम लोग का देस से जादा मालगासी लोग का बात सुनता हय। ओंजा उससे 'किरोली' बोली में बात करेगा तो उसका असर जादा होगा।'

रणनीति में कमाल ने बदलाव सुझाया, जिसे सबने मान लिया। कमाल का कहना था कि पहले दो-तीन लोग कोठी के सामने जाकर चिल्लाएंगे, इससे उनका ध्यान भटकेगा और तब कोंता के दल को हमला बोलना चाहिए।

इसके बाद बस्ती के सवा सौ से अधिक पैर बिल्लियों के पांव की तरह छलांग मारते कोठी की ओर बढ़ चले।

अंधेरा घना था। पर सब-के-सब उस इलाके के चप्पे-चप्पे से बखूबी परिचित थे।

बहुत समय नहीं लगाया उन लोगों ने कोठी के पास तक पहुंचने में।

कोंता ने इशारा किया। रामनारायन का दल दाहिनी ओर और फोगला अपने साथ के लोगों को लेकर पीछे की तरफ रेंग गया। कोंता, लछुमन और कमाल पहली कतार में थे।

कोठी के अहाते के दरवाजे पर एक चौकीदार के साथ ओंजा दिखा। वह बेचैनी से चहलकदमी कर रहा था। कुछ ही पल में कोठी के अंदर से एक और चौकीदार उसके पास पहुंचा। उसके आते ही दरवाजा खोल दिया गया। ओंजा तेज़ी से कोठी के दरवाजे की तरफ बढ़ा। दरवाजे से पहले जहां एक बंदूक लिये एक सिपाही खड़ा था, वह रुक गया।

अगले ही पल कोठी के दरवाजे से मैनेजर सेरामी बाहर निकला। ओंजा ने उसे सलाम किया और तेज़ी से कुछ कहने लगा। वह कहता जाता-और सेरामी सिर हिलाकर, इशारे से ना ही कहता।

निराश ओंजा लौटने के लिए पलटा। सीढ़ियों से उतरकर फिर कुछ बोला। कोठी में घुस रहा मैनेजर रुक गया।

ओंजा की बात पूरी भी नहीं हुई कि मैनेजर ने सिपाही के हाथ से बंदूक ले ली और उसकी ओर तान दिया।

कोंता समझ गया। सेरामी ने उसकी नहीं सुनी थी। उसने पहले जाने वाले दो-तीन लोगों को इशारा किया। तब तक ओंजा के मुंह से निकली पंछी की आवाज़ भी उन तक आ चुकी थी।

वही हुआ, जैसी उनकी रणनीति थी।

जैसे ही तीन लोग दरवाजे से थोड़ी दूर पर हल्ला करने लगे, दोनों चौकीदार उनकी तरफ दौड़े। कोठी के दरवाजे पर खड़ा सिपाही बंदूक संभाले अहाते के गेट पर आ गया।

हल्ला-गुल्ला सुनकर मैनेजर तीन और लोगों के साथ बंदूक लिये बाहर आया। कोठी के बाएं हिस्से से ओवरसियर भी बंदूक लिये उनके पीछे-पीछे गेट के पास पहुंचा।

ओंजा उन तीनों को शांत करने का दिखावा कर रहा था।

लछुमन फुसफुसाया, 'मोका बढ़िया बा। अब भीतरे बंदूक ओला केहु ना बांचल बा। चढ़ जाए के काम बा।'

ढेलफांस में बड़े-बड़े पत्थर लिये कोंता की तरफ के लोगों ने पूरी ताकत से ढेलफांस को हवा में नचाते हुए एक साथ पत्थरों की बौछार कर दी। सेरामी और उसके सिपाहियों को संभलने का मौका तक नहीं मिला। आदिवासियों का निशाना पक्का था। तड़-तड़ फट-फटाक, ढां-ढूप्प की आवाज़ें रात के सन्नाटे में तोप से निकले गोलों की तरह सुनाई देने लगीं।

जंजीरों में बंधे कुत्तों की डरावनी भौंकें भी इसी के साथ-साथ गूंज उठीं। खूंखार कुत्तों का तो उन्हें खयाल ही नहीं आया था। सब ठिठक से गए।

कमाल चीखा, 'ना डेरइहऽ, कुकुरवन सिकड़ में बांधल हवन। खोले ओला केहु नइखे। रुकऽ मति। आगे बढ़ऽ।'

सामने से कोंता का और दाहिनी ओर से अहाता फांद-फूंदकर रामनारायन के दल ने मैनेजर सहित सभी लोगों को दबोच लिया। रामनारायन ने उनकी बंदूक छीन ली।

ओवरसियर के बाएं हाथ में जबरदस्त चोट लगी थी। एक सिपाही का माथा फट गया था। दूसरे की टांग चोटिल थी। वह खड़ा नहीं हो पा रहा था। मैनेजर अपना माथा पकड़कर दर्द से दांत पीस रहा था। उसके माथे से भी खून बह रहा था।

पीछे की तरफ से कोठी में घुसे फोगला का दल सामने के दरवाजे से बाहर आया। रोती हुई रूनु फुलवरिया से कसकर चिपटी हुई थी।

बेटी को देखते ही चैता 'रूनुवा' कहते उस तक पहुंचा और अपनी बांहों में उसको लेकर चूमने लगा।

कोंता ने गन्ना काटने वाला धारदार हथियार मैनेजर की गर्दन पर रख दिया। 'एखन छोंड़त हों। आगे से इसन काम ना करबे। पहिला अउर आखिरी चेताउनी देवत हों। भूलाबे ना।'

सब लोग छाती चौड़ी किए, माथा ताने, रूनु को साथ लिये बस्ती लौट आए। बस्ती में घर के बाहर खड़ी औरतों ने उन्हें लौटते देखा, तो वे सब उनकी ओर दौड़ीं।

सब सही-सलामत थे। किसी को खरोंच तक नहीं आई थी।

रूनु 'खराब' होते-होते बच गई थी।

दूसरे दिन खेत पर काम के दौरान दो चौकीदार और सिर्फ एक सिपाही ही दिखे। बाकी के लोगों का कोई अता-पता नहीं था।

एक सप्ताह, दो सप्ताह...छह रविवार बीत गए। बागान और कोंता-कुंती की बस्ती में शांति छाई रही। मैनेजर और ओवरसियर उनसे इस तरह व्यवहार करते मानो कुछ हुआ ही नहीं था। इस दौरान उनकी बस्ती के किसी को सजा तक नहीं मिली, जो कि रूटीन था।

कोंता, लछुमन, फोगला, कमाल, रामनारायन और ओंजा इस शांति से लेकिन आशंकित थे। वे सब समझ रहे थे, उनकी हालत चोट खाए भेड़िए की तरह है जो बदला लेने का उचित मौके की तलाश में है। इसलिए पूरी बस्ती हर रात पहले की तरह बेखबर नहीं, चौकन्नी रहती थी।

घटना के तीसरे महीने में मैनेजर ने बदले की चाल चल ही दी।

उस दिन वह जानबूझकर पूरा समय कोंता के आगे-पीछे होता रहा। कोंता कीचड़ वाली जगह पर काम कर रहा था। उसने कुदाली चलाई और कीचड़ उसके जूते व उसकी पैंट की मोहरी पर गिर गया।

उसने हुकुम दिया कि कोंता आए और अपनी जीभ से चाटकर उसका जूता साफ करे।

कोंता जब मुंह से साफ करने की बजाय अपनी धोती से उसका जूता साफ करने लगा तो सेरामी ने उसके जबड़े पर बूट दे मारा। मारते हुए ज़ोर से चिल्लाया, 'यू मदरफक, सन ऑफ विच...धोती से नहीं...क्लीन विद योर टंग! जीभ से साफ करो!'

कोंता ने चोट के कारण मुंह में भर आए खून को थूका और अपने काम में लग गया। तब तक रामनारायन, फोगला और सभी लोग उसके आसपास जमा हो गए थे। उन सबकी मुट्ठियां कुदाल, गैंता के मूठ पर कस गई थीं।

सेरामी कुछ नहीं बोला। चला गया।

रविवार के दिन उसने कोंता, रामनारायन, फोगला, रुंगतु, रूनु के बाप चैता और सात लोगों को सजा सुनाई। काम के दौरान बात नहीं मानने और ओवरसियर

पर हमला करने की। कोंता, रामनारायन, फोगला और चैता को पचास-पचास कोड़े के साथ दो दिनों तक धूप में टंगे रहने की सजा मिली।

कोंता की बताई हुई साग-बूटी उनके घाव की अचूक दवा थी। लेकिन पचास से ज्यादा कोड़ों की मार, ऊपर से दो दिनों तक धूप में टंगे रहना, बिना एक बूंद पानी के और घावों पर लगातार छिड़के गए नमक-मिर्च से बने घावों को ठीक होने में वक्त लगना था।

रामनारायन तो मरते-मरते बचा था।

बेल ओम्बरे बागान मॉरिशस के सावान क्षेत्र में पड़ता था। पोर्ट लुइस से फ्लैक क्षेत्र होते हुए सावान जिला मुख्यालय सूलेक तक की यात्रा 32 मील की थी। सूलेक एक छोटा-सा बंदरगाह है, जहां से रिन्यून द्वीप बहुत करीब है। नब्बे मील की दूरी पर।

समुद्र तट पर बसा सूलेक बेहद शांत, नारियल और केले के पेड़ों से घिरा मछुआरों का बसेरा था। लेकिन सावान का मुख्यालय बनने के बाद अब यहां पहले से ज्यादा चहल-पहल बढ़ गई थी, फिर भी उत्तर के पाम्पुलेस और पश्चिम के फ्लैक आदि बसावटों की तुलना में यह बहुत छोटा और शांत जिला मुख्यालय था।

सभी सरदारों में कमाल ही ज्यादा उम्र का था। उसे सावान ही नहीं, आसपास के फ्लैक, पोम्पुले, बाबुंसे, चामरेल, ग्रांड पोर्ट, केप आदि जगहों के बारे में बहुत जानकारी थी।

उसी ने कोंता को बताया था कि सूलेक बंदरगाह की स्थापना फ्रांसीसी गवर्नर विकोमते दे सूलेक ने करवाई थी। विकोमते दे सूलेक 1779 से 1787 तक मॉरिशस का गवर्नर था। उसी के सम्मान में बाद में इसका नाम सूलेक कर दिया गया। सूलेक ने इस बंदरगाह का निर्माण–जो पोर्ट लुइस से एकदम दक्षिण-पश्चिम में है, सावान नदी के मुहाने पर, जहां पानी के तेज बहाव के कारण खाड़ी बनी हुई है–बहुत दिमागदारी से करवाया था।

उसकी बात सुनते हुए कोंता नहीं समझ सका था कि सूलेक में बंदरगाह बनाने में बहुत सोचने की क्या जरूरत थी। नाव ही तो खड़ी करनी है न, मोरिस के चारों ओर चाहे जहां कर लो।

कमाल ने तब उसे समझाया था, अरे बुद्धू! ज़मीन तक आते-आते समुंदर का पानी छिछला हो जाता है। गहराई नहीं रहती। किनारे तक आने के लिए गहरा पानी चाहिए। कोई चट्टान, बड़ा पत्थर भी तट और समुद्र के रास्ते में नहीं होना चाहिए, तभी जहाज बिना किसी रुकावट के सीधे ज़मीन तक आ पाएगा। इसलिए इसमें दिमाग की बात है।'

सूलेक की खाड़ी ऐसी ही थी। यह जगह फ्रांस और भारत के व्यापारिक और सामरिक समुद्री रास्ते के बीच अंशकालिक पड़ाव तथा पोर्ट लुइस पर होने वाले हमलों के दौरान सुरक्षा के लिहाज़ से भी बहुत महत्त्वपूर्ण था। पोर्ट लुइस तक इधर के गन्ना बागानों और मिलों से शक्कर ले जाने और दूसरी जरूरतों का माल लाने के

लिए यह बढ़िया समुद्री रास्ता था, क्योंकि तब बेल ओम्बरे और सूलेक तक पहुंचने के लिए पोर्ट लुइस से यहां तक का ज़मीनी रास्ता बेहद पहाड़ी और दुर्गम था।

कमाल के अनुसार सूलेक ही सावान जिले के सरकारी लुटेरों और ठगों का अड्डा था। वहीं प्रशासनिक कार्यालय, कोर्ट-कचहरी, पुलिस हेडक्वार्टर, अस्पताल, सरकारी स्कूल, एक बार और झोंपड़ी जैसा कैथोलिक चर्च था। वहां की सड़क बहुत भीड़भाड़ वाली नहीं थी पर तटीय इलाका समुद्री लहरों के शोर से दिन-रात भरा रहता है।

ताकोशी की दुकान जैकोटेट में थी और पालन भी वहीं रहता था। कोंता आज उसी से मिलने जैकोटेट जा रहा था। ओंजा के साथ।

जैकोटेट बेल ओम्बरे और सूलेक के बीच पड़ने वाला दूसरा गांव था, जो जैकोटेट नदी के मुहाने पर बसा हुआ था। जैकोटेट नदी उससे थोड़ा सा पहले समुद्र में गिरती थी। चेमिन ग्रेविरे उससे आगे था—उत्तर के छोर पर जैकोटेट और सूलेक के साथ मिलकर त्रिकोण बनाता हुआ। बहुत पुराना गांव नहीं था, अभी बस ही रहा था। मालगासियों और मालाबारियों के कुछ परिवार ही वहां रहते थे और वे इतने कम थे कि सावान जिले के ब्रिटिश गवर्नमेंट रिकॉर्ड में चेमिन ग्रेविरे का कोई अस्तित्व ही नहीं था। गालेट नदी उसके पूरब में बिलकुल सटकर बहती हुई जैकोटेट के पास समुद्र में मिलती थी।

'सरदार रंगासामी का घर तो हुंवाय हय न? चेमिन गांव में?'

'हां, लेकिन सरकार उसको गांव नहीं मानती। ज्यादा दिन नहीं हुआ न। नया गांव है, इसलिए उसको अभी गांव नहीं मानते।'

'अउर हमिन कर बस्ती को...?'

'कुलियों की बस्ती को तो कभी नहीं। बागान में काम करनेवाला मजदूर लोग को ही जब अंगरेज मालिक इंसान नहीं मानता है तो उनका बस्ती को गांव कैसे मानेगा, तुम्हीं सोचो? जब तक कुली है, बस्ती है। तुम सब जाएगा, बस्ती खतम। दूसरा मजदूर लोग आ जाएगा। नया बस्ती बनाएगा।'

'हमिन कर बस्ती से हियां कर दूरी कतना होवी?'

'तुम्हारा बस्ती से जैकोटेट लगभग डेढ़ मील, चेमिन ग्रेविरे दो मील से कुछ ज्यादा और सूलेक सात-आठ मील दूर है। मोजेज साहब की कोठी से ये तीनों गांव और डेढ़ से दो मील दूर पड़ेगा। तुम्हारा घर और कोठी के बीच जितना दूरी है...समझ लो, उतना ही ज्यादा।' ओंजा ने चलते-चलते दूरी का हिसाब-किताब उसको समझाया।

'तोके कइसे मालूम?'

'हमको?...हम बारह-चौदह साल का थे न...तब से इधर का पूरा इलाका घूमा। साहब लोग का घोड़ा का पीछे-पीछे, शक्कर लदा गदहा गाड़ी के साथ, बहुत बार चिट्ठी ले जाने-लाने...इसलिए मालूम। हमको इधर का सब लोग पहचानता।'

'बागान में ढेइरे बस्ती हय...हमिन कर भी।...कमाल बताय रहे, सावान में दारू दोकान भी हय?'

'है तो...बहुत दाम का। हम लोग नहीं खरीदने सकेंगे। बंदरगाह में आने वाला माल जहाज का जहाजी लोग, बाहर से आकर रुकने वाला और साहब लोग ही उधर जा के पीता। अभी तो वहां एक सरकारी स्कूल भी खुल गया है। पिछले साल का जुलाई में।'

'जुलाई में मतलब...?'

'जुलाई मतलब जुलाई। जुलाई महीना।'

कोंता अंग्रेजी महीना नहीं समझता था। जुलाई महीना किसको कहेंगे, सोच कर पूछा, 'अभी कोन महीना हय?'

'अक्टूबर।'

ओंजो से अंग्रेजी महीनों के सारे नाम जानने के बाद कोंता ने हिसाब लगाया। फिर उंगलियों पर महीनों को गिनते हुए बोला, 'जुलाई मतलब आषाढ़?'

'हां, आषाढ़ में खुला सरकारी स्कूल। टी. ब्राउन उधर टीचर है।'

'टीचर...?'

'पढ़ाने वाला...अंग्रेज लोग का लिखा हुआ बात को बताने वाला। वन टू थ्री...' बोलकर हंसा ओंजा। 'सरकारी स्कूल के पहले लुइस मेरी बोल के एक औरत थी। कैथोलिक चर्च का। वो हम लोग का समाज का बच्चा लोग को पढ़ाती है। छोटा चर्च है, उसी के बगल में। बागान मालिक लोग उसको फ्री स्कूल बोलता है।'

गालेट नदी आ गई थी। उस पर बना लोहे का संकरा पुल, जिस पर एक ही गधा या बैलगाड़ी गुजर सकती थी, उसको पार करते ही उसे कुछ घर दिखने लगे। पुल से बाएं मुड़ने के बाद वे सीधे जा रहे थे।

दुकान पर ताकोशी अकेला था। उसकी दुकान छोटी थी। खाने-पीने के जरूरी सामानों से भरी हुई।

'पालन नइ आय हे का?' कोंता ने उसे अकेले देख पूछा।

'है...गांव में ही है। बोला, तुम लोग आ जाएगा तो उसको बुलाने के लिए। थोड़ा बैठ लो...खाने तो उसका घर ही जाना है।' ताकोशी थोड़ा सकुचाते हुए बोला था।

कोंता ताड़ गया। खाना नहीं खिला पाने से ताकोशी को अच्छा नहीं लग रहा है। वह भीतर जाकर उसकी दुकान देखने लगा। दुकान के भीतर से ही अंदर जाने का दरवाजा था। दरवाजा एक बड़े कमरे में खुलता था। वहां बिस्तर लगा हुआ था। ताकोशी के कपड़े वगैरह रस्सियों पर टंगे थे। एक तरफ चावल और दाल के बोरे पड़े थे। सोने के कमरे की दाईं ओर छोटी-सी रसोई थी।

वह वापस आकर तोकोशी और ओंजा के पास बैठ गया।

'तोयं बिहा काहे नइ कर लेते हो?'

'दुकान अभी जमा नहीं है। थोड़ा जम जाए...कुछ और पैसा कमा लूं। फिर करूंगा शादी।'

'पइसा बहु खराप चीज हय। जमा करते-करते बुढ़ा जाबे।'

कोंता की बात सुनकर ओंजा हंस पड़ा। बोला, 'हम भी यही कहते इसको। नहीं मानता। अब तो कोई दिन पोर्ट लुई जाकर इसके मां-बाप को कहना पड़ेगा।'

'लगिन ई तो कह रहा था, कोई कलकतिया औरत पसंद किया है अपना वास्ते, का ओंजा?' कोंता को याद आ गई थी पालन की कही हुई बात।

'हां-हां...बंगाल का औरत। उसी को जाकर बोलना पड़ेगा।' ओंजा ने हंसते हुए ही कहा।

'बोलना नइ...जाके ले आते हैं।' कोंता ने ताकोशी को टोका।

उनकी हंसी में शामिल होते ताकोशी ने कहा, 'हम मना नहीं किया न। जाकर लो आओ। नहीं रखूंगा तब न बोलोगे।'

तभी एक ग्राहक आ गया। ताकोशी उसको सामान देने लगा।

रंग-रूप में ग्राहक कुछ-कुछ पालन की तरह दिख रहा था।

सामान देते-देते ताकोशी कोंता से बोला, 'ये चोलकर है। मराठा आदमी। इसका बाप लोग बहुत पहले आकर बसा इधर में। पालन का परिवार से भी पहले।'

पालन का घर गांव के दाईं तरफ था। केले के पेड़ों से घिरा हुआ। आगे खुला आंगन और बरामदे वाला चार कमरों का मकान। उसके पिता फ्रांसीसियों के समय आए थे। जब सूलेक बंदरगाह बन रहा था। गवर्नर विकोमते दे सूलेक फ्रांसीसी जल सेना में था और मोरिस का गवर्नर बनने से पहले पुद्दुचेरी में पदस्थापित था। बंदरगाह का काम खत्म हो जाने के बाद वह अपने देस नहीं गए और एक बंगाली औरत से शादी बनाकर जैकोटेट में बस गए थे। पालन की बंगाली मां तब एक अंग्रेज के यहां खाना बनाने का काम करती थी।

पालन उनका बड़ा लड़का था। उससे छोटी दो बहनें थीं। बहनें अपनी मां की तरह गोरी थीं जबकि पालन ने बाप का रंग-रूप लिया था।

खाना खाने के बाद पालन की मां कोंता और ओंजा दोनों को प्यार से डांटने लगी, 'तुम लोग अपना बहू को क्यों नहीं लेकर आया? अगली बार उनको जरूर लाना।'

सुकमनी, जो पालन से दो साल छोटी बहन थी, अपनी बड़ी-बड़ी आंखें नचाते कोंता से बोली, 'दादा, बहुत बताया तुम्हारे और कुंती भाभी के बारे में। हमको ले चलना भाभी के पास।'

'एखने चल।'

वह गुस्सा गई, 'मजाक नहीं...' ताकोशी से ठुनकते हुए बोली, 'ताकोशी दादा... इसको बोल दो, हमको मजाक अच्छा नहीं लगता।'

पालन ने उसे चिढ़ाया, 'इसका तो नाक पर ही गुस्सा रहता है। अरे! मजाक नहीं किया कोंता। बोल रहा है, जब इच्छा हो...'

छोटी वाली बहन इबेला ने कहा, 'छुटकी को लेके आना कोंता दा, हम भइया को कितना बार बोले ले चलो ओम्बरे, लेकिन ले ही नहीं जाता है।'

'हां...लेकर आवब कोनों दिन। एखन तो उसका दिन नजीक हय।' कोंता ने थोड़ा शरमाते हुए कहा।

मां हंसी, 'जानती हूं रे...जानती हूं। बहू को बच्चा होने वाला है।' ओंजा के गाल पर चपत लगाते हुए बोली, 'मैंने तो इसके बेटे को भी नहीं देखा है। कितना...? तीन महीने का तो हो ही गया होगा?'

ओंजा ने तुरंत अपनी मुंडी हिला दी।

'तुम तो लेकर आ ही सकते हो पूपी को।'

जवाब में ओंजा ने फिर मुंडी हिलाई।

पालन के पिता धीर-गंभीर आदमी थे। बहुत अच्छे कारीगर। पत्थर और लकड़ी के मकान बनाने वाला कारीगर। वे खामोशी से पूरे परिवार को कोंता से आत्मीय होते देखकर खुश थे। कोंता उन्हें अपने जैसा मेहनती और मजबूत लग रहा था।

जब वे दोनों लौटने लगे तो पालन की मां ने दोनों को सब्जियां और केले के पत्तों में अच्छी तरह से बंधा हुआ दूध और गुड़ मिलाकर बनाया हुआ भात पकड़ा दिया। कहने लगी, 'पता नहीं, पालन कब बहू लेकर आएगा। ताकोशी भी पालन जैसा ही है। इसे संभालकर ले जाना। बहुओं को देना मेरी तरफ से। और बोलना, सास मां भेजी है।'

घर पर कुंती ने केले का पत्ता सावधानी से खोला तो उसमें खीर थी। उंगली चाट-चाट कर खाया कुंती ने। सालों बाद वह खीर खा रही थी। वह भी मां के हाथ का बनाया हुआ। खाते-खाते उसे अपनी मां याद आ गई। उसकी आंखों के कोर गीले हो गए।

'बाबा रे! एतइ सोवाद की आइंख से लोर गिरे लागलक।'

'मइया के याद आ गेलक। उहो अइसनहीं खीर बनवऽ हलइ।' बोलते-बोलते खीर लगे हाथ उसकी गाल पर रगड़ दिया।

कोंता ने उसका हाथ पकड़ लिया और उसकी उंगलियों को चाटने लगा, 'सब इकले खाय गेले। हामके तनिको नी देले।'

'तू तऽ भर पेट खा के अइले हलऽ...ई तऽ खाली हमनीं मांय-बेटी अउर पेट के भीतर के रेंगा ले भेजले हलथिन मांय।' कहते हुए इठलाई कुंती।

दो साल से ज्यादा की हो गई सिनगी अपनी मां की तरह ही सामने रखे कटोरे की खीर को दोनों हाथों से मुंह में भरे जा रही थी।

कातिक का महीना बीत रहा था।

एग्रीमेंट के अनुसार कोंता और उसके साथ आए लोगों का समय खत्म हो चुका था। सूलेक के इमाइग्रेशन ऑफिस का इंस्पेक्टर 1847 में आकर उन लोगों को बता गया था—चलने के लिए तैयारी कर लें।

जुल्म-गुलामी से छुटकारा पाने की खबर से थोड़े लोग ही खुश थे। खासकर कोंता और उसके छोटानागपुर के लोग। खुश होने वालों में गंगा और सोन की तरफ के भी थे। पर उनकी संख्या कम थी। उनमें से अधिकतर नहीं लौटना चाहते थे। कुछ ऐसे भी थे, जो जाना तो चाहते थे, पर फिर वापस आने के लिए।

कोंता दिसुम लौटना चाहता था। लेकिन कुंती का आखिरी महीना था और वह जानलेवा समुद्री यात्रा करने के लिए बिलकुल तैयार नहीं थी। वह जानता था, अगर उसकी हालत ऐसी नहीं होती, तो वह रुकने के लिए जरा भी राजी नहीं होती।

अंततः 73 लोगों में से 24 ही लौटने को तैयार हुए, जिनमें कोंता के देस के बुधु, जीतन, माड़ू और अन्य पांच लोग शामिल थे। रुंगता, जगया, खापू और बीरन नहीं गए। बोले, कोंता के साथ ही रहेंगे।

कुछ लोग जो पहले जाने के लिए तैयार थे, वे बाद में इसलिए रुक गए क्योंकि मैनेजर वाल्टेर सेरामी ने ऐसा हिसाब-किताब किया था मजदूरों का कि कई के हाथ तो बस नाममात्र की ही मजदूरी लगी। ये जुर्माना, वो खर्च...जाने क्या-क्या बताकर बहुत सारे पैसे हरामी मैनेजर ने काट लिये थे।

अपनी पांच साल की कमाई के कुल जमा 180 रुपये जीतन के हाथ में रखकर कोंता बहुत रोया था।

रोते-रोते बोला था, 'मोर बाबा के देइ देबे। कहबे, खेत के बंधक से छोड़ाय लेबयं। अउर जदि बेचा जाय होइ हले ज़मीन, खरद लेबयं। कुंती अउर सिनगी कर बारे में बेसे से बताबे। कहबे, जिंदा रहब होले जरूर लउटमूं।'

बस्ती के चौबीसों लोग जिस दिन अपना-अपना देस, अपना-अपना मुलुक लौटने के लिए सुबह-सुबह सबसे विदा लिए, उसी दिन दोपहर को कुंती का दर्द बढ़ गया। शाम होते-होते उसने असहनीय दर्द से चीखना शुरू कर दिया।

अभी रात का दूसरा पहर बीत रहा था और उसके घर में फुलवरिया गोद में अपनी आठ महीने की बच्ची लिये गीत गा रही थी। मुनिया और तिलिया के साथ-साथ बाकी औरतें उसका साथ दे रही थीं :

कउन बैरिन सेजिया डंसावल, दियरा बरावल हे।
अरे कउन बैरिन भेजले दरदिया कीजे मोरा सालय हे॥
अब नहिं पिया संग सोयबो, न बबुआ खेलायब हे।
ललना, अब नहीं नयना मिलायब, दरद कलेजे सालय हे॥

रामदुलारी परदे की ओट में अभी-अभी कुंती के जनमे दूसरे बच्चे का नार काट रही थी। पूपी अपनी पीठ पर तीन और मारिना डेढ़ साल का लड़का बांधे उसकी मदद कर रही थीं। कुंती धनवंती की गोद में निढाल पड़ी थी। प्रसव के बाद के आराम से उसका चेहरा खिला-खिला था।

बाहर बैठे पुरुषों की टोली तक खबर पहुंच गई थी : बेटा हुआ है।

कोंता और कुंती के दूसरे बच्चे के जन्म के दसवें दिन रात में 154 नए कुली उनकी बस्ती में आ गए थे। उन सबको पुरानी झोंपड़ियों के अगल-बगल और सामने की जगह मिली। इन डेढ़ सौ लोगों में 34 महिलाएं थीं और कोंता के

छोटानागपुर के 48 हिल कुली थे। हिल कुलियों में आधे से ज्यादा उरांव थे। बाकी मुंडा, महतो, तूरी, अहीर और बड़ाइक समुदाय के लोग थे। चडरी की तरफ का कोई नहीं था। रूपा और लुदु नगड़ी के थे। मुचुन, फेचो, डेले और खुदी पिठोरिया के पास के गांव कटहरटोली के रहने वाले थे।

डेले एक बार किसुनपुर गया था। उसी से कोंता को किसुनपुर यानी अपने चडरी का कुछ हाल-खबर मालूम हुआ। डेले ने उसको बताया कि अब लोग उसे किसुनपुर कम, रांची ज्यादा बोलते हैं। बहुत बड़ा बाजार है वहां। कोर्ट-कचहरी है। छउवा लोग को पढ़ाने का वास्ते इसकुल भी खुला है।

कोंता ने टोका, 'इसकुल तो हामर रहतेहें खुइल जाय रहे।'

'हां, लगिन पहिले हमिन कर छोंड़ामन नी पढ़े जात रहयं। एखन खउबे जायंला। गोटा रांची में आउसले साहब कोफी कर बगइचा लगाय हे।'

'हामर बेरा में तो अंगरेजमन कपास उगात रहयं।'

'कपास कर बारे में तो हामके कोनों जनकारी नखे। मुदा जब हाम रांची जाय रही तो खाली कोफी के जुन ही देंखलों।'

फेचो ने डेले को रोकते हुए कहा, 'एगो अंगरेज चरका चोगा पिंध के गांव-टोला बुल चलेला। उके पादरी बोलयंना बजार कर अदमी सब।'

'रह नी, मोके कहे दे।' डेले उसे चुप करा के खुद बोलने लगा, 'मोर बाबा से भेंटाय रहे पादरी। कोनों जीजस कर बारे में बतात रहे ऊ। बाबा हामके बाद में बताय रहे। दुइ बछर आगे उकर तइर चाइर गो पादरी आ रहयं किसुनपुर। बड़का हाकिम आउसले कर कोठी कर सामने ही ऊमन टेंट लगाय के रइह रहयं। पाछे उकर से आगे एगो घर बनालयं। सेके पादरी अउर अंगरेजमन 'बेथेसदा' कहयंना। पादरी मुंड़ा-उरांवमन के ओहे बेथेसदा में आवेला कहेल। लगिन हमर जानते में तो कोनों नी जाय हे एखन तक।'

'तो आउसले साहब एखन ले हइए हय?'

'हां। उहे एखना बड़का साहेब हके।'

'मलगुजारी पहिलेहें जेसन हय कि कोनों कम होलक?'

'कम का ले करबयं? मलगुजारी तो बढ़ते जात हे। मोर बाबा कहत रहे, किसुन साहेब दस बछर आगे नवां नियम बनाय रहे। सेकर बादहें अब मलगुजारी लेवे मुंडा-मानकी आवयंना। हामके तो इसन बुझायला कि सब मुंडा-मानकी अंगरेजी राज में चोकीदार बइन जा हयं।'

'ई तो बहुत खराब कइर हयं अंगरेजमन। हमिन कर अदमीमन के सद जेसन झूठा, ठगरा अउर लालची बनाय के राइख देबयं। बेरा अउर खरापे हो जात हे... का?'

'सब दने पुलिस-थाना भी खोइल दे हे अंगरेज सरकार। किसुनपुर में खउब बड़-बड़ कोठी अउर घर बइन जाय हे। राजा-जिमिदार भी कोठी बनात हयं। मोयं तो जे दिना किसुनपुर जाय रहों, बहरिया अदमीमन कर भीड़ के देइख के एकदम से डेराय गेली। बाबा रे! किसुनपुर तो कोनों दोसर गांव-देस नियर बुझालक हामके।'

कोंता को मां और बाबा की याद आई। पता नहीं, नए लोगों की भीड़ में वे लोग और उसका गांव कैसा होगा?

बहुत दिन बाद कोंता उन सबके साथ नाचा और गाया :

ओदे ओदे रे, संगी छुटल, भला निहीं।
संगे साथे भुती चइल जाती रे, संगी छुटल, भला निहीं।
केउ देतैं गोंदली रे, केउ देतैं मड़ुवा
संगी छुटल, संगी छुटल, भला निहीं।
केउ देतैं कुरती कर भुती
संगी छुटल, संगी छुटल, भला निहीं।
गोंदली कर हांड़ी पीती, मड़ुवा कर रोटी खाती
संगी छुटल, संगी छुटल, भला निहीं।
कुरथी सिझाय पानी पीती
संगी छुटल, संगी छुटल, भला निहीं।

कोंता और कुंती ने अपने 76 साथियों के साथ मिलकर पांच साल पहले जो बस्ती बसाई थी, वह अब नए मजदूरों के आ जाने से सवा दो सौ लोगों का बड़ा गांव बन गया था।

उनके आने के बाद ही कोंता का पहली बार सूलेक जाना हुआ। सभी पुराने मजदूरों के साथ। बेटे के पैदा होने के दो सप्ताह बाद।

सूलेक के इमाइग्रेशन ऑफिस में उन सबका नया एग्रीमेंट होना था।

इमाइग्रेंट अफसर एक गोल और थुलथुल-सा मोटा अंग्रेज था। उसे कम सुनाई पड़ता था इसलिए वह बोलता भी चीख-चीखकर था। बार-बार अपने इंस्पेक्टर, क्लर्कों और मजदूरों पर चिल्लाता, 'बहरे हो क्या?'

एग्रीमेंट की कार्रवाई चल रही थी। सब लोग अंगूठा लगा रहे थे।

लछुमन ने कोंता से कहा, 'फिन से पांच साल के गिरमिट हो गईल बा। साल 1852 के पूस तक ले। माघ के पहिला हप्ता में मुलुक जाए खातिर फ्री हो जइबऽ।'

सुनकर कुंती के कान में धीरे से फुसफुसाया, 'इयाइद रखबे। बावन साल कर पूस महीना। पेट नी फुला लेबे।'

लजा गई कुंती। अगल-बगल देखा। किसी ने भीड़भाड़ में कोंता की फुसफुसाहट पर ध्यान नहीं दिया था।

कोंता के दाहिने पैर को अपने पैर से दबाते हुए वह भी फुसफुसाई, 'हमरा कहइतहऽ। पेटवा अइसहीं फुला जा हइ? साल भर पहिले से ही सटबो मत करिहऽ।'

'साल भर...?' कोंता ज़ोर से बोल गया।

आसपास खड़े लोग चौंक पड़े।

लछुमन सरदार ने कहा, 'साल भर ना हो, पांच साल। पांच साल के गिरमिट होवताऽ।'

कोंता झेंप गया। अच्छा हुआ, लछुमन और अगल-बगल के लोग 'साल भर' का मतलब नहीं जानते थे। उसने घूरकर कुंती को देखा। कुंती के ओठों पर शरारत भरी मुस्कान थी।

'तू त जब देखऽ हांथ सुक्खल, बराहमन भूक्खल।'

मोजेज साहब ने पुराने लोगों में से कोंता, रामनारायन, फोगला, बेचन और हुकुमचंद को 'मेटियार' बना दिया था। इससे उनका ओहदा तो थोड़ा बड़ा हुआ ही, उनकी मासिक मजदूरी भी एक रुपया बढ़ गई थी।

एग्रीमेंट के काम से निपट जाने के बाद कोंता पीठ पर सिनगी को बिठाए कुंती, फुलवरिया, पूपी, मारिना और फोगला के साथ सूलेक में देर तक घूमता रहा। स्कूल देखा, पोस्ट ऑफिस देखा, कोर्ट-कचहरी तरफ गया और पुराने कैथोलिक चर्च की जगह नए बन रहे चर्च को देखा। जब वे सब थककर सूलेक के बंदरगाह पर समुद्र में खड़े छोटे-छोटे जहाजों और उनसे भी छोटी नावों का हिलना-डुलना देख रहे थे, तो मजदूरों को बस्ती भेजकर लछुमन और ओंजा भी उनके साथ हो लिए।

वे दोनों उन लोगों के लिए केले, टमाटर, मीठा कद्दू और फीनी खरीदकर लाए थे। खाने के बाद सबने फीनी पी और घुर चले बस्ती की ओर।

सूरज लहरों के डर से दूर भागता जा रहा था—क्षितिज की ओर, जहां समुद्र की सीमा समाप्त होती हुई लगती थी।

वे सब तेज़ी से चले और सूरज के समंदर में समा जाने से पहले जैकोटेट में पालन के घर के आंगन में खड़े थे।

इबेला उन सबको देखते ही खुशी से चिल्लाती घर के अंदर भागी, 'मांऽऽ... भाभी आई, भाभी आई...!'

फिर से वही पुराना नियम-कानून दोहराते हुए तीन साल के डेढ़ सौ रविवार बीत गए। नए मजदूरों के आ जाने से बेल ओम्बरे के उत्तर की ओर की दो हजार एकड़ बंजर ज़मीन गन्ने की फसल से लहलहा उठी थी। लछुमन सरदार ने 20 बीघा खेत पर ले ली थी और वह और फुलवरिया दिन-रात उसी खेत में जुते रहते थे।

मोरसेलां एग्रीमेंट पर यह खेत लछुमन ने लिया था। इसके तहत खेत पर रोपने-खेती का काम लछुमन को करना था और उपज के बाद गन्ना खेत मालिक को देना था और एक निर्धारित अवधि के बाद करार पूरा हो जाने पर वह ज़मीन लछुमन के नाम हो जानी थी। करार पूरा होने तक खेत में होने वाले साग-सब्जी पर लछुमन का हक था और शर्त पूरा होने तक चह उसकी आय का एकमात्र साधन रहना था।

पालन और ताकोशी दोनों अपने लिए औरत ले आए थे। पालन की शादी फ्लैक के एक मुस्लिम मालाबारी परिवार में हुई थी, तो ताकोशी अपनी बंगाली प्रेमिका को पोर्ट लुइस से ले आया था।

कोंता की बेटी सिनगी पांच साल की हो गई थी और बिलकुल अपने बाप की तरह दिखती थी। रूप में। रंग तो उसने मां का ही पकड़ा था। बेटे का रंग-रूप उल्टा था। वह दिखता मां की तरह था और रंग उसने कोंता का ले लिया था।

पूपी, मारिना, फुलवरिया और एक-एक बच्चे की मां बन गई थीं, तो ताकोशी और पालन की औरतों के साथ-साथ कुंती अपने तीसरे बच्चे को पांच महीने से पाल रही थी।

1850 में अपने दो पार्टनरों के साथ 62 हजार 383 डॉलर में खरीदकर बेल ओम्बरे बागान का मालिक टीन अटुब बन गया था। नए मालिक के राज में मैनेजर भी नया था और ओवरसियर भी बदल गए थे। नया मैनेजर पी टेलगेट पुराने वाल्टेर सेरामी से दस गुना ज्यादा हरामी था।

1851 के नवंबर में जनगणना हुई तो सवाना जिले के 5517 भारतीय कुलियों और उनके परिवारों की गणना में कोंता के तीसरे बच्चे की संख्या शामिल नहीं थी। उनमें से 4581 पुरुष थे और 936 स्त्रियां। जनगणना होने के साल भर पहले जब उसका सातवां महीना चल रहा था, वह जबरदस्त बीमार पड़ गई थी। खेत में काम का दबाव था और बीमारी में भी काम पर जा रही थी। एक दिन लौटते हुए रास्ते में बहुत सारा खून निकला। पेट में पल रहा बच्चा लोथड़े की शक्ल में थोड़ा-थोड़ा करके रात भर बाहर आता रहा था।

बागान का डॉक्टर बार-बार बुलाने पर भी नहीं आया था। वह दूसरे दिन दोपहर के बाद आया जब कुंती मरने-मरने को थी।

बच्चे के मरने से ज्यादा गहरा सदमा कोंता को तब कुंती की हालत देखकर हुआ था। भला हो सूलेक के जिला डॉक्टर बोल्टन का, जिसने खबर मिलने के बाद बागान के डॉक्टर की जमकर खिंचाई की थी। उसी की देखरेख से कुंती की जान बच पाई थी।

उसके बाद से कोंता का जी बेल ओम्बरे से पूरी तरह से उचट गया था। बस, किसी तरह से दिन काट रहा था कि पूस बीते और वह अपना दिसुम लौट जाए।

अगहन आ गया था।

शाम को खेत से लौटने के बाद कोंता ने धोती और पेट-पैर में लगे कीचड़ को साफ भी नहीं किया था। तभी ओंजा की पत्नी पूपी बदहवास उसके घर पहुंची। उसके चेहरे पर हवाइयां उड़ रही थीं और बोलने से पहले ही वह रोने लगी थी।

'ओंजा को सिपाही पकड़कर ले गए हैं। उसने खेत में एक औरत को बिना वजह मारने से ओवरसियर को रोका था। उसके बाद सिपाहियों के साथ मिलकर ओवरसियर ने बहुत मारा। पुलिस को सूचना दी और अभी-अभी लोग उसको पकड़कर सूलेक ले गए हैं।' रोते-रोते पूपी ने पूरी घटना बताई।

'तोयं घर जा, हाम लछुमन से मिले जात ही।' बोलकर बिना समय गवाएं चल पड़ा कोंता।

लछुमन उसे अपने खेत में ही मिल गया। सूरज डूबने के बाद भी वह खेत में सब्जियों के पौधों के बीच उग आए घास-पात को साफ करने में लगा था। गन्ने के किनारे-किनारे उसने कई तरह की सब्जियां उगा रखी थीं।

'लछुमन दादा...' खेत पर पहुंचते हुए दूर से उसने आवाज़ दी।

लछुमन उसकी आवाज़ सुन उसकी तरफ देखने लगा। अंधेरा हो गया था, फिर भी उसने पहचान लिया। उसकी तरफ आ रही आकृति कोंता की थी। खुरपी हाथ में लिये वह खेत से बाहर आया।

'का भइल होऽ?'

'दादा...ओंजा को उन लोगों ने बहुत मारा और जेहल भेज दिया है।'

लछुमन घर की तरफ बढ़ने लगा।

'चलऽ, घरे में बात करल जाइ।'

फुलवरिया खाना बनाने में जुटी हुई थी। उसकी पांच साल की बच्ची रमेली अपने दो साल के भाई कान्हू को गोद में लिये उससे खेल रही थी।

कोंता को सामने पा फुलवरिया खुश हो गई। 'का पहुना, आज हमर याद कइसे?' लेकिन कोंता का चेहरा चिंतित देख उसकी खुशी गायब हो गई। 'कोनों बात हो गेलइ का पहुना, जे...? दिदिया, लइकन...हाल-खबर ठीके न हइ पहुना?'

'ओंजा के जेहल ले जाय हयं।'

हाथ-मुंह धोकर लछुमन बैठा। कोंता पानी पी रहा था।

'तऽ अब का करल जाओ? रात हो गइल बा। अब तऽ जे होइ से काल्हे नू?' सोचते हुए लछुमन ने उसकी राय जाननी चाही।

'नया मालिक अउर मेनेजर दुइयो बहुत बदमास हयं। तोर भी नइ सुनी। हामर दिमाक में कोनों उपाय नी सूझत हे।'

'उहे तो हमहुं सोंच रहल बानी। ई खचड़वन नाहीं सुनिहें।'

फुलवरिया भी पूरी घटना सुनने के बाद चिंता में पड़ गई थी। उसे भी नहीं समझ में आ रहा था, क्या बोले।

'एगो उपाय बा। ओकरा से बात बनी कि ना बनी, ई तऽ ना कह सकीना। अउर लोग मानिहें कि ना एकरों में संदेहे बा।'

'तोयं कइह तो...'

'समूचा बागान में काम रोक दिहल जाओ।'

कोंता चौंका। बात तो ठीक है लेकिन मजदूर लोग इतनी हिम्मत करेंगे, इसमें उसे संदेह था। अभी रोपाई का समय था (दिसंबर) और इस समय में मालिक लोग सांस लेने की भी फुर्सत नहीं देते थे।

'ई रोपा के बेरा में मजदूर लोग मानबयं?'

'मनावे के होइ। काम रोकला से रोपाई बंद हो जाइ तऽ मालिक पर दबाब बनी। अइसे भला काहे सुनी मलिकवा?'

'लगिन...?'

'कोनों अउर उपाय नइखे। रात भर बगान के सब बस्ती-टोला में घुमल जाओ। बच्चा ओली अउरत के पेट पर लात मरले बाड़न हरमजदवा। लोग सुनिहें। हमरा पूरा बिसवास बा।'

सहमति में कोंता ने सिर हिलाया, 'तो फिर बइठेक नी चाही।'

लछुमन ने पगड़ी बांधी और उठकर खड़ा हो गया। दोनों जाने को हुए तो फुलवरिया बोली, 'खा के दुनों जइतऽ हल तो...'

'तोहनी खा के सुत रहिहऽ, चिंता जिन करऽ। हमनीं के कुछ ना होइ।'

दोनों निकल पड़े।

बागान के चारों और आसपास के और तीन मजदूर बस्तियों में वे दोनों रात भर भागते रहे। लोगों को समझाते रहे। लछुमन और ओंजा जैसे सरदार पुराने थे। कोंता का ओहदा भी मेटियार का था। सभी मजदूर उनके बारे में जानते थे। फोगला के भी देर रात साथ हो जाने से उन्हें मदद मिली। रामनारायन, बेचन, रुंगता और बीरन भी दौड़े।

दूसरे दिन तीन सीटी बजने के बाद भी कोई मजदूर खेत पर नहीं पहुंचा। ओवरसियर ओलियर गाली बकते सिपाहियों के साथ कोंता की बस्ती पहुंचा तो कोई नहीं मिला। सभी घर खाली थे।

उसने कोठी का रुख किया।

ओलियर की तरह ही बाकी तीनों ओवरसियर भी कोठी पर पहुंच चुके थे। जहां बागान के सभी मजदूरों का जमावड़ा लगा हुआ था। सबने अपने हाथों में लाठी-डंडा, हंसिया पकड़ रखा था। सरदार लछुमन और कमाल मैनेजर पी. टेलगेट से उलझ रहे थे।

'दंगा मत करो। तुम सभी लोग मारा जाएगा।...जाओ और जाकर काम पर लग जाओ।'

'मरल तो बानी हीं...अउर का मरबऽ!' लछुमन उससे भी ज्यादा ऊंची आवाज़ में बोल रहा था।

'साहेब, मौका का नजाकत समझो। ये जो तुम्हारा सामने पांच सौ से ज्यादा मजदूर खड़ा है, सब अपना जान मुट्ठी में लेकर आया है।' कमाल ने गंभीर स्वर में कहा।

'हमिन कोनों जानवर नी लागी साहेब! सउब गलती ओभरसियर कर हय। औरत के पेट में बच्चा हय। का ले लात मारलक?' गुस्से से जबड़ा भिंचभिंचाते कोंता बोला।

'ओंजा पुराना सरदार है। शुरू से हमारी तरह वो भी बागान का वफादार मजदूर है। मोजेज साहब हम लोग को बहुत मानते थे। नया साहब अउर आपको भी ई सब मालूमे होइ। ओकरा जेहल से ले आवऽ, सब मजदूर बिना सिटी बजवले अभिए से काम पे पहुंच जइहें।'

'मुंहझौंसवन अपन मइया-बहिनियों के साथ अइसहीं करइत होतथिन का...? एको मरद-जनाना तब तक ले काम ना करतइ जब तक कि ओंजा भइया नञ् आ जतथिन।' फुलवरिया अपने चिर-परिचित हमलावर अंदाज में बोली।

सिपाही बंदूक ताने मैनेजर के इशारे का इंतजार कर रहे थे। कोठी के कुत्ते काट खाने के लिए लगातार भौंके जा रहे थे।

जिस ओवरसियर ने लात चलाई थी, उसका नाम हेरिसन था। उसने दांत किटकिटाते मैनेजर से कहा, 'गिव द ऑर्डर। सभी चूहों की तरह अभी अपने बिल में जा घुसेंगे।'

'शटअप! पेट में लात मारने की क्या जरूरत थी? प्रेगनेंट वूमेन के साथ बहुत सेंटिमेंट रहता है। लेट अस हैंडल मी।' मैनेजर ने अपनी भाषा में उसे डपट दिया।

बातचीत बहुत देर चली। समझदारी से, गंभीरता से और एक-दूसरे पर चीखते-चिल्लाते हुए। न कोंता और उसके साथी अपनी मांग से पीछे हटे और न ही मैनेजर उनकी बात मानने को राजी हुआ।

मजदूरों ने पूरी कोठी को इस बीच पूरी तरह से घेर लिया था। न कोई बाहर से अंदर जा सकता था और न ही कोई अंदर से बाहर निकल सकता था। पहले ही कोंता ने सबको समझा दिया था, कैसे घेर लेना है। नहीं तो मैनेजर और सिपाहियों को बुलाने के लिए अपने घोड़े दौड़ा सकता है।

बच्चे, जो अपने मां-बाप को खेतों में अक्सर मार खाते देखा करते थे, उन सबको यह दृश्य देखकर मजा आ रहा था। रूनु, कोंता की बेटी, दूसरे सभी बच्चे हाथ में पतली-पतली टहनियां लिये ऐसे घूम रहे थे मानो उन्होंने ही पूरा मोर्चा संभाल रखा हो!

दो दिन तक कोई नहीं हिला—न डर से, न भूख-प्यास से।

मैनेजर को यकीन था कि लोग टिकेंगे नहीं और लौट जाएंगे। उनकी संख्या ज्यादा थी और मोरिस के हिज हाइनेस गवर्नर का निर्देश था कि कुलियों को इतना न मोड़ा जाए कि वे टूट जाएं। कुलियों के अबाध आयात के लिए जरूरी है कि बागान के मालिक मुर्गी को मार न डालें। हंगामा होने से कुली ट्रांसपोर्टेशन में प्राब्लम होगी और ये शुगर इंडस्ट्री के ग्रोथ के लिए अच्छा नहीं होगा। इसलिए वह नहीं चाहता था कि बहुत लोगों को मारकर अपने लिए मुसीबतें खड़ी करे। एक-दो लोग की बात तो दबाई जा सकती थी, लेकिन यहां तो बागान के सारे मजदूर अपने दुधमुंहे बच्चों तक को साथ लिये कोठी पर चढ़े हुए थे।

तीसरे दिन की दोपहर को मैनेजर टेलगेट ने उनकी बात मान ली। कोठी से बाहर आकर उसने कोंता से कहा, 'हम दंगा-फसाद नहीं चाहते। इसलिए तुम लोगों की बात मान ले रहे हैं। लेकिन दो दिन के काम का जो नुकसान हुआ है, उसकी ज़िम्मेदारी लेनी पड़ेगी। बोलो, मंजूर?'

भीड़ जोश में लहराई, 'मंजूर है।'

'ओंजा को लाने ले अपना सिपाही तुरंत भेजो।' कोंता ने शर्त रखी।

मैनेजर ने एक ओवरसियर को इशारा किया। इशारा पाकर ओवरसियर कोठी के भीतरी हिस्से में गया और ओंजा को बाहर लेकर आया।

मतलब ओंजा यहीं था। कोठी में ही कैद।

कोंता तेज़ी से उसकी ओर लपका। मार से बेहाल ओंजा आधा ही होश में था। उसके शरीर की चमड़ियां उधड़ी हुई थीं। चेहरा मार से इस कदर सूज गया था कि पहचानने में नहीं आ रहा था।

रामनारायन तुरंत आगे बढ़ा और ओंजा को सहारा देते मुट्ठियां लहराकर ज़ोर से चिल्लाया, 'बोलऽ, बोलऽ, जय सियाराम!'

समूची भीड़ की आवाज़ आसमान से टकराई, 'जयऽ ऽ ऽ!'

'बोलऽ, बोलऽ, बजरंगबली के...'

'जयऽ ऽ ऽ...'

कोंता को इस तरह का नारा लगाने से गुस्सा आया। वह रामनारायन को रोकता कि लछुमन ने उसका हाथ दबाकर उसे शांत रहने का इशारा किया।

रामनारायन का 'जय सियाराम' सुन के कुंती ने व्यंग्य से कहा, 'आयल बहुरिया फुलल गाल, फिन बहुरिया ओही हाल।'

इमरती भी चट से बोली, 'बेस कहले दीदी। लेकिन दुसमन दाना भल, इयार नादान न भल।'

ओंजा ने धीरे से अपनी आंख खोली। पूपी गोद में बच्चा लिये और चार साल की बेटी का हाथ पकड़े सामने रो रही थी। उसके अगल-बगल कुंती, फुलवरिया, मारिना और दूसरी औरतों की भूख और नींद से थकी आंखों में चमक थी।

तीन सप्ताह लग गए ओंजा को पहले की तरह खड़ा होने में।

ओंजा से मिलकर कोंता लछुमन, कमाल, फोगला और चार-पांच लोगों के साथ लौट रहा था।

स्थिति सामान्य हो चुकी थी अब तक। फिर भी वे सभी मालिक लोगों का चरित्र जानते थे। इस जीत से अगली पंक्ति में रहे कोंता और उसके सभी साथियों की बहादुरी के किस्से दक्षिण के बागानों में आग की तरह तो फैल ही गए थे, मजदूरों का मनोबल भी बढ़ गया था। एक-दो बागानों में तो मजदूरों ने ओवरसियरों के हंटर पकड़ लिये थे।

'मालिक लोग चुप नी बइठबयं।' गहरी सोच में पड़े कोंता ने कहा।

'हां, कउनों ना कउनों तो खोला ऊ लोगिन जरू करिहें। चेतले रहे के होइ।' लछुमन ने सावधानी और आत्मरक्षा पर ज़ोर देते हुए कहा।

कमाल ने कहा, 'ऊ दिनवा रमइना मोका के फयदा उठाइए लिहलस।'

'हाम तो गुस्साय जाय रही। हुंवा हिंदू, मालगासी, लश्कर अउर आदिवासी। सभे रहयं। कोनों बेरा रहे जय सियाराम बोले कर?'

'मोका ना रहे। लेकिन का करबऽ! जाय दऽ...' लछुमन ने समझाया।

वे सभी ढलान तक पहुंच गए थे। ढलान को पार कर ऊपर आए। वहां से उन्हें बाईं ओर मुड़ना होता था। सीधे जाने पर मिल होते हुए कोंता की बस्ती और आगे

चलकर दायां मुड़ने के बाद कमाल का कैदी बैरक। लछुमन का खेत और घर बैरक से आधा मील के बाद था। अभी भी वे सब अपने ठिकानों से मील भर दूर तो थे ही।

ढलान से थोड़ी दूर चले होंगे, तभी उन सबको घोड़ों के खुरों और उनकी हिनहिनाहट की हल्की-हल्की आवाज़ सुनाई दी। सब ठिठककर रुक गए। वहां जंगल घना था। इमली के बड़े और घने पेड़ों के कारण दिन में भी हमेशा छाया रहती थी। अंधेरे में टोह लेने के बाद भी उन्हें कुछ नहीं दिखा।

कमाल फौरन चीखा, 'भुइयां पर लोट जा...हमनीं घेरा गइल बानीं!'

उनके लेटने के पहले ही गोलियां चलनी शुरू हो गईं। जिसको जिधर मौका लगा, ज़मीन पर लोटकर चौपायों की तरह इधर-उधर छुपने लगे।

गोलियां तड़-तड़ चल रही थीं। घोड़े हिनहिना रहे थे और कुत्ते उनके करीब आते जा रहे थे। आठों जी-जान से भाग रहे थे।

'आह गे माई,' कहता लछुमन ज़मीन पर गिर पड़ा। दो और लोग गोली लगने से धराशायी हो गए। लछुमन की गर्दन एक कुत्ते ने अपने खूंखार जबड़े से फाड़ डाली। गिरे हुए बाकी दोनों पर भी कुत्ते चढ़ बैठे थे।

पलटकर देखने और रुकने का समय नहीं था। कमाल और बचे तीन साथियों के साथ कोंता भागने में कामयाब रहा।

उन सबका दम फूल गया भागते-भागते। गिरते-पड़ते बस्ती में घुसे तो वहां उनके इंतजार में खड़े दो दर्जन से ज्यादा सिपाहियों ने उन सबको दबोच लिया। कोड़े बरसने लगे।

कोंता और कमाल के साथ बाकी तीनों की जमकर ठुकाई हुई। हंटरों, जूतों, बंदूक की बटों से।

कुंती और मारिना पछाड़ खा-खाकर रो रही थीं। दूसरी औरतों को भी होश नहीं था। अपने नायकों के पकड़े जाने और उनकी बुरी गत देख गांव के सभी लोगों की हिम्मत टूट गई थी।

कोई कुछ नहीं कर सका। कुंती की आंखों के सामने से सिपाही उन सबको बांधकर घसीटते हुए ले गए।

लछुमन सरदार और दो अन्य लोग मारे गए थे। उनकी लाशों को रात में ही मैनेजर ने नदी में फिंकवा दिया था। देर रात में ही ओंजा को उसकी बस्ती पर धावा बोलकर सिपाही उसे भी पकड़ ले गए थे।

दूसरे दिन कोंता, ओंजा, फोगला, कमाल और अन्य तीन लोगों को सूलेक के पुलिस इंस्पेक्टर ने कोर्ट में पेश किया। मजिस्ट्रेट ने उन सभी को बागान में दंगा-फसाद करने, बेल ओम्बरे के मैनेजर और ओवरसियर पर हमला करने का दोषी पाते हुए आठ-आठ महीने की कड़ी सजा सुनाई। लछुमन के खेत और उसकी फसल को जब्त करने का आदेश भी दिया। इसके बाद उन सभी को जेल भेज दिया गया जिसे मॉरिशस सरकार 'हाउस ऑफ कोरेक्शन' कहती थी।

पूस में पांच साल की मियाद खत्म हो गई थी। सूलेक से इमाइग्रेशन अफसर बागान के इलाकों में लौटने वालों की सूची बनाता घूम रहा था। कोंता की बस्ती में उसके आने से एक दिन पहले मैनेजर ने सभी मजदूरों को सुबह-सुबह कोठी पर बुलवाया।

बागान मालिक टीन अटुब ने शांत स्वर में बोलना शुरू किया, 'कल इमाइग्रेशन अफसर आनेवाला है। तुममें से जो भी कुली लौटना चाहता है, उसका नाम लिखने के लिए, ताकि जाने की कानूनी कार्रवाई पूरी हो। कांट्रैक्ट खत्म हो गया है। हम कानूनन तुमको नहीं रोक सकते हैं। लेकिन लौटकर क्या खाओगे? तुम्हारे देश में बहुत गरीबी है। यहां तुम लोग पैसा कमा रहे हो, भरपेट खा रहे हो, यहीं क्यों नहीं बस जाते? जो लोग यहां बसने के लिए राजी होंगे, उन्हें मैं खेत दूंगा। बोने के लिए गन्ना और खाद दूंगा। आराम से खेती करो और यहीं रहो।'

प्रस्ताव अच्छा था। गांव-देश में खाने को रहता तो वे सब क्यों आते? ऊपर से जात-पात, जमींदारों-ठाकुरों का जुलुम। ज़मीन देने को मालिक कह ही रहा है। तब उसका गुलाम भी नहीं रहेंगे। मजे से खेती करेंगे और ठाठ से रहेंगे।

मैनेजर की गिद्ध नज़र भीड़ के एक-एक चेहरे पर घूमने लगी। ग्रां मोशे टीन अटूब निश्चिंत होकर बैठा था। जैसे उसको पता था, क्या जवाब मिलने वाला है।

'अटूब साहब का बात मान लोगे तो सब सुख से रहोगे। दो-चार साल में ही खूब सारा पैसा कमाकर अपने बागान के मालिक बन जाओगे। सोचने का ज्यादा समय नहीं है। जिन लोगों को मालिक का प्रस्ताव मंजूर है, हाथ उठाओ?' मैनेजर ने फिर पासा फेंका।

रामनारायन बोला, 'का ग्रां मोशे ज़मीन हम मजदूरन के नांवे लिख दिहें?'

'हां, तुम लोग ही ज़मीन के मालिक रहोगे।' मालिक टीन अटूब ने उन सबको आश्वस्त किया।

'बिना पइसा के?' रामनारायन ने फिर पूछा।

'हां, बिना एक भी रुपया लिये।' जवाब मैनेजर टेलगेट ने दिया। कुटिलता से मुस्कुराते हुए बोला, 'मतलब अभी कोई पैसा नहीं लेंगे मालिक। पहली उपज के समय हिसाब होगा तब धीरे-धीरे उसी में से पैसा काटा जाएगा। जब ज़मीन की रकम पूरी हो जाएगी तो खेत तुम्हारे नाम से लिख देंगे।' उसने रामनारायन के साथ-साथ पूरी भीड़ को बात समझाई।

लोग पूरी बात जानने के बाद आपस में राय-विचार करने लगे।

कुंती, फुलवरिया, पूपी और मारिना—चारों आम के पेड़ के नीचे जमुनी, जोगती और बाकी औरतों के साथ बैठी थीं।

'फिन फंसावइत हथिन दिदिया, ई सब हमनीं के...तनी देखहुं न, रमइनवा कइसे सबके मुड़िया घुमावे में मदद करइत हइ!' फुलवरिया ने रामनारायन को नफरत से घूरकर कुंती से कहा।

आंचल में बंधा चूड़ा बच्चों को बांटते हुए कुंती ने आह भरी, 'एकर बपइ रहते हलथिन तो रमइना के मुंह से बोली फूटतइ हल गे...कहां तो सोंचले हली, उनकर संगे देस घुर जाएब।...किसमते खराब हइ हमनीं के...का करबहीं!'

'ई सब ज़मीन अइसने ना दिहन स। बुझा त कि मजदुरवन के लावे ले जाए में जे खरचा अउर दिकदारी होवेला नू, ओहे बचाए के ई सब नयका चाल बा इनकर।' जोगती ने मालिक की चाल का खुलासा किया।

'ठीके बतिया...हमरों अइसहीं लगत हइ।' रेबनी बोली, 'कोइ अइसहीं ज़मीन केकरो दे हइ का?'

'हमनीं का करबइ दिदिया? मरद के बिना खेती होतइ गे हमनीं से?'

गहरी सांस लेते कुंती फुलवरिया से बोली, 'काहे न...करबे न तो खइबे कउची? रेंगा-लइकन के कइसे पालबहीं?'

दूसरे दिन इमाइग्रेशन अफसर की देस वापसी रजिस्टर में बागान मालिक टीन अटूब के अनुमान के अनुसार बहुत कम मजदूरों ने अपने नाम लिखवाए थे। सैकड़ा मात्र बीस से तीस लोग। बाकी लोगों ने अपना खेत और ज़मीन मालिक बनने की आशा में मोरिस में ही रुकने का इरादा जाहिर किया था।

फुलवरिया, पूपी और मारिना सहित कुंती के साथ बेल ओम्बरे के मालिक ने कोई नया करार नहीं किया। उन चारों से कहा गया, तुम लोग फ्री लेबर हो। कांट्रेक्ट नहीं होगा। रोजाना के हिसाब से काम पर रखा जाएगा।

कोठी से लौटते हुए उदास कुंती के ओठों पर गीत थे। फुलवरिया और बाकी औरतें भी जिसमें धीरे-धीरे शामिल हो गई थीं :

कउने उमरिया सासु निमिया लगौलन।
कउनी उमरिया गेलन बिदेसवा हो राम।
खेलते-कूदते बाबू निमिया लगौलक।
रेधिया भिंजइते गेल बिदेसवा हो राम।
फरि गेलइ निमिया, लहसि गेलइ डरिया।
तइयो न आयल, मोर बिदेसिया हो राम।

रामनारायन सरदार बन गया था। मैनेजर टेलगेट कसीरा और रामनारायन को दूसरे सरदारों से ज्यादा भाव देने लगा था। रामनारायन मैनेजर का खास है, इससे बागान के मजदूरों में उसकी पूछ बढ़ गई थी।

उन्हीं दिनों कोंता औ़र बाकी के लोग जेल से छूटकर आए।

कुंती को उस दिन काम नहीं मिला था। वह घर के बाहर बैठी सिनगी के फटे हुए फ्रॉक को सी रही थी। उसके दोनों बच्चे, फुलवरिया का छोटका कान्हू और फोगला की छोटी बेटी—चारों खेल रहे थे। दोपहर के बाद का समय था। उसे पश्चिम की तरफ से बस्ती की ओर आते हुए दो लोग दिखाई पड़े। उन दोनों की आती हुई

आकृतियां चमकती हुई धूप के पानी में हिल रही थी। इस समय तो सभी लोग खेतों में रहते हैं, फिर ये लोग कौन हैं? होंगे कोई, सोचकर कुंती ने दांतों से धागे को काटा और फ्रॉक के सिले हुए हिस्से को उलट-पुलटकर देखा।

आकृतियां और पास आ गई थीं। उनका चेहरा अभी भी नहीं दिख रहा था लेकिन दोनों की चाल जानी-पहचानी लग रही थी। कुंती ने फ्रॉक एक ओर रखा और उठकर गौर से दोनों आकृतियों को पहचानने की कोशिश करने लगी। उनमें से एक की चाल तो कोंता की थी। हां, कोंता ही है। उसकी देह में समुद्री ज्वार की तरह खुशी की हिलोर दौड़ गई। और दूसरा फोगला है।

'अगे मइवां देख तो, बाबूजी आवइत हथुन...'

खेलते हुए सिनगी ने अपनी आंखें उधर देखते हुए फैला दीं।

'हां मइया...बाबा!' कहते हुए सिनगी उठकर दौड़ी। उसके पीछे-पीछे भाई भी। कोंता ने अपनी बांहें फैला दीं। दोनों बच्चे एक साथ उसमें समा गए। उसने बेटे को गोद में उठा लिया और सिनगी को अपने से सटाए कुंती के सामने आ खड़ा हुआ।

फुलवरिया और मारिना के दोनों बच्चे अजनबी निगाहों से कोंता और फोगला को देखते हुए और शरमाते हुए कुंती के पीछे छुप गए। कुंती का चेहरा गीला हो गया था और उसकी देह कोंता के आने के आनंद से थरथरा रही थी। कुंती ने भरपूर नज़रों से उसको निहारा और उससे लिपट गई।

फोगला ने कुंली के पीछे छुप गए दोनों बच्चों को निहारा। उसने अपनी बेटी को नहीं पहचाना था। कैसे पहचानता? जब वह जेल गया था, उस समय तो वह साल भर की ही रही होगी।

'चिन्हऽ तो...?' कुंती ने उसकी बेटी को पीछे से खींचकर उसके सामने कर दिया।

फोगला को उसमें मारिना की झलक दिखी। उसने अपनी बांहें खोलते हुए बच्ची को अपनी ओर आने का इशारा किया। बच्ची नहीं गई। तब उसने हाथ बढ़ाकर उसे अपनी तरफ खींचा और छाती से लगा लिया। बच्ची छूटने के लिए छटपटाने लगी। फोगला ने फिर भी उसे नहीं छोड़ा। उसे चूमने लगा। बच्ची कुंती को देखते हुए रोने लगी।

'न-न चिन्हइत हवऽ भइया...इहे से।' कुंती ने फोगला से कहा। बच्ची को दुलारते हुए बोली, 'रोवइत काहे हें...बपई न हथुन।'

बच्ची नहीं चुप हुई। फोगला ने उसे गोदी से उतार दिया। वह फिर से कुंती के पीछे जा छुपी।

'बड़ी दुबरा गेले हऽ तोहनी।'

'जेहल में तोर हाथ कर खाना नइ मिलत रहे नी सेहे ले...फिन खाय-खाय के बेस होय जामुं। पहले तइर।' कोंता हंसते हुए बोला।

'अगे सिनगीवा, पनिया ले अबहीं।'

सिनगी पानी लाने चली गई।

'अउर ई केकर?' फोगला ने दूसरे बच्चे को देखकर कुंती से पूछा।

'ई...फुलवरिया के न।'

'हमिन तो सोंइच रही, बस्ती में केउ नी भेंटाइ। फोगला कहलक भी, खेते दने चलेक ले। मुदा मोर मन कहलक कि पहिले बस्ती जाय चाही।'

'गइल हलियइ...हमरा काम न देलथिन तो घुर अलियइ। लइकवन के साथे-साथे इहो दूनों चल अलथिन।' कुंती ने प्यार से फुलवरिया के बच्चे के सिर पर हाथ फेरा।

पानी पीने के बाद फोगला 'खेत की तरफ जाता हूं' कहकर चल दिया।

'जलदी आ जइहऽ। खाना बनवइ थिवऽ।' कुंती ने फोगला से कहा। फिर कोंता की ओर मुड़ी, 'चलऽ, भितरे बैठिहऽ।' कहते कुंती घर में जाकर खाना बनाने की तैयारी में लग गई।

खाना बनते-बनते कुंती ने बीते दस महीनों का हाल सुना दिया। कोंता ने भी जेल की बातें बताईं। सुनकर कुंती को लगा, जेल का जीवन तो जहाज की यात्रा से भी बहुत बुरा था।

बच्चे बाहर चले गए थे।

कोंता ने उसे अपनी बांहों में भर लिया। कुंती को लगा, कोंता चूल्हे-सा गर्म है और वह उसकी तेज आंच में खौलती हुई 'अधन'। तभी सिनगी घर में घुसी। दोनों ने हड़बड़ाकर एक-दूसरे को छोड़ दिया।

रात में सबसे भेंट हुई। एक रामनारायन से ही नहीं हुई। लोगों ने बताया, रामनारायन पोर्ट लुइस गया है। कसीरा सरदार के साथ। 'यासमे' परब मनाने।

'यासमे' पोर्ट लुइस में भारतीयों का सबसे बड़ा और एकमात्र त्यौहार था जो आश्विन महीने में मनाया जाता था। यह एक तरह से भारतीय 'मोहर्रम' का मॉरिसशीय संस्करण था, जिसे पोर्ट लुइस के शिया मुसलमान पूर्णिमा को मनाया करते थे। कहते हैं, सौ साल पहले इसकी शुरुआत हुई थी और अब यह बहुत बड़ा त्यौहार हो गया था जिसमें मुसलमानों के अलावा मालाबारी और हिंदू लोग भी हजारों की संख्या में भाग लेते थे। उन दिनों पूरे मौरिस में भारतीय समुदायों का यही एकमात्र धार्मिक आयोजन था।

कसीरा सरदार ने जब रामनारायन को यासमे के बारे में बताया था, उसे बहुत उत्सुकता हुई थी। वह जानना और देखना चाहता था, यासमे किसका और कैसा त्यौहार है, कैसे मनाते हैं।

पोर्ट लुइस से यासमे देखकर आने के बाद रामनारायन में बहुत तब्दीली आ गई थी। उसने सुबह-शाम पंडितों की तरह नियम-धरम से पूजा-पाठ करना शुरू कर दिया था। वह सुबह उठकर नहाता और आकर पीपल जैसे एक स्थानीय प्रजाति के पेड़ पर जल चढ़ाकर देर तक ज़ोर-ज़ोर से रामायण के अंशों का पाठ करता या फिर संस्कृत का कोई श्लोक गाने लगता। काम से लौटने के बाद वह उसी पेड़ के नीचे पालथी मारकर बैठ जाता। दो-चार दिन शुरू-शुरू में तो लोगों ने ध्यान नहीं

दिया, बाद में कुछ लोग आम के पेड़ के नीचे लगने वाली परंपरागत जमघट में नहीं जाकर, उसके पास बैठने लगे। पहले तीन-चार लोग, फिर कई और।

रामनारायन लोगों से कहता, 'बाप रे बाप! बुझात रहे अदमी लोगिन समुंदर नियर उमड़ल आवत बाड़न। जेने देखऽ, खाली मुड़िए मुड़ी। खूब लमहर जुलूस रहे। बाकी ऊ मुसलमान के परब रहे। हिंदू के ना।'

बेचन पूछा, 'मुसलमान के परब में हिंदू लोग काहे सामिल होइहें?'

'पोर्ट लुई में रहेवाला मुसलमान लोग बहुत धनी बाड़न। उनकर दोकान अउर बहुते किसिम के धंधा बा। वइसहों मुसलमान जमात आपन धरम के पक्का बाड़न स। हमनीं नियर नइखें कि सब धरम-करम धो के पी गइलें। हम रजधानी में जे अब मुंसीपाल्टी बइन गइल बा, जेकर मालिक गवर्नर ना हवन। अदमी लोग चुनालन। उहे चुनल अदमी ओकर नेता बनेलन अउर पोर्ट लुई में राज-काज कइसे चली, ओकर फैसला करेलन।'

'अइसन...त हुंवा रहेवाला कोल्ह, मालगासियन अउर लश्करवन भी आपन अदमी के चुनत होइहें—मुंसीपाल्टी में भेजे खातिर?'

'ना हो...एहनी के चुने के अधिकार नइखे। खाली अंगरेजवने चुनऽलन। बाकी सुनलीं हऽ कि कुछ अंगरेज अउर चिनिया लोग मुंसीपाल्टी में चुने के अधिकार खातिर गवर्नर के चिठी देले बाड़न स। हमरा के कसीरा के एगो हित रहेला हुंववा, ऊ एगो कागच देखावत रहे, जेकर में का त अइसन बात लिखल रहे।'

'पढ़नी हऽ बाबा। का लिखल रहे?'

'भक मरदे! हमरा पढ़े-लिखे आवत रहे त एहिजा सात समुंदर पार कुली बनतीं जी? लाट बन के अपने देसे में ना राज करतीं?'

'अउ का का देखलऽ पोर्ट लुई में?'

'देखे के त खूब रहे। लेकिन मुसलमान लोग हुंववा एहे साल एगो महजिद बनउले बाड़न। खूब बड़का अउर कारीगरी से बनावल। चर्च के समनवा लेकिन फीका बा। चर्च त ढेरे बिसाल बा।'

'रजधानियों में बाबा एको मंदिर नइखे?'

'ना हो, एहे सोच के त दिल दुखाला। हमनीं तब तक आपन सक्ति के ना बूझब, मंदिर त छोड़ऽ, एगो पेड़ों तर पूजा-पाठ करे के इजाजत न दिहन अंगरेजवन। हिंदू लोग के भबिस हमरा त कउनों नीमन ना बुझाता, जदि एही हाल रही त।'

एक बार शाम के ही वक्त कोंता उधर से गुजर रहा था। फोगला और सूधन भी उसके साथ थे। रामनारायन हमेशा की तरह दो-चार लोगों से कुछ इसी तरह की चर्चा में लगा हुआ था।

फोगला रुक गया। रामनारायन से बोला, 'काहे रामाइन भाई...का ई सब टंटा करने में लगे हैं? अरे बढ़िया भइल जे जात-धरम से जान बांचल। सुतल अजगर के मत जगावऽ हो।'

रामनारायन का मुंह ठिसुआ गया। 'हां-हां, तू त एहे चहबऽ। जा के देखऽ पोर्ट लुइस में, मुसलमान सब कइसन बड़का महजिद बनवलें बाड़न। चर्च त पहिलहीं से बा। तोर जइसन अदमी रहिहें त हिंदू लोग के बुड़ाय में देर ना लागी।'

कोंता ने फोगला को खींचा, 'का ले उकर से बहस करत हिस? चल।'

सूधन ने भी फोगला को समझाया, 'एकरा से उरझ के का फायदा? भले कहल गेल हे, पूस के दिन फूस नियन अउ माघ के दिन बाघ नियन।'

फोगला और उसकी पत्नी मारिना, दोनों ने ईसाई धर्म स्वीकार कर लिया था। उन दोनों का रविवार के दिन पादरी कोनवे की उपस्थिति में सूलेक के नए और भव्य चर्च में बपतिस्मा हुआ। फादर कोनवे और फोगला ने कोंता और ओंजा को भी बहुत तरह से 'आग्रह' किया था, पर वे दोनों ईसाई बनने के लिए तैयार नहीं हुए थे।

जिस दिन फोगला और मारिना का बपतिस्मा हुआ था, उस दिन उन दोनों के साथ ईसाई धर्म स्वीकार करने वाले और भी कई कुली मजदूर थे। ईसाई बनने के बाद अब फोगला बस्ती के ईसाई बने अन्य मजदूरों के साथ रविवार की पेशी के बाद नियमित रूप से चेमरिन ग्रिवेरे के चर्च में जाने लगे थे। कभी-कभी कोंता और ओंजा भी उनके साथ जाते। चर्च की प्रेयर में शामिल भी होते, पर उन्होंने बपतिस्मा नहीं लिया था।

फादर कोनवे प्रेयर के पहले या बाद में मौका मिलते ही उन्हें प्रभु ईसा मसीह की महिमा सुनाने लगता। उसे लगता था कि ये लोग चर्च आते हैं तो जल्दी ही ईसाई भी बन जाएंगे। पर फादर कोनवे यह कभी नहीं समझ पाया कि कोंता और ओंजा असल में चर्च के लिए नहीं आते हैं, बल्कि उनका मूल मकसद चेमरिन ग्रिवेरे में पालन और ताकोशी से मिलना था।

कोंता ने फोगला की एक बात जरूर मान ली थी। उसने और ओंजा ने अपने-अपने बच्चों को उसके बच्चों के साथ चेमरिन ग्रिवेरे चर्च द्वारा संचालित फ्री स्कूल भेजना स्वीकार कर लिया था।

बच्चों का स्कूल जाना बहुत आसानी से नहीं हो पाया था। मैनेजर की सख्त हिदायत थी कि उसके बागान का कोई भी बच्चा स्कूल नहीं जाएगा। अगर बच्चा स्कूल गया तो उनके मां-बाप को काम नहीं मिलेगा। काम चाहिए तो आठ-दस साल के अपने बच्चों को लेकर ही वे खेत पर आएं।

रामनारायन इस मसले पर बागान मालिक के साथ था। एक दिन कहने लगा, 'लइकिन लोगिन के पढ़वला के का जरूरत बा? काम करिहें, बच्चा-घर समहरिएं... एहे काम नू बा लइकिन-मेहरारू लोगिन के। पढ़वला से मजूदरी के त नोकसान होइबे करी...खिरिसतान इसकुलिया जाते-जाते उनकर चालो-चलन खराब हो जाइ।'

किसी ने कहा, 'ए बाबा, हियवां का हिंदू, का खिरिसतान! मेम साहेब लोगिन के ना देखे लऽ...कइसन पटर-पटर अंगरेज मरदवन के संग बात करेली? पढ़ले से न हो बाबा!'

'ऊपरे से देखे में बहुते चीज सोना जइसन बुझा ला। चमकदार। लेकिन भीतरे से एकदम खराब रहेला। जरिको नीमन ना। अरे लइका लोगिन के भेजऽ नऽ। लइकियन तो कुल-खानदान के मरजादा नू होवेली स।'

लोगों पर रामनारायन के धार्मिक बातों का असर चढ़ रहा था। अधिकतर लोग उससे ही सहमत थे। किसी हिंदू परिवार ने अपने बच्चों को चर्च के स्कूल में नहीं भेजा।

बागान में इस तरह के माहौल के खिलाफ पादरी कोनवे ने राजधानी पोर्ट लुइस के बड़े चर्च अधिकारियों से बात की। मोरिस में सारे चर्च यानी कैथोलिक, चर्च ऑफ इंग्लैंड और स्कॉटिश के सभी बड़े ओहदेदार धर्मगुरुओं ने गवर्नर के साथ इस मुद्दे पर बातचीत की। बागान मालिकों तक गवर्नर का संदेश पहुंचा, बच्चों को स्कूल जाने से नहीं रोका जाए। खासकर उन बच्चों को, जिनके मां-बाप ईसाई बन चुके हैं।

इस संदेश या अलिखित आदेश के बावजूद बेल ओम्बरे जैसे दूसरे सभी बागानों में मालिक किसी न किसी तरह से दस साल से ऊपर के बच्चों को स्कूल भेजने में टांग अड़ाते रहे।

लेकिन कोंता और ओंजा ने मालिक की बात नहीं मानी और बच्चों का नाम स्कूल में चढ़वा आए थे।

बागान में मालिक लोग कुलियों का नया जत्था ले आए थे जिसमें ज्यादा संख्या हिल कुलियों की थी। ये लोग खुद को संताल कहते थे। कोंता, ओंजा, बीरन, जगया और फोगला उनसे मिलने गए।

कोंता को उम्मीद थी कि शायद उनमें से कोई उसकी चडरी की तरफ का हो, लेकिन उसके इलाका का कोई नहीं था। सभी संताल परगना से थे।

बातचीत में संतालों ने बताया कि आदिवासी दिसुम में हालत बहुत बिगड़ गई है। तीन महीना पहले ही बहुत 'लाड़हाई' हुई थी। उसी लड़ाई के बाद पकड़े जाने वालों को अंगरेज लोग इधर भेज दिये।

वे सब नई जगह के बारे में बहुत आशंकित थे। पता नहीं, उनके साथ क्या होगा यहां!

कोंता और उसके साथियों को लड़ाई की बात सुनकर उसके बारे में जानने की जिज्ञासा बढ़ गई थी। कुरेद-कुरेदकर उन लोगों से पूछने लगे।

बीस-बाईस साल का नौजवान संताल, जिसने अपना नाम कारान बताया था, वही बताने लगा, 'बहुत लाड़हाइ हुआ जेठ का आखिरी दिन में। हातु-हातु टोला-टोला 'सकम' घुम रहा था। सबको भोगनाडीह गांव में जमा होने के लिए। तो हम लोग जमा हुए। बहुत लोग जमा हुए। सभी गांव-परगना का लोग। सिदो-कान्हू और चांद-भैरव, चारों भाई अगुवाई किए। 'कुड़ीहोन' (स्त्रियां) लोग भी सामिल थे। सिदो हम सबसे बोला कि उसको और कान्हू को मरांग बुरु और जाहेर आयो बोले हैं कि अंगरेज नीलहे साहब लोग को दिसुम से बाहर करो। तभी संताल लोग खुशी और आजादी से रह सकोगे।

सब होड़ लोग तीर-धनुष, भाला, कुल्हाड़ी, तलवार, फरसा, टांगी, गुलेल लेकर आए थे। आपस में बिचार किए। मरांग बुरु और जाहेर आयो सिदो-कान्हू को बोले हैं तो हम सबको साथ देना ही चाहिए।

संताल लोग से मालगुजारी वसूल करने के लिए अंगरेज सरकार ने अंग्रेज कलेक्टर बहाल किया था। वो भागलपुर का बड़ा कोठी में रहता था। उसका आदेश पर तहसीलदार लोग हमसे मनमाना मालगुजारी वसूलते आते। नहीं देने पर नालिस कर दी जाती। बिना 'समन' के हमारे जानवर, बरतन और घर में रखा धान सब लूट ले जाते। हाकिम लोग से फरियाद करने जंगीपुर (बंगाल) जाना होता था, वहीं कोरट-कचहरी था। महाजन लोग दारू पिला-पिलाकर दरोगा लोग के साथ मिलकर सब कुछ लूट ले रहे थे।'

'ऊ बात को भी बताओ।' एक संताल ने कारान को टोका।

'कौन बात को?'

'अरे वही...लोहा का गाड़ी चलाने का जो काम खोला था अंगरेज सब...उधर में का होता था, उसको भी बताओ।'

'बता तो रहा हूं। तुम बीच में मत टोको।' बोलकर कारान ने आगे सुनाना शुरू किया, 'लोहा का गाड़ी चलाने के लिए काम चल रहा था। पटरी बिछाने का। वहां भी हम लोग के साथ बहुत अतेयाचार होता था। ज़बरदस्ती पकड़-पकड़कर काम करने के लिए ले जाते। नहीं जाने से मारते। गांव जला देते। कुड़ीहोन लोग के साथ खराब काम करते। कोई ई सब्ब कैसे बरदास्त करता?

जो हो, हम बता रहे थे, भोगनाडीह में जमा हुआ लोग के बारे में। तो हां, सिदो का आवाज़ पूरा भीड़ को साफ-साफ सुनाई पड़ रहा था। सिदो बोला कि आज से हम लोग का राज है। हम लोग अंगरेज हाकिम, दारोगा महाजन का कोई हुकुम नहीं मानेंगे। मालगुजारी नहीं देंगे और न ही कोई भी संताल महाजन को सूद-कर्ज चुकाएगा।

कान्हू बोलने लगा, बड़का हाकिम साहब कलकत्ता में रहता है। अब छोटा साहब और दरोगा लोग से बात नहीं करेगा संताल लोग। सब लोग कलकत्ता जाएंगे। बड़ा हाकिम को बोलेंगे, तुम्हारा आदमी सब हम लोग को जीने नहीं दे रहा है। क्या तुम लोग तैयार हो चलने के लिए?'

पूरा संताल दिसुम का लोग जमा थे। सब ज़ोर-ज़ोर से चिल्लाकर बोले–हां-हां, हम सब तेयार हैं। सब कलकत्ता जाएंगे।

पूरा चांद का रात था उस दिन, जब हम लोग भोगनाडीह में जमा हुए थे। सिदो, कान्हू, चांद, भैरव और उसका दोनों बहिन लोग फूलो और झानो का अगुवाई में डुगडुगी नगड़ा बजाते सब लोग कलकत्ता चल दिये। नाचते-गाते और ज़ोर-ज़ोर से आवाज़ लगाते जा रहे थे। जैसे अजय नदी बरसात में कैसे उमड़ के बहुत तेज़ी से बहता है, वैसे ही हम लोग का हुजूम बढ़ रहा था।

जुमीदार, महाजन, पुलिस, राजदेन आमला को गुजुकमाड़!
(जमींदार, महाजन, पुलिस और सरकारी अमलों का नाश हो!)

डुगडुगी, टामाक और नगड़ा के साथ यही आवाज़ गूंज रहा था।

रास्ते में जो भी दारोगा, महाजन मिला, किसी को हम लोग नहीं छोड़े थे। सब थाना-कचहरी को आग लगा दिये। परगना में जितना भी छोटा-बड़ा हाकिम था, सिपाही था, कोई नहीं बचा। सब जान बचाकर भागे। हम लोग का हिम्मत इतना था कि उनका आग बरसाने वाला हथियार से भी डर नहीं लगता था।'

इतना कहकर कारान सांस लेने के लिए रुका।

'बुधु बूढ़ा जैसा लड़ाई हुआ होगा। ऊ बेरा भी अइसने हुआ था। तब हम दस-बारह साल का बच्चा थे।' कोंता को बुधु भगत की अगुवाई में हुई लड़ाई की बात याद आ गई थी।

'कौन बुधु बूढ़ा?' कारान ने पूछ दिया।

'जैसे सिदो-कान्हू का अगुवाई का बात बोल रहा है तुम, उसने हम लोग का चडरी तरफ का पूरा इलाका में बुधु का अगुवाई में हमारा बाबा लोग लड़ाई किया था।'

'दिसुम का लोग से सुने तो थे कि सब तरफ आदिवासी लोग लाड़हाई कर रहा है...पर बुधु बूढ़ा के बारे तो नहीं जानेंगे।' करीब चालीस साल के एक संताल ने कहा।

'फिर आगे का भइल...?' फोगला को सुनने की जल्दी थी।

'आखिरी लाड़हाई महेशपुर में हुआ था। बरसात के चलते हम लोग को बहुत नोकसान हुआ। बहुत लोग मारे गए। बहुत लोग को अंगरेज लोक पकड़ लिया। हम भी पकड़ाए। ई और ऊ, जो उधर बैठा है, सब साथ ही पकड़ाए थे। सब तरफ हमारा आदमी औरत लोग का लाश पड़ा था। फिर भी दिसुम परगना में जो लोग थे, वे सब लड़ ही रहे थे। ऐसा जेहल में सुने थे।

जेहल में ही एक दिन एक चौकीदार बताया कि कंपनी सरकार बोला है– जान पड़ता है, संतालों सरकार के खिलाप विद्रोह किया, लूटपाट की, लोगों के प्राण लिए और सरकारी फौजों का सामना किया, फिर भी उनमें से अधिकांश अपना मूर्खता को महसूस करते हुए क्षमा चाहते हैं, पहले की तरह मिल-जुलकर रहना चाहते हैं। इसलिए सरकार की ओर से यह घोषणा की जाती है कि चूंकि सरकार अपनी प्रजा की भलाई चाहती है, अतः संताल लोग पथभ्रष्ट हो चुकने के बाद भी हाकिमों, अधिकारियों के पास दस दिनों के अन्दर आत्मसमर्पण कर दें, तो जांच के बाद अगुवा लोगों को छोड़कर अन्य लोगों को क्षमा प्रदान कर दिया जाएगा। और अगर इस घोषणा के बाद भी कोई सरकार के विरुद्ध खड़ा होगा, तो उसे अविलंब सजा दी जाएगी।

बहुत संताल लोग डर से बाद में अंगरेज सरकार हाकिम लोग का सामने अपना तीर-धनुष रख दिये। उनमें से बहुत लोग को जेहल दिया गया। जेहल से ही हम लोग को जहाज में चढ़ा के यहां ले आया। दो कोड़ी से जादा लोग जहाज पर मर गया। ओह, बाबा! इतना पानी तो हम लोग कभी नहीं देखे थे। माथा चकराता रहा यहां पहुंचने तक।'

सुनकर सभी सोच में डूब गए थे। दिसुम जाने के लिए मन करता है लेकिन उधर का हाल भी तो यहां के जैसा ही लग रहा है। इधर भी जुलुम अतेयाचार और उधर भी।

जगया बोला, 'आदिवासी लोग जिनगी भर लड़ते रहे। हम को तो इसने लग रहा है। ई ओंजा को देखो, इसके गांव में भी तो हम लोग का दिसुम जैसा ही हाल है।'

'गरीब अदमी के जिए के कउनों राह ना बांचल बा। हमनीं के भोजपुर दने से आवल लोग भी अइसने बोलत बाड़न। गांव-गांव आग लागल बा का तो। केनहू सुख-सांति नइखे भाई।' फोगला ने गहरी सांस भरकर कहा।

ओंजा ने कहा, 'लड़ाई तो सब तरफ। तुम लोग का बात सुनकर यही लगा। हमारा पुरखा लड़ा। अब हम लोग। जब तक जिंदा, तब तक लड़ाई। एक दिन हम लोग जरूर उनका राज को खतम कर देंगे। हम सब जंगल और समंदर जैसे हैं। तुम लोग को अपना भासा का एक गीत सुनाता हूं। इसे हमारा पुरखा लोग बनाया।'

सब लोग ओंजा का गीत सुनने लगे :

सूरज कभी दो नहीं होता
सोने के समय आने वाला चांद भी
कई नहीं, एक ही होता है
यहां तक कि अभी इस जंगल में जो लोग जुटे हैं
सूरज और चांद की तरह एक ही हैं
और एक-एक आदमी सैकड़ों के बराबर है।

बागानों में तेज़ी से भारतीय मजदूरों की संख्या बढ़ रही थी। बढ़ती हुई संख्या के साथ-साथ ही उनके साथ शोषण और अत्याचार के मामले भी बढ़ रहे थे। दिन भर और अक्सर सूरज डूब जाने के बाद भी काम से बेदम होकर लौटते तो लड़कियों और औरतों को उठा ले जाने की घटनाओं से रात को सो भी नहीं पाते। जब साल भर की मजदूरी का हिसाब-किताब होता तो उनके पास इतना भी नहीं बच पाता कि वे उसमें अपने बेहतर भविष्य की कल्पना कर सकें।

जिन लोगों को ज़मीन देकर खेती शुरू करवाई गई थी, इस आश्वासन के साथ कि जल्दी ही वे ज़मीन के मालिक बन जाएंगे, वे सब खुद को ठगे महसूस कर रहे थे। उपज-खरीद के समय मनमाने ढंग से मालिक लोग दाम लगाते और तब पता चलता, पैसा तो अभी चढ़ा ही हुआ है। इस तरह बिना पैसा या मजदूरी दिये मालिक लोग मजे से पूरी उपज हड़प ले रहे थे। एक तरह से ऐसे लोगों की हालत बंधुआ मजदूर से भी गई बीती हो गई थी, जिन्हें बची-खुची सब्जियों के सहारे मुफ्त में मालिकों के लिए जुटना था।

मजदूरों में भयानक असंतोष था। जैसे गन्ने के खेतों में आग लगा देने के बाद पूरा इलाका और समूची धरती तपने लगती है, लोग भीतर-भीतर ही खौल रहे थे। बागान सुलगने को तैयार थे, बशर्ते कि कोई आग लगा दे।

कोंता इन सब बदलावों को देख रहा था। समझ रहा था। फोगला, ओंजा और कमाल के साथ इन सब हालात पर रात-रात भर बातें करता। उपाय क्या है, नहीं

सूझता। उनमें से किसी को नहीं सूझता। अंधेरा ही अंधेरा दिखता। समंदर की तरह दूर-दूर तक पसरा हुआ। कभी नहीं खत्म होने जैसा।

पिछले अनुभवों को याद कर-कर भी वे अगली लड़ाई के बारे में सोचते हुए ठिठक जाते। जैसे ही वे सब लड़ाई के बाद की होनेवाली बदले की कार्रवाइयों को याद करते, उन सभी का उत्साह ठंडा पड़ जाता।

इसके साथ ही कोंता और उसके साथियों को एक दूसरी और बहुत भारी समस्या भी दिख रही थी। वह थी भोजपुरियों और मालगासियों सहित लश्करों, मालाबारियों और छोटानागपुर से आए आदिवासियों के साथ उनका भेदभावपूर्ण रवैया, जिसे रामनारायन धार्मिक गतिविधियों के द्वारा लगातार हवा दे रहा था। दो-चार बागानों में भोजपुरियों के इस तरह के बरताव के कारण तनातनी भी हो गई थी।

ताकोशी की तो एक भोजपुरिया ने दो साल पहले लिये गए कर्ज मांगने पर पिटाई कर दी थी।

ओंजा के साथ रामनारायन की जिस दिन तूतू-मैंमैं हुई थी, रामनारायन की सोच कितनी खराब है, वह आदिवासियों-मुसलमानों से कितनी घृणा करता है, कोंता ने पहली बार शिद्‌दत से महसूस किया था। बात जरा-सी थी पर बतंगड़ बन गई थी। बड़ी मुश्किल से उसने और फोगला ने बीच-बचाव किया था। सबके सामने रामनारायन गाली बक रहा था, करिया जंगली चोर-चुहाड़, अधर्मी। कमाल, जो बेचारा चुपचाप था, उसको मलेच्छ तक बोल दिया था।

महिलाओं की कम संख्या के कारण भी आपस का संबंध खराब हो रहा था। कम रहने से बागान में उनको लेकर होनेवाली छीना-झपटी और मरने-मारने की घटनाएं तेज़ी से किसी संक्रामक रोग की तरह फैलती जा रही थीं। मरद बदलने का सिलसिला बागानों में ज़ोर पकड़ चुका था। छोटानागपुर के आगे की ओर के मजदूर पुराने सोच-विचार के थे। आदतें और संस्कार वही लेकर आए थे, जिसके बीच वे सब भारत में पले-बढ़े थे। ऐसे में मर्दों की अदला-बदली से यह जानना बहुत कठिन हो गया था कि किस बच्चे का बाप कौन है, उसकी जाति क्या है? औरतें तेज़ी से इस घर से उस घर में जाकर मरद बदल रही थीं। इसी से यह नई समस्या पैदा हो रही थी। कोई भी मर्द जरा-सी आंख नहीं दिखाता अपनी औरत को कि दूसरा मर्द अपनी चिकनी बातों में उसे फांस लेता। वह उसके घर जाकर रहने लगती। इससे एकबारगी ऐसा लगने लगा था कि मोरिस के बागानों में आने वाले कुलियों में जात-धरम जैसी कोई पुरानी सड़ी हुई चीज ही नहीं बची। लेकिन इन सबके बावजूद जात-धरम के कीड़े कुलबुला रहे थे।

कोंता को ये सब बातें बहुत समझ में नहीं आती थीं। फोगला ही उसे इन बदलावों के बारे में बताता और समझाया करता था। वह उसी समाज से था इसलिए उसे ज्यादा समझ थी कि क्या हो रहा है, क्यों रामनारायन इन पुराने रिवाजों और विश्वासों को फिर से जिंदा करने में लगा हुआ है।

वह कहता था, 'हम लोग का हिंदू समाज अंदर-बाहर एके जैसा है। तभी लोग औरत से दब रहे हैं। कौन कितनी बार किसके साथ सोई है, सब जानते हैं। फिर

भी अपने साथ रखने के लिए लालायित रहते हैं। क्यों? क्योंकि देह की भूख बड़ी है। औरत तो सबको चाहिए। और यहां औरत का अकाल है। दस आदमी पर मोसकिल से दो।'

कमाल से भी उसे दिकू लोगों के बारे में बहुत जानकारी होती थी। कमाल ने ही उसे बताया था कि अभी जो जात-धरम खतम हो गया लग रहा है, वह पूरी तरह से खतम नहीं हुआ है। जातिगत रूप से तीन सामाजिक समूह साफ-साफ बन रहा है—ब्राह्मण, राजपूत और वैश्य का। यहां आके नीच कहा जानेवाला सब लोग अब वैश्य हो गया है।

उसने हंसते हुए कलकत्ता डिपो की घटना सुनाई थी। कैसे लोग वहां रजिस्टर में नाम लिखाते समय अपना जाति छुपा लेते थे और बदल भी लेते थे। 'ऐसा क्यों' पूछने पर कमाल ने खुलासा करते हुए बताया कि गांव में जात-पात का बहुत ज़ोर है। तो नीच कहा जानेवाला लोग जब डिपो आया, उनको लगा आजादी है। यहां कोई उनको छोटा जात का नहीं समझे इसलिए वे लोग खुद को राजपूत-ब्राह्मण बताते। बड़े जात वालों की परेशानी दूसरी थी। वे सब यह सोचकर डरे रहते कि कोई जान गया कि ऊंची जात का होके कुली बन रहे हैं तो उनकी क्या इज़्ज़त रह जाएगी। तो वे लोग अपना परिचय छोटी जातवाला के रूप में देते।

ऐसी बातें सुनकर कोंता को बहुत अचरज होता कि कैसा समाज है, कैसे लोग हैं, जहां एक आदमी दूसरे आदमी को अपने से छोटा समझकर उससे घृणा करता है! उसे यह सोच-सोचकर ही बहुत खराब लगता कि कुछ लोग उनका पाखाना साफ करके और उन सबका छोड़ा हुआ जूठा अनाज खाकर जीते हैं। औरत लोग को जला-मार देते हैं।

जिन दिनों कोंता के मन में इन सब बातों से उथल-पुथल मची हुई थी, उन्हीं दिनों मोरिस में एक और सामाजिक वर्ग भी उभर रहा था—मालगासियों, मालाबारियों, लश्करों और कोंता जैसे आदिवासियों का। हालांकि इसमें एक छोटा-सा हिस्सा व्यवसाय में तबाह हो चुके आर्थिक रूप से निम्न गोरों और भोजपुरी भाषियों का भी था। ये सभी मिलकर एक नए सामाजिक समूह 'क्रियोली' की रचना कर रहे थे।

वह यह भी देख रहा था कि मालिक लोग चर्च के सहारे उन सभी को 'सभ्य' बनाने में लगे हुए हैं, ताकि मजदूर ईश्वर की आज्ञा मान उनके बागानों में बिना चूं-चपड़ किए उनकी रानी के लिए सिर झुकाए, सब कुछ सहते हुए चुपचाप खटते रहें।

कई बार उसे रामनारायन की बातों और चर्च के पादरी की बातों में कोई फर्क नहीं लगता था, हालांकि दोनों 'गरीब' आदमी के हित में बातें करते थे। रामनारायन तो जुलुम-अतेयाचार से लड़ने के लिए राम-रावण की कहानी सुनाया करता था। उसने कई बार उसे लोगों के लिए लड़ते भी देखा था। आते समय जहाज पर भी और यहां बागान में भी। पर वह यह भी कहता रहता था कि भगवान की मर्जी के बिना एगो पत्ता भी नहीं हिलता है। सब लोग का किस्मत भगवानजी लिखते हैं।

कोंता को यह सब झूठ लगता। उसे समझ थी कि उसकी और सभी मजदूरों की ऐसी हालत भगवान ने नहीं, इन गोरे शैतानों ने बनाई है। भगवान या जात-पात

कुछ नहीं होता। आदिवासी लोग यदि भगवान के बिना मज़े से जी सकते हैं, तो दुनिया के सारे लोगों का काम बिना भगवान के चल सकता है। जैसा उसके समाज का चलता है।

इन सब परिस्थितियों पर बार-बार विचारने से उसका विश्वास और डोलता। उसे लगता, बोली-भाषा, जात-धर्म और रंग के आधार पर बिखर रहे लोगों को लेकर लड़ाई की बात सोचना मूर्खता है।

फिर उसे यह भी लगता कि अगर अभी ही लड़ाई शुरू नहीं हुई तो बाद में लोगों को एकजुट करना और मुश्किल हो जाएगा। शायद लड़ाई से उनमें नया सोच आए, मालगासियों और उनके देश से आए छोटानागपुर के आदिवासियों की तरह ही वे भी हो जाएं—बिना जात-पात वाला! बिना भेदवाला! बिना कोई भगवान वाला!

1856। गन्ने की फसल में आग लग गई थी। कैसे लगी, किसी को मालूम नहीं था। मैनेजर आगबबूला होकर बस्ती पर चढ़ आया सिपाहियों के साथ। सबको बुरी तरह मारा-पीटा। घरों में आग लगा दी। बोला, 'किसी को एक महीना का न तो राशन मिलेगा और न ही मज़दूरी।'

मजदूर उबल गए। उनका दोष नहीं था। जो आग उन्होंने लगाई नहीं, उसकी सजा क्यों? ऊपर से कड़ाके की ठंड और बरसात में घर जला दिया गया था। बाल-बच्चे सहित मरने के लिए।

मौका सही था। कोंता ने सबसे राय की और लगा लोगों को संगठित करने। देखते ही देखते तीन साल पहले वाला माहौल बन गया। आसपास के बागानों में संतालों और दूसरे मजदूरों के साथ हो जाने से उन सबकी हिम्मत और ताकत दोनों बढ़ गई थी।

दक्षिण के सभी बागानों में काम बंद हो गया। खेत सूने पड़ गए।

कोंता ने कह दिया था, इस बार आरपार की लड़ाई होगी। डरना नहीं है।

मालगासियों ने सभी बस्तियों में उनका साथ देते हुए मोर्चा संभाल लिया था! अधिकतर मालगासी जो इस बार उनकी लड़ाई में शामिल हुए थे, वे सब विद्रोही थे, जो जंगलों और समुद्र में छुपे रहते और मौका देखकर छापामार तरीके से अंग्रेजों से भिड़ जाते थे। उनके पास कुछ बंदूकें भी थीं, नावें थीं जिससे वे बचने के लिए मेडागास्कर और आसपास के दूसरे टापुओं पर चले जाते थे।

कोंता ने प्रमुख अगुआ साथियों से कह रखा था, इस बार मालिकों की चाल में नहीं फसेंगे। लड़ाई के बाद कुछ दिन इन्हीं मालगासी लड़कों के साथ रहेंगे। वे लोग लड़ाई के बाद ही अगुआ लोगों की हत्या की योजनाओं को अंजाम देते हैं।

बात सही थी। सभी इसके लिए तैयार थे।

कुंती ने सुना तो कांप गई। रुआंसी होकर बोली, 'चलबइ त हमनीं के का होतइ?'

उसने समझाया, 'तोयं तो जानीसला कि ऊमन कोन-कोन रकम कर चाल चलयंना। ई बेइर उनके कामयाब नइ होवे देक हय। जीउ के कड़ा करके राइख। लड़इ के बेरा में इसन बात मत कइर।'

जब बागान के सारे मजदूर काम रोककर घरों में पड़े थे, पांचवें दिन बस्ती में रामनारायन ने रामायण पाठ शुरू कर दिया—उसी पेड़ के नीचे जिसे वह कभी बैठका कहता था, तो कभी मठिया कहता था।

कोंता ने तुरंत उसके पास पहुंचकर उसे रोकने की कोशिश की, 'रामाइन भाइ, लड़इ के बेरा में ई सब्ब मत कइर।'

'लड़ाई के हिमत देवे खातिर ही तं करऽतानीं हो। रामायन के पाठ करला से सब केउ के हिमत बनल रही। रतजगा करे में भी मदद होइ। केउ नाहीं सोए पारी।'

वह चुप हो गया तो फोगला बोलने को हुआ। कोंता ने उसे रोका।

लेकिन रामनारायन कैसे छोड़ देता? फोगला को अपनी ओर आंख तरनाते देख घृणा से उसने कहा, 'तू त अब नहिंए बोलऽ। आपन धरम छोड़ के अंगरेजवन के धरम ले लिहलऽ ह।'

वह फोगला को खींचते हुए वहां से उस तरफ चल पड़ा जहां लोग पहरे पर थे।

'उकर से लंदर-फंदर बतियाले कोनों फाइदा नखे। एखन चुप रहले अच्छा हय। अभी लड़इ के बेरा में आपस में टंटा बेस नइ। लड़इ खतम होवे दे, तब उकर हिसाब-किताब करल जाइ। बराबर से।'

काम बंद होने के पांचवें दिन कमाल ने खबर दी, 'मैनेजर तोहरा से बात करल चाहताऽ। बोलवले बा।'

सभी के चेहरों पर खुशी दौड़ गई। मतलब, मालिक झुकने के लिए तैयार हो गया था।

फोगला उठा, 'देरी ना करल जाओ। ओंजा के भी बोला लऽ।'

'ना...खाली कोंता के ही बोलाहट बा। एकरे से बात करी मेनेजर।' कमाल ने कहा।

'खाली हामके क्यों?' कोंता अचकचाया।

'ई तऽ नइखे मालूम...'

'इकर में कोनों चाल हय मनीजर कर।' बीरन ने संदेह प्रकट किया।

'तोके इकले नी जाय चाही।' खापू भी बोला।

'खापू भइया ठीके कहइत हथुन पहुना! अकेले ना जइहऽ। ओहनी के कउनों भरोसा हइ?' फुलवरिया भी सहमत थी, कोंता को अकेले नहीं जाना चाहिए।

कुंती का दिल धड़क रहा था। वह जानती थी, कोंता अक्सर जोश में ऐसे फैसले कर लिया करता था, जिसे सब लोग आंख मूंदकर मान लेते थे। लेकिन कोंता अभी चुप था।

कमाल कुछ खबर लेकर आया है कोठी से, सुनने के बाद रामनारायन भी रामायण पाठ छोड़कर उनके बीच आ गया था।

वह बोला, 'अकेले जाए में का डर बा? हमनीं सब मोरचा पर डटल बानीं। कुछ ना करे पारी कोंता के। भीड़ में बातचीत नीमन से ना होइ, साईंत एहे से अकेले बोलवले होइ।'

रुंगता ने कहा, 'पहिले भी तो हम लोग भींड़ में ही थे। से दिना तो बात करे में कोनों दिकत नइ होय रहे?'

रामनारायन अपनी धोती संभालते एक ओर बैठ गया।

मगनी तमतमाकर उठी। 'कोंता अकेले ना जइहें। मनीजरवा के बात करे के बा तऽ हमनीं सबसे बात करे के होइ।'

रामनारायन ने दूर से ही कटाक्ष किया, 'अब मेहारू लोग समझइहें, मरद लोगिन के का करे चाही अउर का न करे के चाही।'

फुलवरिया रामनारायन पर चढ़ गई, 'हां, हमनी के तो बुधिए न होवऽ हइ। अइसहीं तोहनीं के घर-बंस चलवऽ हियइ।'

सब लोगों की राय यही बनी कि कोंता को अकेले नहीं जाना चाहिए। फोगला ने निर्णायक स्वर में कह दिया, 'कोंता अकेले ना जाइ। हमनीं सब चलब जा। ए कमाल भाई, जा के कह द मेनेजरवा से।'

संदेश लेकर कमाल चला गया।

उन सबकी बातें सुन रहा मालगासी लड़ाकों में से एक, जिसके पास बंदूक थी, वह उठा। उसने कोंता की पीठ हल्के से दबाई और मुस्कुराता हुआ अपने साथियों की तरफ चला गया, जो तीर-धनुष, भाला लेकर कोठी की तरफ से आनेवाले रास्ते पर बस्ती के बाकी लोगों के साथ खड़े थे।

शाम को कमाल ने आकर कहा, 'पांच लोग को मिलने के लिए कह रहा है।'

लोगों ने कहा, 'ठीक है। कोंता, ओंजा, फोगला, फुलवरिया और बीरन जाएंगे। हम सब भी चलेंगे पर कोठी से बहुत इधर ही रुक जाएंगे।'

रामनारायन अड़ गया। बोला, 'हमार संग भेद होखऽता। हमहुं चलेमा।'

तय हुआ, फुलवरिया की जगह रामनारायन को ले लिया जाए।

कोठी में दूसरे दिन सभी पांचों लोग हाजिर थे। उनके वहां पहुंचते ही मैनेजर के साथ मालिक टीन अटूब बात करने आया। कोठी के बाहर के बगीचे में वही जगह थी, जहां बैठकर मैनेजर उनका हिसाब-किताब चुकता करता था। महीने में पांच बार। चार बार रविवार को और एक बार महीना पूरा होने पर।

कोंता और उसके साथी जब कोठी के अहाते के दरवाजे पर पहुंचे थे, कुत्तों को जंजीरों में बांध दिया गया था। इसके बाद ही उन्हें अंदर ले जाया गया था।

'जानते हो, काम बंद करने से रोज का कितना घाटा होता है?' उन पांचों की आंख में आंख डालते हुए बोला टीन साहब। 'बार-बार ऐसा करना ठीक नहीं है। कोई तकलीफ हो तो हमको बोलो, काम मत बंद करवाओ।'

'हम लोग का भी तो भात-साग खेत से ही है मालिक! आप अच्छा से जानेंगे कि हम लोग भी मजबूर होकर काम बंद करते हैं।'

'ठीक है, अभी बोलो, क्या चाहिए?'

'पहला बात, खेत में काम का समय में कोई मारपीट नहीं होना चाहिए। दूसरा बात, हमारा औरत-बेटी–सबके साथ खराब काम भी बंद करना होगा। तीसरा बात, जिनको खेत दिये गए हैं, ज़मीन उनके नाम करनी होगी।'

उठकर टहलने लगा टीन साहब। मैनेजर से अंग्रेजी में कुछ बात की।

फिर बोला, 'अच्छा है। तुम लोग का दोनों बात मान लिया। तीसरा बात के लिए हम लोग को समय चाहिए। सभी बागान के मालिकों से बात करने के बाद ही इस बारे में कुछ बोल सकेंगे।'

'ना, हमनीं ना मानब।' फोगला ने कहा, 'तीनों बतिया मानब, तबे केउ काम पर जाइ। एहे हमनीं के कहनाम बा।'

मालिक ने कोंता से कहा, 'तुम समझो। प्रॉब्लम है। समय देना होगा।'

'कितना समय?' ओंजा ने पूछा।

'कम-से-कम एक-डेढ़ महीना।'

'एक महीना बहुत होवी, क्यों?' कोंता ने चारों से कहा।

चारों ने सिर हिलाकर हां किया।

'नो-नो। एटलिस्ट टू मंथ। दो महीने का वक्त दो।' टीन अटूब ने एक महीने की जगह दो महीने की मोहलत मांगी।

'एक महीना में तीस दिन होवेला मालिक! आप करने सकेंगे।' कोंता ने मजबूत स्वर में कहा।

'एग्रीड। मंजूर है। कल से लोगों को काम पर भेज दो।' कहकर टीन साहब कोठी में जाने लगा।

कोंता ने आवाज़ देकर रोका, 'साहेब, लोग कल से काम पर जाएंगे, लेकिन एतवार का पेसी में एक महीना तक कोई नहीं आएगा। जब तीसरा बात भी पूरा हो जाएगा तभी आएंगे। कल से काम खुल जाएगा इससे हमारा लड़ाई बंद नहीं हुआ है। एक महीना के भीतर ज़मीन का पट्टा नहीं मिला तो काम फिर बंद।'

'जरूर-जरूर। इसकी नौबत नहीं आएगी।'

वे सब आपस में बतियाते हुए बाहर आ गए।

खेत और कोठी के बीच सभी लोग उन पांचों और सरदार कमाल का बेसब्री से इंतजार कर रहे थे। उन सबने सुना कि मालिक मान गया है और ज़मीन का पट्टा भी महीने के भीतर देने बोला है, तो लोग खुशी से उछलने-कूदने लगे।

खेतों में पहले की तरह काम शुरू हो गया था। मोर्चे ढीले हो गए थे परंतु अभी भी रात में लोग उसी तरह से तैयार होकर जागते थे। तनाव समूचे बागान में पसरा हुआ था और लोग इंतजार में थे कि देखें, आगे मालिक क्या करता है! ज़मीन उनके नाम करेगा या कुछ और चाल चलेगा?

मालगासी विद्रोही चले गए थे। जाते-जाते उनके अगुआ ने कहा था, 'अभी कुछ दिनों तक हम लोग आसपास ही रहेंगे।'

दो-तीन बाद कसीरा सरदार के साथ रामनारायन ने बागान मालिक टीन साहब से मुलाकात की। बिना किसी से कोई राय-विचार किए। बिना बताए। गुपचुप तरीके से।

यह मुलाकात मैनेजर की पहल पर हो रही थी, जिसकी योजना जिस दिन कोंता की अगुवाई में मजदूरों की बातचीत टीन साहब से हुई थी, उसी रात रामनारायन से मिलने के बाद मैनेजर ने बनाई थी।

रामनारायन से पूरी बात सुनने के बाद टीन साहब को उसकी बात अच्छी लगी। योजना बढ़िया थी। मंदिर बनने देने से उसे फायदा ही दिख रहा था। धार्मिक गतिविधियों में मजदूरों के इन्वॉल्वमेंट होने से बार-बार के उपद्रव की संभावना कम हो सकती थी। आखिर सरकार इसीलिए तो कॉलोनियों में बकायदा दूसरे विभागों की तरह चर्च को काम में ले रही थी। मोरिस के बिशप से लेकर जिलों के पादरी तक को महीने-महीने तनख्वाह, चर्च बनाने के लिए पैसा और रोज़मर्रा की जरूरतों के लिए सालाना बजट मिल रहा था।

टीन साहब ने मंद-मंद मुस्कुराते हुए कहा, 'ठीक है रामनारान, तुम मंदिर के लिए बस्ती में जगह देख लो। हम पूरा मदद करेगा।'

'अउर एक-दू ठो बात कहे के रहे हुजूर!'

'बोलो?'

'हिंदू लोग को बढ़िया काम नहीं दिया जाता है। मालगासी और लश्कर लोग को बागान में इजत वाला काम मिलता है।'

'तो...?'

'हम लोग का अदमी को भी इजत वाला काम दियल जाओ।'

'इसमें कोई मुश्किल नहीं। मैनेजर आगे से काम देते समय इसका खयाल जरूर करेगा।'

मैनेजर ने अदब से हां कहा था।

मंदिर बनने का काम शुरू हो गया—उसी पेड़ के नीचे, जहां रामनारायन बैठका करता था। रामनारायन ने लोगों से जब कहा कि जो लोग मंदिर बनाने के काम में लगेंगे, उनको अलग से मालिक की ओर से मजूरी मिलेगी, तो बहुत सारे लोग आ गए थे काम करने।

तीन-चार दिनों के भीतर ही गदहा-गाड़ी से मैनेजर ने वहां बांस-बल्ली, छाने के लिए टीन का चदरा आदि सामान गिरवा दिया था।

कोंता ने यह सब देखकर माथा पकड़ लिया।

फोगला चिल्लाया, 'हरमिया का चूतड़ बजा देते हैं। एकदम से सोझा हो जाइ। बस्ती ओकर बाप के नइखे जे बिना सब के राय-बिचार लिहले जे मन में आइ से करी।'

धनवंती ने कुंती से कहा, 'अभी रामनराइन बाबु के ई सब तितिमा न करे ल चाहऽ हलइ। देखे में साधु बाबा, खेलावे में पांचो पीर।'

'ससुरन जे चाल मुलुक में चलले बाड़न, उहे एहिजो चल देलन। एकता के फोड़ऽ अउर राज करऽ।' कमाल ने घृणा से कहा। 'रमनरइना के लागऽता कि मालिक लोगिन हमनीं के हालत सुधारे में मदद करिहन। ओकरा एहो बिसबास होइ कि हिंदु लोग के जमा करके...'

कोंता बीच में ही बोल पड़ा, 'जदि उकर इसन सोच है तो बहुत खराप है। जात-पात अउर धरम के नाम से जमा होवल अदमीमन लड़इ लड़बयं, मुदा सब कर खातिर नइ। खाली अपन धरम कर लोग के वास्ते।'

'तो अब का करे के चाहीं?' फोगला तुरंत कुछ करने के मिज़ाज में था।

'का कर सकेंगे फोगला, उसके साथ मैनेजर अउर मालिक है!' हताश होते हुए कोंता बोला।

कुंती बोली, 'काहे ल तू अपन माथा खराब करइत हऽ? हथिया बरसे चित्त मंडराय, घर बैठल किसान डड़ियाय। डड़ियाव देहु न ओकरा।'

दूसरी औरतों की तरह फुलवरिया भी समझ रही थी, रामनारायन क्या कर रहा है। कोंता की चिंता वाजिब है। उसे हिम्मत बंधाते हुए बोली, 'दिल छोट मत करऽ पहुना। गरीब अदमी के भगमान नइ, इजत अउर सुख के जिनगी के चाह होवऽ हइ। तू देखिहऽ, हमनीं जरूर जितबइ।'

'फुलवरिया भाभी ठीक कहता।' ओंजा ने हिम्मत दी थी कोंता को। 'हम लोग तो तुम लोग का आने से भी पहले से लड़ रहा है। आज तक पीछे नहीं हटा।'

कमाल जो कई बार टकरा चुका था बेल ओम्बरे के मालिकों से, उसने भी दिलासा दिया, 'लड़ाई में यह सब चलबे करेला कोंता! देस के खातिर लड़ते-लड़ते सात समंदर फेंका गइलीं, तइयो हिमत ना टूटल बा। रमनरइना के मंसूबा सफल ना होइ।'

'कइसे? कइसे हमिन जीते पारब? हमिन के बिखेरे कर चाल चइल दे हे टीन साहब। रमनराइन को सब पता है। फिर भी ऊ सिर्फ हिंदू लोग का फाइदा के लिए...तोहिने कहउ, सब लोग तो एक ही जेसन हयं। अंगरेज मालिक लोग के लिए दिसुम का काला-गोरा सब एक बराबर...कुकुर!'

'ना नऽ समझइत हथिन रामनाराइन बाबु। लइका तो हथिन ना लेकिन मतिए मराइल हइ उनकर तो कोइ का करतइ!' कुंती बोली।

इमरती ने कहा, 'हमनीं ही नऽ। एक बनिया से कहुं बजार बसे हे?'

रात का गाढ़ापन उन सबकी चिंताओं की तरह ही तेज़ी से बढ़ रहा था। जैसे कभी अंधेरा खत्म नहीं होगा; या फिर सदियां लग जाएंगी सूरज के आने में और तब तक अंधेरा यूंही बना रहेगा।

फोगला ने कहा, 'ई हाल में त न जाने कहिया अंज़ोर होइ।'

बहुत कम बोलने वाली मारिना फोगला का हाथ थामते हुए बोली, 'रात अच्छी होती है, चाहे जैसी हो। जितनी लंबी हो। हमारे बूढ़े-बुढ़िया बोलते थे, रात के घने अंधेरे में ही इंसान का दिमाग सबसे बुद्धिमान होता है।'

आठ-दस दिन से ज्यादा का समय नहीं लगा। मंदिर बनकर तैयार हो गया था। बारह-चौदह खंभों पर टीन के चदरों की छत और चारों ओर पुआल से बनी दीवारें।

मंदिर बनते ही रामनारायन ने घोषणा कर दी, 'रविवार दिन के परान-परतिसटा होखी, सब केउ जुमिहऽ। आसपास के बस्ती से भी लोग अइहें। मालिको रहिहें।'

'सोमार मतलब, तीन दिन बाद।' कोंता ने हिसाब लगाया।

'हां...तीन दिन बादहीं।'

'अउर तीस दिन खतम होवे में कतना दिन बाइंच हय?'

फोगला ने उंगलियों पर हिसाब लगाया।

'आठ दिन।'

'सावधानी से अउर होसियारी से रहे के होवी।' कोंता ने सबको समझाया। 'का ले कि जे दिन हियां लोगबाग जुटबयं, सबकर धेयान मंदिर में बाझल रही, मालिक लोग उकर फाइदा उठा सकयंना।'

कमाल, फोगला, ओंजा, बीरन और सभी कोंता की बात सुनकर चिंतित हो गए। शायद कुछ अनहोनी हो! मालिक लोग बहुत धुर्त हैं। फालतू में तो मंदिर के लिए मदद नहीं किया होगा। जरूर इसमें कोई चाल है उसकी।

रविवार के दिन सुबह से ही रामनारायन ने मंदिर को फूल-पत्तियों से सजाना शुरू कर दिया था। सारे बच्चे खाना-पीना भूलकर मंदिर तरफ ही जमा होकर उत्सुकता से सब तैयारियों को देख रहे थे। खेल रहे थे।

रामनारायन नदी से एक गोल चिकना पत्थर उठाकर लाया था–रगड़-रगड़ कर धोने के बाद। दूधिया चिकना पत्थर। उसने मंदिर के बीचोबीच पीढ़े जितना एक छोटा-सा चबूतरा बनाकर उस चिकने पत्थर को बालू-मिट्टी से जमाकर रख दिया था।

दोपहर होते-होते लोगों की भीड़ जुटनी शुरू हो गई थी। लोगों को जुटाने के लिए मंदिर का काम शुरू होते ही रामनारायन ने बस्ती और आसपास के गांवों में अफवाह फैला दी थी कि उसे रात में महादेजी ने सपना दिया था। सपने में महादेजी ने उससे कहा था– सोमवार के दिन मुझे नदी से लाकर स्थापित करो।

मालिक ने भी सोमवार और मंगलवार, दो दिन की छुट्टी की घोषणा कर दी थी। इस आश्वासन के साथ कि छुट्टी के इन दो दिनों की मजदूरी नहीं काटी जाएगी।

रामनारायन की अफवाह का आसपास के बागान के हिंदू मजदूरों के बीच बहुत असर पड़ा। नतीजा था कि दोपहर तक हजारों लोग कोंता की बस्ती में जमा हो चुके थे।

शाम होते-होते बस्ती के आसपास भी पैर रखने की जगह नहीं बची थी।

बस्ती के पीछे के जंगल में, नदी के बहुत पहले ही कोंता और उसका लड़ाका दल गुमसुम अंधेरे में बैठा था।

'टीनवा के मजूरी देवे में फाटेला...अउर अभी दू दिन के छुट्टी देले बा ससुरा। उहो पूरा मजूरी के साथ।' फोगला ने हमेशा की तरह गुस्से में कहा।

'हमिन दउड़-दउड़ के मोइर जाइला अउर अभी देख...कैसे डेमटा (लाल चींटी) जैसा सब इधर जमा हो गया है।' जगया अफसोस करते बोला।

'एतने बुझाता त ई हाल नहीं न रहता भाई।' कमाल बोलते हुए ज़मीन पर लेट गया, मानो उसकी कमर टूट गई हो!

कोंता पहले से ही ज़मीन पर लेटा हुआ था। सबकी बातों को सुनते हुए उसकी नज़रें टिमटिमाते हुए तारों पर एकटक गड़ी थीं। सब कुछ न कुछ बोल रहे थे...एक वही था जिसने अभी तक अपना मुंह नहीं खोला था।

ओंजा ने अंधेरे में फोगला को देखा। उसकी आंखें गुस्से से दहक रही थीं। बीरन, रुंगता, रूपा, लुदु, मुचुन, फेचो, डेले, खुदी–सब खामोशी ओढ़े बैठे हैं। बिना ज़बान के आदमी की तरह।

हवा धीमे-धीमे चल रही थी। समंदर का शोर भी पहुंच रहा था। लेकिन इन सबसे ज्यादा शोर मंदिर से आ रहा था। जकोटेट नदी के किनारे का जंगल भी इस तरह का शोर पहली बार सुनकर थका-थका सा था।

मंदिर के शोर में कुंती कुछ भी नहीं सुन पा रही थी। उसने फुलवरिया की ओर देखकर चिल्लाते हुए पूछा, 'कुछ कहले का?'

फुलवरिया ने गोद में पड़े छोटे बच्चे को थपथपाते हुए कहा, 'नञ् तो। हम कहां कुछो कहली।'

दिन में खेल-खेलकर थक गया कुंती का बेटा पहले ही सो चुका था। बड़े बच्चे मंदिर की तरफ ही थे।

शोर से बेहाल मारिना रह-रहकर उबासी ले रही थी।

'ढेर रात हो गेलइ फुलवरिया। अभी तक तोर पाहुन अउर बाकी कउनो ना अलथुन खाए। चल न बोला के ले अइयइ।'

'इनकरा ले जो न दिदिया...हम बहुत थकल ही। कमरिया टूटत हइ पीरा से।...' फुलवरिया ने मारिना की ओर इशारा किया था।

मारिना ने बच्चे को चटाई पर सुलाया और कपड़ा सहेजते उठ खड़ी हुई।

'आवइत हियउ,' कहकर कुंती मारिना के साथ निकल पड़ी।

दूर से ही वे सभी पंद्रह-बीस लोग छोटे जानवरों के झुंड की तरह बैठे दिखाई दे रहे थे।

उनको आता देख बीरन बोला, 'भउजीमन आत हयं। इसन बुझायला।'

कोंता नहीं उठा। लेटा ही रहा।

पास पहुंचकर कुंती बोली, 'भूख न लगल हवऽ तोहनी के? चलऽ खाना खाए। ढेर रात हो गेलइ हे।'

जाने के लिए सब लोग उठने लगे।

लुदु बोला, 'ए बीरन, चल नी, नदी दन जाय के आवब।'

'ओह रे बाबा! इकर पेट एखनो तक गड़बड़ बुझायला,' कहते हुए बीरन उसके साथ नदी की ओर जाने लगा।

'झटे घुरबे। तोहिन आबा तभे जाब हमिन भी,' कहकर वह फिर से बैठ गया। कुंती से बोला, 'तोहिन जा। हमिन आवत ही।'

कुंती और मारिना घर की तरफ लौट पड़ीं।

कोंता जब घर की ओर जा रहा था, रामनारायन चौपाई गाते हुए कह रहा था :

परम रम्य उत्तम यह धरनी। महिमा अमित जाइ नहिं बरनी॥
करिहउं इहां संभु थापना। मोरे हृदय परम कलपना॥
सुनि कपीस बहु दूत पठाए। मुनिबर सकल बोलि लै आए॥
लिंग थापि बिधिवत करि पूजा। सिव समान प्रिय मोहि न दूजा॥
सिव द्रोही मम भगत कहावा। सो नर सपनेहुं मोहि न पावा॥
संकर बिमुख भगति चह मोरी। सो नारकी मूढ़ मति थोरी॥

मने कि 'महादेजी के परान-परतिसटा कइ दिहलें रामचनरजी। जइसे ई मरीच देस में आज हमनीं सब हियवां करत बानीं। कइला के बाद भगमान रामचनर कहलें कि जे केहु बिध-बिधान से संकरजी के लिंग के थापना करी ऊ हमार सबसे प्रिय होइ। आ...जे संकरजी के ना मानी से हमार बढ़का दोरोही कहाइ। हम ओकरा के ना छोड़ेम। ओकर संहार कर देम। रउवा सब जानीं कि संकरजी के खुस कइला जरूरी रहे। काहे...? काहे कि रावनो संकरजी के बड़का भगत रहे। सीता सुकुमारी के हरे ओला पापी रावन के मारे खातिर संकरजी के आसीरबाद लिहल जरूरी रहे रामचनरजी ले। एहे से देवों में सबसे बड़ देव महादेजी के बड़ा परताप बा। उनकरे जटा में गंगाजी बिसराम करेली...'

दूसरे दिन दोपहर को सूरज अपनी ही गर्मी से थककर ठहर गया था। उसके ठहर जाने से धरती पर ताप बढ़ गया था। लेकिन ताप बढ़ने से पहले ही गांव से रात का भीड़-भड़ाका पूरी तरह से छंट चुका था। बस्ती के जो लोग मंदिर के 'परान-परतिसटा' में शामिल नहीं हुए थे और शोर-शराबे के चलते जरा भी नहीं सो पाए थे, वे सब भी बाकी लोगों की तरह सोए पड़े थे। बस्ती में तरह-तरह के खर्राटों का राज था।

कोंता बेटे को गोद में लिये कुंती के साथ घर के बाहर बैठा था। मंदिर से आगे आम पेड़ के नीचे ओंजा, फोगला कमाल, बीरन, खापू और दो-तीन लोग थे। बैठे और खड़े। बातें करते हुए।

गांव से बाहर पहरे पर फेचो और डेले थे। दूर, शक्कर मील के पास उन्हें अचानक धूल उड़ती हुई दिखाई दी। दोनों अनुमान करने लगे बिना हवा के रास्ते पर अचानक धूल कैसे उड़ने लगी? वे अभी कुछ अनुमान भी नहीं कर पाए थे कि रास्ते के दोनों

ओर खड़े गन्ने के खेतों से बीस-पच्चीस घुड़सवार सिपाही निकलकर सड़क पर आ गए। वे सब तेज़ी से बस्ती की तरफ चले आ रहे थे।

दोनों बस्ती की ओर चिल्लाते भागे।

'कोंता...ए कोंता...सिपाहीमन आय गेलयं रे...'

फेचो और डेले, दोनों जब गन्ने के खेत के बगल से खुले में आए। कोंता ने उन दोनों को बदहवास अपनी तरफ दौड़ते आते देख लिया।

उसका माथा ठनका।

बेटे को कुंती को पकड़ाते हुए बोला, 'संभाल इके अउर सब कोइ जंगल में भाग। घर में ना रहबे।' और बिना इधर-उधर देखे, सामने पड़े ईख काटने वाला बड़ा हंसिया लेकर आम के पेड़ की तरफ आवाज़ देते वह दौड़ पड़ा।

पेड़ के नीचे ओंजा, कमाल और फोगला लापरवाह, बिना कोई हथियार-डंडा के निहत्थे बैठे थे। कोंता की आवाज़ से उन सबके होश उड़ गए। सब पास के घरों में घुसकर हथियार-डंडा ढूंढ़ने लगे।

कोंता चिल्लाया, 'बेकूफ सब! घर में ना ढुका, भागा जंगल तरफ। हमिन लड़े नी पारब। ऊमन के पास बंदूक हय अउर गिनती में भी हमिन से जादा बुझात हयं।'

घर में घुसे लोग जब तक निकलते, घुड़सवार सिपाही गांव में प्रवेश कर गए थे। सभी जितनी तेज़ी से भाग सकते थे, भागे।

कुंती फुलवरिया, मारिना, पूपी और बच्चों को लेकर अपना घर छोड़कर सामने के घर में घुस गई थी। सबने मिलकर घर की पिछली दीवार में, जो फूस और बोरे से बनी थी, नोच-नाच के जगह बनाई और दस कदम बाद ही खड़े गन्ने के खेत में अंदर-अंदर भागती ही चली गईं।

शक्कर मिल के पास से रास्ता लांघकर पूरब की तरफ वाले खेत में छुपते-छुपाते आगे बढ़ीं। शक्कर के पौधों के पत्तों के कोर, जो दौड़ते हुए तेज़ चाकू की तरह उनके देह को रेत रही थी, की परवाह किए बिना।

कोंता और सब-के-सब बहुत तेज़ी से दौड़ रहे थे। लेकिन घोड़ों से मुकाबला कहां संभव था। बस्ती के पिछवाड़े और जंगल के बीचे के मैदान में, जहां कल रात को वे सब इत्मीनान से बैठे-लेटे थे, सिपाहियों से घिर गए। दिन का उजाला भरपूर पसरा हुआ था। खुला मैदान था। हथियार डालने के अलावा कोई रास्ता नहीं था।

सांय-सांय उनके हाथों में लहराते चमड़ें के करैत सांप उन सबको डसने लगे, जिनके सिरों पर कांच लगे हुए थे। बंदूक के कुंदे पुराने दुश्मन की तरह एक के बाद एक उन पर टूट पड़ रहे थे।

कोंता और उसके साथियों की संख्या सिर्फ दस थी। वह भी सारे के सारे निहत्थे। हथियार के नाम पर केवल कोंता के पास ही बड़ा हंसिया था। घुड़सवार सिपाही तीस से ज्यादा थे।

कोंता को अपनी चिंता नहीं थी। वह अपने साथियों के बारे में सोच रहा था। हंटरों को झेलते और उनसे बचते वह पागलों की तरह चिल्ला रहा था, 'भागा... भागा।' पर भागने की जगह ही कहां थी? कोई कैसे भाग सकता था? वे सब एक-दूसरे को बचाने की कोशिश में पिटते ही जा रहे थे।

ओवरसियर ओलियर ने अपनी बंदूक साधी और कमाल पर निशाना लगाते बंदूक का घोड़ा बड़े आराम से दबाया। 'ठां' की आवाज़ के साथ लोहे की गोली कमाल की छाती में जा धंसी। कमाल धप्प से मैदान में गिर पड़ा। छाती से निकलता हुआ खून ज़मीन पर बहने लगा।

कोंता जान गया, उन्हें मार डाला जाएगा। कमाल को गोली लगने से पहले एक हल्की-सी उम्मीद थी उसे, कि शायद हंटरों से पिटाई होगी और सबको पकड़कर जेहल भेज दिया जाएगा। पर नहीं...आज उनमें से कोई नहीं बचने वाला था।

ऐसा सोचते ही उसने पूरी ताकत से हंसिए का वार अपने सामने वाले घोड़े की टांग पर किया। घोड़े की एक टांग कटकर दूर जा गिरी। घोड़ा गिरने लगा तो उसने उस पर बैठे सिपाही की गरदन काट डाली। उसके अगल-बगल के सिपाही उसकी ओर बढ़ते, इससे पहले ही कोंता खाली हुई जगह से सरपट भागा।

दो घुड़सवार उसके पीछे झपटे। दस-बीस कदम ही भागा होगा कि दोनों ने उसे घेर लिया। एक ने हंटर चलाया जिसे उसने अपने बाएं हाथ से पकड़ लिया। दूसरा सिपाही बंदूक से निशाने पर लेने लगा।

कोंता ने हंटर पकड़े-पकड़े ही हंसिया से घुड़सवार के पैर पर चोट की। उसका पैर कटकर घोड़े की 'रकाब' में झूलने लगा। फिर पल भर की देर किए बिना बंदूक का घोड़ा दबाने जा रहे सिपाही पर हंसिया फेंक मारा। हंसिया उसके सिर से टकराई। बंदूक हाथ से गिर पड़ी। कोंता ने गिरती हुई बंदूक को हाथों में थाम लिया।

उधर गोलियां चलनी शुरू हो गई थीं। कोंता ने देखा, ओवरसियर ओलियर उसकी तरफ आने के लिए घोड़े को मोड़ रहा था।

कोंता भागा—जकोटेट नदी के मुहाने की तरफ, जहां से वह सीधे गहरी खाई में गिरती थी।

ओलियर करीब आता जा रहा था। उसकी बंदूक से गोलियां चलने लगी थीं। गोलियों से बचने के लिए कोंता आड़ा-तिरछा होकर भाग रहा था। बस, तीस-चालीस कदमों पर ही नदी थी।

उसने पूरी शक्ति लगाई और गोलियों की परवाह किए बिना सीधे दौड़ने लगा। आड़ा-तिरछा दौड़ने से उसे लग गया था कि वह नहीं भाग पाएगा। पकड़ा जाएगा।

खाड़ी के पास पहुंचकर पल भर के लिए कोंता ने गर्दन घुमाकर पीछे देखा। गोलियों की आवाज़ आ रही थी। दिखा कुछ नहीं। ओलियर तब तक उसके बहुत करीब आ गया था।

उसने खाड़ी में छलांग लगा दी।

छलांग लगाने से ठीक पहले एक गोली उसकी बायें कंधे को छीलते हुए समुद्र में जा गिरी थी।

दर्द से लहराकर समुद्र में गिरते हुए उसने दोनों हाथों में बंदूक को भींच लिया था।

ओलियर घोड़े से उतरकर जब मुहाने पर पहुंचकर नीचे झांक रहा था, कोंता के शरीर को समुद्र ने अपनी भीतरी तहों में छुपा लिया था।

ओलियर ने उसके गिरने की जगह पर चार-पांच गोलियां चलाईं और फिर पलटकर घोड़े पर जा बैठा।

शाम होने तक, अंधेरा होने के बाद भी ओवरसियर ओलियर और उसके सिपाही मछुवारों के साथ कोंता की तलाश करते रहे। कोंता नहीं मिला।

मारे गए उसके सभी नौ साथियों– ओंजा, कमाल, फोगला, फेचो, डेले, रुंगता, बीरन, लुदु और हुकुमचंद–को खाड़ी में फेककर ओलियर और उसके सिपाही खून से रंगे हंटरों को हवा में घुमाते और घोड़ों को दौड़ाते कोठी लौट पड़े।

जब घुड़सवार बस्ती से गुजर रहे थे तो वहां शाम की आरती हो रही थी। डरे-सहमे और भय से पीले लोग मंदिर में जमा थे। पत्थर के 'भगमान' के आगे टीन साहब के दिये हुए घी से जल रहा दीया भी डरी हुई बस्ती की तरह कंपकंपा रहा था।

समंदर में एक छोटी डोंगी तैर रही थी। बीसियों हाथ बिना सांस लिए, बिना रुके तेज-तेज चप्पू चला रहे थे। चप्पुओं के साथ-साथ उठते-गिरते हाथों की लय उनके सामूहिक नाच की तरह दिख रही थी। डोंगी पर दो दर्जन से ज्यादा ही लोग होंगे, बल्कि एक-दो ज्यादा ही। कम तो बिलकुल नहीं। तीर-कमान और बंदूकों से लैस वे सब मालगासी लड़ाके थे। उनके हाथों में बंदूक की नाल चांद की किरणों के पड़ने से रह-रहकर चमक उठती थी। डोंगी के बीच की जगह में घास-पुआल के बिस्तर पर एक आदमी अचेत पड़ा हुआ था। उसके बायें हाथ और कमर के पास जख्म था, जिस पर ताजा लेप लगाकर पत्तों से अच्छी तरह से बांध दिया गया था।

एक मालगासी लड़ाका, जो सिगार की तरह का कोई जंगली तमाकू पी रहा था, उन सबमें उम्रदराज़ भी था। साठ के आसपास। उसका नाम लुकु बूढ़ा था। उसको देखकर मुस्कुराते हुए बोला, 'चट्टान जैसा है। हमारी तरह। हम बोलते हैं, रात बीतने से पहले होश में आ जाएगा।'

नौजवान लड़ाका जो अचेत आदमी के सिर की तरफ बैठा था, उससे पूछा, 'तुम इसको पहले से जानते हो?'

उसने 'हां' में सिर हिलाया।

दूसरे लड़ाके ने कहा, 'दिखता तो हम लोग जैसा है, लेकिन आज से पहले कभी नहीं देखा।'

बूढ़े ने कुछ नहीं कहा। उसके मुंह में खूब सारा धुआं भरा हुआ था।

पहले वाले नौजवान ने फिर से पूछा, 'तुमने तो बताया नहीं, ये कौन है? जब होश में आएगा, हम लोग इसको क्या कहकर बुलाएंगे?'

तब लुकु बूढ़े ने अपने मुंह में भरा तमाकू का सारा धुआं समुद्र के ऊपर छोड़ दिया। डोंगी के अगल-बगल, ऊपर-नीचे चारों ओर धुआं फैल गया। उस धुएं से समुद्र का वह पूरा इलाका घने कोहरे में डूब गया।

उस कोहरे को भेदती हुई लुकु बूढ़े की शांत, बहुत ही शांत, भारी आवाज़ सुनाई दी, 'यह कोंता है। हमारे जैसा। धरती की ज़मीर और ज़मीन के लिए लड़ने वाला...सात समंदर पार का आदिवासी।'

खामोशी छा गई।

समुद्र के कोहरे में दूर-दूर तक डोंगी का कोई नामोनिशान नहीं था।

समुद्र था और था समुद्र के बीच में हिलता-डुलता लुकु बूढ़े के धुएं से बना गोल-आड़ा घना कोहरा। समुद्र को अपनी ज़द में लेता हुआ।

वर्षों बाद...

जब मॉरिशस आजाद होने से पहले ही हिंदू, क्रिओल, मुस्लिम और क्रिस्तान में बंट गया था, और इन सभी सांस्कृतिक-धार्मिक समूहों से उभरा मध्यवर्ग प्रशासन और राजनीति का मुख्य स्वर बन गया था, समूचे द्वीप पर नस्लीय दंगा हावी था; कोंता और कुंती की छठवीं पीढ़ी दहशत के साए में थी।

1970 में जवान हुई कोंता की नई पीढ़ी देख रही थी कि वह और उसके जैसे नौजवान जब देश के लिए पूरे मॉरिशस में अपनी नस्लीय और सांस्कृतिक पहचान को एक ओर रखकर देशव्यापी हड़ताल और आंदोलन में कूद पड़े थे, वहां बहुसंख्यक हिंदू ग्रांड बेसिन स्थित अनुपम सौंदर्य वाले प्राकृतिक झील को, जिसे अंग्रेज 'परियों का तालाब' कहते थे, गंगा तालाब घोषित कर धार्मिक आयोजन की तैयारी में व्यस्त थे।

पोर्ट लुइस की सड़क पर उन्हीं दिनों किसी एक रात को कुछ क्रिओल लड़के हड़ताल का पोस्टर चिपका रहे थे। उन सबकी उम्र 20 से 25 के बीच थी–सिवाय एक को छोड़कर जिसकी उम्र 12-13 से ज्यादा नहीं होगी। वे सब-के-सब कोंता-कुंती, ओंजा-पूपी, कमाल, फुलवरिया-लछुमन और फोगला-मारिना की छठी पीढ़ी के नौजवान थे।

वह 12-13 साल का बच्चा उन नौजवानों के दल में शामिल नहीं था। वह नहीं जानता था, पोस्टर पर क्या लिखा है। उसे पोस्टर पर छपे लाल रंग के अक्षर और काली तस्वीरें लुभा रही थीं, जिसके आकर्षण में वह शाम से ही पोस्टर चिपका रहे नौजवानों के उस दल के पीछे-पीछे घूम रहा था। इस उम्मीद में कि वे शायद उसे एक पोस्टर दे दें। पर जब भी वह उनसे पोस्टर मांगता, वे सब उसे झिड़क देते थे।

खीजकर एक नौजवान ने उससे कहा, 'पोस्टर को लेकर क्या करोगे? जानते भी हो, इसमें क्या लिखा है?'

वह बच्चा, जो किशोरावस्था की दहलीज़ पर आ चुका था, मासूम आंखों से बस सवाल करने वाले नौजवान को देखता रहा।

दूसरा नौजवान बोला, 'जान जाएगा। यह भी जान जाएगा। जब हमारी तरह नौजवान होगा। बीस प्रतिशत बेरोजगारों की लाइन में जब खड़ा होगा और जीने के लिए हर रोज धक्के खाएगा।'

'धक्के खाने के लिए भी जिंदा रहना जरूरी है। तुम लोग ही बताओ, कोई कैसे सांस ले सकता है यहां जब उसके देश पर 226 मिलियन डॉलर के कर्ज का

पहाड़ से भी भारी बोझ हो?' यह बात उस नौजवान ने कही थी जो तेज़ी से पोस्टरों पर लेई लगा रहा था।

चौथा उस बच्चे के बिलकुल सामने बैठ गया। उसके सिर पर पुरानी टोपी थी जिसके बगल से बड़े-बड़े बाल उसके कंधों पर झूल रहे थे। उसने बच्चे की आंखों में झांकते हुए कहा, 'पोस्टर नहीं दे सकते। घर ले जाएगा तो पुलिस पकड़ लेगी तुम्हारे बाबा को,' कहते हुए उसने एक पोस्टर उसके आगे बिछा दिया। अंधेरे में लाल अक्षरों पर उंगली रखते हुए बोला, 'इसको पढ़ो। हहहह...कैसे पढ़ पाओगे? तुम भी तो हमारी तरह ही स्कूल नहीं जाते होगे। पहले लिखा है : पॉल रेमों बेरांजे। इसके बाद देव वीरास्वामी और सबसे नीचे जुनैद जीरूबुर्रखान। इन तीनों को पुलिस ढूंढ़ रही है। क्यों? इसलिए कि ये तीनों हमारे लिए, तुम्हारे लिए, पूरी मोरिस के लिए गाना गाते हैं।'

बच्चे की आंखें चमकीं। उसने भोलेपन से उस नौजवान से कहा, 'गाना!...मैं भी गाना गाऊंगा।...तब तो मुझे दोगे न?'

'हां-हां...क्यों नहीं! जरूर देंगे। पर पहले गाना तो सुनाओ।'

बच्चा शरमा गया।

'शरमाओ नहीं...गाओ।...गाओ न!'

बच्चे ने तब पोस्टर पाने की भरपूर चाहत में सेगे राग में एक गाना गाया, जिसका अर्थ था : 'तुम चावल हो और मैं पानी। हम दोनों का मिलन कोई नहीं रोक सकता। हम बार-बार मिलेंगे। मिलते ही रहेंगे। एक-दूसरे का प्यार पाने के लिए'।

'अरे वाह, तुम तो बहुत बढ़िया गाते हो!'

बच्चे ने खुश होकर पोस्टर लेने के लिए अपना हाथ बढ़ाया। नौजवान ने तुरंत पोस्टर सामने से खींच लिया। बोला, 'गाना तो अच्छा था...पर पुराना है। तुमको नया गीत गाना होगा। तब मिलेगा पोस्टर।'

बच्चा मायूस हो गया। उसे नया गाना नहीं आता था।

उसने नौजवान से उसी मासूमियत से कहा, 'तुम सिखा दो...नया गाना।'

'सिखाऊंगा...सिखाऊंगा। तुम हमारे यूथ क्लब में तीन दिन बाद आना। वहां हम सब नया गाना सुनते और सीखते हैं।'

बच्चे ने हां में सिर हिलाया। उसकी नज़रें अभी भी पोस्टर पर ही गड़ी हुई थीं।

लेई लगा रहे नौजवान ने ही तब उस नौजवान से, जो बच्चे से बात कर रहा था, कहा, 'यार, क्यों बच्चे को तंग कर रहे हो? दे दो न एक पोस्टर!'

'नहीं...ऐसे नहीं दूंगा। कोई भी चीज फ्री में नहीं देना चाहिए। यह नया गाना सीखेगा तभी इसको पोस्टर दूंगा। हर चीज की कीमत होती है। इसको अभी से यह समझेगा तभी तो एक दिन बफेलो सोल्जर बन पाएगा।'

'तुम नहीं मानोगे,' कहता हुआ वह नौजवान आखिरी पोस्टर में लेई लगाने के बाद उठ खड़ा हुआ।

सारे पोस्टर चिपक चुके थे। बस, एक वही पोस्टर बचा रह गया था, जो बच्चे के सामने बिछा हुआ था। लेई लगाने वाले नौजवान ने झुककर वह पोस्टर उठा लिया। सामने से पोस्टर उठाते ही बच्चे की आंखों में निराशा घिर आई। उसने फिर भी

बड़ी आस के साथ लेई लगाने वाले नौजवान को देखा, जो उसी की तरफ देखते हुए शायद तय नहीं कर पा रहा था कि इसे भी चिपका दिया जाए या कि इस आखिरी पोस्टर को बच्चे को दे दिया जाए, जो पिछले कई घंटों से उसे पाने की चाहत में उनके साथ-साथ घूम रहा था।

तभी बहुत दूर कुछ लोग उनकी ओर आते हुए दिखे। अंधेरे में उनकी चाल पुलिस वालों की तरह लग रही थी। पुलिस है, भांपकर नौजवानों का दल तेज़ी से मुख्य सड़क से हटकर बगल की एक संकरी गली में छुप गया। भागते हुए उन्होंने बच्चे को भी अपने साथ ले लिया था।

वे सब तब तक दम साधे गली में छुपे रहे, जब तक कि मोबाइल पुलिस का वह गश्ती दल उनकी आंखों से ओझल नहीं हो गया।

पुलिस वालों के जाते ही बच्चे से बात कर रहे नौजवान के मुंह से भद्दी गाली निकली। फिर दांत पीसते हुए वह बोला, 'इन हत्यारों को तो मैं...'

लेई लगाने वाले नौजवान ने उसकी बात काट दी, 'क्यों इन बेचारों को गाली देते हो? ये तो अपनी नौकरी बजा रहे हैं। असली हत्यारे तो वे लोग हैं जो ये हमारे गन्ने के खेतों को उजाड़कर विदेशी टूरिस्टों के लिए ऐशगाह बना रहे हैं। मशीनीकरण से लोगों को बेरोजगार कर रहे हैं। आईएमएफ और वर्ल्ड बैंक जिनके घुटने टेकने से हमारे सिर पर चढ़ता ही जा रहा है। लड़ाई तो उससे है भाई!'

'अच्छा...कल मिलते हैं।' एक नौजवान, जिसके चेहरे पर थका हुआ चांद बुरी तरह से ऊंघ रहा था, ने जाने की इच्छा जाहिर की।

पल भर में ही सब लोग हाथ मिलाते हुए गली से गायब हो गए।

बच्चा अकेला रह गया। उसके हाथ में वह पोस्टर था, जिसे जाते-जाते लेई लगाने वाला नौजवान उसे पकड़ा गया था।

कुछ पल तक पोस्टर को वह अगम खुशी से अपलक देखता रहा। फिर उसने पोस्टर को सूंघा। पोस्टर में कागज, स्याही और मिट्टी की मिलीजुली एक अलग किस्म की महक थी, जिससे वह अभी तक बिलकुल अनजान था। उसके शरीर में उस अनोखे गंध से एक अजीब तरह की उत्तेजना-सी हुई।

उसने पोस्टर को छाती से चिपकाया और तेज़ी से अपनी बस्ती की ओर दौड़ पड़ा—उस पंछी की तरह, जो अपनी चोंच में मनपसंद खाना लिये हुए आनंद में डूबा हुआ पूरी रफ्तार के साथ अपने घोंसले की ओर उड़ान भरता है।

सन् 2000 से एक साल पहले जब बीसवीं शताब्दी की विदाई और इक्कीसवीं सदी के आगमन के स्वागत में मॉरिशस का टूरिस्ट उद्योग अपने लग्जरी होटलों और नए-नए बने मॉलों के जरिए दुनिया को लुभाने में लगा था, मॉरिशस को गणतांत्रिक देश बने हुए सात साल बीत चुके थे। इन बीते हुए सालों में मॉरिशस वैश्विक संकट के बिलकुल करीब चला आया था। सरकार द्वारा इकोनॉमिक प्रोटेक्टेड जोन, एफडीआई, प्राइवेटाइजेशन को बढ़ावा देने और कर-छूट के कारण दुनिया भर के कर-अपराधियों

की पनाहगाह बन जाने से संगठित मजदूर वर्ग सिकुड़ने के लिए मजबूर था। मजदूर संगठन तो खंड-खंड हो ही रहे थे, धनलोलुपता और नस्लीय श्रेष्ठता विरोधी चेतना भी लगातार अस्थिर होती जा रही थी। खुले बाजार में नवधनाढ्य वर्ग मॉरिशस की ज्यादा से ज्यादा संपदा और पूंजी अपने हिस्से में समेट लेने के लिए नस्लीय और धार्मिक आधार को खाद-पानी देने में जुट गया था। सत्ता और पूंजी के हिंदू धनलोलुप हिंदू संगठनों को, मुस्लिम इस्लामिक जमातों को, ईसाई क्रिश्चियन समुदायों को और क्रिओलों का अभिजात्य वर्ग क्रिओली संगठनों को बहुत ही सुनियोजित ढंग से फंडिंग कर रहा था।

ठीक इसी समय में वह बच्चा, जो करीब 25 साल पहले नौजवानों के उस दल के पीछे आधी रात तक एक पोस्टर के लिए भागता रहा था, और जो अब और लोगों की तरह यह जानता था कि पेप्सी की फ्रेंचाइजी मॉरिशस के करीमजी गुजराती मुस्लिम परिवार के पास है, जिसे मुस्लिम समुदाय वाले इलाकों में ही सबसे ज्यादा बिकते हुए देखा जा रहा था। क्योंकि उनके दिमाग में यह अच्छी तरह से बिठा दिया गया था कि बिरयानी का मज़ा पेप्सी के साथ ही लिया जा सकता है।

इसी के साथ उस बच्चे को यह भी जानकारी थी कि कोका कोला को मॉरिशस में बेचने का स्वामित्व हिंदू परिवारों के पास है और द्वीप के हिंदू समुदाय के इलाकों और उनके सामाजिक पर्व-त्योहारों और उत्सवों में लोग उसे अपनेपन और बड़े गर्व के साथ पीते हैं।

तो, पेप्सी और कोक के अजगर की तरह पसरते बाजार के बीच वह बच्चा, जो अब अच्छा-खासा जवान था, पर बेरोजगार था, वह कोंता-कुंती, ओंजा-पूपी और फोगला-मारिना की सातवीं पीढ़ी का सुगठित सुंदर और मजबूत वृक्ष था। मॉरिशस के हर शहर और गांव में गीत गाता हुआ एक जंगल। जैसाकि उसके पुरखे अपने गीतों में दर्ज कर गए थे कि एक-एक आदिवासी के भीतर हजारों-हजार सूरज और चांद हैं।

सचमुच में वह बच्चा जवान होने पर बफेलो सोल्जर बन गया था।

हां। यकीनन वही बच्चा, जिसने जीने के लिए आठ वर्ष की उम्र में छोटी-मोटी नौकरी शुरू कर दी थी, और जिसने अठारहवें साल में गिटार को पहली बार थामा था। बॉब मरले को गाते हुए वह अब मॉरिशस का सबसे जनप्रिय क्रिओल गायक और संगीतकार था। बिलकुल वही बच्चा जो पोस्टर को अपनी छाती से चिपकाए-चिपकाए जाने कब जवान हो गया था। बस, एक वर्ष बाद ही वह चालीस का हो जाने वाला था।

पर वह चालीस का नहीं हो पाया।

वह, जो अपने गीतों में गन्ना कारीगरों का पसीना और गन्ने का रस बेहिसाब बांटता था। जो अपनी अनूठी गायकी में समंदर की खामोशी और तूफानों को आरोह-अवरोहों की तरह आने-जाने देता था। जो अपने शब्दों से मॉरिशस के क्रिओली जनता की पीड़ा को चावल और शेष की आकांक्षाओं को पानी बताते हुए उनके नैसर्गिक मिलन और प्रेम की तरफदारी करता था। जिसने पारंपरिक सेगे को मौलिक रेगे संगीत

बनाकर एक नई सांगीतिक परंपरा की शुरुआत कर डाली थी, अपने चालीसवें जन्मदिन पर न सेगे और न ही रेगे गाने के लिए उस धरती पर मौजूद था; जिसके बारे में पंद्रहवीं शताब्दी से ही यह कहा जाने लगा था कि जिस किसी ने भी स्वर्ग की कल्पना की होगी, उसने कल्पना करने से पहले मोरिस को जरूर देखा होगा।

तो...क्या उसकी उम्र ठहर गई थी,
जो वह चालीस का नहीं हो सका?

आगे का वाक़या उसी बच्चे के चालीसवें जन्मदिन से ठीक एक साल पहले का है। तब मॉरिशस के उपराष्ट्रपति, प्रधानमंत्री, चीफ जस्टिस, पुलिस कमिश्नर, बैंक का राष्ट्रप्रमुख और आठ हजार पुलिस बल में से अधिकांश एक ही बहुसंख्यक धार्मिक समुदाय के थे।

तारीख थी 16 फरवरी, 1999 और दिन था मंगलवार।

जब पोर्ट लुइस के एडवर्ड सेवेन स्ट्रीट टू रिडुइट में रोज हिल के पास एक विशाल संगीत समारोह हुआ। इसका आयोजन रंगभेद के खिलाफ और 20,000 क्रिओल युवकों की रिहाई के लिए किया गया था, जो मामूली नशे के अपराध में जेल में कैद थे।

इस संगीत समारोह में मॉरिशस के पांच बड़े संगीतकारों ने परफॉरमेंस दिया। एक बहुत पॉपुलर युवा गायक और संगीतकार ने, जो कि वही बच्चा था, परफॉरमेंस के दौरान सार्वजनिक रूप से नशा कर अपना विरोध दर्ज किया।

18 फरवरी 1999, बृहस्पतिवार।

उस पॉपुलर संगीतकार और गायक, जो मॉरिशस की जनता के लिए गीत गाता था, हर तरह के रंगभेद और उत्पीड़न का खुलेआम बहादुरी से विरोध करता था, उसे पुलिस ने 16 फरवरी के कार्यक्रम में सार्वजनिक रूप से नशा करने के आरोप में गिरफ्तार कर लॉकअप में डाल दिया।

पुलिस ने उसे जमानत पर छोड़ने के लिए उसके परिवार से 10,000 रुपए की मांग की। उसकी पत्नी के पास इतने पैसे नहीं थे। वह और उसके संगीतकार दोस्त पैसे जुटाने में लग गए। पैसा जुटाते-जुटाते शनिवार बीत गया। जमानत नहीं हो पाई।

21 फरवरी 1999, रविवार। सुबह।

पोर्ट लुइस के अधिकारी ने एक प्रेस स्टेटमेंट जारी कर बताया कि लॉकअप में संगीतकार की मौत हो गई है। पुलिस सूत्रों के अनुसार वह नशे का आदी था और नशा नहीं मिलने पर उसने लॉकअप की दीवार पर सिर पटककर अपनी खोपड़ी फोड़ ली थी, जिससे उसकी मौत मौके पर ही हो गई।

21 फरवरी, 1999 रविवार। शाम।

अपने प्रिय गायक और संगीतकार की हिरासत में हुई मौत की खबर सुनते ही पोर्ट लुइस शहर की सड़कों पर क्रिओल युवकों का हुजूम उमड़ पड़ा। उन्हें पुलिस की बातों पर यकीन नहीं था, क्योंकि लॉकअप और जेलों में संदिग्ध रूप से मरने वाला हर इंसान क्रिओल ही होता था। वे सब रो रहे थे। पुलिस के खिलाफ गुस्से में थे। उन्होंने हर बैरिकेड को ठोकरों से उड़ाते हुए थाने पर हमला बोल दिया था।

ऐसे ही मौके की तैयारी में बैठे मॉरिशस के क्रिओली पिच पर बहुसंख्यक हिंदुओं ने तुरंत अपने नस्लीय विद्वेष की बैटिंग शुरू कर दी। त्रियोलेट और गुडलैंड्स में उन्होंने क्रिओल समुदाय के दो गांवों को जला डाला। फिर तो द्वीप के हर हिस्से में क्रिओल लोगों का गुस्सा फूट पड़ा। राजधानी पोर्ट लुइस सहित चार बड़े शहरों और मॉरिशस में भयानक दंगा फैल गया। पुलिस के संरक्षण में बहुसंख्यक समुदाय ने, जो गर्व से खुद को हिंदू और भोजपुरिया समाज कहता था, क्रिओल समुदाय के खिलाफ जमकर उत्पात मचाया। यह भीषण दंगा सप्ताह पूरा करके ही खत्म हुआ।

वह बच्चा, जो अपना चालीसवां जन्मदिन मनाने से एक साल पहले ही लॉकअप में मार दिया गया था और जिसके गीतों से मॉरिशस की जनता बेतहाशा मोहब्बत करती थी, उस प्रिय क्रिओल संगीतकार और गायक का नाम काया था।

उसकी हत्या से गुस्साए क्रिओल लोगों का साथ देने और सत्ता से भिड़ने की बजाय भोजपुरिया हिंदू समुदाय उलटा उन्हीं लोगों पर चढ़ बैठा क्योंकि सत्ता और पुलिस में उनके ही लोग थे।

मालगासी मूल का वह बच्चा 'काया' अपने पुरखों कोंता-कुंती, ओंजा-पूपी, कमाल, फुलवरिया-लछुमन और फोगला-मारिना की सातवीं पीढ़ी का लड़ाका था, जो बहुसंख्यकों के रंगभेद, उत्पीड़न और सत्ता के खिलाफ लड़ते हुए शहीद हो गया था। मॉरिशस की उस खूबसूरती को बचाए रखने के लिए, जिसे उसके लड़ाका पुरखों ने अपने पसीने और रक्त-भरे गीतों से सींचा था।

आज कोंता नहीं है। काया भी नहीं रहा। पर उनके गीत आज भी हैं। नई पीढ़ी जिसे गाने के लिए हर साल पोर्ट लुइस में जुटती है। वहां वे अपने लड़ाका आदिवासी पुरखों को याद करते हैं। संग-संग नाचते हैं...और एक स्वर में सेगे-रेगे गाते हैं :

पानी का सुनहलापन
किसी चांदी की वजह से नहीं है
नहीं चाहिए हमें
खतना और आचमन का चांदी जैसा पानी
हम तो उस निर्मल जल पर ही प्रेम से मर मिटते हैं
जो मिलावट रहित है, स्वच्छ है।

आगे का सच
अब आप सबको कहना है...

जिन्होंने मिलकर इस उपन्यास को रचा

शब्द पंछियों के अंडे जैसे होते हैं,
जब वे बाहर निकलते हैं, उनमें पंख लग जाते हैं। *

उन्नीसवीं सदी की शुरुआत के कुछ ही समय बाद झारखंड से आदिवासियों और मूलवासियों का जबरन पलायन ब्रिटिश कंपनियों ने आरंभ कर दिया था। असम और अंडमान तक आदिवासी ले जाए गए। लाखों की संख्या में। विकास के इस बर्बर पहलू पर औपनिवेशिक और स्वतंत्र भारत के सभी इतिहासकार खामोश हैं। अध्ययन और शोध के इंतजार में स्मृतियां, वाचिक कहानियां और उपलब्ध तथ्य धूमिल हो चुके हैं। साहित्य अभी भी सत्ता-केंद्रित दबंग-दलित जातियों और धर्मों के बयान समेटने में ही बुरी तरह से उलझा हुआ है। इन सबके बीच ही आदिवासियों के असम-अंडमान पलायन पर उपन्यास लिखने की योजना बनाई थी। कोई आठ साल पहले। लेकिन संबंधित सामग्री का अकाल था। अगर देश के महानगरों के आर्काइव्स और पुस्तकालयों में कहीं दस्तावेज हैं भी तो दिहाड़ी मजदूर की तरह रोज दाल-भात का जुगाड़ करते हुए उस तक पहुंच पाना हमारे जैसे लोगों के लिए संभव नहीं है। ऐसे में 'गूगल' सहारा बना। खोजने लगा गूगल के जरिए असम पलायन के औपनिवेशिक दस्तावेज। कुछ नहीं मिला। यह 2006 के आखिरी दिनों की बात है। एक दिन जॉन स्कॉबल का पंफलेट मिला, जिसे पढ़ने के बाद विचार बदल गया। हिल कुलियों का अन-उद्घाटित इतिहास और सच को सामने लाना प्राथमिक कार्यभार बन गया। हालांकि इस पर लिखना असम के पलायन से कहीं ज्यादा दुष्कर था। असम देखा हुआ था। मॉरिशस से दूर-दूर का वास्ता नहीं था। हिम्मत टूटने लगी। अदेखा भूगोल, प्राचीन तकनीक, सदियों पुरानी संस्कृतियां, अनेक भाषाएं, बहुरंगी तौर-तरीके और रिवाज, धरती पर बिखरी और समंदर में तैरती सच्ची-झूठी कहानियां, तोड़ देने वाला भय तो रोंगटे खड़े कर देने वाले हैरतअंगेज साहसिक कारनामों और भारत से मॉरिशस वाया कलकत्ता-लंदन तक रंग-रंगीली सृष्टि के अनंत शेड्स को जानने-समझने की जबरदस्त चुनौती थी। चूंकि हमारा वास्ता अब तक सिर्फ जंगल और ज़मीन से रहा है और इनके मिज़ाज से कुछ-कुछ वाकिफ भी हूं, परंतु हिल कुलियों का इतिहास समंदर (जल) में भी पसरा हुआ था और हम समंदर के मिज़ाज से बिलकुल अनजान थे।

* एक *मालगासी* आदिवासी कहावत

ऐसे में एक लेखक की टूटती हिम्मत बंधाने सत्रहवीं से इक्कीसवीं सदी के बीच के कई पुरखा लोग अपनी-अपनी कहानियां लेकर साथ आ खड़े हुए—तथ्यों और दस्तावेजों के बोरिया-बिस्तर लिये हुए। इनमें झारखंड और मेडागास्कर-मॉरिशस के आदिवासी लड़ाके हैं, देश-दुनिया के लेखक हैं, कवि हैं, कलाकार हैं, खोजकर्ता हैं, जांबाज़ नाविक और यात्री हैं, तो खूंखार सामंत हैं। सभी तरह के रंगों के इंसानों की खरीद-बिक्री करने वाली कंपनियां हैं, दलाल हैं, निर्दयी और दयालु प्रशासनिक अधिकारी हैं, और है सब कुछ रौंदती हुई धनलोलुप हत्यारी औपनिवेशिक सत्ता। इन सबने ही इस उपन्यास को लिखने के लिए आधारभूत सामग्री दी। इसलिए इनका और ऐसे सभी ज्ञात-अज्ञात लोगों का शुक्रिया। धरती के पहले नागरिकों की ओर से इन सबके प्रति बहुत-बहुत आभार।

सूची तो बहुत लंबी है, जिनसे परिवेश, काल और घटनाओं को समझने और रचने में मदद मिली। लेकिन जो बेहद जरूरी हैं, जिनमें से दस-बारह ही हमारे पास हैं और शेष को गूगल पर ही पूरा, अधूरा या आंशिक पाया और पढ़ सका, वे हैं :

1. मेन्नस ओड़ेअ, चलो चाय बागान (अनुवाद : पेत्रुस ओड़ेअ), सत्य भारती, रांची, 1997
2. कुमार सुरेश सिंह, बिरसा मुंडा और उनका आंदोलन, वाणी प्रकाशन, 2001
3. डॉ. भुवनेश्वर अनुज, झारखंड के शहीद, भुवन प्रकाशन, रांची, 2001
4. डॉ. विसेश्वर प्रसाद केशरी, छोटानागपुर का इतिहास : कुछ सूत्र, कुछ संदर्भ, विलियम केरी स्टडी एंड रिसर्च सेंटर, सिरामपुर, कलकत्ता, 1979
5. कृष्णदेव उपाध्याय, रविशंकर उपाध्याय, भोजपुरी लोकगीत, भाग 3, भोजपुरी अकादमी, पटना, 1984
6. प्रो. गिरिधारीराम गौंझू, झारखंड लोकगीत, दिल्ली, 2010
7. डॉ. विसेश्वर प्रसाद केशरी, नागपुरी लोकगीत (वृहद् संग्रह), रांची, 2010
8. उरांव लोकगीत एवं लोककथाएं, राष्ट्रीय शैक्षिक अनुसंधान और प्रशिक्षण परिषद, दिल्ली, 1997
9. विद्यानिवास मिश्र, वाचिक कविता : भोजपुरी, भारतीय ज्ञानपीठ, दिल्ली, 2003
10. डॉ. हीरालाल तिवारी, गंगाघाटी के गीत, विश्वविद्यालय प्रकाशन, वाराणसी, 1980
11. डॉ. सम्पत्ति अर्याणी, मगही भाषा और साहित्य, बिहार राष्ट्रभाषा परिषद, पटना, 1976
12. वंदना टेटे, पुरखा लड़ाके, प्यारा केरकेट्टा फाउंडेशन, रांची, 2005
13. डॉ. बी. विरोत्तम, झारखंड : इतिहास एवं संस्कृति, बिहार हिंदी ग्रंथ अकादमी, पटना, 2006
14. तोताराम सनाढ्य, फिजी द्वीप में मेरे 21 वर्ष (आत्मकथा)
15. Gwyn Campbell, 'Madagascar and the Slave Trade, 1810-1895.' The Journal of African History, Volume 22, Number 2

16. Report on Colonial Emigration from the Bengal Presidency, Government of India, Calcutta, 1883
17. Hainteny : The Traditional Poetry of Madagascar, Editor & Translated by Leonard Fox, Bucknell University Press, 1990
18. S.C. Roy, The Oraons of Chhotanagpur, Man in India, Ranchi, 1915
19. S.C. Roy, The Mundas and Their Country (1912)
20. Jaipal Singh, Lo Bir Sendra, Prabhat Khabar, 2004
21. John Scoble, Various enclosures from 'Report of the Hill Coolies', Parliamentary Papers, XXXIX, No. 463, 1839
22. Peter Ruhomon, Centenary History of the East Indians in British Guiana, 1838-1938, Georgetown: Daily Chronicle, Guiana Edition Series, No. 10
23. Hugh Tinker, A New Form of Slavery : The Export of Indian Labour Overseas 1880-1920, London : Oxford University Press, 1974
24. Odeen Ishmael : The Guyana Story - From Earliest Times to Independence, Chapter 98, 2005
25. B.V. Lal, Girmitiyas: The Origins of the Fiji Indians, Fiji Institute of Applied Studies, Lautoka, Fiji, 2004
26. Khal Torabully (with Marina Carter), Coolitude : An Anthology of the Indian Labour Diaspora, Anthem Press, 2002
27. Register of Marriages at Sea in the Public Record Office (ref : BT 334/117)
http://www.theshipslist.com/Forms/marriagesatsea.html
28. Passage from India to El Dorado : Guyana and the great migration By Dave Hollett
http://www.lemauricien.com/article/history-remembrance-%E2%80%9C-untold-story%E2%80%9D-arrival-indentured-labourers-mauritius-between-1826-and...?
29. Guyana Junction, globalisation, localisation, and the production of East Indianness / Johannes Gerrit de Kruijf - [S.l.] : [s.n.], Doctoral thesis Utrecht University, 2006
30. Wesley, Charles H., Remy Ollier, Mauritian Journalist and Patriot (January 1, 1921), The Journal of Negro History, JSTOR
31. Iosias Jody, Kaya (Mauritian Musician), Cred Press, 2012
32. Ram Seegobin, Kaya's Death : The Medical Evidence, Joint Justice & M.L.F. Publication, 2006

33. Sydney Selvon, A New Comprehensive History of Mauritius, Vol.1 & 2, 2012
34. Agricultural & Horticultural Society of India : Journal, Volume 5, 1846
35. Anand A. Yang, Bazaar India : Markets, Society, and the Colonial State in Gangetic Bihar, University of California Press, 1998
36. Parliamentary Papers, LII No. 180, 1837-38. MF41.413-14
37. S.P. Sinha, Conflict and Tension in Tribal Society, Concept Publishing Company, 1993
38. Bengal District Gazetteers : Sinhbhum, Saraikela and Kharsawan, Lewis Sydney Steward O'Malley, Concept Publishing Company, Bengal (India), 1910
39. S. Singh, The Dust-Storm and the hanging Mist (Calcutta, 1966)
40. Aapravasi Ghat Trust Fund Newsletter, Vol 1, No.6, 2 November, 2008
41. Younger, Paul. New Homelanos$: Hindu Communities in Mauritius, Guyana, Trinidad, South Africa, Fiji, and East Africa. Oxford : OUP, 2010
42. Report of the Truth and Justice Commission. Vol.1. gov.mu. portal of the Republic of Mauritius.
43. 'Mauritius : Sugar, indentured labour and their consequences (1835-1910)'. Eisa. Electoral Institute for the Sustainability of Democracy in Africa, September, 2009
44. Srilata RAVI, Cultivating Indianness : The Indian Labourer in Mauritian Imaginary, University of Western Australia, e-France : an on-line Journal of French Studies, vol. 2, 2008
45. The Colonial Magazine and Commercial Maritime Journal, Vol. 1, Fisher Son & Co., January-April, 1840
46. E. Swinton, Jane Swinton, Journal of a voyage with coolie emigrants, from Calcutta to Trinidad, by capt. and mrs. Swinton, ed. by J. Carlile, Volume 16, 1859 (Google eBook)
47. Kevin Brown, Passage to the World : The Emigrant Experience 1807-1940, Seaforth Publishing, 2013
48. The Other Middle Passage : Journal of a Voyage from Calcutta to Trinidad, 1858, Ron Ramdin (Editor), Hansib, 1994
49. Dr. Ghan Shyam, Identity, Social Roots and Empowerment : A Study of the Low Castes Diaspora in the West Indies, BHU

50. Spencer IRG (1997) British Immigration Policy Since 1939. The making of multi-racial Britain. Routledge, London
51. Report of the High Level Committee on the Indian Diaspora, Ministry of Overseas Indian Affairs, 2001, http://indiandiaspora.nic.in/contents.htm
52. Said, Edward W. 'Reflections of an Exile.' Biblio : A Review of Books, Volume IV, Number 11 & 12. Ed. Arvind N. Das. New Delhi : Brinda Datta, Nov-Dec, 1999
53. Simpson, John (ed.). The Oxford Book of Exile. Oxford : Oxford Univ. Press, 1995
54. Boehmer, Elleke. Colonial and Postcolonial Literature : Migrant Metaphors, Oxford : Oxford University Press, 1995
55. INDO CARIBBEAN, Issue 3, London, May, 2003
56. Cumpston, Indians Overseas in British Territories 1834-1854 (London, 1969)
57. Parliamentary Papers (H of C) 1837-38, 1840, 1841, 1918 and 1923
58. Geoghegan Note on Emigration from India (Calcutta, 1873), IOR: Official Publications V/27/820/ 1
59. John Scoble, Hill Coolies : a brief exposure of the deplorable conditions of hill coolies in British Guiana and Mauritius (London, 1840)
60. C Kondapi, Indians Overseas 1838-1949 (New Delhi, 1951)
61. Graves, Annual Report for 1877 on Immigration to South Africa
62. IOR : Indian Emigration Proceedings, P/10898, no. 31
63. The Round Table December 1922, 'The coloured question in politics'
64. House of Commons Debates, Vol. 317, 17 Nov, 1936
65. Crispin Bates, Courts, ship-rolls and letters : reflections of the Indian labour diaspora, Centre for Documentation and Area-Transcultural Studies, Tokyo University of Foreign Studies, 2003
66. Allen, R.B. Slaves, Freedmen, and Indentured Laborers in Colonial Mauritius.
67. Cambridge : Cambridge University Press, 1999
68. Anderson, Clare. Convicts in the Indian Ocean : Transportation from South Asia to Mauritius, 1815-53 : Basingstoke : Macmillan, 2000

69. Barker, Anthony, J. Slavery and Anti-Slavery in Mauritius, 1810-33 : The Conflict between Economic Expansion and Humanitarian Reform under British Rule. Cambridge Commonwealth Series. London : Macmillan, 1996
70. Bates, C. & Carter, M., 'Tribal Migration in India and Beyond' in G. Prakash (ed.), The World of the Rural Labourer in Colonial India. New Delhi: Oxford University Press, 1992
71. Bates, C. ed., Community, Empire and Migration : South Asians in Diaspora. London : Palgrave, 2001
72. Ships' Lists. New Delhi : Promiela and Company, 1991
73. Bragard, V., 'Gendered voyages into Coolitude : the shaping of the Indo-Caribbean woman's literary consciousness', Kunapipi: Journal of Post-Colonial Writing, 20, 1, 1998: 99-111
74. Carter, M. Servants, Sirdars and Settlers : Indians in Mauritius, 1834-1874. Oxford University Press, 1995
75. Carter, M. Voices from Indenture : Experiences of Indian Migrants in the British Empire. Leicester University Press, 1996
76. Carter, M. & Torabully, Khal, Coolitude : An Anthology of Indian Labour Diaspora. London : Anthem Press, 2002
77. Clarence-Smith, W. G. ed. The Economics of the Indian Ocean Slave Trade in the Nineteenth Century, Slavery and Abolition ; Vol. 9, No. 3. London: Cass, 1988
78. Foley, B., Report on Labour in Bengal. Calcutta : GOI, 1906
79. Ghosh, K. 'A Market for Aboriginality : Primitivism and Race Classification in the Indentured Labour Market of Colonial India', Subaltern Studies X. New Delhi : Oxford University Press, 1999
80. Grigson, W.V. The Aboriginal Problem in C.P. and Berar. Nagpur : Government Press, 1944
81. Kale, M. Fragments of Empire : Capital, Slavery & Indentured Labor in the British Caribbean. University of Pennsylvania Press, 1998
82. Nwulia, Moses D. E. The History of Slavery in Mauritius and the Seychelles, 1810-1875. Rutherford, N.J. ; London : Fairleigh Dickinson University Press: Associated University Presses, 1981
83. Breaking the Chains : slavery, bondage and emancipation in modern Africa and Asia. Madison : University of Wisconsin Press, 1993

84. Teelock, Vijaya, and Centre African Cultural. A Select Guide to Sources on Slavery in Mauritius : And, Slaves Speak Out : The Testimony of Slaves in the Era of Sugar. Bell Village, Mauritius : African Cultural Centre, 1995
85. Teelock, Vijayalakshmi. Bitter Sugar : Slavery and Emancipation in Nineteenth Century Mauritius. London : University of London, 1993.
86. Charles Telfair, Some Account of the State of Slavery at Mauritius, Port Louis, Mauritius, 1830
87. The Archives of Indian Labour - http://www.indialabourarchives.org/
88. Priya Agarwal, Passage from India : Post 1965 Indian Immigrants and Their Children : Conflicts, Concerns, and Solutions, Yuvati Publications, 1991
89. Ato Quayson, Girish Daswani (Ed.), A Companion to Diaspora and Transnationalism, Blackwell Companions in Cultural Studies, John Wiley & Sons, 2013
90. Elisa Joy White, Modernity, Freedom, and the African Diaspora : Dublin, New Orleans, Paris Blacks in the Diaspora, Indiana University Press, 2012
91. Bhabha, H. K., The Location of Culture. London, Routledge, 1994
92. Peter van der Veer, Nation and Migration: The Politics of Space in the South Asian Diaspora, University of Pennsylvania Press, 1995
93. Virinder Kalra, Raminder Kaur, John Hutnyk, Diaspora and Hybridity Published in association with Theory, Culture & Society, SAGE, 2005
94. Jack David Eller, Cultural Anthropology : Global Forces, Local Lives, Routledge, 2009
95. Clifford, J. (1994). 'Diasporas.' Cultural Anthropology
96. A G Hopkins, Globalisation in World History, Random House, 2011
97. Brij V. Lal, Bittersweet : The Indo-Fijian Experience, Pandanus Books, 2004
98. Ramkrishna Chatterjee, Christian missionaries and labour migration to Assam tea gardens in colonial tines, Centre for Studies in Social Sciences, Calcutta, 1986
99. Dhanbad District Gazetteer

100. An Idler, Letters to Frienos$ at Home : from June, 1843 to May, 1844, Star Press, Calcutta, 1844
101. Robert H. Schomburgk, A Description of British Guiana, London, 1840
102. Annals of British Legislation 1858, Vol 3, London
103. Calcutta Monthly Journal and General, No. 17, 1838
104. The Calcutta Review, Vol 49, 1869
105. F. B. Bradley-Birt, Chhota Nagpur. A Little-known Province of the Empire, Smith, Elder & Co, 1903
106. Vinita Damodaran, Colonial Constructions of Tribe in India : the Case of Chhota Nagpur, University of Sussex, 2006
107. Alan Grihault, A study of Mare aux Songes in Mauritius : the site of the first discovery of Dodo bones in 1865, Presented at the 3rth Dodo Research Programme Meeting held in Mauritius on December 2006
108. Blair B. Kling, Partner in Empire : Dwarkanath Tagore and the Age of Enterprise in Eastern India, University of California Press, 1976
109. General Report of the Colonial Land and Emigration Commissioners, London, 1843
110. Gavin W. Jones, Indian Overseas Migration, Marriage, Working Paper No. 9, IMDS Working Paper Series, Asia Research Institute, National Universiry of Singapore, Singapore
111. Emi Sauzier-Uchida, Language Choice in Multilingual Mauritius? National Unity and Socio-economic Advancement
112. Charles Anderson, Introduction of Indian Laborers At Mauritius, London, 1840
113. R.G. Hobes, Reminiscences Of Seventy Years' Life, Travel, And Adventure, Vol. I. Soldiering In India, London, 1893
114. F.B. Brakley-Birt, The Stoby Of an Indian Upland, London, 1905
115. The Asiatic Journal and Monthly Register, Vol 32, London, 1840
116. The Calcutta Christian Observer, Vol 5, January-December, Calcutta, 1836
117. The Mauritius Civil Service Almanac, Port Louis, 1862
118. Palmer & Braos$haw, A History of Mauritius, Mauritius, 1859
119. Baron Grant, The History of Mauritius of the Isle of France and the Neighbouring Island, London, 1801

120. John Anderson, Descriptive Account of Mauritius, Mauritius, 1859
121. Vincent W. Ryan, Mauritius and Madagascar, London, 1864
122. Mauritius Copies of correspondence... relative to the introduction of Indian labourers into the Mauritius : Ordered to be printed 28 May, 1840, House of Commons, London
123. Clare Anderson, Subaltern Lives : Biographies of Colonialism in the Indian Ocean World, 1790-1920, Cambridge University Press, 2012
124. Clare Anderson, The Indian Uprising Of 1857-8 : Prisons, Prisoners and Rebellion, Anthem Press, 2007
125. Gwyn Campbell, Abolition and Its Aftermath in the Indian Ocean, Africa and Asia, Routledge, 2013
126. Edward A. Alpers, Gwyn Campbell, Michael Salman, Slavery & Resistance in Africa & Asia, Routledge, 2013
127. Bihar And Orissa District Gazetteers : Ranchi, Superintendent, Government Printing, Bihar And Orissa, Patna 1917
128. W.W. Hunter, A Statistical Account of Bengal, 1877, London
129. L.S.S. O'Malley, Bengal District Gazetteers : Shahabad, Calcutta, 1906
130. The Imperial Gazetteer Of India, Vol. XXIII, Singhbhum To Trashi-Chod-Zong, Oxford, The Clarendon Press, 1908
131. Don Aldus, Coolie Traffic and Kidnapping, London, 1876
132. Rev. Patrick Beaton, Creoles and Coolies (Five Years in Mauritius), J. Nisbet, London, 1859
133. James C. Melvill, Hill Coolies, Ordered to be printed 21 February, 1841, House of Commons, London
134. John Scoble, Hill Coolies : A Brief Exposure of the Hill Coolies in British Guiana and Mauritius, Harvey and Darton, London, 1840
135. J. Geoghegan, Note on Emigration from India, Calcutta, 1873
136. W.H. Allen, Allen's Indian Mail and Register of Intelligence for British and Foreign India, China and all Parts of the East, Vol. 7, No. 131, London, 21 August, 1849
137. John Edward Jenkins, The Coolie, His Rights and Wrongs, Routledge, 1871
138. General Report of the Colonial Land and Emigration Commissioners, London, 1847

139. Rana, Behal (2013) : Coolies, Recruiters and Planters : Migration of Indian Labour to the South-east Asian and Assam Plantations during Colonial Rule. In : Crossroaos$ Asia Working Paper Series, No. 9
140. David Northrup, Indentured Labor in the Age of Imperialism 1834-1922. Cambridge University Press, New York, 1995
141. Selected Subaltern Studies, Edited by Ranajit Guha and Gayatri Chakravorty, Oxford, 1998
142. Slave Trade (Papers Relating to Slaves in the Colonies), Session 29 January -28 July, 1828, Vol. 25